Niceville
De terugkeer

Carsten Stroud bij Boekerij:

Niceville – De vermissing
Niceville – De terugkeer

www.boekerij.nl

CARSTEN STROUD

Niceville

De terugkeer

ISBN 978-90-225-6079-2
ISBN 978-94-6023-656-3 (e-boek)
NUR 330

Oorspronkelijke titel: *Niceville 2: The Homecoming*
Oorspronkelijke uitgever: Alfred A. Knopf
Vertaling: Mireille Vroege
Omslagontwerp: Wil Immink Design
Zetwerk: Text & Image, Gieten

Voor Linda

Onder de doden zijn er die nog moeten sterven.

Fernand Desnoyers, 1858

Misschien heeft het universum huisarrest in de holle kies
van een of ander monster.

Tsjechov, 1892

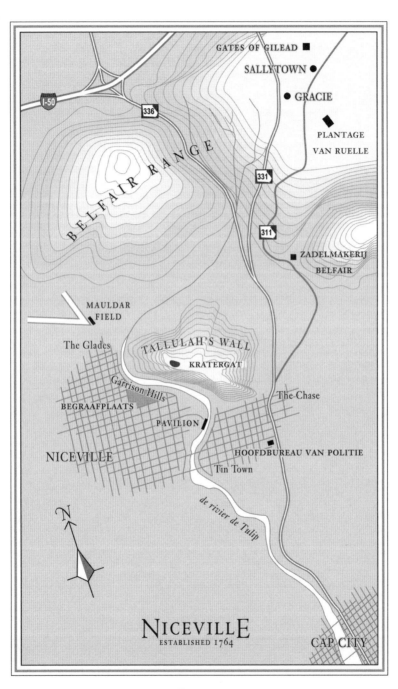

Niceville en omgeving

Na de val

Wat de militaire term
'verticaal in het terrein opgesteld'
daadwerkelijk betekent

Een Chinese Lear stond vooraan in de rij op Mauldar Field, afgesloten en geladen, als een pijl in een gespannen boog, met draaiende straalmotoren, rokende remmen, klepperende kleppen – in de verkeerstoren begint de telefoon te snerpen – een harde, metaalachtige fluittoon – John Parkhurst, de baas van de verkeerstoren, pakt hem snel op en hoort dan – zo vertelde hij later aan de politie – een krijsende tirade van een vuilbekkende...

Oké, om het even wat duidelijker te maken, Parkhurst is een parttime voorganger van de pinkstergemeente, dus als hij met de politie praat, gebruikt hij het woord 'individu' in plaats van een wat krachtigere term. Maar goed, hoe dan ook, de man aan de telefoon beweert dat hij van de FBI is en hij wil – schreeuwt hij zo hard hij kan – dat die *krachtterm krachtterm* Chinese Lear ogenblikkelijk tegengehouden wordt, daar op de startbaan, dat er niemand uit mag, en als Parkhurst – die zo'n zorgelijke oudere man is die eigenlijk beter tandarts had kunnen worden in plaats van verkeersleider – vraagt naar zijn registratienummer, nou, dan gaat die vent echt helemaal door het lint; hij begint weer te vloeken, gebruikt het f-woord weer en is halverwege een zin die begint met stomme k-woord en eindigt met jeweetwel, dus gooit Parkhurst de hoorn op de haak.

Twee minuten later stijgt de Lear, een Sixty VR Luxury Edition – zo tien miljoen – op, in een steile lijn, pijlsnel, waarbij de twee straalmotoren zo veel kabaal maken dat in twee kilometer omtrek de ramen in de sponningen rammelen. Parkhurst gaat achterover zitten, kijkt naar de telefoon – zijn oren tuiten er nog van – en hij zegt 'lieve hemel' en 'tjongejonge', slaakt een zucht en schudt zijn hoofd, terwijl hij denkt: en dat ook nog op de dag des Here.

Maar afgezien van dat vervelende akkefietje slaagde hij erin weer te kalmeren en keek hij om zich heen naar de anderen, die hem bijna allemaal zaten aan te staren met zo'n blik van 'wat was dát nou weer?' en toen keek hij naar buiten en het was godlof nog steeds een mooie zondagochtend in het voorjaar, en toen hij omhoogkeek naar de strakblauwe lucht was er geen wolkje te bekennen. Oké, op iets vreemds in het zuidoosten na dan, misschien. Het leek wel een veeg zwarte rook. Of wegwaaiende bladeren misschien.

Parkhurst, die zijn spirituele toevlucht in het Oude Testament had gezocht, dacht een tijdje over die veeg na en speculeerde loom over de aard ervan.

Ondertussen liet de Chinese Lear-jet op duizend voet hoogte en een kilometer verder, een vleugel zakken en vloog sierlijk in zuidelijke richting.

Terwijl Parkhurst in gedachten de Psalmen doornam, kreeg hij een ongemakkelijk gevoel. Hij draaide zich om om de Doppler-radar te checken. De veeg kwam terug als een diffuus signaal, in wezen niet-ontcijferbaar. Dus pakte hij zijn verrekijker om eens beter te kijken.

Het duurde twee seconden voor hij de vlek scherp in beeld had, en toen nog een seconde voor tot hem doordrong wat hij zag, maar toen kneep zijn keel zich meteen samen en brak het koude zweet hem uit.

Het was geen wolk rook, het waren ook geen bladeren. Het was een zwerm kraaien. Een heel grote zwerm kraaien.

Parkhurst opende meteen het radiocontact: *vlucht nul zes vijf emergency China Lear onmiddellijk koers wijzigen.* Maar dat was, gezien de snelheid van het vliegtuig, inmiddels al jammer maar helaas te laat. Parkhurst ontving een korte reactie van de co-piloot – *verkeersleider, we zijn...* – gevolgd door een schrille Chinese vloek.

Het rood-met-goudkleurige vliegtuig, dat glinsterde in de ochtendzon, vloog recht de zwerm kraaien in en knalde er aan de andere kant weer uit, de romp onder de vegen bloed en de vastgeplakte zwarte veren, terwijl er uit de stuurboordmotor een dun pluimpje blauwe rook kwam. De kist verloor al hoogte.

De piloot meldde zich weer over de radio – *verkeerstoren dit is vlucht nul zes vijf we hebben meerdere vogels geraakt herhaal meerdere vogels geraakt – zicht nul* – en daarna alleen maar gekraak en ruis.

14

In de toren stond iedereen met stomheid geslagen toe te kijken hoe de Lear-jet naar bakboord helde, met de neus omlaag, hoe de draai naar links snel in een rolbeweging overging en toen in een ijlings smaller wordende spiraal veranderde, met de neus omlaag, steeds verder omlaag. Het vliegtuig maakte een duikvlucht, de radio kwam weer tot leven; de piloot was overgegaan op Hakka en schreeuwde in zijn microfoon. Op de achtergrond hoorden ze stemmen, geschreeuw en het metaalachtige kabaal van het schuddende vliegtuig – de piloot sprak nu Engels – *we storten neer, we storten neer.*

Ze hoorden allemaal nog één laatste signaal: *zeg tegen mijn zoon...* Toen een hese kreet, en drie kilometer verderop stortte de Lear ter aarde, midden op de veertiende green van de Anora Mercer Golf en Country Club.

Hij explodeerde in een geel-met-rood-met-zwarte vuurbal die naar buiten toe uitwaaierde en opsteeg in de lucht. Een paar tellen later voelden de mannen in de verkeerstoren de schokgolf tegen de ramen slaan – een doffe, schokkende dreun, gevolgd door een rommelende knal.

Daar gaat mijn carrière, dacht Parkhurst. En toen toch ook maar: arme mensen.

Duizend voet boven de plaats van het ongeluk hergroepeerde de zwerm kraaien zich, vormde een dichte wolk die de vorm van een zeis aannam en vloog laag over de stad, ronddraaiend en opstijgend, terwijl ze de koele, heldere lucht met hun brutale gekrijs vulden; daarna stegen ze in een coherente massa op en verdwenen in oostelijke richting, de kant van Tallulah's Wall op.

In de verkeerstoren hing een stilte als op een begraafplaats, op een man achter in het vertrek na, die met een klein stemmetje vol ontzag 'holy shit' zei.

Parkhurst slikte pijnlijk en zocht contact met de hulpdiensten. Terwijl hij daarmee bezig was, bekeek een van de andere controllers, een nieuwkomer, ene Matt Lamarr, het vluchtrooster even.

Hij keek op naar de andere medewerkers, die allemaal nog naar de paddestoelvormige wolk stonden te kijken die van de golfbaan opsteeg, met dit verschil dat ze nu allemaal tegen elkaar stonden te blaffen, te snauwen en te grauwen als een roedel gestoorde labradoodles.

'Hé jongens,' zei hij boven het kabaal uit, en toen nog een keer, nog harder. 'Jongens!'

Iedereen, behalve John Parkhurst, draaide zich om om naar hem te kijken.

'Wat is er?'

'Morgan Littlebasket is toch om tien uur tweeëntwintig met zijn Cessna de lucht in gegaan? Waar of niet?'

'Ja?' zei een van de anderen. 'Hoezo?'

'Nou, waar is-ie dan gebleven?'

De politie van Niceville was in vier minuten op de plaats waar de Learjet was neergestort, met de brandweer vlak achter hen aan. De vuurbal ziedde nog en rondom brandden overal plassen kerosine. Het was er gewoonweg te heet om de vuurzee te lijf te gaan. Er zat niks anders op dan te wachten tot die was uitgewoed en het gebied af te zoeken naar gewonden.

Ze vonden slechts een eenzaam slachtoffer dat daas rondliep: een verfrommeld mannetje met een dik verband om zijn neus en een ernstig verschroeid gezicht, dat zei dat hij Thad Llewellyn heette.

Voor zover ze iets van zijn hysterische relaas begrepen, zou zijn vrouw zich midden op de plaats van de inslag hebben bevonden toen de Lear zich bulderend in de veertiende green boorde.

Ze heette Inge en naar het scheen had ze de vlag voor hem vastgehouden, terwijl hij van een bunker probeerde weg te komen.

De politieagenten zagen ervan af om de voor de hand liggende hole-in-one-grapjes te maken – in elk geval niet nu de man het kon horen –, hielpen hem voorzichtig in een patrouilleauto en stuurden hem naar het Lady Grace-ziekenhuis, met zwaailicht en sirene en al.

Toen brachten ze een versperringslint aan om de omstanders op veilige afstand te houden – voornamelijk toezichthouders van de baan en een paar mensen die in de Hy Brasail Room een zondagsbrunch hadden genuttigd – en wachtten toen maar tot de vlammen tot een aanvaardbaar niveau waren afgenomen en tot de inspectie zou verschijnen.

In de tussentijd keken ze toe hoe het wrak van de Lear langzaam opbrandde tot een puinhoop van her en der verspreid liggend metaal, glas en lichaamsdelen waaruit een wolk zwarte rook opsteeg, met hel oranje vuur in de kern. De wind voerde de rook in oostelijke richting, weg van de karavaan politieauto's, maar zelfs op dertig meter afstand voelden ze de hitte die ervan af straalde nog. Overal was het gras van de fairway zwart geworden.

De hele veertiende green was veranderd in een smeulende krater van vijftien meter diep en dertig meter doorsnede. Dat krijg je ervan als een kist zich verticaal in het terrein opstelt.

Nick Kavanaugh en zijn collega Beau Norlett arriveerden een paar minuten later op de plaats des onheils. De brandweerwagens stonden langs het pad waar de golfkarretjes over rijden opgesteld, en mensen in vuurwerende pakken waren bezig het hele terrein met schuim vol te spuiten. De ambulances stonden wat verder weg geparkeerd, en de ambulancemedewerkers stonden tegen de voorbumper geleund of stonden in groepjes wat te praten. Voor hen viel er niks te doen. Er waren geen overlevenden. De eventuele overblijfselen van de passagiers en van Inge, de vrouw van Thad Llewellyn, zouden uiteindelijk door de forensische dienst of door het onderzoeksteam van de dienst Veilig Verkeer worden geïdentificeerd en in lijkzakken worden gedaan.

Nick reed met hun donkerblauwe Crown Vic tot achter een grote zwarte Chevrolet Suburban met in helgouden letters OPZICHTER op de achterklep gedrukt. Dat was de auto van Mavis Crossfire. Terwijl Nick zijn portier opendeed, keek hij opzij naar Beau.

'Zeg tegen de inspecteur dat we er zijn. Zeg tegen Tigg dat brigadier Crossfire ook ter plekke is. En ga dan kijken wat de EHBO-medewerkers te zeggen hebben.'

Beau Norlett was een zwarte jongeman met de bouw van een artilleriegranaat. Hij was rauw, maar gretig en hard, en Nick had met de dag meer aan hem. Ze waren pas een week aan elkaar gekoppeld, maar dat was me het weekje wel geweest. Een bankoverval met zes doden, onder wie vier agenten. Een rijke oude dame, Delia Cotton genaamd, was spoorloos verdwenen, en haar bejaarde tuinman, ene Gray Haggard, ook. Een gijzeling in een kerk, waar een scherpschutter van de politie aan te pas had moeten komen. En gisteren nog was de vader van Kate, Dillon, uit zijn werkkamer op de militaire academie verdwenen en sindsdien niet meer gezien.

En nu dit.

'Ga ik doen, chef,' zei Beau, die nog steeds een hoog adrenalinegehalte had van de afgelopen paar dagen. Aangezien de recherche van Belfair en Cullen er strenge kledingvoorschriften op nahield – althans, Nick – had hij twee nieuwe pakken gekocht, een van Kors en een van Zegna, en drie paar schoenen van Alan Edmonds. Met zijn salaris, met vrouw en twee kinderen, was dat een flinke investering.

'Er staat daar een koffiewagen, Nick. Wil je koffie? Iets zoets?'

'Koffie, lekker.'

Beau pakte de walkietalkie en stelde hem in op VERZENDEN. Nick deed het portier dicht en nam even de tijd om de kreukels uit zijn jasje te strijken, alvorens het aan te trekken. Hij was die dag in antracietgrijs, met een zwart overhemd. Geen das. Daar was het veel te warm voor. Hij schoof zijn goudkleurig recherche-embleem op zijn riem, trok aan de Colt Python die hij in een holster aan zijn rechterzij droeg, focuste zich weer en nam de plek des onheils in zich op.

Voor een rechercheur was Nick met zijn tweeëndertig jaar aan de jonge kant, maar hij had acht jaar bij de Special Forces gezeten, dus zijn tweeëndertig jaar viel niet te vergelijken met die van die arrogante zak die nog bij je in het souterrain woont en zijn doctoraalscriptie over gender- en rassenvooringenomenheid in neokantiaanse hermeneutiek probeert af te ronden.

Nick was ongeveer een meter vijfentachtig, had grijsblauwe ogen, gitzwart haar dat aan de slapen grijs werd, was nog strak en in goede conditie, getrouwd met Kate Walker, advocate familierecht, op wie hij dol was en die, hoopte hij, ook dol was op hem, wat meestal wel snor zat.

Hij liep naar de bestuurderskant van de Suburban van de politie van Niceville en tikte tegen het raam. Mavis Crossfire liet het raam omlaag zoemen en grijnsde naar hem terug. Ze was een stevige vrouw met een roze gezicht, kortgeknipt rood haar en lachrimpeltjes rond haar lichtblauwe ogen. Die ochtend was ze in uniform: donkerblauw met een groot goudkleurig insigne op haar kogelwerende jasje en met brigadiersstrepen op haar mouwen.

'Nick. Een heel goede morgen.'

Nick schudde zijn hoofd.

'Een heel goede morgen?'

Mavis glimlachte, nam een slokje koffie uit een thermosfles met het logo van Ole Miss op de zijkant en knikte in de richting van de plaats van de crash.

'Wat een drama.'

'Ja. Zijn er overlevenden?'

'Uitgesloten. En nog een slachtoffer, op wie het toestel is neergekomen.'

'Weten we wie dat was?'

'Inge Llewellyn.'

'Jezus. De vrouw van Thad Llewellyn? Forse Scandinavische tante met een stem waar glas van aan diggelen gaat?'

'Die, ja.'

'Zware week voor Thad Llewellyn. Eerst wordt zijn bank beroofd, en nu legt zijn vrouw op de veertiende green het loodje. Weet hij het al?'

'Hij stond daarginds op die bunker toen het vliegtuig neerstortte. De mensen van de eerste hulp hebben hem gevonden; hij doolde rond over de fairway, zonder wenkbrauwen. Hij heeft het allemaal zien gebeuren.'

'Waar is hij nu?'

'De politie heeft hem naar het Lady Grace gebracht. Ze hebben hem iets kalmerends gegeven.'

'Dat mag ik hopen. De arme man. Ik hoorde dat het een zwerm kraaien was?'

Mavis knikte.

'De verkeersleiding heeft het zien gebeuren. De Lear is zo de zwerm in gevlogen. Duizenden vogels. Geen schijn van kans. Maar moet je horen. Er is nog een brandweerploeg bij Tallulah's Wall, om de wrakstukken van een Cessna te doorzoeken. Het nummer is dat van de Cherokee Nation Trust. Er zit een geroosterde gast in, ene Morgan Littlebasket.'

'Die naam ken ik.'

Mavis knikte en keek in haar notitieboekje.

'Ja, dat kan. Dan hebben we het over dé Morgan Littlebasket, het hoofd van de Cherokee Trust en iemand die alom zeer veel aanzien geniet in Gracie. Die lui van de verkeersleiding zeiden dat hij vanochtend om precies negen uur hier was verschenen om een pleziertochtje te maken. Hij maakte een beetje een afwezige indruk. Liep nog wat te dollen bij de controle en is toen om tien uur twintig de lucht in gegaan. In zuidelijke richting. Getuigen zeggen dat hij vlak over die oude bomen op Tallulah's Wall is gescheerd. Daarna is hij afgedaald, heeft ongeveer een kilometer langs de rivier de Tulip gevolgd, heeft toen weer gas gegeven en is naar links gedraaid. Hij is vijf-, misschien zeshonderd voet gestegen, is daarna van koers veranderd naar het noordwesten, bleef horizontaal vliegen en is toen zo midden tegen Tallulah's Wall aan geknald.'

'En hij vloog rustig?'

'Geen gewiebel. Hij ging er zo recht als een kogel in.'

'Jeetje,' zei Nick, en hij glimlachte naar haar. 'Wat zou er door zijn hoofd gegaan zijn?'

'De voorruit. Maar dat was een inkoppertje.'

'Misschien zelfmoord? Heeft hij een brief achtergelaten? Laatste woorden?'

'Tot nu toe niet. Zijn huis wordt op dit moment doorzocht. Het zou een beroerte of een hartaanval geweest kunnen zijn. We zullen het moeten afwachten.'

'Hij heeft toch dochters, hè?'

'Twee. Twyla en Bluebell. Hun moeder is een poosje geleden aan kanker overleden. Lucy, heette ze. Twyla is trouwens de vriendin van Coker.'

'Pittig ding met zwart haar? Grote bruine ogen en knalrode lippenstift? Rondingen als een wenteltrap? Beeldschone meid. Ik heb haar in The Bar Belle gezien, met Coker.'

'Blijkbaar.'

'Beetje jong voor hem, vind je niet?'

'Geen commentaar. Maar Coker heeft zo'n Clint Eastwood-uitstraling, dat moet je toegeven. En je zou er nog van opkijken hoeveel onnozele jonge meisjes scherpschutters sexy vinden.'

'Jij ook?'

'Nee. Ik val meer voor van die voormalige Special Forces-rechercheurs met meedogenloze ogen en een gigantisch wapen, vernoemd naar een slang.'

'Mavis, dat had ik nou nooit achter je gezocht.'

'Ik had het niet over jou, trouwens. Maar hoe dan ook, er zijn wagens naar hen onderweg, om het hun allebei zo rustig mogelijk te vertellen.'

'Weten we al op welk tijdstip Littlebasket tegen de muur is gevlogen?'

'Diverse getuigen hebben gezegd dat het om tien uur eenenveertig is gebeurd.'

'En een minuut of twintig later vliegt die Lear daar in een zwerm kraaien?'

Mavis knikte.

'Dat zat ik ook net te denken. Littlebasket vliegt tegen Tallulah's Wall, en alle kraaien die in die bomen rond het Kratergat leven schrikken zich dood van de explosie. De hele zwerm stijgt op en vliegt in noordwestelijke richting. En vliegt net op tijd het luchtruim van Mauldar Field binnen om in de baan van de Lear te raken.'

'Verkeerd tijdstip en verkeerde plaats dus.'

'Ja. Bij dit soort dingen moet alles op precies de goede manier verkeerd gaan, maar áls dat gebeurt, áls alle dominostenen omvallen, is het ook bingo.'

'Weten we iets over de inzittenden van de Lear?'

Mavis keek op haar klembord.

'Het vliegtuig was eigendom van een Chinese handelsmaatschappij, gevestigd in Shanghai. Daopian Canton Incorporated. Fortunate City

Road 2000. Piloot en co-piloot waren werknemers van het bedrijf. Drie andere inzittenden waren ook werknemers. De hoogste baas was ene Zachary Dak. Logistiek directeur.'

'Waar gingen ze naartoe?'

'Ze hadden een vluchtplan ingediend naar LAX, om bij te tanken, en vandaar door naar Honolulu en Macau.'

Nick moest die informatie even verwerken.

'Macau? Wat moesten ze in Niceville? Had het soms iets met Quantum Park te maken?'

'Op hun inreisvisa staat dat ze onroerend goed kwamen bekijken voor een eventuele vestiging.'

'Met wie hebben ze gesproken? Een plaatselijke makelaar? Iemand uit Cap City?'

Mavis keek hem even schuins aan.

'Waar denk je aan?'

'Kweenie. Ik zou alleen wel willen weten wie ze hier gesproken hebben. En waarom. Vijf Chinese staatsburgers, een privéjet, en nu zijn ze tuinturf. We mogen ons wel schrap zetten voor een hele zwik vragen van Buitenlandse Zaken. Waar logeerden ze? In het Marriott?'

'Ja. Vrijdag ingecheckt, de crew en de drie burgers. Allemaal een eigen kamer. Ze hebben op vliegveld Limos een Lincoln Town Car gehuurd.'

'Ik weet het niet, hoor. Er... er klopt iets niet.'

Mavis kende Nick lang genoeg om zijn intuïtie serieus te nemen.

'De dienstdoende manager is Mark Hopewell. Ik heb hem al gebeld en hij verzamelt alle informatie die hij heeft. En verder: in het Marriott werkt een gepensioneerde sheriff, Edgar Luckinbaugh. Hij werkt daar als chef van de piccolo's. Edgar ziet alles. Ik zou even met hem kunnen gaan praten, om te horen wat hij over die mensen weet.'

'Dat zou ik ook kunnen doen,' zei Nick. 'Ik ken Luckinbaugh. Hij werkt parttime voor Coker, een van zijn informanten.'

Nick deed er even het zwijgen toe.

'Mavis, iemand moet Boonie Hackendorff hiervan op de hoogte brengen. De FBI van Cap City krijgt vragen van BuZa, daar kun je vergif op innemen. Ik wil niet dat Boonie dan van niks weet.'

'Ik zal zorgen dat hij het verslag krijgt. Op dit moment heeft hij zijn handen vol.'

Nick hoorde iets in haar toon.

'O ja? Hoezo? Wat is er dan met Boonie?'

Mavis had daar al een tijdje op zitten broeden.

Ze schonk Nick een sluwe grijns.

'Nou, het ziet ernaar uit dat de politie ongeveer een uur geleden, op Highway drie-zes-zes, vlak voorbij de afrit van Arrow Creek, Byron Deitz heeft geklokt met tweehonderd kilometer per uur, waarna ze hem aangehouden hebben, en dat is gewelddadig verlopen, met getrokken pistolen en de hele rataplan. Hij zat in die dikke gele Hummer. Ze hebben een flesje vol ecstasypillen in de bekerhouder naast de stoel van de bestuurder gevonden, gewoon open en bloot, dus hebben ze Deitz geboeid en de Hummer doorzocht. En raad eens wat ze in de kofferbak vonden?'

'Ik wil niet raden.'

'Het geld van de beroving van de First Third Bank in Gracie.'

Daar had Nick niet van terug.

Daar had hij echt niet van terug.

Byron Deitz was zijn zwager, een schoft en iemand die zijn vrouw sloeg. De zus van Kate was met die vent getrouwd. De avond ervoor had Beth eindelijk net een klap te veel in haar gezicht gekregen.

Ze had haar kinderen in de suv gezet, tegen Byron gezegd dat ze naar een hotel ging en met haar mobiele telefoon Kate gebeld. Toen hij die ochtend naar zijn werk was vertrokken, hadden Kate en Beth nog in de serre gezeten om het allemaal te bespreken. Nick was van plan om later op de dag even bij Deitz langs te gaan om hem de oren te wassen – een gerechtvaardigde confrontatie die er al veel te lang aan zat te komen.

Maar dit?

De overval op de First Third Bank had afgelopen vrijdagmiddag plaatsgevonden. De buit bedroeg op z'n minst tweeënhalf miljoen, misschien meer. Tijdens de achtervolging waren er vier agenten neergeknald.

Nick mocht nog zo'n bloedhekel aan die vent hebben, hij vond het moeilijk te geloven dat Deitz, die bij de fbi had gewerkt, ook maar iets te maken gehad kon hebben met zoiets laaghartigs als de koelbloedige moord op vier agenten.

'Hoe wisten ze dat het van de First Third was?'

'De bankwikkels zaten er nog omheen. Een groot dik pakket gloednieuwe honderdjes. Ze hebben ook een Rolex gevonden, een van de spullen die uit de kluizen gestolen zijn.'

'Ik kan... ik geloof het gewoonweg niet.'

'Geloof het maar wel,' zei Mavis. 'Het wordt nog leuker. Deitz is ook in verband gebracht met de crash van deze Lear-jet.'

'Hoezo dan?'

'Parkhurst zei dat om ongeveer kwart voor elf iemand de verkeerstoren heeft gebeld, die zei dat hij Byron Deitz heette en dat hij wilde dat de Chinese Lear op de startbaan tegengehouden werd tot hij er was.'

'Heeft Déitz dat gedaan?'

'Parkhurst kan niet bevestigen dat het zijn stem was, maar het telefoontje was afkomstig van BD Securicom, en dat is het bedrijf van Deitz. Ik heb, toen ik hier aankwam, het nummer gebeld, en toen kreeg ik Deitz' voicemail.'

'Dus het was Deitz echt.'

'Ik zou zeggen van wel. De beller zei dat hij van de FBI was, maar toen Parkhurst naar een registratienummer vroeg, ging die man door het lint en begon hij te schreeuwen en te vloeken...'

'Byron ten voeten uit.'

'Helemaal. Parkhurst heeft opgehangen en het vliegtuig het groene licht gegeven. Daarna voltrok zich het drama en heeft hij geen moment meer aan dat telefoontje gedacht, tot de EHBO-medewerkers hem vragen begonnen te stellen. Ik wilde eigenlijk net met Parkhurst gaan praten. Wil je soms...'

'Dus als ik het goed begrijp was Deitz onderweg hiernaartoe?'

'Het ziet ernaar uit dat hij, toen de verkeerspolitie zijn snelheid klokte en hem inrekende, over zijn mobiele telefoon tegen Parkhurst zat te schreeuwen. Maar goed, wil je mee? Misschien komen we iets te weten.'

Nick staarde haar aan en probeerde het allemaal te bevatten.

'Als Deitz de First Third heeft beroofd, heeft hij vier agenten gedood. Waarom leeft hij dan nog?'

'De dag is nog jong, Nick. Hij kan nog steeds voor zonsondergang dood zijn. De verkeerspolitie brengt hem nu naar hun hoofdbureau in Gracie. Boonie Hackendorff is onderweg ernaartoe om ervoor te zorgen dat de FBI hem te pakken krijgt. De First Third heeft vestigingen in meerdere staten, dus het is een zaak voor de FBI.'

'Jezus. Mavis, weet Reed Walker het al?'

Reed Walker was Kates broer, een graatmagere man met iets van de uitstraling van een roofvogel. Hij was heftig, agressief, krankzinnig moedig en bestuurde een achtervolgingsauto voor de snelwegdivisie van de staatspolitie. Nick was van mening dat hij volslagen mesjogge was.

Twee van de agenten die bij de bankoverval op de First Third waren gedood waren goede vrienden van hem; met een van hen had hij op de politieacademie gezeten. Reed zat in Virginia, waar hij op zoek was naar Kates vader, die sinds zaterdagmiddag al niet meer gezien was.

Mavis was hem voor.

'Dat is geregeld, Nick. Marty Coors heeft hem gebeld op het VMI en gezegd dat hij daar moet blijven. Hij heeft gezegd dat als Reed het waagt om het vliegtuig terug te nemen en zich ook maar ergens in de buurt van Deitz te vertonen, dat hij hem dan achter in een hondenauto zet en een van die weerwolven op hem loslaat. Reed is onder controle. Voorlopig, althans.'

Stilte.

'Heb je daar nog iets over gehoord, Nick? Over de vader van Kate?'

Nick keek naar zijn handen en schudde zijn hoofd.

'Vooralsnog niet. We hebben iemand van de staatspolitie in het VMI, ene Linus Calder. Hij doet wat hij kan. Ik had er met de helikopter naartoe zullen gaan om te helpen, maar nu hebben we... dit.'

Hij maakte een gebaar, waarmee hij de crash, alle agenten en de mediawagens aanduidde die eindelijk ter plekke waren verschenen.

'Dus hij is gewoon... weg?'

'Er is meer aan de hand, Mavis. Zodra het kan vertel ik je erover.'

'Maar nu niet?'

'Dat kan ik niet. Het spijt me.'

'Waarom niet?'

'Omdat je zou denken dat ik gestoord ben als ik je het hele verhaal zou vertellen. Ik geloof het zelf niet eens.'

'Ik denk toch al dat je gestoord bent.'

'Dat weet ik. Ik zelf ook.'

Mavis keek hem even onderzoekend aan, zag wat er op zijn gezicht te lezen stond en parkeerde de hele kwestie.

Voorlopig, althans.

'En wat was je van plan aan deze hele klotezooi hier te gaan doen, Nick? De recherche is rechtsbevoegd. Voorlopig.'

'Jezus. Wat een kutzooi... Kun jij erbij blijven?'

'Maar al te graag.'

'Praat met Parkhurst, Mavis, als je het niet erg vindt. Onderzoek de connectie met Deitz vanaf dit punt. En waarschuw Boonie over dat Chinese National-gedoe, wil je? Voor BuZa en de directeur van de FBI zich op hem storten.'

'Doe ik. Wat ga jij doen?'

Nick keek om zich heen waar Beau was. Die stond midden in een groep Niceville-agenten, en aan de grijns op zijn gezicht te zien stond hij onzin te verkopen en had hij het erg naar zijn zin.

'Ik moet Beth bellen en het haar vertellen.'

'Toch niet nu meteen? Wacht even hoe het uitpakt.'

'Deitz zal zich echt niet onder een stapel gestolen geld uit kunnen praten.'

'Nee. Maar als je het even de tijd geeft, heb je Beth meer te vertellen dan we nu weten. En je moet ook aan haar kinderen denken. Hoe meer je weet, hoe beter.'

'Denk je?'

'Ja. Wacht er nog een uur mee. Tegen die tijd hebben Marty Coors en Boonie Hackendorff erover gesproken. Dan is er al een duidelijker beeld.'

Nick nam de raad ter harte.

Hij wilde dat hij dat telefoontje niet hoefde te plegen.

'Oké. Goed advies. Dan ga ik maar.'

'Wat ga je nou doen?'

'Ik ga naar Edgar Luckinbaugh, in het Marriott.'

'Neem een doos Krispy Kremes voor hem mee. Die met honingglazuur. Is hij dol op.'

Liefde mag dan blind zijn, met een paar huwelijksjaren is dat zo opgelost...

Terwijl Beau Norlett en Nick Kavanaugh naar het Marriott reden, zaten Nicks vrouw Kate en haar zus Beth in de serre aan de achterkant van Kates huis in Garrison Hills, een buurt met vooroorlogse Spaans-koloniale huizen met smeedijzeren hekwerk en ommuurde tuinen. Het was een mooie lenteochtend en ze waren alleen. De twee kinderen van Beth, Axel en Hannah, acht en vier, lagen diep te slapen in een van de logeerkamers.

Door het glas-in-lood van de serre zag Kates tuin, een grashelling met aan de voet een bosje dennenbomen en wilgen, er fris uit met goudsbloemen, hortensia's en rozen. Lichtvlekken speelden op de ramen en het gazon, en op Beths vertrokken en vermoeide gezicht.

Hoewel Beth maar vier jaar ouder was dan Kate en dezelfde fijne Black Irish-gelaatstrekken had, en dezelfde lichte huid, was haar gezichtsuitdrukking de afgelopen paar jaar verhard en lag er een argwanende en behoedzame blik in haar ogen. Kate dronk ijsthee, maar Beth was al aan haar vierde whisky met ijs bezig. Toen ze in het zware kristallen glas keek, dat ze zo hard vastgreep dat haar vingers er wit van werden, hing haar lange rode haar slap langs haar bleke wangen.

'Het begon met de airconditioning...'

'Het vechten?'

Beth glimlachte wrang naar Kate.

'Nou, je kunt het niet echt vechten noemen. Hij is vijfenzeventig kilo zwaarder dan ik. Het was bloedheet in huis, de kinderen waren aan het zeuren en Byron was in alle staten over iets wat er op zijn werk gebeurd was. Iets wat met die vreselijke bankoverval van vrijdag te maken had.'

'Heeft hij ook gezegd wat?'

'Alleen dat de overvallers ervandoor zijn gegaan met het geld voor alle salarissen voor Quantum Park, dat het allemaal de schuld van Thad Llewellyn was en dat, aangezien BD Securicom verantwoordelijk was voor de beveiliging van Quantum Park, hij het nog flink voor zijn kiezen zou krijgen. Ik heb nog geprobeerd te zeggen dat dat niet waar was, maar daar wilde hij niks van horen. Hij zei dat ik gewoon niet wist waar ik het *bliep* over had en dat ik dat *bliep* ook nooit zou weten, dus dat ik *bliep* mijn bek moest houden.'

'Waar Axel en Hannah bij waren?'

'Nee. Die waren in hun kamer. Maar ik weet zeker dat ze het gehoord hebben. Als Byron losgaat, kunnen ze hem volgens mij in Cap City horen bulderen. De kinderen hebben dat al zo vaak gehoord.'

'Maar gisteravond was anders?'

Beth zuchtte en nam een slokje whisky.

'Niet anders. Het was alleen plotseling genoeg. Misschien kwam het door de hitte. Ik had gewoon geen zin meer om nog een poging te doen om hem te kalmeren.'

'Hij heeft je geslagen.'

Geen vraag.

Beth knikte.

'Dat is niet de eerste keer. Maar misschien wel de laatste.'

'Beth, heb je eigen geld?'

Beth knikte, maar keek niet op.

'Waar heb je dat, Beth? Want als Byron echt denkt dat je niet terugkomt, zie ik hem ervoor aan dat hij die rekeningen leeghaalt en de waardevolle spullen verstopt.'

Beth keek naar Kate op.

Haar ogen waren groener dan die van Kate, en met tranen erin glinsterden ze als smaragden. Op haar linkerjukbeen had ze een nieuwe blauwe plek – een rauwe paars-met-groene vlek met een diepe bebloede kras door het midden. Van zijn ring van de FBI, had Beth uitgelegd, terwijl Kate de wond stond te verzorgen.

'Denk je dat hij dat zou doen? Echt? En de kinderen dan?'

'Beth, ik ben echtscheidingsadvocaat. Dat soort dingen gebeurt aan de lopende band. Ik heb vrijdag net een zaak afgerond voor een vreselijke griezel, ene Tony Bock. Hij heeft zijn ex-vrouw een jaar lang lopen sarren en...'

'Tony Bock?'

'Ja. Hoezo? Ken je die dan?'

Beth keek een beetje geschrokken.

'Nou, min of meer. Dat Byron gisteravond zo chagrijnig was, kwam doordat de airconditioning kapot was. Het nutsbedrijf stuurde een man om hem te repareren, en die man heette Tony Bock...'

'Een kleine, gedrongen man met een gezicht als een kikker? Zwart haar, slechte huid?'

'Nou, hij was geen schoonheid. Maar ik weet zeker dat hij Tony Bock heette. Vreemd, vind je niet?'

'Ik weet dat Bock voor het nutsbedrijf van Niceville werkt. Hij is een slecht mens, Beth. Dan weet je dat maar.'

'Oké. Mocht ik hem ooit nog zien, wat niet het geval zal zijn.'

'Maar goed, wat ik wilde zeggen is: waarom zouden mannen als Tony Bock en jouw man, die bereid zijn jou met een gebalde vuist in je gezicht te slaan – Tony Bock sloeg zijn vrouw ook altijd – waarom zouden die mannen de grens trekken bij jouw geld, en daar met hun handen van afblijven?'

Beth ging met haar hand naar de blauwe plek, en kreunde zacht toen ze met haar vingertop de huid raakte. De avond ervoor, toen Nick Axel en Hannah veilig in bed had gestopt, had Kate met haar digitale camera een paar foto's van Beths gezicht genomen. Ze was ook met Beth naar hun slaapkamer gegaan en had geëist de rest van haar lichaam te mogen zien. Toen ze die te zien kreeg, was er een golf withete woede door haar borst geflitst. Aan de blauwe plekken op Beths intens witte huid was duidelijk te zien dat Byron dit soort dingen eerder had gedaan. Vaak. Kate nam ook foto's van deze oude verwondingen. Terwijl ze daarmee bezig was probeerde ze een manier te bedenken om Byron te vermoorden, maar dan wel zonder er zelf levenslang voor te krijgen.

Nick zou met alle plezier wel wat weten te bedenken, had ze toen gedacht.

De volgende ochtend in de serre dacht Kate dat nog steeds, terwijl ze naar Beths gezicht in het zachte zonlicht keek. Het moest aan haar gezicht af te lezen zijn geweest, want Beth wist een glimlachje te produceren.

'Nee, liever, we kunnen hem niet vermoorden,' zei ze.

'Ben ik zo'n open boek?'

Zelfs Beth moest lachen.

'Kate, Reed en ik hebben altijd gedacht dat jij iemand zou kunnen vermoorden als je dat wilde.'

'Byron mag van geluk spreken dat Reed hem niet al heeft vermoord. Ik weet dat Nick het wilde doen. Maar jij hebt hem er altijd van weerhouden.'

Beth wendde haar blik af, maar keek Kate toen toch weer aan.

'Reed zou Byron niet alleen maar in elkaar geslagen hebben. Hij zou hem heel ernstig hebben verwond. Zo ernstig dat het hem zijn baan gekost zou hebben. Misschien zou hij hem zelfs vermoord hebben. Hij is verschrikkelijk driftig, dat weet je. En Nick is al net zo gestoord, alleen heeft hij het beter onder controle, misschien vanwege de oorlog. En het is toch zo dat mannen die hun vrouw mishandelen en die daar zo voor gestraft worden, altijd, vroeg of laat, een manier vinden om het de vrouw of de kinderen betaald te zetten...'

'Niet als ze dood zijn.'

'Maar dit is het echte leven, Kate, en je kunt ze niet vermoorden, want dan ga je de gevangenis in. Bovendien, dacht ik... ik dacht dat hij er wel mee zou ophouden. Ik hield van hem, ooit. Hij vond het altijd zo... erg. Hij was er altijd helemaal kapot van.'

Kate schudde haar hoofd.

'O ja, tuurlijk vindt hij het erg. Erg voor zichzelf, erg dat hij het erg moet vinden. En na een tijdje wordt hij weer boos op je omdat hij het door jou erg vindt. Beth, hij houdt er nooit mee op, totdat iemand hem een halt toeroept. Ze houden er nooit uit zichzelf mee op. Je mag nooit meer naar hem teruggaan. Nooit meer.'

Beth huilde weer, stilletjes, met diepe uithalen. Ze deed haar best om zich te vermannen.

'Dat weet ik. Maar hier kunnen we ook niet blijven.'

'Jawel. Het huis is toch te groot voor ons. Wij zijn maar met z'n tweetjes.'

'En Rainey Teague dan? Die komt binnenkort toch bij jullie wonen?'

'Ja, dat klopt. Nou, dan zijn we met z'n drieën.'

'Dat bedoel ik. Je hebt Rainey Teague al. Die arme jongen. Ontvoerd, getraumatiseerd, een wees. En nu ga je hier het huis volstoppen met nog drie vluchtelingen? Waarom open je geen opvanghuis voor mishandelde vluchtelingen?'

'Dat ze naaste familie zijn is voor mij genoeg, Beth.'

'Rainey is geen familie.'

'Binnenkort wel. Kom, Beth, we hebben vijf slaapkamers en vier badkamers. En dan nog het koetshuis in de tuin. In het koetshuis is zelfs een tweede keuken. Papa heeft dit huis voor een groot gezin verbouwd.

Je zou zelfs je oude kamer terug kunnen krijgen.'

Beths uitdrukking veranderde.

'Papa... Ik kan gewoonweg niet geloven dat hij weg is.'

Kate haalde beverig adem.

'Hij is niet weg, Beth. Hij is vermist. En pas sinds een paar uur. Ik heb gisteren nog met hem gesproken. Hij zou hierheen komen...'

'En is nooit gearriveerd.'

'Nee. Dat klopt. Maar misschien moest hij nog wat onderzoek doen...'

'Ja hoor. Onderzoek? Waarnaar?'

Kate koos haar woorden zorgvuldig.

'Ik had hem gevraagd om eens naar een paar... familiezaken te kijken. Misschien is hij dat nu aan het doen. Als hij aan het werk is, heeft hij geen idee meer van tijd. Het is pas een paar uur, hoor, Beth.'

Kate was niet van plan om Beth te vertellen over wat de politie in de werkkamer van Dillon Walker had aangetroffen op het vmi, het Virginia Military Institute. Beth had al genoeg aan haar hoofd. Ze zou het ooit wel vertellen, maar nu niet. Beth begon weer te huilen, maar slikte het weg.

'Maar waar is hij dan? En waarom is hij vermist? Je hebt zijn mobiele telefoon geprobeerd. Die werd niet opgenomen. Waarom belt hij niet? Dat is niks voor hem, Kate. Echt niet. Ik begrijp er gewoon niks van. Wat zegt Nick ervan? Wat zegt Reed ervan? Dóén die eigenlijk wel iets?'

'Op het vmi is een rechercheur, Calder. Hij is er nu mee bezig. Zodra hij papa gevonden heeft belt hij ons. Of Reed belt. Ondertussen blijf jij hier.'

Beth richtte zich op en rechtte haar rug.

'Nee. Ik ben een volwassen vrouw. Met twee kinderen. Ik kan dit heus wel aan. We gaan naar een hotel.'

'En als Byron nu plotseling voor je hoteldeur staat? Want dat gaat gebeuren. Wat dan?'

'Kate, Nick kan niet thuisblijven en voor mijn bodyguard spelen. Hij heeft een baan. Reed ook. En jij ook.'

'Daar verzinnen we wel iets op. Nick is niet de enige in dit huis met een wapen.'

'Heb jij een wapen?'

'Ik heb een Glock, en ik weet hoe ik ermee moet omgaan.'

'Is die geladen?'

'Nick zegt dat als een wapen niet geladen is, je het net zo goed als presse-papier kunt gebruiken. Trouwens, Nick gaat straks naar Byron toe. Dus Byron is misschien niet eens zo'n groot probleem voor jou als hij zelf graag denkt.'

'Dat zal Byron niet leuk vinden. Hij zal Nick de huid vol schelden.'

'Ik hoop het. Dan kan hij een koekje van eigen deeg krijgen. Als hij Nick daadwerkelijk aanvalt, slaat Nick hem het ziekenhuis in, en dan arresteert hij hem wegens geweldpleging tegen een politieagent in functie, en daarvoor draait hij de gevangenis in, en ook voor huiselijke geweldpleging. Daar heb ik digitaal bewijs van. Misschien komt hij zelfs in een districtsgevangenis te zitten. Lijkt me heerlijk om te zien hoe hij het redt met die lui in Twin Counties Correctional. Voormalig FBI? Zijn vrouw mishandeld? Die duwen ze de bezemkast in, en dan is het bal. Hij mag nog van geluk spreken als ze hem niet castreren.'

Ze sprak met vlakke stem, zonder stembuiging of wat voor spoortje melodrama ook.

Beth staarde haar aan.

'Dat is al eerder gebeurd, hoor,' zei Kate. 'Vraag maar aan Nick.'

'Jezus. Je bent echt kwaad, hè?'

'Ja. En dat zou jij ook moeten zijn.'

Beth zuchtte, leunde achterover op de bank en nam een slokje whisky. Er viel een stilte.

Kate dronk het laatste beetje van haar ijsthee op en keek aandachtig naar Beths gezicht, waar ze de verharding uit zag wegtrekken en de sporen van haar oude leven weer in terug zag stromen.

'Hij heeft geprobeerd je dood te maken, Beth. Ik hoop dat je dat begrijpt. Misschien niet je lichaam. Maar wel jouzelf. Ze willen je ziel uit je wegzuigen. Dat doen mannen als Byron.'

Beth slaakte nog maar weer eens een beverige zucht, legde haar hoofd achterover en deed haar ogen dicht. Na een poosje zei ze: 'Ik heb altijd gedacht dat Byron een leegte in zich had en dat hij die als een gek probeerde te vullen, en dat ik hem daar gewoon niet bij kon helpen, wat ik ook probeerde.'

Kate boog zich naar Beth toe, legde zacht een hand op haar arm en kwam nog wat dichterbij om haar zacht op haar blauwe wang te kussen. Toen maakte ze zich van haar los, glimlachte lief en zei: 'Dat slaat echt nergens op.'

De telefoon ging.

'Kate, hallo, met Reed. Heb je het gehoord van Byron?'

Als in het bos
een beer wordt geveld

Ongeveer op het moment dat Kate van Reed Walker het laatste nieuws over Byron Deitz te horen kreeg, reed brigadier Coker van de politie van Belfair en Cullen in noordelijke richting over snelweg 311, ongeveer vijftien kilometer ten zuiden van Gracie, rookte een sigaret en genoot ervan hoe de zon het hoge gras op de hellingen van de heuvels overal om hem heen deed opgloeien.

Hij reed in zijn dienstauto, een zwart-met-bruine Crown Victoria achtervolgingsauto, met grote goudkleurige zespuntige sterren op de portieren en een lichtbak op het dak, die, als hij aanstond, op Mars nog zichtbaar was. Brigadier Coker was in een uitstekende stemming, alle omstandigheden in acht genomen: het was heerlijk weer die ochtend, hij was tot de tanden toe gewapend en reed lekker in zijn favoriete auto, en om het helemaal af te maken waren zijn goede vriend Charlie Danziger en hij net goed weggekomen met een bankoverval in Gracie, een paar dagen daarvoor, die hun netto ongeveer twee miljoen dollar aan cash en waardevolle artikelen had opgeleverd.

Charlie Danziger en hij kenden elkaar al heel lang, nog van de tijd dat ze allebei bij het korps mariniers hadden gezeten, en Charlie had tot een paar jaar terug bij de verkeerspatrouille gewerkt. De laatste tijd had Charlie bij Wells Fargo Gepantserde Vrachtwagens gewerkt als regiomanager, een functie die hem als insider veel informatie had verschaft over grote hoeveelheden cash geld die aan de plaatselijke banken werden bezorgd.

Zoals afgelopen vrijdag, toen er een levering van meer dan twee miljoen dollar aan de First Third Bank in Gracie zou worden gedaan.

Danziger en de chauffeur, een zware jongen met brandwonden in zijn gezicht, ene Merle Zane, hadden de daadwerkelijke beroving voor hun rekening genomen, en Coker, de beste scherpschutter van de politie in de hele staat, had met een Barrett Fifty de onvermijdelijke politieachtervolging afgehandeld.

Het resultaat was vier verwoeste politieauto's, vier dode agenten, twee dode mediatypes die in een helikopter van Live Eye de achtervolging versloegen, en spijtig genoeg, een poosje later, de betreurenswaardige noodzaak om Merle Zane in de rug te schieten, gewoon om alles netjes te houden. Merle Zane was voor het laatst gezien toen hij wankelend een dennenbos in liep met een van Charlie Danzigers negenmillimetersalvo's in zijn rechternier.

Al met al was het een hectisch middagje geweest, dat uiteindelijk toch wel heel lucratief voor Coker en Charlie Danziger had uitgepakt.

Coker zat verlekkerd te denken over wat hij allemaal met dat pas verworven geld kon doen met het oog op maximale zintuigelijke prikkeling toen zijn walkietalkie begon te kraken en zijn mobiele telefoon ging.

Hij keek op het schermpje wie er belde – C DANZIGER –, zette hem op de voicemail en pakte de walkietalkie van de politie.

'Coker.'

'U moet uw autonummer noemen, brigadier Coker.'

'Dat was ik even vergeten, Bea. Wat is er?'

'Ik ben Bea niet. Ik ben de centrale.'

Coker grijnsde, waardoor zijn wolfachtige gezicht zich rimpelde en hij er nog valser uitzag dan anders.

'Oké, centrale. Wat is er aan de hand?'

'Een burger heeft 10-38-melding gedaan, adres Old Orchard 2990. Hij wil dat er onmiddellijk politie komt.'

'Dat is de ranch van Ernie Pullman, toch? Die kan zo'n stomme hond zelf toch wel afhandelen? Hij heeft zo veel wapens dat hij wel een winkel kan beginnen.'

'Het gaat niet om een hond. Het is een beer. Ik heb alleen maar gezegd dat het een 10-38 is omdat we geen code voor een beer hebben. Kun jij eropaf gaan, Coker? We hebben verder niemand in die sector.'

'Waar is iedereen dan?'

'De meeste teams assisteren de staatspolitie. Het schijnt dat die een of andere heel belangrijke aanhouding hebben gedaan in Arrow Creek, en daar is iedereen naartoe.'

33

'Wie is er dan aangehouden?'

'Dat willen ze niet zeggen. Een of andere vent in een grote gele Hummer. Er is geschoten.'

Coker dacht daar even over na en besloot toen dat hij maar beter geen vragen over een grote gele Hummer meer kon stellen.

'Oké. Wie heeft er gebeld?'

'Ernie zelf. Hij klonk nogal van streek.'

'Ernie kan net zo goed een beer neerschieten als ik.'

'Hij zegt dat er een probleem is.'

Coker zuchtte.

'Oké, ik ga eropaf. Heb je hem nog aan de lijn?'

'Ja.'

'Zeg maar dat ik er over vijf minuten ben. Over.'

Coker zuchtte, deed het licht op zijn dak aan en trapte op het gaspedaal. Hij pakte ook zijn gsm en drukte op het knopje VOICEMAIL.

'*Coker, met Charlie. Waar zit je? Bel me. Het is dringend.*'

Dus dat deed Coker.

'Charlie?'

'Coker. Waar zit je?'

'Ik heb een 10-38-melding gekregen van de ranch van Ernie Pullman...'

'Kan Ernie een valse hond zelf niet aan?'

'Het is geen... Oké, Charlie, wat is er?'

'Dan zie ik je bij Ernie.'

'Je klinkt een beetje angstig, Charlie.'

'Dat ben ik ook.'

De ranch van Ernie Pullman was meer een gemeentelijke stortplaats dan een ranch, met een groot afgerasterd erf dat vol oude tractoronderdelen, verroeste autowrakken en allerlei waardeloze troep lag. In het midden stond Ernies enorme trailerwoning, die eruitzag alsof ze hem daar van grote hoogte hadden laten vallen. Toen Coker de oprit op reed, hoorde hij een claxon, en in zijn achteruitkijkspiegel verscheen een grote witte pick-up, een Ford F150.

Coker stapte uit de patrouilleauto, strekte zijn benen en wachtte tot Charlie Danziger zijn gestalte van een meter negentig achter het stuur vandaan had gewurmd.

Charlie had lang wit haar en een grote witte snor. Hij kwam uit Montana en zo zag hij er ook uit. Coker kwam ook uit Montana, maar hij zag er meer uit als een drilinstructeur van het korps mariniers, want dat was hij vroeger ook geweest.

'Wat is er aan de hand, Charlie?'

'Waar is Ernie?'

'Bea zegt dat hij buiten is, dat hij met een doorgedraaide beer in de clinch ligt.'

'Hoe doorgedraaid is die beer?'

'Dat moeten we gaan zien.'

'We moeten praten.'

'Ik hou er niet van als je dat zegt.'

'Laten we om te beginnen kijken waar Ernie is. Het is nou niet bepaald iets waarover ik wil staan te kletsen waar de ergste alcoholist ten zuiden van Sallytown bij is.'

Ze liepen om de trailer heen naar de achterkant. Daar lag nog een erf, dat helemaal een modderige helling af liep, tot aan een flink gemengd bos – voornamelijk eiken, dennenbomen en elzen, met een paar heel hoge populieren die boven de rest uitstaken. Op een hoogte van ongeveer driekwart van de hoogste populier zat een heel grote zwarte klont, en enkele meter hoger zat nog een kleinere blauw-met-witte klont. De kleinere blauw-met-witte klont schreeuwde en zwaaide naar hen.

De grote zwarte klont leek niet veel uit te spoken. Coker en Danziger stonden het allemaal even te bekijken.

'Ernie, ben jij het?' riep Coker.

'Ja, wie anders, godverdomme?' brulde Ernie Pullman. 'Schiet die kutbeer dood, ja?'

Coker keek naar de beer. Die verroerde geen vin. Hij keek naar Danziger en sprak op fluistertoon.

'Heb jij je Winchester bij je?'

'Die ligt in de truck.'

'De karabijn of die lange met het vizier?'

'De karabijn.'

'Denk je dat je die beer met een karabijn kunt raken? Ik heb alleen mijn geweer en dit handvuurwapen bij me.'

'Ik kan die beer zelfs met een steen raken, Coker.'

En toen, nog steeds op gedempte toon: 'Wil je nog horen wat ik te zeggen heb?'

Ernie schreeuwde nog steeds tegen hen.

'Hoe lang zit je daar al?' riep Danziger.

'Al bijna een uur.'

'Hoe heb je 911 dan gebeld?'

'Met mijn mobiel, klootzak. Die had ik bij me toen die beer achter me aankwam. Charlie, schiet die kutbeer dood, ja?'

'Volgens mij is die beer al dood, Ernie.'

Daar kon Ernie niet om lachen.

'Nou, toen hij me deze populier in joeg was hij anders nog zo levend als wat.'

'Misschien doet hij gewoon een dutje,' zei Danziger, en toen, zachtjes tegen Coker: 'Is het wel toegestaan om een slapende beer dood te schieten?'

'Dat zou ik moeten opzoeken,' zei Coker.

Hij keek omhoog naar Ernie Pullman, die een meter of vijftig bij hen vandaan was, en toen keek hij naar Danziger.

'Oké. Hij is ver genoeg. Wat was er nou, Charlie?' vroeg hij op zachte toon.

'Heb je het dan nog niet gehoord?'

'Nou, ik heb gehoord dat de staatspolitie in de buurt van Arrow Creek met geweld een grote gele Hummer heeft aangehouden. Er is in dit deel van de staat maar één grote gele Hummer.'

'Daar heb je gelijk in.'

'Hebben ze Deitz neergeschoten?'

'Ja.'

'Is hij dood?'

'Nog niet.'

'Hebben ze het geld gevonden dat hij achter in zijn auto heeft verstopt?'

'Ja. En die Rolex.'

'Dus ze denken dat wij willen dat ze...'

Ernie, die had toegekeken terwijl zij rustig over god weet wat stonden te keuvelen, voelde de behoefte om hun aandacht weer op de onderhavige kwestie te vestigen.

'Godsallejezus, schiet iemand van jullie die beer nog dood of hoe zit het?' brulde Ernie Pullman. 'Mijn handen glijden weg.'

'Ja, dat is zo,' zei Danziger zacht tegen Coker. 'Je kunt hem een beetje omlaag zien glijden.'

'Schiet die beer dood!' schreeuwde Ernie Pullman, die zichzelf inmiddels begon te herhalen.

Coker stak een sigaret op en glimlachte naar Danziger.

'Dus ze hebben Deitz,' zei hij, nog steeds op hese fluistertoon. Danziger knikte.

'Dan zullen we moeten zien hoe het uitpakt.'

'Inderdaad.'

Ernie gleed nu steeds sneller naar beneden. Er kwam inmiddels niks coherents meer uit hem, en hij krijste en huilde alleen nog maar.

De beer bewoog nog steeds niet.

'Hou op met dat geschreeuw, Ernie,' riep Danziger. 'Je maakt hem nog wakker. Misschien kun je gewoon langs hem heen glijden.'

Ernie zei een paar heel onaardige dingen, op een heel luide en opgewonden toon. Hij bevond zich op een meter of twee van de beer, waar hij centimeter voor centimeter verder naartoe gleed, en het zag ernaar uit dat de beer nu klaarwakker was.

Hij liet een zacht kreunend gegrom horen, ging wat verzitten en gromde weer, maar dit keer met veel meer gezag. Ernie hield op met krijsen, maar hij gleed nog steeds verder langs de boomstam omlaag.

'Ik weet wel zeker dat die beer niet dood is,' zei Coker tegen Danziger. 'Hij maakt nu een behoorlijk actieve indruk.'

'Ja hè?' zei Danziger. 'Misschien moet ik toch maar even die Winchester gaan halen.'

'Misschien wel, ja,' zei Coker.

Het boek van Edgar

Het Marriott Hotel en het conferentiecentrum van het Quantum Park besloegen vier hectare glooiend grasland, ongeveer halverwege de regionale luchthaven van Belfair County – ook wel bekend als Mauldar Field – en het Quantum Park zelf, een met prikkeldraad omheind en goed bewaakt onderzoeks- en ontwikkelingscentrum, gelegen aan de noordwestkant van Niceville.

Quantum Park was de thuisbasis van een keur aan anonieme toeleveringsbedrijven die perifeer onderzoek en ontwikkeling deden voor meer prominente bedrijven met namen als Lawrence Livermore, Motorola, General Dynamics, Northrop Grumman, Lockheed Martin, KBR en Raytheon.

Het was beslist geen toeval dat het beveiligingsbedrijf dat de complexe behoeften van Quantum Park voor zijn rekening nam, BD Securicom heette, waarbij dat BD voor Byron Deitz stond, die, voordat hij zeer onlangs de nieuwe positie was gaan bekleden van hoofdverdachte van een bankoverval, de directeur en enig aandeelhouder van dat bedrijf was geweest.

Met een bedrijventerrein als Quantum Park in de buurt en een luchthaven vlak naast de deur, had het Marriott Hotel van Niceville veel te doen op het gebied van zakenreizen. Het succes werd weerspiegeld door het elegante in de stijl van Frank Lloyd Wright gebouwde complex van luxe suites, de golfslagbaden, de fitnessruimtes, de reusachtige conferentiezaal ernaast, en vooral door de centrale hal met het lage plafond, met muren van geel kalksteen en een vloer van goed geboende eikenhouten planken, gelakt met een rijke, glazige kastanjebruine kleur, als de ogen van een paard.

Langs één kant flakkerde achter een glazen wand van twaalf meter een enorm haardvuur van gas, en aan de tegenoverliggende wand glinsterde een reusachtig aquarium van dezelfde afmetingen in tinten toermalijn en blauwgroen, geaccentueerd door scholen vuurrode vissen die onder de gloed van minuscule halogeenlampen voorbij zwommen en oplichtten.

Achter de haardvuurwand bevond zich een in de stijl van Starck ingericht restaurant, ook wel SkyLark genoemd, met een verrassend goede Franse fusion-keuken, en een belangrijke publiekstrekker, waar zelfs mensen vanuit de noordelijke plaatsen Gracie en Sallytown naartoe kwamen. Achter het aquarium bevond zich een lange bar van koper en hardhout, The Old Dominion geheten, waar je op een doordeweekse avond verdomd goed je best moest doen om alle lokale hotemetoten te ontlopen, die zich onder een reusachtig panoramisch olieverfschilderij van de Slag bij Chickamauga verzamelden.

Daar werd hof gehouden door mannen als Bucky Cullen Junior, wiens familie het grootste deel van Fountain Square in bezit had, in het hart van het financiële district van Cap City, of Billy Dials, die de grootste ijzerwarenhandel en houthandel van Niceville runde, of de burgemeester-voor-het-leven van Niceville, Dwayne 'Little Rock' Mauldar, de enige zoon van Daryl 'Big Rock' Mauldar, die als topsporter aan de Regiopolis Prepschool was afgestudeerd, twee gevechtsmissies in Vietnam had overleefd en vervolgens nog zes jaar als beginnende linebacker bij de Saint Louis Cardinals had gespeeld.

Het waren grote witte haaien, alle drie, met dodevissenogen en een joviale manier van doen, met vetrollen boven hun kraag, diamanten pinkringen en luide vérdragende stemmen, en ze bevolen iedereen hartelijk aan die hen hartelijk aanbeval.

Deze wezens waren meestal omringd door een school van menselijke murenes, meervallen en lampreien. Misschien kwam dat door het aquarium.

Al met al was het Marriott een behoorlijk chique tent, en in het geheel niet bezoedeld doordat er voor de hoofdingang een glanzende donkerblauwe Crown Vic arriveerde, die, hoewel het 'een burgerauto' werd genoemd, niet harder 'politie' had kunnen uitschreeuwen, zelfs als dat woord in rode letters op de motorkap had gestaan. Beau Norlett zat achter het stuur, met Nick naast zich. Ze stopten onder de stenen overkapping.

Een oudere man in de burgerversie van een militair groottenue kwam naar voren en deed het portier voor Nick open, waarbij hij keurig salueerde. De man was lang en slungelig, met een lichaam dat misschien ooit gespierd was geweest, maar nu uitgedroogd en stakerig oogde. Hij had veel te grote oren, korte mariniersstekeltjes en een sardonische uitdrukking op zijn grauwe huid.

In het glimmend koperen plaatje op zijn messcherpe blauwe uniform stond EDGAR gegraveerd.

'Rechercheur Kavanaugh,' zei Edgar Luckinbaugh toen Nick uitstapte, 'we verwachtten u al.'

'Dank je wel, Edgar. Deze heel grote man aan de andere kant is mijn collega, rechercheur Norlett.'

'Meneer,' zei Edgar, terwijl hij Beau, die zwart was, een veel minder precies saluut bracht – niet blij met wat hij zag.

'Welkom in het Marriott.'

Beau, die zich er terdege van bewust was dat hij Edgar niet aanstond, en ook wist waarom, reageerde met exact dezelfde mate van onbeschoftheid. Hij besloot ook de grote doos Krispy Kreme-donuts met honingglazuur die ze voor hem hadden meegenomen te 'vergeten'. Edgar ging hun voor de glazen deuren door, de koele schaduw van de lobby in.

Van alle kanten klonk vage muziek, een slepende pianosonate. Een ranke Aziatische man met een porseleinen huid en gitzwarte ogen hield hen in de gaten terwijl ze de glimmende vloer overstaken. De man was klein en netjes, met een zwart pak van goede snit en een lavendelblauw overhemd aan, en hij zat achter een Franse secretaire met zijn kleine handen op een groot groenleren opschrijfboek. Toen Nick zijn kant op keek, glimlachte de man naar hem.

Zijn naam was meneer Quan, en hij was de concierge; wat wel het zwarte pak en het lavendelblauwe overhemd verklaarde, maar niet de veel te grote strikdas van chroomgele zijde. Misschien viel die ook wel niet te verklaren.

Nick was halverwege de lobby toen zijn mobiele telefoon ging. Het was Kate.

'Even wachten, oké? Deze moet ik even nemen.'

Hij deed een paar stappen naar opzij en liet Beau Norlett en Edgar Luckinbaugh alleen, zodat ze in een stijve en versteende stilte over elkaars in het oog springende gebreken qua karakter en huidskleur konden nadenken.

'Kate, hoe gaat het met Beth?'

'Nou, Reed heeft gebeld. Wat is dat voor verhaal dat Byron gearresteerd is?'

Nick schetste in het kort de situatie.

Kate was snel van begrip.

'Denk je echt dat hij iets met die vreselijke bankoverval te maken heeft?'

'Ik zou het heel vreemd vinden als zelfs Byron zo stom is dat hij het geld van een bankoverval annex moord zomaar in zijn auto laat liggen. Maar die Chinese connectie, dat is andere koek. Hoe is Beth eronder?'

'Ze is geschrokken. Maar niet verdrietig. Ik denk dat ze niet meer opkijkt van wat Byron doet. Ze is nu beneden, met Axel en Hannah aan het praten.'

'Had Reed nog nieuws over je vader?'

'Nog niet. Hij komt vandaag terug. Ik heb gezegd dat hij hierheen moet komen. Kun jij voor het eten thuis zijn?'

Nick keek op zijn horloge.

'Ik denk van wel. Je wilt zeker dat we even met z'n allen zijn?'

'Ja. Probeer alsjeblieft op tijd te zijn. Er is van alles aan de hand. Ik heb Beth gevraagd om een poosje met de kinderen bij ons te blijven. We zouden het koetshuis voor ze klaar kunnen maken. Is dat goed?'

'Je wilt ook nog steeds dat Rainey Teague bij ons komt wonen?'

'Ja. Hij komt binnenkort uit de revalidatie. Hij zal toch ergens naartoe moeten. Ik ben zijn voogd.'

'Volle bak, Kate.'

'Ja, voor een tijdje. Misschien is het wel goed voor Rainey als er andere kinderen in de buurt zijn.'

'Zou kunnen.'

Zou het goed voor Axel en Hannah zijn om Rainey in de buurt te hebben, dacht hij. Dat is de vraag.

'Nick... Vind je het allemaal wel goed?'

Stilte.

'Dat komt wel, Kate. Dat komt wel.'

'Dank je wel, Nick. Je weet hoeveel dit voor me betekent. Red je het echt om op tijd thuis te zijn voor het eten? Reed is er dan al. Dan kunnen we dit allemaal bespreken. Oké? De hele familie?'

'Ik zorg dat ik er ben. Kijk naar me uit bij maanlicht, hoewel de hel de weg zou moeten versperren.'

'De Highwayman uit dat gedicht wordt toch doodgeschoten?'

'Maar ik niet. Dag liefje, ik hou van je.'

41

'Ik ook van jou. Dag.'

Nick zag dat Edgar en Beau lang genoeg bij elkaar waren geweest om hun afkeer verder te perfectioneren. Hij probeerde de spanning tussen hen te negeren. Mark Hopewell, de dienstdoende manager van die dag, jong en gretig, en net een wapenkluis in een driedelig grijs, kwam met een moeilijk gezicht achter de receptie vandaan.

'Rechercheur Kavanaugh. Wat verschrikkelijk wat er op Mauldar Field is gebeurd.'

'Dank je wel, Mark. Dit is rechercheur Norlett. Edgar, niet weggaan,' zei hij toen de piccolo zich omdraaide om weg te lopen. 'We willen jou straks ook even spreken.'

'Laten we naar mijn kantoor gaan,' zei Hopewell, en hij ging hun voor, om de receptiebalie heen naar een klein rommelig kantoor, helverlicht met een gemene blauwe zoemende tl-buis aan het plafond. Hopewell schonk koffie voor hen in – die rook verrukkelijk – en deelde die rond. Nick ging zitten, nam een slokje van zijn koffie – die net zo lekker smaakte als hij rook –, Beau kwam er dreigend bij staan, Edgar drentelde wat heen en weer, en Hopewell ging zelf op de rand van zijn bureau zitten, met een stapel papieren in zijn grote roze handen.

'Rechercheur, mag ik vragen...'

'Mark, we kennen elkaar. Zeg gewoon Nick, oké?'

Mark knikte, maar wist nog niet eens een glimlach te produceren.

'Dank je wel, Nick... Waren er overlevenden?'

Nick schudde zijn hoofd.

'Jij zit toch bij de nationale luchtbrigade?'

Hopewell knikte.

'Dan ken jij de uitdrukking "verticaal in het terrein opgesteld".'

Hopewell kreunde.

'Jezus. Waar is-ie neergestort?'

'Midden op de veertiende green van Anora Mercer. Een vrouw op de green is om het leven gekomen, haar man is gewond geraakt.'

'Wat was de oorzaak?'

'Een zwerm vogels. De kist is een zwerm kraaien in gevlogen.'

'Godsamme. Dat heb ik een keer in een Apache meegemaakt. Een van die stomme Canadese ganzen. Ik bedoel: eentje maar. We moesten op zeshonderd voet om onze as draaien.'

'Jij liever dan ik. Zijn dat de papieren over die mannen?'

Hopewell overhandigde ze.

'Ja. Alles wat we over ze hebben, inclusief de telefoontjes die ze hebben ontvangen en hebben gepleegd. Ze kwamen uit Shanghai, hebben vrijdag ingecheckt en hadden een maand van tevoren vijf kamers gereserveerd. De rekening is betaald met een Amex Centurion-kaart, aangereikt door de heer Zachary Dak. Helemaal geen problemen gehad, ze waren erg op zichzelf. Ze bleven goed uit de buurt van de jongens in The Old Dominion. Ze dineerden in het SkyLark – de piloten aan een aparte tafel – en volgens meneer Quan spraken ze een soort Chinees dat hij Hakka noemde. Quan hoorde het niet graag en zei dat het "boeren" waren. Quan is een Mandarijn. Dat zal wel een klassenkwestie zijn. Verder vielen ze totaal niet op. Tot vanochtend dan.'

Nick keek op van de papieren.

'Vanochtend? Je bedoelt door die crash?'

Hopewell schudde zijn hoofd.

'Nee, daarvoor nog. Edgar kan jullie het verhaal wel vertellen. Ik was in een van de vergaderzalen een sollicitatiegesprek aan het voeren. Edgar?'

Luckinbaugh rechtte zijn rug, liet een mond vol grafzerktanden zien en haalde een oud opschrijfboekje van de politie uit een zijzak.

'Ja, meneer,' blafte hij, en hij begon uit zijn opschrijfboekje voor te lezen, met de verstikte syntaxis van een agent die voor de rechtbank moet getuigen. Na de tweede herhaling van 'is waargenomen dat de persoon' onderbrak Nick hem.

'Jezus, Edgar. Je staat hier niet voor rechter Teddy. Vertel het gewoon in je eigen woorden, ja?'

Edgar keek teleurgesteld en stak het opschrijfboekje met een afkeurende frons weg.

'Oké, nou goed... Zoals meneer Hopewell al zei, stond ik bij het valhek...'

'Bij het wat?'

'Zo noemt Edgar het,' zei Hopewell. 'Dat is een oud woord voor de toegang tot een fort.'

'Edgar,' zei Nick, 'doe me een lol.'

'Neem me niet kwalijk. Ik stond bij de hoofdingang. De tijd was negen uur tweeënveertig in de ochtend. Een zwarte Benz 600 stopt voor de deur, kenteken, alfa delta negen zeven zes nevada bravo...'

Nick keek naar Beau, die hem een brede grijns schonk en zijn hoofd schudde – reacties die Luckinbaugh wel zag, maar koos ervoor die te negeren. Je moest de dingen op de juiste manier doen, ook al hadden die jonge gastjes daar geen oog voor.

'... bestuurder was een grote oude zwarte vent, Phillip Holliman genaamd...'

Het woord 'zwarte' landde met een doffe dreun op de vloer. Iedereen probeerde het te negeren, behalve Beau.

'Dat is die vent van Deitz,' zei Nick.

Luckinbaugh knikte.

'Ja. Ik neem de sleutels aan en terwijl hij naar binnen loopt vraagt hij in welke kamer meneer Zachary Dak zit en ik zeg nou meneer Dak en zijn gezelschap zijn vanochtend al vertrokken en Holliman zegt wel godver – hij vloekt een paar keer – en dan vraagt hij hoe lang geleden dat is en ik zeg een half uur, misschien iets langer – zijn gezicht loopt helemaal paars aan en zijn ogen worden groot en hij pakt me bij mijn arm en zegt dat ik hem nu meteen – weer een vloek – naar de kamer van Dak moet brengen en of ik dat goed begrijp en ik wil net zeggen dat kan ik niet zonder toestemming van meneer Hopewell...'

'Ben je met Holliman naar Daks kamer gegaan?' vroeg Nick, terwijl hij bedacht dat het misschien toch beter was geweest om Edgar maar uit zijn opschrijfboekje te laten voorlezen.

'Ja. Neem me niet kwalijk, meneer Hopewell, maar hij maakte een hele toestand en er liepen voortdurend hotelgasten langs, en hij snauwde en grauwde tegen me en de mensen keken naar ons, dus ik zei oké en toen heb ik hem naar de suite van meneer Dak gebracht – the Glades – en ik had mijn pasje nog niet door de lezer gehaald of Holliman stormt langs me heen – het kamermeisje was nog niet geweest dus het was een bende in die kamers en Holliman stormt als een wilde van de woonkamer naar de slaapkamer en naar de badkamer en ondertussen is hij voortdurend aan het vloeken en grommen – ik was bang dat hij een hartaanval zou krijgen – en toen komt hij terug en pakt me beet en wil weten waar ze dan allemaal naartoe zijn en ik zeg ja meneer ze zijn allemaal met de shuttlebus naar Mauldar Field gegaan – allemaal, godverdomme zegt hij, zo pal in mijn gezicht, zodat ik zijn zwarte spuug op mijn wang krijg – en ik zeg ja en dan gaat hij bellen – met zijn mobiel tegen zijn oor...'

Luckinbaugh stopte even en haalde adem.

'Maar op dit punt aangekomen moet ik verder in mijn aantekeningen kijken, rechercheur Kavanaugh, want ik denk dat wat hij over de telefoon zei wel revelant is voor de zaak...'

'Relevant, bedoel je?' onderbrak Beau hem, wat hem op een strenge blik van Luckinbaugh kwam te staan.

'Ja meneer, dat zei ik. Revelant. Dus ik lees verder uit de aantekeningen, als dat goed is.'

Dat was gericht tot Nick. Voor Luckinbaugh was Beau verder onzichtbaar.

'Ja, dat is goed, Edgar. Ga verder.'

Luckinbaugh onderdrukte een triomfantelijke sneer aan het adres van Beau en haalde zijn opschrijfboekje tevoorschijn. Hij bladerde het door en begon toen voor te lezen.

'Het gesprek verliep als volgt, rechercheur Kavanaugh. Holliman zegt *ze zijn weg Deitz* waaruit ik concludeerde dat hij zijn baas Byron Dei...'

'Concludeerde,' zei Beau, die er niets aan kon doen. 'Concludeerde.'

'Dat zei ik.'

'Nee,' zei Beau. 'U zei concludeerde. Dat is geen woord.'

'Beau,' zei Nick.

'Nou en? Ik bedoel toch hetzelfde?' zei Luckinbaugh, die onderhand wel een oordeel over de jongen had en hem wegzette onder het kopje 'verwaand'.

Nick schudde zijn hoofd naar Beau en Beau slaagde erin een neutraal gezicht op te zetten. Edgar schudde zijn schouders, liet zijn veren op hun plaats vallen en ging verder...

'En ik was zo dichtbij dat ik kon horen wat meneer Deitz zei, namelijk *Weg? Wie is er weg?* Waarop meneer Holliman antwoordt *Zachary Dak en zijn hele team. Ze zijn een half uur geleden uitgecheckt. Ze zijn gevlogen* en meneer Deitz zegt *Jezus en het voorwerp dan?*'

'Zei Deitz "het voorwerp"?' vroeg Nick. 'Letterlijk?'

Luckinbaugh knikte ernstig.

'Letterlijk. Hij zei "en het voorwerp dan?"'

'Enig idee wat hij daarmee bedoelde?'

'Nee. Maar aan zijn toon te horen nam ik aan dat het om iets heel belangrijks ging, wat het ook geweest moge zijn. Kan ik verdergaan?'

'Ga je gang.'

'Dus Holliman zegt *ik sta in hun kamer. Er is niets meer. Niets. Ze hebben het voorwerp meegenomen. Dat is altijd al hun plan geweest* en meneer Deitz zegt *godsallejezus nog aan toe* en meneer Holliman zegt *ja, nou, ik zal hem bellen als je denkt dat hij kan helpen* waar ik uit concludeerde dat Holliman dat sarcastisch bedoelde en toen zegt meneer Deitz *nee wacht de Lear. Die staat op Mauldar Field. Dat is een half uur rijden vanaf het Marriott. Bel de baas van het vliegveld en zeg dat hij de Lear pas het groene licht mag geven als ik er ben* en meneer Holliman onderbreekt hem met te zeggen *ik ben maar een beveiligingsmedewerker Deitz* en meneer Deitz begint zo hard tegen hem te schreeuwen dat meneer Holliman de telefoon van zijn oor af houdt en Deitz zegt *het kan me niet schelen wat je tegen hem zegt als je er maar voor zorgt dat die kist aan de grond blijft. Ga erheen. Nu meteen.* En dan hangt Deitz op en kijkt Holliman me aan.'

'Zei hij verder nog iets tegen je?'

'Ja. Hij liep naar me toe en prikte met zijn vinger in mijn borst en hij zegt *jij hebt niks gehoord begrepen Edgar, helemaal nada niks is dat duidelijk* en ik zei *ja meneer dat is duidelijk* en Holliman duwt me zo hard opzij dat ik tegen de deur viel en weg was hij.'

Terwijl iedereen dit tot zich liet doordringen viel er een stilte.

'Het voorwerp?' zei Nick, meer tegen zichzelf dan tegen de anderen. 'Mark, hebben ze bij jou iets in de kluis gelegd?'

Hopewell schudde zijn hoofd.

'Helemaal niks. En er heeft ook niemand aan de kluis in de kamer gezeten.'

'Dus Edgar en jij hebben die Dak niet met iets gezien wat er ongebruikelijk uitzag?'

Beide mannen schudden het hoofd.

'Hebben ze een afspraak gehad met iemand hier in het hotel?'

'Niet dat wij gezien hebben,' zei Hopewell. 'Ik heb meneer Quan gevraagd of hij nog diensten aan hen heeft geleverd. Hij zei dat hij een zwarte Lincoln Town Car van het limobedrijf van de luchthaven voor ze heeft besteld en dat hij ze een gedetailleerde plattegrond van de stad had gegeven. Verder heeft hij een leverancier gevonden voor een bepaalde soort groene thee waar ze van hielden.'

Hopewell zweeg even; het was alsof hij zat te denken hoe hij iets moest zeggen.

'Quan heeft nog wel iets gezegd wat ik indertijd grappig vond. Grappig in de zin van vreemd, bedoel ik. Hij is Mandarijn – of hij spreekt het althans – maar hij gebruikte een woord waarvan ik altijd gedacht heb dat het Kantonees was, en de manier waarop hij het gebruikte zet me, na wat ik nu gehoord heb, aan het denken...'

'Eh... Mark... gaat dit nog ergens naartoe?'

Hopewell grijnsde.

'Mijn vrouw zegt ook dat ik vaak afdwaal, Nick. Het woord was "gway-lo", en als de Chinezen het gebruiken betekent dat een racistische belediging aan het adres van blanken. Het betekent "geesten", en ik neem aan dat de gedachte erachter is dat wij allemaal zo bleek zijn dat we er als een geest uitzien. Maar dit keer gebruikte hij het voor meneer Dak en zijn team. Dus ik dacht: bedoelt hij dat nou letterlijk?'

'Bedoelt u geesten als in "spoken"?' vroeg Beau.

'Ja. Dus heb ik hem er een poosje geleden naar gevraagd en toen deed hij heel zenuwachtig en vreemd, maar op een gegeven moment zij hij toch dat hij vond dat ze allemaal "naar guangbo stonken". Ik vroeg wat "guangbo" betekende, en hij zei dat het net mensen van de Chinese geheime dienst waren en dat iedereen in China een hekel aan ze had.'

'Goed gedaan, Mark. Dan hebben we ook een verklaring van Quan nodig. Heeft het kamermeisje hun kamers al gedaan?'

'Nee. Zodra we begrepen hadden dat er een vliegtuig was neergestort en dat jullie hiernaartoe zouden komen, heb ik al hun kamers laten verzegelen.'

'Wanneer zijn hun kamers voor het laatst schoongemaakt?'

'Ik denk dat de bedden gisteravond om tien uur nog voor ze zijn opengeslagen. Maar de kamers zijn allemaal voor twaalf uur 's middags schoongemaakt, afhankelijk van het tijdstip waarop de gasten de deur uit zijn gegaan.'

'Dus bijna vierentwintig uur geleden?'

'Ja.'

Nick keek naar Beau.

'Bel jij de inspecteur even, wil je? Zeg maar dat het forensische team de kamers moet komen onderzoeken. Mark, we zullen proberen het subtiel aan te pakken, maar we zitten met die crash, en die lui zijn Chinese staatsburgers. Het ministerie van Buitenlandse Zaken zal zich ermee gaan bemoeien, en misschien de FBI ook wel. En dan die link met Byron Deitz... Er is hier iets niet in de haak.'

'Ik heb er nog eens over lopen nadenken,' zei Luckinbaugh. 'Ik heb een idee, als jullie dat willen horen?'

'Dat willen we zeker,' zei Nick.

'Nou, het bedrijf van meneer Deitz deed de beveiliging voor Quantum Park,' zei Luckinbaugh. 'Daar bevindt zich een heleboel hightech. Geheime dingen. Misschien waren ze daarvoor wel hier. Die Chinezen. Misschien is "het voorwerp" iets wat ze van Quantum Park hebben meegenomen?'

Iedereen staarde Luckinbaugh aan. Het was alsof een opgezette blauwvintonijn plotseling Catullus stond te declameren. Hij was een kwezel, maar blijkbaar ook een heel goede politieagent.

'Jezus,' zei Nick. 'Dat is een heel goede gedachte, Edgar. Dat zou wel eens zo kunnen zijn. En ik hoop van harte dat je je vergist.'

Luckinbaugh haalde zijn schouders op, maar keek blij.

Er viel weer een stilte.

'Edgar, heeft een van die mannen nog iets met FedEx verstuurd, of iets bij de post gedaan?'

Luckinbaugh schudde zijn hoofd.

'Nee. Meneer Hopewell is zo vrij geweest om de bus met uitgaande post te controleren. Daar zat niets in. En op zondag halen FedEx of ups niks op. Hun bussen zijn ook leeg. En de shuttlebus heeft die heren linea recta naar Mauldar Field gebracht; ze zijn onderweg niet gestopt om nog ergens iets af te geven. Als ze het bij zich hadden toen ze hier weggingen, hadden ze het ook bij zich in het vliegtuig toen dat opsteeg.'

Daar moesten ze allemaal even over nadenken.

'Nou, dan denk ik dat we wel weten waar het nu is,' zei Beau na een poosje. 'Wat het ook geweest moge zijn.'

'In een krater op de veertiende green,' zei Nick.

'Ja.'

Nick stond op.

'Oké, Mark, Edgar, ontzettend bedankt.'

'Wat gaat er nu verder gebeuren?' wilde Hopewell weten.

'Beau en ik gaan naar Gracie, voor een stevig gesprek met Byron, om te horen wat hij hierover te zeggen heeft. We sturen de recherche hier-heen; die kan jullie verklaring afnemen, de kamers onderzoeken, hun contacten checken. We zouden jullie heel dankbaar zijn als jullie in de tussentijd hierover met geen woord tegen wie dan ook zouden willen reppen. Op de plaats van de crash stonden al mediawagens. Vroeg of laat komen ze erachter dat de slachtoffers hier hebben gelogeerd. Dan krijgen jullie ze op je dak.'

'Van ons krijgen ze niks te horen,' zei Hopewell.

'Zo is het maar net,' zei Luckinbaugh met een laatste uitdagend boze blik naar Beau.

Nick en Beau liepen terug naar de auto, met Luckinbaugh op hun hielen. Hij maakte het portier voor Nick open, en toen ze wegreden, stond hij nog steeds boos naar Beaus achterhoofd te kijken.

'Nou, je hebt wel vrienden gemaakt,' zei Nick.

'Weinig kans,' zei Beau met een grijns. 'Dat type werkt me enorm op de zenuwen.'

'Dat heb ik geconcludeerd, ja,' zei Nick.

Er viel even een stilte, waarin Beau gas gaf en in noordelijke richting de snelweg op reed. Gracie was nog een kilometer of honderd, aan de oostkant van de Belfair Range.

Na een poosje zei Nick: 'Zwart spuug?'

'Ja,' zei Beau, en hij keek er bars bij.

'Dus die ellende is nog steeds niet voorbij?'

'Nee. Maar het is niet zo erg als je denkt. De tijden zijn veranderd. Als je het in dit deel van de staat tegenkomt, is het vooral bij oudere mannen, vooral bij districtssheriffs.'

'Nou, maar niet bij ons, Beau.'

Beau glimlachte even van opzij naar hem.

'Nee?'

'Nee.'

'Waarom moet ik dan rijden?'

De term 'een strafpleiter' is het tegenovergestelde van een oxymoron

Marty Coors stond in de uit beton opgetrokken kelder van het hoofd-bureau van de staatspolitie, bij de arrestantencellen, een paar kilometer buiten Gracie. De arrestantencellen bevonden zich zes meter onder de grond, beschermd door muren van dertig centimeter dik, met waar je maar keek beveiligingscamera's en alle soorten sensoren, struikeldraad-installaties en valstrikken die je maar uit het Grote Boek met Superge-heime Dingen kon bestellen.

Coors keek naar een plaat kogelvrij spiegelglas. Het glas besloeg één hele wand van een streng beveiligde cel. In de cel, op een stalen stoel die aan de betonnen vloer van een kale kooi verankerd was, zat de hoofd-persoon zelf, de enige echte Byron Deitz, vastgeketend op zo ongeveer alle mogelijke manieren waarop je iemand maar kunt vastketenen zon-der hem helemaal met ketens te overdekken.

Maar aangezien het licht in de streng beveiligde cel niet aan was, zag Marty Coors alleen maar zijn eigen spiegelbeeld: een gespierde voor-malige marinier van een meter negentig, begin vijftig, met een gezicht dat gemaakt is voor de radio en met staalgrijs haar dat zo kort geknipt was dat zijn hoofdhuid in de zon roze moest opgloeien. Doordat hij in het licht van een plafondlamp stond, waren zijn ogen in schaduw ge-huld.

Marty Coors was de hoofdinspecteur van de staatspolitie en op dit moment was het zijn taak om ervoor te zorgen dat het stuk menselijk vuil dat nu in de streng beveiligde cel zat, de volgende ochtend haalde.

Daar zorgde hij op dat moment voor door het enige levende wezen te zijn op verdieping vier van het cellenblok. Verdieping vier had maar één cel, die door de hier gestationeerde agenten ook wel de Stierenkuil werd genoemd, en daar keek Marty Coors op dat moment naar.

Coors was er vast van overtuigd dat alle twintig of dertig staatspolitieagenten en districtspolitieagenten en zelfs de drie FBI-gasten die op de begane grond van het hoofdbureau rondliepen, stuk voor stuk met alle plezier zes kogels in de schedel van Byron Deitz zouden pompen als hij hun daar ook maar even aanleiding toe gaf. Of ze zouden hem desnoods met blote handen doodslaan.

Dat was omdat Byron Deitz zojuist was betrapt met vrij duidelijk en overtuigend bewijs van het feit dat hij iets te maken had met een gewapende roofoverval waarbij vier politieagenten letterlijk waren geëxecuteerd – twee van de staat, een van het district, en een van hun eigen bestuurders van een achtervolgingsauto, een prima vent, jong nog, Darcy Beaumont, zodat Coors voor zijn hele sector nu nog maar één bestuurder van een achtervolgingsauto overhad, te weten Darcy's beste vriend, Reed Walker.

Twee halfbloedtypes van de media waren ook om het leven gekomen toen hun nieuwsheli was neergeschoten, maar eerlijk gezegd interesseerde dat niemand een lor, want interesseerde het ooit iemand een lor als een paar aasgieren die om iemand heen cirkelden die net dood was zelf aan gort werden geschoten?

Nee dus.

De herdenkingsdienst voor deze vier jonge mannen zou de week daarop plaatsvinden, in de Holy Name-kathedraal in Cap City. Vooralsnog stonden politieagenten uit heel Amerika, uit Canada, Groot-Brittannië en Europa op de rol om achter de kisten te lopen. Drie brassbands van de politie zouden aanwezig zijn, waaronder de NYPD Emerald Society Pipes and Drums, de Pipes and Drums van het kadettenkorps van West Point, en de Pipes and Drums van het Virginia Military Institute.

Het zou de grootste herdenkingsdienst voor gesneuvelde politieagenten worden die ooit in het zuiden gehouden was, met een geschatte opkomst van rond de tienduizend mensen.

En dat allemaal vanwege de honderdtien kilo vlees en kraakbeen die aan de andere kant van die ruit aan een stoel vastgeketend zat. Dat was de voornaamste reden dat Coors niet gewapend was, want zo goed vertrouwde hij zichzelf nu ook weer niet.

Hij drukte op een knopje op de muur, naast de ruit, en in de streng beveiligde cel knipte een tl-buis aan. Deitz zat in elkaar gezakt op de stoel te slapen, dus toen het licht aanfloepte, schoot zijn hoofd omhoog.

Qua voorkomen was Byron Deitz nooit echt iemand geweest naar wie je met vreugde in het hart keek. Hij deelde bepaald zijn schoonheid niet met de nacht, zoals Lord Byron dichtte. Nee, hij hing er eerder lelijk als een wrattenzwijn bij alsof hij een kater had die van zaterdag tot maandag duurde, met een groot kaal hoofd als een kanonskogel op een nekloze torso, die net zo goed een kaalgeschoren grizzlyberenkarkas had kunnen zijn. Het feit dat hij door de agenten die hem hadden gearresteerd 'was opgewarmd' – dat wil zeggen, bijna bewusteloos geslagen – stond op zijn gezicht geschreven, of laten we zeggen: getatoeëerd. Hij ging wat rechter zitten en keek boos door de ruit naar buiten, want hij wist dat daar iemand was. Door de luidspreker in de muur boven het raam klonk zijn raspende gegrauw.

'Waar is Warren Smoles? Ik wil mijn advocaat spreken. Ik zeg godverdomme geen woord als Warren Smoles er niet bij is.'

Coors drukte op het knopje SPREKEN.

'Inspecteur Coors hier...'

'Marty, lul!'

'We hebben Smoles voor je gebeld. Hij was in Cap City. Hij komt hier onmiddellijk naartoe gevlogen. In een toestel van de politie. Hij zou er over een uur moeten zijn. Heb je op het moment verder iets nodig?'

'Je zou die kutkettingen van me af kunnen halen, Marty. Ik zit in jullie streng beveiligde cel. Door mijn bedrijf zelf ontworpen en gebouwd. Mijn aannemers hebben hem hierin gezet. Wat dacht je, dat ik een geheime deur heb laten inbouwen voor het geval ik hier zelf ooit terecht zou komen? Bovendien moet ik naar de wc.'

'Ik zal kijken wat ik voor je kan doen,' zei Coors, en hij zette de intercom uit. Het licht liet hij aan. Voor zover hij kon zien was Deitz nog steeds aan het praten. En als hij zag hoe rood zijn gezicht werd, was het vermoedelijk iets onaangenaams. De walkietalkie bliepte. Hij nam op.

'Coors.'

'Inspecteur, ik heb Nick Kavanaugh hier. Hij wil Deitz zien. Wat moet ik zeggen?'

'Zeg maar dat ik zo boven kom. En stuur een team naar beneden om ervoor te zorgen dat Deitz naar de wc kan. De riem mag eraf. Alleen de enkelketenen en de beenbeugels. Hij kan toch geen kant op.'

'Komt voor elkaar, inspecteur.'

'Geen handwapens, ja? Alleen spieren en de taser, mochten jullie die nodig hebben. En alleen betrouwbare jongens, begrepen?'

'Hé, inspecteur, ze zijn allemaal betrouwbaar.'

'Je weet wat ik bedoel, Luke.'

'Begrepen. Ze zijn onderweg.'

Toen Coors op de begane grond uit de lift stapte, stond de hele hal vol agenten: grote stevige mannen en stoere, kundig uitziende vrouwen, jong en oud, en in het midden het zwart-met-bruin van de sheriffs, het antracietgrijs van de staatspolitie en zelfs een paar donkerblauwe uniformen van de politie van Niceville.

Hij zag Mickey Hancock en Jimmy Candles, de dienstcoördinatoren voor de eenheden van Belfair en Cullen County, die met Coker en zijn maat Charlie Danziger stonden te praten. Danziger was een lange, oudere man die eruitzag als een cowboy, met een reusachtige witte snor, en Coker zat hoog in het zadel bij het district. Coker was dé onofficiële scherpschutter van de politie voor zo ongeveer elk onderdeel in dit deel van de staat. Hij was een tanige man, met zilvergrijs haar, en hij had een beetje de uitstraling van een schutter, met lichte ogen en een gebruind, verweerd gezicht. Charlie Danziger en hij waren in burger: Coker in een antracietgrijs pak en Danziger in een wit overhemd, een spijkerbroek en op cowboylaarzen. Danzigers link met deze zaak was dat een van zijn vrachtwagens van Wells Fargo het geld amper een uur voor de bankoverval had afgeleverd.

Toen de liftdeuren met een *ping* opengingen, draaide iedereen in de hal, ook Coker, Hancock, Candles en Charlie Danziger, zich om om naar Coors te kijken. Het was net alsof hij onder vuur gehouden werd door een zaal vol wolven, allemaal strakke gezichten en felle aandacht. Het gesprek, waar het ook over gegaan mocht zijn, viel stil. Coors liep door de menigte, maakte oogcontact en liet iedereen weten wie hier de baas was. Ze gingen allemaal opzij toen hij langskwam. Er werd niet gemompeld, maar er waren wel een paar onvriendelijke blikken bij.

Hij kwam aan bij zijn kamer – een glazen hok met uitzicht op de rest van de werkvloer en de voordeur. Nick Kavanaugh zat er, samen met zijn nieuwe sidekick, de jongen Norlett.

Boonie Hackendorff, de leidinggevende van het FBI-kantoor van Cap City, leunde tegen de muur tegenover Coors' bureau. Hij was een lange man met een dikke buik, een rond rood gezicht en een keurig verzorgde baard. Zijn jasje hing open, en Coors zag dat hij die dag een wapen droeg: een grote Sig in een Bianchi-holster.

Toen Coors binnenkwam, keek iedereen op.

'Heren.'

'Jezus, Marty,' zei Boonie Hackendorff, 'heb je gevoeld wat daar buiten speelt?'

Coors liep om zijn bureau heen, ging in de stoel zitten en legde zijn handen op de tafel.

'Godsamme, nou,' zei hij. 'Doet me denken aan Tombstone, vlak voordat de Earps gingen schieten. Nick, hoe gaat-ie? Nog iets gehoord over Kates vader?'

Nick schudde zijn hoofd.

'We hebben een waarnemer, ene Linus Calder, op het vmi. Hij is ermee bezig. Vooralsnog heeft niemand hem gezien.'

'Hoe oud is die man, in de tachtig? Kan hij niet gewoon wat zijn gaan dwalen?'

'Dat hopen we, ja,' zei Nick.

Coors knikte.

'Ik heb gehoord dat mevrouw Deitz bij Kate is?'

'Ja. Ze is gisteravond bij Byron weggelopen. Met de kinderen. Ik denk dat ze voorlopig wel bij ons blijft. Boonie, ik neem aan dat jij met haar gaat praten?'

'Ja, maar niet vandaag. Ze heeft al genoeg meegemaakt. Oké, we hangen aan je lippen, Nick. Wat is er in vredesnaam op Mauldar Field gebeurd?'

Nick schetste hun de situatie, van opstijgen tot neerstorten, en hij vertelde wat ze van Hopewell en Luckinbaugh te horen hadden gekregen.

Boonie Hackendorff was er niet blij mee.

'Wil je nou beweren dat die vijf mannen die zich in de grond geboord hebben Chinese spionnen waren? En dat Deitz met hen samenwerkte?'

Nick schudde zijn hoofd.

'Het enige wat we met zekerheid kunnen zeggen is dat Deitz iets met hen te maken had. Misschien probeerde hij ze juist wel van iets te weerhouden.'

Boonie dacht natuurlijk aan de binnenlandse veiligheidsdienst, een heel machtig bureau waar nooit iemand iets mee te maken wilde hebben.

'En Deitz gebruikte het woord "voorwerp"?'

Nick knikte.

'Geen idee wat hij daarmee bedoelde?'

'Nog niet. Zoals ik al zei: het kan iets geweest zijn wat Deitz probeerde terug te krijgen, iets wat die Chinezen hadden afgepakt of gestolen, op de een of andere manier.'

Boonie schudde zijn hoofd.

'Dat klopt niet met dat Holliman zei dat het altijd al hun plan geweest was om het mee te nemen.'

'Nee. Dat klopt inderdaad niet,' zei Nick. 'Dat klinkt meer alsof Deitz verwachtte dat hij het voorwerp terug zou krijgen.'

'En dat klinkt zonder meer alsof hij het om te beginnen aan hen gegeven heeft,' zei Marty Coors.

'We kunnen dat niet zomaar voetstoots aannemen. We kunnen het alleen maar verder uitzoeken. Boonie, misschien wil jij je richten op de mensen van Quantum Park. Laat ze de inventaris controleren, kijken of er iets weg is.'

'We zullen alle mensen van Securicom moeten omzeilen en rechtstreeks naar de bedrijven zelf moeten gaan. Jezus. Ik moet even een paar telefoontjes plegen.'

Boonie liep naar de deur, zag alle agenten die daar stonden, die hem allemaal door het glas aanstaarden, en aarzelde toen.

'Neem mijn wapenkamer maar,' zei Coors. 'Daar is toch niemand. Doe de deur dicht.'

Toen Boonie weg was, leunde Coors achterover op zijn stoel.

'Wat vind je ervan dat Deitz een stapel bankbiljetten van die bankoverval in zijn auto had liggen?'

Nick boog zich naar voren.

'Dat zaakje stinkt. Volgens mij is het een valstrik. Zelfs Byron Deitz is niet zo stom dat hij honderdduizend dollar aan gestolen geld zomaar in zijn auto laat liggen.'

'Deitz is inhalig, hoor, Nick. En hij is al eens eerder de fout in gegaan, toen hij nog bij de FBI werkte. Vandaar dat hij "ontslag heeft genomen".'

'Ik wist dat hij weg moest. Maar ik heb nooit gehoord wat hij gedaan had. Dat was geheime informatie.'

Coors stak zijn hand uit naar een pakje sigaretten, herinnerde zich toen dat hij gestopt was, zocht een plakje kauwgum en stak dat in zijn mond.

'Dat was onderdeel van de afspraak: strafvermindering in ruil voor zijn bekentenis. Wat hij ook gedaan heeft, er zijn vier leden van de maffia

55

in de Leavenworth-gevangenis beland. Daar zitten ze nog steeds. Ziedend, voor zover ik begrepen heb.'

'Wie zijn het?'

'Ene Mario La Motta, een spleetoog, Desi Munoz genaamd, en nog een vent, Julie Spahn. De vierde man, De Soto en-nog-wat, is een paar jaar geleden overleden. Voor zover ik weet was Deitz iets met ze van plan. Toen kwam hij erachter dat ze allemaal gearresteerd zouden worden en heeft hij de hele zwik in een "zaak" veranderd waar hij mee bezig was – een gore leugen – maar in plaats van weer een verhaal over corruptie bij de FBI in de media, hebben ze hem met de eer van een maffia-arrestatie laten strijken en is Deitz vervroegd uitgetreden. Vandaar dat hij een vergunning heeft kunnen krijgen om de beveiliging voor een bedrijventerrein als Quantum Park te gaan doen.'

'Hebben die mensen van Quantum Park dat nooit te horen gekregen?' vroeg Beau. Coors liet zijn kauwgum knallen en schudde zijn hoofd.

'Het dossier was niet openbaar. De FBI checkt de achtergrond van alle kandidaten, en die hebben hun mond gehouden. Dus het was net alsof het nooit gebeurd was.'

'Ongelooflijk,' zei Beau, terwijl hij naar de dichte deur van de wapenkamer keek. Ze konden Boonies stem door het staal heen horen. Zo te horen was hij niet in een erg beste stemming.

'Wist Boonie ervan?'

Coors schudde zijn hoofd.

'Geen idee, Beau. Ik durf het te betwijfelen. De FBI beschermt zichzelf. Ze houden met alle gemak hun mensen in het veld erbuiten, als ze daarmee tenminste een schandaal over een "ontspoorde agent" in de doofpot kunnen houden. Ik denk dat we het hem maar even moeten vertellen als hij de wapenkamer uitkomt. Dat lijkt me niet meer dan redelijk. Ik heb dit verhaal pas ongeveer een jaar geleden gehoord. In die tijd zat Deitz gebakken. Toen kon er niks meer gedaan worden want dan zou hij meteen over zijn rechten beginnen te brullen.'

'Hoe bent ú erachter gekomen, inspecteur Coors?' vroeg Beau.

Coors glimlachte, blies weer een bel en tikte tegen de zijkant van zijn neus.

Beau knikte.

'Oké, hoe moeten we dit volgens u dan spelen?' vroeg Nick. 'Het ligt juridisch allemaal heel ingewikkeld. Er lopen een heleboel dingen faliekant spaak, en als de nationale veiligheidssector zich hierin gaat mengen, heb je grote kans dat Deitz ons zo uit handen wordt gerukt.'

Coors leunde naar voren en tikte op de tafel.

'Mij gaat het er vooral om wie onze jongens vermoord heeft. Fuck die dooie spleetogen, en het interesseert me geen reet wat ze in godsnaam uit Quantum Park gestolen hebben. En fuck de nationale veiligheid. Ik wil alleen maar dat degenen die onze jongens vermoord hebben aan de hoogste boom worden gehangen.'

'Dan zullen we toch een manier moeten zien te bedenken om Deitz hier in Gracie te houden, waar we hem kunnen ondervragen,' zei Nick. 'En u hebt gelijk: Deitz is ons enige aanknopingspunt. Hij heeft óf een hand in deze roofoverval gehad, en in dat geval weet hij wie er nog meer bij betrokken waren – want het is uitgesloten dat Deitz met een Barrett Fifty uit de voeten kan zoals die schutter...'

'Deitz is helemaal geen schutter,' zei Coors. 'Ik heb hem op de baan gezien. Hij kan amper met een pistool overweg, laat staan met een Barrett Fifty.'

'En als hij er niks mee te maken had, dan hebben degenen die het gestolen geld in zijn Hummer hebben gelegd, er beslist wel mee te maken, en zelfs als hij het niet weet moet Deitz ergens, op de een of andere manier een link met ze hebben. Ze hebben hem uitgekozen. Daar moeten ze een goede reden voor gehad hebben. Dus hoe je het ook wendt of keert: Deitz is onze enige link met die lui.'

De telefoon op Coors bureau rinkelde. Hij nam op, luisterde en zei: 'Oké. Laat hem in de auto. En blijf op de weg. Zorg dat niemand van ons hem ziet. En hou hem uit de buurt van de mediaploegen. Als hij voor een van de televisiezenders zo'n "alle agenten zijn satansgebroed"-speech gaat afsteken, slaan onze jongens hem dood. Dus blijf uit de buurt, begrepen? Mooi zo.'

Hij hing op en keek naar Nick en Beau.

'Warren Smoles is er.'

Er werd collectief gekreund.

'Hier op het bureau?' vroeg Beau.

'Nee. Ik heb twee van onze agenten gezegd dat ze hem in bruin papier gewikkeld op twee kilometer afstand moeten houden.'

'Dat zullen ze niet lang volhouden,' zei Nick. Coors grijnsde.

'Ja. Hij noemt het nu al een onwettige beperking. Ze hebben hem zijn mobiele telefoon ook afgepakt. Hij ging uit zijn plaat.'

'Wat hebben ze tegen hem gezegd?'

'Veiligheidsmaatregelen voor zijn eigen bestwil.'

'Trapte hij daarin?'

'Nee, tuurlijk niet. En het kan me geen reet schelen. Die zelfingenomen windbuil blijft hier tot we weten wat we met...'

Boonie kwam de wapenkamer uit. Zijn gezicht was nat en rood, en hij had net zijn das afgedaan.

'Oké, daar gaat-ie. Ik leg net neer. Washington. Buitenlandse Zaken stuurt iemand om het onderzoek naar de crash te begeleiden. En moeten jullie dit horen. Ze nemen misschien ook iemand van de Chinese ambassade mee. Ik moet met ze samenwerken. Wat moet ik me daar nou weer bij voorstellen?'

'Dat je de lul bent,' zei Coors.

'Dat dacht ik al, ja. Ze kunnen de klere krijgen. Oké. Ter zake: wat waren jullie van plan met Deitz?'

Ze probeerden allemaal neutraal voor zich uit te kijken.

'Bij mij moet je niet wezen,' zei Boonie hoofdschuddend. 'Ik weet dat een stelletje dooie spleetogen jullie allemaal geen reet kan schelen, en ook of er spionagespul uit Quantum Park gestolen is of niet. Jullie willen alleen maar weten wie jullie jongens vermoord heeft, en Deitz is het enige wat jullie hebben. Hij had het geld. Wij hebben hem. Jullie willen hem dicht in de buurt houden.'

'Dat klopt,' zei Nick. 'En jij zou dat toestaan?'

Boonie blies zijn adem uit, klopte op zijn overhemd om te voelen waar de sigaretten zaten waarmee hij ongeveer gelijk met Marty Coors gestopt was, rolde met zijn ogen en ging op de rand van Coors' bureau zitten.

'Voor die bankoverval zou ik hem ogenblikkelijk bij jullie weghalen, als dat het enige was. Maar door die Chinese deal verandert alles. We kunnen erop zitten wachten tot de geheime dienst zich hier meldt, en misschien de CIA ook wel, en dan kan iedereen op aarde naar Byron Deitz fluiten. Dan gebruiken ze hem voor een of andere amateuristische spionagestunt met de Chinezen, die zoals altijd op niks uitdraait, en dan zal niemand van ons in geen honderd jaar nog een spoor van hem kunnen vinden. Als ik heel eerlijk ben is dat ook het enige wat mij interesseert. Het waren ónze mensen. Maar om dat te laten slagen hebben we een stunt nodig. Iemand een idee?'

Het bleef stil.

'Hoe is zijn bloeddruk?' vroeg Nick.

'Van Deitz?' vroeg Coors.

'Ja. Zijn hart, lever, dat soort dingen.'

Ze keken elkaar allemaal aan.

Een tijdje lang zei niemand een woord.

'We hebben een meegaande dokter nodig,' zei Coors.

'En wel nu meteen,' zei Nick.

Weer stilte.

Boonie pakte een plakje kauwgum van Marty Coors en begon erop te kauwen alsof het een tandenstoker was. Het was geen fraai gezicht, maar ja, dat was Boonie Hackendorff zelf ook niet.

Na een poosje glimlachte Boonie, met kauwgum en al.

'Ik geloof dat ik iemand weet,' zei hij.

Warren Smoles had lang, weelderig wit haar, dat hij recht achterover-kamde, als leeuwenmanen, die zijn diepliggende bruine ogen, zijn krachtige kaak en zijn hoge voorhoofd prachtig omlijstten. Het zou kunnen zijn dat hij in de zon een boterig bruine kleur had gekregen, maar dat viel niet te zeggen door de laag pancake die hij voor aankomst op zijn gezicht had gesmeerd. Op dit moment stond hij op de parkeer-plaats van het hoofdbureau van de staatspolitie, omringd door mensen van de media, in een fel spotlicht, als een jezusbeeld langs de kant van de weg, alsof Jezus een donkerblauw doublebreasted krijtstreeppak had gedragen met daaronder een lichtroze overhemd met een witte boord in Engelse stijl, en een blauwzijden das die met een gouden speld op zijn plaats werd gehouden.

Warren Smoles was waar hij wilde zijn, waar hij voor geboren was, midden in een drom journalisten, en hij deed waar hij het best in was, namelijk liegen dat het gedrukt stond, met stijl, humor en felle overtui-gingskracht.

Nick keek naar hem op de televisie in de kantine van het Lady Grace-ziekenhuis, omringd door een groep agenten uit Niceville, en bedacht dat je het hem wel moest nageven. Hij was pas vier uur geleden gear-riveerd, had nog geen half uur met zijn cliënt overleg gepleegd en ver-volgens nog een half uur keihard onderhandeld met Boonie, Nick en inspecteur Coors, terwijl ze regelden dat Deitz per helikopter naar de intensive care hier in Niceville zou worden overgebracht.

En nu stond Smoles daar op straat en beweerde de zaak tot in de de-tails in de vingers te hebben, en het journalistentuig hing aan zijn lippen. Het feit dat Smoles donders goed wist dat de meegaande dokter – een hartchirurg van het Lady Grace, tevens de zwager van Boonie – een oud probleem van Deitz met zijn bloeddruk als smoes gebruikte om

Deitz op de intensive care op te nemen, leek hem in het geheel niet af te remmen.

Smoles was helemaal in de stunt meegegaan, aangezien hij net zo goed wist als zij dat als ze geen heel overtuigend excuus vonden om Deitz hier in Niceville met beveiliging in het ziekenhuis op te nemen, hij op basis van een bevinding van de geheime dienst zou worden ingerekend en dat dan geen levende ziel hem ooit nog terug zou zien.

En dan stond Warren Smoles mooi met lege handen, waar of niet?

Dus was hij die middag in topvorm.

'Ik heb nog nooit eerder meegemaakt dat iemand het bewijsmateriaal zo duidelijk in zijn schoenen geschoven krijgt,' zei hij met die galmende bariton, terwijl zijn ogen fonkelden van gerechtvaardigde razernij en op zijn gezicht tegelijkertijd woede en verontwaardiging te lezen stonden. 'We hebben de barbaarse moord op politieagenten gezien, door onbekende misdadigers – een weerzinwekkende daad die ik, net als mijn cliënt, met elke vezel die ik in me heb afkeur – maar in plaats van dat we een serieus professioneel onderzoek starten, hebben de FBI en de plaatselijke diensten, aangezien het ze niet is gelukt om deze gruwelijke zaak op te lossen, bedacht dat ze een onschuldige man de schuld in de schoenen willen schuiven – overigens een heel zieke, nee, een in kritieke toestand verkerende onschuldige man – bij wie een arts nu net heeft vastgesteld dat hij lijdt aan atherosclerotisch ischemisch hartfalen en een ernstige hoge bloeddruk – hij is net, twee uur geleden nog maar, met de helikopter afgevoerd, zoals u allemaal hebt kunnen zien, en naar de intensive care van het Lady Grace-ziekenhuis in Niceville gebracht. Ik zal ervoor zorgen dat hij daar de intensieve zorg krijgt die nodig zal zijn om het leven van deze arme man te redden; een man die, mag ik er wel aan toevoegen, een hoeksteen van de samenleving is en een zeer gewaardeerd lid, die eervol ontslag heeft genomen bij diezelfde dienst, de FBI, die hem nu met opzet tot zondebok wil maken...'

Nick zette de televisie uit, stond op en draaide zich om naar de agenten van Niceville.

'Oké. Jullie weten allemaal wat je te doen staat. Niemand mag in de buurt van de beveiligde vleugel komen, laat staan bij de afgesloten kamer waar Deitz ligt. Dat geldt voor iedereen, van de staats- of van de districtspolitie. En ik moet jullie vragen om uit zijn kamer te blijven. Ik wil niet dat Smoles ook maar enige aanleiding voor een klacht tegen iemand van ons heeft. Zijn kamer is zo ongeveer een cel, hij is vastgeketend en de mannelijke verplegers in die vleugel zijn gewend aan gevangenen. Ik weet dat jullie die man allemaal het liefst dood willen zien, maar zo eenvoudig ligt het niet. Helemaal niet zelfs. Als jullie vragen hebben, of als jullie twijfelen of jullie je taken wel goed kunnen uitvoeren, dan ga je dat maar aan brigadier Crossfire uitleggen en dan geeft zij je wel iets anders te doen.'

'En Smoles?' vroeg een agent achter in het vertrek.

'De wet bepaalt dat Warren Smoles vrij toegang moet hebben tot zijn cliënt, voor zover redelijk, vooral als wij Deitz vragen over de zaak willen gaan stellen. Maar ik wil weten wanneer hij er is. Zoals jullie kunnen zien is Smoles nu nog in Gracie, waar hij de blaren op zijn tong staat te lullen. Maar morgenochtend komt hij hierheen, net op tijd voor het ochtendbulletin. Tot dan mag niemand bij Byron Deitz, alleen zijn artsen en de verplegers.'

Iedereen knikte, iedereen leek het te snappen, en Nick beëindigde de bijeenkomst. Beau stond tegen de achterwand geleund en ze keken allebei zwijgend toe terwijl de agenten het vertrek verlieten.

Beau maakte zich los van de muur.

'En wij?'

'Wij gaan nu meteen met Deitz praten.'

'Maar je hebt net tegen iedereen gezegd dat niemand bij hem mag, behalve de artsen. Hoe gaan we dat omzeilen?'

'Ze bewaken de beveiligde vleugel.'

'En?'

'Deitz ligt niet in de beveiligde vleugel.'

'Waar is hij dan?'

'In de ondergrondse parkeergarage, in de auto van Mavis Crossfire.'

'Jezus. Wie houdt hem in de gaten?'

'Mavis.'

'Helemaal in haar eentje?'

'Ja.'

Beau knikte.

'Ik hoop maar dat hij niks met haar uithaalt.'

'Ik hoop van wel. Hij kan nog wel een pak slaag gebruiken.'

Ze vonden de auto van Mavis Crossfire in een uithoek van de ondergrondse parkeergarage, achteruit op een smalle plek geparkeerd, met aan weerskanten betonnen muren. Mavis zat achter het stuur een van de Krispy Kremes te eten die aanvankelijk voor Edgar Luckinbaugh bedoeld waren. Toen Nick en Beau uit het duister tevoorschijn kwamen, keek ze met een argwanende glinstering in haar ogen op, terwijl haar hand naar het wapen op haar heup ging. Maar toen klaarde haar gezicht vrolijk glimlachend op en deed ze het portier open.

'Hallo, jongens. Drukke dag?'

'Ja. Hoe gaat het met Deitz?'

'Kijk zelf maar.'

Ze liep naar de kant van de bijrijder en deed het portier daar open. Deitz lag op de achterbank, nog met zijn gevangeniskleren aan en met ketenen om zijn middel en zijn enkels, die vandaar door een ring in de vloer bij de achterbank liepen.

Hij was diep in slaap.

'Jeetje,' zei Nick, 'heb je hem iets gegeven of zo?'

'Hij wilde een smoothie. Ik heb er een stevig kalmeringsmiddel in gedaan. Hij had vierentwintig uur niet geslapen.'

'Hoe lang is hij al onder zeil?'

'Zodra ik de auto hier had neergezet viel hij in slaap. Hoe gaat het boven? Ik heb hier geen radio-ontvangst.'

'Smoles is voortdurend met zijn kop op tv. Volgens hem is de politie hier de antichrist.'

'Komt Smoles vanavond hierheen?'

'Nee. Hij wil morgenochtend natuurlijk opnieuw in het nieuws komen. Met een mooier pak aan. Nieuwe make-up op zijn gezicht. Het duurt wel even voor CNN en Fox hun wagens hier hebben en voor ze zich hebben geïnstalleerd. Smoles wil dat we hem rond een uur of twee langs de camera's leiden. Hij heeft gevraagd of we wat oproerpolitie willen laten aanrukken.'

'Waarom oproerpolitie?'

'Dat staat goed op tv, zegt hij. We kunnen Byron maar beter wakker maken. We moeten hem naar de beveiligde afdeling brengen.'

Mavis haalde haar wapenstok tevoorschijn en prikte Deitz ermee in zijn zij. Hij kreunde, bewoog even en deed zijn ogen open.

'Shit,' zei hij, 'waar ben ik?'

'In de kelder van het Lady Grace. Nick wil even met je praten.'

Deitz kwam met rinkelende kettingen overeind, leunde achterover, deed zijn ogen dicht en legde zijn hoofd tegen de hoofdsteun.

'Ik heb niks tegen Nick te zeggen, Mavis.'

'Dat kan zijn,' zei Nick, 'maar ik heb jou wel iets te zeggen. Iets wat je beslist wilt horen.'

Deitz deed zijn ogen open en keek Nick aan. Hij had iets in Nicks stem gehoord. Een soort opening. Een invalshoek waar hij misschien iets mee kon.

'Hoe gaat het met Beth en de kinderen? Ik neem aan dat die bij jullie zijn?'

'Ja. Beth gaat bij je weg.'

'Jezus. Groot nieuws. Bel de krant.'

'Je hebt je lekker in de shit gewerkt.'

Deitz deed zijn ogen dicht.

'Sodemieter op, Nick. Ik ben moe. Ga weg.'

'Zo meteen. Ik zei dat ik iets te zeggen had.'

'Ik zeg helemaal niets. Waar is Smoles, die lul?'

'Hij is hier morgenochtend weer.'

'En wat is dat allemaal voor onzin dat ik het aan mijn hart zou hebben? Ik heb alleen maar een hoge bloeddruk, en wie zou dat niet hebben als hij in mijn schoenen stond, godnogantoe!'

'We proberen je alleen maar hier te houden, uit handen van de FBI. Door te zeggen dat je te ziek bent om vervoerd te worden. Hij weet dat de geheime dienst je meteen in de kraag vat vanwege dat gedoe met die Chinezen...'

Deitz grijnsde.

'Stomme spleetogen. Zijn ze echt allemaal dood?'

'Ja. We zijn nog steeds op zoek naar het voorwerp.'

Deitz zat er net een beetje te stil bij en zijn gezicht stond een beetje te uitdrukkingsloos.

'Wat voor voorwerp?'

'Het voorwerp waar Holliman en jij je die ochtend in het Marriott zo druk over maakten.'

Daar moest Deitz even over nadenken.

'Ik heb gehoord dat die Lear met vijfhonderd mijl per uur is neergestort.'

'Bij lange na niet. Hooguit met tweehonderd mijl per uur.'

Deitz moest lachen en deed één oog open.

'Nou, dat wordt lekker zoeken in zo'n rokende krater. Als er al iets in te vinden is.'

'We hoeven dat voorwerp helemaal niet te vinden, Byron. We moeten er alleen achter zien te komen wat er uit Quantum Park weg is. En dat is met een grondige controle van de inventaris zo gebeurd.'

'Maar dat bewijst nog niet dat ik er ook maar iets mee te maken had.'

'De overheid is echt niet van plan om jou te vervolgen hoor, Byron.

Ze willen je alleen maar gebruiken. Als jij op grond van iets wat de geheime dienst te weten komt wordt ingerekend, kom je nooit van z'n leven meer buiten. Misschien eindig je zelfs wel in een Chinese gevangenis.'

'Op grond waarvan in godsnaam?'

'Er zijn vanochtend vijf Chinese staatsburgers om het leven gekomen terwijl ze het land probeerden te verlaten met een zeer geheim apparaat...'

'Dat weet je helemaal niet.'

'Oké, ik vermóéd het alleen maar. Ik zet mijn 401 K erop in dat jij het wél weet. Dus Buitenlandse Zaken kan volhouden dat het een ongeluk was tot ze een ons wegen. De Chinese regering gelooft het toch niet, geen moment. En als jij denkt dat Zachary Dak jouw naam niet tegen zijn meerderen genoemd heeft, draai je jezelf een rad voor ogen. Vijf van hun mensen zijn omgekomen, in een vliegtuig van twee miljoen dollar. We hebben gehoord dat ze *guangbo* waren, spionnen. Hun meerderen lijden gezichtsverlies en ze moeten jou in handen zien te krijgen om dat ongedaan te maken. Washington levert je zonder blikken of blozen uit. Ze schuiven het liever jou in de schoenen dan dat ze het risico lopen dat de Chinezen denken dat zíj er zelf iets mee te maken hadden. Het land heeft het geld van de Chinezen veel harder nodig dan jij. Dus ik zou er maar eens goed over nadenken.'

En dat deed Deitz, aan zijn gezicht te zien.

'Nou, dat was wat ik wou zeggen,' zei Nick, terwijl hij zich weer oprichtte. 'Dit is de laatste keer dat wij de kans krijgen om zo met elkaar te praten. Zodra jij boven op die beveiligde afdeling zit, gaat het allemaal op de automatische piloot. Op een gegeven moment komt de geheime dienst en dan ben je weg. Prettige avond, Byron. Ik zal de kinderen een kus van je geven...'

'Sodemieter op met die kinderen. Heb je me wat te bieden of hoe zit het?'

'Ik denk dat iemand dat geld in jouw auto heeft gelegd...'

'Je meent het. Je zou rechercheur moeten worden.'

'En ik denk dat diegene een reden heeft gehad om jou te kiezen. Het is zo klaar als een klontje dat degene die het geld in je auto heeft gelegd iets met de bankoverval te maken heeft. Dus als je ons daarmee kunt helpen, kunnen we misschien ook iets aan die kwestie met die Chinezen doen.'

Deitz deed allebei zijn ogen open.

'Die Chinezen interesseren je geen ruk, hè?'

'Niet echt, nee. Dat valt niet onder mijn bevoegdheid. Ik wil alleen die lui zien te pakken die die agenten hebben gedood. En volgens mij zou jij wel eens kunnen weten wie het zijn.'

Nick zag het tekstballonnetje met 'denkt na' al boven Deitz' hoofd zweven.

'Als ik wist wie het waren en ik dat niet had gemeld ben ik medeplichtig. Daarvoor zou ik dezelfde straf krijgen als wanneer ik de bank zelf had beroofd.'

'Het valt moeilijk te bewijzen wanneer dat je te binnen schoot. Dat kan net zo goed een minuut geleden geweest zijn, en dan meld je het nu meteen, als een brave burger. Dus. Weet je wie het zijn?'

Deitz deed er een poosje het zwijgen toe.

'Ik weet niet wie het zijn, maar ik heb wel een paar theorieën.'

'Dit is het moment om het te vertellen, Byron.'

Deitz keek naar Mavis, en toen weer terug naar Nick.

'Kun jij er echt voor zorgen dat ik de geheime dienst niet op mijn dak krijg?'

'Ik denk van wel.'

'Hoe dan?'

'Als jij de politie helpt bij een zaak waarbij meerdere agenten om het leven zijn gekomen, zou zelfs John Stewart door het lint gaan als er hier een stelletje anonieme geheim agenten binnenkomen en dat verder onmogelijk maken, louter en alleen omdat de president de Chinezen te vriend wil houden.'

'Hoe komen de media er dan achter?'

'Ik denk dat Smoles dat met alle plezier voor zijn rekening wil nemen.'

Deitz legde zijn hoofd tegen de rugleuning en deed zijn ogen dicht. Ze wachtten geduldig.

'Ik wil eerst met Smoles praten.'

'Vooral doen.'

'Doe ik ook.'

'Maar ik zou er niet te lang mee wachten.'

Welke dromen kunnen komen

Nick was ruim voor het donker thuis. Beau zette hem net toen de zon onderging af voor het ouderlijk huis van de familie Walker in Garrison Hills. Goudkleurig licht viel schuin door de altijdgroene eiken die de crèmekleurige voorgevel van het huis omlijstten. Binnen brandde licht en de hoge openslaande deuren verspreidden een zachte gloed. Hij hoorde stemmen en muziek. Het rook naar steaks die in de achtertuin op de barbecue lagen.

Nick was afgepeigerd, somber en had al bijna vierentwintig uur niet geslapen. Hij liep langzaam de ronde trap op die naar de eerste verdieping leidde.

Toen hij op de drempel stond, hoorde hij het geluid van kinderstemmen door de rijkversierde zwarte deuren komen van Axel en Hannah, de kinderen van Beth. Ze klonken opgewekt.

Hij bleef even staan, leunde met zijn rug tegen de smeedijzeren reling en luisterde naar de geluiden in het huis. In de dubbele deur zaten twee boogvormige glas-in-loodramen. Hij zag silhouetten door het licht bewegen.

Op dat moment realiseerde hij zich dat zijn oude leven met Kate de dag ervoor was geëindigd en dat van nu af aan alles anders zou zijn.

Ze waren alleen geweest, rustig en gelukkig met z'n tweetjes. Nu zouden Beth, Axel en Hannah bij hen wonen.

En over een poosje, als hij uit de revalidatie kwam, zou Rainey Teague ook bij hen komen wonen, met alle problemen van dat arme joch erbij: ontvoerd, tien dagen vermist geweest, levend begraven in een afgesloten graftombe teruggevonden, allebei zijn ouders die zelfmoord hadden ge-pleegd, een jaar in coma gelegen. Het vooruitzicht dat Rainey bij hen in huis zou wonen lag hem als een steen op het hart. In Nicks beleving was Rainey onlosmakelijk verbonden met de intrinsieke 'vreemdheid' van Niceville. Zelfs de verdwijning van Delia Cotton, van Gray Hag-gard, en de onverklaarbare afwezigheid van Kates vader, Dillon, waren amper tot de inwoners van de stad doorgedrongen.

Maar tot Nick in elk geval wel.

De avond ervoor had Kate nog, precies op de plek waar hij nu stond, precies op deze overloop, diezelfde zwarte deuren opengemaakt en 'iets' gezien waar geen verklaring, geen context, geen bestaansreden voor was die op wat voor manier dan ook met de werkelijkheid van de buitenwe-reld te rijmen viel, en dat 'iets' was vijandig, vervuld van haat, hongerig, gedachteloos, iets uit een nachtmerrieachtige wereld, iets buitenaards, angstaanjagends en onverklaarbaars. Ze hadden het allebei gezien, Nick en Kate.

En ze hadden allebei de vrouw gezien – het beeld van de vrouw – die in een waas van groen licht uit die oude spiegel was gestapt en die dat 'iets' in de deuropening had aangesproken. Ze hadden haar herkend van een oude foto. Die vrouw heette Glynis Ruelle, die in 1939 was over-leden. Dat was de avond ervoor echt gebeurd.

Toch?

Misschien was het allemaal wel niet echt geweest.

Kate noch hij had er sindsdien met een woord over gerept. Beths pa-niektelefoontje, haar komst midden in de nacht, de kinderen in tranen – dat alles had de herinnering aan de vrouw in de spiegel en aan dat 'iets' bij de deur naar de achtergrond verdreven.

En de volgende ochtend had dat telefoontje over het neergestorte vliegtuig op Mauldair Field alles uit zijn gedachten verjaagd, zodat hij alleen nog maar aan zijn werk had gedacht. Nu was hij weer thuis en zag hij het allemaal weer voor zich.

Nick bleef even aarzelend op de overloop staan, met zijn hand op de deurklink, terwijl hij luisterde naar de kinderen die binnen speelden en de volwassenen die aan het praten waren. Hij had het gevoel dat hij hier in Niceville een outsider was, dat hij hier niet hoorde, dat datgene wat er in het Kratergat aan de hand was, wat er in Niceville aan de hand was, wat er met Rainey Teague en alle vermiste mensen aan de hand was, dat datgene wat die kronkelende zwarte nachtmerrie voor hun deur teweeg had gebracht, dat dat allemaal niets met hem te maken had, nooit gedaan ook, en dat hij het nooit zou kunnen begrijpen, en dat hij zelfs niet kon hopen er ooit iets aan te kunnen veranderen.

Hij overwoog om zich om te draaien, de trap weer af te lopen, de heuvel op te gaan, weg te lopen van Beth, Axel, Hannah en Reed en zelfs van Kate, weg te lopen van Rainey Teague en alle onverklaarbare krachten waarmee hij werd geconfronteerd.

Gewoon er stilletjes vandoor gaan, onder de takken van de altijdgroene eiken, onder het Spaanse mos, in de duisternis van de avond verdwijnen, gewoon blijven doorlopen, tot Niceville en alle bijbehorende raadselen kilometers achter hem lagen.

Hij zou teruggaan naar Californië, een manier zoeken om weer bij het leger te kunnen gaan werken of zelfs een poging doen weer bij het korps mariniers te komen. Een gewoon leven leiden, een begrijpelijk leven.

Zichzelf redden.

Alsof dat zou kunnen.

Hij deed de deur open en daar stond Kate met een glas in haar hand en een kus voor zijn wang. Getrouwde mannen leven langer dan alleenstaande mannen, en dat is niet voor niks. Hij gaf haar ook een kus en liet die zo lang duren dat hem dat op een fluitje van Reed kwam te staan.

Ze aten in de deftige eetkamer, waarvan de wanden behangen waren met familiefoto's. Ze zaten allemaal rond de langwerpige glanzende tafel, onder de glazen kroonluchter van Gallé, die hun moeder, Lenore, dertig jaar geleden uit Parijs had meegenomen.

Kate zat op haar vaste plaats aan het hoofd, het dichtst bij de klapdeuren die naar de keuken leidden. Nick zat aan de andere kant, met zijn rug naar het haardscherm, Reed links van hem, Axel rechts, Beth en Hannah in het midden. Het midden van de tafel stond vol met zilveren schalen met aardappelen uit de oven, maïskolven, plakjes tomaat, gemengde salade en steaks van de barbecue.

Er stonden karaffen met limonade voor Axel en Hannah, en in een ijsemmer op de eikenhouten buffetkast stonden drie flessen Veuve Cliquot te koelen.

De vierde fles, ontkurkt en bruisend, had Reed in zijn rechterhand, en hij schonk vier kristallen flûtes vol die op een rijtje voor hem stonden. Toen de glazen ingeschonken waren, deelde hij ze uit, en iedereen keek naar Kate voor een toost, zelfs Axel en Hannah; allebei keken ze plechtig en een beetje in shock.

'Op Beth, en Axel en Hannah. Welkom in een gelukkig gezin.'

'Daar sluit ik me bij aan,' zei Reed, terwijl hij zich naar Kate toe boog om haar een kus op de wang te geven en daarna Beth een hand toestak. Iedereen klonk. Axel en Hannah tikten met hun limonadeglazen tegen elkaar en het eten werd rondgedeeld.

Axel van acht was een tengere, ernstige jongen met grote bruine ogen en een bos bruine krullen die tot in zijn ogen hingen. Hij keek niet-begrijpend de tafel rond. Nick zag dat zich een vraag in zijn ogen vormde en boog zich naar hem toe om naar hem te luisteren. Terwijl hij dat deed, sneed het hem door zijn ziel om te zien dat de jongen in een reflex achteruitdeinsde. Dat deed hij inmiddels al een paar jaar, zich terugtrekken als een volwassen man te dicht bij hem in de buurt kwam.

'Ik hoorde oom Reed zeggen dat papa gearresteerd is. Is dat omdat hij mama geslagen heeft?'

Nick keek de jongen aan en besloot voor het eenvoudigste antwoord te kiezen. Axel kon altijd nog het hele verhaal te horen krijgen.

'Nee, dat was niet de reden. Hij is gearresteerd omdat hij te hard reed. En omdat hij met een paar agenten heeft gevochten. Maar je vader had mama nooit mogen slaan. Nooit. Mannen mogen vrouwen niet slaan. En kinderen ook niet. Nooit ofte nimmer.'

Axel keek een beetje opgejaagd.

'Axel, heeft papa jou ooit geslagen?'

Axel keek naar zijn bord en schudde zijn hoofd.

'Niet echt,' zei hij, nog steeds met neergeslagen ogen. 'Maar hij schreeuwde wel veel. En hij boog zich soms heel dicht naar me toe. En hij schudde me soms door elkaar. Hard. Dat deed pijn aan mijn nek en aan mijn hoofd. Ik vond het niet fijn als hij dat deed.'

'Dat kan ik me voorstellen. Dat had hij ook niet mogen doen.'

Axel boog zich wat dichter naar Nick toe en ging op samenzweerderige fluistertoon verder.

'Hannah heeft hij wel een keer geslagen. Dat mag ik van mama niet vertellen. Hij heeft haar geslagen omdat ze in haar luier had gepoept en omdat mama dat op het nieuwe kleed in de filmkamer had gemorst. Daar was papa hartstikke boos over, want het was zijn kamer en daar mocht verder niemand komen. Maar mama wilde Hannah een film laten zien en haar dvd-speler was kapot, dus zijn we toen toch naar papa's speciale filmkamer gegaan, en toen is het daar gebeurd en toen kwam papa thuis en had hij het gezien. Mama hield Hannah in haar armen en papa sloeg mama, zoals hij doet als hij heel boos is, en Hannah moest

69

huilen, dus toen heeft hij haar ook geslagen. Daarom kan ze met dat oor niet meer horen.'

Nick keek onwillekeurig even de tafel langs; Beth, Hannah en Reed zaten druk te praten over het koetshuis dat ze in gereedheid zouden brengen, zodat Beth er met de kinderen kon wonen.

Hannah was een mollig, engelachtig meisje van net vier, nog een beetje babyachtig, met grote blauwe ogen en bijna witblond haar. Ze had een lichte huid en een enigszins scheve glimlach, en ze had een geweldig gevoel voor humor.

Ze had de gewoonte haar hoofd schuin te houden als iemand tegen haar sprak, en ze keek dan altijd geconcentreerd naar de lippen van die persoon. Ze had ook moeite om sommige woorden goed uit te spreken.

Hij wist dat dat kwam doordat ze aan haar linkeroor doof was. Het was niet in hem opgekomen dat ze doof was doordat haar vader haar zó hard tegen dat oor geslagen had dat hij daarmee haar gehoor had beschadigd. Toen dat tot hem doordrong, schoten woorden hem tekort.

Net als alle kinderen die met onberekenbare ouders onder één dak moeten leven, had Axel het vermogen ontwikkeld om onmiddellijk aan te voelen wat er in het hoofd van de volwassenen in zijn omgeving omging. Axel had Nick vrij goed door.

'Het komt wel goed, oom Nick. Maak je om haar maar geen zorgen. Mama is met haar naar de dokter geweest. Ze krijgt een gehoorapparaat. Het komt wel goed met haar.'

Nu wel ja, dacht hij.

En met jou ook.

Op dat moment wist Nick dat hij, wat er hier in Niceville ook gebeurde – en hij had het gevoel dat het eerst nog erger moest worden en dat het dan pas beter werd, als dat ooit al gebeurde – er alles aan zou doen om te zorgen dat deze mensen niets meer overkwam.

Het was die nacht volle maan. Die scheen door het raam van de grote slaapkamer, zodat er een plas blauw licht op hun bed viel. Het maanlicht was zo fel dat Kate er wakker van werd.

Door de vitrage zag ze hem hangen – een reusachtige blauwwitte bol, omgeven door een nevelige aura, die nu majestueus een wolkenpartij in gleed. Het werd donker in de kamer.

Nick sliep, in diepe rust; de zorgrimpeltjes waren wat weggetrokken, zodat hij er jaren jonger uitzag. Het was stil in huis. Beth lag in de logeerkamer verderop aan de gang. Axel en Hannah sliepen beneden op een slaapbank in de televisiekamer, waar ze in slaap waren gevallen terwijl ze naar een dvd met een van Kates lievelingsfilms keken: *The Kid*, met Bruce Willis.

Ze keek op haar wekker. Het was bijna half vier. Ze legde haar hoofd weer op haar kussen en probeerde alle wanorde die in hun leven was gekomen een beetje op een rijtje te krijgen. Ze probeerde niet te denken aan waar haar vader zou kunnen zijn. Daar zou ze op een gegeven moment over moeten nadenken, maar niet nu. De volgende dag was het maandag, en maandagen waren bij uitstek geschikt voor dat soort dingen.

Ze deed haar ogen dicht en sukkelde in slaap, maar op dat moment vóélde ze een geluid – ze voelde het meer dan dat ze het hoorde –, een harde dreunende slag, en daarna gerinkel van metaal op metaal. Het kwam van buiten. Het klonk alsof het uit de achtertuin vlak onder haar raam kwam. Ze keek naar Nick.

Die sliep nog.

Ze liet zich uit bed glijden, heel voorzichtig om hem niet wakker te maken. Hij sliep altijd licht en schrok meteen wakker als hij iets ongewoons hoorde – een gewoonte die hij in de oorlogen had opgedaan. Het verbaasde haar dat hij niet wakker was geworden van het geluid.

Kate liep naar het raam en keek de tuin in. Ze hoorde het zware gedreun en het gerinkel nog een keer. Misschien was daar ook wel een vorm, een schaduw, midden in de achtertuin. Een grote donkere vorm.

De tuinlichten gingen om twaalf uur 's nachts automatisch uit, maar op de vensterbank lag een afstandsbediening waarmee ze ze weer aan kon zetten. Net op het moment dat ze die pakte verscheen de maan weer van achter de wolken. De tuin baadde in het maanlicht.

In de achtertuin stond een reusachtig paard, licht goudbruin van kleur, hoewel je bij maanlicht moeilijk kleur kon onderscheiden. Het had lange witte manen en vier witte hoeven met pluizige witte haren eromheen. Het was een heel groot paard, zo'n boerenknol – hoe heetten die ook alweer?

Een Percheron, of een Clydesdale, of een Belgisch paard.

Het stond gras te grazen, waarbij het zo nu en dan met een hoef stampte en met zijn reusachtige hoofd schudde, zodat zijn tuig zachtjes rinkelde. Ze bleef nog een minuut lang naar het paard staan kijken, terwijl ze bedacht dat het een schitterend dier was, en zich afvroeg hoe dat in hun tuin was gekomen, waar het vandaan kwam en wat ze ermee moest doen.

Ze keek weer naar Nick.

Helemaal onder zeil, op zijn rug, met zijn mond slap. Kate wist hoe afgepeigerd hij was, want ze was er zelf net zo aan toe. Kate, die uit het zuiden kwam, was niet bang voor paarden, zelfs niet voor heel grote paarden. Uiteindelijk waren ze allemaal hetzelfde, prooidieren, en als je je daar maar goed van bewust was en rustig en langzaam bewoog als je bij ze in de buurt kwam, kon je ze wel aan. Nick kon gerust blijven slapen. Hij had zijn slaap harder nodig dan zij.

Ze trok haar ochtendjas aan en liep op haar tenen de trap af en de serre in. Ze zag het dier door het raam, zo groot als een huis, terwijl het maanlicht op zijn vacht glinsterde als zilver op goud. Hij stond met zijn hoofd omlaag van het gras te grazen. Kate duwde de glazen deur langzaam open.

Het paard trok zijn hoofd met een ruk omhoog, snuffelde in haar richting, stampte met een hoef ter grootte van een aambeeld op de grond, zo hard dat Kate het in haar lichaam voelde trillen, en ging toen weer verder met haar gazon ruïneren.

Kate liep langzaam naar het paard toe; ze voelde de koele vochtigheid van het gras onder haar blote voeten en zag haar schaduw in het licht van de maan op het gazon.

Toen ze bij het hoofd van het paard aankwam, bukte ze zich en legde haar hand tegen zijn voorhoofd. Het tilde zijn hoofd op, en snoof en pufte tegen haar. Zijn adem was zo warm als een oven en het dier rook naar paard, vacht en gras. Het bewoog zijn hoofd een beetje naar links en keek haar met één heel groot bruin oog doordringend aan.

Ze zag zichzelf erin weerspiegeld, vreemd vervormd, als een zilverachtige gestalte, badend in het licht. Het dier snoof nog een keer, deed een stap achteruit en liep weg. Het draaide zich om – massief, log, als een enorme muur van vacht en spieren – en liep bij haar weg, waarbij zijn hoeven in het gras dreunden, zijn lange staart zwiepte en zijn zware flanken bewogen.

Kate liep achter hem aan het bos in aan de voet van haar tuin, naar een schaduwrijke plek die door de maan werd verlicht. Hij verdween in het duister. Ze bleef staan en hoorde hem over de stenen weglopen, hoorde zijn hoeven klepperen door het riviertje dat daar stroomde. Ze bleef doodstil staan, hield haar adem in en voelde een soort gonzende aanwezigheid om zich heen, als een elektrische lading waarvan de hele nacht doortrokken was. Vreemd genoeg was ze helemaal niet bang, ondanks de gebeurtenissen van de afgelopen week. Ze voelde alleen een soort vriendelijke roep.

Ze liep het bos in.
Alles werd anders.

Nu stond Kate op de oever van een brede modderbruine rivier. Het was klaarlichte dag en de grote rivier kolkte en siste achter haar, langzaam, krachtig en immens. Het rook naar modder, houtrook en naar dingen die groeiden. Ze bevond zich bij de ingang van een lange laan die onder een boog van altijdgroene eiken liep die zo groot en oud waren dat hun takken elkaar in de lucht boven de laan raakten. Helemaal aan het eind van deze groene lommerrijke laan stond een voornaam landhuis met een veranda over de hele voorkant. Griekse zuilen stutten de veranda. Het was een schitterend oud huis, een plantagehuis, en Kate herkende het van een groot olieverfschilderij dat in de eetzaal van de golfclub hing. Het was ooit van familie van haar geweest. Lenore, haar moeder, had in hun huis een oude kastdeur met beschilderde panelen, die af-komstig was uit dit plantagehuis, van na de Burgeroorlog.

De panelen waren flets en droog geworden, maar je kon de motieven erop nog zien: jasmijnbloemen op een lichte ondergrond, volgens Le-nore met de hand geschilderd door een kunstenaar uit Baton Rouge.

'Dit is de Hy Brasail-plantage,' zei Kate hardop. 'Waarom ben ik hier?'

Ze realiseerde zich dat ze een spookpaard een vraag stelde. Een paard dat in geen velden of wegen te bekennen was. Ze realiseerde zich wel dat dit idioot was, maar het vreemde gevoel bleef. En de plantage ook.

Hy Brasail-plantage
Zuid-Louisiana, 1840

Het was de middag van 9 juli in het jaar 1840. Het was die dag de drieën-
zestigste verjaardag van London Teague, en zijn derde echtgenote lag
op sterven. Haar naam was Anora Mercer. Anora Mercer was ooit ver-
maard geweest vanwege haar schoonheid en was een van de roemruchte
Mercers van Niceville en Savannah geweest. London Teague had zichzelf er ooit van weten te overtuigen dat hij smoorverliefd op haar was.
Maar toen leefde Cathleen, zijn tweede vrouw, nog. Zolang Cathleen
leefde was Anora een verboden vrucht. Cathleen sloeg het jaar daarop
de hand aan zichzelf en mocht derhalve niet in gewijde grond begraven
worden. Haar graf lag nu onder de wilg in het midden van de doolhof
van buxushagen. London Teague had geleerd dat de vrucht die men niet
mag smaken meestal het lekkerst is. Zo was het ook met Anora gegaan.

En nu was Anora ook al afscheid aan het nemen.

Haar ziekte had zich drie dagen daarvoor in de nacht aangediend. De
volgende ochtend kon ze maar niet wakker worden, en toen ze eindelijk
haar ogen opendeed en iets probeerde te zeggen, was haar stem lui, alsof
die door drank onherkenbaar was geworden, en hingen haar oogleden
half voor haar ogen. Ze klaagde over slapte en pijn in haar hele lichaam.
Ze kreeg koorts en haar lippen werden droog en barstten. Ze voelde
hoe de verzwakking zich vanuit haar lichaam naar haar handen verspreidde, en even later kon ze niet eens meer een kopje naar haar lippen
brengen. Haar ademhaling kwam in snelle horten en stoten. Al snel
moest ze voor elke teug lucht vechten.

De artsen waren gearriveerd en bekeken haar door hun knijpbrilletje, terwijl ze zich over hun bakkebaarden streken. Malaria, zeiden ze zwaar zuchtend. En misschien een vleugje moeraskoorts. Ze zeiden tegen de vrouwen dat ze naar behoefte laudanumtinctuur moesten toedienen, dat ze haar moesten aderlaten en dat ze haar in zoute baden moesten leggen. Vervolgens presenteerden ze een gepeperde rekening, gingen terug naar de steiger aan de rivier en hielden een pakketboot aan die op de terugweg was naar Vacherie.

Anora's toestand verslechterde.

De ziekte breidde zich uit. Haar gezicht begon op te zwellen en op haar bovenbenen en buik verschenen blauwe plekken. Haar keel kneep dicht, zodat ze geen voedsel meer tot zich kon nemen, alleen citroenwater en kamille, en schapenmerg vermengd met cognac. Niets leek de ziekte tot staan te kunnen brengen en twee dagen later had die haar van al haar schoonheid beroofd.

Toch bleef ze vechten, en de vrouwen verzorgden haar. Om drie uur die middag had er een geestelijke uit Zuid-Vacherie in een gehuurde hondenwagen voor het huis stilgehouden met ene Horace Aukinlek, s.j., een geel uitziend kadaver met een scheel oog, een stotteraar. Hij zat op dit moment in de muziekkamer. Zijn mottige zwarte jas hing over een stoel en met zijn schoenen met spijkers besmeurde hij de op één na beste hocker, terwijl hij met een lichte koude maaltijd en een flacon cider naast zich door de Psalmen zat te bladeren.

Tegen het eind van de middag was het iedereen wel duidelijk dat er voor Anora geen hoop op herstel meer was. Het masker van de dood, het doodshoofdgezicht, kwam al onder haar huid opzetten, en trok het strak als een schilderdoek. Ze was wasachtig geel geworden.

Er waren ruiters naar Niceville gestuurd om de familie van Anora aldaar op de hoogte te brengen – haar peetvader John Gwinnett Mercer en zijn familie – maar dat was een afstand van negenhonderd kilometer, en dat was meer gedaan als teken van respect dan dat men echt hoopte dat ze terug zouden zijn voordat haar strijd ten einde was.

John Gwinnett Mercer was een grillige man, en hij was het er niet mee eens geweest dat Anora zich verloofde met een man die veertig jaar ouder was dan zij, een man die al twee keer weduwnaar was en die naar verluidde een losbol was.

London Teague wilde niet riskeren dat hij flinke ruzie met Gwinnett Mercer kreeg, die een rijk man was met veel invloed in New Orleans en Memphis, dus waren de ruiters erop uitgestuurd, tegen forse betaling.

En Anora was er nog steeds.

Ga nou maar, dacht Teague, maar dat zei hij niet hardop, toen hij haar kamer binnenging om naar haar te kijken, terwijl de vrouwen druk doende waren rond het ziekbed. Maar hij dacht het wel.

Deze weigerachtigheid om op gepaste manier te sterven was gewoon egoïstisch getalm. Het was des vrouws en het was zwak. Anora was net een acteur wiens rol in het toneelstuk uitgespeeld is, maar die toch het toneel niet wil verlaten.

Door haar egoïstische gedrag moesten de dringende zaken van Hy Brasail wachten. In de zomerkeuken was een verdrietige koude maaltijd geserveerd, met oud maïsbrood en hardgekookte eieren, een plak schapenvlees en een fles wijn in een zilveren ijsemmer. Hun dochters, Cora en Eleanor, zaten in het hertenpark te jammeren en te mokken. De twee oudste jongens, Cathleens zonen Jubal en Tyree, die geen zin hadden om Anora te zien sterven, want ze hielden heel veel van haar, waren naar Plaquemine vertrokken om een noveen te bidden.

De huisslaven waren allemaal bezig met de zorg voor Anora, en aangezien iedereen van haar hield was het werk op de plantage stilgevallen. En zijn geld stroomde weg.

In vredesnaam, vrouw.

Ga nou gewoon dood.

Bij zonsondergang zetten de vrouwen Anora's weggeteerde lichaam op een stoel met een lattenrug, en droegen haar via de diensttrap naar de Jasmijnkamer, terwijl ze zachtjes 'Annie Laurie', het lievelingslied van Anora, zongen. De Jasmijnkamer bood uitzicht op de voorname laan met altijdgroene eiken van Hy Brasail, die als een van de parels van Zuid-Louisiana werd beschouwd. Rivierboten die over de Mississippi langsvoeren, bleven in de bocht vaak even liggen, achteruit peddelend, zodat de passagiers die aan de reling stonden het konden bewonderen.

De laan bestond uit achtentwintig reusachtige eiken met een brede kruin, aan elke kant veertien, die daar lang geleden waren geplant door een Creoolse koopman die teruggegaan was naar Spanje om tegen Napoleon te vechten en die op de borstwering van Valladolid door een kettingkogel in tweeën was geschoten.

De eiken van Hy Brasail marcheerden in een statige optocht langs de oever van de rivier, terwijl hun takken zich boven het hertenkamp ineenvlochten en zo een soort lommerrijke groene kathedraal vormden. Aan het eind van de laan lag de rivier in het afnemende licht te glinsteren.

Dat was Anora's favoriete uitzicht, en ze had al vaak de wens geuit dat ze ooit, over heel lange tijd, met dit uitzicht voor ogen zou mogen sterven.

Terwijl ze Anora de trap op droegen, had ze vaag geroepen dat ze wilde dat Teague bij haar kwam zitten, maar hij kon niet tegen wat voor ziekte ook.

Die boezemde hem afkeer in.

Hij liet zijn paard halen. Second Samuel bracht Tecumseh naar de voorkant van het huis. Teague besteeg zijn grote vos met het hamervormige hoofd en draafde de schaduwrijke laan in, zonder ook maar één keer om te kijken naar de openslaande deuren van de Jasmijnkamer, waar zij zat te kijken, zo wist hij. Bij de poort sloeg hij links af en reed in een lange galop stroomopwaarts de rivier langs, helemaal tot voorbij het huis van Telesphore Roman, vijftien furlong of langer, en al die tijd dacht hij dat ze tegen de tijd dat de schemering viel vast wel dood zou zijn.

Maar toen hij die avond tussen de altijdgroene eiken terug gedraafd kwam, stond Second Samuel daar, als een staande berisping op de stoep van de veranda. Met zijn zware West-Indische accent, en met een vleugje van zijn oude opstandigheid, vertelde hij London Teague dat de vrouw des huizes nog steeds moedig aan het vechten was, reken maar.

Toen Second Samuel de teugels van Teague overnam en Tecumseh over zijn zwoegende romp aaide, zag Teague zonneklaar in de geelomrande ogen van de oude man en in de stand van zijn leerachtige kaaklijn dat er in het slavenonderkomen vrijuit gesproken en gefluisterd was.

Teague keek Second Samuel na, die Tecumseh mee terugnam naar de stal, en hij bedacht dat zijn hoofdslaaf een krom oud wrak was, ook al moest de man nog vijftig worden. Second Samuel was al bij London Teague sinds de familie van Teague van Hispaniola was verdreven.

Teague, die elke keer dat dat door domme brutaliteit of aanhoudende luiheid nodig was de zweep ter hand nam, had die nog nooit uit zijn hoes gehaald om de rug van Second Samuel te geselen. Maar de brutaliteit van die man!

Teague voelde een lint van warme gal in zijn keel omhoogkomen en zijn zicht werd wazig. Hij legde zijn rechterhand op de greep van het pistool in zijn riem.

Even later nam hij die weer weg.

Iemand die zijn levende have mishandelde genoot in New Orleans geen goede reputatie – een goede reputatie bij de mannen die ertoe deden, en London Teague zat ernstig verlegen om een goede reputatie bij de mannen die ertoe deden.

Second Samuel bevond zich op dertig meter afstand; hij boog zich naar Tecumseh toe om zachtjes tegen het paard te praten, dat hem al kende sinds het een veulen was. Op dat moment riep Teague hem.

'Samuel, is Talitha al gevonden?'

Second Samuel draaide zich om om Teague aan te kijken en trok daarbij aan Tecumsehs halter. Het paard kon de merries al ruiken en wilde niet blijven staan. Het hinnikte en huppelde, maar Second Samuel hield het stevig vast, terwijl hij nadacht over de vraag en over wat het voor Talitha zou betekenen, die zijn oudste dochter was, en een zware beproeving voor hem.

Talitha was in de nacht dat mevrouw ziek was geworden uit het grote huis verdwenen en sindsdien niet meer gezien. Talitha was al eens eerder zoek geweest; het was een eigenzinnig meisje, en ze ging er graag vandoor. Ooit was ze over het land en door de moerassen helemaal naar de buitenwijk van Zuid-Vacherie gelopen, maar ze was nog nooit eerder zo lang weggebleven. Het was nu de middag van de derde dag, en dit was een verzuim dat niet meer licht opgenomen kon worden. Teague zag de aarzeling op het gezicht van de man, maar zei er niets over.

'Op het moment nog niet, meneer London.'

'Wie is haar aan het zoeken?'

'De mannen van meneer Coglin, geloof ik.'

'Met de honden?'

'Nog niet, meneer London. Die honden zijn ongehoorzaam tijdens de jacht en brengen vaak schade toe. Ik wil niet dat het vee schade wordt toegebracht, zoals u altijd zegt.'

Teague knikte, gaf hem met een handgebaar te kennen dat hij kon gaan en liep toen langzaam de trap op en over de krakende vloerdelen naar de open deuren. Er was niemand in de hal, maar het huis stonk naar ziekte en naar dood. Overeenkomstig het oude gebruik was er een zwarte doek over de grote vergulde spiegel in de hal gehangen, net als over alle andere spiegels in het huis.

De Ieren dachten dat de geest van de pas gestorvene door een niet-afgedekte spiegel naar binnen zou gaan en daar voor altijd, gevangen tussen de twee werelden, zou blijven wonen.

Dus werden de spiegels allemaal afgedekt.

Teague haalde diep adem en hield die in.

De dood.

Het huis stonk naar de dood en naar doodgaan. Die geur stroomde als een kwade damp de grote trap af en verzamelde zich rond zijn laarzen. Hij wierp een blik in de muziekkamer en zag dat die nog steeds bezoedeld werd door meneer Aukinlek. Hij blies zijn adem uit, sloeg het stof van zijn rijbroek, veegde zijn laarzen schoon aan de borstelstaven bij de deur en ging op zoek naar zijn tabaksbuidel.

Een paar minuten na twaalf uur 's nachts zat Teague in een rieten schommelstoel op de galerij voor de Jasmijnkamer, nog met zijn rijkleren aan, en met zijn blauwe jasje over de stoelleuning achter zich. Hij rookte een gebogen bruyèrepijp vol latakiatabak, met zijn laarzen omhoog op de balustrade.

Door de geopende glazen deuren achter zich hoorde hij de zachte stemmen van de vrouwen die Anora verzorgden en de zangerige monotonie van Aukinleks stem, die haar de laatste sacramenten toediende, en daardoorheen het bezorgde gemompel van Anora, terwijl ze haar lichaam afsponsden met azijn en haar gezwollen lippen depten met ijs.

Hij haalde piepend diep adem en schudde zijn grote warrige hoofd. Zelfs de rook van zijn pijp kon de geur van de ziekenkamer niet geheel en al verbloemen.

Hij werkte zich uit de rieten schommelstoel omhoog en liep een stukje de galerij op, met kletterende sporen, terwijl de oude vloerdelen kreunden onder zijn gewicht. Hij liep vlak langs Kate, die in de schaduw van de terrasdeuren stond. Kate rook de tabak toen hij langsliep, en het verschaalde zweet in zijn kleren.

Teague was een grote dikke man, van ruim een meter vijfentachtig en honderd kilo, voor het merendeel spieren. Maar hij voelde zich die avond oud. Zijn jaren drukten op hem, de noodzakelijke dingen die waren gedaan en de problemen die die met zich mee hadden gebracht.

Verder was er die avond ook iets met de galerij wat hem niet lekker zat. Hij voelde een aanwezigheid, hij had het gevoel dat hij in de gaten gehouden werd, gekeurd, en niet door een liefhebbend oog. Nee, hij werd beoordeeld.

Zijn geweten misschien? Niet erg waarschijnlijk. Dat had nog nooit eerder opgespeeld, terwijl hij het daar toch alle reden toe gegeven had. Hij schudde het gevoel van zich af.

In de hoek van de galerij ging hij met zijn schouder tegen de zuil staan en keek naar buiten, de nacht in. Hij voelde het leven van de Hy

Brasail-plantage in het donker overal om zich heen. De dampende hitte lag er als een wollen deken bovenop.

Het was te warm om te slapen, dus zaten de meeste mensen onder de populieren bij de paardenwei bij elkaar, terwijl de rode gloed van hun sigaren in het donker oplichtte. Aan de Mississippi waren meisjes zich aan het wassen en ondertussen 'Shall we gather at the river' aan het zingen. Ergens onder de sterren zanikte een snotkind. Het gejammer ging over in gesnik en zwol toen aan tot een raspend gebrul dat door een vlezige klap abrupt werd gesmoord.

Onder de takken van de altijdgroene eiken flakkerden vuurvliegjes achter de hangende slierten mos. Vanaf de rivier kwam een flauw briesje aangewaaid die het vruchtbare aroma van gras en riviermodder aanvoerde. De ramen van de schuur glinsterden in het licht van de lantaarn. Door het donker dreef houtrook, en uit het huis van de opzichter aan de andere kant van de perzikboomgaard hoorde hij het zachte getokkel van een mandoline opklinken. Vanuit de stallen klonk een laag hinnikend getrompetter, gevolgd door een harde knal, toen Tecumseh tegen de beschotting van zijn stal schopte.

Achter zich hoorde hij vloerdelen kraken. Hij draaide zich om en zag een zwarte gestalte in de schaduw staan, met een smal streepje geel licht op haar wang, haar ogen verscholen in het duister.

Talitha.

Hij deed een stap bij de balustrade vandaan en liep ook de schaduw in.

'Wat doe jij hier boven?'

Talitha begon met hese fluisterstem te praten.

'Leeft ze nog?'

'Ja,' zei Teague op boze fluistertoon, terwijl hij op enige afstand van het meisje bleef staan. 'Hoe kan dit?'

Talitha kwam dichter naar Teague toe en ging in de bundel geel licht die door het raam viel staan. Teague keek in haar amandelvormige ogen, keek naar haar halfgeopende lippen, naar hoe de eenvoudige rechte katoenen jurk om haar rondingen lag, naar haar hoge borsten, haar harde tepels onder de dunne stof. Hij kon haar ruiken, en zijn hart begon te bonzen. Talitha was als een ziekte voor hem. Zelfs in een slavenhutje beloofde ze niet veel goeds.

'Ik weet het niet. Zo lang heeft nog nooit iemand het volgehouden.'

'Waar heb je gezeten?'

Er viel een stilte, en toen keek ze in een witte flits glimlachend naar hem op.

'Hoezo? Heeft meneer Londen me soms gemist?'

Weer die brutaliteit.

'Geef antwoord.'

'Ik ben naar Thibodaux geweest,' zei ze op sluwe toon. 'Naar ons geheime plekje. Ik heb gewacht. Ik dacht dat u wel naar me toe zou komen.'

'Terwijl Anora stervende is en het één grote puinhoop is in huis?'

'U bent al eens eerder gekomen, meneer London. U bent heel vaak gekomen.'

'Je hebt de aandacht getrokken, jongedame. En nu glip je hier in het donker de trap op. Stel nou dat iemand je gezien had?'

'Ik weet heel goed hoe ik ervoor moet zorgen dat niemand me ziet, meneer London. Alle goede slavenkinderen kunnen dat.'

'Het was stom van je om hiernaartoe te komen. Het was stom om er diezelfde avond vandoor te gaan. Het wekt een slechte indruk bij de mensen. Er wordt al gepraat. Je hebt de aandacht getrokken. Heb je het dier nog?'

Ze bracht haar handen omhoog in het licht. Ze had een rieten naaimand vast, waarvan het deksel met rode linten was dichtgebonden.

'Ja. Maar nu is uw vrouw omringd door de huishoudelijke hulpen. Ik kan nu met geen mogelijkheid met het dier dicht bij haar komen. Met deze hitte, en in het donker, is het gevaarlijk om het op te pakken. Op een avond als deze haalt het naar alles en iedereen uit.'

Teague deed er even het zwijgen toe, terwijl hij luisterde naar de stemmen uit de ziekenkamer, waar iemand met een kinderlijke stem 'Annie Laurie' zong. Ze zongen het voor haar als ze sliep. Hij draaide zich weer om naar Talitha.

'Ze gaat dood. Je had dit risico niet hoeven nemen. Je had hier niet moeten komen. Ga via de zomerkeuken naar buiten. Wacht in de doolhof bij de wilg op me. Ik kom naar je toe.'

'Snel? Ik laat u mevrouw zo weer vergeten.'

'Niet zo brutaal,' zei Teague, en hij werd weer kwaad. Talitha stak de rieten mand naar voren en schudde er plagerig mee. Teague deed een stap naar achteren. Het dier in de mand maakte een geluid als een fluitketel, en het kronkelde rond, zodat de rieten zijkanten uitpuilden.

Talitha ontblootte haar tanden.

'Ik zou maar snel komen,' zei ze vurig, 'anders neem ik misschien wel een ander. Meneer Telesphore kijkt ook al zo naar me.'

Teague stak een hand op, maar ze glipte geluidloos weg om de klap te ontwijken. Teague tuurde een minuut lang in de donkere schaduwen waarin ze was verdwenen en dacht over haar na. Kate stond vlakbij naar zijn piepende ademhaling te luisteren. Ze rook zijn geur – tabak, leer en zweet – en dacht over hem na.

Teague voelde een koude hand in zijn nek en schudde zijn hoofd als een zwaar paard. Toen draaide hij zich om en liep terug naar de openslaande deuren. Hij liep vlak langs Kate, en ze kreeg het gevoel dat hij de plek waar zij stond omzeilde.

Bij de drempel bleef hij staan, haalde diep adem en liep de ziekenkamer in.

De kamer was verlicht met kaarsen, die op stoelen rondom Anora's bed stonden, en een van de huisjongens – Cutnose, of een van zijn broers – zat in een hoek aan een koord te plukken dat vastzat aan een waaier van geborduurde stof die aan de balken hing. De waaier bewoog log heen en weer, waardoor de kaarsvlammen flakkerden en er bizarre schaduwen over de muren dansten.

Anora zag er in dat bed uit als een klein popje, gekrompen en uitgemergeld. Haar ogen waren dicht en haar dikke zwarte haar – het enige wat er nog van haar schoonheid over was – lag in een glinsterende boog op het satijnen kussen uitgewaaierd. Haar gele handen lagen gevouwen op de sprei, en door haar vingers was een rozenkrans van peridoot verstrengeld.

Toen Teague de kamer binnenkwam, keken de vrouwelijke hulpen – Flora, Jezrael en Constant – op van hun rozenkrans. Meneer Aukinlek zat met zijn rug naar het raam en hoorde Teague niet binnenkomen. Hij zat een psalm te lezen – 'O heer, laat beschaamd en vernederd worden, wie mij naar het leven staan...'

'Genoeg,' onderbrak Teague de gebeden. 'Laat ons alleen. Allemaal.'

De vrouwen stonden zonder een woord te zeggen op, Cutnose ook, en leken allemaal als in een luchtflakkering de kamer te verlaten. Aukinlek draaide zich om om nog iets onheilspellends te zeggen, maar toen hij zag hoe Teague erbij keek, stamelde hij alleen maar iets en maakte zich toen ook uit de voeten. Teague liep naar het bed en keek op Anora neer, die haar ogen niet open had gedaan en zich ook in het geheel niet had verroerd. Daarna keek hij de kamer rond.

De Jasmijnkamer was zo genoemd omdat Anora een kunstenaar uit Baton Rouge had laten komen en opdracht had gegeven om met de hand een tak jasmijn op het plafond en tot halverwege de muren te schilderen. Het was een lichte, luchtige kamer met hoge ramen die op de galerij uitkeken. Het tapijt en het merendeel van de meubels waren weggehaald om ruimte te maken voor het dagbed, het zoutbad en een lange schraagtafel waar allemaal wasbekkens op stonden en schone doeken op lagen.

Het enige wat er van de oorspronkelijke inrichting over was, was een antieke spiegel in een vergulde baroklijst, geen grote spiegel, hooguit vijfenzeventig centimeter hoog, maar hij was Anora zeer dierbaar, aangezien hij via de Mercer-tak van de familie tot haar was gekomen en ooit in de slaapkamer van haar oma had gehangen, in hun huis in Dublin.

De spiegel zou oorspronkelijk uit Parijs komen, werd er gezegd, waar de familie Mercer ooit Du Mêrcier had geheten. Dat was vóór het schrikbewind van de Franse Revolutie, en slechts weinigen van die tak hadden aan de guillotine weten te ontsnappen. De spiegel was het enige wat er nog uit die tijd over was, en dus was hij Anora heel dierbaar, als een overblijfsel van alles wat de familie Mercer en de familie Gwinnett in de loop der eeuwen waren kwijtgeraakt.

Overeenkomstig het gebruik was de spiegel die avond afgedekt, zodat er midden in een veld geschilderde jasmijn een grimmige zwarte rechthoek zweefde.

Teague trok een krakkemikkige houten stoel bij en ging zitten. Hij leunde achterover, sloeg zijn benen over elkaar, en het hout kraakte onder zijn gewicht. Anora's ademhaling werd sneller en even later deed ze haar ogen open, keek met een angstige blik de kamer rond en liet haar ogen toen rusten op zijn gezicht.

De angstige uitdrukking ging over in een rustige directe blik, hoewel het licht in haar lichtbruine ogen was afgenomen en haar gezicht amper herkenbaar was.

Ze bewoog haar lippen, maar er kwam geen geluid uit, alleen wat droog geklik. Teague schonk water in een zilveren beker en bracht die naar haar lippen. Hij gebruikte zijn linkerhand om haar wat omhoog te houden, zodat ze een slokje kon nemen van de rand. Haar lichaam was gloeiend heet als een fornuis en haar linnen gewaad was drijfnat.

Het lukte haar het water door te slikken, en Teague liet haar weer zakken. Ze deed haar ogen even dicht en keek hem toen weer aan.

'Ik heb naar je gevraagd, Lon... Waar heb je gezeten?'

'Ik moest naar Telesphore. Voor zaken.'

'Ik heb je... ik heb je zien wegrijden. Je hebt niet één keer omgekeken... maar ja, dat doe je nooit.' Stilte.

'Waarom heb je naar me gevraagd, Anora?'

Er viel weer een lange stilte, waarin het leek alsof Anora diep in zichzelf was gekeerd en het haar daarna moeite kostte om weer naar de oppervlakte te komen.

'De... meisjes, Lon. Zul je voor ze zorgen? Vooral voor Cora. Zij... zij zal het niet begrijpen.'

Teague zuchtte en hield zich in.

'Als je bedoelt of ik hun zaken zal behartigen, daar heeft je peetvader heel goed zelf voor gezorgd. Hun geld is net zo veilig als het jouwe altijd is geweest. We hebben er voor onszelf niet veel aan gehad, maar zo wilde John Gwinnett Mercer het nu eenmaal.'

Anora deed haar ogen dicht en zweeg een poosje. Teague keek hoe haar borst onder het laken op- en neerging. Het leek wel alsof er een vogel onder de stof gevangenzat; het was niet meer dan koortsachtig gefladder.

'Jij... jij krijgt de Tontine, Lon, als ik dood ben. Daar moet je... je zaken mee kunnen regelen. Ik zou willen... nee, ik vraag van je... dat je voor ze zorgt, Lon, zoals je voor Jubal en Tyree zorgt. Cora is nog maar zes, en Eleanor moet nog acht worden. Ze hebben je nodig. Je bent in staat tot grote liefde, Lon... zoals je ooit van mij gehouden hebt... Laat ze merken dat je van ze houdt. Jij bent hun vader. Ze hebben net zo goed jouw bloed als het mijne.'

Teague had al besloten dat hij Cora en Eleanor naar Niceville zou sturen om bij de familie Mercer en de familie Gwinnett te gaan wonen. Hij had het geduld niet om een stelletje nutteloze kleine kinderen in de watten te leggen en hij had ook niks aan ze, al helemaal niet nu hun vermogen zo goed veiliggesteld was. En aangezien dat ook het werk was van John Gwinnett Mercer, moest die ook de last van hun opvoeding maar op zich nemen.

Wat Jubal en Tyree betrof, die hadden met hun dertien en vijftien jaar eindelijk een nuttige leeftijd bereikt, en als ze op Trinity in Dublin hadden gezeten en daarna hun Grand Tour door Europa hadden gemaakt, konden ze als volwassen mannen terugkomen en Hy Brasail verder runnen. Maar dat hoefde hij Anora allemaal niet te vertellen.

'Ik zal de meisjes niet tekortdoen, Anora.'

'Onze meisjes, Lon. Van jou en van mij. Beloof je me dat?'

'Dat beloof ik, Anora. Het zal ze niet aan verzorging of goed gezelschap ontbreken. Dat beloof ik plechtig.'

Daar leek ze genoegen mee te nemen.

Ze was een poosje stil, en in de kamer klonk het geluid van bedden-pannen en krekels. Haar skeletachtige vingers trokken op een zenuw-achtige manier aan de rozenkrans van peridot, maar haar gezicht vertrok niet. Toen hij opstond, kraakte de stoel. Hij ging bij het bed staan en keek op haar neer. Ze deed haar ogen open.

'Geef je me een kus, Lon?'

Hij aarzelde, maar bukte zich toen om haar een kus op de wang te geven. Haar huid was gloeiend heet en vochtig. Ze bracht een knokige hand omhoog, greep zijn das vast en trok hem dicht naar zich toe. Ze hief haar hoofd op, kuste hem op de lippen en viel toen weer terug in het kussen, terwijl ze hem recht bleef aankijken.

Ze liet hem niet los.

Haar lippen bewogen. Ze zei iets. Hij boog zich dichter naar haar toe. Ze slikte en probeerde het nog een keer.

'Je hebt me vermoord, Lon.'

Hij wilde achteruitdeinzen, maar ze hield hem vast.

'Nee. Niet tegen me liegen. Dit is mijn laatste levensuur en er is geen tijd meer voor leugens. Toen hij me beet, heb ik hem gezien. Hij gleed weg over de sprei. Het was een harlekijnkoraalslang. Ik weet wie hem daar heeft neergelegd. Ik weet waarom ze hem daar heeft neergelegd. En dat weet jij ook.'

Ze liet hem los, pakte de rozenkrans weer en deed haar ogen dicht.

Teagues gezicht was warm, maar zijn borst was ijskoud. Hij keek naar het kussen onder haar hoofd. Ze stond op de drempel. Hij zou maar heel even druk hoeven uit te oefenen om haar erover te helpen. Kate zag zijn grote handen schokken, zijn lange vingers zich spreiden, en ze wist wat er in hem omging. Teague dwong zichzelf om kalm te blijven.

'Als dit waar is, over die slang, en daar geloof ik helemaal niks van, waarom heb je dan niets gezegd?'

'Ik had... genoeg... genoeg van jou. Genoeg van hoe je je gedraagt. Ik heb ooit van je gehouden. Nu ben ik klaar om te sterven.'

'Wie... wie heb je het verteld?'

'Niemand. Ik wil niet dat de kinderen het weten.'

'Anora... dit is echt niet...'

Haar hand kwam met gespreide vingers omhoog van het laken.

'Nee, Lon. Ik wil niet dat jouw leugens de laatste woorden zijn die ik hoor. Haal Constant. Ik moet slapen.'

'Anora...'

'Nee, Lon. Ga nu. In godsnaam... ga nu gewoon.'

Teague stond een hele tijd naar haar te kijken, maar het was alsof híj degene was die dood was in deze kamer. Ze leefde nog, amper, maar ze was in zijn ogen al zo dood alsof ze in haar familiegraf op de begraafplaats van Niceville lag. Zijn hoofd tolde van slechts één urgente gedachte...

Wie weet het verder nog meer?

En toen wist hij het antwoord.

Talitha weet het.

Anora sliep – een heel vredige slaap na zo veel pijn en strijd dat Constant, Flora en Jezrael aanvankelijk dachten dat ze was overleden. Constant legde angstig heel licht haar hand op haar borst, en toen ze Anora's hart voelde fladderen, moesten ze allemaal glimlachen. Het was even voor drieën in de ochtend en het leven op Hy Brasail stond op het laagste pitje. In de takken van de altijdgroene eiken zuchtte een windje en op de steiger aan de rivier brandde een daar neergezette lantaarn – één enkele gele glinstering in een maanloze nacht. Constant stond op, boog zich naar voren om Anora een kus op het voorhoofd te geven, en toen glipten ze allemaal stilletjes de kamer uit.

Naast Anora's bed stond een kaars zacht te branden.

Kate ging naast het bed staan en keek neer op de stervende vrouw. Ze hoorde een droog geritsel – het geluid van vleugels. Er verscheen een zwerm, een wolk libellen voor het raam, die tegen de ruit tikte – een trillende groene glinstering in het licht van de kaars.

Het muskietennet dat over Anora's bed was gespannen bewoog zachtjes in de wind. Anora viel nog dieper in slaap, en nu begon haar leven te flakkeren en te haperen. Kate voelde dat ze ging sterven.

Ze trok zich terug in de schaduw.

Anora werd plotseling wakker doordat ze het gevoel had dat ze viel. In de gloed van de kaars zag ze iemand op de krakkemikkige houten stoel naast haar bed zitten.

Het was een jong meisje. Talitha.

Ze zat kaarsrecht, met haar knieën stevig tegen elkaar en haar enkels keurig gekruist. Haar sterke bruine handen lagen op het deksel van een rieten naaimand gevouwen. Ze keek met een somber gezicht en een afwezige blik voor zich uit, maar toen Anora zich bewoog, keek Talitha glimlachend op haar neer.

'Wat doe jij hier?' vroeg Anora met een trilling in haar stem.

'Ik kom het goedmaken, mevrouw, als dat kan.'

Anora zocht het koord waarmee ze de nachtbel kon luiden, maar dat was op de grond gevallen. Talitha bukte zich, raapte het op en legde het op Anora's borst. Ze hield haar hand daar voorzichtig vast en klopte toen op Anora's vingers.

'U hoeft niet bang te zijn, mevrouw. Ik kan u geen pijn meer doen.'

'Nee, maar je hebt me al vermoord, waar of niet?'

'Ja, mevrouw. En nu ben ik hier om...'

'Boete te doen?'

Talitha keek haar niet-begrijpend aan.

'Mevrouw Teague, ik weet niet wat dat woord betekent.'

'Het betekent dat je wilt laten merken dat je het erg vindt wat je gedaan hebt. Heb je het dier daar in die mand?'

Talitha keek omlaag naar de rieten mand op haar schoot. Ze tilde het deksel op en stak haar hand erin. Anora's keel kneep samen en ze overwoog heel even om aan het koord te trekken, maar iets weerhield haar ervan.

Talitha haalde haar hand eruit. Daaromheen zat een slang gekronkeld; geen kleintje, maar een van een centimeter of tachtig. Hij had een taps toelopend kopje met een gele band eromheen, en zijn lichaam was gestreept in felrood en donkergroen, waarbij elke band door een felgele ring was afgescheiden. De slang draaide en kronkelde in Talitha's hand en zijn tongetje schoot heen en weer als de voelsprieten van een mot.

Talitha tilde hem op en draaide hem naar het kaarslicht. In zijn edelsteenachtige ogen glinsterden twee minuscule scherfjes geel licht.

'De harlekijnkoraalslang,' zei Talitha. De slang hief zijn kopje op en keek naar haar, en het was net alsof ze helemaal gebiologeerd was door het dier.

'Voorzichtig hoor,' fluisterde Anora.

Maar Talitha glimlachte alleen maar en drapeerde de slang om haar schouders, waar die kronkelde, zich nauw om haar heen sloot en toen tot rust kwam, als een kleurige geëmailleerde ketting.

'Hij kan ons nu niets meer doen,' zei Talitha.

'Waarom heb je hem dan mee hiernaartoe genomen?'

'Omdat ik denk dat ik samen met hem begraven word.'

Ze deden er allebei een poosje het zwijgen toe. Anora keek naar Talitha en probeerde haar scherp te zien, maar haar beeltenis vervaagde telkens en kwam dan weer terug. Talitha leek die haperende aandacht te bemerken.

'Mevrouw, zult u doen wat ik van u vraag?'

'Wat wil je dan van me?'

Talitha draaide zich om, stak haar hand omhoog en wees naar de antieke vergulde spiegel aan de muur. De zwarte doek was weg en het glas weerspiegelde de kamer, de bleke blanke vrouw in haar bed en de jonge zwarte vrouw op de stoel. De kaars flakkerde zacht.

'Zou u willen opstaan en in de spiegel kijken?'

'Dat kan ik niet.'

'Volgens mij kunt u dat wel, mevrouw. U moet het proberen.'

Anora probeerde het, maar het lukte haar niet uit bed te komen. Talitha boog zich over haar heen en tilde haar met haar sterke jonge armen op, droeg haar de kamer door en zette haar voorzichtig op haar blote voeten neer. Ze werden samen omlijst door de spiegel: twee silhouetten met een krans van kaarslicht om hen heen. Anora beefde. Talitha deed een stap naar haar toe, sloeg allebei haar armen om haar heen en gaf haar zacht een kus op haar wang.

'Niet bang zijn, mevrouw. Aan de andere kant van de spiegel is familie. Mijn vader zegt dat deze spiegel door uw eigen familie is geopend, toen die heel lang geleden in Parijs, in Frankrijk, woonde. Hij zegt dat velen van uw familieleden ter dood zijn gebracht tijdens het Schrikbewind – zo noemden ze dat. Velen van hen zijn onder een machine gelegd. Toen het gebeurd was, haalde de beul hun hoofden uit de mand en hield ze omhoog voor deze spiegel – precies dezelfde spiegel die ooit uit het huis was gehaald waar ze allemaal gewoond hadden, zodat ze zichzelf er nog één laatste keer in konden zien. Het was wreed bedoeld, omdat ze nog niet helemaal dood waren, en ze konden zien wat er met hen gedaan was, maar het was het laatste wat ze zagen, en ze hebben hun geest erin gestuurd, en zo is die spiegel opengegaan. Zo heeft mijn vader het me verteld.'

Anora keek in de spiegel, maar zag alleen Talitha en zichzelf, met de armen om elkaar heen geslagen, en achter hen vaag de ziekenkamer. En nog iets. Helemaal in de uiterste hoek van de kamer meende ze een gestalte te zien, in de schaduw – een mooie jonge vrouw in een licht nachthemd.

De vrouw kwam haar bekend voor. Misschien was ze de geest van een vrouw die ze gekend had, of ooit zou leren kennen. Of misschien had ze gewoon een visioen. Haar hoofd vulde zich met groen licht. Als Talitha haar niet had vastgehouden was ze gevallen. Talitha's lichaam was koud, terwijl het hare warm was.

Talitha gaf haar een kus op haar slaap.

'Vaarwel, mevrouw. Ik heb spijt van wat ik gedaan heb.'

Anora probeerde haar aan te raken, maar er zat een stuk rimpelig glas tussen Talitha en haar. Ze legde haar hand tegen de spiegel en Talitha legde haar hand tegen haar kant van het glas, totdat hun handpalmen elkaar raakten. Talitha spreidde haar vingers en bedekte Anora's hand helemaal met de hare. Anora voelde de koelte van Talitha's hand door de spiegel heen.

'Ga je met me mee?' vroeg Anora.

Talitha schudde haar hoofd.

'Nee, mevrouw. Ik wou dat het kon. Maar ik kan niet.'

'Jawel, je kunt wel mee. Ik vergeef het je. Het is nog niet te laat voor je. Je kunt naar de priester in Plaquemine gaan en bij hem biechten. Of naar een rechter. Je kunt... boete doen.'

'Dat heb ik volgens mij al gedaan, mevrouw. Meneer London heeft mij gedood om wat ik u heb aangedaan.'

'Jou gedood?'

'Ja, mevrouw. Meneer London heeft me gedood met een touw, ginder in de doolhof, en nu hang ik in de wilg, met een briefje dat ik niet zelf geschreven heb aan mijn jurk vastgespeld. Meneer London weet niet dat ik nooit heb leren schrijven, maar Second Samuel weet dat wel.'

Ze zwijgt even, alsof ze luistert.

'Ze roepen me, mevrouw. Mijn spel is uit. Ik ben veroordeeld tot ongewijde grond, want ik ben een hoer en een moordenares. Ik ben alleen hierheen gekomen om u naar de spiegel te brengen. Doet u de groeten van mij aan Second Samuel, als u dat kunt. Hij was een goede vader voor me, en het spijt me dat ik zo'n slechte dochter ben geweest. Als u hem ooit ziet, wilt u hem dat dan alstublieft zeggen, namens mij?'

Talitha haalde haar hand weg en deed een stap bij de spiegel vandaan. Ze voelde dat er iets aan haar voeten lag. Anora's lichaam lag op de grond – een klein dood ding. In de spiegel was nog maar één beeltenis te zien. Die van haar. Talitha tilde het lichaam van Anora op en droeg het terug naar het bed, waar ze het zachtjes neerlegde. Ze tilde het laken op en legde het over haar heen, maar haar gezicht liet ze onbedekt. Ze schikte het lichaam in een vredige houding en vlocht de rozenkrans van peridot om Anora's vingers.

Toen pakte ze de kaars, keek nog één laatste keer de kamer rond en zag Kate, die naar haar stond te kijken. Ze legde haar vinger tegen haar lippen en blies de kaars uit.

In de wilg in de tuin draaide het dode lichaam van Talitha langzaam rond in de wind die van de rivier kwam, met een geplette slang om haar nek en een briefje op haar jurk vastgespeld.

ik heb mevrouw vermoort
Met deze slang
En nu ben ik dood
Jezus red mij!

In de spiegel die in de Jasmijnkamer hing, stond Anora Mercer naar haar eigen lichaam op het bed te kijken. Toen keek ze op naar de jonge vrouw in de witte hemdjurk, en glimlachte ze naar haar.

Anora draaide zich om en liep een kronkelende laan in tussen eiken en wilgen, tot ze bij een zonnige open plek vol smaragdgroene libelles kwam. Ze fladderden en zoemden om haar heen – een trillende wolk van glinsterend groen. Ze voelde de roffelende kracht van hun vleugels.

Door de wolk libellen heen, alsof ze door een nevel van groen licht keek, zag ze een hoog huis aan een in vlekkerig zonlicht badende straat, met altijdgroene eiken erlangs, gedrapeerd in Spaans mos. Het huis was van een lichtgele steensoort en had hoge erkerramen. Vanbinnen baadde het in een goudkleurig middaglicht dat de kamers en de meubels een warme gloed verschafte.

Een blonde jongen in een donkerblauwe jas en met een grijze broek aan stond onder aan de ronde trap die naar de eerste verdieping leidde. Hij had een rugzak in zijn handen en hij stond er met gebogen hoofd bij, zodat zijn lange blonde haar zijn gezicht bedekte, alsof hij de vrouw die op de overloop stond te wachten nog niet gezien had. Naast hem stond nog een jongen, kleiner, met bruine krullen, met hun hoofden dicht bij elkaar, alsof ze iets stonden te bekokstoven. De vrouw op de overloop had glanzend zwart haar, dat met een zilveren speld zat opgestoken. Ze keek glimlachend op de jongens neer. De vrouw leek op haar, zozeer zelfs dat ze bijna zussen zouden kunnen zijn. De vrouw op de overloop keek omhoog, zag Anora daar staan en stak haar hand op.

Anora herkende haar. Zij was de jonge vrouw in de witte hemdjurk, die in de schaduw van de Jasmijnkamer had gestaan. Anora probeerde terug te zwaaien, maar het visioen veranderde in een oogverblindend groen licht, en de libellen voerden haar weg.

London Teague lag wakker in zijn lege bed en keek naar het plafond. Hij dacht aan het meisje in de wilg en was misselijk van angst voor de dag van morgen. De lantaarn op de steiger aan de rivier glinsterde in het donker. Daarachter stroomde de Mississippi naar de Golf van Mexico, naar de Burgeroorlog, naar de toekomst, en liet de Hy Brasail-plantage en al zijn mensen ver achter zich in de maanloze nacht van het zuiden.

De zon viel door de vitrage van haar slaapkamer en Kate werd wakker. Ze keek even op haar wekker. Het was bijna zeven uur. Nick was al uit bed. Ze hoorde hem onder de douche. De geur van eieren met spek trok langs de trap naar boven, en voerde de stemmen van de kinderen mee, van Axel en Hannah. Het klonk alsof ze met Eufaula aan het praten waren, het etherische meisje dat elke week kwam koken en het huishouden kwam doen.

Kate sloeg de dekens open en liet zich uit bed glijden. Ze liep naar het raam en keek de tuin in. Ze zag de zon op de bloemen en de groene schaduwen onder aan de tuin, waar de dennenbomen en eiken dicht op elkaar tegen de heuvel op groeiden. Ze zag het water in het beekje dat daar door het kleine bos kabbelde.

Ze realiseerde zich dat ze keek of er hoefadrukken in het gras te zien waren, en ze herinnerde zich dat ze een vreemde droom had gehad over de Hy Brasail-plantage, over de mensen die daar hadden gewoond en waren gestorven. Ze voelde dat de details haar ontglipten en ze deed haar best om ze te onthouden. Ze had het gevoel dat het heel belangrijk was dat ze die onthield.

Toen Nick onder de douche vandaan kwam, zat Kate aan haar bureau, nog in haar nachthemd, met gebogen hoofd geconcentreerd in een aantekenboek te schrijven. Ze keek niet op toen hij haar een kus in haar nek gaf. Ze zuchtte van genot, maar schreef door. Hij vroeg niet wat ze aan het schrijven was, en zij vertelde het hem niet. Ze wilde hem niet vertellen dat ze iets opschreef over een droom en dat die droom over de familie Teague was gegaan, en dat het helemaal geen fijne droom was geweest.

Nick liet haar alleen en ging zich aankleden.

Het was maandagochtend en Niceville lag op hen allemaal te wachten.

Een half jaar later

Drie mannen in een staatsgevangenis verzinnen een eenvoudig plan

De Leavenworth-gevangenis, een grijze stenen tempel onder een zon ter grootte van een luciferkopje, ver weg op de Great Plains van het Amerikaanse binnenland: het was bloedheet in de gemeenschappelijke ruimte, die afgeladen was met zware criminelen. In het raamloze vertrek met het lage plafond stonk het naar zweet en testosteron en naar de ammoniastank van van aardappelschillen gestookte sterkedrank.

Hoewel deze mannen allemaal doorgewinterde criminelen waren, bleef iedereen ver uit de buurt van de drie mannen die op de aftandse groene skaileren bank midden in de zaal zaten.

De mannen, van wie twee zo dik als oude buffels waren, vlezig en verweerd, en één een magere grijzende man die er onwaarschijnlijk oud uitzag, keken aandachtig naar een nieuwsuitzending van CNN, die op de grote flatscreentelevisie die aan de muur verankerd zat te zien was.

Het scherm was afgedekt met kippengaas, maar de mannen – Mario La Motta, Desi Munoz en Julie Spahn – konden de gespierde kale man met het sikje goed zien die door een paar ambulancemedewerkers uit een ambulance werd gehaald en langs de verzamelde pers werd geleid. Twee agenten van de oproerpolitie liepen naast het ambulancepersoneel, en achter hen liep een man die overduidelijk een stille was.

Ze leidden de man de marmeren trap op van de districtsrechtbank in dit zuidelijke Amerikaanse stadje, dat volgens de banner van CNN Niceville heette.

De verdachte droeg een felrode overall en teenslippers. Zijn enkels waren geketend en zijn geboeide handen waren vastgemaakt aan een stalen ring aan een brede leren riem om zijn middel. De gesp van de riem zat, heel begrijpelijk, op zijn rug.

De agenten van de oproerpolitie – een zware zwarte vrouw met uitdrukkingsloze grijze ogen en een reusachtige blanke man met een rood gezicht en lang blond haar tot op zijn schouders – keken gespannen en bedrukt. Dat gold ook voor de gewone politieagent – een hoekige vent met peper-en-zoutkleurig haar, met een donkerblauw pak aan en een wit overhemd met open boord. Hij had een grote roestvrijstalen revolver in een holsterriem, zo te zien een Colt Python. Aan zijn riem zat een goudkleurig ovaal insigne. Hij keek recht voor zich uit naar de rug van de twee leden van de oproerpolitie. Zijn gezicht stond uitdrukkingsloos en hij hield de mensen van de media scherp in de gaten.

De agenten van de oproerpolitie denderden als een paar topfootballspelers door de verzamelde pers heen, met de rechercheur in het blauwe pak vlak achter zich aan.

De pers perste zich van alle kanten op – daarom werd het ook de pers genoemd – duwde microfoons onder neuzen, riep onzinnige vragen, trok aan mouwen en schouders. Eén grote vent in het safari-jasje van een of andere bananenrepubliek hield de rechercheur in het blauwe pak een dikke pluizige microfoon met het logo LIVE EYE 7 erop onder zijn neus, die hem vervolgens een schampende klap tegen zijn jukbeen verkocht. Er volgde meteen enige agitatie – de camera schokte en het tafereel werd chaotisch – waarna het beeld weer scherp werd en je zag dat de man in het safari-jasje op zijn rug onder aan de trap lag, terwijl hij als een kever met zijn armen en benen spartelde.

De CNN-camera zoomde op hem in en draaide toen omhoog naar de agent in het blauwe pak, die zich al had omgedraaid. De rest van de verzamelde pers trok zich een paar meter terug.

De oproerpolitie, die hier niks van had meegekregen, en die er, als dat wel zo was geweest, enorm van zou hebben genoten, wist de verdachte de trap op te leiden, waar de gevangene er op de een of andere manier in slaagde zich los te maken en om te kijken naar de pers op de trap. Zijn gezicht was rood, zijn mond stond in een gemene snauw gebogen, en hij schreeuwde iets wat La Motta, Munoz en Spahn niet konden verstaan, vanwege het rumoer in de gemeenschappelijke ruimte.

'Dat is 'm,' zei La Motta, terwijl hij met een dikke roze vinger naar het scherm wees. 'Dat is De Klootzak,' zei hij met nadruk.

De stem van La Motta klonk alsof hij van de bodem van een rioolbuis kwam. Hij had dik zwart haar, dat hij recht achteroverkamde en waar hij wax van BedHead in smeerde. Aangezien hij honderdvijftig kilo spieren en vet droeg op een geraamte dat misschien op negentig kilo was berekend, zag hij eruit als een walrus, maar dat had nog nooit iemand tegen hem durven zeggen.

'Denk je?' vroeg Munoz, wat sarcastisch bedoeld was, want het was uitgesloten dat zij ooit van hun leven zouden vergeten wie De Klootzak was. Desi Munoz was zo kaal als een biljartbal en had borstelige zwarte wenkbrauwen die hij recht omhoog kamde alsof hij hoopte dat ze ooit zo lang zouden worden dat ze op haar zouden gaan lijken.

'Byron Deitz. In eigen persoon.'

'Wat is er nou weer aan de hand?' vroeg Julie Spahn.

Ze hadden het Byron Deitz-epos al sinds het voorjaar gevolgd, toen het verhaal over de overval op de First Third Bank en zijn connectie daarmee voor het eerst in het nieuws was gekomen.

'Ze brengen hem weer naar zo'n stomme hoorzitting. De FBI wil hem terugsturen naar Washington, om hem voor spionage aan te klagen. Ze zeggen dat hij het aan zijn hart heeft – vandaar dat ambulancepersoneel – maar dat is volgens de FBI onzin en ze willen hem zo snel mogelijk in Washington hebben. Deitz zegt dat hij weet wie die bank echt beroofd heeft, maar dat hij het pas vertelt als de FBI die aanklacht van spionage laat vallen. Ze zitten wat je noemt in een impasse.'

'Krijgen ze dat geld ooit terug?'

'Voorlopig niet,' zei Munoz. 'Dat moet nog ergens zijn. Miljoenen godbetert, die zomaar rondzwerven. Dat komt zeker een half jaar niet boven water.'

'Wie is die agent in het blauwe pak?' vroeg La Motta. 'Lijkt me geen lekkertje.'

'Staat op die banner daar,' zei Munoz. 'Onder in beeld.'

La Motta tuurde naar de woorden die onder aan het scherm voorbijtrokken.

FOX NEWS VERSLAGGEVER AANGEVALLEN DOOR REGIONALE RECHERCHEUR BIJ HOORZITTING VOOR OVERPLAATSING VAN SPION EN MOORDENAAR VAN AGENTEN

'Wat moet iemand van de regionale recherche daarbij?'

'Die zijn groter dan de plaatselijke politie, maar kleiner dan de staatsrecherche. Die hebben een heleboel districten onder zich.'

La Motta begreep het niet.

'Maar wat moet iemand van de regionale recherche dan bij die verdachte?'

'Hij heet Nick Kavanaugh. Kavanaugh is de zwager van Deitz,' zei Munoz. 'Deitz is getrouwd met een meid, ene Beth Walker, en zij is de oudere zus van de vrouw van Kavanaugh. Ik denk dat ze hopen dat Kavanaugh Deitz aan het praten kan krijgen – je weet wel, familie en zo. Maar vooralsnog is dat niet gelukt.'

'Hoe weet je dat allemaal?'

'Heb ik aan de afdelingschef gevraagd. Swanson. Die staat bij ons in krijt.'

'Je meent het. Hoe weet hij dat dan weer?'

'Heeft-ie gekoekeld op internet.'

Daar moest La Motta even over nadenken.

'Misschien is die agent een manier om bij Deitz te komen.'

'Misschien,' zei Munoz met een bedenkelijk gezicht. 'Lijkt me bepaald geen doetje. Op dat soort kerels kun je je tanden lelijk stukbijten. Swanson zegt dat hij een oorlogsheld is, dat hij een hele lading medailles heeft. Zat bij de Special Forces, in Afghanistan. Kweenie hoor. Misschien is het via z'n vrouw of via die zus gemakkelijker.'

La Motta knikte en deed er verder het zwijgen toe.

Spahn wees naar het scherm.

'Dat klotestadje... hoe heette dat ook alweer?'

'Niceville,' zei Munoz glimlachend. 'Dat ligt ergens in het zuidoosten, een paar kilometer van Cap City.'

'Hebben we daar iemand, in dat gat?' vroeg La Motta.

'In Niceville?'

'Ja?'

'Nog niet. Maar we moeten wel iets aan Deitz doen, zoveel is zeker. Zodra we hieruit zijn.'

'Dat vergeet heus niemand, hoor,' zei Spahn om hem wat te kalmeren.

'We zitten hier maar duimen te draaien. Het zou goed zijn als we daar nu al iemand hadden, om wat voorbereidende werkzaamheden voor ons te doen. Om de boel een beetje te verkennen.'

La Motta was even wat in zichzelf gekeerd en dacht aan wat Deitz hun had aangedaan. Toen keerde hij hoofdschuddend weer terug. Ze wisten het allemaal nog heel goed. Ze dachten er al achtienhonderdzevenenveertig dagen lang dag in dag uit aan. Nog even en dan waren ze eruit. En die klootzak van een Byron Deitz zou binnen heel wat kortere tijd wensen dat hij ze die streek nooit geleverd had. Binnen achttien uur hooguit. Misschien nog korter.

'Dus ze hebben het geld nog steeds niet gevonden?' wilde Spahn weten. 'Het geld dat Deitz gestolen heeft?'

La Motta en Munoz schudden hun hoofd.

'Nog niet,' zei La Motta. 'Swanson zegt dat het nog steeds ergens moet zijn. Een half jaar godbetert. Dat betekent dat het heel goed verstopt is. Ik denk dat Deitz erop blijft zitten tot hij eruit is. Dan gaat hij cashen.'

'Dus er ligt ergens in een kluis drie miljoen dollar te rotten,' zei Munoz hoofdschuddend. 'Geld rot, hoor, tenzij je het op een droge plek hebt liggen. Weet je nog toen we dat geld in New Orleans probeerden te bewaren?'

'Of het ligt ergens in een kelder, en dan maken de ratten er nesten van,' zei La Motta.

Het was even stil; ze dachten allemaal aan het geld.

Julie Spahn had het laatste woord.

'Dat geld is van ons, godverdomme.'

Een huis langs de kant van de weg

Een zonovergoten najaarsmiddag in de wijk Garrison Hills in Niceville. Kate wachtte tot Rainey Teague en Axel Deitz uit school, de Regiopolis Prepschool, thuiskwamen. Dat deed ze zo vaak mogelijk. Dan stond ze op het balkon van de tussenverdieping te wachten, zodat Rainey en Axel haar daar zagen staan als ze de hoek omsloegen. Het was voor allebei de jongens goed als ze zagen dat er iemand op hen wachtte.

Axels moeder werkte van maandag tot vrijdag in Cap City, als ambtenaar bij de FBI, een baan die Boonie Hackendorff, leidinggevende bij de FBI en vriend van de familie, voor haar had geregeld. Beths dochter Hannah, die net vijf was geworden, was doordeweeks met haar moeder in Cap City, op een dagopvang voor kinderen van personeel van de FBI. Beth en Hannah kwamen in het weekend thuis.

Hun vader zat nog in de Twin Counties-gevangenis, waar hij wachtte op de uitspraak van een lang en ingewikkeld beroep van de FBI om overplaatsing naar Washington D.C., alwaar hem ten laste zou worden gelegd dat hij had samengezworen om informatie met betrekking tot de nationale defensie aan een ander land, met name China, te verkopen. De Chinese regering was blijkbaar van mening dat de dood van hun mensen een agressieve daad van de Amerikaanse geheime dienst betrof.

De kwestie werd door verschillende rechtsinstanties uitgevochten, van het ministerie van Buitenlandse Zaken en Justitie, helemaal tot de blèrende mensen op Talk Radio. Kate had de zaak uitentreuren gevolgd. Ze had het gevoel dat het alle kanten op kon gaan. Het kon zijn dat Byron naar Cap City werd gestuurd om daar zijn proces af te wachten, maar hij kon ook zwaar geketend in een vliegtuig naar Beijing gezet worden.

Wat Rainey betrof, zijn vader, Miles, lag stijf en koud dood in de witte neoclassicistische Griekse tempel, het familiegraf van de Teagues op de begraafplaats van Niceville, op de afdeling New Hill. Miles lag op de tweede plank van boven, vlak onder een voorvader, ene Jubal Teague, en tegenover Jubals broer, Tyree Teague. Miles had een mahoniehouten kistje onder zijn rechterhand, waarin de weinige resten zaten die ze van zijn hoofd hadden teruggevonden.

Jubal en Tyree waren de zonen van de beruchte London Teague. Hij lag er niet bij. Niemand wist waar het lichaam van London Teague was gebleven. Het interesseerde ook niemand. Het gerucht ging dat hij overleden was aan syfilis in een bordeel in Baton Rouge, of misschien was het wel in Biloxi – een verbitterde oude man, aan de gin en geweld-dadig.

Londons zoon Jubal scheen een eervol leven te hebben geleid, waarin hij zich tijdens de Burgeroorlog als cavalerieofficier van de geconfede-reerde staten had onderscheiden – dezelfde oorlog waarin zijn broer Tyree door de Unie bij Front Royal aan flarden geschoten was.

Jubal Teague was ook de vader van een uitermate onaangename man, Abel Teague genaamd. Uitermate onaangename mannen lijken in de lijn van de familie Teague vrij vaak voor te komen. Net als dat van zijn opa London, lag het lichaam van Abel Teague ook niet in het familie-graf, om ongeveer dezelfde redenen.

Kate was aan een informele studie van de stamboom van de Teagues begonnen. Deze belangstelling hield ze geheim voor Nick, wiens intuï-tief ongemakkelijke gevoel ten aanzien van Rainey in de loop der tijd wat was getemperd, of naar het zich liet aanzien was getemperd. Ze had geen zin om dat ongemakkelijke gevoel weer tot leven te wekken. Dus stond ze nu op het balkon te wachten tot de laatste Teague Beauregard Lane in gelopen kwam. Daar zou je ze hebben.

Haar hartslag versprong een groef, als een naald op een oude lang-speelplaat, maar ze maande zichzelf tot kalmte. Dat had ze de laatste tijd heel vaak gedaan. Twee weken geleden had Alice Bayer, de voor-malige huishoudster van Delia Cotton, haar gebeld om haar te waar-schuwen. Nick had voor Alice een baan geregeld als spijbelmedewerk-ster op de Regiopolis Prepschool.

Alice had gebeld om te zeggen dat Rainey en Axel de laatste tijd vaak spijbelden, en ze wilde weten of ze iets kon doen om te helpen, want 'ze had echt te doen met die jonge knullen, om wat ze allebei hadden meegemaakt'.

Daar moest Kate sterk aan denken toen ze de jongens over de stoep zag komen aanlopen. Ze hadden allebei een wijde grijze broek aan, een wit overhemd, allebei een hemelsblauw-met-goudkleurige gestreepte das om en een donkerblauwe blazer aan met een goudkleurig wapen op de zak – een kruisbeeld omwikkeld met rozen en doornen, het embleem van de Regiopolis Prepschool. Dit was het schooluniform van het Regiopolis, een uniform dat Rainey al droeg sinds zijn vierde, maar dat Axel pas had gekregen.

De jezuïeten van de Regiopolis Prepschool, de therapeuten van Jeugdzorg van Belfair en Cullen County en de artsen van de diverse politiebureaus die bij de zaak-Rainey Teague waren betrokken – het was zo'n zaak die om hoofdletters leek te vragen – waren het er allemaal over eens dat Rainey Teague, na het emotionele trauma dat hij had doorgemaakt, vooral behoefte had aan continuïteit en voorspelbaarheid.

Rainey was de afgelopen maanden vijf centimeter gegroeid, en zijn fysiotherapie was een paar weken geleden afgerond. Hij was nu een sterke, gezonde jongen. Axel aanbad hem, zoals een jonger broertje een oudere broer vaak aanbidt. In Axels ogen kon Rainey niks fout doen. Kate hoopte maar dat hij gelijk had.

Rainey en Axel kwamen aan bij de trap, met gebogen hoofd, verdiept in een gedempt en zo te horen heftig gesprek. Geen van beiden zag Kate daar staan.

Kate wilde net iets zeggen, maar zag toen een groene flits op het plein bij de fonkelende fontein, in een vlek schuin invallend zonlicht.

Daar stond een vrouw, in een witte jurk, of misschien was het een nachthemd, naar haar te kijken.

Door een speling van het middaglicht door de bomen had de lucht om haar heen een groenige gloed gekregen, alsof ze in een kolkende wolk smaragdgroene vonken stond. De vrouw was mager en zag eruit alsof ze al heel lang ziek was, maar ze had wel glanzend zwart haar. Haar gezicht kwam Kate bekend voor, alsof ze het al eens eerder gezien had, in een droom, of in een oude film bijvoorbeeld. De vrouw stond doodstil en leek gebiologeerd naar het huis te kijken.

Kate kreeg een heel sterk déjà-vugevoel. Er dreef een naam in haar bewustzijn omhoog.

Anora Mercer.

De vrouw die ze in haar droom over Hy Brasail had zien sterven.

Er trok een rilling door haar lichaam. Niet van angst. Van pijn en spijt? Een duizeling? Was ze gek aan het worden?

Kate stak haar hand naar haar op, en Anora – als zij het tenminste was – stak ook haar hand op.

Kate wilde bijna naar haar roepen.

De bomen om haar heen bewogen even in de wind en het zonlicht veranderde flakkerend in een doorzichtige groene schaduw, en toen die weer tot rust was gekomen, was de verschijning verdwenen.

Kate hoorde dat Axel haar riep, en toen ze naar hem keek, zag ze dat hij naar haar omhoog stond te kijken.

Haar glimlach haperde en bestierf.

'Axel, wat zie je eruit! Wat is er gebeurd?'

Axel hield zijn hoofd schuin en keek door zijn lange bruine haar naar haar op. Zijn ogen stonden donker van woede. Zijn hemd hing uit zijn broek en de knieën van zijn broek zaten onder de modder.

Kate liep de trap af en pakte hem bij de schouders. Hij trilde als een snaar waaraan getokkeld wordt. Toen hij zijn mond opendeed om iets te zeggen, zag Kate bloed op zijn tanden. Ze keek naar Rainey, die met een beschermende arm om de schouders van de kleinere jongen naast Axel stond.

'Hij heeft ruzie gehad met Coleman Mauldar,' zei Rainey. Kate voelde dat de moed haar in de schoenen zonk.

Coleman Mauldar was het enige kind van de burgemeester van Niceville, een joviale en meedogenloze man die door iedereen Little Rock werd genoemd.

Coleman was amper veertien, maar dankzij het roulettewiel van de genetica was hij dertig kilo zwaarder en een kop groter dan zowel Rainey als Axel. Hij was sterk en snel, een begenadigd sportman, vol charme en ondeugd. Samen met zijn volgelingen, Jay Dials en Owen Coors, had hij Raineys schooltijd tot een hel gemaakt, al sinds de jongen anderhalf jaar geleden ontvoerd was geweest. Nu Axel bij hen woonde, kreeg die ook zijn portie.

'Rainey, wat is er gebeurd?'

Axel veegde zijn gezicht af, rechtte zijn rug en begon meteen te vertellen, voordat Rainey iets had kunnen zeggen.

'Ze riepen weer grafjongen tegen hem. Nou, en dit keer heb ik hem een beuk verkocht.'

'We hebben met ze gevochten,' zei Rainey. 'Maar het duurde niet lang.'

'Wat is er dan gebeurd?'

'Priester Casey heeft er een einde aan gemaakt. Hij zei dat het niet eerlijk was, omdat zij groter zijn dan wij.'

Axel veegde zijn neus af aan zijn mouw.

'Ze houden nooit op,' zei Rainey. 'Ik ben de grafjongen en Axel is de politiemoordenaarszoon. Ze zijn vandaag achter ons aan gekomen en hebben de hele weg lopen schelden, tot we hier bij de hoek waren. Ik wou dat mijn vader hier was. Die had ze wel een lesje geleerd.'

Dat brak haar hart natuurlijk, maar dat liet ze de jongens niet merken.

Kate had zich voorgenomen om met de jongens over het telefoontje van Alice Bayer te praten, over dat spijbelen – dat was de voornaamste reden geweest om hen die dag op te wachten – maar door wat ze net verteld hadden werd het moeilijk om daar meteen over te beginnen.

Maar haar gevoel voor rechtvaardigheid stond in brand.

Door haar werk als advocaat in familiezaken had ze heel veel kinderachtig stupide en gemeen gedrag gezien, en dat niet alleen van kinderen.

Maar als dat wel het geval was... Rousseau was van mening dat alle kinderen onschuldig waren totdat ze door de volwassen wereld slecht werden. Rousseau vergiste zich deerlijk.

In elk kind huisde enig kwaad, maar in een paar kinderen huisde niets anders dan dat, en daar zou ook geen verandering in komen.

De mensen vonden het geen prettige gedachte, maar in het familierecht en in Nicks wereld lagen de feiten nu eenmaal zo. Jay Dials was als hij alleen was best een aardige knul, uit een goede familie – zijn vader was eigenaar van Billy Dials Town and Country, een bouwmarkt aan South Gwinnett – en Owen Coors was de zoon van Marty Coors, inspecteur van de staatspolitie en een goede vriend van Nick.

Jay en Owen wisten heel goed het verschil tussen goed en kwaad. Maar als ze samen met Coleman waren, veranderde alles, wist Kate.

Achter zijn knappe koppie en vrolijke manier van doen was Coleman Maulder volgens Kate een sadistisch monster, en op dat moment had ze het gevoel dat ze hem ze wist niet wat kon aandoen, dat ze hem heel erg pijn zou willen doen, gewoon om hem te laten ophouden.

Axel en Rainey staarden haar aan, en op haar gezicht was ongetwijfeld te lezen wat ze voelde.

'Dus als Coleman een rotjongen is,' vroeg Axel, 'mag je hem dan ook gewoon terugslaan?'

Ik zou niets liever willen, dacht Kate.

'We zullen er iets aan moeten doen. Axel, je moeder en ik gaan hier met priester Casey over praten. Maar nu naar binnen, jullie. We gaan jullie even opfrissen.'

Axel knikte en leek zijn boosheid van zich af te schudden. Axel was een veerkrachtig kind, in bepaalde opzichten sterker dan Rainey. Axel liep een stuk opgewekter naar boven.

Rainey bleef achter op straat en keek naar de overkant, naar het park met de fontein.

Kate, die achter Rainey kwam staan, zag de opgejaagde blik in zijn grote bruine ogen.

Ze draaide zich om om zijn blik te volgen en dacht aan Coleman Mauldar en zijn... zijn handlangers. Als ze het lef hadden om helemaal tot hier achter hem aan te komen, als ze in het park aan de overkant rondhingen, dan kregen ze daar nog spijt van. Van nu af aan zouden ze van een heleboel dingen spijt krijgen. Kate zou die Coleman Mauldar wel eens tot een project maken.

'Kijk je of je Coleman ziet?'

Rainey keek met een uitdrukkingsloos gezicht naar haar op en keek toen weer naar het plein.

'Nee, ik keek of ik iemand anders zag.'

'Iemand anders? Wie dan?'

'Niemand,' zei hij, en hij draaide zich om. 'Gewoon iemand die ik één keer gezien heb.'

'Daar in het park? Zonet? Want ik dacht ook dat ik een mevrouw in het wit zag staan...'

'Nee,' zei Rainey, en hij maakte zich van haar los. 'Het was niemand. Helemaal niemand.'

Van nul naar honderd in vier punt drie seconden is mooi. Maar van honderd naar nul in een seconde niet

Ongeveer op het moment dat Kate Kavanaugh met Rainey en Axel praatte en verschillende manieren bedacht om een jongen van veertien te vermoorden, reed haar broer Reed Walker een kilometer of honderdtwintig ten noordwesten van Niceville in zuidelijke richting over Sideroad 336, met uitzicht op de goudbruine heuvels van de Belfair Range.

Zijn walkietalkie bliepte.

'Charlie Six, waar zit je?'

Reed boog zich naar voren om de handset te pakken, en zijn holsterriem kraakte. Zijn auto was gloednieuw en hij had zijn stoel zo ver mogelijk naar achteren gezet om ruimte te maken voor zijn lengte van tegen de twee meter. Daardoor moest hij een eind reiken naar de handset, maar het was wel veel comfortabeler voor zijn knieën.

'Charlie Six, ik rij in zuidelijke richting over Sideroad drie drie zes, en ik ben bij kilometerpaal eenendertig. Ben jij dat, Marty?'

'Ja. Ben je op weg naar het bureau?'

'Ja, chef. Ik ben al sinds vier uur vannacht op pad. Mijn dienst eindigt om vier uur vanmiddag.'

'Niet voor jou, vriend. Ik hoor van Kentucky dat op de staatsgrens iemand aan een politieauto probeert te ontkomen. Bij een inhaalstrook zijn ze hem kwijtgeraakt. Het laatste wat ze ervan gezien hebben is dat hij onze kant op kwam, een kilometer of vijftig ten oosten van waar jij nu zit, in westelijke richting op de Interstate.'

Reed Walker kreeg deze oproep omdat hij in een gloednieuwe achtervolgingsauto van de politie zat, een Ford met 365 pk, waarmee hij in vijf seconden van nul naar honderd kilometer per uur kon gaan en omdat het noordoostelijke deel van de staat zijn werkgebied was.

De auto was donkerblauw en het logo van de staatspolitie was alleen zichtbaar als het licht in een bepaalde hoek op de auto viel. Het was een stompe blauwe kogel met dikke banden, waarin hij helemaal omgeven was door een door de NASCAR gecertificeerde stalen kooiconstructie. De auto oogde gespierd, bultig, alsof hij stijf stond van de steroïden. De auto was gedrongen, vals en strak, en had aan de voorkant een gril met stalen bumperstaven, runflat-banden, LED-verlichting op het dak dat zo fel was dat je die, als hij brandde, van drie kilometer afstand al kon zien. De topsnelheid was geheim, maar tijdens de proefritten op het trainingsparcours in Pinchbeck had Reed er tweehonderzestig kilometer per uur mee gehaald, en hij voelde gewoonweg dat de auto ernaar snakte om nog harder te gaan. En dat zou hij ook gedaan hebben, ware het niet dat de pitbaas hem had laten stoppen.

Hij vermoedde dat de auto snel en stevig genoeg was om van alles met wielen en heel veel dingen met vleugels mijlenver achter zich te laten. Reed hield nog meer van deze auto dan iemand van de hondenbrigade van zijn hond.

Reed maakte een bocht van honderdtachtig graden en trapte het gaspedaal in om weer op snelheid te komen, terwijl Marty Coors de beschrijving erbij nam en die hardop voorlas.

'Georgia zegt dat het om een Dodge Viper gaat...'

Wees stil, mijn kloppend hart.

'Matzwart. Nummerbord uit Kansas, een privénummerbord – hotel alfa romeo lima echo quebec utah india november – *harlequin?* – geregistreerd op naam van ene Robert Lawrence Quinn – geboren dertien juli negentienvijfenzestig. Niet gezocht, geen aanhoudingsbevel. Volgens de registratie is het een Chipa Edition Viper... jezus... volgens de statistieken heeft dat monster een maximumsnelheid van driehonderd kilometer per uur – denk je dat je die auto aankunt?'

'Eitje, chef. Ik ben nu op de toegangsweg. Is hij al gezien?'

'Niet door iemand van ons, maar een paar minuten geleden hebben een paar burgers een zwarte sportauto gemeld – ze konden niet zien wat voor type het was en hij reed te snel om het nummerbord te kunnen lezen – die bij kilometerpaal drie vier vijf in westelijke richting ging.'

'Dan komt hij me dus recht tegemoet. Ik blijf hier bij het talud wachten...'

'Die mensen zeiden dat de auto een waas vormde...'

'Kunnen we assistentie in de lucht krijgen?'

'Nee, Reed. Die zijn een konvooi dat gedetineerden vervoert aan het begeleiden...'

'Byron Deitz? Is Nick nog steeds voor babysit aan het spelen?'

'Ja. Hij zit op dit moment met hem in het busje. Ze brengen hem terug van de zoveelste hoorzitting over zijn uitlevering.'

'Dus je hebt voor mij geen heli?'

'Je moet het alleen klaren, Charlie Six... Wacht even...'

Marty Coors viel weg.

In de daaropvolgende stilte zat Reed achter het stuur de wereld om zich heen in zich op te nemen en bekeek die alsof zijn laatste uur misschien wel geslagen had. Het licht gleed naar opzij weg over de snelweg en uit het dennenbos kropen lange blauwe schaduwen over het asfalt. Door een opening tussen de dennenbomen zag hij een kleine kudde herten die aan het gras en de veldbloemen stond te grazen. In het najaar trokken ze altijd uit de Belfair Range naar de vlakte.

Er was maar weinig verkeer op de Interstate, alleen wat minibusjes en suv's, en nu en dan een vrachtwagen of een tanker. Licht verkeer was prima. Als die Viper zich aandiende – en dat kon nu elk moment het geval zijn – zou de achtervolging recht tegen de ondergaande zon ingaan, en dan kon een verdwaalde burger die door de gloed niet te zien was zijn dood betekenen. Kan ik die Viper pakken, dacht Reed.

Het busje voor gedetineerdenvervoer van de politie – een rechthoekige blikken doos op zachte banden – reed slingerend over de doorgangsweg van Cap City, als een grote blauwe neushoorn op een skateboard. Het geluid van de banden op de weg en het ritmische klop-klop-klop van de dieselmotor vulde het busje vanbinnen met ruis. Bovendien zat er ergens een lek, want ze kregen lucht binnen uit de uitlaatpijp, zodat het in het arrestantenhok muf en warm was.

Nick Kavanaugh zat op een stalen bankje tegenover een zwijgende en stuurse Byron Deitz. Nick moest zich tot het uiterste inspannen om niet over te geven. Deitz, die met zijn linkerenkel aan een ring in de vloer vastgeketend zat, hield zijn grote vlezige vuisten in zijn riem gebald en zijn zwarte oogjes op Nicks gezicht gericht, met zijn dikke lippen stevig dicht. Nick bleef hem zonder met zijn ogen te knipperen aankijken.

Doordat ze de afgelopen paar maanden zo veel met elkaar te maken hadden gehad, hadden ze allebei een heel nieuw beeld van de ander gekregen. Waar voorheen sprake was geweest van intense afkeer en minachting, was nu sprake van openlijke haat.

Hun reis, de laatste voor Deitz, in elk geval deze maand, was een rechtstreekse rit van Cap City naar Niceville, in noordwestelijke richting, een afstand van een kilometer of zeventig.

Het konvooi reed keurig tachtig kilometer per uur, door het vlakke land ten zuiden van Niceville. Langs de vierbaansweg stonden naaldbomen en groeide pampagras. Door openingen tussen de naaldbomen zag je het zonlicht op het rimpelende water van de Tulip schitteren, die ten westen van de snelweg tussen de akkers door kronkelde.

Het licht was nevelig en goudkleurig – typisch voor het late najaar in het zuiden, met lange schaduwen die over de weg gleden terwijl de zon in het westen naar de einder zakte. Door de gehavende voorruit van het busje, langs de logge gestalten van de twee agenten voorin, aan de andere kant van het stalen rooster, zag Nick een grote zwarte Suburban, zonder politiemarkering, misschien een meter of vijftig voor hen. In de Suburban zaten twee FBI-agenten van Cap City, allebei in kogelvrij vest, van afluisterapparatuur voorzien en tot de tanden toe gewapend.

Als Nick naar rechts keek, door de smalle raamopeningen achterin, zag hij een staalgrijze auto van de staatspolitie achter hen rijden, met het zwaailicht aan, waarin een paar gewapende staatspolitieagenten door de voorruit ook naar hem keken.

Zestig meter boven hen hadden ze gezelschap van de helikopter van de staatspolitie die Reed Walker op dat moment heel goed had kunnen gebruiken. De twee agenten van de oproerpolitie die voorin zaten – Bradley Heath, de grote blonde man met het haar tot op zijn schouders, en Shaniqua Griffin, de dikke zwarte meid – waren dezelfde agenten die La Motta, Munoz en Spahn in Leavenworth in de nieuwsuitzending van CNN hadden gezien. Deze twee, die pas een maand directe collega's van elkaar waren, hadden een gigantische hekel aan elkaar en hadden daarom niet zo veel zin in een gevat kletspraatje, dus de stemming in het busje was nou niet bepaald wat je noemt opgewekt. Nick ging maar weer naar Byron Deitz zitten kijken, en Byron Deitz ging door met naar hem kijken.

Reed verstijfde en ging wat rechter in zijn gordel zitten. In de verte, boven de wind in het pampagras uit, klonk het geluid van sirenes... zijn walkietalkie floepte weer aan... 'Charlie Six, overschakelen op onze eigen zender.'

Dat deed Reed.

De golf gesprekken en het hakkerig heen en weer gepraat met een hoog adrenalinegehalte kwamen niet als een verrassing voor hem. Het kwam niet elke dag voor dat je een gevluchte Viper over de Interstate achterna moest zitten. Het hele district was in alle staten. Op dit soort dagen zou je nog geld toe geven om dit werk te mogen doen.

'Echo Five, ik ben net snoeihard voorbijgereden door een zwarte Viper met getinte ramen, geen identiteit van de bestuurder, hij rijdt nu in westelijke richting bij kilometerpaal drie vijf vier...'

'Begrepen, over,' onderbrak een andere stem hem – een vrouw die als Kris Lucas klonk, de agent van de hondenbrigade – 'Ik zit er iets van vierhonderd meter vandaan...'

'Hij ging zo hard dat ik dacht dat ik aangehouden werd...'

'Dus je bent even uitgestapt om te plassen...'

Op de achtergrond hoorde Reed het geluid van haar motor, die voluit draaide, en de hond – die Conan heette – die achterin volledig door het lint ging.

'Ik kan hem met geen mogelijkheid bijhouden – ik kan niet harder dan tweehonderd en mijn auto schudt nu al als een verfmixer. Hij is een zwart stipje en wordt met de seconde kleiner. Is Charlie Six daar ook?'

Reed reed langzaam over de oprit, terwijl de zware auto zachtjes heen en weer wiegde, en zorgde ervoor dat het talud in elk geval zo hoog boven hem bleef uittorenen dat hij voor die Viper niet te zien was. Hij wilde het element 'holy shit waar komt die gast nou vandaan?' niet missen als hij uit het niets opdoemde en de achtervolging inzette, en kilometerpaal 354 wilde zeggen dat die Viper nog een kilometer of zeven bij hem vandaan was.

Als hij zou doen wat hij moest doen om de hondenauto van Kris Lucas achter zich te laten zou hij die zeven kilometer in minder dan drie minuten moeten afleggen. Op dat moment hoorde Reed het hoge gejammer van een racemotor, en een snerpend gejammer dat vaag op de wind werd meegevoerd, van de sirenes die er ver achteraan kwamen.

Hij toetste de handset in.

'Hondenbrigade hier Charlie Six ik hoor hem. Ik pak hem bij de afrit bij drie zes zes – ik pak hem meteen bij zijn taas – hou jij maar afstand, Kris – ik wil niet dat je een klapband krijgt – die auto's zijn er niet voor gemaakt – laat maar aan mij over...'

Het geloei van de motor werd luider, en hij kon inmiddels twee kilometer verderop een piepklein stukje mat zwart onderscheiden dat een lange helling af reed. De zwarte stip legde een gevaarlijke weg af tussen het lichte verkeer door – van de ene baan naar de andere – en vlocht zich door de drukkere delen heen.

Verbazingwekkend genoeg bleef al het gewone verkeer vrij rustig; toen de achtervolgingsauto langs scheurde, ging iedereen van de weg af, en als dat niet kon bleef men in zijn baan, met gebruik van hun spiegels én hun verstand, vermoedde hij zo. Misschien hadden ze genoeg afleveringen van 'De Wildste Politieachtervolgingen' gezien om te weten hoe je je achter het stuur moest gedragen als je er zelf in verzeild raakte.

En het was zijn ervaring dat Amerikaanse automobilisten op de Interstate over het algemeen behoorlijk competent waren. Rond de steden werd het daarentegen weer wel een gekkenhuis.

Hij zag het vage geflikker van het zwaailicht van de politieauto, een heel eind achter de Viper. De sirene was amper te horen. Reed trok zijn gordel strak en voelde dat zijn hartslag begon op te lopen. Hij zette de handset terug in de houder en drukte op speaker, net op het moment dat de Viper op achthonderd meter afstand in een lagergelegen deel van de weg verdween.

'Jimmy, ik heb 'm – hij is over een paar seconden bij me – ik ga rijden...'

'Echo Five zegt dat hij met gemak twee dertig rijdt – hoeveel asfalt is dat?'

Reed visualiseerde de volgende dertig à veertig kilometer snelweg die van daaraf in westelijke richting liep: glooiende heuvels, lange flauwe bochten, de ondergaande zon die recht in zijn ogen scheen, drie verkeersknooppunten, over zes kilometer het Holland Creek-viaduct, daarna een lang leeg stuk van een kilometer of twintig, dan afrit 440, tweeënhalve kilometer verderop The Super Gee Truck Stop and Gas Bar – vierhonderd meter breed en verlicht met booglampen, waar het een komen en gaan was van opleggers – dát moest afgesloten worden – en dan op precies tweeënvijftig kilometer, bij Pinchbeck Cut, een enorm tolstation over alle vier de banen. En het tolstation beschikte over een rails met scherpe punten die ze omhoog konden doen om de banden aan flarden te scheuren van ongeacht welk voertuig dat zonder te betalen probeerde door te rijden. Een auto die er met tweehonderdvijftig kilometer per uur overheen reed zou een zeer gedenkwaardig tafereel opleveren.

Reed rekende het even uit – met twee dertig zou de auto in zestig seconden vijf kilometer afleggen – en dus tweeënvijftig kilometer in... Jezus, dacht hij, de komende dertien minuten worden heel interessant...

'Aan alle afritten tussen hier en de Pinchbeck Cut moeten de sneeuw-hekken dicht...'

'Is al gebeurd...'

'En bel Rowdy van de Super Gee; ga de piratenzender op, waarschuw alle vrachtwagenchauffeurs op het terrein en zeg tegen Rowdy dat niemand het terrein mag verlaten tot we die vent in de boeien...'

Op dat moment klonk er een oorverdovende knal; de Viper kwam uit het diepe deel van de weg, laag, snel en matzwart, met een panterachtige uitstulping op de flanken, terwijl hij de weg verslond, met zijn neus een paar centimeter boven de grond.

Hij ving heel even door de voorruit een glimp op van twee blanke gezichten – twee blanke mannen, van wie één met baard – en de auto flitste met een dopplertoon aan hem voorbij. En weg was de Viper.

'Jimmy, ik ga rijden...'

'Begrepen, over.'

Reed zette het geluid zacht, en vanaf dat moment ging het tussen de zwarte Viper en zijn Ford Interceptor. Hij hoorde Marty Coors nog iets zeggen over dat politieauto's van de districtssheriff zich bij de blokkades zouden opstellen, maar de woorden leken te vervagen en hij scheurde met rokende banden de afrit af, terwijl de motor met een hees gebrul snelheid maakte, hij door het gewicht tegen de rugleuning van zijn stoel werd gedrukt, zijn lichaam steeds zwaarder werd, zijn armen strak aan het stuur stonden en hij met zijn rechtervoet het pedaal helemaal indrukte.

Zo moet het voelen om op Cape Canaveral met een raket gelanceerd te worden. Wat een kracht.

De auto slipte een beetje toen hij over de geribbelde streep bonkte, herstelde zich en schoot als een vanaf de schouder afgevuurd projectiel de snelweg op – in zijn zijspiegel ving hij nog net een glimp op van een rood minibusje, waar hij voorlangs spoot, met daarin een mooie blonde vrouw met open mond en grote ogen. De Viper voor hem was een zwarte stip; terwijl hij voelde hoe zijn auto aan snelheid won, fixeerde hij zijn blik op die zwarte stip.

Jezus, wat ging dat ding hard.

De HUD – de heads-updisplay – projecteerde zijn snelheid op de onderrand van zijn voorruit: grote rode cijfers – 85, 94, 104. Inmiddels werd de Viper minder snel kleiner. Reed had zijn zwaailicht aan en zijn sirene loeide. De weg boog af en de zon scheen recht in zijn gezicht, oogverblindend fel. Hij deed de zonneklep omlaag.

De cijfers van de HUD kropen verder omhoog – 126, 160, 186, 197, 209, 225, 230 – en voelde het verpletterende gewicht toen de stuwmotoren aansloegen. De auto leek wel een kruisraket onder zijn handen, die vlak over het terrein scheerde en de bochten afsneed. Hij voelde het asfalt door het stuur heen dreunen.

Voor hem vlocht de Viper zich als een smal zwart lint tussen het verkeer door. Jezus, één domme beweging van een burger en dan lag de weg over een lengte van vierhonderd meter vol met auto-onderdelen en lichaamsdelen. Reed zag hoe de Viper een gat tussen twee naar elkaar toe afbuigende auto's dichtte – de bestuurders trapten vol op de rem, rode remlichten laaiden op en blauwe rook sloeg van hun banden. Hij voelde zijn woede aanzwellen.

Vuile hufter, zei hij bij zichzelf terwijl de rode cijfers op zijn voorruit flakkerden: 226, 229, 238. Hij schoot om een SUV heen die midden op de snelweg tot stilstand was gekomen, hoorde een schreeuw en zag een man toen hij voorbijflitste naar hem zwaaien.

De Viper was nu heel dichtbij, misschien dertig meter, en kwam met de seconde dichterbij. Het kon niet anders of de man aan het stuur keek in zijn achteruitkijkspiegel en dacht 'wie is die gast in godsnaam?'

Reed richtte zich op de zwakke plek aan de linkeronderkant van de Viper, waar hij hem met de bumperstangen van plan was te rammen. Eén tikje met deze snelheid en een auto van tweehonderdduizend dollar veranderde in een bromtol. Meters... centimeters... Hij zag de achterkant van de Viper plotseling omlaaggaan en de banden in een waas veranderen, doordat de bestuurder nog meer gas gaf en uit de auto probeerde te halen wat er nog in zat. De Viper spoot naar voren, als een paard dat de sporen heeft gekregen, en reed weer bij hem weg – vijftien meter, twintig, hij werd weer kleiner.

Jezus, dacht Reed, terwijl hij het pedaal tegen de vloer drukte en daar vasthield, je moest wel van Amerikaanse techniek houden.

Die Viper is een pareltje.

Reed was nu een en al concentratie, en alles om hem heen veranderde in een naadloze rivier van kleur en geluid die langs hem heen stroomde; de stemmen over de walkietalkie vervaagden, het geloei van de motoren werd zwakker, zijn hoofd was helemaal leeg, op het geluid van zijn eigen ademhaling en het gestage bonken van zijn hart na.

Er bestonden nog maar twee vaste punten in dit universum: de opbollende motorkap van zijn auto en de dikke zwarte reet van de Viper. Hij fixeerde zijn blik op het nummerbord uit Kansas – HARLEQUIN – in donkerblauwe letters op een lichtblauwe ondergrond, met het logo van Kansas State Wildcat – met een omlijsting gemaakt van verchroomde schakels – *Little Apple Fine Cars*. Naarmate hij dichterbij kwam brandden de details zich verder in hem vast.

Hij vloog onder een viaduct door, en de wereld werd gedurende een halve seconde donker en het geluid van zijn eigen motor sloeg naar hem terug.

Reed zag de zwarte letters van het bord op de zijkant van de brug – Sideroad 440 – en realiseerde zich dat hij ruim zesentwintig kilometer had afgelegd. Nog tweeënhalve kilometer naar de Super Gee Truck Stop. Nog vierentwintig kilometer tot ze bij het tolstation Pinchbeck Cut waren.

Met deze snelheid had hij minder dan zes minuten nodig om daar te komen. Zijn ogen gleden naar de cijfers van de HUD-cijfers: 244, 249, 256, 260. De auto voelde licht onder hem en er was sprake van een lichte, maar zorgwekkende trilling in het stuur. Hij wist dat hij met zo'n snelheid bij een minuscule afwijking van het stuur, of als er iets op de weg viel, in een fatale spin door de lucht geslingerd zou worden.

'Charlie Six ik heb informatie voor je...'

Reed draaide de speaker weer open.

Het was Matty Coors; hij klonk gespannen.

'Vertel op, chef...'

'Die gasten uit Kentucky zeggen dat ze een blanke man hebben doodgeschoten op de wc's van een benzinestation van Shell in Sapphire Springs – ze hebben hem geïdentificeerd als Robert Lawrence Quinn. Op de camerabeelden zijn twee blanke mannen te zien die in Quinns zwarte Viper bij het benzinestation wegrijden. Na gezichtsherkenning weten we dat het Dwayne Bobby Shagreen en Douglas Loyal Shagreen zijn – vroeger gewelddadige leden van The Nightriders – racistische klootzakken. Ze worden allebei door diverse partijen gezocht voor verkrachting, mishandeling, gewapende roofovervallen – ga er maar van uit dat ze gewapend en gevaarlijk zijn. Reed, wat er ook gebeurt, zorg dat je niet met ze in gevecht raakt tot wij er zijn...'

'Maar ik zit erbovenop, chef!'

'Neem wat afstand, Reed. Ik meen het.'

'We hebben nog vijf minuten en dan zijn we bij Pinchbeck, het tolstation. Nemen we ze daar dan te grazen?'

'De opdracht luidt dat we ze doorlaten...'

'Wat? Over mijn lijk.'

'Nee, niet over jouw lijk. Op dat tolstation wemelt het van de burgermedewerkers, van burgerverkeer, van propaantanks voor de verwarming van die hokjes. Als die Viper de lucht ingaat, mensen raakt, propaan raakt, is de schade niet te overzien...'

'Wie heeft dat bepaald, chef? Die lul van een gouverneur?'

'Dit gesprek wordt opgenomen, agent.'

Reed hield zich in.

'Oké, oké. Ik neem wel een paar meter afstand. Als ik bij hem in de buurt moet blijven, moet je die heli voor me regelen. De snelweg moet over een lengte van zeventig kilometer leeggemaakt worden. Ik heb ogen in de lucht nodig...'

Een korte stilte, weggevallen stemmen.

'Begrepen, over...'

Reed bevond zich nu op nog geen veertig centimeter van de achterkant van de Viper – het zag ernaar uit dat de Viper aan het eind van zijn krachten was – met een maximum van 268 kilometer per uur. Rechts van hem zag hij het bord opduiken waarop de Super Gee aangekondigd stond – verlicht als een baken. Aan de kant van de weg lag iets uitgespreid – een langwerpige lage berg van een onbestemde kleur – hij reed te hard om te kunnen zien wat het was. Als Reed op deze snelheid de Viper met zijn bumperstangen raakte, draaide het op een regelrechte executie uit.

Misschien wilden die twee klootzakken dat juist wel. Zelfmoord door een agent, na één laatste wilde tocht. Er kwam iets uit het raampje aan de kant van de bijrijder – een hand, met een handschoen aan, iets in die handschoen – een zwaar zwart pistool. De loop draaide naar zijn voorruit toe. Een flits uit de loop, blauwe rook en een grote zware kogel raakte zijn voorruit, sloeg er een ster in – een bulls-eye van kraters vormende scherven.

'Een wapen! Hij heeft een wapen... ik word beschoten...'

Toen de vrouwelijke agent haar walkietalkie pakte, keek Nick op. Ze zei één keer iets, met een staccato blafstem, toen stilte, toen weer een blaf, en daarna hing ze de handset terug, en terwijl ze dat deed draaide ze zich om. Op hetzelfde moment hoorden ze allemaal dat de helikopter vaart maakte en heel snel wegvloog – Nick zag het toestel naar het noordwesten zwenken, met draaiende wieken.

'De staatspolitie heeft de heli nodig, Nick. Een agent in een achtervolgingsauto ligt onder vuur...'

'Zendcode?'

Shaniqua keek niet-begrijpend.

'Heb ik niet meegekregen.'

Keihard motorgeloei en het plotselinge gejammer van een sirene – de auto van de staatspolitie was hen links gepasseerd, een leigrijze vlek die wegspoot en in de verte verdween, met rood en blauw pulserende lichten, op de voet gevolgd door de grote zwarte Suburban met de twee FBI-agenten erin. Even later waren ze helemaal alleen op de snelweg. Deitz ging rechtop zitten en had opeens belangstelling voor zijn omgeving.

'Zijn we de FBI ook kwijt?' vroeg Nick. Shaniqua knikte. Haar uitdrukkingsloze grijze ogen stonden groot.

'Ja. Die twee gasten in de auto die wordt achtervolgd worden gezocht door de FBI.'

'Vraag alsjeblieft even de zendcode van de auto die onder vuur ligt.'

Shaniqua knipperde met haar ogen. Ze wist niet dat Nick een zwager had die in een achtervolgingsauto voor de staatspolitie reed. Ze draaide zich om, sprak in de handset en draaide zich weer terug.

'De code is Charlie Six. Ene brigadier Reed Walker. Kent u hem?'

'Ja. Is hij geraakt?'

Ze knipperde weer met haar ogen, en er volgde nog een kort gesprek via de handset. Nick luisterde en wilde dat hij daar zat in plaats van hier, dat hij zijn eigen walkietalkie bij zich had. Nu had hij niet eens een wapen bij zich. Het was tegen de regels om met een handwapen in de arrestantenwagen te zitten. Zijn Colt Python lag voorin bij de oproeppolitie, in een kluis op de grond.

Shaniqua draaide zich weer om. 'Ik versta het niet goed; het klinkt alsof hij geraakt is in... ze zeggen dat hij...'

'Godsamme, zet 'm dan op de speaker, mens,' zei Bradley Heath met een zacht accent uit Tennessee met een stem die zo laag en soepel klonk als een cello.

Shaniqua was meteen verontwaardigd over zijn toon, maar ze drukte wel op het speakerknopje, en het busje vulde zich meteen met het gekraak van een gesprek op het zendkanaal van de staatspolitie. Nick herkende Reeds stem, vlak en rustig, maar zo strak gespannen als een snaar.

'... ik laat hem niet gaan Jimmy hij blijft toch...'

'Ik herhaal neem afstand Charlie Six, neem afstand...'

'Nee Jimmy hij blijft toch schieten...'

Een scherp krakende knal en daarna een dreun als van een donderslag, toen weer een knal, en dat allemaal op de achtergrond van Reeds zendbericht.

'Ik neem wat gas terug maar dat doet hij ook – ik heb net nog twee kogels tegen mijn voorruit gekregen – hij leunt uit het raam van de bijrijder – dit is echt waanzin – ik ga niet afdruipen en me dan door hem in lichterlaaie laten zetten – ik ga erop af en ik schakel hem uit...'

'Niet doen Charlie Six...'

Reed weer, kalm, rustig, maar wel strak van de adrenaline.

'Ik ben vlak bij de Super Gee – de chauffeurs staan er allemaal – ze staan aan de kant van de weg – hij kan ze elk moment aan gort rijden – o jezus – remlichten remlichten – hij remt opeens – ik rem ook – o man daar komt-ie...'

Reed liet zijn microfoon aanstaan, maar hield op met praten.

Ze hoorden een aanzwellende sirene loeien en toen een enorm metaalachtig *kedèng*, en toen nog een keer – Reed vloekte, met op elkaar geklemde kaken, zijn stem een keelachtige grauw – en daarna het gekletter en geboink van iets wat over de snelweg rolde – iets groots, gemaakt van ijzer – het oorverdovende gesnerp van metaal op wegdek – de verbinding met Reed werd abrupt verbroken en het busje vulde zich plotseling met een intense, pijnlijke stilte.

Nadat het een hele tijd stil was gebleven, besloot Deitz dat dit het moment was voor een hulpvaardige opmerking.

'Zeg, Nick,' zei hij op joviale toon, 'zo te horen heeft die knul van jou net het loodje gelegd...'

Nick kwam overeind en stond in één keer voor Deitz' neus. Deitz stond met rammelende kettingen op, stak zijn zware vuisten omhoog en nam een vechthouding aan, met zijn kin omlaag. Nick liet al die Queensberry-onzin voor wat die was en beukte zijn vuist over Deitz' dekking heen, zo in de kleine groef tussen de rechter- en de linkerwenkbrauw van Byron Deitz, waarbij hij de neus als een walnoot voelde kraken en de impact van de stoot door zijn arm en in de borstspieren en deltaspieren trok, en vandaar omlaag naar zijn heupen.

Deitz keek scheel, zijn benen werden helemaal wiebelig en zijn hoofd sloeg achterwaarts tegen de wand van het busje, wat een heldere klokachtige galm gaf. Deitz stuiterde terug, er borrelde bloed op uit zijn neus, maar hij gleed nu wel weg.

Nick deed een stap naar achteren en liet hem vallen.

Een hoge vrouwenstem schreeuwde tegen hem, en hij draaide zich om en zag dat Shaniqua zich omgedraaid had en met een dikke vuist tegen het rooster van het arrestantenhok zat te beuken. Bradley Heath schreeuwde tegen haar en probeerde haar arm vast te pakken.

'Hé, u mag niet zomaar mijn gedetineerde in elkaar slaan...' Haar stem werd echter onderbroken en overstemd door de celloklank van Bradley Heaths stem, die onder de indruk en bijna eerbiedig 'holy shit' zei, en iedereen, behalve Byron Deitz, draaide zich om om weer naar de weg te kijken, waar een gestroomlijnde amberkleurige gestalte met bruine ogen omgeven met wit in de lucht omhoogkwam om door de voorruit te kijken.

'Een hert... een hert!' hoorde Nick Bradley Heath hees grommen, terwijl het busje schokte en een snoekduik maakte. Nick greep zich tollend aan de stut links van hem vast – Heath trapte vol op de rem en de zachte banden begonnen te plooien... Alles leek op te houden met bewegen... Nick zag hoe de spieren onder de vacht van het hert rimpelden, hij zag de doodsangst in de grote bruine ogen... een hartslag... nog een – en het hert sloeg vol tegen de voorruit, honderddertig kilo compact vlees, spieren en botten sloegen tegen een grote vlakke glaswand die met tachtig kilometer per uur voorwaarts bewoog. Het effect was zonder meer spectaculair.

Toen het hert door de voorruit sloeg, explodeerde die in een regen van glasscherven. Het karkas sloeg pal tegen het gezicht en bovenlichaam van Bradley Heath en Shaniqua Griffin aan, waardoor zij vanaf de borst naar boven verbrijzeld werden en hun schedels als rauwe eieren werden kapotgeslagen – terwijl ze nog steeds met zeventig kilometer per uur doorreden – en de hele massa van uit elkaar vallend bloed, botten en ingewanden sloeg tegen het stalen rooster van het arrestantenhok vlak achter hen, verboog dat tot een concave komvorm en rukte er bijna alle klinknagels uit waarmee het op zijn plaats werd gehouden.

De wat meer vlezige delen bleven in het rooster steken, maar Nick, die nog steeds stond, als aan de grond genageld, kreeg de volle laag van de half-vloeibare hersenen, lichaamssappen en botsplinters die door het scherm knalden en het arrestantenhok vanbinnen helemaal met bloed en jammerlijke resten bedekten.

Nick voelde hoe de golf knalhard tegen hem aan sloeg – die was zo heet als zwarte koffie en stonk naar koper – en hij viel verblind achterover, sloeg met zijn hoofd tegen de vloer en kwam naast het bewusteloze lichaam van Byron Deitz te liggen, terwijl het busje, zonder bestuurder, scherp naar rechts zwenkte, van de weg af ging, de vangrail raakte en de lucht in vloog, waarna het weer log neerviel en op het rechtervoorwiel terechtkwam, dat door de klap uit elkaar spatte.

Het busje, dat een knarsende metaalachtige kreun liet horen, als een vrachtschip dat op een rif vaart, rolde majestueus op zijn rechterzijkant, kwam hard neer, stuiterde één keer en viel weer ter aarde, waarna het een geul door het pampagras en de rode aarde trok van ongeveer vijf meter breed en veertig meter lang, voornamelijk met de rechterbovenrand van het dak.

Op eenenveertig meter en een paar centimeter raakte de voorste rand van wat ooit een politiebusje was geweest en wat nu een los samenraapsel van auto-onderdelen en divers organisch materiaal was, een groepje dennenbomen en kwam abrupt tot stilstand – van tachtig naar nul kilometer per uur in één seconde. Het busje stootte vervolgens in ijltempo een homogene massa herten- en dode agentenonderdelen uit, die door de kapotgeslagen voorruit naar buiten vlogen, zich over de dennenbomen verspreidde en het bleke goudgele pampagras beschilderde met een waaier van vuurrode, roze en paarse hompen, met een straal van vijftien meter.

Nick Kavanaugh overleefde de klap overigens, hoewel hij pas weer bij kennis kwam toen de traumahelikopter hem negenenzeventig minuten later op het dak van het Lady Grace-ziekenhuis in het centrum van Niceville afzette, en zelfs toen was hij maar net bij kennis genoeg om het ronde roze gezicht met de lelijke baard van Boonie Hackendorff te herkennen, wiens bezorgde gezicht steeds bezorgder ging staan toen hij in reactie op de gefluisterde, zwakke vraag van Nick antwoordde dat Byron Deitz niet bij de crash om het leven was gekomen en dat hij op dat moment spoorloos was verdwenen.

'In rook opgegaan,' luidden de precieze woorden van Boonie.

'En Reed? Is alles goed met Reed?'

Het grote rosbiefgezicht van Boonie Hackendorff werd wat pips om de neus. Zijn ogen stonden groot en vol spijt.

'Reed leeft. Maar dat kunnen we lang niet van iedereen zeggen.'

Deze cryptische woorden en de inspanning die het Nick kostte om ze te ontcijferen, voerden hem vervolgens het duister in.

Donderdag

Meneer Harvill Endicott bezoekt Niceville

Het was op deze fraaie donderdagochtend druk in het Marriott Hotel en het conferentiecentrum van Quantum Park, maar in de centrale hal was daarentegen bijna niemand. Aan de lange bar van The Old Dominion, links van de hal, zaten een paar achterblijvers van een congres voor werktuigbouwkundig ingenieurs.

Toen de getinte glazen deuren van de ingang open zoefden en Edgar Luckinbaugh een lange en geleerd uitziende oudere man in een blauw pak van Engelse snit over de geboende eikenhouten vloer naar de receptiebalie begeleidde, had Mark Hopewell alle tijd om te speculeren wat voor persoon degene precies was die nu voor hem stond en hem een American Express-card toestak, terwijl zijn glimlachende dunne lippen een vergeeld rokersgebit onthulden.

De man bleek, toen hij sprak, een neutraal accent te hebben, niet zuidelijk en niet noordelijk, niet Europees en niet Noord-Amerikaans. Hopewell dacht dat de man uit een van de midden-Atlantische staten kwam. Hij vond dat de man neutraal overkwam, niet hooghartig, maar ook niet overdreven vriendelijk, zoals je wel vaker ziet bij mensen op zakenreis.

'Goedemorgen. Mijn naam is Harvill Endicott. Als het goed is heb ik een reservering.'

Hopewell tikte een paar toetsen in, keek met een opgewekte glimlach op en beaamde dat dat inderdaad het geval was. Hij heette meneer Harvill Endicott van harte welkom in het Marriott Hotel. Hij schoof een formulier over het granieten blad van de balie en keek toe terwijl meneer Endicott het invulde en ondertekende met een elegante krabbel, waarna hij de pen voorzichtig naast het formulier neerlegde.

Toen hij weer opkeek, kreeg Hopewell de enigszins verontrustende indruk dat de ogen van meneer Endicott bijna geheel kleurloos waren. Dat gaf hem, in combinatie met zijn blauwwitte huid en zijn dunne paarse lippen, een kadaverachtige uitstraling, waardoor er een vage rilling van ongemak door de jonge en beïnvloedbare geest van Mark Hopewell trok. Als meneer Endicott zich al bewust was van dit effect, liet hij daar niets van blijken.

Hopewell keek even op het registratieformulier en zag dat meneer Endicott onder 'beroep' *privéverzamelaar en adviseur* had ingevuld.

'Bent u hier voor zaken of voor uw plezier?'

Endicott glimlachte weer – een veel opener en vriendelijker glimlach dit keer.

'Van allebei een beetje, meneer Hopewell. Ik heb een kamer met uitzicht op de stad gevraagd, niet op de begane grond, als dat kan. Met ramen met vrij uitzicht? En een terras? Ik rook namelijk, zoals u misschien wel verteld is. En snel Ethernet in de kamer?'

'Ja, meneer. Daar is allemaal voor gezorgd. We hebben de Temple Hill-suite voor u, een van onze mooiste kamers. Dat is een kamer waar gerookt mag worden, zoals u hebt gevraagd, en hij heeft een groot terras – waarvan het hotel er slechts drie heeft. Hij ligt op de bovenste verdieping, heel veilig. De kamer is genoemd naar het landgoed van Alastair Cotton...'

'De Zwavelkoning,' maakte Endicott zijn zin voor hem af.

'O, u hebt al eens van hem gehoord?' vroeg Hopewell, duidelijk verbaasd. Endicott boog het hoofd.

'Ik heb wat studie naar dit gebied gedaan,' zei hij, terwijl hij zijn registratiekaart en de papieren oppakte en in zijn binnenzak stak.

'Ik heb ook om auto's gevraagd.'

Hopewell knikte, blij dat hij hem van dienst kon zijn.

'Ja, meneer. U hebt om een zwarte Cadillac de Ville en een beige Toyota Corolla gevraagd. Die staan op de parkeerplaats. De Cadillac heeft een GPS-scherm, zoals u gevraagd hebt. U hoeft maar te bellen en dan wordt de auto die u wilt, wanneer u maar wilt, voor u klaargezet.'

'Dank u wel, maar ik heb liever dat u gewoon de sleutels naar mijn kamer laat brengen en mij vertelt waar ik de auto's kan vinden. Ik kom en ga op onregelmatige tijdstippen en ik wil uw personeel niet tot last zijn.'

'O, maar dat is helemaal geen punt, meneer Endicott. Ik laat de sleutels en de plattegrond van de garage onmiddellijk naar uw kamer brengen. Kan ik u verder nog ergens mee van dienst zijn, meneer?'

'Ik zou het nu zo snel niet weten.'

'Dan wens ik u een prettig verblijf. We hebben een balie met een conciërge, zoals u kunt zien,' zei hij met een hoofdknikje in de richting van een Franse secretaire waarachter, keurig rechtop, een heel kleine oosterse man in een zwart pak zat.

Hopewell keek hem na toen hij de eikenhouten vloer overstak en bedacht dat meneer Harvill Endicott hem er niet de man naar leek die ooit iets voor zijn plezier zou doen, of, om preciezer te zijn, dat datgene wat meneer Endicott als plezier beschouwde wel eens iets zou kunnen zijn wat helemaal zo niet plezierig was om te weten.

'Ja, dank u, de kamer is prima,' zei Endicott, en hij gaf de piccolo een fooi. Op het naambordje zag hij dat de man Edgar heette. Deze Edgar liep wat door de kamer te drentelen, prikte eens hierin, legde dat recht, alsof hij eigenlijk niet weg wilde, hoewel Endicott hem al twee keer een fooi had gegeven: één keer bij de deur van de lobby en vier minuten geleden weer, in totaal negen dollar, wat toch genoeg zou moeten zijn voor welke piccolo ook, verdorie.

'Kan ik iets voor u doen?' vroeg Endicott enigszins gespannen. Edgar Luckinbaugh hield op met aan de gordijnen te trekken en verstijfde. Hij kreeg een diepgele kleur, mompelde iets over de thermostaat en slofte toen over een vierkante kilometer beige tapijt naar de deur.

Endicott deed de deur nadrukkelijk dicht, draaide zich met een zucht om en bekeek de hotelkamer.

Het was een grote lichte kamer met, zoals beloofd, schitterend uitzicht op een lange met gras begroeide helling die naar de stad Niceville afdaalde, op een kilometer of zeven in zuidelijke en oostelijke richting.

Hij deed de balkondeuren open en liep een groot betegeld terras met balustrade op. Het rook heerlijk landelijk naar de oogst, gemaaid gras en omgeploegde aarde, en de zon voelde warm op zijn wangen.

Niceville was een lommerrijk en gezellig uitziend stadje, gelegen in de schaduw van een lange kalkstenen wand die volgens zijn onderzoeksgegevens driehonderd meter hoog was.

Hij glimlachte, klopte op de zak van zijn jasje en haalde er een zware gouden sigarettenkoker en een gehavende Zippo-aansteker uit, van glimmend koper, met het logo van de First Air Cavalry op de zijkant: een geel ovaal met een zwarte rand eromheen, doormidden gesneden door een zwarte balk, met in de bovenhoek een zwart paardenhoofd.

Hij wipte de aansteker open en stak een Camel op, zoog de rook echt met genoegen in en keek naar het uitzicht.

Niceville was omgeven door altijdgroene eiken en dennenbomen, met hier en daar een vlek lichter groen – wilgen. Een paar kerkdaken prikten door het bladerdak van de bomen heen en er lag een goudkleurig, nevelig licht overheen, zelfs op dit vroege uur al. Zonlicht schitterde op de brede bruine rug van de grote rivier, die zich meanderend een weg midden door de stad baande.

De Tulip, wist hij weer, en het viel hem op hoe die in een grote agressieve bocht langs een groot wilgenbos op de westelijke oever stroomde. Dat moest dan Patton's Hard zijn, als hij het zich goed herinnerde.

Aan de manier waarop het water daar wervelde en kolkte te zien was er waarschijnlijk een draaikolk, vermoedde hij, en gezien de kracht van die grote rivier was het vast gevaarlijk als je daarin terechtkwam.

De opkomende zon wierp licht op de daken van de huizen, kaatste van etalages en winkelpuien en joeg een glinstering over het netwerk van elektriciteitsdraden in de lucht die de oudere wijken van het centrum bij elkaar hield.

Het was al met al een mooi gezicht, en mooi zacht verlicht, op dat ene deel van Niceville na dat nog in de schaduw van die wand lag. Zoals Niceville aan de voet van die rotswand uitgestrekt lag, leek de klifwand wel een reusachtige getijdegolf die dreigend boven de stad hing.

Hij zuchtte, rookte zijn sigaret op, drukte hem uit tegen de balustrade tot hij helemaal gedoofd en koud was en liet de gebroken peuk toen in een apart vakje van zijn sigarettenkoker vallen, die hij met een metaalachtige *klik* sloot. Hij spoelde de peuken later wel in de wc door. Het leek Endicott niet verstandig om maar overal DNA achter te laten.

Hij draaide zich om naar de hotelkamer zelf, die smaakvol ingericht was in crèmekleurige en beige tinten, met eikenhouten lambrisering en een dik berbertapijt. De vereiste flatscreen, een duur en overdreven ingewikkeld koffiezetapparaat, een minibar en koelkast, een extra gootsteentje ernaast, glazen en bekers.

Vervolgens kwam hij in een badkamer met een ingebouwd bad met marmeren ombouw, op het wellustige af, en toen via een kort gangetje met spiegelwanden in een grote slaapkamer met een kingsize bed en veel te veel kussens.

Edgar had Endicotts bagage op een gecapitonneerd bankje aan het voeteneind neergezet – twee bij elkaar passende koffers van zadelleer.

Endicott pakte met gemak de zwaarste van de twee, al woog die veertig kilo. Endicott was sterker dan je op het eerste gezicht zou denken.

Hij legde de koffer op het bed, drukte op de sloten die onzichtbaar aan de zijkant zaten en deed het deksel open. In de koffer lagen, heel keurig, een Toshiba-laptop en allerlei computertoebehoren, een verrekijker van Zeiss, voorzien van een afstandsmeter, een apparaat dat eruitzag als een gps die je op het raam moet vastmaken, maar die eigenlijk een lasergeluiddetector was en een videocamera. Hij had ook een elektronische code-analysator, een compacte set op batterijen lopend gereedschap van het merk Dremel, een zilverkleurig doosje met daarin een roestvrijstalen injectienaald en een grote glazen buis met daarin hydrofluoridezuur, een glanzend blauw apparaat dat er precies zo uitzag als een mobiele telefoon van Motorola, maar dat in werkelijkheid een verdovingspistool van Taser was, een heel sterke zaklamp van Streamlight, een glanzend grijs Sig Sauer-pistool, een P226, een negenmillimeterwapen, en verder nog een schoonmaakset, een vrij efficiënte geluiddemper – nooit gebruikt – vier doosjes met Black Talon-kogels, vijftig per doosje, en nog drie reservemagazijnen van vijftien kogels.

Ongeladen natuurlijk, want als je de magazijnen voortdurend geladen had, ging het veermechanisme kapot, en dat zou er vroeg of laat toe leiden dat een patroon in de pistoolslede blokkeerde, en dan was je er geweest.

Hoewel Endicott vanaf de luchthaven een taxi had genomen, was hij niet met het vliegtuig gearriveerd. Niet met al deze spullen bij zich. Hij was daar vanaf Miami naartoe gereden, in een onopvallende GMC Suburban. Die stond nu in een parkeergarage voor langdurig parkeren op het vliegveld – onder een andere naam – volgetankt en met reservewapens en een stalen koffer aan een ijzeren ring aan de vloer geketend. In de koffer zaten een heleboel cash, verschillende identiteitsbewijzen en nog een Sig.

Hij tilde de Toshiba uit zijn houder en droeg hem naar het bureau dat achter de lange bank stond, tegenover de televisie. Dat betekende dat hij met zijn rug naar de zijwand kon werken, met links van hem duidelijk zicht op de rij ramen en het terras, en rechts op de enige andere toegang tot de hotelkamer, namelijk door de zware zwart gebeitste deuren die op de hotelgang uitkwamen.

Hij liep naar het koffiezetapparaat, bestudeerde hoe je een kopje espresso moest zetten, drukte op het knopje en liep terug naar zijn Toshiba, met het verlengsnoer voor Ethernet, waarmee hij de snelle hotelverbinding tot stand kon brengen.

Hij plugde het snoer in, zette het apparaat aan en was binnen dertig seconden online. Hij ging meteen naar de nieuwssite en vond het kopje ACTUEEL PLAATSELIJK NIEUWS in de regio van Cap City.

Na een paar minuten rondklikken had hij al wat interessante feiten boven water gekregen, waarvan het meest spectaculaire – inclusief amateuropnamen – over het dramatische einde van een achtervolging ging die de middag ervoor had plaatsgevonden. Een zwarte sportauto – een Viper misschien – was achtervolgd door een patrouilleagent van de staatspolitie die in een van die nieuwe Ford Interceptors reed. De achtervolging vond plaats op een stuk snelweg ten noorden en westen van Belfair County.

Op het filmpje – beverig, maar duidelijk genoeg – waren twee auto's te zien, op nog geen meter afstand, die over een stuk snelweg reden die omzoomd was door hoge dennenbomen.

Toen de twee auto's langs een grote pleisterplaats voor truckers, The Super Gee genaamd, kwamen, leek het wel of er op de stoel van de bijrijder van de Viper iemand met een pistool op de achtervolgingsauto zat te schieten – Endicott kon niet zien wat voor wapen het precies was.

De auto's vlogen langs een paar mensen die langs de kant van de snelweg in de buurt van de truckersparkeerplaats stonden – alsof ze naar een autorace stonden te kijken, de stomkoppen – en toen trapte de zwarte Viper, in een wazige verwarrende sequentie, vol op de rem, waarmee hij de achtervolgingsauto dwong om van achteren tegen hem aan te knallen.

De Viper stuiterde terug en kwam in een lange, langzame spinbeweging terecht, die hem – als een zeis – recht in de toeschouwers langs de kant van de weg dreef.

De lichamen vlogen alle kanten op – niet allemaal in één stuk – waarna rook en stof het zicht belemmerden.

De achtervolgingsauto, die nog overeind stond, doemde op uit de stofwolk. Het was duidelijk dat de bestuurder zijn best moest doen om de macht over het stuur niet kwijt te raken. Hij slaagde erin om de auto weg te sturen van de menigte die nu door de Viper werd belaagd. Je zag de remlichten van de achtervolgingsauto opflitsen, je zag de blauwe en rode gloed van het zwaailicht, die fel oplichtte tegen de rook en de chaos erachter.

De auto slingerde en schokte, en kwam eindelijk tot stilstand in de greppelachtige strook die de rijstroken in oostelijke en in westelijke richting van elkaar scheidde.

De camera zoomde gestoord en schokkerig in op het gezicht van de jonge agent achter het stuur; hij deed het portier open en liep het gras op. Zijn gezicht stond rood en kwaad.

ACHT DODEN EN DERTIEN GEWONDEN BIJ POLITIEACHTERVOLGING OP I 50, stond onder in beeld te lezen.

De naam van de bestuurder van de achtervolgingsauto werd genoemd: brigadier Reed Walker van de staatspolitie.

De mannen in de Viper, van wie alleen gezegd werd dat ze gezochte criminelen waren, werden een paar uur later in het Lady Grace-ziekenhuis allebei dood verklaard.

Volgens de samenvatting had brigadier Walker, die ongedeerd was, maar van wie wel werd gezegd dat hij 'erg geschrokken' was, hangende het onderzoek bureaudienst gekregen. In een kader met het kopje 'Ander regionaal nieuws' stond een stukje over een ongeluk op de snelweg van Cap City, op zeventig kilometer ter zuiden van Niceville, waarbij twee FBI-agenten waren gedood en een rechercheur uit de omgeving gewond was geraakt. Na de crash had een gevangene weten te ontsnappen.

De gevangene was omschreven als: 'Byron Deitz, 44, blanke man, honderdzeven kilo, bruine ogen, zwart sikje, kaalgeschoren hoofd. Een nachtelijke zoektocht door het gebied heeft niets opgeleverd. Hij is op vrije voeten. De laatste keer dat hij gezien is droeg hij een rode gevangenisoverall en lichtgroene sandalen...'

'Lieve hemel,' zei Endicott zachtjes. 'Die zou toch zo te vinden moeten zijn?'

'... het kan zijn dat de gevangene de wapens van de twee overleden agenten van de oproerpolitie, de walkietalkie en een mobiele telefoon heeft meegenomen die van de gewonde rechercheur waren. Als u hem ziet, waarschuw dan de politie, maar houd afstand, want Deitz is gewapend en gevaarlijk.'

'Dat zou ik ook zijn als ik in zo'n pakkie het hele district werd rondgesleept,' zei Endicott.

Hij leunde achterover op de stoel, keek met halfdichte ogen naar het computerscherm en nam een slokje van zijn espresso – gloeiend heet. Misschien kon hij de fabrikant voor de rechter brengen, net als dat ouwe wijf met McDonald's had gedaan nadat ze hete koffie over zich heen had gekregen.

Dus Deitz is op vrije voeten.

Dat maakt de zaak wel wat ingewikkelder.

Of misschien juist eenvoudiger.

Hij boog zich naar voren, tikte een paar toetsen in en opende een afbeelding van Google Earth van het landelijke gebied dat tussen Niceville en de noordelijke grens van Cap City lag.

Het was voornamelijk omgeploegde aarde en akkerland, met hier en daar een paardenranch, en met iets wat eruitzag als een grote zandkuil of steengroeve, ongeveer anderhalve kilometer van de weg en met een smal paadje ermee verbonden. De snelweg van Cap City was een vierbaansweg die in flauwe bochten ten noorden en ten westen van Cap City naar Niceville kronkelde, en waar een paar landwegen op uitkwamen. Het leek hem een rottig gebied voor iemand die voortvluchtig was, en als het ging om vuurwapens en een bepaalde ontspannen waakzaamheid in de cultuur van deze regio, had Endicott behoorlijk ontzag voor de mannen en vrouwen van het diepe Zuiden.

Als ik Byron Deitz was en ik werd als een circusclown uitgedost, zou ik dan het binnenland in lopen? Dat zou een regelrechte uitnodiging zijn om mijn torso door een willekeurige passerende boerenknecht met de Remington 700 die hij toch voor het grijpen heeft te laten doorzeven.

Nee dus.

Ik zou een van die ranches of boerenhoeven die ik hier op Google Earth zie binnengaan en ik zou mijn jongensachtige charme in de strijd gooien – en een van die pistolen die ik geleend heb – om mijn garderobe wat te verbeteren en om, indien mogelijk, een vriend te bellen – als ik die al heb – om me te komen helpen.

Endicott wist genoeg van de listen van plaatselijke politieagenten om te beseffen dat de mensen die achter Byron Deitz aan zaten langs dezelfde lijnen zouden hebben geredeneerd en zich er de afgelopen paar uur ongetwijfeld van hadden vergewist dat Deitz zich niet ergens in een woonhuis of in een van de bijbehorende bijgebouwen had verstopt. Toch werd er over Deitz, uren later inmiddels, nog steeds gezegd dat hij 'op vrije voeten' was.

Ergo... Byron Deitz werd door iemand geholpen.

Afgaand op wat Endicott over het karakter van Byron Deitz wist – hij had uitgebreid onderzoek naar de man gedaan – leek het hem onwaarschijnlijk dat iemand hem uit naastenliefde te hulp zou schieten. Dat viel dus af, en dan bleef alleen angst of eigenbelang over.

Of allebei.

Waarschijnlijk allebei.

Dus wie zouden de meest voor de hand liggende kandidaten zijn? Endicott had een dossier met de meest saillante details inzake de bankoverval in Gracie, maar via een lokale bron had hij zojuist kennis genomen van één feit dat hiervoor nog niet bekend was geweest. Dat feit stond in een e-mail. Endicott opende het bericht. Het ging over een interne aandelentransactie van het beveiligingsbedrijf van Deitz.

Plaatselijke bronnen bevestigen ook dat er een transactie van aandelen, uitgegeven door Enterprise Syndicate, de BV van Byron Deitz persoonlijk, was voorbereid en zodra Byron Deitz zijn handtekening had gezet, wat nog niet gebeurd was, uitgevoerd zou worden.

Door deze transactie zou een bedrijf met de naam Golden Ocean Ltd 50 procent van de aandelen met stemrecht krijgen. De directeureigenaar van Golden Ocean Ltd was Andy Chu, voormalig IT-expert van Deitz.

'Fascinerend,' zei Endicott, en hij leunde achterover en stak bijna, maar niet echt, een sigaret op. 'De ondoorgrondelijke Chinees is nog steeds van de partij. Wat voor grip had Andy Chu op Byron Deitz dat die de helft van zijn bedrijf aan een schijterige Japannees overdraagt? En hoe vindt Andy Chu dat überhaupt? En wat zegt dat verder over Phil Holliman? Hield die zich schuil op de achtergrond?'

Die chantage?

Doodeenvoudig.

Andy Chu is een IT-nerd.

Die weten hoe ze dingen boven water moeten krijgen.

En voor een computernerd met flink wat wrok moest het niet al te moeilijk zijn om iets rottigs uit het leven van Byron Deitz boven water te krijgen. Voor zover Endicott het Boek Byron bestudeerd had, wist hij zeker dat Deitz zich niet zozeer door het leven bewogen had, als wel erdoorheen was geglibberd, en dat hij daarbij een slijmerig spoor had achtergelaten.

Het meest voor de hand liggende scenario voor deze kwestie was dat Chu achter de Raytheon-stunt was gekomen en dat hij gedreigd had naar de politie te zullen gaan, tenzij er voor Andy Chu ook wat te halen viel.

Endicott nam voorzichtig nog een slokje van zijn espresso – die was nog steeds te heet – en dacht ondertussen over de hele toestand na.

Hij beschikte over de informatie dat er een compromis in de maak was tussen het ministerie van Buitenlandse Zaken en de Chinese regering inzake de beschikking in de zaak-Byron Deitz. Hoewel de informatie niet eenduidig was, leek het Endicott beslist niet uitgesloten dat Byron Deitz elk moment kon worden uitgeleverd aan de ruwe justitie van de Chinezen, in ruil voor een versoepeling van een paar problematische Chinese handelsblokkades.

Gezien de opdracht die meneer Endicott had gekregen, zou dit een onaanvaardbare uitkomst zijn geweest.

Oorspronkelijk was het plan geweest dat ze Byron Deitz, zolang hij nog in een waarschijnlijk amateuristische lokale cel hier in Niceville werd vastgehouden, aan de autoriteiten zouden ontfutselen, dat ze hem dan naar een geluiddichte privélocatie zouden brengen en met behulp van het Dremel-gereedschap en een injectienaald met hydrofluorzuur – dat was zulk gemeen spul dat een porseleinen kat er nog van ging janken – Deitz de kans zouden geven zich van de verpletterende morele last van die tweeënhalf miljoen dollar aan gestolen geld te ontdoen.

Dat deel zou gefilmd worden, HDMI en surround sound, en aan La Motta, Spahn en Munoz gegeven worden als die eindelijk uit Leavenworth vrijkwamen, zodat die de beelden ook gezellig konden bekijken. Deitz zou zijn filmdebuut zelf vermoedelijk niet meer meemaken.

Maar als Deitz al op transport naar China was gezet voordat Endicott hem had kunnen spreken, zou Endicotts missie door zijn opdrachtgevers in Leavenworth als een mislukking worden beschouwd, en die lui waren niet blij met mislukkingen. Maar, zoals Moamar Khadaffi ooit had opgemerkt, het leven was datgene wat er met je gebeurde terwijl je zelf net een nieuwe verenboa stond uit te kiezen.

Deitz was niet onderweg naar China.

Deitz was ontsnapt en op de vlucht.

Dus, ervan uitgaand dat Deitz veilig en wel ondergedoken zat, was het nu de truc om Deitz op het spoor te komen voor de good guys dat deden. Hij zou dat geld nodig hebben om te verdwijnen, en als hij het uit het hol haalde waar hij het verstopt had – waar dat ook mocht zijn – dan was Endicott erbij om te helpen.

Maar wie hielp Deitz?

Er waren maar twee kandidaten.

Phil Holliman, zijn rechterhand.

Maar waarom?

Uit loyaliteit, langdurige samenwerking, eeuwige vriendschap? Niet erg waarschijnlijk.

Nu Deitz uit beeld verdwenen was, was er voor zover hij wist niemand die zijn naam aan de Raytheon-stunt kon verbinden. Het was honderd procent zeker dat Holliman ervan op de hoogte was, ook al was hij Deitz' loopjongen maar. En nu was hij de belangrijkste man van BD Securicom, al wist hij misschien niet dat Deitz op het punt stond om de helft van het bedrijf aan die slome Chinees van de IT over te dragen. En het was een theoretische vraag hoe lang de FBI een particulier beveiligingsbedrijf met een crimineel aan het hoofd nog de bewaking zou laten doen voor een bedrijventerrein dat van zo'n vitaal nationaal belang was als Quantum Park.

Endicott meende dat hij Phil Holliman wel kon uitsluiten, in elk geval voorlopig.

Bleef over: Andy Chu.

Maar waarom Andy Chu?

Als die namelijk niet hielp, was Deitz misschien niet meer in leven om zijn handtekening onder die aandelentransactie te zetten, en, op een wat eenvoudiger niveau zou Byron Deitz, als Chu hem niet hielp, een manier zien te vinden om hem te laten vermoorden.

Beneden in de lobby had de vreemde piccolo, Edgar genaamd, iets aannemelijks te doen gevonden in de garderobe, totdat Mark Hopewell koffiepauze nam en in de Old Dominion Bar ging zitten. Meneer Qan, de conciërge, was even weg – iets ijverigs doen voor een hotelgast, de platenbaas van The Shriners.

Luckinbaugh greep zijn kans, liep om de receptiebalie heen en verschafte zich met een paar geoefende aanslagen toegang tot het systeem.

Edgar Luckinbaugh, zoals al eerder gezegd, had vroeger voor de sheriff voor Belfair County gewerkt, totdat hij de pech had dat hij gesnapt werd toen hij met zijn handen in de kas van het liefdadigheidsfonds van de politie van Belfair en Cullen County zat.

Zijn pech in deze kwestie had meer te maken met wie hem daar uitgerekend bij had betrapt.

Normaal gesproken zou hij betrapt zijn bij een eenvoudige controle van de boeken en vervolgens overgedragen aan Interne Zaken, die het dan volgens de regels verder had afgehandeld. Maar hij was niet door een eenvoudige controle van de boeken betrapt. Hij was betrapt – door een stom toeval – door brigadier Coker, die ook in dienst was bij de sheriff van Belfair County.

In Cokers Hof Zonder Beroep – waarvan hij zowel rechter als jury was – kregen allerlei kleine criminelen en andere personen die niet helemaal wilden deugen en die hem waren opgevallen, de keuze om informant te worden voor Cokers breed opgezette informele dossier met gegevens over wie wie wat aandeed in en rond Niceville en de bijbehorende districten, of om, als ze daarvoor kozen, ogenblikkelijk aan de betreffende autoriteiten te worden uitgeleverd, zodat ze konden oogsten wat ze gezaaid hadden.

Het hoefde je niet te verbazen dat iedereen die in de beklaagdenbank was verschenen van Cokers Hof Zonder Beroep, met Coker als rechter, voor de eerste deur had gekozen.

Daardoor was Coker een betere bron voor gevoelige informatie over de duistere kant van Niceville dan alles wat er in de database van Boonie Hackendorff op het kantoor van de FBI in Cap City te vinden was, die, hoewel Boonie dat niet wist, al gehackt was door Charlie Danziger, die daar zelf ook wel raad mee wist.

Dus het geval wilde dat toen Edgar Luckinbaugh voor rechter Coker was komen te staan, hij ook voor de eerste deur had gekozen.

Na zijn eervolle vertrek bij de afdeling van de sheriff van Belfair en Cullen County, een jaar later, had Coker hem een baan in het Marriott bezorgd, het grootste en meest luxueuze hotel van Niceville, waar het neusje van de zalm kwam logeren.

Daar kon hij door zijn werk als piccolo heel veel informatie verzamelen over de mensen die incheckten en over de reden waarvoor ze naar de stad gekomen waren. De meeste informatie was net zo saai en slaapverwekkend als de inhoud van een persbericht van de Verenigde Naties over antropogene klimaatverandering.

Andere dingen waren weer intrigerender, en Coker had al op diverse subtiele manieren – niet eens allemaal kwaadaardig – van Edgars onderzoek kunnen profiteren.

Een paar zaken, zoals de ontdekking van een gewetenloze pedofiel, de ontmaskering van een paar criminelen en frauduleuze beurshandelaren, en de arrestatie van twee mannen die gezocht werden voor een huurmoord in Texas, hadden de inwoners van de stad ook echt voordeel opgeleverd.

Inzake de komst van Harvill Endicott in het Marriott was het Luckinbaugh, een oplettende kerel, opgevallen dat de labels van de luchtvaartmaatschappij die aan de koffers van de heer Endicott vastzaten van een maatschappij waren die nooit op Mauldar Field vloog, maar toch was meneer Endicott met een limousine van de luchthaven aangekomen.

Dat prikkelde de nieuwsgierigheid van de voormalig politieagent.

Terwijl Edgar na diens aankomst met de uitzonderlijk zware bagage van meneer Endicott had lopen zeulen, was hij erin geslaagd die door de metaaldetector te halen die hij in het kluisje van de piccolo bewaarde, en was hij tot de ontdekking gekomen dat de grootste koffer zo ongeveer uitpuilde van de zware metalen voorwerpen.

Even aan de slag met een pennetje, en de inhoud van de koffer van meneer Endicott lag voor Edgar open, waarna de inventaris braaf werd opgetekend. Vooral het Sig Sauer-pistool had zijn belangstelling.

Nu stond Edgar achter de receptiebalie en maakte zo snel hij kon een dossier af over meneer Harvill Endicott, dat hij, als hij er de laatste hand aan had gelegd, voor wat leesplezier naar Coker zou doorsturen.

Het laatste element dat Edgar bij zijn onderzoek boven water had weten te halen was dat meneer Endicott, die in z'n eentje op zakenreis was, twee auto's had besteld: de één een zeer opvallende zwarte Cadillac en de ander een oerlelijke Toyota Corolla, geelbruin van kleur, die zo volstrekt onzichtbaar was dat het daarmee een uitstekende surveillancevoertuig werd.

Tijdens zijn werk als onderzoeker bij de politie hadden Edgar en zijn collega's vaak precies dit soort anonieme Japanse auto's gebruikt, en met groot succes. Interessant.

Heel interessant.

Deitz is onvindbaar

Endicott, die op de ochtend na het ongeluk in zijn hotelkamer over dat gedoe met Deitz zat na te denken, had het bijna precies bij het goede eind. Het was zonder meer heel spectaculair geweest, maar toch had Byron Deitz dat stuk waarbij het hert tegen de voorruit was geslagen gemist, doordat hij op dat moment ingestort op de vloer van het arrestantenhok had gelegen, met bloed dat uit zijn kapotte neus borrelde en met zijn hoofd ver weg in een wereld waar knalblauwe vlinders aria's uit *Rigoletto* zongen met heel kleine stemmetjes die op het geklingel van een windgong leken. Maar goed, deze vluchtige verstrooiing kwam abrupt ten einde toen de voorkant van het politiebusje tegen de muur van dennenbomen sloeg en plotseling tot stilstand kwam, in tegenstelling tot alles wat binnenin niet vastgebonden zat, inclusief Nick Kavanaugh en Byron Deitz.

Deitz was echter niet zo ver van zijn plaats gekomen als Nick, die pas tot stilstand kwam toen hij tegen de restanten van het – gelukkig veerkrachtige – rooster achter de stoel van de bestuurder sloeg. Deitz gleed alleen negenennegentig centimeter door, want zo lang was de ketting die van zijn rechterenkel naar een aan de vloer van het busje vastgelaste ring leidde.

De ketting voorkwam dat Deitz zijn nek brak tegen een ijzeren stang achter de stoel van de bestuurder, maar bezorgde hem wel een verstuikte enkel, doordat hij op een gegeven moment helemaal strak stond. De pijn in zijn enkel overstemde de pijn in zijn neus – die was van een veel hogere orde – zodat Deitz uit zijn wereld met zingende blauwe vlinders werd gerukt en in één klap weer bij bewustzijn was.

Daar lag hij. Hij keek naar de zijkant van het busje, knipperde met zijn ogen en vroeg zich een poosje af hoe de zijkant van het busje in vredesnaam het dak van het busje kon zijn geworden. En hoe kwam het dat alles rood en plakkerig was en waarom rook het hier net als in een slagerij? En nu hij toch bezig was: hoe kwam het dat hij helemaal onder het bloed en stukjes sponzig spul zat?

Hij deed zijn ogen dicht, herpakte zich, schudde zijn hoofd, had daar onmiddellijk spijt van en deed zijn ogen weer open. Hij zag Nick Kavanaugh op een verfrommeld hoopje liggen, zo te zien tegen een deel van het arrestantenhok gedrukt. Zijn borst ging vrij regelmatig op en neer, maar boven zijn linkeroog zat een jaap en hij zat onder het bloed en onder de kleine roze stukjes van iets wat wel eens bot geweest zou kunnen zijn.

Hij leeft nog, dacht Deitz.

Maar hopelijk niet lang meer.

Nadat Deitz met zijn vingers en tenen had gewiebeld, slaagde hij erin rechtop te gaan zitten en zich met zijn rug schrap te zetten tegen de zijwand, nee, het dak van het busje. Hij keek om zich heen en slaagde erin de boel op een rijtje te zetten.

Voorin twee dode agenten.

Om genoemde agenten heen zat iets groots, wolligs en vormeloos, met hoeven.

Overal bloed, hompige stukken en glas.

Het busje lag op zijn kant.

Conclusie: ze hadden een hert geraakt.

Deitz vermoedde dat de bestuurder afgeleid was door het feit dat zijn zwager Deitz net naar dromenland had geslagen. Met één beuk.

Voor een tengere man van gemiddelde lengte kon Nick verdomd hard slaan. Mochten ze ooit revanche willen nemen, dan zou Deitz een honkbalknuppel meenemen.

Hij leunde achterover, voelde aan zijn neus – dat deed pijn – bewoog zijn rechterbeen – dat deed ook pijn – en dacht na over de stand van zaken.

Nog geen sirenes.

Dus dit was net gebeurd.

De agenten zijn dood.

Nick niet.

Nog niet.

Deitz leeft, maar zit aan de vloer vastgeketend.

Of aan de zijwand.

Wat maakt het uit?

Punt één op zijn to do-lijstje.

Zich losmaken.

Hoe?

De sleutel te pakken zien te krijgen.

Dat was geen fijn werkje, want de sleutel zat in de zak van de vrouwelijke agent, onder een hele berg hertenresten en bloederige ingewanden.

Maar Deitz was gemotiveerd.

Hij kreeg de sleutel te pakken.

Andy Chu was zo'n Aziatische man die eigenlijk leeftijdloos is. Als hij een honkbalpet achterstevoren op had gehad en op een skateboard had gereden, zou je misschien denken dat hij twaalf was, een magere botergele jongen met grote zwarte ogen die in de hoeken wat omhooggingen, en met oren die op zo'n heerlijke presidentiële manier uitstaken.

Maar trek hem een wijde flanellen broek aan en een geruit overhemd dat om zijn magere billen wapperde en dan had je... nou ja, dan had je Andy Chu, die op de IT-afdeling van BD Securicom achter zijn bureau online *World of Warcraft* zat te spelen. Zijn Avatar was een twee meter lange Viking, Ragnarök genaamd, die een magische strijdbijl en een maliënkolder van massief goud had, en alle Walkuren-meiden werden helemaal gek van cyberverlangen naar hem en Chu stond op het punt om een reusachtige... Maar toen ging natuurlijk net zijn mobiele telefoon.

Hij nam met een vermoeide zucht op en keek op zijn display wie het was.

CHESTER MERKLE

Wie was Chester Merkle in vredesnaam?

Er was maar één manier om daar achter te komen.

Hij drukte op OPNEMEN en maakte zijn toch al zo ingewikkelde leven daarmee onbeschrijflijk veel ingewikkelder.

Ongeveer drie kwartier later kwam Chu aan bij de trailer op het bouwterrein waar Deitz zich verstopt hield. Anderhalve kilometer terug was hij langs de plek gekomen waar het ongeluk was gebeurd. De grote blauwe bus lag op zijn kant, met allemaal politieauto's, ambulances en brandweerwagens eromheen. Mannen en vrouwen in allerlei soorten uniformen liepen er kordaat en doelgericht rond, en net op het moment dat een brede gezette vrouw, strak in het zwart-met-bruine uniform van de districtssheriff ingesnoerd, hem met een handgebaar doorliet, landde er op de noordelijke rijbaan een traumahelikopter.

Volgens de aanwijzingen die Deitz hem had gegeven werd de trailer gebruikt als kantoorruimte voor een groot zandgroevebedrijf dat onlangs was gesloten, waarschijnlijk vanwege de recessie. De eigenaar van de steengroeve was – daar ging je al – ene Chester Merkle.

De echte Chester Merkle was op reis, naar Brugge, met mevrouw Merkle en haar jongere zusje Lillian, voor wie Chester Merkle een geheim verlangen koesterde dat in Brugge wederom niet zou worden vervuld, ook al moest hij voor die hele reis betalen.

Chu kwam aanrijden in zijn donkerblauwe Lexus en stopte voor het hek van harmonicagaas met daarop een verschoten bord met de tekst:

MERKLES ZANDGROEVE
ALS JE ZAND WILT SJOUWEN
BEN JE HIER AAN HET GOEDE ADRES

Chu zette de motor uit. De trailer, een extra breed exemplaar, had een doorgezakt dak, en wat ooit misschien lichtgrijze verf was geweest was er door het door de wind aangejaagde zand afgeschuurd. Voor de ramen en de deur zat kippengaas. De deur zat op slot, met een groot stalen hangslot eraan. Byron Deitz was in geen velden of wegen te bekennen en Chu dacht er serieus over om de auto maar weer te starten en weg te rijden toen hij op een afstandje de stem van Deitz hoorde, die achter het hek door de enorme zandkuil galmde.

'Uitstappen.'

Hier gaat hij me neerschieten, dacht Chu, maar hij stapte toch uit – wat moest hij anders? Hij ging naast de auto staan en wachtte op een kogel met de waardige gelatenheid die zijn afstamming kenmerkte.

'Doe alle portieren open.'

En dat deed Chu, alle vier.

'Nu de kofferbak.'

Dat deed Chu ook, hoewel het hem onwaarschijnlijk leek dat er, mocht hij inderdaad de politie gebeld hebben, ergens op de planeet een agent bestond die zo stom was dat hij zich liet uitkiezen als de man die in de kofferbak moest stappen.

'Ga een eind bij die auto vandaan staan.'

Dat deed Chu ook.

Er klonken vallende steentjes en toen gleed Byron Deitz onhandig van een berg rotsblokken links van Chu naar beneden, waar hij dus al die tijd had zitten wachten.

Aangezien Andy Chu niet volledig op de hoogte was gebracht van alle details inzake Deitz' ontsnapping, schrok hij een beetje toen hij hem op blote voeten in een van bloed doordrenkte overall naar zich toe zag komen hinken, terwijl er bloed uit zijn kapotgeslagen neus stroomde en met een groot pistool in zijn hand waarvan hij de loop recht op Chu's kruis gericht hield.

'Jezus,' zei hij – hij kon er niks aan doen. 'Wat is er gebeurd?'

'We hebben een hert geraakt,' zei Deitz terwijl hij naar hem toe liep en de stank van bloed en zweet met zich meebracht.

Van dichtbij zag hij er nog erger uit.

'Heb je bij je wat ik gevraagd had?'

'In de kofferbak.'

'Ga opzij.'

Dat deed Chu, en hij keek toe terwijl Deitz zijn overall uittrok – naakt was hij een en al spieren en botten – en zich zo goed hij kon schoonmaakte met de natte doekjes – kordaat en efficiënt. Byron Deitz was de situatie waarin hij zich bevond geheel meester.

Toen trok hij het Securicom-uniform aan dat Chu uit de kleedkamer had meegenomen: een kraakhelder wit overhemd met zwarte schouderinsignes en een zwarte broek met een smalle rode streep langs de zijkant. Het uniform was van Ray Cioffi, die op dat moment vrij had en, wat heel goed uitkwam, ongeveer net zo lang en zwaar was als Deitz. Hij had er een paar minuten voor nodig om weer helemaal op orde te raken, en in die tussentijd keek Andy Chu naar de lucht, waar hij een helikopter verwachtte, en tuurde hij het weggetje af, waar hij rode en blauwe zwaailichten verwachtte.

Maar er gebeurde niets.

Dat kwam nog wel.

Binnen een uur was de staatshelikopter over deze locatie gevlogen en kort daarna zou er een patrouilleauto over het weggetje aan komen rijden om de trailer en het terrein te controleren, maar Deitz had bij de FBI gewerkt en wist hoe je een plaats delict schoon moest achterlaten. De patrouilleagenten liepen rond over het terrein, rammelden aan het slot op de poort, klommen over het hek om de deur van de trailer te controleren, maar er was niets te zien. Aangezien het ze niet waarschijnlijk leek dat er iemand in de trailer had binnen weten te dringen, vonden ze dus ook de telefoon van Chester Merkle niet, die binnen lag, en trokken ze dus ook niet de telefoontjes na die met dat toestel waren gepleegd, want als ze dat wel gedaan hadden, zouden ze een nummer gezien hebben waarvan ze kort daarop zouden hebben ontdekt dat dat van ene Andy Chu was, die bij BD Securicom werkte. En daarmee was de zaak rond geweest. Maar dat deden ze niet, dus was het dat ook niet.

Op de plaats van het omgeslagen busje hadden ze de honden erop losgelaten, die één keer aan alle ingewanden en het bloed roken waar alles mee onder lag, en na een gefluisterd overleg hadden ze gezegd dat het hun speet en hadden ze eerbiedig meegedeeld van verdere deelname af te zien. Al met al was het een beetje een zeperd voor de plaatselijke politie.

Tegen de tijd dat ze helemaal opgingen in de uitdagende taak om helemaal niets te ontdekken waar ze in de verste verte ook maar iets aan zouden hebben, waren Byron Deitz en Andy Chu via de zijwegen al lang en breed onderweg naar de keurige houten bungalow van Andy Chu aan Bougainville Terrace 237 in de wijk Saddle Hill in het zuidwesten van Niceville.

Chu had een garage met een automatische deur, dus Deitz bleef onderuitgezakt zitten tot Chu de Lexus binnen had geparkeerd en de motor had afgezet. Ondertussen ging Chu's hart tekeer als zo'n miniatuurbenzinemotor die ze wel in modelvliegtuigjes zetten. Tot zijn verbazing schoot Deitz hem niet meteen neer toen de garagedeur zakte.

'Heb je iets te eten in huis?' vroeg hij.

Nou nee, niet echt.

Vanwege zijn neus klonk het als: 'Ejje iesse ete uis?'

Hoe dan ook, Chu ontspande.

Voor zolang het duurde.

De schrikbarende prijs van rucola

Rond twaalf uur op diezelfde donderdagmiddag dat meneer Endicott in zijn hotelkamer in het Marriott zijn opties zat door te nemen, ontwaakte Nick door pijn uit het duister. Hij was zich er vaag van bewust dat hij tijdens een lange, moeilijke nacht zo nu en dan al eerder bij bewustzijn was geweest, hij herinnerde zich fragmentarische beelden van artsen die onder koud blauw licht fronsend naar hem keken en twee lange verpleegsters die aan zijn bed stonden en het er over zijn naakte lichaam heen met elkaar over hadden, in het Italiaans, dat de rucola zo schrikbarend duur was.

Dit wat meer recente ontwaken, in een melkachtig licht dat door een raam naar binnen viel, leek bijna normaal, alsof hij wakker werd uit een diepe slaap.

Hij deed een oog open en zag dat Kate naar hem keek, met een bleek en afgetrokken gezicht.

Ze glimlachte naar hem, boog zich naar voren en gaf hem een kus op zijn wang. Ze rook heerlijk. Hij hoopte maar dat hij ook lekker rook, al durfde hij dat te betwijfelen. Kate leunde achterover op de stoel, maar bleef zijn hand vasthouden.

'Nu moet je natuurlijk zeggen "waar ben ik?"'

Nick probeerde te glimlachen.

Het deed pijn, maar hij deed het toch.

'Waar ben ik?'

'In het Lady Grace. Het is donderdag, twaalf uur ongeveer. De dag nadat je het ongeluk hebt gehad. Ze zeggen dat alles goedkomt met je. Ik heb geen idee hoe dat kan, maar ze zeggen dat het echt goed-komt. Je oog is in orde, ze hebben er alleen verband voor gedaan om het bot van de oogkas te beschermen. Je hebt een barstje in je oogkas opgelopen, oftewel een orbitafractuur. Je bent alleen maar doezelig omdat ze je onder zeil gebracht hebben. Dat moest wel. Je lag maar met je armen te maaien, en ze konden geen röntgenfoto's maken. Je bent ook gewond aan de knokkels van je rechterhand; de artsen denken dat je die verwonding hebt opgelopen voordat de auto omsloeg, en dat denk ik ook.'

Nick bracht zijn rechterhand omhoog.

De knokkels waren dik en op de rug van zijn hand zat een grote blauwe plek.

'Het kan zijn dat ik Byron op zijn neus geslagen heb.'

'Zoiets dacht ik al. Goed gedaan.'

'Hoe zie ik eruit?'

'Als een mededeling van de overheid.'

'Is het zo erg?'

'Nee hoor, niet echt. Zoals ik al zei: er is niks ernstigs aan de hand. De artsen zeggen dat je een taaie bent. Op de röntgenfoto's was niks te zien. Ze zeggen dat ieder ander gekneusde ribben of een gebroken nek zou hebben. Maar jij niet.'

Dat zei ze met een trilling in haar stem, maar die negeerde ze.

'Je hebt veel vrienden in Niceville, Nick, voor een jongen uit Verweggistan die hier pas drie jaar woont. Je collega, die leuke jongen, Beau Norlett, was hier daarstraks nog, maar hij werd weggeroepen. Tig Sutter is langs geweest. Jimmy Candles, Marty Coors en Mickey Hancock. Lemon Featherlight is geweest; hij stond op de gang met Rainey te praten. Mavis Crossfire heeft gebeld om te vragen hoe het met je ging. En in de hal zag ik Charlie Danziger, die vroeg ook naar je.'

'Waar Charlie Danziger is, is Coker meestal ook.'

'Nee. Coker en alle andere agenten van het district zijn allemaal op zoek naar Byron. Samen met bijna iedereen van de recherche en ook veel lui van de staatspolitie.'

'Misschien had ik hem harder moeten slaan.'

'Misschien wel, ja. Trouwens, gewoon even uit nieuwsgierigheid: waarom heb je hem eigenlijk geslagen? Behalve dan omdat hij een gemene stomme bullebak is die een pak rammel ruimschoots verdient? Ik haat alle bullebakken. Stuk voor stuk.'

Nick vertelde haar wat er gebeurd was – de verkorte versie.

'En toen dook dat hert opeens op? Terwijl iedereen in het busje tegen je zat te schreeuwen?'

'Zo ongeveer, ja.'

Kate glimlachte. Er welden tranen op in haar ogen, die daardoor gingen fonkelen.

'Je had wel dood kunnen zijn, Nick. Stomkop. Hoe had mijn leven er dan verder uitgezien?'

Nick legde zijn hand weer op de hare en zei niets, maar liet hem zo liggen tot ze een beetje uitgehuild was. Ze pakte een tissue uit een doos op het kastje naast het bed, drukte die tegen haar ogen, veegde haar neus af en verfrommelde hem toen tot een prop in haar vuist.

'Er staan mensen op de gang te wachten om bij je te mogen.'

'Rainey?'

'En Axel. En Hannah. En Beth. En Boonie Hackendorff. Reed ook...'

'Reed. Hoe is het met hem?'

'Prima. Lichamelijk dan. Emotioneel gezien is hij nogal van slag. Marty Coors heeft hem even van de weg gehaald, tot het onderzoek afgerond is.'

'Hij heeft nog wel zijn insigne en een wapen?'

'Ja, maar hij mag geen gewone dienst draaien. Voorlopig.'

'Wat is er dan in godsnaam gebeurd?'

'Weet je dat dan niet?'

'Nee. Nadat Boonie me verteld had dat er doden waren gevallen ben ik buiten bewustzijn geraakt.'

Kate vertelde hem het hele verhaal, inclusief de definitieve lijst met slachtoffers. Acht doden – nog één iemand op de OK, maar die zou het waarschijnlijk ook niet redden – en dertien gewonden, van wie vier ernstig. De ernstige gevallen lagen in het Sorrows-ziekenhuis in Cap City. De rest lag in het Lady Grace, inclusief de doden, beneden in het mortuarium.

Nick luisterde aandachtig en zag op het filmdoek achter in zijn schedelpan de gebeurtenissen aan zich voorbijtrekken.

'Wat dachten die truckers dan dat het was, een autorace? En dan lekker langs de kant van de weg gaan staan? Jezus christus. Stelletje idioten.'

'Ja, het was inderdaad stom. Maar Reed kon er niks aan doen. Die lui in de Viper schoten op hem. Reed dacht dat ze net zo lief op de mensen zouden schieten die bij de Super Gee op een rij stonden toe te kijken. Marty Coors zei dat hij afstand moest nemen, en op dat moment trapte die vent in de Viper op de rem. Reed probeerde nog uit te wijken, maar het was al te laat...'

'Met tweehonderdzeventig kilometer per uur heb je niet veel speelruimte.'

'Nee, zeg dat wel. Maar je weet hoe dat gaat. Als bij een politieachtervolging burgers worden gedood, zelfs als het hun eigen stomme schuld is, is toch altijd iemand in uniform de lul.'

'En die mannen achter wie Reed aanzat?'

Kate trok een lelijk gezicht.

'De gebroeders Shagreen? Wat zeg jij altijd? Het beste wat er over ze te zeggen valt is dat ze dood zijn. Een van de twee – ik geloof dat hij Dwayne Bobby heet – leefde om twaalf uur vannacht nog, maar ik geloof niet dat ze van plan waren zich vreselijk uit te sloven om hem te redden. Hij is vannacht om twee uur overleden. Het zou kunnen dat een van de ok-verpleegkundigen op dat moment op zijn zuurstofslang stond. Ze liggen trouwens niet beneden in het mortuarium bij de onschuldige slachtoffers. De politie heeft ze in een koelwagen van een slagerij gelegd, en die staat bij het hoofdbureau.'

'Was er bij die rij vrachtwagenchauffeurs nog iemand die wij kennen?'

'Ja. De broer van Billy Dials.'

'Jezus. Mikey?'

'Ja. Hij is dood. Niet op slag. Het was vreselijk. Billy is er kapot van. Ze waren heel close.'

'Verder nog iemand?'

'Niet iemand die wij kennen. Godzijdank. Mag Rainey even bij je? Hij is behoorlijk van streek. Over jou. En hij heeft het de laatste tijd moeilijk. Op school. Axel is nu ook al de dupe.'

'De dupe waarvan?'

Kate vertelde hem over het gepest op school, over Coleman en over wat Kate zijn 'handlangers' noemde.

'Doet die zoon van Marty daaraan mee?'

'Volgens Rainey en Axel wel.'

Ze aarzelde, maar ging toen toch verder.

'Hij wil je graag zien. Rainey.'

'Tuurlijk. Stuur hem maar naar binnen. En als Axel er is, stuur hem dan ook maar naar binnen.'

'Er mag maar één iemand tegelijk bij je.'

'Oké. Begin dan maar met Rainey.'

Kate stond op en liep naar de deur, terwijl Nick erin slaagde zich een beetje omhoog te werken. Rainey kwam binnen. Hij had zijn schooluniform aan en keek bedrukt. Kate kwam met een bezorgde blik achter hem aan.

Nick glimlachte naar hem en Rainey stak hem zijn hand toe voor een formele handdruk. Ze waren nog niet in het stadium dat ze elkaar omhelsden. Misschien zou dat ook nooit zo ver komen, al was Nick wel bereid om het te proberen. Terwijl ze elkaar de hand schudden keek Rainey aandachtig naar Nicks gezicht, alsof hij iets zocht.

'Jeetje, Nick,' zei hij na een poosje, 'wat zie je eruit.'

'Bedankt, knul,' zei Nick met een glimlach. Die glimlach was niet geruststellend, maar hij had zijn gezicht zelf nog niet in de spiegel gezien. 'Je ziet er zelf anders ook prima uit.'

'Hoe gaat zoiets?'

'Als je omslaat?'

'Ja. Was het eng?'

'Nee. Het was eigenlijk vooral... druk. Er gebeurde een heleboel.'

'Kate zegt dat het een hert was?'

'Ja. Een bok, eigenlijk.'

'En die twee agenten zijn daardoor gedood?'

'Ja,' zei Nick, en hij duwde het beeld van zich af.

'Het hert – die bok – stond die op de weg?'

'Ik keek op dat moment net even niet. Maar waarschijnlijk niet. Waarschijnlijk rende hij langs de kant van de weg mee of probeerde hij over te steken. Als een hert denkt dat het wordt achtervolgd, rent het een tijdje rechtdoor, en dan zwenkt het scherp af, naar rechts of naar links. Ze zijn heel snel en behendig. Datgene wat achter hem aan zit – een coyote of een poema – raakt meestal in de war en dan is het hert weg. Maar als er een auto achter een hert aan zit, en het hert gaat naar links, dan schiet hij pal voor die auto langs.'

Rainey moest er even over nadenken en zette alle informatie op een rijtje.

'De vader van Axel was bij je, in dat busje. Iedereen zegt dat hij is weggekomen.'

Nick knikte en voelde zich plotseling doodmoe.

'Ja, dat klopt.'

'Axel is namelijk bang voor zijn vader.'

'Dat weet ik, Rainey. Ik zal het er met hem over hebben.'

Rainey zag dat Nick wegzakte.

Hij keek even snel naar Kate, die hem toeknikte.

'Kom je snel naar huis?'

'Ik hoop het.'

'Fijn.'

Er was iets in zijn blik wat Nick opviel.

'Kate vertelde dat Axel en jij problemen op school hebben. Met Coleman en die jongens? Jay en Owen? Als ik hier uitkom zal ik eens met Little Rock gaan praten. En met inspecteur Coors. Dat is een vriend van me. Hij praat wel met Owen. Oké?'

Rainey schudde zijn hoofd.

'Dat maakt het alleen maar erger. Priester Casey heeft al met ze gesproken. Ze worden er alleen maar nog kwaaier van. En dan zeggen ze tegen iedereen op school dat Axel en ik verklikkers zijn. En huilebalken.'

Rainey zweeg even.

'Ik heb liever...'

'Ja?' zei Nick.

'Kunnen we er niet zelf iets aan doen? Axel en ik. We hebben het er al over gehad.'

Nick keek even naar Kate en richtte zijn aandacht toen weer op Rainey.

'Wat dan, Rainey? Axel heeft met Coleman gevochten. Jij afgelopen week ook. Wil je dan weer met hem vechten?'

'Dat hebben we al geprobeerd. Je hebt gezien wat er gebeurd is. Hij heeft me verslagen. Axel ook. Hij is te sterk.'

'Hij had het helemaal niet mogen laten gebeuren, Rainey,' bemoeide Kate zich ermee. 'Hij is toch een sportman? Ze vinden het op de Regiopolis School toch zo belangrijk dat er eerlijk gespeeld wordt?'

'Niet voor ons,' zei Rainey, maar heel zacht.

Nick was nieuwsgierig.

'Oké. Vechten heeft niet gewerkt. Wat zouden jullie dan willen doen?'

'Axel zegt dat we tegen Coleman moeten zeggen dat de vader van Axel ontsnapt is en dat hij Coleman dus kan komen vermoorden.'

Daar moesten Nick en Kate hartelijk om lachen, maar ze schrokken allebei van de haat die in Raineys stem doorklonk.

'Rainey, een leerling met de dood bedreigen lijkt me niet de aangewezen weg.'

Rainey dacht er een poosje over na.

'Misschien kan hij dan ontvoerd worden, net als bij mij gebeurd is. Maar dat ze hem dan níét terugbrengen.'

Er viel een stilte. Nick en Kate dachten na over hoe ze dit moesten aanpakken.

Kate nam als eerste weer het woord.

'Rainey, ik weet dat Coleman een nare jongen is, maar zoiets wens je toch niemand toe?'

'Het is met mij anders wel gebeurd.'

'Dat klopt,' zei Nick. 'En dat is heel erg. Ooit vind ik degenen die dat op hun geweten hebben en dan zullen we zorgen dat ze er spijt van krijgen, waar of niet?'

'Nick,' zei Kate op waarschuwende toon, maar Rainey onderbrak haar.

'We kunnen Coleman in de spiegel laten kijken.'

'In de spiegel?' zei Kate, en haar hart klopte in haar keel. Rainey draaide zich om en keek haar aan.

'Ik weet het nog. De spiegel in de etalage van Moochie. Daar keek ik in op de dag dat het gebeurd is...'

'De dag dat wat gebeurd is?' vroeg Nick voorzichtig.

'De dag dat ik ontvoerd ben. Ik stond op de stoep voor de winkel van Moochie. Ik keek naar de spiegel in de etalage. Die gouden met die krullerige lijst. Die is heel oud. We zouden kunnen uitzoeken waar hij is en hem er dan in laten kijken. Misschien verdwijnt hij dan ook.'

Ze staarden de jongen allebei aan. En ze dachten allebei precies hetzelfde, want die spiegel – diezelfde antieke spiegel die bij Moochie in de etalage had gestaan – stond op dat moment achter in de linnenkast op de gang voor hun slaapkamer, in een blauwe deken gewikkeld. Hij stond nog precies op dezelfde plek waar ze hem een half jaar geleden hadden neergezet. Dat wist hij, want hij controleerde het regelmatig – zoals je een geladen wapen controleert. Had Rainey hem soms gevonden?

Kate wilde dat net aan Rainey vragen, en Nick wilde haar tegenhouden, maar op dat moment werd er op de deur geklopt. Kate deed open. Het was Reed Walker, in zijn uniform van de staatspolitie, keurig strak en met een bars gezicht, zijn Stetson in zijn hand en zijn dikke zwarte haar heel kort geknipt.

'Sorry dat ik even kom storen, Kate – ik weet het, ik weet het – er mag maar één iemand bij hem – maar ik krijg net een telefoontje en ik moet weg – ik wilde hem nog even persoonlijk zien...'

Nick had bewondering voor Reed, hoewel hij bang was dat hij, als hij achter het stuur van een achtervolgingsauto bleef zitten, de vijftig niet zou halen. Hij ging rechtop zitten en grijnsde naar hem. Reed liep op hem toe, ging aan het bed staan en legde zijn hand op Raineys schouder.

'Jezus, Nick, je lijkt wel...'

'Een mededeling van de overheid?'

Reed ontblootte zijn tanden in een boosaardig spottende glimlach die lijnen in zijn gladde gezicht trok. Rainey, die aan heldenverering leek te lijden waar het Reed betrof, mengde zich erin en vroeg aan Reed hoe de achtervolging was geweest, wie die twee mannen in de zwarte Viper waren, waarom er HARLEQUIN op het nummerbord stond, of dat soms een aanwijzing was?

Reed wist hem enigszins te kalmeren, zodat hij hem over de hoogtepunten kon vertellen, zonder erop in te hoeven gaan hoe verschrikkelijk beroerd hij zich op dat moment voelde.

Rainey hoorde het allemaal aan en begon toen weer over de slechteriken in de Viper.

'Maar die mannen, wie waren dat nou?'

'Een paar leden van een racistische groepering. Criminele bikers. Dwayne Bobby Shagreen en Douglas Loyal Shagreen. Allebei gezocht voor meerdere misdrijven, in het hele Zuiden...'

'Waar zijn ze nu?'

Reed aarzelde even.

'Nou eh... ze zijn dood, Rainey.'

'Ja, maar waar zijn ze dood?'

'In een koelwagen, die bij het hoofdbureau van de staatspolitie in Gracie geparkeerd staat. Hoezo, wil je ze zien?'

Rainey begon te stralen.

'Mag dat? Mag Axel ook mee?'

Kate vond dat dit een beetje te ver ging en greep in. 'Nee, dat mag niet. En Axel ook niet.'

Reed keek glimlachend op Rainey neer.

'Jongen, ik heb ze gezien. Twee heel grote lelijke dooie mannen. Daar zou je maar nachtmerries van krijgen. Ik krijg er zelf ook nachtmerries van.'

Reed keek weer naar Nick.

'Die Shagreens kunnen me wat. Hoe is het met jou?'

Reed bleef zo even staan kijken, om een indruk te krijgen van Nicks toestand, en zijn glimlach betrok.

'We hebben Deitz nog niet,' zei hij nadat Nick hem kort had geschetst wat er in het busje was voorgevallen. 'In geen velden of wegen te bekennen.'

'Hij wordt door iemand geholpen,' zei Nick.

'Dat moet wel, als je bedenkt wat hij aanhad. Ik heb begrepen dat hij misschien ook een gebroken neus heeft?'

Nick keek naar Kate, die haar schouders ophaalde en glimlachte.

'Nou, ik heb hem misschien een beetje rechtgezet.'

'Was hij geketend?'

'Ja.'

'Riskant. Hing er een camera in het busje?'

'Ja.'

'Maar je hebt hem toch geslagen?'

'Ja.'

'Waarom?'

'Leek me op dat moment aan de orde.'

'Waarom praat je als die vent, Spenser, in de boeken van Robert Parker?'

'Doe ik dat?'

'Ja.'

'Zeg,' zei Kate, 'jullie kunnen met deze act wel naar Las Vegas.'

'Kate zei dat Marty je bureaudienst heeft gegeven?'

Reeds gezicht betrok en stond weer op onweer.

'Nee. Geen bureaudienst. Ik ben geschorst. Ik word volledig doorbetaald, maar ik mag pas weer op het bureau komen als hij dat zegt.'

Er viel een stilte.

Iedereen die Reed Walker kende wist dat zijn werk – als bestuurder van een Interceptor – de spil van zijn leven was. De spil waar alles om draaide. Wat moest Reed Walker zonder die draaibeweging, dat zwaartepunt? De ruimte in vliegen?

Reed schudde het van zich af en keek met een grijns op Nick neer.

'Dus. Blijf je hier de hele week zielig liggen doen of kom je eruit en help je mee Deitz zoeken? Jij en ik hebben daar extra belang bij, dacht ik zo, aangezien hij Beth zo lang alle hoeken van de kamer heeft laten zien.'

Kate kwam overeind; haar Ierse bloed begon te kolken.

'Reed! Nick gaat helemaal nergens naartoe...'

'Kom ik ongelegen?' vroeg een laconieke stem met een licht Texaans accent vanuit de deuropening. Iedereen draaide zich om. Boonie Hackendorff stond in de deur en blokkeerde het licht vanuit de gang.

'Ja,' zei Kate, die nog steeds woest was.

'Mooi zo,' zei Boonie, en hij liep met lichte tred en een brede grijns de kamer in, waarbij hij de geur van aftershave met limoen, frisse-ademsnoepjes met kaneelsmaak en een sterke walm van sigaren met zich meebracht.

'Ik heb er een hekel aan om ergens ongemerkt naar binnen te snea-ken. Ik maak liever duidelijk mijn entree.'

'Prima,' zei Kate, 'en dan nu eens kijken hoe je weer weggaat. Nick mag maar één bezoeker tegelijk. Het begint hier op een optocht te lij-ken.'

Reed bemoeide zich ermee.

'Kate, Boonie heeft iets met Nick te bespreken. Beth is er, met de kinderen. Zullen we niet even gaan lunchen samen? Dan kunnen die twee praten.'

Hij keek naar Rainey, die een vreemd afwezige indruk maakte. Rainey schudde zichzelf wakker, concentreerde zich weer en zei: 'Mij best. Mag ik dan een Mimosa?'

Reed keek op hem neer.

'Dat zit me op een heleboel manieren niet lekker, knul.'

'Ja, jij mag een Mimosa,' zei Kate, terwijl ze Raineys hand pakte en hem overeind trok. 'Zolang je oom maar een Shirley Temple neemt.'

Ze liep naar Nick toe, gaf hem een kus die hij tot in zijn knieën voelde, zocht haar spullen bij elkaar en keek even boos naar Boonie.

'Mijn man blijft waar hij is, Boonie. Duidelijk?'

En weg waren ze.

Er viel een stilte, waarin Boonie en Nick nadachten over Kate en haar hele manier van doen.

'Een wereldwijf,' zei Boonie na een tijdje. 'Is je ooit opgevallen dat ze "duidelijk?" precies zo zegt als die vent in "The Sting"?'

'Die grote vent, die die Ierse gangster speelt voor wie iedereen zo bang is? Doyle Lonnegan?'

'Robert Shaw.'

'Ja. Nu je het zegt, inderdaad ja.'

'Wees dus gewaarschuwd. Maar hoe gaat het met je? Kun je über-haupt lopen?'

'Wat had je in gedachten?'

'Denk je dat je beneden naar het mortuarium zou kunnen?'

'Zie ik er zo beroerd uit?'

Boonies joviale stemming zakte in.

'Nee. Ik bedoel... kijk. Ik zit met een probleem en ik wil er niet mee naar de hoofdcommissaris, en zelfs niet naar de rest van mijn mensen in Cap City.'

'Waarom wel bij mij?'

'Nick, toen jij in de oorlog zat heb je, neem ik aan, heel veel lijken gezien, toch? Misschien heb je wel heel vreemde dingen gezien.'

Nick keek even van opzij naar hem.

'Dat kun je wel zeggen, ja. Daar gaat oorlog over. Die lijken opstapelen. En we kregen koekjes.'

Boonie keek gepijnigd, gegeneerd.

'Jezus, Nick. Het was niet oneerbiedig bedoeld. Ik stel je een serieuze vraag. Ik weet dat het misschien een onderwerp is waar je niet over wilt praten, maar ik weet echt niemand anders aan wie ik het kan vragen.'

'Dus dit gaat over een bepaald lijk in het bijzonder?'

Boonie keek naar zijn handen.

'Ja. Het punt is dat niemand – op dit moment althans – dat niemand mag weten dat ik er bij jou naar vraag. Ik bedoel, de juridische kant en zo. Dan krijg ik ellende met de hoofdcommissaris, misschien zelfs met die lui van de staatspolitie erbij. Nee, niet Marty Coors. En ook Mickey Hancock niet... maar misschien die gasten van het bureau voor Indiaanse Aangelegenheden... bovendien zijn er... andere dingen met dat lichaam, details die ik liever niet wereldkundig gemaakt zie. Ik weet dat jij je mond houdt. Maar dat weet ik zo net nog niet van de rest van het bureau. Als ik dit verkeerd aanpak, is het gedaan met mijn carrière. Dus, zoals ik al vroeg: kun je lopen?'

'Ik kan in ieder geval wel naar beneden.'

Boonie keek ongemakkelijk, maar vastberaden.

'Je gaat niet flauwvallen waar ik bij ben, hè, en je krijgt ook geen woedeaanval? Want als dat wel gebeurt, scheurt Kate me vast en zeker aan...'

'Ik red het wel. Ik beloof je dat ik niet doodga waar jij bij bent.'

Boonie dacht er even over na en knikte toen.

'Kan het dan nu even? Er staat buiten iemand met een rolstoel. Daarin kun je naar beneden...'

Nick stond al, met zijn pantoffels aan, en pakte een dikke blauwe badjas. Die snoerde hij strak om zijn middel. Hij zag wat pips om zijn neus, maar kreeg zijn kleur terug en zei: 'Kom, we gaan.'

Boonie liep naar de deur.

'Ik ga even die jongen met die rolstoel halen...'

'Boonie, als je met een rolstoel deze kamer binnenkomt heb je een zaklamp en een koevoet nodig om jezelf er weer uit te bevrijden. Duidelijk?'

'Duidelijk.'

Coker en Charlie Danziger spreken weer eens een hartig woordje met elkaar

Charlie Danziger zat op de veranda aan de voorkant van zijn ranch, gelegen in de heuvels aan de voet van de Belfair Range, en zag hoe zijn dekhengsten de helling van de wei voor het huis af renden, terwijl hij een Italiaanse pinot grigio dronk – een bloemige witte wijn uit Valdige.

Het middaguur van deze lome donderdag verstreek en gleed weg naar het westen. De zon wierp een nevelige herfstgloed op de Belfair Range achter hem en op de zwarte vacht van de zes kruisingen tussen Tennessee Walker- en Morgan-paarden die hij vrij over de heuvel liet lopen.

Het was een prachtig gezicht, dat alleen werd verstoord door de bruine auto van de districtssheriff die op ongeveer anderhalve kilometer over de zijweg van Cullen County kwam aanrijden.

Danziger schoof wat naar voren op de oude houten stoel waar hij op zat en kreunde erbij, want zelfs na al die maanden deed de kogelwond aan de rechterkant van zijn borst nog steeds een beetje pijn. Als hij de kogel er door een eerstehulparts uit had laten halen in plaats van door een Italiaanse tandarts met de naam Donnie Falcone, zou de wond misschien niet zo'n pijn meer doen.

Maar aangezien hij de borstwond had opgelopen doordat hij zich had laten neerschieten door een man die hem twee uur daarvoor nog had geholpen om de First Third Bank in Gracie te beroven, was Danziger van mening dat het onverstandig was om naar een echte eerstehulparts te gaan in plaats van naar Donnie Falcone.

Danziger koesterde geen wrok jegens de man, ene Merle Zane, die verder best oké was, want hij had hem alleen maar neergeschoten omdat

Danziger zelf eerst op Merle Zane had geschoten, en nog wel in de rug ook.

Danziger boog zich op de stoel naar voren, schonk een nieuw glas voor zichzelf in en keek naar de stofwolk van de politieauto in de verte, die steeds dichterbij kwam. Nu ging hij langzamer rijden; hij maakte zich klaar om de lange oprit van kiezelsteentjes op te rijden die over een afstand van driehonderd meter de lange met gras begroeide helling naar het huis van Danziger op kronkelde.

De auto was nog te ver weg om te kunnen zien wat erop stond. Misschien was het wel gewoon een beleefdheidsbezoekje. Danziger, die vroeger bij de staatspatrouillepolitie had gewerkt, stond op goede voet met de plaatselijke politie – zo goed dat hij wel eens ging vissen in Canticle Key, samen met Marty Coors, Jimmy Candles en Boonie Hackendorff, die allemaal lid waren van dezelfde eenheid van de Nationale Garde als Danziger.

Maar toch...

Hij liet zijn arm zakken en pakte de Winchester-karabijn die tegen de muur geleund stond. Hij hoefde de slede niet heen en weer te schuiven om een kogel in de kamer te stoppen. Dat deden ze in de film, voornamelijk voor het geluidseffect.

Als een wapen niet geladen is, is het een presse-papier, zei zijn geliefde moeder altijd, meestal wanneer ze zich aan het volladen was.

Hij spande de haan, zuchtte zwaar, stond kreunend op en liep naar de rand van de veranda, waar hij zijn glas op de balustrade neerzette en de Winchester met de loop naar beneden langs de zijnaad van zijn broek hield.

Hij kneep zijn ogen een beetje dicht tegen de felle zon op de voorruit van de patrouilleauto. Die maakte de laatste bocht en reed de helling op, waar hij midden in de keercirkel tot stilstand kwam.

Van deze afstand kon Danziger de auto aan zijn nummer herkennen. Het was de officiële auto van Coker. Coker was brigadier bij de districtssheriff.

Coker kwam uit Billings. Danziger was geboren in Bozeman. Ze scheelden een jaar: Coker was 52, Danziger 53. Ze hadden elkaar heel lang geleden in het korps leren kennen en waren zo goed bevriend als voor twee norse twee keer gescheiden agenten maar mogelijk was. Danziger hield de Winchester dicht tegen zich aan en wachtte af.

Coker zette de motor uit, deed het portier open en stapte langzaam uit: een meter negentig aan touwachtige spieren met een huid die tot een koperkleur was gebruind, lichtbruine ogen met gouden spikkeltjes erin, wit haar met een marinierscoupe.

Hij legde zijn linkerhand op het dak van de patrouilleauto en glimlachte eroverheen naar Danziger. Danziger nam aan dat zijn rechterhand op de kolf van zijn dienst-Beretta lag.

'Ga je me met die karabijn neerschieten, Charlie?'

'Dat hangt ervan af waarvoor je komt, Coker.'

'Ik neem aan dat je het nieuws gehoord hebt?'

'Byron Deitz is ontsnapt.'

'Ja.'

Coker ging met zijn linkerhand door zijn stoppels en legde hem toen weer op het dak.

'Dat maakt de zaak wat gecompliceerder, neem ik aan.'

Danziger knikte en zette een brede glimlach op.

'Dat heb je goed begrepen, vriend.'

Stilte.

'Nou, ga je me nog een biertje aanbieden of hoe zit het?'

'Het bier is op. Een glas wijn dan maar?'

'Jezus,' zei Coker kreunend. 'Die Italiaanse uilenzeik die jij daar drinkt?'

'Misschien heb ik nog wat limedrank binnen.'

Coker moest om Charlies antwoord lachen, want dat was inmiddels vaste prik. Hij duwde zich van het dak van de patrouilleauto af en liep eromheen. Hij had zijn patrouilleuniform aan, lichtbruin met bruine insignes, en zijn zespuntige goudkleurige sheriffster glinsterde in de middagzon. Hij liep naar het trapje en keek naar Danziger op.

'We moeten even praten, lijkt me.'

'Ik heb altijd al een hekel aan die zin gehad. Elke keer als Barbara dat zei, wist ik dat ik diep in de shit zat.'

'Nou,' zei Coker, terwijl hij met een grijns naar hem opkeek, 'daar heb je de situatie wel aardig mee beschreven.'

Danziger ging naar binnen en kwam terug met de fles, beslagen van de koelemmer, en met een zwaar glas voor Coker. Coker zat op de andere oude houten stoel, achterovergeleund tegen het beschot, en met zijn laarzen op de balustrade. Danziger keek naar hem en zag het klassieke beeld van Henry Fonda als Wyatt Earp in 'My Darling Clementine'.

Hij gaf hem het glas, ging op de andere stoel zitten en leunde ermee achterover tegen de muur. Laarzen op de balustrade. Zijn blauwe cowboylaarzen met de bloedvlekken. Coker nam een slokje van zijn wijn, hield het glas in zijn handen en knikte naar Danzigers laarzen.

'Die hebben ons de das omgedaan, vriend. Die stomme blauwe laarzen.'

'O ja?'

'Als je die niet naar die stomme bankoverval aan had gehad, had die bankier, die Thad Llewellyn, niet tegen Deitz gezegd dat een van de schutters blauwe cowboylaarzen droeg en dan had Deitz niet jou en die laarzen met elkaar in verband gebracht.'

'Die had ik aan omdat ze me geluk brengen.'

'Ja, dat zeg je de hele tijd al. De enige reden waarom Deitz het nog niet aan de politie heeft verteld is omdat ze die Raytheon-aanklacht nog niet hebben laten varen. Als ze die deal hadden gesloten toen ze hem nog hadden, waren wij nu het laatste deel van jouw favoriete film aan het spelen.'

'*The Wild Bunch*?'

'Ja. Aan het eind, als ze het tegen het hele Mexicaanse leger opnemen en iedereen het loodje legt.'

Coker had gelijk.

Coker was de beste scherpschutter die de politie in dit deel van de staat had. In de allermoeilijkste gevallen riepen ze hem er altijd bij. Coker was ook de man die in de Belfair Range had liggen wachten toen die vier agenten door de bergpas aangescheurd kwamen, tijdens de achtervolging van Merle Zane en hemzelf in de zwarte Magnum.

Coker had eerst die twee verslaggevers in de nieuwsheli neergeschoten en toen alle vier de achtervolgingsauto's onder vuur genomen. Vijf salvo's met de Barrett Fifty die hij uit de wapenkamer had geleend.

Zes doden.

De buit had twee miljoen honderddrieënzestigduizend dollar bedragen, plus nog wat losse sieraden uit de kluizen.

En één roestvrijstalen kistje met het logo van Raytheon erop. Daarin zat de schijfvormige instructiemodule die door Coker de 'kosmische frisbee' was gedoopt.

Als je een van deze mannen had gevraagd waarom ze dat gedaan hadden, die bank beroofd, het geld meegenomen, vier agenten gedood – terwijl ze zélf agent zijn – nou, dan hadden ze je allebei een hele tijd aangekeken en dan had de een of de ander iets gezegd in de trant van 'wie is die lul en wat moet hij hier?'

Coker nam weer een slokje en zo zaten ze een tijdje naar de fokhengsten te kijken die over de heuvel galoppeerden.

'En?' zei Coker na een poosje. 'Suggesties?'

'Ik zit er al sinds ik het gehoord heb over na te denken. Er zijn een paar dingen bij me opgekomen.'

'En?'

'Je kunt me ook nu hier ter plekke doodschieten, vervolgens iedereen vertellen dat je zomaar even langskwam en dat je mij toen hebt aangetroffen terwijl ik het geld zat te tellen, en dat we elkaar toen de volle laag hebben gegeven.'

'De volle laag gegeven?'

'Ja, je weet wel. Dat we geschoten hebben.'

'De volle laag?'

'Dat zeggen ze toch altijd in de film? Jezus.'

'Wat voor film dan? In *Cabaret* zeker?'

'Oké. Laat maar zitten,' zei Danziger. 'Waar is dat geld trouwens nu?'

'Dat is geen geld meer. Het zit in het Mondex-betalingssysteem.'

'Hoe heb je dat voor elkaar gekregen?'

'Ingepakt en met FedEx naar ons contact bij die Engelse bank op de Kanaaleilanden gestuurd.'

'Ingepakt? Ingepakt? Ben je helemaal gek geworden, Coker? Wat heb je gezegd dat het was?'

'Belastingpapieren. Mensen vinden niks oninteressanter dan belastingpapieren.'

'Is het daar aangekomen?'

Coker haalde twee donkerblauwe kaarten uit zijn overhemdzakje, met in allebei een grote goudkleurige chip. Op de voorkant stonden in hologrammen de letters png bank. Hij stak ze Danziger toe.

'Neem een kaart. Maakt niet uit welke.'

Danziger pakte de linkerkaart en draaide hem om. Er stond geen vakje waarin je je handtekening moest zetten. Alleen een vierkantje met stipjes, bedoeld voor een scanner.

'Waar staat png bank voor?'

'Papoea Nieuw Guinea. Gevestigd in Port Moresby. Onze man zegt dat Khadaffi een van hun klanten is.'

'Nou, als het goed genoeg is voor Moammar... Dus dit is zo'n... Hoe noemde je ze ook alweer?'

'Vroeger waren het Mondex-kaarten. Dit is ook zoiets, maar alle data zijn driedubbel gecodeerd. Ze zijn wel te traceren, maar het is niet eenvoudig, zeker niet als er door de uitgevende bank mee wordt gesjoemeld.'

'In welke zin gesjoemeld? Nee, laat maar zitten. Het interesseert me geen ruk. Wat staat erop? Ik bedoel, hoeveel?'

'Iets meer dan een miljoen, op allebei. Dat is inclusief het geld dat we van Deitz hebben gekregen toen we hem zijn kosmische frisbee hadden teruggegeven.'

'Dat was vijfhonderdduizend. Plus twee miljoen honderddrieënzestigduizend van Gracie...'

'Minus die honderdduizend die jij achter in de Hummer van Deitz hebt gelegd toen je die frisbee in het handschoenenvak stopte.'

Danziger deed er even het zwijgen toe. Hij zat te rekenen.

'Dan komen we iets van vierhonderdduizend tekort.'

'Onkosten.'

'Voor die Engelsman?'

'Ja. Hij moest heel veel geld witwassen. Dertig kilo. Mij lijkt vier ton voor zo'n dienst een schijntje. Iedereen naar wie we het toe hadden kunnen brengen in Atlanta of Vegas had vijftig procent gevraagd.'

Danziger bekeek de kaart een poosje.

'Kunnen we hem veilig gebruiken?'

'Het is geen creditcard of pinpas. Het is meer zoiets als een computer en een mobiele telefoon. Je kunt per telefoon geld overmaken, je kunt alle valuta gebruiken, en als degene met wie je te maken hebt ook een Mondex-kaart heeft, kun je gewoon met behulp van een lezer en een iPhone-app heen en weer geld overmaken. Geen rekeningen, geen kleingeld, geen bonnetjes. Geen winkels, geen banken met beveiligingscamera's...'

'Dus het is eigenlijk gewoon net cash geld?'

'Ja. Alleen staat het allemaal op die computerchip.'

'En als ik hem nou eens kwijtraak?'

'Zoals ik al zei: het is cash geld. Dan ben je de lul.'

Danziger knikte en stak de kaart in de zak van zijn overhemd.

'Kun je ermee leven?' vroeg Coker.

'Tuurlijk, ik vind het prima zo. Maar plan b gaat dan dus niet door.'

'En dat was?'

'Het geld ergens onderbrengen waar Deitz de beveiliging doet, en hem dan verlinken. Zelfs Deitz kan zich er niet uit lullen als hij al het gestolen geld in zijn bezit heeft.'

'Dat zou toch niet gewerkt hebben.'

'Hoezo niet?'

'De fbi heeft alles onderzocht wat Deitz bezit, zijn huis, zijn kantoor en zijn strandhuis. Deitz heeft meegewerkt, want hij wist donders goed dat het geld niet bij hem was. Als het later ergens opduikt waar ze al gezocht hebben, trapt zelfs de FBI daar niet in.'

Daar had Danziger niks op te zeggen.

'Bovendien,' zei Coker, terwijl hij nog wat wijn voor zichzelf inschonk, 'is Twyla er ook nog.'

Twyla Littlebasket was Cokers vriendin. Ze was mondhygiëniste, van Cherokee-afkomst, en werkte vroeger voor Donnie Falcone. Ze droeg een strakke grijsblauwe mondhygiënistenjas, met knoopjes van boven tot onder, en een witte panty. Haar vader was Morgan Littlebasket, tot een half jaar geleden, toen hij met zijn vliegtuig tegen de rotswand van Tallulah's Wall was gecrasht. Twyla had bruine ogen en lang zwart haar, net zo glanzend als de vleugels van een kraai. Een figuurtje waar een yak nog hartkloppingen van zou krijgen.

Door een onoplettendheid had Twyla op een dag, vlak na de bankoverval, het geld gevonden, vooral doordat Danziger het in het huis van Coker op het aanrecht had laten liggen.

Ze hadden het erover gehad om haar dood te schieten, maar geen van beiden kon zich ertoe zetten om een sexy mondhygiëniste in een lichtblauw jurkje, met knoopjes van boven tot onder, dood te schieten.

Dus hadden ze haar in plaats daarvan een aandeel in de buit aangeboden, wat ze met een lieve glimlach had aanvaard, ook al werd ze daardoor medeplichtig en dus net zo schuldig als zij, maar daar kon ze niet echt mee zitten, want diep vanbinnen zat diefstal haar in het bloed, net zoals krokodillen tanden hebben.

'Wat is er met haar? Maakt ze zich zorgen over Deitz?'

'Ze is zenuwachtig. Ik heb gezegd dat we wel iets zouden bedenken. Ze zei dat het te laat was voor listen en plannen. Ze zei dat er maar één ding op zat.'

'En dat is?'

'Deitz zoeken en hem doodschieten.'

'Zei ze dat? Toe maar. Die Twyla blijft je verbazen. Nou, ik doe mee. Het wordt een beetje te druk hier. Iedere agent in deze staat denkt er net zo over. En vergeet die man niet die erachter is gekomen dat de vader van Twyla foto's van haar onder de douche heeft genomen, die daar de hand op heeft weten te leggen en ze vervolgens naar Twyla heeft ge-e-maild.'

'Tony Bock.'

'Ja, die. Weet je nog wat hij zei toen Twyla en jij bij hem langsgingen?'

'Nadat hij in zijn broek had gezeken en was flauwgevallen, of daarvoor?'

'Hij zei toch dat Deitz een IT-jongen voor zich had werken, ene Andy Chu, die Deitz chanteerde? En dat hij een ontmoeting van Deitz met die Chinees op film had?'

'Ja. Dat heb ik onthouden, want ik dacht dat we die Chu ergens in de toekomst misschien nog konden gebruiken.'

'Waar chanteerde hij Deitz eigenlijk mee?'

Coker dacht er even over na.

'Chu wist waarschijnlijk van die deal met de Chinezen.'

'Was er niet ook iets met vier gasten in de Leavenworth-gevangenis?'

'Ja. Je hebt gelijk. Maffia, als ik me niet vergis. Zware jongens. Bock zei dat Chu erachter was gekomen dat Deitz die jongens, in de tijd dat hij bij de FBI werkte, een loer had gedraaid bij een misdrijf waar ingewijden bij betrokken waren. Toen het misging en de FBI erop zat, heeft Deitz in ruil voor een getuigenverklaring een deal gesloten. Hij mocht ontslag nemen, en die vier maffiagasten draaiden Leavenworth in.'

'En daar zitten ze nu nog?'

'Voor zover ik weet wel,' zei Coker, terwijl hij op zijn jasje klopte om te voelen waar zijn sigaretten zaten en toen een pakje Camel tevoorschijn haalde, waarvan hij er Danziger een aanbood.

'Denk je dat ze in Leavenworth televisie hebben?'

'Tuurlijk.'

'Denk je dat ze Deitz daarop gezien hebben, toen hij gearresteerd werd omdat hij een bank had beroofd en er met een paar miljoen vandoor was gegaan?'

Coker nam een trekje van zijn sigaret, blies uit en grijnsde door de rook heen naar Danziger.

'Charlie, ik ga bijna denken dat je niet alleen maar een knap snoetje hebt.'

'Dank je.'

'Maffialeden hebben een heel goed geheugen. Als zij denken dat Deitz geld heeft...'

'Sturen ze wel iemand.'

'Als ze dat niet al gedaan hebben.'

'Zou kunnen.'

Er viel een stilte, waarin ze de zaak van alle kanten bekeken.

'Oké. Te druk,' zei Coker, 'maar we moeten het doen. De politie is één ding, maar als een maffiagast Deitz weet te vinden en tweehonderd volt op zijn huwelijksgereedschap zet...'

'Zijn wij daarna aan de beurt. Zo'n vent maalt niet om rechtsgang of bewijzen. Die neemt ons meteen te grazen. Nu je het zegt: dat is Deitz op dit moment waarschijnlijk ook van plan, waar hij ook moge zijn.'

'Het zou leuk zijn als we wisten wie die vent van de maffia is.'

Weer een stilte. Die Danziger verbrak.

'Wie was trouwens die vent waar Edgar Luckinbaugh het aldoor over had?'

Coker nam een slokje van zijn pinot grigio, terwijl hij in stilte wenste dat het whisky was, en zette het glas neer.

'Die vent die in het Marriott is ingecheckt?'

'Ja. Ene Orville Hender-nog wat.'

'Harvill Endicott.'

'Edgar zei dat hij een hele lading zwaar metaal in zijn koffer had. Een Sig, een paar dozen munitie. Spul dat eruitzag als ondervragingsapparatuur. Hij had twee auto's gehuurd. Een Cadillac en een Japanner. Zou dat die vent uit Leavenworth kunnen zijn?'

Coker dacht er even over na.

'Edgar zei dat hij er meer uitzag als een stervende priester, op de vlucht met de armenbus. Een lange magere vent, stokoud, een beetje blauwige teint volgens Edgar. Bloedeloos. Klinkt jou dat als een maffiaschutter in de oren?'

'Ja,' zei Danziger op gevoelvolle toon.

Coker keek even naar Danziger en knikte.

'Genoteerd. Als we even tijd hebben gaan we hem observeren. Van een afstandje. Lijkt je dat wat?'

'Nee. Wij observeren hem en misschien ziet hij dan wel dat we hem observeren. Als-ie slim is weet-ie waarom we hem schaduwen. Ik stel voor dat we Edgar op hem afsturen. Die was vroeger onderzoeker bij de politie. En een goeie ook. Hij kent de gevaren van de stad en hij heeft al eerder geobserveerd.'

Coker was nog niet om.

'Je kunt niet maar één iemand laten observeren. Stel dat hij gesnapt wordt en dat die vent hem te grazen neemt?'

'Liever Edgar dan ons. Bovendien kan hij het geld wel gebruiken. Zo'n baantje als piccolo betaalt hartstikke slecht.'

Coker dacht erover na.

'Oké. Wat mij betreft. Zet jij hem aan het werk? Zeg maar dat hij vijfhonderd per dag krijgt.'

'Dan zal hij zich ziek moeten melden bij het hotel.'

'Dat moet kunnen met vijfhonderd per dag.'

'Goed. Ik bel hem vandaag.'

'Zeg wel dat hij voorzichtig doet, ja?'

'Zal ik zeggen. Dus Twyla zegt dat we Deitz moeten doodschieten?'

Coker keek naar de rondlopende paarden, dacht na over Harvill Endicott en knikte afwezig.

'Had Twyla nog suggesties over hoe we Deitz moeten zien te vinden? Ik bedoel, de hele staat is naar hem op zoek, maar ze hebben hem nog niet. Dat betekent dat hij door iemand geholpen wordt.'

Ze bleven allebei een poosje naar de paarden zitten kijken. Danziger bedacht dat het, als er zoiets als reïncarnatie bestond, zo slecht nog niet was om als dekhengst terug te keren.

'Ik heb een theorie over hoe we Deitz moeten vinden,' zei Coker nadat hij een poosje gezwegen had. 'We wachten een poosje, en dan komt hij wel met getrokken pistool die weg daar op gescheurd.'

'Dat heb ik ook al bedacht, maar dat kunnen we niet laten gebeuren.'

'Hoezo niet? Denk je dat we verliezen?'

'Denk er nou eens over na. Deitz is ontsnapt; iedere normale vent in zijn situatie probeert in Mexico of in Canada te komen. En dan zou hij in plaats daarvan linea recta naar jou en mij toe komen? Zelfs als we hem doden, gaan een heleboel mensen zich toch nog afvragen waarom hij in vredesnaam zoiets stoms gedaan heeft.'

Daar moest Coker even over nadenken.

'Daar zit wat in. Maar wat gaan we dan doen?'

'Hij wordt door iemand geholpen, toch? Ik bedoel: iemand bij wie hij ondergedoken is en die hem steunt. Misschien wel met een pistool tegen zijn hoofd. Misschien ligt diegene, wie het ook moge zijn, al dood in zijn eigen kelder en gebruikt Deitz zijn auto en zijn geld. Anders zou Deitz allang weer in de gevangenis zitten. Denk eens goed na, Coker. Als het Phil Holliman niet is, die eigenlijk een bloedhekel aan Deitz heeft, wie is dan de volgende logische keuze?'

Coker dacht er een poosje over na. Danziger ging nog een fles Santa Margherita halen. Toen hij terug was, klapte Coker net zijn mobiele telefoon dicht. Hij grijnsde naar Danziger, met een gestoord vonkje in zijn geel gespikkelde ogen, waardoor Danziger altijd zin kreeg om te glimlachen.

'Raad eens wie er vandaag niet op zijn werk is verschenen?'

De overledene spreekt

Net als de meeste mortuaria lag dat van het Lady Grace-ziekenhuis in de laagstgelegen kelder. Toen de liftdeuren opengleden, roken Boonie en Nick het meteen. Bedorven vlees, lysol, schoonmaakmiddelen en muffe lucht. De dood in eigen persoon. Een lange smalle gang, slecht verlicht, vervuld van stemmen en bedrijvigheid, maar waar niemand te zien was. Ze liepen de gang door en kwamen langs een paar autopsiekamers, waar mensen in donkergroene jas over iets op een stalen tafel gebogen stonden, waar blote voeten uitstaken, zo blauw als Indiase maïs. De mensen spraken zacht, met hun hoofden dicht bij elkaar, terwijl hun handen in de weer waren. Bloed op hun mouwen. Met die godvergeten tl-buis vlak erboven, alsof die gasten zaten te pokeren in plaats van dat ze een mensenlichaam in een kano van vlees aan het veranderen waren.

Ze liepen langs zonder naar binnen te kijken of gedag te zeggen, en er kwam ook niemand naar buiten om te vragen wat ze daar moesten.

Helemaal aan het eind van de lange donkere gang bevonden zich twee roestvrijstalen deuren. Zonder ramen. Toen ze er dichterbij waren, kwam een kleine gedrongen Zuid-Amerikaanse medewerker die een brancard voortduwde uit een zijgang en drukte op de grote stalen knop waarmee de dubbele deuren opengingen. Terwijl die sissend openschoven, zag de man Boonie en Nick door de gang aan komen lopen, en op zijn gezicht verscheen een vrolijke grijns.

'Meneer Hackendorff, van de fbi,' zei hij met een zwaar Spaans accent. 'Bent u er weer?'

'Inderdaad,' zei Boonie. De Zuid-Amerikaanse man bekeek Nick eens, met zijn ziekenhuishemd, papieren pantoffels en dikke blauwe badjas aan.

'En u hebt er een bij u die kan lopen?' zei de medewerker. 'Meestal moeten we ze hier naar binnen rijden. Net als deze,' zei hij, terwijl hij op het laken tikte dat over het lijk heen lag. De voeten van de overleden man staken naar buiten. Die waren nog roze.

'Dat is een nieuwe, zo te zien,' zei Boonie.

De man knikte.

'Hij is nummer negen. Ze hebben hem niet kunnen redden. We leggen hem bij de andere acht in de lijkenopslag. Wat een verschrikking, die toestand bij de Super Gee. Het wordt met het jaar bizarder in Niceville.'

Hij keek naar Nick en glimlachte.

'Ik ben Hector. U komt me bekend voor.'

'Ik ben Nick Kavanaugh.'

'Dat dacht ik al. Ik heb u wel eens gezien. U werkt toch bij de recherche, is het niet?'

Boonie schudde zijn hoofd.

'Hector, Nick werkt niet bij de recherche. Nick is hier niet eens. Nooit geweest ook. Duidelijk?'

Hector keek niet-begrijpend, maar toen klaarde zijn gezicht op.

'O, ja. Ik snap het al. De Reizende Gast in *Body Number 19*.'

'Precies,' zei Boonie.

Hector tikte tegen zijn neus, draaide zich om en duwde de brancard de deuren door en een grote, akelig verlichte en koude kamer in, met allemaal stalen deuren langs de wanden, drie boven elkaar.

Hector duwde zijn passagier naar binnen, zwaaide nog even achterom en verdween toen in een ruimte helemaal achter aan het vertrek, die eruitzag als een grote vleeskoelcel. Boonie leidde Nick langs een rij laden, naar de laatste rij aan de linkerkant. Elke la had een roestvrijstalen deur, waar alleen een nummer op stond. Nummer 19 was de middelste deur van de rij.

Boonie bleef ervoor staan, zuchtte en leek wat in te zakken.

'Ik weet niet of ik dit wel aankan,' zei hij met een glimlach naar Nick. 'Vanaf dat ik op deze zaak zit ben ik al een beetje uit mijn doen. En nu ga ik jou daar ook nog mee opzadelen.'

Nick keek Boonie onderzoekend aan; alle humor was uit zijn gezicht verdwenen en hij zag de nieuwe ouderdomsrimpels rond zijn ogen.

'Als jij het aankunt, kan ik het ook.'

Boonie knikte, trok aan de vergrendeling en maakte de deur open. Binnenin lag een lichaam, naakt onder een stuk plastic, op een stalen plaat. Er stroomde ijskoude lucht uit het compartiment, die zich rond hun voeten verzamelde. Het rook naar muf vlees en naar vrieskou. Boonie trok de plaat eruit en ging aan de andere kant staan, tegenover Nick aan de andere kant van het lijk.

'Doe nou maar,' zei Nick.

Boonie trok het plastic weg. Daar lag het lichtblauwe lichaam van een man van middelbare leeftijd, slank en gespierd, met een lelijke paarse brandwond vanaf zijn linkerborstspier omhoog naar de linkerkant van zijn nek. Bij leven was hij misschien wel een knappe vent geweest, maar nu was hij niet om aan te zien. Zijn ogen waren twee gehavende zwarte gaten vol opgedroogd bloed. Uit zijn wangen ontbraken stukken. Zijn neus was weg – er was alleen maar gescheurd kraakbeen van over. Zijn linkeroor was eraf gebeten en van zijn rechteroorlel was alleen nog maar een bloederig stompje over. Zijn lippen waren weg, zodat een gaaf wit gebit te zien was, in een doodenge parodie op een glimlach.

De autopsieartsen hadden hem van zijn keel tot aan zijn kruis opengesneden – de klassieke Y-vormige incisie waarmee men een lichaam openmaakt. Hij was weer dichtgenaaid, maar niet erg zorgvuldig, met dik zwart nylon draad. In zijn keel, vlak onder de kaak, zat zo te zien een ingangswond, veroorzaakt door een wapen van klein kaliber.

Nick keek naar Boonie op.

'Dit is Merle Zane, toch?'

Boonie knikte.

'In eigen persoon. Althans, wat er van hem over is. Ik heb hem hier nu al een half jaar op ijs. Ik zal het je even uitleggen, dan begrijp je wel waarom. Vingerafdrukken komen overeen met ene Merle Zane, geboren in Harrisburg, Pennsylvania, op 17 november 1968, deed aan autoracen – heeft het tot de NASCAR geschopt – geen strafblad, tot hij in de Angola-gevangenis terechtkwam op beschuldiging van ernstige mishandeling nadat hij een paar medewerkers van het circuit met een kruissleutel te lijf was gegaan. Heeft vijf jaar gezeten. Mocht er eerder uit wegens goed gedrag. Werkte voor een paar handelaren in klassieke auto's, de Bardashi-broers genaamd. Geen idee hoe hij bij die bankoverval in Gracie betrokken is geraakt. Maar dit is 'm. Ze hebben hem tegen een boom aan gevonden, in dat grote oude dennenbos dat tot in de Belfair Range loopt. Een kilometer of drie van de zadelmakerij van Belfair. Zoals je ziet is hij een beetje aangevreten, door wasberen, coyotes en dergelijke, en hij heeft dat gat in zijn hals. Door en door. Bij de uitgang, in zijn nek, zit een nog veel groter gat. De artsen hebben stukjes van een .38-kogel gevonden, vlak bij de bovenkant van zijn ruggengraat. Zo meteen meer over die kogel. Ik ga hem niet omdraaien, want daar voel ik eerlijk gezegd niet voor, maar in zijn rug zit nog een schotwond, rechtsonder, misschien van een negen-millimeter-kogel, en hier op zijn linkerschouder zie je dat hij een schampschot heeft opgelopen.'

'Allemaal van hetzelfde wapen?'

Boonie schudde zijn hoofd.

'Weet ik niet.'

Nick keek naar het bovenlichaam van de man.

'Je zegt dat hij in de rug is geschoten, maar ik zie geen uitgangswond. Dus dan moet die kogel er nog in zitten. Te zeer versplinterd? Misschien het heupbeen geraakt?'

'Nee. Nu wordt het dus pas echt leuk. Iemand heeft die kogel eruit gehaald, wat het er ook voor een geweest mag zijn, en heeft hem vervolgens weer dichtgenaaid.'

Nick liet het tot zich doordringen, of probeerde dat althans, maar slaagde er niet in.

'Nee. Dat zie je verkeerd. Dat slaat nergens op. Ik weet nog dat jullie het allemaal op een rijtje hadden gezet. Ze beroven op vrijdagmiddag de First Third Bank, ze vluchten, de agenten die ze achtervolgen worden aan flarden geschoten door een derde man aan de noordkant van de Belfair Range, en die mannen verstoppen zich in de zadelmakerij van Belfair, terwijl de hele staat naar ze op zoek is. Ze krijgen ruzie – jullie hebben overal koper gevonden. Een heleboel kogels. Zane wordt geraakt in zijn hals, en nog een keer in zijn onderrug, bijvoorbeeld toen hij zich omdraaide om te vluchten. Hij haalt het bos, loopt een paar kilometer, gaat tegen een boom zitten...'

'Raakt in shock en overlijdt,' zei Boonie. 'Op grond van de staat van ontbinding en de maaginhoud kunnen we het tijdstip van overlijden vaststellen op ergens tussen vijf uur 's middags en twaalf uur 's nachts – die vrijdag. De dag van de bankoverval.'

'En dan komt er iemand langs – bijvoorbeeld de man die hem in de zadelmakerij heeft neergeschoten – en die haalt die kogel uit zijn rug?' zei Nick, om het verhaal compleet te maken. 'Maar niet die kogel uit zijn hals. Dat slaat helemaal...'

'Nergens op. Maar daar ziet het wel naar uit, Nick. Bovendien waren alle hulzen die we in de zadelmakerij hebben gevonden van negen-millimeter-kogels. De kogel die hij in zijn hals had was een .38. Geen Special. Een oude Smith and Wesson-kogel. Die maken ze al sinds de jaren twintig niet meer. Die waren niet krachtig genoeg. De districtscommissaris zei, op grond van de groeven en de freeslijnen op een van de grotere stukken, dat er een grote kans bestond dat de kogel uit een Forehand and Wadsworth-revolver afkomstig is. Forehand and Wadsworth was een bedrijf uit Worcester, Massachussetts, dat in 1890 opgedoekt is.'

'Ik snap het niet. We denken dus dat de man die hem heeft neergeschoten later is teruggekomen, zijn eigen kogel eruit heeft gehaald, de wond heeft dichtgenaaid...'

Boonie knikte.

'En dan jaagt hij die vent een kogel in zijn hals met een revolver die honderdtwintig jaar oud moet zijn? Is dat wat wij zeggen dat er gebeurd is?'

'Dat is wat dit lijk zegt. En dat is nog niet alles. De draad waarmee deze man is dichtgenaaid nadat de kogel eruit was gehaald? Die wordt sinds 1912 al niet meer gemaakt. Het is een ouderwets soort katoenen garen dat vroeger op plantages en dergelijke werd gemaakt. Dat vind je tegenwoordig nergens meer.'

'Misschien kwam het uit de zadelmakerij?'

'Zou kunnen. Maar aangezien die gasten de zadelmakerij in de as hebben gelegd, zullen we daar nooit achter komen. Oké, Nick, ik heb nog een paar andere dingen te zeggen, en je moet hier blijven staan en het allemaal goed tot je door laten dringen. Oké?'

'Ik ben er nog.'

'Als we het hele scenario dat we net besproken hebben even opzijzetten – dat naar mijn mening volstrekte waanzin is en helemaal nergens op slaat – zitten we nog met het feit dat die autopsiejongens hebben vastgesteld dat de wond in de hals postmortaal is toegebracht...'

Nick wilde iets gaan zeggen, maar Boonie stak zijn hand op.

'De wond is zelfs achtenveertig uur na het intreden van de dood toegebracht. Dat wordt bewezen door de staat van ontbinding.'

'Wat?'

'Ja. Wat. In die zin van "wat krijgen we nou?"'

'Dus degene die die halswond heeft toegebracht... was vermoedelijk niet dezelfde persoon als wie de rugwond heeft veroorzaakt?'

'Zo denk ik erover, ja. Deze man is twee keer neergeschoten. Eén keer toen hij nog leefde. En twee dagen later toen hij al dood was. Wil je de rest ook horen?'

'Niet echt.'

'Ik ook niet. Ergens tijdens die achtenveertig uur is de man in bad geweest. Ingezeept. Schoongespoeld.'

'Hoe weet je dat?'

'Er zaten zeepresten in zijn haar. Wil je ook horen wat we over die zeep te weten zijn gekomen?'

'Nee.'

'Het was zeep van het merk Grandpa's Wonder Soap...'

'Laat me raden. Heel oud.'

'Ja. Grandpa's Soap wordt nog gemaakt, maar de bestanddelen in deze zeepresten – de olie en alles – worden al sinds de jaren twintig niet meer gebruikt. Verder heb je nog de kleren die deze man droeg. Werkmanslaarzen met schoenspijkers, zeer versleten, van een schoenmaker in Baton Rouge die in 1911 met zijn bedrijf is gestopt. De initialen in de laars, JR, zijn erin gebrand met een heet...'

'De initialen, zeg nog eens?'

'J en R. In allebei de laarzen. Maat vierenveertig. Verschoten spijkerbroek in een model dat Levi's al niet meer maakt sinds...'

'Laat me raden. Sinds de jaren twintig.'

'En het overhemd dat hij aanhad was zo'n oud geval met een losse boord erop, je weet wel, die je er met van die koperen nageltjes aan vastzet? Die was gesteven en heel vaak met bleek behandeld. Ziet er oud uit, en de stof was zo versleten dat hij bijna zo dun was als papier.'

Nick had niets meer te zeggen, maar Boonie wel.

'Op zijn rechterhand zat een kruitspoor.'

'Terwijl iemand hem gewassen had?'

'Ja. Dat moet wel. Het waren resten van een soort cordietmengsel dat ze vroeger gebruikten om ouderwetse 45 kaliber-munitie te maken. Spul uit de Eerste Wereldoorlog. En nu komen we bij het ergste.'

'Oké, het ergste.'

'Op de rug van zijn overhemd – waar overigens geen gat in zat, daar waar de kogel in zijn rug doorheen gegaan zou moeten zijn...'

'Iemand heeft hem een ander hemd aangetrokken?'

'Laat me even uitpraten. Op dat hemd zaten op de rug vlekken. Alsof hij hard op zijn rug was gevallen. De forensische dienst heeft er pollen op gevonden, en plantenresten, en deeltjes aarde. Lang verhaal kort: gebaseerd op de combinatie van plantensoorten en de samenstelling van de aarde en de pollen en nog andere zooi waar ik toch niks van begrijp, zeggen ze dat het overhemd – en dus ook de dode man die het aanhad –

op de grond terecht is gekomen, plat op zijn rug, ergens in het noorden, aan de andere kant van de Belfair Range, waarschijnlijk in de buurt van Sallytown.'

Boonie deed er verder het zwijgen toe en keerde zich in zichzelf, waarbij op zijn gezicht een mengeling van niet-begrijpende woede en somberheid te lezen stond. Nick voelde geen woede of somberheid. Hij voelde zich duizelig en als hij heel eerlijk was, was hij ook bang. Er was iets goed mis in Niceville, en dit reizende lijk maakte daar deel van uit.

'Boonie...'

Boonie keek naar Nick op, in de hoop dat er een verklaring was die hij zelf over het hoofd had gezien, en dat Nick het hem zou uitleggen en dat dit dan allemaal achter de rug was.

Nick aarzelde.

Als hij deze weg insloeg, viel met geen mogelijkheid te zeggen waar die zou eindigen.

'Je kent Lemon Featherlight toch, hè?'

'Ja. Werkt bij de narcoticabrigade. Een Seminole-indiaan. Heeft een tijdje bij het korps mariniers gezeten. Heeft het in de oorlog goed gedaan, maar in vredestijd wat minder goed. Lacy Steinert van de reclassering heeft zijn oneervol ontslag in gewoon ontslag weten om te zetten. Lang zwart haar, een scherp gezicht als een tomahawk, kleedt zich heel modieus. Komt vaak in The Pavilion, wordt betaald om lunchende dames te neuken.'

'Ja, Nou, ik geloof niet dat hij nog als escort werkt. Gezien zijn ervaring bij het korps heeft Lacy hem een cursus voor commerciële helikopterpiloot laten volgen. En hij heeft me enorm geholpen bij het onderzoek naar Rainey Teague. Ongeveer een jaar nadat het was gebeurd – Rainey lag nog in coma hier in het Lady Grace – Lemon lag in de clinch met de DEA – sloeg nergens op, maar hij moest toch weg...'

'Die stomme DEA ook. Ze hebben meer informanten van mij valselijk beschuldigd dan ik kan tellen. Die zijn hun bestaansrecht wel kwijt.'

'Maar goed, hoe dan ook, Lacy Steinert wil dat ik met hem praat. Ze zegt dat hij achtergrondinformatie over die zaak heeft... Ik zal je er niet mee vermoeien, maar hij heeft een paar goeie dingen gezegd.'

'Zoals?'

'Bijvoorbeeld dat die hele zaak echt voor geen meter klopt. Kijk nou, Boonie. Er verdwijnt een jongen in een spiegel...'

'Niet echt...'

'Nee. Maar daar zag het wel naar uit. En tien dagen later vinden we hem terug in een afgesloten graf op de begraafplaats. In het graf lag een man die in 1921 om het leven gekomen was bij een duel op kerstavond. De man heette Ethan Ruelle. Onthoud die naam. We halen Rainey eruit, hij ligt een jaar lang in coma. En op een dag wordt hij wakker.'

'Ik volg je. Maar waar wil je naartoe?'

'Op de dag dat Rainey wakker werd, zou Lemon Featherlight bij hem op bezoek gaan. Hier boven in dit gebouw.'

'Waarom wilde Lemon bij hem op bezoek?'

'Hij had goed contact met die jongen. Hij kende de ouders, kwam vaak... bij hen langs...'

Boonies gezicht betrok.

'Jezus. Sylvia toch niet?'

Nick loog dat hij zwart zag en zei: 'Nee, Sylvia niet.' Boonie liet het maar voor wat het was. Hij wist wat voor reputatie Featherlight had. Maar hij zweeg verder over dat onderwerp. Niceville had zijn duistere kant, zelfs in de betere buurten, dat was overal zo.

'Dus zo nu en dan ging hij bij Rainey langs, praatte tegen hem, dacht dat die jongen misschien helemaal niet zo ver heen was, dat hij misschien stemmen kon horen... Hoe dan ook, op de dag dat Rainey wakker werd, ging Lemon met de lift naar boven, de deur gaat open en daar staat een vent in de gang te wachten. Later, toen de rust weer was weergekeerd, zei Lemon het volgende over die man: "Lang, net zo lang als ik, een kaalgeschoren hoofd, een harde kop, alsof hij in de gevangenis gezeten heeft of zo. Hij had zo'n blik van een zware jongen, of van een drilmeester, zo iemand die nooit wegkijkt. Hij keek me strak aan... Hij had boerenwerkkleren. Een grove spijkerbroek, zware laarzen – die zagen er oud uit, die laarzen, beschadigd en vuil – opgerolde pijpen. Hij had een oude, versleten riem om, strak aangetrokken, ver voorbij het laatste gaatje, alsof hij erg was afgevallen of dat hij hem had geleend van iemand die veel dikker was dan hij. Brede schouders, hij zag er echt heel sterk uit, dikke nek met aan de zijkant iets wat eruitzag als het litteken van een brandwond, een oud geruit werkhemd aan, heel dun, alsof het veel te vaak gewassen was. Hij had een soort canvas tas bij zich, met een band over de schouder. Die zag er zwaar uit. Met letters op de zijkant. Zwarte legerletters. 1e Infanteriedivisie, en de letters AEF. Hij bewoog zich een beetje... vreemd, alsof hij een stijve rug had."'

Boonie was hier helemaal niet blij mee.

'Heeft Lemon nog met die man gesproken?'

'Ja. De man zei dat hij Merle heette en hij zei iets over dat hij gestuurd was door ene Glynis Ruelle. Ik heb het opgezocht in het gemeentearchief. Glynis Ruelle was getrouwd met een man die in de Eerste Wereldoorlog is gesneuveld. Hij zat bij de eerste infanteriedivisie, Amerikaanse expeditiemacht. Zijn naam was John Ruelle...'

'Godver. J en R dus? De initialen in die oude werkmanslaarzen?'

'Waarschijnlijk. De broer van John Ruelle heeft de oorlog overleefd, maar was behoorlijk verminkt. Hij heette...'

'Ethan Ruelle. Die in het graf lag waar jullie Rainey hebben gevonden.'

'Precies.'

Boonie liep weer weg, ging met zijn rug naar Nick toe staan en wiegde met zijn grote ronde hoofd heen en weer.

'Boonie, ik ben hier ook echt niet blij mee. Maar we zullen ermee aan de slag moeten. Op de achterkant van de spiegel waar Rainey naar keek op de dag van zijn verdwijning, zat een kaartje, waar iets op geschreven stond. Een zwierig handschrift. Met de tekst HOOGACHTEND, GLYNIS R.'

Boonie was weer bij de les en schudde zijn hoofd.

'Nick, Rainey Teague is uit coma gekomen op...'

'Op zaterdag. Vlak voordat Lemon bij hem kwam. De artsen waren al met hem bezig. Later zei hij dat een man, ene Merle, tegen hem had gesproken en dat hij daardoor wakker was geworden.'

'Merle. Zei Rainey "Merle"?'

'Ja. Hij had het er ook over dat hij gedroomd had dat hij op een boerderij was bij een mevrouw die Glynis heette.'

'Christus. Krijg nou de tering.'

'Daar is het wel zo'n beetje mee gezegd.'

'En dat is dezelfde Merle die we hier hebben liggen, de klootzak die zich op vrijdagmiddag dood heeft laten schieten. De dag ervoor.'

'Die ligt hier voor ons, ja.'

Boonie keek naar het verwoeste gezicht van Merle Zane, alsof de man misschien iets zou gaan zeggen, een paar antwoorden zou leveren.

'Heb jij het nummer van Lemon?'

'Ja. In mijn telefoon ergens.'

'Bel hem. Zeg dat hij hierheen komt. Volgens mij besodemietert hij ons. Volgens mij zit hij achter die hele ellende. Hij flikt ons wat.'

Nick schudde zijn hoofd.

'Nee. Dat doet hij niet. Boonie, over een heleboel dingen die hier spelen heb ik met niemand gesproken. Behalve dan met Kate. En met Lemon Featherlight.'

'Waarom niet?'

'Als ik heel eerlijk ben wilde ik het gewoon niet. Zelfs nu zou ik willen dat ik het gewoon allemaal kon vergeten.'

'En Lemon weet daar iets van?'

'Ja.'

'Dan meen ik het helemaal, Nick. Bel hem. Zeg dat hij hierheen komt. Alsjeblieft. Stuur desnoods een politieauto.'

'Nu?' vroeg Nick.

'Nu,' zei Boonie, en toen ramde hij de la weer in de vriezer en sloeg hij de deur dicht. Hard.

Niet zo'n sympathieke jongen

Na de lunch met het gezin – Rainey noch Axel had een Mimosa gekregen – ging Reed terug naar zijn flat, in afwachting van het vonnis over zijn carrière, dat misschien nog wel weken op zich zou laten wachten.

Beth was van plan geweest om met Kate en de jongens mee te gaan naar het Regiopolis, maar er was een afzegging geweest bij de gehoorspecialist van Hannah – de wachttijd voor een afspraak was heel lang – dus ging Beth met Hannah daarnaartoe om haar een gehoorapparaat te laten aanmeten, wat blijkbaar een langdurige en ingewikkelde toestand was. En dus reed Kate met Axel en Rainey naar de poort van de Regiopolis School, waar ze net op tijd arriveerden, zodat de jongens de middaglessen van die donderdag nog konden halen.

Kate parkeerde de Envoy een eindje voorbij de ijzeren poort en zette de motor uit. Aan de andere kant van het smeedijzeren hek met de zwarte speerpunten dat om het terrein heen lag, doemde de school op door de wilgen en eikenbomen heen waar het gazon en de tuinen mee vol stonden. Het was een groot kasteel van rood zandsteen, in romaanse stijl gebouwd. Overal lagen jongens op het gras en onder de bomen, en op het veld werd een potje American football gespeeld.

Rainey en Axel zaten achterin en keken met een bleek en bezorgd gezicht uit over het schoolterrein. Ze maakten geen aanstalten om uit te stappen.

'Zeg, jongens, misschien is het nu wel een goed moment om even naar binnen te gaan en met priester Casey te praten.'

Rainey zat met gebogen hoofd, zodat zijn gezicht door zijn lange haar niet te zien was, en schudde nadrukkelijk van nee.

'Nee, Kate. Alsjeblieft niet.'

Axel deed er het zwijgen toe.

Ze maakten allebei een bedrukte en angstige indruk.

Axel keek naar buiten, naar een paar jongens die in het park football speelden. Ze zag een lange jongen met rood haar met de bal wegrennen, achternagezeten door een groep jongens. Hun geschreeuw en gelach klonken over het gazon.

'Dat is Coleman toch, die daar loopt?'

De jongens schrokken allebei op van de naam.

'Ja,' zei Axel, 'ze hebben pas om kwart voor drie Latijn.'

'Wacht hier maar even,' zei Kate, en ze deed het portier open. Rainey protesteerde – hij schreeuwde tegen haar – en Axel keek bezorgd, bijna schuldbewust.

Ze deed het portier toch dicht, beende door het hek naar binnen, stram en kwaad, en liep naar het footballveld, waarbij ze zich een weg tussen de kinderen door baande die op het gras lagen en ze strak naar die lange knul met het rode haar bleef kijken. Ergens achter zich hoorde ze dat Rainey en Axel haar naam riepen – vaag en ver weg.

Maar ze liep in een rechte lijn naar hem toe.

Toen ze op nog geen tien meter afstand was, riep ze hem, met wat Nick altijd haar 'tot de jury gerichte' stem noemde.

'Coleman. Coleman Mauldar.'

De jongens draaiden zich om om naar haar te kijken en het spel kwam rommelig tot stilstand. Ze zag dat Jay Dials en Owen Coors ook van de partij waren – allebei magere, sterke jongens, met een heldere blik en lang haar, zoals de meeste leerlingen van het Regiopolis.

Het geheim voor geluk?

Oud geld, goede genen en stom geluk.

Coleman gooide de bal naar Jay Dials, zei zacht iets en stak toen het veld over, naar de hoge wilg waar Kate stond te wachten.

De andere jongens gingen weer verder met hun wedstrijd, waarbij ze met wapperende hemdspanden over de weidse open ruimte renden en hun stemmen schril en verwilderd in de wind klonken.

In het middaglicht was met geen mogelijkheid over het hoofd te zien hoe verbijsterend knap Coleman was, met zijn lichtgroene ogen en die waterval van vol rood haar, met zijn witte overhemd open, zodat daaronder een strakke gebruinde borstkas te zien was, waar de spieren duidelijk op afgetekend stonden, en met zijn vlotte glimlach, die maar een klein beetje argwanend stond.

'Mevrouw Kavanaugh. Hallo. Hoe gaat het met u?'

'Coleman, kun jij één vraag voor mij beantwoorden?'

'Ik zal het proberen,' zei hij, en zijn glimlach haperde.

'Hoeveel groter dan ik ben jij?

Die vraag beviel hem helemaal niet.

'Dan u? Dat zou ik niet precies weten.'

'Ik ben een meter zestig en ik weeg zevenenvijftig kilo. Hoe stoer zouden die jongens daar het vinden als je mij tegen de grond sloeg?'

'U tegen de grond sloeg?' zei hij, en hij deed een stap achteruit. Zijn glimlach verdween. 'Mevrouw, ik zou nooit een mei... een vrouw slaan.'

'Nooit?'

Zijn gezicht verhardde.

'Nee, nooit.'

'Waarom niet?'

'Waarom niet?'

'Ja. Waarom zou je nooit een vrouw slaan?'

Ze spraken allebei heel zacht, en de wind in de bomen was zo hard dat hun gesprek niet verder kwam dan de kruin van de wilg waar ze onder stonden. Boven hun hoofd sisten en zuchtten de takken van de wind die erdoorheen woei. Het rook naar groene bladeren en gemaaid gras.

'Dat... dat deugt niet. Dat zou niet eerlijk zijn.'

'Waarom niet?'

'Omdat... Dat doe je gewoon niet. Er is nooit een goede reden om een vrouw te slaan. En omdat ik groter en sterker ben dan u. Bovendien zouden alle jongens... ze zouden me een...'

'Lul vinden?'

Coleman deed er even het zwijgen toe.

'Moet u horen, mevrouw Kavanaugh, ik geloof dat ik weet waar dit over gaat. Over Rainey en Axel, hè?'

'Je weet toch wat ze hebben meegemaakt? Rainey heeft allebei zijn ouders verloren, hij is door onbekenden ontvoerd, hij heeft een jaar in het ziekenhuis gelegen. En wat Axel betreft... Ik neem aan dat je het wel gehoord hebt. Zijn vader is een slecht mens, en die loopt nu ergens vrij rond. God mag weten wat hij uitspookt. Axel is doodsbang voor hem, zijn hele leven al. Als Axel ergens niet op zit te wachten is dat een andere grote sterke man hem verrot slaat. Maar jij bent afgelopen week met Rainey op de vuist gegaan; je hebt hem in elkaar geslagen, daar bij de deur van de kapel.'

Dat liet Coleman niet op zich zitten.

'Mevrouw Kavanaugh... Axel heeft mij aangevallen. Hij ging als een gek tegen me tekeer... Ik heb hem alleen maar tegengehouden.'

Kate stak een hand op, met de palm naar buiten. Haar gezicht stond wit van woede.

'Coleman, we weten allebei wat er tussen jou en die jongens speelt. Je schijnt het niet te kunnen opbrengen om ze met rust te laten. Owen, Jay en jij hebben scheldnamen voor ze...'

'Scheldnamen?'

'Hou je maar niet van den domme, Coleman. Rainey is de grafjongen en Axel is de politiemoordenaarszoon, of iets in die trant...'

Colemans gezicht doorliep een scala aan veranderingen en werd roder en roder.

'Mevrouw, ik heb echt geen idee waar u het over hebt. Owen, Jay en ik – dat soort dingen hebben we nooit tegen die jongens gezegd...'

'Waar was jij gistermiddag?'

Colemans gezicht klaarde op.

'Gistermiddag... Hoe laat ongeveer, mevrouw?'

'Woensdag. Gisteren. Na school.'

'Mevrouw, we hadden gisteren na school footballtraining. De Blue Knights spelen zondag tegen de Sacred Heart Falcons. Ze hebben ons afgelopen week ingemaakt. Dus priester Robert neemt al hun tactieken met ons door...'

'Dus je wilt beweren dat jullie ze niet vanaf school naar ons huis zijn gevolgd en dat jullie ze niet hebben uitgescholden?'

'Nee mevrouw, dat hebben we niet gedaan.'

'Dus je ontkent het?'

'Moet u horen, mevrouw Kavanaugh... dit slaat echt nergens op. Het is allemaal niet waar. Het is echt onzin.'

'Wil je beweren dat jullie hen gisteren niet naar huis zijn gevolgd? Owen, Jay en jij?'

'Inderdaad.'

'Kun je het bewijzen?'

Coleman werd verontwaardigd.

'Ja, dat kan ik bewijzen. Bij elke training worden de namen afgeroepen. Net als in het leger. We waren er allemaal. Owen en Jay. En ik. Dat zal wel op de presentielijst van priester Robert staan. We kunnen nu meteen naar hem toe. Hij is op zijn kamer.'

Hij draaide zich om en beende stram en boos het grasveld over. Kate riep hem na.

'Nee, wacht.'

Coleman bleef staan en keek om. Hij was zichtbaar kwaad, maar hield zich in.

Ze liep naar hem toe.

'Je spreekt de waarheid, hè?'

'Op het bloed van de Heilige Maagd. Eerlijk.'

Kate had geen zin om de beschuldigingen van Axel en Rainey ten overstaan van deze jongen te ontzenuwen.

Maar de advocaat in haar was ervan overtuigd dat deze getuige de waarheid sprak.

'Dan bied ik mijn excuses aan. Het spijt me oprecht dat ik je beschuldigd heb.'

Toen ze dat zei bekoelde Coleman wat.

'Zegt Rainey dat Axel en hij gisteren naar huis gevolgd zijn? Door leerlingen van het Regiopolis?'

'Dat zei Axel, ja.'

'Ik zal wel even rondvragen. Want het deugt niet als jongens dat gedaan hebben. Nee. Dat deugt niet.'

'Maar je ontkent niet dat je ze gepest hebt? Dat je met ze gevochten hebt? Dat je ze hebt uitgelachen?'

Coleman schudde zijn hoofd.

'Nee, dat niet. Je bent samen met je vrienden, en dan begint het als een soort geintje. Maar daarna... daarna loopt het uit de hand. Vooral Rainey. Axel doet gewoon mee, en dan springt hij voor Rainey in de bres. De meeste jongens bewonderen Axel daarom. Hij is een vechter. Maar Rainey... die weet het bloed onder je nagels vandaan te krijgen. Daar is hij heel goed in. Hij weet precies waar hij je moet raken. Hij zei dat ik nooit verder zou komen dan wat ik nu ben, een domkop op een achterafschooltje in de provincie, en dat ik later een mislukte autohandelaar zou worden die te veel zuipt...'

Coleman brak zijn zin af, waarna zijn gezicht verhardde.

'Zoals ik al zei: Rainey weet precies waar hij je moet raken.'

'Ik weet dat hij moeilijk is. Hij heeft een heleboel redenen om moeilijk te zijn. Axel ook. En jij bent een leider hier op school. Jij zou ze... moeten helpen, hen allebei... en Owen en Jay ook. Ze hebben een goed rolmodel nodig, jongens van die leeftijd. Trouw aan elkaar, daar hoort het op deze school om te gaan. In plaats daarvan stel jij jezelf teleur, en hen, en de school.'

Met elk woord dat ze zei verloor ze aan kracht en overtuiging. Ze werd overspoeld door twijfel.

'Luister, Coleman, nu we met elkaar gesproken hebben denk ik dat ik me in je heb vergist.'

'Dank u wel. Sorry dat ik kwaad werd. Ik moet van mijn vader altijd bewijzen dat ik ook zonder kan... Zeg, gaat u dit aan mijn vader vertellen? Want die is de laatste tijd behoorlijk slecht gehumeurd. Hij wil niet zeggen waarom, maar als hij zo is heb ik liever niet dat hij iets op me aan te merken heeft.'

'Nee. Als ik je nu niet weet te bereiken, nu, hier, op dit moment, dan weet ik niet wie dat wel zou moeten lukken. Ik ga het hier verder met niemand over hebben.'

Coleman keek haar aan. Er speelden tal van emoties op zijn gezicht, en Kate begon te denken dat er misschien toch nog hoop voor hem was. Ze maakte zich nu vooral zorgen over Rainey en Axel.

'Is Nick boos? Komt hij nu achter me aan?'

Daar schrok ze van.

'Natuurlijk niet. Jezus, nee. Hij weet niet eens dat ik hier ben, en dat komt hij niet te weten ook. Trouwens, hij komt niet achter je aan, zelfs al zou hij ervan weten. Hij vindt dat het iets is tussen de jongens en jou. Het is jullie taak om het goed te maken.'

Coleman keek haar ernstig aan.

'Oké,' zei hij na een lange stilte.

'Oké wat?'

'Oké. Ik zal proberen of ik ze kan helpen. Hen allebei.'

'Wil je dat proberen?'

Ze keek hem recht aan en haar hart ging naar hem uit. Je zou Little Rock Mauldar maar als vader hebben... Ze kende de man vrij goed en van wat ze van hem wist stond bijna niks haar aan.

'Ga je echt proberen wat aardiger te zijn?'

'Ja. Dat ga ik doen. Ik bedoel, ik heb het al geprobeerd, en Axel is wel oké – vooral als Rainey er niet bij is – maar Rainey, het is moeilijk om hem aardig te vinden, hoor, mevrouw Kavanaugh. Zoals ik al zei: hij kan gemene dingen zeggen, hij kan echt behoorlijk bot zijn, de dingen die hij zegt, en hij is helemaal niet aardig voor de Green Jackets – de eersteklassers en de nieuwkomers – die moet hij hebben, en soms zegt hij echt heel rare dingen. Maar u hebt gelijk. Die twee hebben veel meegemaakt. Priester Casey zegt dat we ze een beetje met rust moeten laten. Dus ik zal beter mijn best doen, mevrouw Kavanaugh, dat beloof ik u. En als ik verander, tegenover Rainey, dan doen de andere jongens, en Owen en Jay, wel mee. Axel mogen ze al heel graag.'

Ze bleef hem nog even aankijken en was plotseling bang dat ze moest huilen.

'Zeg, ik geloof je. En dank je wel.'

Hij glimlachte naar haar en stak zijn hand uit, die zij met op haar beurt ook een glimlach schudde, en terwijl ze dat deed voelde ze haar hart lichter worden.

Coleman zwaaide en rende terug naar zijn wedstrijd. Ze bleef staan en keek nog even naar de jongens die over het veld holden. Ze wilde dat Raineys leven er zo uitzag.

Hij is helemaal niet aardig voor de nieuwkomers.

Hij kan gemene dingen zeggen.

Het is moeilijk om hem aardig te vinden.

Rainey aardig vinden, dat was bij Kate ook niet vanzelf gegaan.

Misschien zat er meer achter dan ze dacht. Misschien kon ze het er een keer met de jongens over hebben. Misschien moesten ze nu meteen ergens naartoe gaan waar ze een openhartig gesprek met elkaar konden voeren. Maar toen ze terugkwam bij de suv, waren de jongens weg.

Na een lange en steeds frustrerender wordende zoektocht over het terrein van het Regiopolis, ging Kate naar binnen, naar de administratie, om te kijken of Alice Bayer er was, maar de vrouw die achter het glas zat, was Alice niet.

De vrouw zei dat ze Rainey noch Axel die dag binnen had zien komen. Ze voegde eraan toe dat allebei de jongens de laatste tijd een paar dagen per week vroeger weggingen. Maar dat dat goed was, omdat ze een briefje hadden meegenomen.

Een briefje?

Kate vroeg of ze het briefje mocht zien.

Nadat de vrouw Kate even hooghartig had aangekeken, en haar mond had getuit, maakte ze een dossiermap open, zocht erin en haalde er een velletje papier uit, dat ze haar door de gleuf onder in het raam overhandigde.

Het was een handgeschreven briefje, in groene inkt, met vulpen, op een correspondentiekaart in een zachte crèmekleur.

Ik verzoek u mijn zoon Rainey de komende tijd wat eerder naar huis te laten gaan. hij helpt mij bij een project. hartelijk dank.

hoogachtend,
Sylvia Teague

Kate keek een poosje naar het briefje. Dat handschrift kende ze maar al te goed. Het was het handschrift van Sylvia Teague, keurig en duidelijk zoals altijd, en ze schreef inderdaad met groene inkt, met een Mont Blanc-pen die haar door Johnny Mercer, een ver familielid, was nagelaten.

Ze vermande zich.

'Heeft priester Casey dit briefje gezien?'

De secretaresse schudde haar hoofd.

'Ik denk van niet. Ik bedoel, daar zag ik de noodzaak niet van in. Het is een gewone presentiekwestie. Dat is ons werk hier. Presentie en rapporten. Bovendien is het een briefje van zijn moeder.'

'Maar niet van Axels moeder. Axels moeder is Beth Walker, mijn zus. Waarom mag Axel dan ook eerder van school weg?'

De vrouw werd aanmerkelijk koeler.

Het verbaasde Kate dat zich op de glazen ruit tussen hen geen ijs vormde.

'Axel heeft tegen ons gezegd dat zijn moeder in Cap City werkt, bij de FBI. Ik heb daar van haar een bevestiging van gevraagd, per telefoon of per e-mail. De dag daarop heb ik rechtstreeks een e-mail van haar ontvangen, waarin ze ons toestemming gaf om Axel eerder van school te laten gaan, zolang hij maar met Rainey meeging. Die heb ik hier... Wacht even... Ja, hier heb ik 'm.'

Ze had een map met toestemmingen doorgebladerd. Ze hield het papier voor Kate omhoog, zodat ze de e-mail door het glas heen kon lezen.

Beth_Walker12@gmail.com
Aan
presentie@regiopolisschool.org

Ja ik geef toestemming om Axel eerder naar huis te laten gaan zolang hij maar samen met Rainey Teague meegaat. Belt u mij op 918-347-6021 als u meer informatie nodig hebt. Elizabeth Deitz.

'Hebt u dat nummer gebeld?'

'Ja, natuurlijk. Ik kreeg haar voicemail en heb een bericht ingesproken.'

'Bent u teruggebeld?'

'Vast wel. Anders zouden we de jongens niet eerder laten vertrekken, toch? En dit briefje hier is ondertekend door Raineys moeder. Het is haar handtekening, dat weet ik in elk geval wel.'

'En hoe weet u dat zo zeker?'

De mond van de vrouw verstrakte nog verder.

'Nou, we hebben haar handtekening in ons bestand. Alice is heel precies met die toestemmingen. Ze staat erop dat alle ouders persoonlijk hierheen komen en hun handtekening op dit formulier zetten. Als we het formulier gewoon naar hun huisadres sturen, zetten de jongens zelf een handtekening, die deugnieten, en waar blijven we dan?'

'Hebt u de handtekening van mijn zus in uw bestand?'

'Nog niet. Axel is dit semester nieuw op school. Uw zus heeft het, neem ik aan, te druk gehad om hierheen te komen en het formulier te ondertekenen. Dat zal wel iets met die toestand van haar man te maken hebben.'

Dit zei de vrouw met een onmiskenbare zelfingenomen boosaardigheid. Kate bekeek de vrouw achter het glas eens wat beter. Ze was zo'n loketmaagd, een dikke sorbet-met-slagroomachtige vrouw met van dat hoog opgestoken haar, kersenrode lippen en zwarte ogen achter een ronde glasbril. Ze keek uitgesproken argwanend en defensief.

'Het spijt me,' zei de vrouw een beetje bits. 'Ik geloof niet dat wij al kennisgemaakt hebben. Mag ik u vragen vanwaar uw belangstelling voor deze kwestie?'

Kate gaf haar nog net geen klap in haar gezicht, want er zat natuurlijk glas tussen hen in.

'Ik ben Kate Walker – Kate Kavanaugh, bedoel ik. Ik ben Raineys voogd. En Axel en zijn moeder en zusje wonen bij ons. Dat staat allemaal in het registratieboek achter u, als u de moeite zou nemen om erin te kijken. Bent u zich ervan bewust dat niemand weet waar de moeder van Rainey is?'

De vrouw schudde haar hoofd, zodat de twee schijfjes van haar bril in het licht van de bureaulamp naast haar glinsterden.

'Nou, ze zal toch ergens in de buurt zijn, liefje, want toen we om een briefje van zijn moeder vroegen, zodat Rainey eerder naar huis kon, kwam Rainey meteen de dag erna met dat briefje op de proppen dat u nu in uw hand hebt. Ik heb haar handtekening vergeleken met die op haar handtekeningenformulier, zoals ik net al heb gezegd...'

'Neem me niet kwalijk, maar ik weet niet hoe u heet.'

'O nee,' zei de vrouw met een onnozele glimlach. 'Hoe zou u dat ook moeten weten. Ik ben Gert Bloomsberry. Ik werk hier maar tijdelijk; ik ben overgeplaatst van de Sacred Heart-school.'

'Aha. Mevrouw Bloomsberry, is Alice er ook?'

Gert aarzelde even, boog zich toen naar voren en sprak op samen-zweerderige fluistertoon.

'Nou, als u het niet verder vertelt: dat is de reden dat ik hier nu zit. Alice is al meer dan twee weken niet op school geweest. Ze heeft ons een e-mail gestuurd waarin ze schreef dat ze een poosje niet kwam, maar dat we ons geen zorgen moesten maken. Ze voelde dat ze ziek werd.'

'Hebt u die e-mail?'

De vrouw keek Kate fronsend aan.

'Natuurlijk. Maar dat is privécorrespondentie en die mag ik niet zo-maar...'

'Alice woont in The Glades. Is er iemand naartoe geweest om te kij-ken of alles in orde is?'

'Ja, natuurlijk. Ze heeft een huisje aan Virtue Place – enig toch? Ik bedoel, Alice die aan een straat woont die Virtue heet? Hoe dan ook, priester Bernard is er onderweg naar het vliegveld langs geweest. Het licht was aan en alles zag er prima uit. Hij heeft aangeklopt, maar er werd niet opengedaan. Haar auto was weg. Op de voordeur hing een briefje met BEN NAAR SALLYTOWN SNEL TERUG.'

'Was dat ondertekend?'

'Dat heeft hij er niet bij verteld.'

'Heeft iemand de politie gebeld?'

Gert schrok van de gedachte alleen al.

'Lieve hemel, nee zeg. De politie? We denken allemaal dat ze naar een vriendin is.'

'Dus als ik het goed begrijp is Alice al twee weken niet gezien, met slechts één e-mailtje, en het enige wat jullie gedaan hebben is er iemand langs sturen die vervolgens een briefje op haar deur gelezen heeft? Stel nou dat ze aan de andere kant van die deur dood op de grond ligt? Waar-om nemen jullie dit allemaal zo rustig op?'

'Gut, mevrouw Kavanaugh, u bent wel erg snel aangebrand, vindt u niet?'

Kate slaagde erin niet tegen het glas te slaan.

De vrouw ging doodleuk verder met haar handen bewonderen, die voor haar op het bureau lagen.

'Nee, Alice Bayer is erg geliefd. We vinden allemaal dat ze recht heeft op een beetje plezier in haar leven. Ze werkt heel hard, hoor. Iedereen hier heeft bewondering voor de manier waarop ze de presentie regelt, over de belangstelling die ze voor de jongens aan de dag legt. Ze kent ze allemaal bij naam, weet waar ze graag in hun vrije tijd heen gaan, plekken als Patton's Hard – wat een narigheid daar, met die rivier en de draaikolk, maar ze gaan er allemaal naartoe, de spijbelaars, Rainey en Axel ook, en als ze beginnen te spijbelen, nou, dan is Alice er wel eens naartoe gereden, helemaal naar Patton's Hard, en dan brengt ze ze aan hun oren terug naar school, en dan staan ze pas echt wat je noemt voor lul...'

'Hoe weet u dat Rainey en Axel naar Patton's Hard gaan?'

Patton's Hard was een park van anderhalve kilometer lang, dat even- wijdig aan de Tulip liep. De wilgen die daar stonden behoorden tot de oudste bomen van Niceville. Het was er vochtig, donker en gevaarlijk. Kate en Beth hadden al van jongs af aan een hekel aan Patton's Hard.

'Dat zullen ze wel aan de andere kinderen verteld hebben, toch? Ze hebben erover opgeschept. Het aan de brugpiepers verteld. Aan de kleintjes van de basisschool. Ze hebben gezegd dat ze daar een fort heb- ben. Ze hebben de kleine jongens verteld over de spoken die daar wo- nen, aan Patton's Hard, onder de wilgen, en die kinderen uitgedaagd om mee te gaan. Priester Casey heeft moeten...'

Misschien was er nog meer gekomen, maar Kate was al onderweg naar de Envoy.

Het briefje had ze niet teruggegeven.

Deitz neemt de wapens op

Deitz kwam met een badhanddoek van Andy Chu om zich heen onder diens douche uit. Het was een van zijn beste handdoeken, maar als hij, wanneer dit allemaal achter de rug was, nog leefde, zou Chu hem op de barbecue in zijn achtertuin verbranden.

Hij zat in de keuken op Deitz te wachten, terwijl hij een beetje at van wat er van de lunch over was – Kung Pao-kip, wat hij vies vond, want hij vond alle Chinese eten vies. Hij keek naar buiten naar een lichtbruine Toyota die verderop in de straat geparkeerd stond. Die stond er inmiddels al een poosje. Er zat niemand in, maar nu hij 'onderdak bood aan een voortvluchtige' had hij een mate van bewustzijn met betrekking tot zijn directe omgeving ontwikkeld die op het pijnlijke af was.

Over pijnlijk gesproken: hij voelde dat Deitz achter hem stond. Hij rook citroenfris.

'Heb je de spullen?' vroeg Deitz. Nu de zwelling in zijn neus wat was afgenomen sprak hij al met een iets normalere stem. Zijn zwarte sikje was eraf.

'Ja. Het ligt allemaal in mijn – in jouw – kamer, de grote slaapkamer.'

'En die pruik?'

'Die ook. Ik heb een large genomen, want het waren allemaal vrouwenpruiken.'

'Hadden ze wat ik moest hebben?'

'Ja. Precies wat je opgegeven had.'

Deitz kreunde, draaide zich om en slofte de keuken uit. Chu overwoog om gewoon de benen te nemen, de keukendeur open te maken en de straat op te rennen. Maar daar zaten nadelen aan vast.

Het voornaamste bezwaar was het dilemma van de chanteur.

Chu's deal met Deitz inzake de aandelen Securicom hield impliciet, zij het onuitgesproken, in dat Chu op de hoogte was van de zwendel met de Chinezen, die eruit bestond dat de Raytheon-module gekopieerd zou worden. Hij had Deitz die twee dagen gevolgd en had de ontmoeting van Deitz met die vent, Dak, in Tin Town, gefilmd. Daaruit vloeide voort dat Chu het ook wist.

En dus niet had gemeld.

Het tegendeel zelfs. Hij probeerde van die kennis te profiteren door zijn baas te chanteren.

En aangezien Chu alleen maar met een tijdelijk visum in Amerika was, wist hij dat hij, als dit ooit aan het licht kwam, van geluk mocht spreken als hij er met tien jaar cel vanaf kwam. Daarna zou hij zwaar geboeid op een vliegtuig terug naar Shanghai gezet worden. Wat hem vervolgens in China te wachten stond, daar dacht hij maar liever helemaal niet aan, zeker niet nu hij betrokken was – zij het uiterst marginaal – bij de dood van de heer Dak en zijn handlangers, die allemaal natuurlijk van de Guangbo waren – de Chinese geheime dienst.

Vandaar het dilemma, en vandaar dus geen sprint halsoverkop en om hulp roepend de straat op.

Hij hoorde allemaal laden dichtknallen en kastdeuren dichtslaan – Deitz was een behoorlijk luidruchtige huisgenoot – en een paar minuten later verscheen Deitz weer in de keuken. Chu zat op hem te wachten en wist dat hij, hoe Deitz er ook uit mocht zien, goedkeurend moest reageren. Dat bleek nog niet mee te vallen.

Deitz liep niet echt de keuken in, maar openbaarde zich daar meer. Hij had een zwartleren koffer in zijn hand en droeg een confectiepak van Hugo Boss, antracietgrijs, met daaronder een lichtgrijs overhemd, zonder stropdas. Hij had glimmende zwarte brogues van Allen Edmonds aan, met duifgrijze sokken. Hij had zelfs om een vuurrood pochet gevraagd.

Hij zag er, kortom, van beneden af verdomd goed uit, als een designerkoelkast of als zo'n gepensioneerde linebacker die als parttime commentator voor Fox en CBS werkt – supergelikt, maar wel zo dat het vaag iets alarmerends had.

Dat eindigde allemaal bij zijn nek, of bij dat iets smallere deel van zijn lichaam, daar waar bij de meeste mannen een nek zit.

Het deel waarmee bij Deitz zijn schouders aan zijn schedel vastzat, was een dikke kegel van pezen, spieren en botten, die naar boven toe net genoeg taps toeliep om in zijn schedel te kunnen overgaan, die van daaraf wat smaller werd, zij het niet genoeg om daadwerkelijk een punt te bereiken.

Deitz had de kwestie van het sikje aangepakt door het er met het elektrische waterproof Braun-scheerapparaat van Chu af te scheren – een aanpak die het scheerapparaat niet had overleefd. De blauwe plekken rond zijn ogen en de rommelige staat van zijn neus had hij opgelost door er wat concealer op te smeren, die Chu bij de drogist had gekocht.

Het was dik en krijtachtig spul, en het verhulde de blauwe plekken wel, maar zorgde er ook voor dat Deitz er als een Franse mimespeler uitzag. Het probleem met het blauw rond zijn ogen – hoewel dat onderhand meer gelig groen was – werd keurig opgelost door een wraparound-zonnebril – zo een als alle verkeersagenten dragen.

Tot zover niks aan de hand.

Maar bij de pruik ging het mis.

Deitz had heel duidelijk geweten wat hij wilde.

Hij wilde een lange, glanzende blonde pruik, zo lang dat het haar tot op zijn schouders kwam.

'Zoals een van die footballspelers, oké?'

Chu stelde geen vragen; iemands seksualiteit ging hem niet aan. Hij had tweeduizend dollar betaald voor het geval dat nu ongemakkelijk boven op Deitz' schedeldak rustte – een weelderige bos goudblond haar – gegarandeerd mensenhaar, helemaal uit Denemarken, was hem verzekerd – in een opzettelijk rommelige pony over het voorhoofd geknipt, terwijl de rest in een lange, bot afgeknipte laag tot op zijn schouders hing.

Er was geen ontkomen aan.

Deitz leek op Anna Wintour.

Of in elk geval zat het hoofd van Anna Wintour op het lichaam van een reusachtige trol in een pak van Hugo Boss.

Vraag me alsjeblieft niet wat ik ervan vind.

'Wat vind je ervan?'

Chu deed er even het zwijgen toe.

Als hij Deitz met die pruik op de deur uit liet gaan, waren ze nog geen kilometer op pad of de kinderen langs de kant van de weg zouden stenen naar de auto gooien. Honden zouden de auto achternazitten, blaffend en bijtend. Hiermee zou hij de aandacht van de politie trekken, die de kans niet voorbij zou laten gaan om een praatje te maken met een grote lelijke kerel met een Anna Wintour-pruik op, al was het alleen maar om het vervolgens aan de jongens op het bureau te kunnen vertellen.

Op dat punt aangekomen was het spel uit, zoals deze Amerikanen altijd zeiden, en niet alleen voor Byron Deitz.

'Heb je al in de spiegel gekeken?'

Deitz zei een poosje niks.

'Ja. En ik vond dat ik er heel aardig uitzag.'

'Weet je wie Anna Wintour is?'

'Geen idee.'

'Nou, je lijkt anders precies op haar.'

Deitz werd nog roder dan hij normaal al was.

'Zeg wat je te zeggen hebt.'

'Dat is een beroemd modewijf. Met Halloween verkleden homo's zich als haar. Als je een zwart jurkje en naaldhakken aanhad, was het helemaal af.'

Deitz kalmeerde een beetje en zuchtte.

'Godver. Weet je het zeker?'

'Ja.'

'Kut. Ik dacht dat ik eruitzag als een soort Arnold, uit de tijd dat hij Conan the Barbarian speelde. Of anders als een footballspeler. Die hebben tegenwoordig toch allemaal van dat lange haar?'

Chu schudde zijn hoofd.

'Geen Conan. Geen footballspeler. Anna.'

Deitz dacht er even over na.

'Die pruik af dan maar?'

'Die pruik af.'

Deitz zette hem af, deed het deksel van Chu's vuilnisbak open en liet hem boven op de Kung Pao-kip vallen.

Tweeduizend dollar.

Weg.

'Weg met dat ding. Dan moet het maar zo.'

'Waar gaan we naartoe?'

Deitz knoopte zijn jasje open. In zijn riem had hij een groot staalgrijs pistool gestoken.

'We gaan eens even met iemand over mijn geld praten.'

Endicott zat een meter of driehonderd verderop in de zwarte Cadillac en luisterde naar het gesprek dat Chu en Deitz in de keuken met elkaar voerden. Zijn Toshiba lag open op de stoel van de bijrijder en op het scherm waren de beelden te zien van de surveillanceapparatuur in de Toyota Corolla die hij een stukje voorbij het huis van Chu had neergezet, aan Bougainville Terrace 237.

De apparatuur had ongeveer de grootte van een gps-systeem en zat tegen de voorruit van de Toyota geplakt, waar die dingen altijd zitten. Er zat een lasergeluiddetector aan vast, die bevestigd was op de linkerzijspiegel, die gericht was op de ramen van Chu's woonkamer. Door variaties op nanogrootte in het glas te registreren kon de laser de trillingen in geluid omzetten. In dit geval het geluid van Chu en Deitz die het over Anna Wintour hadden. Het apparaat beschikte ook over een camera, dus kon Endicott van een veilige afstand meekijken naar wie het huis van Chu binnenging en weer verliet.

Eerder die dag had hij Chu zien wegrijden, in z'n eentje, volgens de infraroodcamera van het apparaat, dat kenmerken van lichaamswarmte in huizen en voertuigen registreerde. Aangezien het Endicott vooral om Deitz ging, en niet om Chu, was hij blijven zitten waar hij zat.

Chu was een uur of twee geleden teruggekomen, en aan het gesprek te oordelen stonden ze nu op het punt om naar iemand toe te gaan die meer over zijn geld wist.

Uitstekend.

'Wíj gaan met iemand praten?'

Deitz zette zijn bril af en Chu kreeg de volle laag van de boze Deitzblik. In zijn hoofd hoorde hij een geluid alsof iemand walnoten zat te kraken. Dat kwam van ergens heel dichtbij. Deitz was er nog niet achter dat dat walnootgeluid kwam doordat hij zelf met zijn tanden knarste. Hij knarste met zijn tanden als hij boos, gefrustreerd of gespannen was. Aangezien hij zelden iets anders was, zat dat geluid van krakende walnoten nogal vaak in zijn hoofd.

'Wij, ja. Ik heb er nog een. Ooit met een vuurwapen geschoten?'

'Byron,' zei Chu, terwijl hij al zijn overredingskracht in de strijd wierp, 'een vuurgevecht, dat kan ik echt niet, hoor. Dan bevries ik gewoonweg, net als die sullige tolk in *Saving Private Ryan*.'

'Waar heb je het in godsnaam over?'

'Waarom vraag je Phil Holliman niet? Dat is toch je sterke man?'

'Ik weet niet of ik wel van Phil op aan kan. Hij zit nu natuurlijk op rozen, nu hij de leiding over Securicom heeft. Als ze die deal met Quantum bij Securicom laten, als het contract aan het eind van de maand afloopt – en dat zou best eens kunnen – zit hij gebamzaaid. Als ik in beeld verschijn, verlinkt hij me meteen, want dat is de beste manier om voor zichzelf een wit voetje bij de FBI te halen. Phil wordt hier niet wijzer van.'

'Kun je niet een van die jongens gebruiken? Ik bedoel die slechteriken. Ray Cioffi bijvoorbeeld?'

'Ik zit niet op een stelletje slechteriken te wachten, Chu. Ik heb alleen een chauffeur nodig, iemand die me erheen brengt en die me dekt als ik binnen ben.'

Hij bukte zich, zocht in de koffer die voor hem op de grond stond en haalde er nog een heel groot metalen pistool uit, maakte het magazijn open, schoof de slede naar achteren en hield het wapen zo vast dat Chu kon zien hoe hij het magazijn er weer in schoof, vastdrukte en de slede losliet. Hij drukte de veiligheidspal in en stak Chu het pistool toe.

'Hier. Hij is schietklaar, dus schiet je voet er niet af. Die heb ik van Shaniqua. Het is een Sig. Richten en schieten. Vijftien kogels. Allebei je handen gebruiken.'

Chu pakte het wapen van Deitz aan. Het was zo zwaar als een bowlingbal en als je het Chu vroeg ook net zo nuttig.

'Byron...'

'Nee. Sodemieter op. Je gaat mee. Ik heb er lang over nagedacht. Ik laat je hier niet achter, want je schijt bagger voor me. Je zit er middenin, Andy. En dat heb je helemaal aan jezelf te danken. Je hebt zelf Ground Zero opgezocht. Toen ik in de cel zat, heb ik alle mogelijke manieren bedacht om jou het leven zuur te maken. Maar toen realiseerde ik me dat jij het probleem helemaal niet was. Die hufters die me erbij gelapt hebben, díé zijn het probleem. Jij wéét dat ik dat geld niet gestolen heb, godbetert. Nick en Boonie en al die lui van hier weten dat ik dat geld niet gestolen heb. Ze zetten me alleen maar onder druk over dat gedoe met die Chinezen omdat ze denken dat ik weet wie dat geld wel gestolen hebben. En dat weet ik ook. Ik weet precies wie die bank hebben beroofd, en ik ga dat geld bij ze weghalen. En dan schiet ik ze dood. Allebei. En dan bel ik Warren Smoles, en dan moet hij een deal met de FBI regelen, en als ik het goed aanpak – als ik dat geld vind – als ik die moordenaars van die agenten doodschiet, dan ben ik een held, godbetert, en dan is die aanklacht van Raytheon van tafel.'

'Wie zijn het dan? Die lui die het echt gedaan hebben?'

'Ben je daar dan nog niet achter? Ik zal je een hint geven. Ga maar uitzoeken aan wie ik vijf ruggen heb betaald om dat Raytheon-ding terug te krijgen.'

Chu wist dat Deitz zijn module met losgeld had teruggekregen en dat de enige mensen van wie die module met losgeld terug te krijgen was, de mensen waren die de bank hadden beroofd. Maar de betaling was naar een Mondex-kaart gegaan, en hoewel hij het had geprobeerd, was het hem niet gelukt om de kaart helemaal te herleiden tot de gebruiker. Hij was tot de Kanaaleilanden gekomen en daar op een muur gestuit. Maar hij was niet van plan dat Deitz aan zijn neus te hangen.

Hoe dan ook, Deitz had het er niet bij laten zitten.

'Dus ik dacht, kort en goed, jij en ik zitten in hetzelfde schuitje. Dus verman je, steek dat pistool in je broek – nee, niet aan de voorkant, stomkop, hier aan de zijkant, mooi zo, en trek nu je jas aan, pak die autosleutels en in de benen.'

Chu deed nog één poging.

'Byron, luister, die gasten die die bank hebben beroofd hebben daarbij vier agenten en twee burgers gedood. Wie het ook zijn, het zijn zware jongens die zich niet een, twee, drie laten benaderen. En het kan niet anders of ze weten dat jij ontsnapt bent. Dan verwachten ze toch dat jij er aankomt? Je loopt regelrecht in een val. Waarschijnlijk schieten ze ons allebei dood.'

Deitz deed er even het zwijgen toe, en Andy Chu's hart begon weer te kloppen.

Maar niet voor lang.

'Doet er niet toe. Zo lang kan ik niet op vrije voeten blijven. Iedereen van de politie in de hele staat is naar me op zoek. Nog even en de FBI gaat bedenken wie mij zou kunnen helpen. Jij bent vandaag niet naar je werk gegaan. Jij hebt net vijfduizend dollar aan kleren uitgegeven die je vier maten te groot zijn. Plus die achterlijke pruik. Zodra ze dat in beeld krijgen, landen die SWAT-gasten hier op je dak. Ik heb maar heel beperkt de tijd om die klootzakken te pakken te nemen, en ik ga geen tijd verspillen met hier een beetje tactisch lopen doen. Oké?'

Chu daalde in zichzelf af en vond ergens nog een spoortje moed. Kon hem het ook schelen. Hij zat tot aan zijn strot in de shit. En die had hij zich nog zelf op de hals gehaald ook. Misschien was het wel zijn verdiende loon.

'Ja,' zei hij. 'Kan mij het ook schelen. We gaan.'

Deitz grijnsde naar hem.

'Zal ik jou eens wat vertellen? Je hebt talent. Kom, kijken of we nog iemand kunnen omleggen.'

Toen de garagedeur van Chu opengleed en diens blauwe Lexus over de kasseien naar buiten reed, keek Endicott naar het computerscherm. De remlichten lichtten op, en toen reed de auto Bougainville Terrace op.

Endicott startte de Cadillac, schakelde en gleed heel stil de weg af, waarbij hij zo nu en dan op het scherm van de Toshiba keek. Hij had die nacht een gps-zender aan de Lexus bevestigd – Chu's alarmsysteem oversteeg het niveau van een paar blikjes met een touwtje eraan vast niet – en nu kon hij die Lexus overal volgen.

Het zag ernaar uit dat hij nu in noordelijke richting over River Road reed. Endicott ging achteruit zitten op het satijnzachte leer van de stoelen – Cadillac, de beste auto ter wereld – ze mochten al die BMW's en Audi's houden – en hij dacht na over wat hij net had gehoord.

Jij wéét dat ik dat geld niet gestolen heb, godbetert. Nick en Boonie en al die lui van hier weten dat ik dat geld niet gestolen heb. Ze zetten me alleen maar onder druk over dat gedoe met die Chinezen omdat ze denken dat ik weet wie dat geld wel gestolen hebben. En dat weet ik ook. Ik weet precies wie die bank hebben beroofd, en ik ga dat geld bij ze weghalen. En dan schiet ik ze dood. Allebei. En dan bel ik Warren Smoles, en dan moet hij een deal met de FBI regelen, en als ik het goed aanpak – als ik dat geld vind – als ik die moordenaars van die agenten doodschiet, dan ben ik een held, godbetert, en dan is die aanklacht van Raytheon van tafel.

Het was nog nooit bij La Motta, Munoz of Spahn – en ook niet bij Endicott, nu we het er toch over hebben – opgekomen dat Deitz dat geld niet gestolen had. In de wereld zoals zij die kenden was onschuld niet een woord dat gemakkelijk van je tong rolde.

Endicott keek op zijn mobiele telefoon, overwoog om zijn bron hier ter plaatse om advies te vragen – de advocaat van Deitz zelf, Warren Smoles, een onbetrouwbaar sujet zoals je ze niet vaak meer zag. Nog suggesties?

Zou het kunnen dat Deitz wíst dat hij werd afgeluisterd? Dat dit allemaal voor de bühne was?

Nee.

Uitgesloten.

Hij was pas twee dagen met Deitz bezig en hij was al tot de conclusie gekomen dat Deitz zo ongeveer net zo veel oog voor zijn omgeving had als een weekdier.

Even later wist Endicott wat hem te doen stond. Hij ging Warren Smoles niet bellen, en Maria La Motta ook niet. Hij ging helemaal niemand bellen.

Daar was dit allemaal veel te interessant voor. Hij zag dat de rode stip op River Road versnelde en net Peachtree passeerde.

Hij pakte een Camel, stak die op, draaide het raampje omlaag en deed het dak open. Als je in een huurauto rookte, kreeg je een rekening van vijfhonderd dollar schoonmaakkosten. Endicott kon dat best betalen, maar vijfhonderd dollar was belachelijk.

'*Jij wéét dat ik dat geld niet gestolen heb, godbetert.*'

'*En dat weet ik ook.*'

Die Chinees had waarschijnlijk gelijk – en voor een slome Chinees had hij ballen, en niet zo'n beetje ook – maar Byron Deitz en hij zouden waarschijnlijk deze middag nog het loodje leggen. Hij was benieuwd wie dat voor zijn rekening zou nemen.

Hij zoog aan zijn sigaret, blies de rook door het open dak naar buiten en glimlachte.

Het kon niet beter.

De buitenkant wil naar binnen

Lemon Featherlight arriveerde ongeveer een kwartier nadat Nick hem had gebeld vanaf het mortuarium van het Lady Grace-ziekenhuis. Nick had geen politieauto gestuurd, want dan had Lemon tegen de betreffende agent gezegd waar hij die auto had kunnen steken, en dat zou niet lekker gevallen zijn.

Ze zagen hem de lange donkere gang door lopen: een lang, slank silhouet in zwart T-shirt en spijkerbroek, dat de lichtcirkels van de plafondlampen in en uit liep, terwijl zijn laarzen stevig over het graniet bonkten.

Hij liep tot aan de stalen deuren, waar Boonie en Nick stonden te wachten, en ging onder de lamp staan – een knap, maar hoekig, zelfs wreed gezicht, zijn diepliggende ogen in schaduwen gehuld, lang zwart haar achter zijn oren gestreken, zijn mond een smalle lijn en zijn handen langs zijn lichaam.

'Nick. Hoe gaat het met je?'

Nick glimlachte.

'Een beetje door elkaar geschud. Mijn eigen stomme schuld.'

'Ik heb gehoord dat het busje een hert heeft geraakt.'

'Een bok.'

'Een grote?'

'Volgroeid. De bestuurder en de bewaker zijn om het leven gekomen. Het busje is gecrasht en toen ik wakker werd, stond Boonie zoute tranen boven me te huilen.'

Boonie snoof, maar zei niets.

'Ik zag Reed net op de gang. Hoe gaat het met hem?'

'Niet zo best. Marty Coors heeft hem geschorst voor de duur van het onderzoek.'

'Ik heb de beelden gezien. Hij mag van geluk spreken dat hij het er levend van afgebracht heeft.'

'Dat kan lang niet iedereen zeggen,' zei Boonie. 'Ben je er klaar voor?'

'Ik ben er toch?' zei hij, terwijl hij naar Nick bleef kijken en geen aandacht aan Boonie schonk, die zelf al net zo onverstoorbaar keek.

'Waar is-ie?'

'Hierbinnen,' zei Nick, en hij drukte op de metalen knop. De deuren gingen sissend open en Nick ging hun voor de opslagruimte in. Boonie sloot de rij, alsof Lemon al in hechtenis was. Ze gingen voor la negentien staan.

Nick keek naar Boonie, die de deur opendeed en het blad eruit trok. Hij trok het laken weg, zoals een matador zijn cape laat wapperen. Als hij dacht dat Lemon van schrik van zijn stokje zou gaan, kwam hij bedrogen uit.

Lemon stond erbij, vouwde zijn handen voor de gesp van zijn riem en keek uitdrukkingsloos toe terwijl Nick, zo nu en dan met hulp van Boonie, de bijzonderheden van het lijkschouwingsrapport uit de doeken deed, alsmede de bijbehorende forensische gegevens.

Toen hij klaar was, keek Lemon over de schuiflade heen naar Nick.

'Dat is 'm. Dat is die vent.'

Boonie zuchtte en zette zijn handen in zijn zij.

'Je ziet toch wel dat die man dood is, hè?'

Lemon keek hem uitdrukkingsloos aan.

'Ja, dat zie ik.'

'En als wij je vertellen dat deze man misschien wel twintig uur voordat jij hem in de gang voor Raineys ziekenhuiskamer hebt gezien is overleden, dan geloof je ons ook?'

Lemon knikte en wachtte op wat er verder komen ging.

'Oké. Heeft iemand anders hem verder nog gezien?'

'Zou kunnen,' zei Lemon. 'Hebben jullie daarnaar geïnformeerd?'

Boonies gezicht betrok nog verder.

'Het is een half jaar geleden gebeurd. Het is mij zojuist pas ter ore gekomen.'

'U weet het nu. U bent nu hier in het ziekenhuis. Ga het aan mensen op die verdieping vragen. En in de hal. Ik wacht wel.'

'Op grond van wat jij beweert?'

Lemon haalde zijn schouders op.

'Agent Hackendorff, dat interesseert me geen bal.'

Boonie raakte geïrriteerd.

'Moet je eens horen, Featherlight, ik kan je zo...'

Nick onderbrak hem.

'Boonie, doe niet zo moeilijk. Lemon is goudeerlijk. Ik weet dat het je niet aanstaat wat Lemon te vertellen heeft. Ik vond het ook niet leuk om je mijn verhaal te moeten vertellen...'

Lemon keek Nick aan.

'Wat heb jij hem dan verteld?'

Nick vertelde hem dat Rainey Merles naam had genoemd toen hij wakker werd, dat hij het over Glynis Ruelle had gehad. Over de tekst op de achterkant van de spiegel. Toen hij klaar was, bleef Lemon hem aankijken. De vraag stond duidelijk in zijn lichtgroene ogen te lezen.

Nick schudde zijn hoofd.

'Nee, de rest niet.'

Boonie kreunde, deed een stap achteruit en keek hen allebei aan.

'De rest? Is er nog meer dan?'

Nick en Lemon keken elkaar even aan en draaiden zich toen allebei om naar Boonie.

'Ja,' zei Nick, 'er is nog meer. Wil je het horen?'

Boonie deed er een poosje het zwijgen toe en keek boos neer op het lijk op de metalen schuiflade.

'Natuurlijk,' zei hij, plotseling met een glimlach. 'Ik bedoel, na al die bizarre toestanden kijk ik nergens meer van op.'

Nick nam ontslag uit het ziekenhuis, alle protesten van de artsen en verpleegkundigen ten spijt – waarschijnlijk hersenschudding, risico op een bloedprop, inwendige bloeding – en ze reden met de zwarte Crown Vic van Boonie terug en staken de rivier over naar The Pavilion, een restaurant en winkelcentrum aan het water, gebouwd aan een cederhouten looppad dat in een brede bocht langs de rivier liep.

Het was warm en helder, met net een vleugje herfst in de wind. De Tulip stroomde in volle vaart langs de reling, wat rond de pijlers een lage rommelende trilling veroorzaakte. Voorbij de reling glinsterde de zon op het water, dat kolkte en voortjoeg. Op de oevers groeiden dikke bougainvilleranken en dichte pollen pampagras bogen in de wind. Verder rivieropwaarts gaven de oude wilgen aan Patton's Hard een innerlijke gloed af.

Ze kregen een ronde tafel onder de luifel van The Bar Belle, en een knappe serveerster met een retrolook uit de jaren veertig en het bijbehorende figuurtje, nam hun bestelling op – bier, bier, nacho's en een karaf chianti – waarna ze terwijl ze wegliep nog even achterom naar Lemon glimlachte. Boonie stak zijn hand op, met de handpalm naar voren.

'Nee. Geen rare verhalen meer tot ik een Beck's soldaat heb gemaakt.'

En dus zaten ze in een ongemakkelijke stilte te wachten, die een minuut later werd verbroken doordat er een telefoon ging. Hierop volgde het als in een reflex gebruikelijke doorzoeken van jaszakken, totdat Nick de zijne te pakken had.

KATE

'Oké, ik ben de lul,' zei Nick.

De telefoon bleef gaan, schel en aanhoudend. Hij barstte van de hoofdpijn en de barst in zijn... wat was het ook alweer? Zijn orbitafractuur? Nou, die deed ook pijn. Misschien was het toch niet zo verstandig geweest om zonder dat Kate ervan wist ontslag te nemen. Van wat Kate erover te zeggen had als het haar ter ore kwam, zou hij vermoedelijk onvruchtbaar worden. Nog even en dan wist hij het.

'Hé, Kate...'

'Waar ben je?'

'Ik zit bij The Bar Belle, met...'

'Ik ben over twintig minuten bij je.'

'Oké, schat. Luister, ik wilde je net bellen...'

De verbinding werd verbroken.

Hij legde de telefoon op tafel. De andere twee mannen keken eerst elkaar aan en toen Nick.

'Kate?' vroeg Lemon.

Nick knikte. Er volgde een meelevende stilte. Hun drankjes werden gebracht en hij pakte zijn glas wijn en nam een grote slok.

'We hadden haar even moeten waarschuwen,' zei Boonie.

'Ze is onderweg hierheen.'

Boonie kreunde.

'Jezus. Nu?'

'Ze is er over twintig minuten.'

'Ze vermoordt me. Ze had nog zo gezegd dat ik je daar moest laten. Ze vermoordt me.'

Lemon glimlachte met een spottende grijns naar hem.

'Nou, dan kun je de benen nog nemen. Misschien haal je de Canadese grens wel.'

Boonie reageerde niet, maar pakte zijn bier, nam een grote slok en zette het glas met een sombere zucht weer neer.

'Kom op, zeg. Wat is het ergste wat er kan gebeuren?'

'Misschien vermoordt ze mij in plaats van jou,' zei Lemon.

Boonie nam nog een slok en leunde achterover.

'Oké. We hebben twintig minuten. Kun je mij in twintig minuten vertellen wat je te vertellen hebt?'

Dat lukte. Op het laatst moesten ze Boonie vragen of hij hen niet meer wilde onderbreken. Dat deed hij toen uiteindelijk, en ze kwamen aan het eind van hun verhaal – althans, aan het voorlopige eind.

Boonie had nog een Beck's voor zich staan. Maar nu keek hij er alleen nog maar in. Toen hij begon te praten, kwam wat hij te zeggen had aan als een effectbal.

'Nick, heb ik je ooit verteld wat Charlie Danziger een poosje geleden tegen me zei?'

'Nee, wat dan?'

Boonie keek het looppad af. Het was druk in het café met mensen die voor het borreluur kwamen – mooie, stralende mensen in allemaal spullen van Hilfiger en Armani. Op de beboste heuvels die naar de voet van Tallulah's Wall leidden, schenen de warme lichtjes van de wijk The Chase door de bomen heen. Aan de overkant van de rivier, op de oost-oever, bulderde het verkeer over Long Reach Boulevard. Op de Armory Bridge reed zo'n donkerblauw-met-goudkleurige tram van The Peach-tree Line ratelend de rivier over, glanzend en glinsterend in de zon.

Ondanks de wanorde in zijn hoofd vond Boonie dat Niceville er op deze zonovergoten middag toch aardig bij lag, hartelijk dank. Boonie keerde terug tot de twee anderen en begon met zachte stem tegen hen te praten – een stem voor hun tafel alleen.

'Charlie. Je weet toch dat hij, toen Kates moeder bij dat ongeluk op de snelweg om het leven is gekomen, nog brigadier bij de staatspolitie was? Een jaar of zes, zeven geleden?'

'Zeven.'

'Dus Charlie was als een van de eersten ter plekke. Kates moeder... Hoe heette ze ook alweer?'

'Lenore.'

'Ja. Charlie zei dat Lenore nog leefde. Charlie zag wel in dat hij haar er niet uit zou kunnen krijgen zonder haar te doden, dus is hij min of meer maar bij haar in het wrak gekropen en heeft hij haar bij bewustzijn gehouden terwijl hij wachtte tot de ambulance er was. Veel bloed. Ze had veel pijn. Charlie kon niks doen, hij kon alleen maar bij haar blijven en... nou ja... proberen haar te troosten. Te kalmeren.'

'Charlie is een goeie vent,' zei Nick. 'Die lui van Interne Zaken hebben hem genaaid. Ik bedoel écht genaaid.'

Er viel een stilte, waarin de twee agenten aan tafel zich afvroegen hoe de agenten van Interne Zaken zichzelf recht in de ogen moesten kijken. Lemon, die marinier was geweest, wist wel het een en ander over hoe het was om door wraakzuchtige militaire politieagenten genaaid te worden, maar hield er zijn mond over.

Even later ging Boonie verder.

'Maar goed, hoe dan ook, Kates moeder raakte in shock en viel zo nu en dan weg. Charlie bleef bij haar en probeerde haar bij bewustzijn te houden, ervoor te zorgen dat ze niet weggleed. Maar ze gleed wel weg. Dat merkte hij. Ze doet haar ogen open, kijkt Charlie aan en zegt: "Ze gebruikt de spiegels."'

Dat had Nick al van Kate gehoord, op de avond van... de avond van de spiegel. Maar hij liet Boonie het verhaal doen. Dat deed hem blijkbaar goed.

'"Ze gebruikt de spiegels." Ze zei het een paar keer, alsof ze wist dat ze het niet zou overleven en ze wilde dat Charlie het zich zou herinneren. Een paar minuten later, net toen de hulpdiensten gearriveerd waren, glijdt ze weg, terwijl Charlie haar nog steeds vasthoudt. Charlie zei dat hij het nooit zou vergeten, die blik in haar ogen. Zoals je al zei, Nick, een goeie vent.'

Er viel een lange stilte.

Boonie schudde zich uit als een hond die uit het water komt, leek het wel.

'Dus even samenvattend,' zei hij, 'en dit keer laten jullie me uitpraten.'

Hij schoof naar voren en spreidde zijn handen op het tafelkleed uit. Hij haalde diep adem en blies toen uit.

'Oké. Glynis Ruelle woont in de spiegel die bij jou boven in de kast staat. Ik weet het, ik weet het: het is een poort, of een portaal, of wat dan ook, maar daar komt het wel op neer. Die spiegel bestaat al heel lang. Hij gaat helemaal terug tot de jaren 1790, in Ierland. We denken dat Glynis in de jaren dertig is overleden, maar aangezien de archieven in 1935 door brand zijn vernietigd, weten we dat niet zeker. Op de een of andere manier kan Glynis in die spiegelwereld dingen in de buitenwereld laten gebeuren. "Ze gebruikt de spiegels." Ze weet waardoor mensen verdwenen: Delia Cotton, Kates vader, die Gray Haggard, van wie jij in het huis van Delia Cotton op de grond van de eetkamer granaatscherven hebt gevonden – en dus schakelt ze Merle Zane in om haar te helpen. Ze laat hem ergens in een schemertoestand tussen leven en dood in bestaan, zodat hij... iets kan doen... in Sallytown. Iets waarbij ene Abel Teague betrokken is, een ver familielid van Rainey, die een meisje iets heeft aangedaan, een meisje met de naam Clara Mercer, de jongere zus van Glynis Ruelle. Hoe doe ik het tot nu toe?'

'Heel goed,' zei Lemon. 'Behalve dan dat we ook te maken hebben met het feit dat Abel Teague uitermate smerige manieren gebruikte om haar man en zijn broer de oorlog in te sturen. En toen Ethan terugkwam – verminkt – regelde Abel Teague een schutter – ene Haggard, trouwens – om hem op kerstavond 1921 naar buiten te roepen en dood te schieten.'

Nick deed er het zwijgen toe. Hij keek in zijn glas en herinnerde zich van alles.

Boonie nam een slok en ging verder.

'Dank je wel. Inderdaad. Dus ze heeft alle reden om een hekel aan die Teague te hebben. En Merle Zane voert het uit – wat, dat weten we niet – gebaseerd op wat jij zegt, waarschijnlijk een vuurgevecht – en wordt daarbij voor de tweede keer doodgeschoten – vandaar de aarde op de achterkant van zijn overhemd – en plotseling is hij weer de dode man die op drie kilometer in de Belfair Range met zijn rug tegen een naaldboom zit.'

Hij zweeg even en nam een slok – dat deden ze alle drie.

'Het volgende wat er gebeurt is dat er een soort zwart kronkelig ding bij jou thuis verschijnt, bij de deur – bij Kate en jou. Kate denkt dat het haar vermiste vader is, ze doet de deur open en dan licht de spiegel op, en Glynis Ruelle stapt uit de spiegel, zo het kleed in jullie woonkamer op, en ze zegt iets in de trant van "Clara hou op Abel Teague is dood", ik neem aan omdat Merle erin is geslaagd hem bij dat vuurgevecht te doden. Misschien moeten we iemand naar Sallytown sturen om te kijken of het lichaam van Abel Teague daar ergens in een greppel ligt of zo. Maar goed, Clara houdt op – dat zwarte ding gaat weg – en Kate en jij worden verblind door een groen licht – dat houdt op – en Clara en Glynis zijn weg – de lampen zijn weer aan – Kate legt de spiegel met het glas naar beneden op het kleed. Heb ik dat zo ongeveer goed?'

'Ja,' zei Lemon, zich ervan bewust dat Nick zwijgt.

'En dat heb je zelf gezien?' vroeg hij aan Lemon.

'Nee, maar tijdens een deel daarvan hebben we met elkaar gebeld. Ik was in het huis van Sylvia Teague, waar ik in haar computer...'

'De stamboombestanden doorzocht. Dus dit deel hebben alleen Nick en Kate gezien, dat kronkelige geval bij de deur?'

'Dat klopt,' zei Nick, die weer bij de les was.

Boonie deed er even het zwijgen toe.

'Oké, niet om het een of ander, Nick, maar... heb je er wel eens over gedacht dat het iets met stress te maken heeft? Van de oorlog?'

Nick probeerde het niet meteen weg te wuiven, want hij had inderdaad over deze mogelijkheid nagedacht.

'Dat is wel bij me opgekomen. Maar Kate dan? En dat verandert allemaal niks aan wat er met Rainey Teague is gebeurd. Dat heeft iedereen gezien. Nee, neem maar van mij aan dat ik het geprobeerd heb. We zitten gewoon echt met die ellende opgescheept.'

'Er gebeuren nu eenmaal vreemde dingen in de wereld,' zei Lemon. Boonie – die de man aardig begon te vinden – glimlachte en zei: 'Noem mij één ding waarmee dit te vergelijken valt.'

'De hele wereld. Waar die echt uit bestaat. Ik ben een boek over deeltjesfysica aan het lezen. Kwantummechanica, dat werk? Waar wij naar kijken, hier op dit moment – u, Nick, ik, de rivier die langsstroomt – dat is allemaal gewoon een energieveld. Ik weet het, ik weet het, maar het is waar...'

'Er zat een vent bij mij in mijn eenheid,' zei Nick, 'en die had een gezegde op zijn helm geschreven. "God heeft het universum uit het niets geschapen, en als je goed kijkt kun je dat ook zien."'

Lemon knikte.

'Dat is precies wat ik bedoel. Dus als alles gewoon een energieveld is, misschien zijn er dan wel plekken waar dat energieveld... verbogen raakt. Vervormd.'

'Bedoel je zoals magneten en ijzervijlsel?' vroeg Boonie.

'Ja, zoiets. Of zoals zwaartekracht. Dingen zijn alleen maar zwaar omdat de aarde aan... aan alles trekt. Dus ook aan u en mij. Maar die kunnen we niet zien, toch? Misschien is er in Niceville ook wel zoiets aan de hand.'

Boonie snoof.

'Wat dan? Zoiets als het Kratergat?'

Lemon wilde 'ja, precies als het Kratergat' zeggen, maar toen zagen ze een grote zwarte suv de parkeerplaats op komen rijden, met Kate achter het stuur.

'Daar is ze,' zei Boonie.

'Ja,' zei Lemon. 'Dus, wat denkt u?'

Boonie keek toe terwijl Kate uit de auto stapte en er even naast bleef staan om haar blik langs het publiek bij The Pavilion te laten gaan.

'Ik denk,' zei Boonie, terwijl Kate oogcontact met hem maakte en zijn kant op kwam lopen, 'ik denk dat ik je geloof. God sta me bij. En ik heb geen flauw idee wat ik eraan kan doen.'

'Ik denk dat niemand er iets aan kan doen. Behalve dan het uit de weg gaan. Misschien is er wel een rationele verklaring voor die hele toestand. Misschien ook niet. Misschien heeft Lemon gelijk en is er een kracht die... dingen verdraait... de werkelijkheid verbuigt... in Niceville. Ik zal jullie zeggen hoe ik erin sta. Bij de verkeerspolitie zeggen ze altijd "fuck it, doorrijden". En dat zeg ik nu ook. Fuck it. Wat het ook is, we kunnen er niks aan doen. Dus fuck it. En doorrijden.'

'En Merle Zane dan?'

Kate liep de trap naar het terras op, en ze stonden allemaal op. Nick glimlachte tegen haar, maar praatte tegen de anderen.

'Begraaf hem, Boonie. Begraaf hem in de grond met een zware steen erop en maak rechtsomkeert.'

Kate glimlachte niet.

Ze bleef staan, liet haar blik langzaam langs de drie mannen gaan, en liet hem tot slot op Nick rusten. Gedurende een paar seconden nam ze koeltjes zijn gezondheidstoestand op.

Nick wachtte af.

Boonie en Lemon zetten zich schrap.

Kate slaakte een diepe zucht.

'Nick, wat ben jij een klootzak.'

'Inderdaad,' zei Boonie. 'Ik heb nog geprobeerd hem tegen te houden.'

Ze keek hem woedend aan.

'En jij, Boonie, liegt dat je zwart ziet.'

'Inderdaad,' zei Nick.

'Hé, ik ben maar een onschuldige omstander, hoor,' zei Lemon.

Ze schudde haar hoofd en zuchtte weer diep.

'Ik ben hard aan een borrel toe.'

Een algehele rimpeling van opluchting en de hervatting van normale ademhaling. Aangezien ze chianti wilde en er al een karaf op tafel stond, hoefde er alleen nog een extra glas te komen. Lemon stond op om dat te gaan halen. Kate ging tegenover Nick zitten, rechts van Boonie. Boonie deed zijn mond open om aan een excuusverhaal te beginnen, maar ze stak haar hand op.

'Je hoeft je niet te verontschuldigen, Boonie. Ik had toch al niet gedacht dat hij in het ziekenhuis zou blijven. Hij haat ziekenhuizen. Hij zegt dat mensen daar doodgaan.'

'Dat is ook zo. Je ziet er afgepeigerd uit, liefje,' zei Nick.

'Ik ben ook afgepeigerd. Afgepeigerd en somber. Ik krijg les in wat opvoeden echt inhoudt. Ik schijn een onnozele hals te zijn.'

Nick keek even naar Boonie, en toen weer naar haar.

'Rainey?'

'Ja, Rainey. En Axel. Ze spijbelen. Ze gaan vroeg weg. Voor zover ik weet al sinds de eerste week van het semester. Volgens mij hebben ze zich ook toegang verschaft tot Beths e-mailprogramma, want waarschijnlijk sturen ze nepmails om zichzelf in te dekken...'

'Sturen ze nepmails?' vroeg Nick. 'Maar ze zijn veel te jong om al te hacken...'

'Maak jezelf niks wijs,' zei Boonie.

'Hij heeft gelijk,' zei Kate. 'Die jongens zitten voortdurend op Axels iPad. Ze weten meer over internet dan Mark Zuckerberg. En ze liegen allebei tegen ons over Coleman, Owen en Jay. Die blijken hen helemaal niet naar huis gevolgd te zijn. Ze hebben ze niet voor "grafjongen" en "politiemoordenaarszoon" uitgemaakt. Ze hebben natuurlijk wel de bekende ruzies, maar zo zijn jongens nu eenmaal. Rainey en Axel hebben ons – Beth, jou en mij – volstrekte lariekoek verkocht.'

'Zoals de meeste kinderen,' zei Boonie.

Hij had helemaal in z'n eentje twee dochters opgevoed, van wie eentje nu gelukkig getrouwd was en de ander gelukkig bij de marine zat, maar het had hem bijna de das omgedaan.

Kate zuchtte en keek glimlachend naar Lemon op, die terugkwam met een glas, het volschonk en haar aanreikte.

'Dank je wel, Lemon. Ik vertel hun net over Rainey en Axel. Die zijn aan het spijbelen. Ze maken briefjes en e-mails na.'

'En waar gaan ze dan naartoe?' vroeg Lemon.

Ze keek de rivier langs, in de richting van Patton's Hard.

'Volgens mij zitten ze daar veel,' zei ze met een knikje die kant op. 'Onder de wilgen.'

'Als ze spijbelen,' zei Nick, 'hadden we wel een telefoontje van Alice gekregen.'

Kate nam een slokje, hield het glas voor zich en keek fronsend naar haar spiegelbeeld.

'Dat zit me ook niet helemaal lekker. Alice Bayer lijkt wel van de aardbodem verdwenen. Ik heb met haar vervangster gesproken, een verschrikkelijk mens, ene Gert Bloomsberry, die het heerlijk vond dat ze mij kon vertellen dat Alice al meer dan twee weken niet meer op school geweest is. Volgens Gert is Alice waarschijnlijk een vriendin aan het bezoeken...'

Nick was meteen een en al aandacht.

'Het bestaat niet dat Alice zomaar niet naar haar werk gaat. Daar is ze de vrouw niet naar. Ze heeft tien jaar voor Delia Cotton gewerkt. En nooit een dag verzuimd.'

Kate was het met hem eens en zei dat ook met klem.

'Een van de docenten is naar haar huis gegaan. Haar auto was weg en er hing een briefje op haar deur. Daarop stond dat ze naar Sallytown was en dat ze over een week terug zou zijn. De priester heeft aangeklopt, maar er was niemand thuis. Ze hebben gebeld, maar krijgen steeds haar antwoordapparaat.'

'Het bevalt me helemaal niet,' zei Boonie.

'Mij ook niet,' zei Nick.

'Dan zal dit jullie ook niet bevallen,' zei Kate, en ze haalde het briefje uit haar tas dat ze van Gert Bloomsberry had gekregen. Ze legde het op tafel, zodat iedereen het kon zien.

Nick pakte het op, las het en legde het weer neer.

'Jullie begrijpen wat mijn probleem is,' zei Kate tegen de hele tafel, 'aangezien de meesten van ons denken dat Sylvia dood is. Waar komt dit briefje dan vandaan?'

Lemon boog zich naar voren en pakte het briefje op.

'Ik denk dat ik het wel weet,' zei hij, en daarmee had hij meteen ieders volledige aandacht.

'Toen we nog bezig waren om erachter te komen wat er aan de hand was, hebben Nick en Kate me gevraagd om in Sylvia's computer te kijken of daar iets in stond waar we iets aan zouden hebben. Toen ben ik naar haar huis gegaan...'

'Hoe ben je binnengekomen?' vroeg Boonie. 'Er zit een veiligheidsslot op de deur.'

Nick en Kate keken naar hem.

Boonie haalde zijn schouders op.

'Ik heb een borrel gedronken met Mavis Crossfire. Het huis van de Teagues op Cemetery Hill ligt in haar wijk. Nu er niemand woont, gaat ze er wel eens heen om te kijken of alles in orde is.'

Wat er ook gebeurt, de dood is nooit ver weg

Chu en Deitz reden in noordoostelijke richting, naar de kruising van North Gwinnett en Bluebottle, met Endicott ongeveer anderhalve kilometer achter zich – Endicott luisterde naar ingewikkelde New Orleans-jazz van Irvin Marfield – toen Deitz door het dak omhoogkeek en een olijfgroen stipje zag vlak boven het dak van overgeplaatste palmbomen die The Glades van schaduw voorzagen. Hij besteedde er een poosje geen aandacht aan; vliegende stipjes had je in de buurt van een vliegveld nu eenmaal bij de vleet.

De wijk The Glades was een parkachtige buurt met huizen in de stijl van de jaren vijftig, gebouwd in de stijl van de stad Coral Gables. The Glades was ooit de meest prestigieuze buitenwijk van Niceville geweest. Maar Niceville had de wijk onder de voet gelopen en die stond nu een beetje slecht bekend. De palmbomen waren vermoeid en versleten. Deitz wist dat Coker een bungalow in The Glades had.

Als ze klaar waren met Danziger, was Deitz van plan Coker een bezoekje te brengen.

Ze waren al een heel eind in de noordelijke buitenwijken van Niceville en de avondspits werd steeds drukker. Links van hen verscheen het winkelcentrum Galleria – een verzameling grote winkels en themarestaurants, zoals The Rain Forest Grill, Landry's en Thank God It's Friday, die allemaal op chirurgische wijze met zo'n reusachtige winkel in jachtbenodigdheden verbonden waren. De parkeerplaats stond al bomvol.

Jezus, moet je die sukkels zien, dacht Deitz terwijl hij naar de auto's en suv's keek die dicht op elkaar op de parkeerplaats van een halve hectare stonden, terwijl de lichten van de winkels flitsten en knipperden, en het er wemelde van de mensen. Bespaar me die ellendige buitenwijken.

Chu had de radio aan en luisterde naar iets sentimenteels met veel strijkers en koper. Met Chu ging het zo te merken wel. Chu was stil, maar dat was normaal.

De auto's, suv's en bussen stroomden om hen heen, en Deitz had het comfortabele gevoel dat hij gewoon een van de vele anonieme voertuigen in een glinsterende rivier van metaal en glas was. Hij begon weer het gevoel te krijgen dat hij gewoon meedeed, dat hij functioneerde.

Het wapen aan zijn riem versterkte dat gevoel. Het was een beetje alsof hij weer bij de fbi zat, voor hij een ongelooflijke stommiteit had begaan en zijn carrière naar god had geholpen.

Hij had een paar patrouilleauto's van de politie van Niceville gezien, maar die besteedden niet echt aandacht aan hem. Hij keek naar de donkergroene stip – een helikopter natuurlijk – maar maakte zich er niet echt druk over.

Hij had allemaal fijne gedachten over wat hij met Charlie Danziger ging doen als hij hem eindelijk op de grond had.

Om te beginnen waren die blauwe laarzen – oké, even wachten.

Wat doet die helikopter nou?

De helikopter bevond zich op iets van vierhonderd meter afstand en gleed heel langzaam voort, volkomen evenwijdig aan hun Lexus, en op ongeveer dezelfde snelheid.

Het was geen verkeersheli.

Deitz tuurde er met half dichtgeknepen ogen naar en probeerde te zien wat er op de staart stond. Het was geen Eurocopter. Aan de kleur en het silhouet te zien leek het eerder een Huey. Wie vloog er vandaag de dag in vredesnaam nog in een Huey?

Het antwoord kwam een tel later.

De nationale luchtbrigade.

'Chu, we gaan dat winkelcentrum in. Hier afslaan. Langzaam rijden, maar zorg wel dat we...'

Chu werd door de harde toon in Deitz' stem uit zijn dagdroom gerukt. Hij schrok ervan, maar hij remde wel, zodat hij de volgende afslag links kon nemen, bij een groot neonbord met allemaal vallende sterren erop:

'Wat is er?' vroeg Chu, en zijn stem ging een paar octaven omhoog, maar Deitz keek naar een zwarte suv, ongeveer acht auto's achter hen, in de rechterbaan, groot en massief, met donkere ramen. Die had hij al eens eerder gezien, maar dat soort auto's zag je overal.

'Neem die afslag nou maar. Langzaam. Geef richting aan.'

'De politie?'

'Ik denk het wel.'

'Wat gaan we doen?'

'Rij die overdekte parkeergarage in. Daarmee is die heli uitgeschakeld. De jongens op de grond kunnen we wel aan. Geen rare dingen doen. Gewoon rijden alsof we hier aldoor al naartoe wilden.'

'Hoe lang volgen ze ons al?'

Deitz dacht er even over na. Hij zag de zwarte suv remmen, aarzelen en toen doorrijden. Dat betekende dat ze het aan collega's overdroegen.

Deitz begreep wat dat betekende. Ze wilden weten waar Deitz naartoe ging, anders hadden ze hem wel in de kraag gevat zodra ze hun team in stelling hadden gebracht.

Ze dachten dat hij op het geld uit was.

Inhalige schoften.

'Weet ik niet. Ze hebben ons net overgedragen.'

'Ons overgedragen?'

'Laat maar zitten,' zei hij, en Chu reed met de Lexus tot voor de slagboom van een enorme parkeergarage. Chu stopte bij de slagboom en drukte op de knop voor een kaartje. De slagboom ging omhoog. Er stonden iets van tien auto's achter de Lexus, en geen daarvan zag er officieel uit. Wat niets hoefde te betekenen.

Het was de kunst om gewoon te gaan lopen en in de menigte op te gaan. Deitz wilde dat hij de pruik bij zich had, al was het alleen maar om in een mensenmassa een ander silhouet te kunnen aannemen. Hij was niet zenuwachtig of bang. Hij ging bij zichzelf te rade en realiseerde zich dat hij alert en klaar voor de strijd was. Dit soort wedstrijdjes had hij zelf honderden keren gespeeld. Hij wist hoe het moest. En hij was er behoorlijk goed in.

'Ga drie verdiepingen omhoog. Daar heb je een looppad naar de bovenste verdieping van het winkelcentrum. Daar zet je de auto neer.'

'Ga ik met je mee?'

Deitz schonk hem een bloeddorstige grijns.

'Nou en of jij met me meegaat. Dit wil je niet missen.'

Chu vond een plekje, zes vakken van de wandelroute verwijderd.

'Achteruit inparkeren,' zei Deitz, terwijl hij keek of hij iemand zag lopen. Zodra de Lexus de parkeergarage in was gereden moesten ze mensen op de grond ingeschakeld hebben. Maar tenzij het heel goede surveillanceagenten waren en niet een stelletje opgefokte agenten van de plaatselijke politie, waren de mensen op de grond gemakkelijk te herkennen. Bovendien zouden ze schrikkerig zijn, want het wemelde hier van de burgers, en een dode burger was de nekslag voor je carrière. Chu parkeerde de Lexus, zette de motor uit en wilde het sleuteltje er al uithalen.

'Laat zitten,' zei Deitz.

Chu vroeg maar niet waarom.

Omdat een van ons misschien niet terugkomt.

Ze stapten uit.

'Trek je jasje uit en hang het over je arm,' zei hij, terwijl hij de zwarte koffer uit de achterbak van de Lexus pakte. 'Als ik het zeg, trek je het weer aan. Hou je wapen in je broek. Gaat het?'

Chu's mond was zo droog dat hij niet kon praten, dus knikte hij alleen maar. Deitz gaf hem een klap op zijn schouder; een woeste grijns doorgroefde zijn vlezige gezicht. Chu realiseerde zich dat Deitz hiervan genoot, en dat hij Chu erbij wilde hebben om er ook van te genieten.

Op dat punt wist hij dat hij, mocht de gelegenheid zich aandienen, Deitz in de rug zou moeten schieten. Meerdere malen.

Hij hoopte maar dat hij het kon.

Deitz gebaarde dat hij in beweging moest komen, en toen liepen ze, langzaam en rustig, over het looppad, met de glinstering en het felle licht van het grote winkelcentrum voor zich, gevarieerd, mooi en nieuw, waar het doffe gerommel, de ingeblikte muziek en het geschuifel, geslof en gekwebbel van een paar duizend mensen een behoorlijk goede afspiegeling van de hel vormden.

'Waar gaan we naartoe?' vroeg Chu toen ze links afsloegen en over het bovenste balkon verder liepen, dicht langs de winkelpuien. Deitz neeg met zijn hoofd in de richting van een groot poortachtig bouwwerk, zo te zien gemaakt van enorme houtblokken.

Voor de poort stond een hele familie van opgezette beren, allemaal op hun achterpoten, in de houding van een grizzly in de aanval, die ze vermoedelijk níét hadden aangenomen toen ze voor hun kop geschoten werden. Boven de poort hing een bord waar in cartoonletters in de vorm van houtblokken BASS PRO SHOP op stond, en voor de ingang was het een drukte van belang.

'Waarom daarheen?' vroeg Chu, die moest hollen om Deitz bij te houden, want die zette er flink de pas in.

'Daar verkopen ze wapens,' antwoordde hij. Net op dat moment riep iemand links van hen naar ze. Deitz en Chu draaiden zich om. Een grote zwarte bewaker in een uniform van Securicom dook uit het niets op en zette zich schrap met zijn wapen op hen gericht.

'Staan blijven... Staan blijven of ik...' blafte de man.

Deitz schoot de bewaker in de knie.

De bewaker gilde het uit, een gierende brul, en ging tegen de vlakte. Zijn wapen kletterde over de tegels.

'We schieten niemand dood,' zei Deitz over zijn schouder, terwijl hij naar de bewaker toe draafde, door een menigte van dodelijk geschrokken shoppers, van wie de meesten nu alle kanten op renden, behalve de kant van Deitz op.

Chu zag dat de volgorde waarin de mensen vluchtten hun niet tot eer strekten: de vaders gingen twintig meter voorop, op de voet gevolgd door de oudere zonen, met de vrouwen en de kleintjes als hekkensluiters.

Deitz bukte zich over het bezwete gezicht van de bewaker, die in een spasme van pijn zijn wangen ingezogen hield.

'Jermichael Foley, stomme oetlul,' zei Deitz, terwijl hij op zijn knie naast de bewaker ging zitten. 'We zeggen toch altijd: het schieten laten we aan de politie over? Dat zeggen we toch altijd?'

Jermichael Foley knikte heftig en probeerde het bloeden van zijn knie te stelpen. Deitz prikte met zijn wijsvinger in de wond, dat weer een stoomfluitgil van Jermichael opleverde.

'Jezus, meneer Deitz, u hebt me neergeschoten!'

'Ja, maar alleen in je knie, dus ik hoop dat we vrienden kunnen blijven. Ik ben wel bang dat die knie naar god is. Eigen stomme schuld.'

Hij gaf de bewaker een klopje op zijn schouder en trok zijn walkietalkie uit zijn riem. Hij liep naar het wapen van de bewaker en raapte dat op – de onvermijdelijke Glock 17. Overal om hem heen waren de burgers gevlucht, en ze waren helemaal alleen op een soort binnenplaats voor de ingang van de Bass Pro Shop. Twee werknemers in geruit overhemd en tuinbroek waren bezig de glazen schuifdeur dicht te doen waarmee de winkel werd afgesloten.

Deitz bracht de Sig omhoog en vuurde twee salvo's op de werknemers af. De twee werknemers hielden het meteen voor gezien en renden als een speer de schemerig verlichte krochten van de winkel in.

Die gigantisch was, met twee enorme verdiepingen vol met alle mogelijke sportartikelen die de Amerikaanse man zich ooit zou kunnen wensen: boten, hengels, nog meer boten, kano's, tenten, verrekijkers, alles in camouflageprint in alle denkbare kleuren van het bos. Hier en daar stond een groepje opgezette dieren boven op de vitrines te loeren.

Langs de hele bovenverdieping de ene rij wapens na de andere – geweren, jachtgeweren en handwapens, voor Chu, terwijl hij daar stond, allemaal goed zichtbaar. Hij probeerde erachter te komen hoe Deitz' waarschuwing om toch vooral niemand te doden zich verhield met de gewelddadige inbeslagneming van een arsenaal dat groot genoeg was om er een hele opstand mee te beginnen.

Op dat vreemde moment van stilte voor de storm van ellende die er vast en zeker zat aan te komen, bedacht hij dat dit misschien wel een goed moment was om Deitz zelf een kogel door zijn kop te jagen, maar zijn handen weigerden dienst en het moment ging voorbij.

Net op het moment dat Deitz naar de deuren liep, vloog een van de beren naar achteren en even later volgde er een keiharde knal die over de hele bovenverdieping van het winkelcentrum galmde. Deitz liep door, maar Chu keek achterom en zag twee grote mannen in zwart uniform in volle vaart op hen af rennen. Allebei de mannen droegen een gedrongen zwart wapen dat er zelfs als het lavendelblauw was geweest nog verdomd dodelijk uit had gezien.

Chu zag dat de man links van hem zijn wapen omhoogbracht – op Chu's hoofd gericht. Chu zag een blauwe vonkende lichtflits uit de loop schieten – zoevende dingen trokken aan de boord van zijn overhemd. Toen een ratelende geluid. Een machinepistool.

Tot zijn enorme en aanhoudende verbazing, aangedreven door een rudimentair gen dat misschien wel van Tamerlaine aan hem was overgeleverd, trok Chu zijn wapen, richtte het min of meer op de agenten en haalde de trekker over.

Het wapen gaf een felle terugslag – god mocht weten waar de kogel terecht was gekomen – de loop vloog omhoog en de bovenkant sloeg tegen zijn voorhoofd, waardoor zijn huid openreet. Het wapen vloog uit zijn tintelende vingers en kwam zes meter verderop neer, stuiterde twee keer en ging nog een keer af, waarbij het dit keer als een metalen tol op de tegels om zijn as draaide.

Chu stond er halfverdoofd bij, terwijl het bloed over zijn voorhoofd stroomde en hij met zijn ogen naar het pistool knipperde. De agenten vuurden nog meer salvo's af, die van de tegels rondom hem kaatsten. Eén kogel rukte aan zijn rechtermouw.

Hij hoorde Deitz tegen hem schreeuwen.

'Chu, wat doe je godverdomme? Kom binnen!'

Chu draaide zich om.

Deitz stond vlak achter de poort van de Pro Shop. De twee glazen deuren waren bijna dicht. Achter hem klonk nog meer geratel en er volgde een reeks witte vlekken, verspreid over het glas, in een lijn die recht naar Deitz' hoofd leidde. Deitz kromp ineen van de knallen en brulde tegen Chu.

'Schiet op, stomkop!'

Hij was de deuren door, en Deitz sloeg ze net op tijd dicht. Meteen kletterde er nog een rij witte vlekken over het glas. Het begon Chu te dagen dat het kogelvrij glas was. Deitz deed iets met een toetsenpaneeltje naast de deur, waarmee hij het systeem activeerde, en grijnsde daarbij naar Chu.

'Wat deed je daar nou? Heb je op de politie geschoten? En je bent je wapen kwijt. En je voorhoofd bloedt. Ben je geraakt?'

'Ze schoten op me,' zei Chu, terwijl hij met de mouw van zijn overhemd het bloed uit zijn ogen veegde. 'Ik bedoel: ik ben een volstrekt onschuldige gijzelaar, en toch probeerden ze me dood te schieten.'

'Wat is er met je voorhoofd gebeurd?'

'Toen ik de trekker overhaalde, sloeg het pistool zo in mijn gezicht. Ik denk dat ik het niet goed vasthield.'

Deitz moest lachen.

'Nee, vast niet. Nou, je bent nu in elk geval geen volstrekt onschuldige gijzelaar meer, vriend. Je bent nu een echte desperado.'

Agenten in zwart uniform kwamen uit alle gangen gestroomd en renden de roltrap op. Er werd weer op de deuren geschoten.

Deitz besteedde er geen aandacht aan, draaide zich om en haalde diep adem.

'Daar tegen de muur hangt een EHBO-doos. Pak wat verband en wikkel dat om je hoofd. Je komt onder het bloed te zitten. Daarna gaan we kijken of er nog personeel is. En of er nog klanten rondlopen. Het personeel heeft de opdracht om de klanten eruit te zetten en de winkel af te sluiten – het is hier net een vesting, gebouwd om een gewapende aanval te weerstaan – vanwege alle wapens...'

'Pakken ze hun eigen wapens niet uit de vitrine en schieten ze ons niet dood?'

'Nee. Het management van Bass Pro wil voorkomen dat hun personeel per ongeluk een klant doodschiet. Dat is hun beleid, anders kunnen ze zich niet verzekeren. Als ze de winkel niet uit kunnen komen, sluiten ze zich allemaal in; achter de wapenkluizen ligt een noodvertrek, en daar houden ze zich schuil tot de cavalerie arriveert...'

'Hoe weet je dat allemaal?' vroeg Chu, die achter hem aan draafde en met zijn mouw zijn bloedende voorhoofd depte, terwijl zijn hart in zijn borstkas tekeerging. Deitz keek naar hem om.

'Omdat wij hun hele beveiligingsprotocol ontworpen hebben. Alle spullen. De systemen. De hardware en de software. De passwords. Hoe ze de muren en de vloeren moeten wapenen. Dat hebben we allemaal aangebracht. Ik bedoel: ons bedrijf. Securicom. Ik ken dit systeem beter dan de politie. Beter dan die jongens die hier werken. We kunnen het hier weken uitzingen. Ze hebben zelfs gedroogd voedsel. En heel veel water. Ze sluiten de elektriciteit af, maar we hebben een generator. Ze zijn de lul.'

'Hebben wij die systemen aangebracht? Securicom?'

'Ja,' zei Deitz. 'En nu gaan we de positie hier veiligstellen en dan gaan we bedenken hoe we ons hieruit kunnen praten. Jij en ik. Jij gaat ze alles vertellen over dat gedoe met Mondex, en over hoe ze dat op het spoor kunnen komen. Hoe ze die gasten kunnen vinden die de bank beroofd hebben. Dat is jouw aandeel. Jij bent de it-held. De rest regelen we wel. Ik zeg dat ik, toen het gevangenisbusje over de kop is geslagen, op mijn hoofd terecht ben gekomen en dat ik toen ben weggelopen. Ik kan dreigen dat ik de politie voor de rechter breng omdat ze een gevangene in gevaar hebben gebracht. We lullen ons er wel uit. Misschien krijgen we ze ook wel zover dat ze jou niet aanrekenen dat je op die agenten geschoten hebt, stomkop die je er bent.'

'En die kogel die jij in de knie van die bewaker geschoten hebt dan?'

'Jermichael Foley, die kan m'n rug op. Ik zeg wel dat het zelfverdediging was. Hij hoort helemaal niet op iemand te schieten, de oetlul. Hij mag van geluk spreken als ik hem niet ontsla, als dit allemaal achter de rug is. Ondertussen moeten we aan de slag. Begrepen?'

Chu was zich er pijnlijk van bewust dat als het op gotspe, lef en een Olympisch vermogen tot zelfmisleiding aankwam, Deitz een klasse apart was, maar het einde van het liedje was wel dat Chu verband uit de EHBO-doos haalde en achter Deitz aan liep, terwijl hij ondertussen het gaas om zijn hoofd wikkelde.

Kan mij het ook schelen, dacht Chu.

Misschien lukt het hem nog ook.

Toen de zwarte SUV's, de helikopters en de politieauto's rond winkelcentrum Galleria begonnen te zwermen, zette Endicott zijn auto aan de kant. Hij kreeg geen rode stip op zijn gps-scherm, want hij was te ver weg en de Lexus stond waarschijnlijk onder een heleboel beton en staal geparkeerd. Het zag ernaar uit dat Deitz in dit winkelcentrum het leven zou laten, of terug zou gaan naar de gevangenis, en in beide gevallen was dat als je het Endicott vroeg, niet best. Helemaal niet best, zelfs.

Hij was niet blij.

Hij bleef een tijdje zitten en liep alle mogelijkheden en handelswijzen na.

Toen belde hij Warren Smoles.

Dertig meter achter hem, onderuitgezakt achter het stuur van zijn viesbruine Chrysler Windstar-busje, dronk Edgar Luckinbaugh sterke zwarte koffie uit een thermosfles en zette die op de console naast hem. Op de stoel van de bijrijder lagen een doos met Krispy Kreme-donuts, een politiescanner, een mobiele telefoon, in een oplader gestoken, en een melkkan met wijde hals, met een inhoud van een halve liter, maar die nu leeg was, maar als hij maar genoeg koffie dronk zou hij er zo meteen een donatie in doen.

Het was moeilijk voor hem geweest om zich ziek te melden, en toen dat was gelukt, moest hij de onopvallendste en niet-beklijvende auto lenen die hij kon vinden, en dat was deze beroerde Windstar geworden, die van zijn tante Vi was, die te zwak en incontinent was om zelf nog te rijden.

Gelukkig van Vi dol op Edgar, want hij bracht altijd bitterkoekjes, whisky en Kools-sigaretten voor haar mee, waar ze volgens haar dokter dood van zou gaan, maar dat was vooralsnog niet gebeurd, dus die man kon de klere krijgen. Edgar mocht best de auto van haar lenen, maar wel voor twintig dollar per dag, een week vooruit te betalen – het inhalige ouwe kreng.

Edgar had geen idee dat het inhalige ouwe kreng steenrijk was, op een bescheiden manier, en dat hij met zijn tweewekelijkse bezorging van Kools en Jamesons Ierse whisky en Pepperidge Farm-bitterkoekjes hem een bevoorrecht plaatsje in haar testament had gekregen, wat hem, als hij zou blijven leven, meer dan vijftigduizend dollar zou opleveren.

In elk geval stond Edgar nu, na de nodige inspanningen, een paar meter achter de zwarte Cadillac van Endicott geparkeerd, vlak bij winkelcentrum Galleria, en luisterde hij naar de gesprekken op de politiescanner, net als meneer Endicott, daar twijfelde Edgar geen moment aan.

Hij was erbij aanwezig geweest toen Endicott zijn eigen uit twee auto's bestaande surveillancepost vlak bij een keurige houten bungalow aan Bougainville Terrace 237 had neergezet, in de wijk Saddle Hill, in het zuidwesten van Niceville.

Nadat hij snel het adres had gecontroleerd, wist hij dat de bungalow inderdaad eigendom was van een werknemer van Securicom, Andrew Chu, ook wel Andy genoemd. Zodra hij zeker wist dat Harvill Endicott zich had geïnstalleerd om het huis van Andy Chu de hele nacht lang in de gaten te houden, had hij deze informatie doorgegeven aan de sms-dienst van brigadier Coker.

Hij had het bericht op een voicemailserver ingesproken die tot niemand op deze planeet herleid kon worden en had kort daarna een kort sms'je van hetzelfde nummer teruggekregen met de tekst 'ontvangen en begrepen Don Mike'. 'Don Mike' betekende 'doorgaan met de missie'. Edgar had geen idee wat er allemaal speelde, en dat wilde hij graag zo houden.

Hij was in professioneel opzicht tevreden dat het feit dat hij Harvill Endicott had herkend als iemand die voor brigadier Coker van belang kon zijn, goed had uitgepakt. Meneer Endicott had grote belangstelling voor het doen en laten van Byron Deitz, want hij was Deitz en Chu helemaal van Chu's huis naar dit winkelcentrum gevolgd, waar de gebeurtenissen de best voorbereide plannen van zo ongeveer iedereen leken te overschaduwen.

Edgar Luckinbaugh had geen belangstelling voor deze gebeurtenissen, want het was gevaarlijk als je te veel wist, en dat leidde vaak tot een veroordeling, of erger.

Dus pakte hij nog een Krispy Kreme uit de doos – met honingglazuur, zijn favoriete donuts – en viel aan. Hij vond het allang best dat hij een eenvoudige man was die iets eenvoudigs deed en dat goed kon.

Spoor van tranen

Toen Kate vanuit de suv belde, was Eufaula er.

'Nee, mevrouw Kate. De jongens zijn er niet. Ik ben hier al sinds twee uur en ze hebben ook niet gebeld of zo.'

Eufaula keek met een frons op de keukenklok.

'Maar ze zouden er wel moeten zijn, toch? Wilt u dat ik ga kijken of ze over North Gwinnett lopen, of ze ergens aan het rondslenteren zijn, zoals ze altijd doen?'

'Ja, Eufaula, zou je dat willen doen?'

'Natuurlijk. Ik neem mijn telefoon mee, en als ik ze vind, bel ik u. Zal ik helemaal tot aan het Regiopolis lopen?'

'Nee, liever, dank je wel. We hebben net gebeld, en daar zijn ze ook niet. Het personeel is buiten gaan kijken, maar ze zijn ook niet op het terrein van de school. Niemand weet waar ze zijn.'

Het was Eufaula al opgevallen dat Rainey een heel omslachtige manier van doen had, dat hij een slechte invloed op Axel had en dat de kleine Hannah hem helemaal niet mocht, o nee, maar dat ze het niet aan haar vond om er iets over te zeggen. Zelf vond ze Rainey een verontrustend kind. Stiekem en geniepig, met iets gemeens over zich als hij in het nauw werd gedreven.

Een soort opossum.

Kate bedankte Eufaula en verbrak de verbinding. Ze keek naar Lemon.

'Niet thuis?' vroeg hij, en ze schudde met een verstrakt gevoel in haar borst van nee. Ze stonden voor het huis van Sylvia – Raineys voormalig ouderlijk huis: een groot landhuis aan Cemetery Hill 47, weggestopt in een bos dat over een lange helling helemaal naar een zijrivier van de Tulip liep.

In dit deel van Garrison Hills woonde het echte oude geld, en dat zag je eraan af. De Teagues waren een rijke familie geweest, maar de tak van de Teagues had zijn hele wisselvallige geschiedenis lang een talent aan de dag gelegd om rijkdom te vergaren, maar geen genegenheid. Sylvia's man, Miles, was iemand die Kate nooit graag had gemogen, en ze had zijn zelfmoord, een paar dagen nadat Rainey levend was teruggevonden, indertijd als een daad van uitgesproken narcistisch egoïsme beschouwd.

'Zullen we even binnen gaan kijken?' vroeg Lemon.

'Ja, en als ze er zijn...'

'Rustig aan, Kate. Rainey is geen kwaaie jongen, en Axel is voor iemand van zijn leeftijd heel verstandig.'

Kate schudde alleen maar haar hoofd en Lemon liep achter haar aan de stenen trap op naar de grote eikenhouten deur. In de met houtsnijwerk versierde lijst was een afgeschermd toetsenpaneel aangebracht. Kate tikte de code in en het slot sprong open. Ze gingen door de deur naar binnen en kwamen in de grote hal – een spelonkachtige ruimte van drie verdiepingen hoog, tot aan het gewelfde plafond. Binnen glansde het huis van het koper en geboende eikenhout, en er lagen tapijten in de kleuren blauw, oker en amber. De lampen in de hal waren aan, maar in de rest van het enorme oude huis was het donker en stil. Het rook er naar boenwas en stilstaande lucht. Kate liep naar de trap midden in de gang en riep naar boven.

'Axel? Rainey? Jongens, zijn jullie daar?'

Niets. Alleen een echo en de tikkende geluiden die het huis maakte nu het wat koeler werd.

Ze liepen door de kamers op de begane grond: een grote officiële eetkamer, en aan de andere kant van de hal een gezellige woonkamer, ingericht in licht beige en donker hout, met hier en daar een kleuraccent. Boven de stenen schoorsteenmantel van de reusachtige open haard hing een olieverfschilderij van Miles en Sylvia in hun jonge jaren. Het huis ademde afwezigheid en leegte.

Voorbij de woonkamer lag een bibliotheek met houten lambrisering, vol gemakkelijke oude zitmeubels van versleten ruitstof en bruin leer. De boekenkasten met ruitjes ervoor stonden vol boeken en ingelijste foto's.

Sylvia's bureau – een antieke secretaire met een gepolitoerd blad – bevond zich tegen de muur tegenover de grote flatscreentelevisie die op een buffet van rozenhout stond.

Lemon legde zijn hand op de klep van Sylvia's Dell.

'Hij is nog warm,' zei hij.

'Kijk eens wanneer hij voor het laatst geopend is,' zei Kate. 'Ik denk niet dat hij hier is, maar ik ga toch even in de rest van het huis kijken.'

Kate liep de keuken in en keek door de glaswand naar het tuinhuis, waar ze Miles, of wat er van hem over was, hadden gevonden. Lemon had onlangs de tuin gedaan en het gras was mooi glad, helemaal tot aan de wilgen en eiken onder aan het gazon. Geen voetafdrukken. Geen Axel. Geen Rainey.

In de kamers boven was ook niemand, hoewel het leek alsof iemand op het bed in de ouderlijke slaapkamer had gelegen. De deken, een weelderig, zijdezacht donsdek, vertoonde een kuil ongeveer ter grootte van een klein kind.

Kate zag al voor zich hoe Rainey hier lag, naar het met houtsnijwerk versierde eikenhouten plafond keek en dacht... Ja wat?

Kate had geen flauw idee.

Na al die weken, na wat ze die dag over hem te weten was gekomen, was Rainey een nog groter raadsel voor haar dan ooit. En wat voor invloed had hij op Axel? Of op Hannah, nu ze toch bezig waren? Axel was nooit onbetrouwbaar geweest, in elk geval niet op die manier. Rainey was een heel ander verhaal.

Maar ja, hij is dan ook een Teague, hè?

Toen ze weer terug was in Sylvia's werkkamer, deed Lemon net de computer uit.

'Wie hier ook geweest is...'

'Laten we ervan uitgaan dat het de jongens waren.'

'Oké. Om te beginnen denk ik dat ze Sylvia's internetverbinding hebben gebruikt om die nepmails te versturen. Handig gedaan, hoor. Een van hen heeft het in zich om een groot hacker te worden. Ik weet niet wie van de twee. Ze hebben ook in de stamboomfiles van Sylvia gekeken. Voor zover ik kan zien waren ze op zoek naar...'

Lemon aarzelde, dus Kate hielp hem een handje.

'Naar Raineys verhaal?'

'Ja. Daar ziet het wel naar uit. Rainey woonde voor de adoptie in Sallytown, als ik het goed heb.'

'Ja. In een kindertehuis in Sallytown. Kindertehuis Palgrave. Althans, dat wil het verhaal.'

Lemon hoorde de lichtelijk sarcastische toon in haar stem. Hij ging achteruit zitten en keek haar aan.

'Nou, hoe de waarheid ook luidt, Kate, hij is er in elk geval naar op zoek. Met hulp van Axel, vermoed ik. En hij is op zoek naar Raineys ouders, die bij die brand in die schuur om het leven zijn gekomen. De familie Gwinnett.'

'En ze hebben nog niks gevonden?'

Lemon schudde zijn hoofd.

'Vooralsnog niet.'

'Dat verbaast me niets. Ik namelijk ook niet.'

Kate zuchtte, leunde tegen de muur en deed haar ogen dicht.

'Moet je horen, Lemon... Dit mag je niet verder vertellen, oké? Voor mijn vader verdween... ik bedoel, vlak daarvoor, heeft hij een memo geschreven waarin hij zijn twijfels uitte over Raineys geboortedatum en over zijn adoptie in het algemeen. Na... dat met die spiegel, met Glynis... heb ik me erin verdiept. Mijn vader had gelijk. De adoptiepapieren van Rainey waren... die sloegen nergens op. Toen ik tot zijn voogd was benoemd, vond ik dat het mijn plicht was om de verwarring uit de wereld te helpen, om zeker te weten dat alles in orde was. Wat ik toen ontdekt heb, heeft het alleen maar gecompliceerder gemaakt.'

Lemon zat stil te luisteren. Hij wist hier wel het een en ander van, maar Kate had nog nooit openheid van zaken gegeven. Hij liet haar praten.

'Om te beginnen is er geen inschrijving van Raineys geboorte als een Gwinnett te vinden, in geen enkele database, niet plaatselijk, niet van het district, niet in deze staat, niet in de aangrenzende staten. Niet in Canada, niet in Mexico, niet op Jupiter. Niks. Van het kindertehuis, Palgrave House, is geen enkel bewijs te vinden dat het ooit bestaan heeft. De enige Palgraves die ik ooit heb kunnen vinden waren Zorah en Martin Palgrave. Wil je weten wanneer die met elkaar getrouwd zijn?'

'Ja.'

'Zorah en Martin Palgrave zijn getrouwd op 15 maart, in de methodistenkerk in Sallytown. In 1893. Mijn vader heeft een oude foto van een familiereünie gevonden – *het Niceville familiejubileum, plantage van John Mullryne, Savannah, Georgia 1910* – en alle vier de families die de stad hebben gesticht waren erbij aanwezig: de familie Haggard, de familie Cotton, de familie Walker...'

'En de familie Teague.'

'Ja. De naam van het bedrijf dat de foto heeft gedrukt stond op de kaart. Zorah en Martin Palgrave.'

'Toeval misschien?'

Kate keek hem spottend aan.

'Dat geloof je zelf niet. Niet na alles wat er is gebeurd. Ik weet niet wat ik ervan moet denken. Of hiervan. Op 12 april 1913 hebben de Palgraves een kredietbrief geïncasseerd die uitgeschreven was door de Memphis Trust Bank. In de brief stond dat het geld bestemd was voor de kosten met betrekking tot "de zorg en de opsluiting van Clara Mercer en de bevalling van een gezond jongetje op 2 maart 1813". De kredietbrief is uitgeschreven voor de rekening van Glynis Ruelle. We hebben alle reden om aan te nemen dat de man die haar zwanger had gemaakt – en die de hele vete is begonnen – Abel Teague was. Hij staat op de foto, en Clara ook. Naast zijn naam heeft iemand het woord "schande" geschreven.'

'Miles moet hiervan geweten hebben. Hij heeft de adoptie immers voor Sylvia geregeld.'

'Ja. Hij heeft een advocaat in de arm genomen, ene Leah Searle, om het af te handelen. Ik heb een brief van haar aan Miles gevonden – haar handtekening stond er in elk geval op, gedateerd op 9 mei 2002, voorafgaand aan Raineys adoptie, en bij die brief had ze een kopie van Raineys geboortebewijs gedaan, waarin stond dat hij op 2 maart 2002 in Sallytown was geboren. Volgens dat bewijs waren Lorimar en Prudence Gwinnett zijn ouders. Zij zouden om het leven zijn gekomen bij die brand, waarna Rainey door de Palgraves als pleegkind is opgenomen. Behalve dan dat dat allemaal niet waar is. Of dat we het in elk geval niet kunnen verifiëren. Eerlijk gezegd denk ik dat Miles Leah Searle betaald heeft om die documenten te vervalsen.'

'Wist Sylvia hier iets van?'

'Ik denk dat zij ermee bezig was toen Rainey werd ontvoerd.'

'Heb je al met die advocaat, met Leah Searle, gesproken?'

Kate zei een poosje niets.

'Nee. Dat kon niet. Zij is na de adoptie overleden.'

'Hoe?'

'Ze is verdronken, volgens het overlijdensbericht.'

'Dus je wilt nu eigenlijk beweren dat niemand weet wie Rainey in werkelijkheid is?'

Kate schudde haar hoofd.

'Nee, dat beweer ik niet. Ik geloof in elk geval absoluut niet dat Rainey op 2 maart 1913 is geboren en dat hij de buitenechtelijke zoon van Abel Teague en Clara Mercer is. Aan de andere kant bestaat het ook niet dat Rainey elf is. Hij is al enige tijd in de puberteit. Hij begint de baard in de keel te krijgen. Hij wordt steviger, gespierder. Hij is al bijna net zo lang als ik, en waarschijnlijk net zo sterk. Als hij vijftien is, mag je me... Ik weet het niet. Ik weet het gewoon niet. Als zijn geboortebewijs vervalst is, hoe oud is hij dan echt?'

'Kinderen komen steeds eerder in de puberteit, Kate. Ze worden veel te snel volwassen. Dat zie je bij elke generatie.'

'Dat is het niet alleen. Soms, als ik met hem praat, is het net alsof er iets in hem zit dat door zijn ogen naar me kijkt. En wat datgene ook moge zijn, het is in elk geval geen kind.'

De tranen sprongen haar in de ogen, maar ze drong ze terug.

'Kate, dit is allemaal... Er is gewoon gerommeld met de gegevens. Dat gebeurt overal.'

Ze glimlachte en haar vochtige ogen straalden.

'Ja, dat is zo.'

'Boonie zei iets, toen we bij The Pavilion zaten. Misschien had hij wel een punt. Misschien dat iemand van ons – jij en ik, of Reed – hij is agent, dus hij legt meer gewicht in de schaal – naar Sallytown moet rijden om daar nog één keer rond te kijken.'

Ze knikte, maar kon geen word uitbrengen. Al haar angsten lagen op tafel, en door ernaar te kijken werden ze alleen maar erger.

Na een gespannen stilte begon hij luidruchtig over iets anders.

'Oké. Over Sallytown denken we later nog wel een keer na. Ik heb even naar de televisie gekeken. Die was ook nog warm, maar volgens mij zijn ze dat altijd. Hij stond op het dvd-kanaal. Dit zat erin. Ik denk dat Rainey homevideo's bekeek.'

Hij hield een zelfgemaakte dvd omhoog, met een kleurig etiket erop, een familiefoto van Miles, Sylvia en een jongere Rainey, genomen voor een kleurig opgetuigde kerstboom.

Kate pakte de foto van hem aan en keek ernaar. Het beeld vervaagde, en ze realiseerde zich dat ze weer huilde. Ze gaf Lemon de foto terug, en hij legde hem op Sylvia's bureau. Kate zag een plank met Sylvia's briefpapier erop. Ze pakte een leeg vel, ging aan Sylvia's bureau zitten en schreef een briefje, maar niet met Sylvia's pen.

Lieve jongens... Als jullie dit lezen, weten jullie dat we in het huis geweest zijn. We zijn helemaal niet boos en we hopen dat jullie allebei naar huis komen en dat we hierover kunnen praten. Rainey, ik denk dat Nick en ik er niet genoeg oog voor hebben gehad hoe erg jij papa en

mama mist. En Axel, jij zult wel erg in de war zijn over waar jouw
papa is en wat hij aan het doen is. Maken jullie je dus vooral nergens
zorgen over. We houden van jullie allebei en als jullie weer thuis zijn
zullen we zorgen dat alles beter wordt.

Veel liefs en een dikke kus
Kate

Ze legde de pen neer, zette een beeldje van een konijntje op het papier
en stond op.

'Oké. Hier zijn ze niet. Waar gaan we nu naartoe?'

Lemon keek even naar buiten, zag dat het licht afnam nu de avond
viel, langzaam, maar onontkoombaar.

'Niks van Eufaula gehoord?'

'Niks.'

'Dan moeten we naar Patton's Hard.'

'Dat weet ik,' zei Kate. 'Ik wil alleen niet.'

Als het echt absoluut honderd procent zeker om middernacht dood moet zijn

Tegen de tijd dat Boonie en Nick bij winkelcentrum Galleria aankwamen, was de situatie, zoals men dat zegt, geëscaleerd. Het winkelcentrum was afgesloten en alle personeelsleden en het winkelend publiek waren helemaal naar de rand van de parkeerplaats geloodst, waar ze als een eskader Canadese ganzen om een getergde agent heen gedromd stonden, die snerpte dat ze beter *hun auto en spullen konden gaan halen omdat nou ja en omdat...*

De agent stond op het punt om zijn geduld te verliezen, en net op het moment dat Boonie met langzaam draaiend zwaailicht door het kordon van politieauto's van Niceville heen reed, hoorden de mensen hoe zijn geduld het dan ook met een luide knal begaf.

Een grote vrouwelijke brigadier in blauw-met-goudkleurig uniform met de naam CROSSFIRE op een zilveren plaatje op haar overhemd gegraveerd, doemde uit de zwerm agenten en hoge pieten op en bukte zich om door het raampje van de bestuurder naar binnen te kijken. Mavis keek op Boonie neer en zag toen dat Nick naast hem zat.

'Nick, wat doe jij hier in vredesnaam? Je hoort in het ziekenhuis te liggen. Weet Kate dat je hier bent?'

'Tig Sutter heeft me gestuurd. Is hij hier ergens?'

'Nee. Daar is Tig te slim voor. We hebben al genoeg chefs rondlopen, zeker nu Boonie er ook is. Hoe gaat het, Boonie?'

'Prima, Mavis. Wat is de stand?'

'De stand, Boonie?'

'De stand van zaken. Je weet best wat ik bedoel, Mavis. Doe me een lol, zeg.'

Ze glimlachte en blies haar lippen naar buiten.

'Nou, het is helemaal foute boel. Deitz en ene Andy Chu hebben zich verschanst in de Bass Pro Shop...'

'Hoe hebben ze dat in godsnaam voor elkaar gekregen?' wilde Boonie weten.

'Nou, ik ben bang dat wij als politie van Niceville daar de schuld van zijn. We hebben een anoniem telefoontje gekregen van iemand die zei dat een werknemer van Securicom, Andy Chu genaamd, niet op zijn werk was verschenen en dat het zou kunnen dat hij Byron Deitz bij hem thuis onderdak had verleend. Aangezien Deitz een complex juridisch probleem vormt, heeft, nou ja, inspecteur Keebles besloten om...'

'O jezus,' zei Boonie, en hij legde zijn hoofd op het stuur.

Mavis gaf hem een klopje op de schouder.

'Stil maar, Boonie. Het komt allemaal goed. Dus inspecteur Keebles heeft besloten de zaak over te dragen aan onze eigen mobiele eenheid – maken die ook eens wat mee, want die zijn toch helemaal nieuw – en tegen de tijd dat ze hun overalls en hansoppen aanhebben en op weg gaan met hun enorme materieel, zitten die Chu en Deitz al in Chu's Lexus. Dus dacht de inspecteur, laten we hem nog maar niet uitschakelen, voordat we weten waar hij naartoe gaat. Keebles dacht dat hij misschien het geld ging ophalen dat hij uit die bank gestolen had...'

'En als dat teruggevonden werd zou dat ter meerdere eer en glorie van inspecteur Keebles zijn?'

'Precies.'

'Was er luchtversterking?' vroeg Nick

'Ja. Aan onze heli werd gewerkt, dus heeft inspecteur Keebles assistentie van de nationale luchtbrigade gevraagd en die hebben een Huey gestuurd...'

Boonie begon met zijn hoofd tegen het stuur te bonken. Dat leidde af. Nick hield hem tegen. Mavis besteedde er geen aandacht aan en ging op een afstandelijke en geamuseerde toon verder.

'Nou, Hueys trekken natuurlijk de aandacht – dat dreunende geluid valt niet te negeren – en het een leidde tot het ander, en nu heeft Deitz zich in de Bass Pro Shop opgesloten...'

'Gijzelaars?' vroeg Nick.

'Zou kunnen. We weten niet goed wat de status van die Andy Chu is, die bij hem is. Chu is hoofd van de IT-afdeling van Deitz' bedrijf. Chu heeft op onze agenten van de mobiele eenheid geschoten, die voor de ingang van de Bass-winkel stonden, dus misschien is hij meer een handlanger. Of hij is gewoon in paniek geraakt. Ze schoten namelijk ook op hem. En even later heeft hij zijn wapen weggegooid. Het kan zijn dat het per ongeluk is afgegaan. Zo te zien was hij gewond. Het wapen waarmee hij geschoten had zat onder het bloed. Deitz is de winkel door gelopen; hij wist zelfs hoe hij de medewerkers uit hun verstopplaats achter de wapenrekken moest krijgen en heeft iedereen die hij kon vinden het dak op geloodst. Daarna is hij weer naar beneden gegaan en heeft de stalen branddeur vergrendeld. Ze hebben die mensen met de Huey van het dak gehaald.'

'God zij geloofd,' zei Boonie.

'Amen. Maar ik moet jullie tot mijn spijt wel vertellen dat er een mevrouw op de parkeerplaats staat, Delores Maranzano genaamd, die zegt dat haar man Frankie en zijn kleinzoon Ritchie net naar de wc in de Pro Shop waren, en nu zijn ze vermist en weet niemand waar ze zijn.'

'Dus het kan zijn dat ze nog steeds bij Deitz in de winkel zitten?'

'Die kans bestaat, Nick. Die kans bestaat absoluut.'

'Hebben ze een mobiele telefoon?'

'Ze zegt dat die uitstaat.'

'Hoe oud is die kleinzoon?'

'Veertien.'

'Heeft die Frankie al iets van zich laten horen?'

'Geen kik. Hij houdt zich waarschijnlijk gedrukt. Maar er is een probleempje.'

Boonie sloeg zijn ogen ten hemel en zei: 'Het zal weer eens niet.'

'Wat dan?' vroeg Nick.

'Frankie schijnt een vergunning te hebben om onzichtbaar een wapen te dragen.'

Nick zuchtte.

'En dat heeft hij nu natuurlijk bij zich.'

Mavis knikte.

'Delores zegt dat hij nooit zonder wapen de deur uitgaat. Hij is bang dat hij ontvoerd wordt, zegt ze. Hij schijnt schathemeltjerijk te zijn. Hij slaapt met het wapen onder zijn kussen.'

'Wat voor een?'

'O, dit ga je leuk vinden. Ik heb het nagekeken. Hij heeft een Dan Wesson 44 Magnum...'

Boonie kreunde.

'Ik wil het niet weten,' zei Nick. 'Met die loop van 8 inch zeker?'

Mavis knikte.

'Ze zegt dat hij een op maat gemaakte schouderriem heeft, met een paar vakjes erin voor automatische laders.'

'Dus hij is een echte schutter?'

'Zijn vrouw zegt dat hij naar van die schietbanen gaat waar gevechtssituaties gesimuleerd worden. En dan neemt hij de kleine Ritchie mee. Ritchie schiet ook. Net zo enthousiast als zijn opa.'

'Hoe oud is die man?'

'Achtenveertig. Op de foto op zijn paspoort ziet hij er een beetje uit als een schurk. Hij heeft een gemene mond en kleine oogjes. Hij is een meter vijfentachtig en weegt vijfennegentig kilo. Zijn vrouw zegt dat hij gewichtheffer is. Zo ziet hij er ook wel uit.'

'Wat doet hij voor de kost?'

Mavis haalde haar schouders op.

'Dat weet niemand. Maar Delores past helemaal in het patroon van het luxevrouwtje. Ze rijden in een Bentley. Ze zegt dat Frankie bedrijfspanden in Destin Florida heeft, maar dat hij het grote geld verdiend heeft als projectontwikkelaar in Nevada.'

'In Nevada? Weten we iets over hem?'

Mavis schudde haar hoofd.

'Hij heeft geen strafblad en staat nergens te boek. Boonie, zegt die man jou iets?'

Boonie wreef met allebei zijn handen over zijn gezicht.

'Tegenover mijn kantoor, aan de overkant van Fountain Square, woont ene Frankie Maranzano. Op de bovenste verdieping van The Memphis. We trekken iedereen na die ons bureau recht in z'n vuurlinie heeft, dus hebben we hem ook gecheckt. Maar zijn advocaat, die lul van een Julian Porter, begon meteen te kermen dat de FBI het altijd gemunt heeft op Amerikanen van Italiaanse komaf. Maar we hadden niet echt iets tegen hem. Zoals J. Edgar al zei: "Niet elke spaghettivreter is een maffioso".'

Boonie vermande zich.

'Goed, het gaat er nu om dat we een agressieve man hebben en dat hij een handwapen en een kleinzoon bij zich heeft op wie hij indruk wil maken, en dat hij daar ergens in die winkel rondbeent.'

'Dat is het wel zo'n beetje, ja.'

'Zijn er al slachtoffers gevallen?'

'Nog niet. Een bewaker van Securicom, Jermichael Foley, is in zijn rechterknie geschoten...'

'Van *Securicom*?'

Mavis knikte, want ze wist waar dit naartoe ging. 'Inderdaad. Securicom, zoals in BD *Securicom*. We hebben het nagetrokken en wie denk je dat persoonlijk toezicht heeft gehouden op het ontwerp en de installatie van alle beveiligingssystemen van het hele winkelcentrum? Inclusief van de Bass Pro Shop?'

Boonie tilde zijn hoofd op van het stuur. Op de lichtroze huid van zijn voorhoofd stond een vuurrode, iets gebogen striem.

'Het is een ware vesting, die winkel,' zei Boonie.

'Inderdaad,' zei Mavis, 'en dat weet Deitz als geen ander.'

'We kunnen hem daar niet laten zitten,' zei Boonie. 'Hij heeft genoeg levensmiddelen om het een maand uit te zingen. En er bevinden zich twee burgers in de vuurlinie. Heeft al iemand geprobeerd om Deitz te bereiken?'

'Ja. Onze pelotonschef heeft hem aan de lijn gehad.'

'Wil Deitz iets?'

'Ja. Hij wil de filmploeg van Live Eye, en zijn advocaat...'

Boonie legde zijn hoofd weer op het stuur.

'Warren Smoles,' zei hij met zijn gezicht omlaag.

'Die, ja,' zei Mavis. 'Hij is hier. Met die grote witte Mercedes daar. Hij is al twee keer bij Live Eye verschenen, waar hij gezegd heeft dat we op het punt staan iemand te vermoorden die onschuldig is en waarin hij eist dat hij zijn cliënt ogenblikkelijk te spreken krijgt.'

'Boonie,' zei Nick, 'als je Warren Smoles zijn gang laat gaan – met die lui van Live Eye erbij – maakt hij er een zes weken durend reality-programma van, met Warren Smoles in de hoofdrol. Daarna verkoopt hij de filmrechten voor een half miljoen. En heeft Deitz voor vrijdag een boekcontract. Ondertussen heeft Deitz die hele winkel van struikeldraden en boobytraps voorzien, en wel zo professioneel dat je een heel peloton nodig hebt om hem eruit te krijgen. Hoe langer je wacht, hoe beter voorbereid zijn verdediging wordt. En Frankie doet op een gegeven moment iets verkeerd en wordt doodgeschoten. De kleine Ritchie ook. Ik heb dat allemaal al eens eerder meegemaakt. Je moet dit in allerijl doen, voor Deitz zich kan verschansen.'

Boonie keek naar hem.

'Nog suggesties?'

'Ja. Om te beginnen moet je zorgen dat Deitz niemand kan bellen. Smoles niet en de media niet. Blokkeer zijn telefoons.'

'Dat is al gebeurd,' zei Mavis.

'We hebben de technische tekeningen van de winkel nodig. De meest recente. We moeten weten of er iets veranderd is sinds Deitz en zijn mensen er geweest zijn.'

'Die heb ik al,' zei Mavis.

'Mooi zo. En ten derde heb ik een paar mensen nodig.'

Er volgde een algehele stilte.

'Jij?' vroeg Mavis met één opgetrokken wenkbrauw.

'Ja. Ik ga naar binnen en ik ruk hem daar weg.'

Boonie schudde zijn hoofd.

'Vergeet het maar. Je bent net uit het ziekenhuis. Dat is waanzin. Ik kan je toch niet...'

'Mavis zei dat Deitz een complex juridisch probleem vormde. Tig Sutter heeft me hierheen gestuurd, dus de recherche heeft voorrang op de politie uit Niceville – sorry, Mavis. Boonie, jij hebt weer voorrang op die jongens van de staatspolitie, dus als jíj – de FBI – als dienstdoende FBI-agent terugtreedt en het aan mij overlaat, is het allemaal vóór middernacht achter de rug.'

'Maar hoe moet het dan met die Frankie?'

'Dat is precies de reden dat we nu in actie moeten komen. Vooralsnog houdt hij zich rustig. Als we Deitz kunnen uitschakelen, kan de rest afgehandeld worden. Iets anders zit er niet op.'

Boonie dacht er even over na.

Toegegeven, Nick had bij de Special Forces gezeten. En het zou uren duren voordat ze hier een FBI-team hadden. Bovendien trok je daarmee de nationale media, zoals insecten vleermuizen aantrekken.

'Ik moet je deze vraag stellen. Is het iets persoonlijks?'

'Ja. Maar het is ook iets wat gedaan moet worden.'

'Die dingen gaan niet vaak samen.'

'Zelden.'

'Je zei "een paar mensen". Wie?'

'Mijn collega. Beau Norlett.'

'Maar dat is nog zo'n jonkie.'

'Hij is rustig, hij heeft lef en ik kan van hem op aan. Ik weet hoe hij reageert. Dat is belangrijk.'

'Oké. Wie nog meer?'

'Ik heb een schutter nodig. Een scherpschutter die zorgt dat Deitz geen kant op kan terwijl wij hem naderen. Die manoeuvre heet sprongsgewijs optrekken. Daarbij moet er zodanig geschoten worden dat de boel echt wordt lamgelegd. Dus het moet iemand zijn die echt heel goed is.'

'Een schutter met een geweer? Niet iemand met een SAW?'

'Nee. Een Squad Automatic Weapon is een ploertendoder. En als Deitz zich in de wapenopslag heeft verschanst – dat zou ik tenminste doen als ik hem was – betekent dat dat er ook kruit ligt. Kilo's kruit, allemaal goed verpakt in metalen blikken. Een heleboel mensen met voorladers doen hun inkopen bij Bass Pro. Als een verdwaalde kogel dat kruit raakt, gaat dat de lucht in, en dan begint er misschien een secundaire brand in de munitiekratten, en dan gaan duizenden jachtpatronen af. Mensen die zich in de buurt bevinden kunnen dan om het leven komen. Ik wil een schutter met een chirurgische precisie. Iemand die het hoofd koel weet te houden.'

'Wat denk je van Coker? Dat is de beste die we hebben.'

'Is hij beschikbaar?'

'Hij is er al. Charlie Danziger ook, want het was zijn lading van Wells Fargo die beroofd is. Coker heeft zijn spullen bij zich.'

Nick glimlachte.

'Coker is wat mij betreft prima.'

Wilg, treur voor mij

Tegen de tijd dat Kate en Lemon de zuidkant van het voetpad hadden bereikt dat door het midden van Patton's Hard liep, schemerde het al. In het halfdonker doemde het bos met de oude wilgen voor de voorruit op als een groene basiliek met heel hoge muren en een dak van een verstrikt web van overhangende ranken. Toen ze de motor uitzette, belde Beth.

'Kate, waar zit je?'

'We zijn bij Patton's Hard. Waar zit jij?'

'Er helemaal doorheen. Ik heb de school gebeld en gesproken met een vrouw, ene Gert...'

'O hemel.'

'Ja, o hemel, zeg dat wel. Ze zegt dat Axel en Rainey al bijna vanaf het begin van het semester toestemming hebben om eerder naar huis te gaan. Hoe kan dat? Waarom heeft Alice ons dat niet laten weten? Hoe hebben ze daar toestemming voor gekregen? Wat is er in godsnaam aan de hand, Kate? Ik word bijna gek van...'

'Zit je in de auto?'

'Ja. Ik was onderweg naar huis om te kijken of de jongens daar al zijn. Hannah is bij me.'

'Zet je auto even aan de kant,' zei Kate, 'zodra het kan.'

'Hoezo...'

'Ik moet je van alles uitleggen, maar je moet eerst stilstaan. Sta je al stil?'

'Wacht even... wacht even...'

Kate hoorde gehuil op de achtergrond: Hannah, op wie de angst van haar moeder oversloeg.

'Oké, ik sta stil. Wat is er allemaal aan de hand, Kate?'

Kate vertelde haar het hele verhaal. Beth had hetzelfde talent als Kate om te luisteren.

'Christeneziele. Briefjes en e-mails vervalst?'

'Daar ziet het wel naar uit, lieverd.'

'En Alice is vermist?'

'Nee, niet vermist. Er hangt een briefje op haar deur.'

'Door haarzelf ondertekend?'

Een goede vraag. Kate vermoedde dat Beths werk bij de FBI zo zijn sporen naliet.

'Dat is mij niet verteld.'

Stilte.

Toen nam Beth het woord.

'Die Gert zei dat Alice altijd op pad ging, op zoek naar de spijbelaars, en dat ze die met haar auto dan weer terugbracht. Ze ging zelfs naar Patton's Hard. Is dat waar?'

'Gert zei van wel, voor wat dat waard is.'

'En nu ben jij ook bij Patton's Hard. Zijn ze daar? Axel en Rainey?'

'We zijn nog aan het zoeken. Maar ik geloof van niet.'

'Jezus. Kate, wat moet ik doen? Moet ik naar je toe komen?'

'Jij hebt Hannah bij je. Ze klinkt nogal overstuur.'

'Dat komt door het gehoorapparaat. Ze kan nu goed horen, en ik denk dat ze dat eng vindt. Kate, ik ben... Je weet dat Byron op vrije voeten is, hè?'

'Ja, lieverd, dat heb ik gehoord.'

'Aanvankelijk dacht ik dat hij naar mij op zoek zou gaan. Maar ik hoor nu dat hij in winkelcentrum Galleria zit. Er is iemand neergeschoten. De politie is erbij. Is Nick er ook?'

'Ja. Hij is er samen met Boonie naartoe gegaan.'

'O god. Kate, wat gebéúrt er allemaal met ons?'

Niceville, dacht Kate, maar ze zei het niet.

'Lieverd, ik denk dat je maar het best met Hannah naar huis kunt gaan. Eufaula zit daar helemaal in haar eentje te wachten tot de jongens thuiskomen. Als jij nou gaat, kan zij naar huis.'

'Je bent toch niet alleen in Patton's Hard, hè? Ik vind het daar dood-eng. En het wordt al donker.'

'Nee, Lemon is bij me.'

'Fijn. Ik mag hem graag.'

'Dat weet ik, Beth. Alle vrouwen mogen Lemon graag.'

Ze keek even naar Lemon en glimlachte.

'Beth mag je graag.'

'Zeg maar dat het wederzijds is.'

'Hoorde je dat?'

'Ja. Bel je me?'

'Ja, dat doe ik, Beth. En jij belt mij als ze plotseling thuiskomen, oké?'

'Oké... Kate... Komt het allemaal goed? Komen ze weer thuis?'

'Alles komt goed. Ze mogen alleen allebei nooit meer eerder van school.'

'Axel krijgt voor de komende tien jaar huisarrest van me.'

'Goed plan. Dan geef ik Rainey huisarrest en dan kunnen ze samen als een stelletje trollen in de kelder gaan wonen.'

'Ik hou van je, Kate.'

'Ik ook van jou. Geef Hannah een kus van me.'

'Zal ik doen.'

Ze verbrak de verbinding.

Kate keek naar Lemon.

'Nou, zullen we dan maar?'

'Ja, vooruit.'

Het voetpad, dat niet voor auto's bedoeld was, was amper breed genoeg om met de Envoy over het midden te rijden. De wilgentakken veegden langs de voorruit en grepen naar de zijkant van de suv. Het pad was modderig en ongelijk, en ze vorderden maar langzaam. Lemon lette goed op of er voren in het pad zaten.

'We zijn niet het eerste voertuig dat hier gereden heeft. Zie je die sporen?'

Kate deed de koplampen aan, en in de lichtbundels zagen ze twee smalle geulen, evenwijdig aan elkaar en veel smaller dan de bandenafdruk van de Envoy. De zon ging onder, en achter het licht werd het steeds donkerder. Het begon kil te worden, en Kate zette de verwarming aan.

'Toeter eens,' zei Lemon terwijl ze langzaam over het pad reden en de enorme wilgen hen steeds verder insloten. 'Als ze hier zijn, horen ze je.'

Kate drukte de claxon een paar keer in. Geen reactie. Bij Patton's Hard was geen sterveling te bekennen.

'Ze zijn er niet,' zei Kate. 'Ik voel ze geen van beiden.'

'Laten we er helemaal doorheen rijden. Als ze er niet zijn wordt het misschien tijd om de... Wacht even.'

Kate ging langzamer rijden.

'Zie je dat daar?' zei Lemon. 'Het autospoor gaat daar van het pad af.'

'Hoe weet je dat het niet van mensen is die hier in het park werken, op zo'n golfkarretje?'

'Jij golft niet, hè Kate?'

'Nee, ik ben te jong om al dood te gaan van verveling. Dus het is geen golfkarretje?'

'Nee, het is een auto, zo'n klein, compact model.'

Kate tuurde door het mistige schemerlicht. De smalle bandensporen waar ze overheen gereden waren maakten naast een grote groep wilgen een scherpe bocht. Het spoor liep onder de waterval van neerhangende wilgentakken door en verdween in de groenige duisternis onder de bomen.

'Daar ga ik niet achteraan,' zei Kate.

'Wacht hier even,' zei Lemon, en hij deed het portier open. Hij stapte uit en boog toen weer naar binnen.

'Heb je een zaklamp?'

'In het handschoenenvak. Lemon, ik heb deze film al eens gezien.'

Hij zette een stralende, enigszins gestoorde glimlach op, en Kate herinnerde zich dat hij, voordat hij 'escort' werd voor lunchende dames, bij het korps mariniers had gezeten en twee keer onderscheiden was voor moed.

'Ons kan niets gebeuren. Wij zijn de hoofdrolspelers.'

'En als je nou eens alleen maar de betrouwbare bijfiguur bent? Die gaan er altijd als eerste aan.'

'Het hangt ervan af wiens film het is,' zei hij, terwijl hij het handschoenenvak opendeed. Hij haalde er een zaklamp uit, en ook, met een zwierig gebaar, het compacte Glock-pistool van Kate.

'Heb je liever dat ik deze ook meeneem?'

Kate zuchtte en pakte de sleutels.

'Ja. Maar ik ga ook mee.'

'Waarom?'

'Omdat soms de angsthaas die in de auto blijft zitten er als eerste aangaat.'

Lemon lachte, deed zijn portier dicht, en Kate vergrendelde de auto met de afstandsbediening. Hij knipte de zaklamp aan – een krachtige halogeenlichtbundel. Ze volgden het spoor een paar meter, tot ze bij het punt kwamen waar de autobanden – als het dat tenminste waren – onder het neerhangende gordijn van wilgentakken waren verdwenen.

Kate aarzelde, maar Lemon pakte een paar takken en trok die opzij, waarbij hij met de zaklamp naar binnen scheen.

Achter het gordijn rezen de wilgen in zuilen omhoog, met hoge, hoekige takken die zich als steunberen in een groene kathedraal uitstrekten.

Binnen – het vóélde echt als binnen – zagen ze nog sporen van de gloed van de ondergaande zon. Het gewelf was een meter of dertig, of meer, hoog en spreidde zich in een straal van vijftien à twintig meter om hen heen uit. In de hoog oprijzende ruimte klonken allemaal krakende en sissende geluiden, doordat de wind van de rivier de bovenste takken in beweging bracht.

Iedereen zei altijd dat de wilgen langs Patton's Hard tegen elkaar fluisterden. Kate begreep wel dat iemand met veel verbeelding stemmen in de wilgen hoorde.

Het rook daarbinnen naar aarde, mos en rottende bladeren. De grond onder hun voeten was zacht en vochtig. De sporen leken in het duister op te lossen. Tegen de stam van de grootste wilg lag iets hoekigs en stakerigs.

Lemon richtte de zaklamp erop.

Het was een tuinstoel – een krakkemikkig oud geval dat eruitzag alsof hij uit een tweedehandswinkel of een rommelschuur was meegepikt. Aan de leuning van de stoel was een paraplu vastgebonden, met een bungeetouw. Naast de stoel stond een omgekeerd houten krat, en op het krat lag een stapeltje beduimelde paperbacks. De grond voor de stoel was vertrapt. Er lagen snoeppapiertjes en colablikjes. Tegen de stam van de wilg stond nog een tuinstoel, alleen was die ingeklapt. Kate liep erheen en pakte een van de boeken op.

Het was een boek van Harry Potter – iets over een vuurbeker. Kate sloeg het open en zag wat ze al had verwacht te zullen zien. Rainey had zijn naam op het schutblad geschreven. Dat deed hij altijd.

Lemon kwam vlak naast haar staan en scheen met de zaklamp op de pagina.

'Ik geloof dat we hun schuilplaats hebben gevonden.'

'Ja, dat geloof ik ook. Alleen zijn ze er niet.'

Lemon draaide de zaklamp weg en scheen ermee in het duister, het spoor achterna. Hij bekeek het heel goed en toen drong tot hem door dat het maar één spoor was. Dat wil zeggen, nergens was aan te zien dat degene die hierheen gereden was, wie dat ook geweest mocht zijn, de auto op enig moment in zijn achteruit had gezet en was teruggereden, waarmee hij dan een tweede spoor over het eerste had gelegd.

Toen deze gedachte zich door zijn denkniveaus heen had gewerkt, kneep zijn maag zich samen en werd zijn ademhaling oppervlakkig.

'Wacht hier even,' zei hij, en hij liep helemaal naar de rand van het wilgengordijn. Daarachter hoorde hij het gebulder van de Tulip, die met grote vaart door de wijde bocht stroomde die het water in Patton's Hard had uitgesleten. Naarmate hij dichter bij de oever kwam, voelde hij de kracht van de stroming door de grond heen. Kate kwam achter hem aan.

'Waar gaan ze naartoe?' vroeg ze. 'Ik zie niet dat iemand op deze plek geprobeerd heeft een auto te keren. Daar zou je sporen van moeten zien...'

Toen ze aankwam waar Lemon stond, die duidelijk plotseling het licht had gezien, stierf haar stem weg.

Ze stonden nu aan de rand van de Tulip, nog net binnen het gordijn. Twee meter verderop, langs de modderige oever omlaag, kolkte, siste en mompelde het donkerbruine water als een levend wezen. Verder weg draaiden takjes, bladeren en rivierafval langzaam mee in de kolk die de stroming veroorzaakte, daar waar de Tulip zich op volle kracht door de bocht stortte.

Kate had jaren geleden eens een hond van de modderige oever zien glijden en in die draaikolk terecht zien komen. Het was een sterke hond en hij had als een gek voor zijn leven gevochten. Kate had een boomtak gepakt en die de hond toe gestoken in de hoop dat hij erin zou bijten en zij hem eruit kon trekken, en dat had hij ook geprobeerd, maar uiteindelijk was hij toch kopje-onder gegaan, terwijl hij haar met zijn grote bruine ogen, omringd met wit, strak bleef aankijken. Ze had een nog grotere hekel aan Patton's Hard dan aan het Kratergat, al scheelde het niet veel.

Aan de overkant van de rivier gingen de lichtjes langs Long Reach Boulevard al aan nu de schemering steeds duisterder werd. In het laatste beetje licht konden ze allebei duidelijk het bandenspoor zien dat ze hadden gevolgd.

Dat liep de steile oever af en verdween in de rivier.

Lemon ging nog wat dichter bij het water staan en scheen met de zaklamp in het water. Door het duister zag hij, een meter of vijf lager, een bleke witte rechthoek. Toen de lichtbundel erop viel, gloeide de reflecterende verf op de rechthoek veel feller op. Er stonden grote blauwe cijfers op. Het was een nummerbord. Hij hield de zaklamp nog wat dichter bij het wateroppervlak.

Achter zich hoorde hij Kate fluisteren.

'Lemon, je mag er níét in vallen.'

Hij tuurde in de helle lichtkegel omlaag. Het nummerbord zat niet vast in de wortels van de wilgen, zoals hij had gehoopt. Het zat vast aan iets veel groters, iets ronds en metaalachtigs, en dat grote ding zat wel verstrikt in de wortels van de wilgen, als een stier die in de val gelopen is.

Hij richtte zich weer op, draaide zich om, en Kate trok hem de oever op, waarbij zijn laarzen in de glibberige modder weggleden. Ze gingen weer op vaste grond staan.

'Ligt-ie er?'

'Ja,' zei Lemon. 'Hij ligt er. Een soort klein autootje. Lichtblauw, denk ik. Het is van de oever gegleden, maar in plaats van helemaal naar de bodem te zinken is hij vast komen te zitten in de wortels van al die wilgen.'

'Heb je kunnen zien wat voor auto het is?'

'Nee, maar ik heb wel het kenteken. KT987z. Ken je dat?'

Kate dacht even na en keek toen weer op.

'Je wilt dus eigenlijk weten of dat het kenteken van Alice Bayer is?'

'Ja, Kate. Dat wil ik eigenlijk weten, ja.'

'Ik weet niet wat haar kenteken is. Ik weet wel dat ze een blauw autootje had.'

Ze zweeg even, in de hoop dat de juiste woorden haar zouden invallen.

'We moeten de politie bellen, vind je ook niet?'

'Ja,' zei Lemon, maar heel zacht. 'Ik ben bang van wel.'

Als God het universum uit het Niets heeft geschapen, heeft het universum dan Niets uit God geschapen?

Rainey en Axel waren in veel opzichten gewoon net als alle andere kinderen die wisten dat ze grote problemen met het ouderlijk gezag zouden krijgen. Het werd al donker en ze hadden honger, maar de jongens konden zich er allebei niet toe zetten om een bus naar het centrum te nemen en naar huis te gaan.

Nog even niet, althans.

Ze zaten in de Peachtree Line, al uren, al sinds ze uit het huis van Raineys moeder op Cemetery Hill waren weggegaan.

De Peachtree-tram was zo'n ouderwets donkerblauw-met-goudkleurig monster, waar Niceville om bekendstond. Die tram was zo zwaar als een tank en denderde kletterend door de drukke straten van het centrum, op dat moment in oostelijke richting naar de Armory Bridge, die een paar straten ten zuiden van The Pavilion de rivier overspande.

De veel te warme tram zat vol met kantoormensen die aan het eind van een lange dag naar huis gingen en met een paar kinderen van de Saint Innocent Orthodox School – Axel en Rainey herkenden ze al op een kilometer afstand aan hun stomme kleren.

Axel en Rainey hadden hun blazer van het Regiopolis opgevouwen en in hun rugzak gepropt. Rainey, die aan het raam zat, keek uit over de rivier naar de klifwand van Tallulah's Wall. Axel zat met zijn iPad te spelen; Rainey vond dat hij dat eigenlijk niet moest doen, want misschien konden ze daardoor traceren waar zij zaten als het gebeurde. Dat was ook de reden dat hij de batterij uit zijn mobiele telefoon had gehaald. Axel had gezegd dat je een telefoon van Motorola alleen kon uitzetten door de batterij eruit te halen. Axel wist dat soort dingen doordat zijn vader vroeger bij de FBI had gewerkt. Axel had behoorlijk de zenuwen over het feit dat zijn vader op vrije voeten was. Hij wilde hem niet tegen het lijf lopen, maar Axel wilde ook niet dat de politie hem doodschoot.

Het leven was voor hen allebei ingewikkeld, en daar konden ze niet veel aan doen, dus speelde Axel maar Grand Theft Auto en staarde Rainey naar buiten.

In deze tijd van het jaar wierp de ondergaande zon op het laatst altijd licht op de eiken en wilgen boven op Tallulah's Wall. Die gloeiden nu ook op, helgroen, maar de met klimop bedekte klifwand was in een donkere paarse schaduw gehuld. Op de wand zat nog steeds een grote bruine plek, waar een half jaar geleden een vent er opzettelijk met zijn vliegtuig tegenaan was geknald. Weer een zelfmoord, net als zijn vader.

Rainey keek even naar Axel, die onderuitgezakt op zijn stoel zat. Hij zag er verdrietig, bezorgd en moe uit. Ze hadden al een poosje niks meer tegen elkaar te zeggen; hun gezamenlijke gevoel voor avontuur was langzaam verdwenen, en nu hadden ze allebei alleen maar honger en slaap, en waren ze bedrukt.

Axel was een moedig jongetje, en Rainey mocht hem graag – hij had het opgenomen tegen Coleman Mauldar – maar Axel wilde eigenlijk het liefst naar huis, en ze zouden snel moeten besluiten hoe ze dat gingen aanpakken. Rainey keek naar zijn spiegelbeeld in de ruit van de tram en wist niet goed hoe hij er zélf aan toe was.

Hij voelde zich niet verbonden met de volwassenen om hem heen, niet verbonden met de felle lichten in de winkels en huizen die aan de andere kant van de ruit aan hem voorbijtrokken, niet verbonden met het leven van de stad zelf, alsof het een saaie film betrof die hij moest uitzitten omdat een van de jezuïeten vond dat ze daar een beter mens van werden.

Hij voelde zich vooral niet verbonden met Kate en Nick en alle andere mensen in de huidige versie van zijn leven. Axel was de enige met wie hij zich wel verbonden voelde, en toch wist hij dat Axel en hij heel verschillend waren.

Het maakte Axel bijvoorbeeld iets uit wat andere mensen dachten en voelden. Rainey wist dat Axel zich schuldig, verdrietig en rot voelde. Rainey begreep op rationeel niveau wel dat dat gedeeltelijk kwam doordat ze betrapt waren op een lange reeks van leugens en bedrog, en dat iemand, als hij op iets stiekems betrapt werd, zich daardoor meestal boos, verdrietig en rot ging voelen. Ze zouden ervoor moeten boeten dat ze van school waren weggelopen. Dat begrepen Rainey en Axel allebei heel goed.

Maar het was leuk geweest, voor zolang het duurde.

Gert de Lesbo had om briefjes, toestemming en al die onzin gevraagd. Axel had uitgezocht hoe de computer werkte – Axel was reteslim in dat soort dingen – griezelig slim – en het briefpapier lag gewoon op het bureau van zijn moeder.

Dus waren Axel en Rainey tijdens schooluren vrij geweest om te doen waar ze zin in hadden. Dat was nu allemaal afgelopen. Ze hadden veel in hun fort bij Patton's Hard gezeten, maar na een poosje had Axel gezegd dat hij het daar eng vond.

Daarna waren ze bijna elke dag gewoon naar zijn echte huis gegaan – behalve als Lemon in de tuin werkte. Ze keken televisie, struinden op de computer van zijn moeder internet af, googelden naar vieze plaatjes, postten dingen op Facebook en Twitter en aten van alles uit blik wat je kon eten zonder het te hoeven opwarmen.

Maar nadat Axel dingen had gevonden over wat er met Rainey tijdens zijn ontvoering zou zijn gebeurd, keken ze niet meer op Google News.

Het had ze allebei de stuipen op het lijf gejaagd, maar vooral Rainey. Hij had geen duidelijke herinnering aan die tijd, behalve dan dat er in de etalage van Moochie een spiegel met een gouden lijst had gestaan en als je daarin keek, zag je soms een boerderij in een dennenbos, en er was een groot paard bij dat Jupiter heette.

Axel vond op Google een artikel waarin stond dat de moeder van Rainey zelfmoord had gepleegd door in het Kratergat te springen. Maar haar lichaam was nooit gevonden, en Rainey wist diep in zijn hart dat zijn moeder niet dood was en dat hij, als hij de stemmen in de wilgen maar beter kon verstaan, zou begrijpen wat de wilgen hem probeerden uit te leggen. Als hij maar goed genoeg luisterde konden de wilgen hem helpen om te begrijpen waarom zijn vader zelfmoord had gepleegd nadat Rainey in dat graf was gevonden. Zelfs Rainey vond dat zijn vader geen zelfmoord had mogen plegen, precies op het moment dat Rainey hem het hardst nodig had. Dus het was heel belangrijk voor hem om erachter te komen hoe al die dingen precies waren gebeurd, en waarom, en dan zou hij wel weten wat hij met al die mensen in zijn leven aan moest.

Ook met Axel.

De tram reed ratelend de Armory Bridge over en begon aan de lange klim door de kronkelende straten, die eindigde bij de rotonde bij Upper Chase Run, waar de tram keerde, terugreed en weer opnieuw begon.

Ze zaten nu al drie uur in de tram – voor twee dollar mocht je de hele dag met de tram, als je dat wilde – en de conducteur, een jonge zwarte vrouw met gelige ogen en een luid vriendelijk 'hallo' voor alle reizigers, begon wat te veel aandacht te besteden aan de twee jongens die nooit uitstapten en aldoor op het laatste bankje links, helemaal achter in de tram, zaten.

Axel zei tegen Rainey dat hij gewoon voelde dat ze elk moment iets volwassens met hen ging doen.

Ze hadden nog ongeveer een kilometer te gaan voor ze weer bij de rotonde kwamen, die in de zijkant van Tallulah's Wall was ingebouwd, helemaal boven aan Upper Chase Run.

Aan het eind van Upper Chase, vlak voorbij de rotonde, had je een krakkemikkige houten trap. Die liep zigzaggend omhoog langs de gemakkelijke kant van Tallulah's Wall en kwam uit op een pad dat helemaal over de top voerde, tussen alle oude bomen door die daar stonden.

Het pad liep helemaal naar het Kratergat, maar zo ver ging nooit iemand, want het Kratergat stond erom bekend dat het een griezelige plek was waar slechte dingen leefden.

Hoewel Axel, net als elk ander kind uit Niceville, wel van het Kratergat had gehoord, was hij er nooit geweest. Het was er gewoon te griezelig.

Rainey was één keer bij het Kratergat geweest, met zijn moeder, voor een soort picknick. Ze waren ernaartoe gereden en hadden een brunch uitgestald, maar zijn moeder had het op haar zenuwen gekregen vanwege de manier waarop de bomen over het Kratergat heen hingen en omdat er overal zo veel kraaien waren, en omdat het een stralende dag was, maar je in het water geen enkel stukje blauwe lucht weerspiegeld zag. Het oppervlak was altijd zwart.

Ze waren er niet gebleven, hoewel Rainey zich vaak tot die plek aangetrokken voelde, zeker nu hij erachter was gekomen dat het gerucht ging dat zijn moeder in het Kratergat gesprongen zou zijn.

Ze ratelden langzaam langs de grote landhuizen van The Chase, die allemaal boven op hun eigen heuvel lagen, achter een grote stenen muur. Ze reden langs Upper Chase Run 682, een groot houten huis met allerlei soorten torentjes, gebrandschilderd glas en ingewikkeld houtwerk. Rainey vond het eruitzien alsof het er spookte. Het huis was donker en dichtgetimmerd.

Er stond een zwartijzeren hek voor, met een ketting dichtgemaakt, en op dat hek hing een koperen bordje met

TEMPLE HILL

Rainey had er een paar jongens op school over horen praten, en toen had hij het opgezocht. Temple Hill bleek helemaal over zijn verhaal te gaan. Hij stootte Axel even aan, zodat die opschrok, en wees naar het huis.

'Dat huis gaat over wat er met mij is gebeurd,' zei hij. Axel was meteen bij de les en ging rechtop zitten.

'Dat huis? Wauw, het lijkt wel een kasteel. Een spookkasteel. Cool zeg!'

Rainey legde uit dat het het huis van een rijke ouwe taart was, Delia Cotton genaamd. Volgens het verhaal in de Niceville Register was ze máánden geleden verdwenen, en haar klusjesman ook – een man met de naam Gray Haggard, die nog in de Tweede Wereldoorlog had gevochten met Dillon Walker, Axels opa, die een hartstikke hoge pief was op het VMI en die óók rond die tijd verdwenen was, en wat denk je? Alice Bayer was haar huishoudster geweest, en het sloot allemaal naadloos op elkaar aan, en er was nog meer, want Nick had de zaak-Cotton gekregen, die nooit was opgelost, en Nick was ook degene die ervoor had gezorgd dat Alice Bayer die baan op de Regiopolis School had gekregen.

Axel had dit relaas maar met een half oor gevolgd – hij probeerde op het level van Grand Theft Auto te komen waar je een blote meid te zien krijgt – maar toen de naam Alice Bayer viel was hij er meteen helemaal bij, want er spookte een verschrikkelijke gedachte door zijn hoofd, namelijk dat Rainey iets ergs over haar wist. Hij keek naar Rainey op, terwijl die vertelde, en zijn vermoedens waren van zijn gezicht af te lezen, alleen zag Rainey dat niet.

Hij vertelde verder en genoot ervan dat ze allebei de kriebels van het verhaal kregen.

Rainey was er ook achter gekomen – door stiekem in Nicks aantekenboek te kijken, dat hij vaak in zijn werkkamer op zijn bureau liet liggen als hij geen dienst had – dat de spiegel in de etalage van oom Moochie wel iets van duizend jaar van Delia Cotton was geweest en dat Delia Cotton had besloten dat ze de spiegel niet meer wilde en hem toen aan Alice Bayer had gegeven, die hem weer aan Moochie had verkocht, vandaar dat de spiegel in de etalage van de winkel van Moochie stond, zodat Rainey hem kon zien, er helemaal gehypnotiseerd door kon raken en kon verdwijnen.

Daar stopte hij, want het was net in hem opgekomen dat wat er met Alice Bayer was gebeurd gewoon wraak was, en door er zo over te denken kon hij zorgen dat zijn schuldgevoel minder werd. Maar dat ging hij natuurlijk niet aan Axel toegeven.

Ze reden langs Temple Hill en ratelden de bocht door die naar de rotonde leidde. Axel ging weer verder met zijn Grand Theft-spelletje en Rainey vroeg zich af waar die spiegel nu was.

Toen hij het tegenover Nick over de spiegel had gehad, hadden Kate en hij elkaar even aankeken op een manier die hem deed vermoeden dat zij wel wisten waar die was. Misschien moest hij als Eufaula er niet was maar eens wat in Kates huis rondneuzen. Eufaula liep altijd voortdurend achter hem aan, alsof ze bang was dat hij het zilver zou stelen of zo.

Maar Rainey was wel een paar interessante dingen te weten gekomen, vooral de afgelopen weken.

Om te beginnen was Rainey erachter gekomen dat hoe meer manieren je bedacht om te voorkomen dat andere mensen je een schuldgevoel bezorgden, hoe gemakkelijker dat werd.

Het was een soort gedachtebeheersing zoals Ninja's dat doen, en hij voelde zich er sterk en zelfverzekerd door, helemaal geen kind meer, en hoe meer hij naar de stemmen in de wilgen luisterde, hoe ouder en sterker hij werd.

Eindelijk waren ze bij de rotonde.

'We moeten eruit,' fluisterde hij tegen Axel.

Axel keek op van zijn iPad en keek naar buiten, naar de halte. Het was inmiddels donker en de tram was het enige wat daar licht gaf.

'Misschien moeten we gewoon blijven zitten en naar huis gaan.'

'Dat doen we ook, maar we kunnen beter de volgende tram nemen, want nieuwsgierig aagje kijkt naar ons.'

Axel zuchtte en stopte zijn iPad in zijn rugzak. Hij was er eindelijk in geslaagd bij het deel met de blote meid te komen en hoopte maar dat hij zich straks nog zou herinneren hoe hem dat gelukt was.

De conductrice draaide zich op haar stoel om en keek toe terwijl ze naar voren liepen om uit te stappen.

Toen ze daar aankwamen, vroeg ze of alles in orde was, maar Rainey zei alleen dat ze van school hadden gespijbeld en dat ze nu naar huis gingen en zich aan het ouderlijk gezag zouden onderwerpen.

'Nou, jullie zijn zulke knappe jongens, ik weet zeker dat het ouderlijk gezag jullie niet te hard zal aanpakken,' zei ze, en toen ze het trapje af waren, deed ze de deur achter hen dicht.

Terwijl ze de tram de bocht door stuurde, zwaaide ze naar hen. Ze bleven staan en keken toe hoe die rammelend en piepend de straat in reed, tot hij uit het zicht was verdwenen en zij in de blauwe lichtkring van de lantaarnpaal boven hen stonden en het voorbij die lichtkring overal pikkedonker was. Axel vond het maar niks.

'Weet je wat we moeten doen, Rain? We moeten gewoon jouw telefoon aanzetten en een taxi bellen.'

'Maar dan weten ze waar we zijn.'

'Kan mij het schelen,' zei hij. 'Het ziet er hier 's avonds heel anders uit. Ik wil geloof ik gewoon naar huis. Ze gaan ons echt niet vermoorden of zo, hoor.'

'We krijgen wel een maand huisarrest.'

'Al krijg ik een jaar huisarrest, kan mij het schelen. Bel nou maar een taxi. Mijn moeder betaalt wel als we thuis aankomen. Echt, Rain.'

Rainey keek omhoog naar de trap. In de treden waren gele lampjes ingebouwd, zodat je kon zien waar je liep, mocht je in het donker helemaal naar boven willen.

'Kom op, Rain. Bel nou. Alsjeblieft?'

Rainey haalde zijn mobiele telefoon tevoorschijn, stopte de batterij er weer in en zette hem aan. Hij zag dat hij heel vaak gebeld was: door het Regiopolis, door Kate, door Kate, door Kate – en zelfs een keer door Lemon. En hij had een sms'je.

Hij opende het en las het.

JONGENS KOM ALSJEBLIEFT NAAR HUIS WE MAKEN ONS VRESELIJKE ZORGEN.

LIEFS KATE EN BETH

Het was tien minuten geleden verstuurd. Axel las over zijn schouder mee.

'Zie je wel. Ze zijn helemaal niet kwaad. Alleen bezorgd. Sms even terug.'

Rainey besloot te antwoorden.

LIEVE K&B ALLES OK ZATEN IN DE TRAM ZIJN OVER EEN UUR TERUG SORRY VAN SPIJBELEN LFS R&AX

'Verstuur dan,' zei Axel. 'Zeg maar dat we een taxi nemen. Of misschien kunnen ze ons komen ophalen?'

Rainey dacht er even over na, drukte op VERZENDEN en zette zijn telefoon toen uit. Het was hierboven aan de zijkant van de muur een stuk frisser. Hij haalde zijn jasje uit zijn rugzak en trok dat aan. Axel haalde het zijne ook tevoorschijn, trok het aan en toen stonden ze elkaar aan te kijken.

Axel, die vlug van begrip was, begreep het binnen een paar tellen.

'Vergeet het maar, Rain. We gaan niet naar boven. Daar spookt het. Ben je gestoord of zo? Ik ga niet.'

Axel plukte de telefoon uit Raineys hand, liep een paar meter achteruit en drukte op BELLEN.

'Ja, we willen graag een taxi, boven aan Upper Chase Run. Ja. Bij de tramhalte. Waar ze keren. Met z'n tweeën. Ik heet Axel Deitz.'

Rainey maakte geen aanstalten om hem tegen te houden.

Maar hij voelde dat hij... terugweek... dat hij wegging.

'Ja, goed,' zei Axel. 'Daar staan we.'

Hij verbrak de verbinding en gaf de telefoon terug aan Rainey. 'Zo. Ze zeggen dat ze er over vijf minuten zijn, misschien eerder. Oké. Doe geen rare dingen. Rain, wat kijk je vreemd. Moet je overgeven of zo?'

'Nee, Ax, ik moet iets doen.'

'Helemaal niet. De taxi is onderweg, man. Niet nou opeens een zombie worden. Rain?'

'Ik moet even naar iets gaan kijken, Ax. Ik ben zo terug, oké? Gewoon rustig blijven.'

'Rainey, alsjeblieft.'

Rainey schudde zijn hoofd, draaide zich om en keek naar de trap. Hij keek langs de trap omhoog – een steeds kleiner wordend snoer van minuscule gele sporten dat helemaal in de verte op de top in het donker verdween. De woorden 'kom en word herkend' speelden door zijn hoofd.

Hij had geen idee waarom.

Maar hij begon wel te klimmen.

'Rain, alsjeblieft,' zei Axel, en hij liep een paar treden achter hem aan omhoog. Rainey draaide zich om en keek op hem neer.

'Ik moet. Ik neem de volgende tram wel, Ax. Maak je niet druk, ja? Zeg maar tegen ze dat ik zo kom. Zeg maar dat ik iets moest doen.'

De tranen sprongen Axel in de ogen.

'Rain, er is iets raars met je. Ik meen het: je ziet hartstikke wit en zo. Je ogen staan raar. Doe nou niet.'

Verderop in de straat sloeg een auto de hoek om en reed naar hen toe. In de lichtbalk op het dak stond CHASE TAXI te lezen. De chauffeur deed zijn grote licht aan en hield stil naast de halte, toeterde even en draaide zijn raampje omlaag.

'Hebben jullie een taxi gebeld?'

'Ja, dat klopt,' zei Axel. 'Rainey, kom op nou.'

Rainey schudde zijn hoofd.

'Ik kan niet, Axel. Ik moet dit doen. Ga jij nu maar. Ik kom zo.'

De chauffeur toeterde nog een keer.

'Jongens? Wordt het nog wat?'

Axel knipperde met tranen in zijn ogen naar Rainey. Zijn wangen glommen.

'Waarom doe je dit, Rain?'

Daar had Rainey geen antwoord op.

Axel pakte zijn rugzak en draaide zich zonder nog een woord te zeggen om. Rainey keek hoe hij in de taxi stapte. De chauffeur vroeg hem iets en hij hoorde Axel 'nee, alleen ik' zeggen.

De chauffeur keek even naar Rainey op, die op de trap stond, haalde zijn schouders op en reed weg. Axel keek naar Rainey toen ze keerden en terug Upper Chase Run op reden. Zijn jonge gezicht vormde een wit waas, zijn ogen stonden groot. De taxi sloeg de hoek om en weg was hij. Rainey was alleen in de blauwe lichtkring van de lantaarnpaal op de tramhalte, en achter hem rees het onmetelijke zwart van Tallulah's Wall op, driehonderd meter muur van niets, die de sterren aan het zicht onttrok.

Het duurde heel lang, of dat leek althans zo, maar eindelijk bereikte hij de top, buiten adem, zijn rugzak achter zich aan slepend. Hij zette zijn rugzak boven aan de trap neer en leunde tegen de reling. Niceville spreidde zich voor hem uit, van de lichtjes van Mauldar Field helemaal in het noordwesten tot de dicht opeengepakte glinstering van winkelcentrum Galleria, waar waarschijnlijk iets belangrijks gaande was, want overal flitsten zwaailichten van de politie, en de helikopter van Live Eye ronkte boven het gebied heen en weer.

Dichterbij zag hij de gouden gloed van het centrum van Niceville, helemaal bezaaid met elektriciteitsdraden die er zo van bovenaf gezien uitzagen als zwart gaas. Verder langs de rivier lag The Pavilion, waar alle lichtjes brandden, als een ketting, en hier en daar zag hij de zachtere gloed van de wijken Garrison Hills, The Glades en Saddle Hill, begraven onder al die eikenbomen en wilgen.

Hij zag zelfs de donkere driehoek van de staatsbegraafplaats. Daar hadden ze hem gevonden, levend begraven in een graf met een dode kerel erin. Op de rivier voeren boten, toefjes kleurig licht. Rainey stelde zich de mensen op die boten voor, een feestje, mooie meisjes, rijke jongens als Coleman en zijn vrienden.

Waarom was hij hier?

Kom en word herkend?

Wat betekende dat?

Rainey draaide zich van het uitzicht op het mooie stadje af met een verdwaalde versregel in zijn hoofd uit een gedicht dat ze bij Engels hadden bestudeerd – *iemand woonde in een nette doorsneestad ... hij zong zijn gedaas en danste zich dwaas* – en liep het pad op dat door het oude bos naar het Kratergat voerde.

Het pad werd door kleine op zonne-energie werkende lampjes verlicht. Overal om hem heen rezen de naaldbomen, eiken en wilgen op, die naarmate hij dieper in het bos raakte steeds ouder en hoger werden en steeds meer met elkaar vergroeid waren.

Het pad lag vol stenen, en hij gleed een paar keer uit, maar waar de knokige richel oprees, werd het vlakker en ging het gemakkelijker. Het was doodstil, op het geflipflap en geschuifel van zijn gymschoenen na, en het geluid van zijn eigen ademhaling. Als er al kraaien in de buurt waren, waren die voor de nacht al allemaal op stok gegaan.

Hij haalde zijn telefoon uit zijn zak, stopte de batterij er weer in, zette hem aan, alleen om te kijken hoe laat het was, want hij had het gevoel dat hij al uren over dit pad liep, maar het was pas een paar minuten over negen.

Natuurlijk was er een sms'je van Kate:

LIEVE RAINEY GODZIJDANK WE WAREN VRESELIJK ONGERUST MOETEN WE JULLIE KOMEN HALEN OF NEMEN JULLIE EEN TAXI DIE BETALEN WIJ ZODRA JULLIE ER ZIJN BEL ALSJEBLIEFT BEL ME ALSJEBLIEFT NU METEEN IS ALLES GOED MET AXEL ZIJN MOEDER IS BEZORGD MAAR ALLES IS GOED NIEMAND IS BOOS MAAR WE WILLEN DAT JULLIE THUISKOMEN...

Rainey sms'te terug.

ALLES GOED MET AX HIJ ZIT IN TAXI ZO THUIS.

Kate reageerde meteen.

WAAROM JIJ NIET WAAR BEN JE BEL ALSJEBLIEFT.

Rainey zette de telefoon uit en haalde de batterij eruit.

Hij keek er een poosje naar en voelde zich plotseling hondsmoe. Toen hij opkeek, stond er een jong zwart meisje op het pad, verlicht door een van de op zonne-energie lopende lampen.

Zijn borst werd helemaal koud en hij kreeg geen adem. Hij bleef staan en keek naar haar, en zij keek met een afkeurende frons op haar gezicht naar hem. Terwijl hij naar haar keek zag hij dat het helemaal geen meisje was.

Het was een vrouw, een jonge, mooie vrouw. Ze was op blote voeten en had een jurk van vroeger aan, van katoen of zo. Het was gewoon een eenvoudig geval dat haar lichaam van haar schouders tot haar knieën bedekte. Ze had een sjaal of misschien een grote ketting om haar hals.

Zelfs in het zachte licht van de zonnelampen zag Rainey dat ze geen beha of iets dergelijks droeg, want haar borsten waren goed te zien en haar tepels staken als knopjes naar voren. Ze hield haar armen langs haar lichaam en de ketting leek meer een slang dan een sjaal, een behoorlijk grote slang, met gele, rode, groene en zwarte ringen over zijn hele lichaam.

Terwijl hij ernaar keek hief de ketting zijn kop op, daar waar die tegen de linkerborst van de vrouw had gelegen, en keek hem recht aan, terwijl zijn tong naar buiten fladderde.

De ogen waren groen en glanzend, en toen hij weer naar het gezicht van de vrouw keek, zag hij dat haar ogen net zo groen en glanzend waren als die van de slangketting, die, zo begreep Rainey plotseling met een schok, helemaal geen slangketting was, maar een echte levende slang.

Hij merkte dat hij niet kon bewegen, en toen hij probeerde iets te zeggen, was zijn mond zo droog dat er alleen maar wat hese geluiden uitkwamen.

De vrouw deed haar mond open en er kwamen woorden uit, maar het was net alsof het geen stem was.

Het was meer alsof de woorden ergens anders vandaan kwamen, ergens waar een echo was, en ze liep niet synchroon met haar eigen stem, zoals wel eens gebeurt als de geluidsband en de film niet helemaal gelijk lopen.

'Je bent bang,' zei de stem. 'Daarom kun je niet praten. Je hebt alle reden om bang te zijn.'

Ze had een zwaar zuidelijk accent, en haar stem klonk zijdezacht, maar aan haarzelf was niets zijdezachts te bekennen.

Rainey verzamelde wat speeksel en kreeg zijn stem terug.

'Wie bent u?'

'Ik ben Talitha. Ik weet wie jij bent. Ik weet waarom jij naar het Kratergat loopt.'

'Mijn moeder ligt in het Kratergat,' zei hij met een hese defensieve kraakstem, terwijl een van zijn knieën trilde als een snaar.

'Ik heb het recht naar mijn moeder toe te gaan.'

Talitha schudde haar hoofd.

'Je moeder is niet in het Kratergat. Ze is verder dan het Kratergat.'

'Hoe weet u dat?'

Het was net alsof Talitha even naar iemand anders luisterde. Toen richtte ze haar aandacht weer op hem. Hij voelde dat haar blik op hem bleef rusten. Die blik was zwaar en sterk, en joeg hem angst aan. Ze schudde haar hoofd en er lag een waarschuwende blik in haar ogen.

'Ik weet wat er in het Kratergat ligt, jongen.'

'Wat ligt er in het Kratergat?'

Talitha zweeg weer even, alsof ze naar iets luisterde. Even later begon ze weer te praten.

'Niets ligt in het Kratergat. Niets leeft daar.'

Ze zei 'niets' op een manier alsof het een naam was.

'Ik begrijp het niet.'

'Dat weet ik. Daarom heeft Glynis me gestuurd, Rainey. Om te zorgen dat je het wel gaat begrijpen.'

'Hoe weet u wie ik ben?'

Talitha bekeek hem eens even.

'Ik denk dat jij diep in je hart ook een Teague bent. Maar nog niet. Je bent nog niet helemaal een Teague. Je hebt nog iets van je echte moeder in je. Maar ze proberen je te pakken te krijgen. Dat proberen ze uit alle macht.'

'Wie probeert mij te pakken te krijgen?'

'Hullie. Abel Teague, die wil weer leven. Niets helpt hem.'

Zijn borst trok nu nog verder samen, en daar kwamen de tranen.

'Hoe weet u dat mijn moeder dood is?'

'Bedoel je nou je echte moeder of je stiefmoeder?'

Dat was te veel voor Rainey, maar niet voor Talitha. Ze kende geen genade.

'Je echte moeder was een zielig kind en is zodra ze jou had gekregen door Abel Teague vermoord. Sylvia was je stiefmoeder, maar ze hield van je als van haar eigen kind.'

Nu was hij helemaal in tranen.

'Hoe weet u dat?'

'Dat weet ik omdat ik Anora naar de spiegel heb gebracht en Anora weet wie echt jouw moeder was. Anora en je stiefmoeder, die zijn familie van elkaar. Glynis ook. Glynis heeft me gestuurd om jou te waarschuwen, omdat een deel van jou nog geen Teague is. Je moeder was een arme ziel, maar geen slecht mens.'

'Wie was zij?'

Talitha zweeg even om weer naar het bos te luisteren, en schudde toen haar hoofd.

'Daar heb ik geen tijd voor. Heb je toen je in de spiegel was ooit een man ontmoet die Second Samuel heette?'

Dit zei ze met zo veel verdriet en verlangen in haar stem dat Rainey zin had om te liegen en te zeggen dat hij die inderdaad ontmoet had. Maar ze wachtte zijn antwoord niet af.

'Ik kan nooit aan die kant van de spiegel bij mijn vader zijn, door wat ik gedaan heb. Maar voor jou is het nog niet te laat. Jij bent nog geen Teague. Jij hebt goede mensen in je leven, van de familie Mercer, en als je nu teruggaat, kunt je net als hen worden, en niet als een Teague. Maar dan moet je hier nu wel weggaan.'

Rainey voelde hitte in de kern van zijn kou. Hij wist dat hij geadopteerd was, maar hij had altijd het gevoel gehad dat zij zijn echte ouders waren. Zijn woede laaide op.

'Mijn váder was een Teague.'

Talitha keek nu oneindig veel killer uit haar ogen.

'Ja, je vader was een Teague. Maar hij heet geen Miles. Dat weet je best. Je weet dat je een gekozen kind bent. Dit is moeilijk voor je, jongen, maar ik zeg je dat Miles Teague je stiefmoeder mee naar het Kratergat heeft genomen en dat hij haar erin heeft geduwd. Dat soort dingen doen de mannen van de familie Teague. Ik ben ook door een Teague gedood.'

Raineys knieën werden slap en zijn gezicht werd ijskoud. Hij worstelde met de woorden.

'Heeft mijn vader mijn moeder gedood? Mijn... stiefmoeder?'

Talitha knikte.

'Waarom in godsnaam?'

'Omdat ze nieuwsgierig was en allemaal vragen over jou stelde. Waar je vandaan komt. Wie je moeder was. Wie je vader was. Wat jij nou eigenlijk bent.'

'Maar mijn vader is nu ook dood.'

'Ja. Zelfmoord, maar toch ligt hij in gewijde grond, bij zijn familie.'

Ze zei het met zo veel overtuiging in die lichaamsloze stem dat hij haar wel moest geloven.

'Waarom heeft mijn vader zelfmoord gepleegd?'

Talitha deed er een poosje het zwijgen toe; het leek er weer sterk op dat ze naar iets luisterde wat hij niet kon horen, maar zij wel.

'Hij heeft zelfmoord gepleegd omdat niets er aankwam.'

Nu hoorde Rainey kraaien.

Ver weg, maar toch duidelijk genoeg.

Talitha hoorde het ook. Misschien had ze daar al die tijd naar staan luisteren.

Ze keek omhoog naar het donkere bladerdak van het bos en keek toen weer naar hem.

'Niets komt eraan. Keer nu om en ren zo snel je kunt de trap af.'

'Wat is er? Wat komt eraan?'

Talitha staarde hem alleen maar aan met een blik van verdriet en teleurstelling in haar ogen.

'Als je hier blijft merk je het vanzelf. Ik heb voor je gedaan wat ik kon. Nu moet ik gaan.'

'Waarom moet u weg?'

'Omdat niets de doden kan doden.'

En weg was ze.

Er stond geen vrouw op het schemerig verlichte pad. Misschien had die er wel nooit gestaan ook. Het pad kronkelde weg in de achterliggende duisternis, in een steeds kleiner wordend lint van gele lichtjes. Boven hem sloot het bladerdak de donkere hemel buiten. Hoog boven hem fladderden zwarte dingen door de takken en het was een en al gekwetter en gekras, getik van scherpe snavels. De zwarte vliegende dingen kwamen van de takken omlaag en gingen op de grond rondom hem zitten. In het licht van de lampen zag hij dat het kraaien waren. Ze keken hem met hun glinsterende oogjes aan, en hij keek op zijn beurt naar hen. Ze zetten de veren op hun rug op, schudden hun vleugels uit en zaten toen weer stil. Afgrijzen overviel hem.

Afgrijzen en angst.

Hij draaide zich om en wilde naar de trap rennen. Plotseling begon het in zijn oren te galmen – een hoge snerpende jammertoon die door zijn schedeldak heen leek te snijden. Aanvankelijk was het een aanhoudende gil, maar na een poosje begon de toon te stijgen en te dalen. Er zat een patroon in. Hij bleef op het pad staan en merkte dat het stijgen en dalen van het gegalm woorden herbergde en dat hij begreep wat er gezegd werd. Hij stond daar in de krioelende zwerm kraaien en luisterde heel lang naar de woorden. Terwijl hij zo stond te luisteren merkte hij dat er rondom hem van de bosgrond iets opsteeg.

Het was niet zo dat er iets zichtbaar opsteeg. Maar het was ook niet onzichtbaar. Het was zichtbaar noch onzichtbaar. Het was niets. Hij zag niets. Niets was hier.

Hij was gekomen en was herkend.

Deitz ziet het licht

Chu stond op de bovenste verdieping van de Bass Pro Shop, en de muur achter hem hing vol met de ene rij wapens na de andere en met allemaal planken vol dozen met munitie. Hij keek naar een helikopter van Live Eye News die langs de ramen ronkte. Alle buitenramen van de winkel waren smalle hoge rechthoeken met kogelwerend glas erin – Deitz had het 'beveiligingsspleten' genoemd – dus de helikopter vloog van het ene smalle raam naar het andere, in een sequentie die Chu aan beeldjes in een filmstrook deed denken.

De helikopter had zijn zoeklicht aan, en de straal sneed door de ramen. De piloot probeerde de duisternis in de winkel af te tasten om te kijken of er binnen iets het filmen waard was. Dat het donker in de winkel was kwam doordat Deitz alle lichten uit had gedaan, op een paar zwakke spotjes in het plafond na, die alleen maar hun eigen armatuur verlichtten, en verder niets.

Chu stond met zijn handen op de balustrade en keek naar de lijvige schaduw van Byron Deitz, terwijl die in stilte door de gangpaden op de begane grond liep, die vanuit Chu's standpunt gezien een reusachtige doolhof vormden, tot aan de nok toe gevuld met alle mogelijke soorten van testosteron uitpuilende mannenonzin die de schietende, jagende, vissende, stropende en in algemene zin in de bossen rondbanjerende halvegaren maar bij elkaar konden verzinnen.

Deitz was een toonbeeld van heimelijkheid, met een geweer in zijn handen. Hij was bezig met wat hij nog één laatste 'omgevingscheck' noemde, voordat ze overgingen tot de onderhandelingen met wie zich ook maar buiten mochten bevinden.

In sommige vitrines stonden honderden hengels in houders bij elkaar, als een bos vol spichtige jonge boompjes, allemaal op een rij. In weer andere vitrines lagen peddels, riemen en allemaal dingen voor in een boot. Je had lokeenden, geruite hoedjes, lieslaarzen, spullen voor vliegvissen, draagbare wc's, kooktenten, bogen met camouflageprint, dodelijk uitziende pijlen, Bowie-messen ter grootte van een machete, en Chu vond het allemaal zo saai dat hij ervan in trance raakte.

Maar het engste deel van de winkel, dat nu de hele spelonkachtige ruimte praktisch in het pikkedonker was gehuld nog veel enger werd, was de aanwezigheid van honderden verschillende opgezette dieren: vossen, poema's, herten, veelvraten, wasberen, opossums, lynxen, berggeiten, bevers, uilen, haviken, kraaien en natuurlijke hele families zwarte beren en bruine beren en zelfs een gigantische Kodiak-beer.

Dit monster met zijn goudkleurige pels stond pontificaal in een enorme in het midden van de winkel gelegen toren. Daar stond hij, op zijn achterpoten, met ontblote tanden die je net zo goed in de kaken van een Tyrannosaurus Rex had kunnen aantreffen, bijna vier meter hoog, vijfhonderd kilo zwaar, een gestalte die tot in de schaduw vlak onder het dak reikte, amper zichtbaar, en daardoor straalde hij juist een soort bovennatuurlijke kracht uit die zich door de hele winkel leek te verspreiden en die zich in de donkerste hoekjes leek op te houden. Chu hoopte dan ook van harte dat Deitz die ellendige lichten weer aan zou doen.

Maar dat ging niet gebeuren.

Wat het allemaal nog veel macaberder maakte was wat er buiten gaande was. Midden op de parkeerplaats was een stuk leeggemaakt en daar stond een grote blauwe politiebus geparkeerd. Minstens vijftien andere politieauto's en suv's stonden lukraak om die plek heen geparkeerd, met hun zwaailichten aan, met overal flakkerende blauwe, witte en rode lichten, en overal waar die flakkerden lichtten er gewapende agenten op die rondliepen of op een kluitje dicht opeen stonden.

Zo nu en dan ging er een enorm zoeklicht boven op de grote blauwe bus aan, en die wierp een verblindende lichtbundel door de smalle ramen van de winkel. Dan werd die bundel opgedeeld in de rechthoekige oplichtende staven die als laserzwaarden van de Jedi door het duister van de winkel zwaaiden.

Als de lichtbundel op de glazen ogen van een van de opgezette dieren viel, lichtten die fel en fonkelend op, en de ontblote slagtanden in hun grauwende kaken gloeiden, zodat de dieren er ontzettend levend uitzagen, en alsof ze verschrikkelijk kwaad waren over het licht. Als de licht-bundel voorbij was, leek het wel of hun schaduwen bewogen. Als het licht op de Kodiak-beer in het midden van de winkel viel, gebeurde er iets wat ervoor zorgde dat Chu nooit van zijn leven meer in een bos zou komen.

Vijfentwintig meter onder hem stonden Nick, Coker en Beau Norlett bij de ingang van een betonnen schacht, met allemaal ontkoppelde ka-bels en ventilatiekanalen erin die niets ventileerden. De schacht was vierkant, ongeveer tweeënhalf bij tweeënhalf, en er zat een smalle ladder in, gemaakt van metalen in het beton verankerde lussen. De lussen, die eigenlijk gewoon stukken staaf waren die iets krom gebogen waren, had-den ribbeltjes en zagen er vrij stevig uit, al waren ze wel glibberig van een soort olieachtige roest. De zijkanten van de schacht zaten onder de watersporen en de kalkafzetting. Ongeveer om de drie meter brandde er zwakjes een rood peertje. De verroeste metalen sporten en de vage rode lichtjes gingen omhoog, tot in de totale duisternis ver boven hun hoofd.

De vloer van de schacht lag bezaaid met kapotte buizen, getand werk-tuig, verdraaide kabels, en er lag een enorme hoop apparatuur, die ooit in zijn carrière misschien een elektrische lier was geweest.

'Daar klim ik niet in,' zei Beau op een toon waar niets tegen in te brengen viel. 'Het is daar net zo donker als in een drakendarm.'

'En het stinkt er nog erger,' beaamde Coker, 'maar het zal toch moe-ten.'

'Waarom?' vroeg Beau, die niet echt de hoop had dat hij hier onderuit zou kunnen komen, maar die graag eerst alle andere mogelijkheden on-derzocht.

Aangezien hij op zijn retorische vraag de bekende reacties kreeg – uitdrukkingsloze blikken van Nick en Coker – boog hij zich naar voren om weer in de schacht omhoog te kijken. Op zijn gezicht stond een mengeling van afgrijzen en walging te lezen.

Hij was in burger, net als alle rechercheurs: een zwarte broek en an-tracietkleurig overhemd. Zijn das was van kanariegele zijde.

Beau hield van opvallende dassen.

'Nick,' zei hij, terwijl hij zijn hoofd weer uit de schacht trok, 'één misstap en we leggen allemaal het loodje op die berg metaal die hier onderin ligt.'

'Nee, dat gaat niet gebeuren,' zei Coker, die het uniform van het district van de sheriff van Belfair County droeg: keurig zwart met bruin en een zespuntige goudkleurige ster. 'We gaan helemaal naar boven en dan leggen we daar het loodje. Als beesten.'

Coker vond dat er niks beters bestond tegen de zenuwen voorafgaand aan een vuurgevecht dan zwartgallige grafhumor. In dit geval had hij het mis. Nick, die wist dat Beau hoogtevrees had, schudde zijn hoofd.

'Sorry. We zullen het hier toch mee moeten doen. Deze schacht moest een privélift worden voor een deel van het winkelcentrum waar een aantal kantoren zou komen voor het management. Dat was nog uit de tijd dat de Brass Pro Shop een Dillard's warenhuis was. Toen Dillard's door Bass Pro werd uitgekocht, zijn die kantoren niet meer gebouwd.'

'Weet je zeker dat Deitz dat niet weet?'

'Er bestaat een grote kans dat hij het niet weet, Beau. Je hebt zijn tekeningen gezien. Deze schacht stond er niet eens op aangegeven.'

'Dus het komt erop neer dat we hopen dat hij die over het hoofd heeft gezien,' zei Coker, terwijl hij zijn geweer aan een tactische wapenriem vastmaakte.

'Daar gaan we van uit, ja.'

'En als we het nou eens bij het verkeerde eind hebben?'

Nick glimlachte naar hem. Hij mocht Coker wel. Coker had een krokodillenglimlach en soortgelijk bloed.

'Dan worden we postuum door het regiment bedankt.'

Dat ontlokte Coker een grijns. Hij liet zijn geweer op zijn rug glijden. Het was een SSG 550, een scherpschuttersgeweer, van Zwitserse makelij en eigendom van Coker zelf, niet uit het arsenaal van de politie. Hij zei altijd dat een crimineel het als een privilege mocht beschouwen dat hij met zo'n puik geweer werd neergeschoten.

'Nou, daar doe ik het voor. Zeg Beau, niet om het een of ander hoor, maar die das moet af.'

Beau was vergeten hem af te doen. Nu deed hij het, met een schaapachtige grijns, en stopte de das in zijn zak. Alle drie de mannen keken elkaar even aan, en terwijl ze hun tactische handschoenen aantrokken en hun kogelvrije vest omgordden, bereidden ze zich geestelijk voor.

Nick maakte de walkietalkie los van zijn riem en drukte drie keer op de knop ZENDEN.

Hij kreeg vanuit het politiebusje twee klikjes terug van Mavis. *Akkoord. Succes.*

'Zullen we dan maar?'

Beau knikte, maar hij zag zo bleek als maar kon met zijn blauwzwarte huid. Coker zei niets. Hij glimlachte naar Nick, meer niet. Dit was wat Coker het liefst deed. Dat hij misschien ook nog de kans kreeg om Deitz neer te schieten, was alleen maar een extraatje.

Nick controleerde voor een laatste keer de Beretta die hij van Mavis Crossfire had geleend. Zijn Colt was een mooi wapen, maar voor dit werk had hij een pistool met een enorme capaciteit nodig. Hij klopte op zijn riem of zijn reservemagazijnen er zaten, trok een gestoorde glimlach naar de twee andere mannen, draaide zich om en liep gebukt onder de latei door, pakte de eerste sport van de ladder en begon te klimmen. Zijn schoenen schuurden over de staven en maakten een galmend geluid dat omhoog de schacht in trok en als een soort golvend sisgeluid weer terugkwam. Binnen een mum van tijd zat hij al zes meter hoger.

Coker draaide zich om en maakte zo'n 'na u'-buiging. Beau bukte zich en draaide met een kreun van inspanning de schacht in.

Coker wachtte even, om Beau wat ruimte te geven, en begon toen ook te klimmen.

De zin 'Is dit de heuvel waarop je wilt sterven?' kwam in hem op, een eeuwige oorlogsherinnering, en toen was hij weg, de duisternis in, en bewoog hij zich voort als een gekko die tegen een muur omhoogklom. Als hij had geweten dat de overval op de First Third Bank in Gracie zijn leven zo interessant zou maken, had hij dat veel eerder gedaan.

Chu hoorde gerommel op de trap; Deitz kwam weer naar de eerste verdieping.

'Chu,' zei hij op een zachte fluistertoon, een en al intensiteit, 'volgens mij is er iemand in de winkel.'

Chu, wiens vermogen om angst te ervaren in ijltempo groter werd, vertrok zichtbaar.

'Een bewaker of zo?'

'Nee, geen bewaker. Gewone burgers.'

'Hoe weet je dat?'

Deitz schudde zijn hoofd en snoof even. In de bewegende bundels van het zoeklicht zag hij er onmenselijk uit, als een roofdier.

'Sigaar. Er stinkt hier iemand naar sigaar. In zijn kleren. Ik ruik het. Daar beneden is het het sterkst.'

'Misschien dat iemand aan het roken was en...'

'Je mag in deze winkel niet roken. Er is overal rookalarm. Dit zit in iemands kleren, in zijn jasje of zo. Wacht jij hier.'

Chu ging in elkaar gedoken naast de balustrade zitten en keek omlaag naar de begane grond – een kuil leek het wel – die in volledige duisternis was gehuld nu buiten iemand alle zoeklichten had uitgedaan. Dat betekende vast iets, al had hij geen idee wat.

Dat betekende dat Nick, Beau en Coker via een schacht naar boven klommen en elk moment hun gewelddadige entree konden maken, maar Chu was niet opgeleid om dat soort tactische gedachtesprongen te maken en Deitz had het te druk met zich zorgen maken over de herkomst van die sigarengeur.

Deitz was al snel weer terug. Hij gaf Chu een ingewikkelde zwarte headset. Het leek wel een verrekijker.

'Zet op.'

'Wat is dit?'

'Een nachtkijker waarmee je ook warmtebeelden kunt zien. Je kunt er lichaamswarmte mee aflezen, maar ook licht uitvergroten. Zet op. Dat bandje is van elastiek.'

Chu zette het geval op en Deitz verstelde het bandje. Chu zag nu helemaal geen steek meer. Hij voelde dat Deitz iets aan de headset deed, en even later veranderde de begane grond van de winkel in een lichtgroen veld.

'Moet jíj er niet ook een op?'

Deitz schudde zijn hoofd.

'Nee. Als iemand licht op je laat schijnen, een zaklamp bijvoorbeeld, of als die zoeklichten weer aangaan, kan je netvlies daardoor gedurende dertig of veertig seconden verblind raken. Lang genoeg om neergeschoten te worden. Jij bent geen schutter, dus jij moet voor ons kijken. Wat zie je?'

Chu liet zijn blik over de begane grond heen en weer gaan. In het groene veld bevonden zich een paar warmteplekken die als rode vlekken oplichtten. Ze waren klein, niet groter dan een etensbord.

Chu vertelde hoe ze eruitzagen.

'Nee, dat zijn elektrische kenmerken van de kassa's en de alarmsensoren. Zie je niet iets ter grootte van een mens?'

Dit alles werd op fluistertoon uitgewisseld, waarbij ze allebei op hun hurken achter de balustrade zaten. Chu scande de begane grond weer, dit keer veel langzamer.

'Ja,' zei hij, en zijn hartslag versnelde. 'Op die muur daar, waar de tenten staan.'

'In een van de tenten?'

'Ja,' zei hij, terwijl hij de rode vlek bestudeerde. Die lichtte op door het nylon doek van een grote blauwe tent die eruitzag als een keukentent.

'Hij is heel groot. Of het zijn er twee.'

'Shit,' zei Deitz. 'Daar was die sigarenstank het ergst.'

'Geen bewakers?'

'Nee, dat moeten twee burgers zijn, verdomme. Misschien zaten ze in de wc's of zo. Ik heb ze niet gezien. Nu zijn ze in die stomme tent gaan zitten. Achterlijke kakkerlakken.'

'Wat wou je eraan doen?'

Deitz ging wat verzitten en toen het geweer tegen de gesp van zijn riem sloeg maakte het een metaalachtige geluid.

'Hou ze in de gaten. Als ze eruit komen, sein je me hiermee.'

Hij gaf Chu een kleine walkietalkie van Motorola en liet hem zien waar hij op SPREKEN moest drukken.

'Alleen een klikje. Niet praten. Wacht hier.'

En weg was hij weer, terug het donker achter de toonbank met de wapens in. Even later hoorde Chu het gebliep van Deitz die een nummer op zijn mobiele telefoon intoetste. Chu hield zijn headset op de tent gericht. Alsjeblieft, dacht hij, blijf zitten. Zorg dat je niet doodgeschoten wordt, want dan ben ik er ook geweest.

Achter zich hoorde hij dat Deitz begon te praten.

'Met wie spreek ik?'

'Hallo Byron. Met Mavis Crossfire. Hoe gaat het?'

'Waar is Warren?'

'De heer Smoles wordt op dit moment door de media geïnterviewd. Hij vertelt ze dat wij op het punt staan om twee onschuldige mensen dood te schieten, omdat wij aardwormen zijn die de doden opeten en hun messen aflikken nadat we de keel van jonge katjes hebben doorgesneden, omdat we dat soort dingen heerlijk vinden om te doen.'

'Ik wil hem spreken.'

'Dat kan tot mijn spijt niet. Je zult het met ondergetekende moeten doen.'

'Ben jij de onderhandelaar?'

'Dat hangt ervan af. Zijn we aan het onderhandelen dan?'

'Ik wil Smoles zien.'

'Nou, zet een televisie aan, zou ik zeggen. Hij heeft hier de tijd van zijn leven. Vier interviews voor de lokale televisie en nu staat hij Fox uit Cap City te woord. Ze hangen aan zijn lippen, Byron. Volgens mij had hij al schmink op toen hij hier aankwam.'

'Die heeft hij altijd in zijn handschoenenvak liggen. Hebben jullie mijn telefoon geblokkeerd?'

'We hebben alle mobiele telefoons in de nabije omgeving geblokkeerd. En alle vaste lijnen ook. Je kent de gang van zaken. Als je wilt praten, zul je het met mij moeten doen. Ben je van plan om door te gaan met deze gestoorde puberale onzin of kom je als een volwassen vent naar buiten en word je redelijk?'

'Je weet best wat ik wil, Mavis.'

'Nou, leg het me alsjeblieft nog één keer uit.'

'Jullie weten allemaal best dat ik die bank niet heb beroofd. Ik wil dat die aanklacht dat ik geheimen aan de vijand zou hebben doorgespeeld wordt ingetrokken. In ruil daarvoor geef ik jullie de namen van degenen die al die agenten hebben omgelegd.'

'Je weet best dat ik zo'n deal niet kan sluiten. Niet onder deze omstandigheden. Je bent een op de vlucht geslagen crimineel die een beveiligingsmedewerker heeft neergeschoten...'

'Ík ben niet met dat busje tegen een hert aan geknald. Ik zat achterin in het hok, geketend godbetert. Toen ik bijkwam, dacht ik dat iedereen dood was. Ik ben niet gevlúcht. Ik ben aan de wandel gegaan. Ik leed aan geheugenverlies of zo. Ik heb nu nóg hoofdpijn. God mag weten wat voor letsel ik heb opgelopen, of in welke zin het mijn waarnemingsvermogen beïnvloedt. Ik herinner me niet meer goed hoe ik hier gekomen ben. Ik ga de oproerpolitie waarschijnlijk aanklagen voor roekeloos rijgedrag, waarmee ze een persoon in verzekerde bewaring in gevaar hebben gebracht.'

Mavis vond het, ondanks de ernst van de situatie, een giller dat iemand die geboeid was en die door twee reusachtige bewakers werd vervoerd, zichzelf 'een persoon in verzekerde bewaring' durfde te noemen.

Ze nam even de tijd om daarvan te bekomen.

'Aan de wandel gegaan met twee geleende wapens, een pak van Hugo Boss gekocht en min of meer slaapwandelend de Bass Pro Shop binnengegaan, nadat je Jermichael Foley in de knie had geschoten, een van je eigen werknemers? Dat soort geheugenverlies bedoel je?'

'Ja, precies. En onderhandelaars horen niet zo bijdehand te doen.'

'Byron, je spreekt met Mavis, hoor. Wij kennen elkaar. Ik probeer je alleen tot rede te brengen.'

'Zorg dan dat ik die deal krijg.'

'Dat kan ik niet.'

'Dan regel je maar iemand die dat wel kan.'

'Byron,' zei Mavis, en de ergernis sloop haar stem in, 'dit is *CSI* niet. Die tekst was al oud toen Jezus zijn eerste driewieler kreeg. Hoe zit het met Andy Chu? Is hij je gijzelaar of was je gewoon eenzaam?'

'Chu is mijn IT-man. Hij is geen gijzelaar. Hij kan die gasten vinden die de bank hebben...'

'Stuur hem dan naar buiten...'

'En anders?'

'Byron, we kunnen je niet tot Kerstmis in de Bass Pro Shop laten zitten. Over drie dagen begint het jachtseizoen. De mensen hebben hun petten en hun camouflage-wc-papier nodig. Ze hebben behoorlijk de smoor in.'

Deitz besloot zijn troefkaart uit te spelen.

'Oké, wat denk je hiervan? Volgens mij zitten er een paar burgers in de winkel.'

Stilte.

Een betekenisvolle stilte.

'Ik dacht dat jullie iedereen eruit hadden?'

'Dat dacht ik ook, ja. Maar nu ben ik bang dat we er twee over het hoofd gezien hebben.'

Weer een betekenisvolle stilte, en daaruit maakte Deitz op dat Mavis reden had om hem te geloven.

'Waarom denk je dat?'

'Kom op, Mavis. Is er daar niet een familielid die iemand mist?'

Weer een stilte.

'Niet dat ik weet.'

'Nee? Vraag dan aan diegene, wie het ook moge zijn, of die vent sigaren rookt.'

Boonie, die achter Mavis in het blauwe communicatiebusje stond, draaide zich om naar een van de agenten en fluisterde hem iets in het oor. De agent liep weg en was binnen vijftien seconden terug, hevig knikkend.

Mavis begreep de boodschap.

'Byron, als je reden hebt om aan te nemen dat een onschuldige omstander...'

'Of twee.'

'Of twee in die winkel zijn, dan weet je hoe belangrijk het voor jouw zaak is dat hun niets overkomt.'

'Ja, dat weet ik. Maar ik heb ze niet gevraagd om zich in die stomme tent te verstoppen, of wel soms?'

'Goed... hoe wou je dit aanpakken?'

'Mavis, wees eerlijk, zijn er een paar verdwaalde burgers in deze winkel, ja of nee?'

'We denken dat er misschien...'

'Namen.'

'Vooralsnog hebben ene meneer Frankie Maranzano en zijn kleinzoon zich nog niet gemeld.'

'Mavis, doe me een lol, je praat als een advocaat.'

'Ja, je hebt gelijk. Dat zal wel door de spanning komen. Wat wil je doen?'

'Wat wil jíj dat ik doe? Ik wil die lui hier net zomin binnen hebben als jij...'

Klik. Klik.

'Shit. Mavis, ik moet ophangen.'

'Byron, luister, als je maar weet...'

Klik. Klik. Klik.

Deitz had opgehangen. Mavis probeerde hem terug te bellen, maar de telefoon schakelde over op het antwoordapparaat.

Dit is het privénummer van Byron Deitz. Ik ben momenteel niet bereikbaar...

Ze verbrak de verbinding.

Mavis had hem willen vertellen over het artilleriewapen van het merk Dan Wesson dat Frankie Maranzano bij zich droeg, maar Deitz had opgehangen. Ze pakte de walkietalkie om Nick en Coker te waarschuwen, maar realiseerde zich dat die misschien zo dicht bij Deitz waren dat die het gesprek kon horen. Ze was niet godsdienstig, dus legde ze even haar voorhoofd op het bureau voor zich.

Boonie zag haar dit doen en vroeg zich af of ze met haar hoofd tegen de tafel zou gaan rammen – iets wat hij zelf vaak kalmerend vond, maar zij niet. Misschien had ze het moeten doen. Misschien had het iets uitgehaald.

Waarschijnlijk niet.

De kleine Ritchie moest naar de wc. Er was geen ontkomen aan. Nog twee minuten en dan plast hij in zijn broek, en wat zou opa daar wel niet van denken? Hij zat als een strak opgekrulde bal in een driekantige hoek van de tent. Het was pikkedonker om hen heen, zo donker dat hij, als hij zijn handen voor zijn gezicht hield, ze niet eens kon zien.

Een poosje waren er overal flitslichten te zien geweest, en elke keer dat ze op de tent waren gevallen, gloeide die helemaal blauw op en zag hij de grote gestalte van opa in kleermakerszit op de grond zitten, voor de rits van de tent, met die Dan Wesson op zijn schoot en zijn gezicht strak als een vuist.

Opa verkeerde in die toestand van amper beheerste moordlust waarvan tante Delores, die volkomen gestoord was, altijd zei dat die bloedlink was.

Opa verkeerde in die toestand omdat hij er eigenlijk nooit helemaal uit was en ook omdat die slechteriken die de Bass Pro Shop waren binnengevallen, ervoor gezorgd hadden dat hij een voetbalwedstrijd tussen El Tricolor, het nationale team van Mexico, en hun gehate rivalen, Los Llaneros uit Venezuela, miste – een wedstrijd waarbij voor hem veel geld op het spel stond.

Opa was helemaal stil geworden, zoals meestal als hij kwaad was, net als de boeddha die hij Ritchie had laten zien tijdens een reis naar Thailand. Hij had Ritchie ook meegenomen naar een bordeel in een wijk in Bangkok die The Soy Cowboy heette, voor een beurt, opdat hij, zei opa, later niet zo'n viespeuk zou worden als oom Manolo, die een keer 'iets raars' met Ritchie had proberen te doen toen ze in de hot tub van oom Manolo zaten.

De avond met het Thaise meisje was een openbaring voor Ritchie geweest, maar niet in die zin zoals opa dacht.

Ze heette Rose, en hoewel het Ritchie niet echt was gelukt om 'het' met Rose te doen, was hij na afloop straalverliefd geweest en stuurde hij haar elke maand via Paypal de helft van zijn zakgeld, en binnenkort ging hij een vliegticket voor haar kopen, zodat ze naar hem toe kon komen en bij hem in zijn slaapkamer kon komen wonen, totdat hij eindexamen had gedaan en in het bedrijf van opa ging werken, zodat ze een gezin konden stichten. Maar nu moest hij plassen, en het werd hoog tijd dat hij dat aan opa vertelde.

'Opa?'

Hij voelde geruis – opa draaide zich in het donker naar hem om. Toen opa *sst* deed, sloeg opa's sigarenadem hem recht in het gezicht.

'Maar ik moet plassen, opa,' zei hij op dringende fluistertoon.

'Dat kan niet,' zei opa met een zacht grommend geluid. 'Je moet het maar ophouden. Een van die gasten kan elk moment weer langskomen, en dan leg ik hem neer. Daarna mag je naar de wc.'

Ritchie bedacht dat dat 'neerleggen' wel eens gevaarlijker kon zijn dan het leek. Toen die vent op zijn tenen voor langs de tent was geslopen, had zijn schaduw op de muren er net zo groot uitgezien als die Kodiak-beer midden in de winkel. Een Kodiak-beer met een geweer in zijn klauwen.

Nog meer sigarenadem in zijn gezicht.

Opa was heel dichtbij.

'Hier,' zei hij, en hij stopte iets in Ritchies hand. Zo te voelen een waterfles. 'Plas daar maar in.'

'Ik zie niks...'

'Pak je *piccolo pezzo* en stop hem erin. De rest gaat vanzelf. Je moet je mond houden, Ritchie. Als het moment daar is, pak ik die grote – dat is de *capo* – en dan die spleetoog, die homo.'

Ritchie probeerde het met de waterfles, maar het lukte niet. Hij dacht dat hij het misschien beter staand kon proberen. Hij spande zijn blaas, vanwege de inspanning, kwam overeind, bracht alles weer in stelling en wilde net alles laten lopen toen opa ging verzitten, naar achteren schoof en Ritchie, in een poging om vooral niet in opa's nek te plassen, zelf ook een stap naar achteren deed. Hij raakte met de achterkant van zijn knieën een blikken tafeltje met allemaal roestvrij staal kookgerei erop dat vlak achter hem stond, en hij viel met een luide knal en zacht gerinkel op de grond, waarbij hij een deel van de tent meesleurde. Dat was voor opa de druppel. Hij greep de jongen bij zijn shirt, trok hem overeind en zei: 'Kan mij het ook schelen, we schieten die rotzakken nu meteen neer!'

En weg was hij, op zijn hurken naar buiten, met zijn wapen omhoog gericht en zijn gezicht op oorlog. Hij sleurde Ritchie achter zich aan, als een kind dat van een paard was gevallen en nog met zijn schoen in de stijgbeugel hing.

Dat ging niet al te best.

Ze hadden zich met succes uit de dichtgetimmerde luchtkoker achter aan de technische ruimte op de eerste verdieping weten te werken en waren de grote hal in geglipt. Ze lieten Coker voor zich uit sluipen om zijn positie in te nemen.

Coker stelde zich op in de linkerhoek van de bovenste verdieping – de schutterspost noemde hij die. Met de nachtkijker bevond hij zich nu in een positie vanwaar hij een heel groot deel van de winkel onder schot kon nemen.

Coker scande de ruimte even snel met de nachtkijker. Vanuit tactisch oogpunt gezien was de bovenste verdieping vrij gemakkelijk te bestrijken, want die vormde grotendeels een open ruimte met maar weinig toonbanken, afgezien van de wapenrekken en de uitstalling van munitie. Na een minuut zorgvuldig kijken wist Coker dat Deitz zich niet op deze verdieping bevond. Chu was ook niet te zien.

Hij klikte twee keer met de knop van zijn microfoon.

Hij voelde onmiddellijk dat Nick en Beau langs hem heen glipten, en hij tikte Nick één keer op de schouder om te laten weten dat hij op zijn post en paraat was.

Toen zette hij de kijker weer tegen zijn oog en tuurde hij de begane grond af. Dat was een stuk gecompliceerder, want dit was een grote open ruimte vol artikelen, vitrines, opgezette dieren en glazen toonbanken vol met voorraad.

Hij bewoog de kijker langzaam langs het terrein, in de hoop dat Deitz de lens binnen zou wandelen. Als hij er ook maar enig aanvaardbaar excuus voor kon vinden, zou hij een kogel van kaliber 5.56 midden in de rest van Byron Deitz' irritante leven jagen.

Coker zag in zijn kijker de reusachtige Kodiak-beer die op een voetstuk midden in de winkel koning van de wereld stond te spelen.

Hij haalde zijn oog van de rubberen ring weg en zag hoe de donkerdere schaduw van Nick Kavanaugh vlak voor hem letterlijk over de grond gleed. Wat bewoog die man zich goed. Beau Norlett stond nu stil bij de waterkoeler en dekte Nick met zijn Beretta.

Coker bedacht dat hij Beau wel goed vond.

Hij was jong en maakte zich te veel zorgen.

Misschien kwam dat doordat hij een lieve jonge vrouw had, May, en twee kleine kinderen. Maar als hij eenmaal in actie was gekomen, deed hij het prima.

Toen hoorde hij het gekletter van iets metaalachtigs dat viel, en een soort hese kreet, bijna een grom. Coker zette zijn oog weer tegen de kijken en tuurde nogmaals de lagergelegen ruimte af. De kijker registreerde beweging – er kwam een grote man uit een tent, met een kleinere achter zich aan. Hij trok zijn oog met een ruk weg van de kijker, want de begane grond lichtte plotseling op door een reeks blauwwitte flitsen uit een wapen van zwaar kaliber, en twee schoten terug – het bulderende gedreun van de schoten die in de besloten ruimte rond knalden – keiharde knallen – een vierenveertig – twee lagere explosies – toen weer het geweer – Nick stond nu boven aan de trap – Coker kwam snel dichterbij om hem te dekken terwijl hij de trap afliep naar de begane grond – als Nick zo stom was om dat te doen – en ja, zo stom was hij.

Beau zag eruit alsof hij achter Nick aan wilde gaan, maar Coker gebaarde hem achteruit te gaan – er waren daar beneden te veel doelwitten. Er gebeurde te veel tegelijk. Coker merkte dat de boel uit de hand liep en probeerde de zaak te vertragen.

Coker zag de grote man die uit de tent was gekomen – niet Deitz – die had een heel grote revolver in zijn hand had en die richtte op iets wat Coker niet kon thuisbrengen – Beau stond op zijn post, drie meter rechts van Coker, op de balustrade geleund, met zijn Beretta op de begane grond gericht – Nick liep de trap af – hij liep bijna Cokers schootsveld in, dus trok Coker de loop omhoog – er weerklonken nog meer schoten op de begane grond – Coker was de grote man met de revolver kwijt – dat moest dan Frankie Maranzano zijn – hij zag een kleiner iemand plat op de grond liggen, een meter voor de opening van de tent – deze persoon bewoog zich – kruipend – en hij hoorde een geluid, alsof iemand schreeuwde – hoog en ijl – toen weer een enorme knal en daarna een scherpe metaalachtige tik, waarna Coker een grote kogel langs zijn hoofd voelde zoeven, een ricochet. Hij hoorde hem in het plafond achter zich inslaan.

Coker liep twee treden naar beneden in een poging een groter deel van de begane grond in zijn schootsveld te krijgen – hij kreeg Frankie Maranzano in zijn kijker in beeld – hij was zijn Dan Wesson opnieuw aan het laden – Nick bevond zich nu op de begane grond – gehurkt – terwijl hij dekking zocht achter de toonbanken – als een slang overal tussendoor glibberde – Coker kwam weer in beweging en kreeg Maranzano opnieuw in beeld, die nu op zijn hurken op een plek zat die Nick niet kon zien. Coker drukte op de knop van zijn walkietalkie...

'Nick, ik heb Frankie Maranzano in beeld, rechts van je, aan het eind van dat gangpad, hooguit drie meter vanwaar jij nu staat.'

Nick bleef staan, liet zich op een knie zakken, met zijn Beretta omhoog gericht – Maranzano kwam met een ruk in beweging – kwam vanachter de toonbank omhoog en liep nu met zijn revolver in de aanslag om de hoek heen – Maranzano vuurde zonder na te denken over op wie hij schoot een enorm salvo op Nick af – hij miste – het leek of Nick aarzelde – hij wilde geen burger neerschieten – Maranzano schreeuwde iets tegen Nick in het Italiaans en Nick antwoordde – *sono polizia* – maar Maranzano hield nog steeds dat ellendige handkanon omhoog, hoewel hij gewaarschuwd was en dat was foute boel dus vuurde Coker een kogel op het midden van zijn zichtbare massa af, en Frankie Maranzano ging neer.

Uit een ander gangpad klonk het schokkende gebulder van een geweer, en daarna een zachtere, broze knal naast Coker. Beau schoot op de plaats waar dat schot vandaan kwam, en de flits uit de loop van zijn Beretta wolkte wit op aan de rand van Cokers gezichtsveld.

Nog een geweerschot, dit keer een grote blauwwitte flits, en dat betekende dat die recht op hun positie was afgevuurd. Coker hoorde een massieve dreun en een hese kreun van Beau. Coker vóélde meer dat hij achteroverviel dan dat hij het daadwerkelijk zag gebeuren.

Nick was inmiddels overeind gekomen en bleef even staan om op Maranzano neer te kijken en het zware wapen het gangpad in te schoppen. Toen sloeg hij weer de hoek om; hij bewoog zich snel en laag bij de grond voort om die ellendige schutter uit te kunnen schakelen.

Coker kwam van zijn plaats om Beau te helpen, maar probeerde, terwijl hij naar opzij liep, tegelijkertijd het geweer op de begane grond gericht te houden. Hij hoorde drie snelle knallen van Nicks Beretta – één geweerschot, gevolgd door een tweede – het geluid van brekend glas – daarna stilte.

Coker tuurde de begane grond af – niemand duidelijk in beeld – dit was echt heel beroerd terrein voor een vuurgevecht – Nick was daar ergens beneden in dat netwerk van gangpaden, maar Coker kon hem niet vinden – hij wilde hem net met de walkietalkie oproepen toen hij hoorde dat er een heel groot persoon de trap op kwam, die zo op de treden bonkte dat het hele staketsel ervan beefde.

Zo zwaar was Nick niet.

Hij beukte als een voorhamer op de treden. Coker hoorde zijn hijgende ademhaling. Hij bracht het geweer omhoog en richtte de kijker op de gestalte die de trap op klom.

Het was Byron Deitz.

Coker wachtte.

Deitz kwam aan op het tweede tussenbordes en bleef als aan de grond genageld staan toen hij Cokers silhouet tegen het vage licht uit de hoeklampen zag afgetekend. Hij had een geweer in zijn armen, schuin voor zijn borst. Een tel later liep Nick muisstil naar de trap en hield zijn pistool op Deitz' rug gericht.

Deitz zat gevangen op het tussenbordes van de eerste verdieping, met Coker boven en Nick onder zich.

'Coker,' zei Deitz, terwijl hij snel ademde.

'Hallo, Byron. Hoe gaat-ie?'

'Nou, kon niet beter, hè? Hoe gaat het met jou?'

'Byron,' zei Nick – een zachte stem uit het donker onder aan de trap. 'Het is voorbij. Je hoeft hier niet dood te gaan. Leg dat geweer neer.'

Deitz stond nog steeds naar Coker te kijken.

'Byron,' zei Nick, en nu liet hij horen dat het hem menens was. 'Leg dat geweer neer.'

'Nick,' zei Deitz, terwijl hij strak naar Cokers schimmige gestalte bleef kijken. 'Weet je wat die klootzak hier boven gedaan heeft? Heb jij godbetert enig idee wat hij gedaan heeft?'

'Voor de laatste keer,' zei Nick. 'Leg dat geweer neer.'

'Hé,' zei Coker op plagerige toon. 'Jij zou niet eens je eigen land kunnen verraden zonder het helemaal te verkloten. En moet je je nu zien: net een varken aan het spit, aan beide kanten ingesloten. Man. Ik moet je eerlijk zeggen, het is gewoonweg gênant om jou aan het werk te zien.'

Die woorden bleven als vonken van een vuur in de lucht hangen. Deitz' hoofd vulde zich met rood licht en hij dacht nergens meer aan.

Coker, die zich het dichtst bij hem bevond, zag dat Deitz een plotselinge draai maakte en dat de loop van zijn geweer omhoogkwam. Nick en hij vuurden bijna op precies hetzelfde moment – twee afzonderlijke knallen, de een iets lager van toon, en twee felle flitsen die Deitz een fractie van een seconde deden oplichten.

Cokers kogel raakte Deitz in zijn hals, zodat de bovenkant van zijn wervelkolom aan gort ging en zijn hoofd er bijna werd afgerukt, en Nicks negen-millimeter-kogel kwam in Deitz' rechteroksel terecht, boorde zich linea recta door zijn longen en trok zijn hart aan flarden.

Deitz, die daadwerkelijk door twee elkaar kruisende kogelbanen was gekruisigd, viel dood achterover, en raakte met zijn stuitje de reling. Hij viel eroverheen, het geweer in zijn rechterhand ging nog één keer af en de kogel trof de Kodiak-beer precies in het midden van zijn lijf. Deitz landde onder luid brekend glas op een toonbank drie meter lager.

Met een krakende kreun begon de Kodiak aan een langzame en logge val waar geen eind aan leek te komen. Hij viel tegen een vitrine met pijlen en bogen, wiegde één keer heen en weer in die rechtopstaande doodenge Kodiak-houding met ontblote tanden die de taxidermist hem gegeven had.

(De echte levende Kodiak waarvan deze huid was geweest, had op zijn kont midden in een bergwei in de Grand Tetons gezeten, tot aan zijn middel in de wilde tarwe en boterbloemen, terwijl hij in alle rust wat overrijpe bessen naar binnen zat te werken, terwijl een jager uit Wyoming met een Magnum Express van honderd meter afstand een gat ter grootte van een vuist in zijn buik knalde.)

De opgezette versie schommelde een paar keer heen en weer en hield toen stil, waarna alles doodstil werd.

Coker knielde neer naast Beau.

'Nick?'

'Ik ben hier, Coker,' zei Nick van onder aan de trap. Zijn stem klonk rustig, maar gespannen.

'Hoe gaat het met Beau?'

Coker zat al op dringende toon in zijn walkietalkie te praten. Beau keek recht omhoog naar een van de zwakke spotjes recht boven hem aan het plafond. Zijn mond bewoog en zijn wangen waren helemaal bezweet. Coker legde de walkietalkie neer en riep naar Nick.

'Ingangswond in de buik, vlak onder zijn vest. Geen uitgangswond. Ik heb de ambulance al gebeld.'

'Druk die dicht. Zeg tegen hem dat ik zo bij hem kom. Ik moet even naar die mensen. Kun jij kijken waar het licht zit? Ik zie niet wat ik aan het doen ben.'

'En Deitz dan?'

Nick liep weg.

Even later riep hij naar boven: 'Deitz is dood.'

'Waar is Andy Chu? Hier boven is hij niet.'

Coker drukte een doek in het gat in Beaus buik. Beau kreunde, probeerde rechtop te gaan zitten, legde een bebloede hand op Cokers onderarm en kneep er hard in.

'May,' zei hij met hese kraakstem, en toen viel hij flauw. Coker legde een vinger op Beaus halsslagader.

Zijn hartslag ging snel, maar was wel krachtig.

Coker wist dat je aan een schotwond in de buik veel minder snel doodging dan aan andere verwondingen, tenzij de kogel een slagader had geraakt. Maar aan het geluid te horen toen hij was geraakt en aan de geconcentreerde vorm van de ingangswond vermoedde Coker dat Deitz zijn geweer had geladen met wat jagers hertenkogels noemen: één enkele massief loden kogel in plaats van de cilinder met hageltjes waarmee een normaal jachtgeweer geladen werd. Daar had je niks aan voor de lange afstand, maar als je dichtbij genoeg was kon je met een kogel van die afmetingen zelfs een echte Kodiak-beer omleggen.

Als Coker het bij het rechte eind had, was met geen mogelijkheid te zeggen wat die kogel in Norletts buik had aangericht. Als Beau Norlett het al overleefde, zou hij nooit meer de oude worden.

De lichten in de winkel gingen aan en verblindden hem heel even. Hij hoorde stemmen verderop in de gang, en het geluid van bonkende voetstappen. Agenten en ambulancepersoneel stroomden de bovenste verdieping op. Coker deed een stap achteruit, zodat ze met Beau aan de slag konden. Nick was verder de winkel in gelopen. Even later meldde hij zich over de walkietalkie.

'Ik heb Chu hier. Hij ligt bij de hengelspullen, met een groot gat in zijn borst. Hij is bij kennis en hij praat. Misschien redt hij het.'

Coker tikte een ambulancemedewerker op zijn rug, vertelde wat Nick had gezegd en praatte toen verder in de walkietalkie, terwijl twee ambulancemedewerkers de trap af renden.

'En Maranzano?'

Stilte.

'Maranzano is hier. Bewegingsloos en met verwijde pupillen. Zo te zien een van jouw kogels. Midden op zijn borst. Recht door het hart.'

Coker wist dat het een gerechtvaardigd schot was, maar Maranzano was een burger, en ze waren in de eerste plaats de winkel ingegaan om burgers te beschermen. Er zou een onderzoek komen.

Coker zou er verdomd goed voor moeten zorgen dat hun forensisch team die 44-kogel vond die Maranzano op Nick had afgevuurd. Nick zou hem steunen inzake de toedracht, maar Cokers carrière stond of viel met die kogel.

'En die jongen?'

Stilte.

Nick meldde zich weer, maar zijn stem klonk langzaam en zwaar.

'Die heb ik hier. Hij heeft een schotwond in zijn bovenbeen.'

'Jezus. Een van mij?'

Even stilte.

'Nee. Zo te zien van een geweer.'

'Vitale delen geraakt?'

Weer een stilte.

'Nee. Zijn dijbeen is eraf geschoten. Hij is dood.'

Endicott ging achteruit zitten op de comfortabele leren stoel van de Cadillac en keek naar de beelden op zijn iPhone. Hij zag Warren Smoles recht in de camera van Fox News praten, waarbij hij op de hem bekende manier doorratelde over wat hij het *winkelcentrum Galleria*-incident

270

noemde. Hij wees er een paar keer op dat hij het zo noemde omdat hier een slachtpartij had plaatsgevonden, precies zoals het Ox-Bow-incident. Aangezien de meeste verslaggevers die om hem heen gedromd stonden nog maar net in de dertig waren en het product van diverse elitaire Ivy League-universiteiten, met alle fenomenale culturele onwetendheid die die met zich meebrengen, hadden ze werkelijk geen flauw idee waar hij het over had. Maar ze hielden hun camera's op hem gericht omdat hij nu eenmaal geweldig materiaal opleverde.

Hij had een lichtgrijs pak aan met daaronder een lichtroze Oxfordhemd met een brede Engelse boord en een das van lichte lavendelblauwe moirézijde. Hij sprak op de afgeronde en zelfverzekerde toon van een geoefend redenaar – een kunstje waarmee hij, gezien het kaliber van zijn gehoor, met succes de aandacht wist af te leiden van het feit dat hij een ongelooflijke lul was.

Endicott, die de man persoonlijk kende, keek grimmig geamuseerd toe terwijl Smoles, die echt absoluut nul komma nul op de hoogte was van wat zich in de Bass Pro Shop had afgespeeld, de volgorde van de gebeurtenissen uit de doeken deed die tot de dood van drie onschuldige burgers had geleid en tot de ernstige verwonding van nog een burger, door toedoen van wat hij de 'cowboyagenten' noemde. Hij luisterde een poosje naar het relaas en zette het filmpje toen uit.

Wat hij uit het verslag van Smoles opmaakte stond haaks op wat hij van de politiescanner had weten op te pikken, wat voldoende was om het gecodeerde over en weer praten tussen de politie van Niceville en de mensen van de hulpdiensten die ter plekke waren te kunnen ontcijferen.

Het kwam er in feite op neer dat Deitz zich in de Bass Pro Shop had verschanst omdat er niks anders op zat, en Chu was met hem meegegaan omdat er niks anders op zat, en de politie was naar binnen gegaan om hem eruit te halen omdat er niks anders op zat, en als er niet een gewapende burger in de coulissen had zitten loeren had het allemaal heel anders kunnen aflopen.

Deze burger was net op tijd met zijn handkanon tevoorschijn gesprongen om de situatie volledig naar de klote te helpen, terwijl het anders een vrij efficiënte actie van twee rechercheurs had kunnen zijn, te weten Beau Norlett en Nick Kavanaugh, met ondersteuning van een mysterieuze voor alle doelen inzetbare scherpschutter van de politie, van wie alleen vermeld werd dat hij Coker heette.

Nu had Byron Deitz op de plaats delict de dood gevonden. Zijn gijzelaar/medesamenzweerder/onschuldig slachtoffer/ondoorgrondelijk Chinees genie/lamlendig slome duikelaar, kiest u zelf maar, Andy Chu was met de ambulance naar het Lady Grace-ziekenhuis gebracht, en zijn toestand werd kritiek genoemd. Hij werd op deze reis vergezeld door die jongen van de recherche, Beau Norlett. Diens toestand werd ernstig genoemd. Verder hadden nog twee burgers op de plaats delict de dood gevonden, te weten een achtenveertigjarige projectontwikkelaar, Frankie Maranzano genaamd, en zijn veertienjarige kleinzoon, Ricardo Gianetti-Maranzano.

De precieze omstandigheden van hun dood zouden onderzocht worden door het onderzoeksteam PISTOL – de Post-Incident Schiet-Team Operationele Liaison-eenheid – grotendeels bestaand uit slome burgers en ontevreden voormalig agenten, die door een paar patrouilleagenten over de politieradio 'de zeikende achterhoede' werden genoemd.

Endicott zat in de Cadillac naar de zwaailichten en de bedrijvigheid van de politie te kijken die nog steeds rond de enorme vesting van de Bass Pro Shop zwermde, en vroeg zich af wat hij nu in vredesnaam verder moest doen.

Hij had Warren Smoles gewaarschuwd en hem naar de plaats delict gestuurd in de hoop dat hij met nuttige informatie terug zou komen, maar vooralsnog had Smoles alleen maar vier berichten op Endicotts afgeschermde voicemail achtergelaten, allemaal op de ademloze 'ik zit er middenin en o wat geniet ik ervan'-toon waardoor Geraldo Rivera zo irritant is om naar te kijken, en al die berichten zeiden maar één ding en dat was 'bekijk het maar'. Dus wat nu te doen?

Aangezien er niets anders op zat dan zijn verlies maar te nemen, pakte Endicott zijn mobiele telefoon en toetste 913-682-8700 in. Zijn telefoontje werd verwacht, en na een lange rondgang langs diverse stijfkoppige bewakers en allerlei cipiers, kwam er weer leven op de lijn en sprak Endicott met Mario La Motta in eigen persoon.

La Motta was charmant als altijd.

'Wat is daar godverdegodver allemaal aan de hand?'

Endicott wilde de situatie al schetsen, maar La Motta onderbrak hem.

'Ik heb hier tv, Harvill. Ik zie zelf ook wel wat er is gebeurd. Ze zeggen dat Deitz dood is. Is dat waar?'

'Ja. Ik heb het lichaam niet gezien, maar ze hebben maar twee gewonden met de helikopter afgevoerd. Drie, als je de bewaker meetelt die in zijn knie geschoten is. Verder is iedereen op de plaats delict doodgeschoten.'

'Dus die lul is dood?'

'De politie zegt dat hij een vijf punt vijf zes door zijn hals heeft gekregen en een negen millimeter door allebei zijn longen. Zijn nek is uit elkaar gespat, zo over een hele familie opgezette lynxen heen.'

'Daarmee moet het gepiept zijn. Zeg, doe me een plezier: ga naar de begrafenis en pis hem namens ons in zijn bek, wil je? Als hij die tenminste nog heeft.'

Endicott beloofde dat hij zijn best zou doen.

'Oké. Heb je het geld al?'

Endicott haalde diep adem, ging even naar zijn geluksplek en keerde weer terug.

'Nee. Voor zover ik begrepen heb, heeft Deitz het nooit gehad.'

'Hoezo? Bedoel je dan dat die andere gasten het hebben gehouden?'

'Nee, ik bedoel, voor zover ik het hier heb kunnen bekijken, weet ik bijna zeker dat Byron Deitz helemaal niets met die bankoverval te maken had.'

'Hoezo? Waren het dan echt andere gasten?'

'Daar ziet het wel naar uit, ja.'

Stilte, terwijl La Motta hoorbaar in- en uitademde. Endicott merkte dat hij aan moeraspompen moest denken. La Motta sprak weer.

'Maar waarom is hij dan in godsnaam dood?'

Endicott legde het hem uit. La Motta was niet zo'n goede luisteraar. Nadat Endicott een paar van de saillantste details zo vaak had herhaald dat die onderhand wel tot La Motta's hersenpan hadden moeten zijn doorgedrongen, begon La Motta opnieuw zwaar adem te halen. Dit keer dacht Endicott aan verstopte leidingen. Als La Motta ergens heel diep over moest nadenken, werd zijn longemfyseem blijkbaar erger. Maar wat hij hierna te zeggen had, was toch een verrassing voor Endicott.

'Zeg, die Maranzano. Hoe heette die ook alweer van zijn voornaam?'

'Frankie.'

'Krijg nou wat,' zei La Motta. 'Frankie Maranzano? Hoe oud is die vent?'

'Achtenveertig.

'Julie en Desi hadden een hele toestand met een man die zo heette, en die buiten Vegas werkte. Het was een gerespecteerd man, dus we moesten beleefd zijn. Zijn familie was kwaad over een of andere gerechtelijke uitspraak. Hoe zag-ie eruit?'

Endicott moest het doen met de beschrijving die hij op de politieradio had gehoord.

'Een meter vijfentachtig. Gewichtsheffer. Heeft geld in onroerend goed in Destin.'

'Rijdt altijd in een Bentley? Heeft een geile jonge *cumare* met in het oog springende tieten? Delores genaamd?'

Er stond inderdaad een reusachtige rode Bentley, helemaal alleen op een afgezonderd stuk van de parkeerplaats, dramatisch verlicht door een lantaarnpaal. Een knappe vrouw werd getroost door de grote vrouwelijke agent die Endicott had leren kennen – en bewonderen – als Mavis Crossfire, hoewel ze elkaar nog nooit hadden ontmoet. Hij had haar alleen over de radio gehoord, en dat beviel hem wel.

Delores, de cumare ofwel maîtresse, werd helemaal door de omhelzing van Mavis Crossfire omsloten. Dus afgezien van de in het oog springende tieten, die op dat moment niet te zien waren, omdat ze tegen de wapenriem van Mavis Crossfire werden gedrukt, leek alles te kloppen.

'Ik geloof dat ik op dit moment naar de cumare en de Bentley kijk.'

'Jezus, dan is het 'm. Mocht je iemand van zijn maten tegenkomen, Harvill, dan moet je maken dat je wegkomt, begrepen? Als Maranzano dood is, komen er een heleboel slechte mensen uit het riool gekropen om zijn belangen over te nemen. Delores voorop. Als ze slim is trekt ze al zijn rekeningen leeg en smeert ze 'm naar Brazilië.'

Endicott gaf te kennen dat hij bereid was te maken dat hij wegkwam mocht hij welke maat dan ook tegenkomen.

La Motta was stil.

Op zijn ademhaling na.

'Oké. Tering. Deitz is dood. Zoek die andere gasten die het gedaan hebben. Zoek uit waar ons geld is.'

Daar keek Endicott niet van op.

Voor mensen als Mario La Motta bestond er niet zoiets als andermans geld. Ze gaven Endicott opdracht om een paar miljoen dollar op te sporen en terug te halen die op de een of andere manier 'van hen' geworden was, en Endicott kon maar beter precies doen wat er van hem werd gevraagd.

'Ik heb een paar aanknopingspunten.'

'Mooi zo,' zei La Motta. 'Hou me op de hoogte.'

En weg was hij.

Endicott zag dat de mensen langzaam maar zeker de parkeerplaats weer op mochten om hun auto op te halen. De meeste patrouilleauto's reden van het winkelcentrum weg, en ze waren ook bezig om het blauwe busje in te laden. De helikopter van Live Eye was vertrokken om het de politie bij andere noodsituaties moeilijk te maken en de satellietbusjes maakten ook aanstalten. Onder de lantaarnpaal had Delores zich losgemaakt uit de stevige omhelzing van Mavis Crossfire, en daardoor kon Harvill het derde onderdeel van de identificatie waar La Motta het over had gehad bevestigen. Endicott realiseerde zich dat hij ontzettend moe was. Zijn kamer in het Marriott lokte.

Hij startte de Cadillac en reed met een langzame u-bocht North Gwinnett weer op. De volgende ochtend moest hij de Toyota ophalen, die nog steeds aan Bougainville Terrace geparkeerd stond, een eind van het huis van Andy Chu vandaan. In dat huis wemelde het nu natuurlijk van de FBI, en hij zat er niet op te wachten dat een nieuwsgierige agent die keek of er kentekens bij waren die gezocht werden, de minuscule lasersensor vond die aan de zijspiegel bevestigd was.

Hij draaide het dak open, deed alle raampjes open en stak een Camel op. Hij reed in noordwestelijke richting naar Mauldar Field, met de toegestane snelheid, net als iedereen. Achter hem verdwenen langzaam de lichtjes van Niceville. Voor hem lag vooral veel akkerland, rechts van hem de lichtgloed van Quantum Park en in het noorden zag hij het knipperende licht van de verkeerstoren van Mauldar Field. Een drukke dag.

Hij zette Caro Emerald op en dacht na over wat hij tegen La Motta had gezegd.

Ik heb een paar aanknopingspunten.

Dat was niet helemaal waar.

Aangezien het zeer onwaarschijnlijk was dat hij lang genoeg in de buurt van Andy Chu zou kunnen komen om een nuttig gesprek met hem te voeren, moest hij het doen met drie dunne draadjes.

Thad Llewellyn, de bankier van Deitz bij de First Third Bank, die duidelijk op de een of andere manier bij die Raytheon-streek betrokken was, en misschien zelfs met nog meer dingen te maken had.

Warren Smoles, want het kon zijn dat Byron Deitz zijn advocaat had verteld wie hij dacht dat de bankoverval op de First Third op zijn geweten had, hoewel Smoles, die een ervaren lefgozer was die altijd graag liep te snoeven over wat hij als insider allemaal wist, Endicott nooit de indruk had gegeven dat hij meer wist dan Deitz al aan de FBI had verteld. Als hij wel meer wist, had hij dat nooit laten blijken.

En dan had je Lyle Preston Crowder nog, de chauffeur van Steiger Freightways, wiens ongelooflijk goed van pas komende ongeluk op de

Interstate Fifty, vierenveertig minuten voordat de bankoverval in Gracie bijna alle agenten van de staats- en de districtspolitie van die plek weglokten, zodat de bankovervallers vrij spel hadden. Endicott had sterk het vermoeden dat Crowder medeplichtige van de bankoverval was, en dat betekende dat hij was betaald, en de manier waarop hij was betaald kon een onderzoekende geest naar de persoon leiden die de betaling verzorgde. Dat stond of viel natuurlijk met hoe je meneer Crowder de vraag stelde. Interessant? Heel interessant.

Endicott reed, en dus reed Edgar Luckinbaugh ook. Hij had met professionele belangstelling naar de gebeurtenissen in winkelcentrum Galleria geluisterd en had tot zijn voldoening gehoord dat brigadier Coker in staat was geweest om wederom een belangrijke bijdrage aan de rechtshandhaving te leveren, en Edgar had op een bescheiden manier het gevoel gehad dat hij ook deel uitmaakte van iets wat groter was dan hijzelf.

En aangezien de Krispy Kremes en koffie op waren, vond hij het prima om weer op pad te gaan, zodat hij kon kijken of hij ergens een supermarkt zag.

Na een poosje werd hem duidelijk dat meneer Endicott terugreed naar het Marriott, hopelijk om daar te gaan slapen. Dat vond hij prima. Achter in de Windstar stond een oude legerbrits, en hij had een kleine draagbare radio die hij op de klassieke zender van Niceville kon afstemmen.

Zodra meneer Endicott veilig en wel in bed lag, zou hij een bewegingssensor onder de bumper van diens Cadillac aanbrengen, zijn scanner op de frequentie van de sensor afstellen en dan lekker gaan slapen. Met een beetje geluk was hij dan nog op tijd voor zijn favoriete avondprogramma, Nocturne, waarin ze vast een kalmerend stuk van Mozart of Debussy zouden draaien, dat hem in slaap kon sussen.

weet belt hij me. Het scheelt niet veel of ik ga de politie van Niceville om een informele zoektocht vragen.'

Tig had iets op zijn hart en zocht naar de juiste woorden.

'Lemon heeft me gebeld over wat jij en hij in Patton's Hard gevonden hebben. Hij is een poosje geleden op het bureau verschenen om er een officiële verklaring over af te leggen. Het was te donker om vanavond nog actie te ondernemen, en de stroming is te gevaarlijk om 's nachts te gaan duiken, dus we hebben er een patrouilleauto op afgestuurd om de plek af te zetten. Voor zover wij gezien hebben, zonder dat we duikers het water in hebben gestuurd, is die auto in de rivier een Prius uit 2005. Het kenteken staat op naam van ene Alice Bayer.'

Kate merkte dat ze haar adem inhield.

'Hebben jullie... kunnen zien of er iemand in zat?'

Tig wachtte even met antwoord geven.

'Nou, de jongens van de auto-afdeling hebben een camera aan een kabel in het water laten zakken, maar het is daar erg troebel, met al die modder en zo, en de ramen zijn helemaal dichtgeslibd.'

'Dus het kan zijn dat ze er niet in zit?' vroeg Kate, al geloofde ze dat geen seconde. Tig ook niet, maar hij was zo goed dat voor zich te houden.

'We zijn naar haar op zoek. We hebben de staatspolitie gevraagd een eenheid naar Sallytown te sturen om te kijken of ze daar bij haar familie is. Dat is ze niet, en ze zeggen dat ze haar ook niet verwachten en dat ze al twee weken niks van haar gehoord hebben.'

'Er was een briefje; mij is verteld dat er op haar deur een briefje hing, ik bedoel op haar huis aan Virtue Street. Heb je dat gezien?'

'Ja, dat hebben we gezien. Kate, even heel vervelend... maar Lemon en jij zeiden toch dat jullie wat spullen van Rainey onder die wilg hadden gevonden?'

'Ja, en van Axel. Die hebben we daar laten liggen.'

Alsof we niet met een plaats delict wilden knoeien, dacht ze.

'Eh... die lagen er nog toen wij die plek hebben afgezet. Ik wilde alleen even zeggen dat jullie daar verstandig aan gedaan hebben. Daar heb ik bewondering voor. Niet dat iemand denkt dat Rainey of Axel ook maar iets te maken heeft... dat ze de auto daar misschien gezien hebben of zo. Daar is toch geen reden voor, of wel?'

'Nee, helemaal geen reden,' zei Kate, en ze realiseerde zich dat ze op dat moment niet zozeer als de tante van Axel en de voogd van Rainey dacht, maar meer als een advocaat.

'Heeft Rainey of Axel ooit iets gezegd over dat ze naar Patton's Hard gingen?'

Nu was ze helemaal de advocaat, en ze vond het heel erg van zichzelf, maar ze moest Tigs vraag omzichtig beantwoorden, en ze wist vrijwel zeker dat Tig dat zou doorhebben.

'Ze hebben het wel over Patton's Hard gehad, over waarom ze daarnaartoe gingen.'

'Niks wat jou speciaal is opgevallen?'

Stemmen in de wilgen.

Vervalste briefjes van een overleden moeder.

Alice Bayer ging op school over de presentielijsten.

'Nee, niks.'

Tig deed er even het zwijgen toe.

'Oké, nou, je ziet me zo, met Nick. Laat me even weten als Lemon gebeld heeft, ja? Ik wil weten of die jongen in veiligheid is.'

'Dank je wel, Tig. Zoals ik al zei: ze hadden vandaag gespijbeld, en Rainey weet dat wij het weten. Ik denk dat hij de confrontatie gewoon uitstelt. Je weet hoe jongens zijn.'

'Ja,' zei Tig met een zacht brommend gegrinnik. 'Ik heb er hier een bureau vol mee. En nog gewapend ook.'

'Zijn er mensen bij Beau?'

'Hooguit de helft van de recherche, het grootste deel van de politie van Niceville, Marty Coors van de staatspolitie, Jimmy Candles en Mavis Crossfire, je broer Reed en Boonie Hackendorff. Verder is de boel uitgestorven.'

'Kun je vragen of Reed mij wil bellen zodra we iets over Beau weten?'

'Zal ik doen. Rustig aan, Kate. Alles komt goed.'

En hij hing op.

Kate zat naar de televisie te staren, maar zag niets. Haar gedachten gingen allerlei bochtige kanten op. Toen drie kwartier later de telefoon ging, zat ze er nog steeds zo bij. Het was Lemon Featherlight. Hij belde vanuit zijn auto. Ze hoorde sirenes op de achtergrond. Hij had Rainey gevonden.

Lemon Featherlight was om tien voor twaalf 's nachts boven aan Upper Chase Run aangekomen. De laatste tram van die avond stond op de halte op de rotonde, met achter het stuur een conductrice die op een klembord aan het schrijven was. Ze keek even op toen zijn koplampen langs haar tram streken, nam hem op – gevaarlijk? waarschijnlijk niet – en keek toen weer op haar klembord.

De lichten van de halte wierpen een gele gloed over de onderkant van de trap en op de in de schaduw van bomen gehulde gevels van de laatste twee huizen in de straat, die allebei donker waren en geen teken van leven vertoonden.

Achter het licht van de rotonde doemde Tallulah's Wall in het donker op, op een kleine krans van lichtjes na, daar waar helemaal bovenaan de trap eindigde.

Lemon parkeerde zijn auto naast de tram en tikte op het raam van de bestuurder. Ze bekeek hem eens wat beter – een knappe jonge vrouw met prachtige jukbeenderen – aarzelde en draaide haar raam toen een klein stukje open, want niet alle knappe jongens met zeegroene ogen en de looks van een piraat deugden.

'Meneer. Wat kan ik voor u doen?'

'Ik ben op zoek naar een jonge knul, een jaar of twaalf, lang blond haar, grote bruine ogen...'

'Een soort eekhoorn uit een stripverhaal? Een leerling van het Regiopolis? Hij was met een andere jongen van die school, jonger, bruin haar, ook met van die ogen als de Disney-eekhoorns?'

'Ja, precies. Rainey Teague en Axel Deitz.'

'Deitz? Familie van die vent die net in het winkelcentrum is doodgeschoten?'

'Ik ben bang van wel, ja.'

'Lieve hemel. Ik had iets moeten doen. Zijn ze niet thuisgekomen?'

'Axel is twee uur geleden thuisgekomen. Hij heeft hier een taxi gebeld en is opgehaald, maar Rainey is niet met de taxi meegegaan. En hij is nog steeds niet thuis.'

'Ze hebben zo ongeveer mijn hele dienst lang tussen hier en het busstation van de Greyhound in het centrum op en neer gereden. Ik heb nog overwogen om ze bij de politie aan te geven, want ze zagen eruit alsof ze weggelopen waren, maar ze zijn hier allebei om een uur of negen uitgestapt. Ik heb nog gevraagd of alles in orde was, en ze zeiden dat ze van school hadden gespijbeld, maar dat ze nu naar huis gingen. Ik dacht dat ze hier ergens in The Chase woonden. God, had ik maar wat gedaan.'

'Ik heet Lemon Featherlight. Mag ik weten hoe...'

'Doris Godwin.'

'Mevrouw Godwin...'

'Doris...'

'Doris. Ik heet Lemon...'

'Ben u indiaans?'

'Mayaimi. Miami is naar ons vernoemd.'

'Ik ben voor een deel Cherokee.'

Ze draaide het raampje verder omlaag, stak hem haar hand toe, die Lemon schudde. Het was een droge, sterke hand, en ze rook naar eucalyptusolie.

'Ik denk dat ik wel weet waar hij zou kunnen zitten,' zei ze. 'Het laatste wat ik van hem gezien heb is dat hij langs Tallulah's Wall omhoogkeek. Alsof hij overwoog...'

'Zijn vriend heeft gezegd dat hij die trap op is gegaan.'

Ze zweeg even en keek hem aan.

'Dus jij overweegt ook om naar boven te gaan om te kijken of hij daar is?'

'Ik zal wel moeten.'

Ze schudde haar hoofd.

'Daarboven ligt het Kratergat. Dat is een slechte plek, al zo lang mijn familie zich kan heugen. We hebben deze muur heel lang geleden vernoemd naar datgene wat daarboven leefde. Ze is daar nog steeds, Lemon.'

'Dat weet ik. Ik heb ook over haar gehoord. Maar ik moet toch naar boven.'

'Dat begrijp ik.'

'Nou, dank je wel, Doris.'

Ze keek nog even naar hem en pakte toen haar walkietalkie.

'Centrale, hier tram dertig. Ik ben even afwezig; ik heb hier iemand die zijn kind kwijt is. Ik ga mee zoeken.'

'Doris, als er een kind vermist is bel je de politie.'

Een vrouwenstem, ouder.

'Hij is niet lang genoeg weg om de politie al te bellen, June. Ik ben zo terug.'

'Heb je je telefoon bij je?'

'Ja.'

'Neem een foto van die ouder en mail me die. Voordat je de tram verlaat.'

Doris keek even naar Lemon.

'Heb je bezwaar?'

'Nee, ga je gang.'

Doris bracht haar iPhone omhoog, maakte drie foto's, drukte op CON-TACTEN en vervolgens op VERZENDEN.

'Hebbes. Oké. Ik begrijp wat je bedoelt. Maar wees voorzichtig. Hoe heet die man?'

'Lemon Featherlight. Hij is een Mayaimi-indiaan.'

'Een ontzettend lekker ding, als je het mij vraagt. Neem je walkie-talkie mee. Wees voorzichtig. Ik trek zijn naam even na. Als ik over tien minuten niks van je gehoord heb, maak ik een melding.'

Doris stapte uit de tram en sloot die met de afstandsbediening af, maar liet binnen de lichten aan.

'Oké, Lemon. Daar gaat-ie.'

En ze liepen de trap op. Toen ze boven aankwamen, waren ze allebei buiten adem. Niceville lag beneden in de diepte te glinsteren, en de op zonne-energie werkende lichtjes gaven een kronkelend pad aan dat het oude bos in liep. Aan de zuidwestelijke horizon kwam de maan op. Ze draaiden zich om naar het pad. De bomen stonden er roerloos en to-renhoog bij en onttrokken de sterren aan het zicht.

Ze zeiden geen van beiden een woord.

'Roep hem,' zei Doris.

'Rainey. Ik ben het, Lemon. Rainey?'

Zijn stem werd opgeslokt door de stilte. Het was alsof hij in een dot watten had geroepen. Lemon zuchtte, plantte zijn voet op het pad, zette een stap, en toen nog een. Doris kwam vlak achter hem aan. Na een meter of vijftig vonden ze Rainey.

Lemon wierp één blik op hem en pakte toen zijn telefoon. Geen be-reik. Doris zag dat, pakte haar walkietalkie en knielde naast het lichaam van Rainey neer, terwijl ze een vinger tegen zijn hals legde.

'June, Doris hier.'

'Doris. Alles goed?'

'We zijn boven op de muur. We hebben de jongen gevonden. Zo te zien is hij in shock. We hebben een ambulance nodig.'

'Ik bel 911. Blijf waar je bent.'

Lemon knielde naast Rainey neer. Doris probeerde haar iPhone, maar zij had ook geen bereik. En nu voelde ze een soort trilling in de lucht, die aanzwol en weer afnam, alsof zich ergens in het donker iets reusachtigs bevond wat ademhaalde. De angst sloeg haar om het hart.

Doris stond op, haalde haar iPhone tevoorschijn en maakte een serie foto's. Ze draaide daarbij helemaal in het rond, en haar flitslicht knip-perde door het duister.

'Waarom deed je dat?'

'Er is daar iets.'

'Ja. Dat klopt. We halen hem hier weg.'

Lemon tilde de jongen op in zijn armen en beende snel het pad af, terug naar de trap. Doris liep achter hem aan, maar bleef om de paar meter staan om weer een reeks foto's te nemen. Ze waren inmiddels bij de trap aangekomen en liepen zo snel ze konden naar beneden, Lemon met het kind in zijn armen. Onder aan de trap zagen ze zwaailichten – blauw, rood en wit. Er stonden auto's en een brandweerauto, dicht op elkaar. Halverwege de trap troffen ze de brandweerlieden en ambulancemedewerkers, die snel omhoogklommen.

Door het duister misleid

Die nacht, donderdagnacht, nadat Rainey onder aan de trap naar het Kratergat door het ambulancepersoneel was onderzocht en in principe ongedeerd was verklaard, bracht Lemon Featherlight hem naar huis, praatte nog even zachtjes met Nick in de gang en ging toen weg.

Nick en Kate maakten nog een nachtelijk kommetje soep voor Rainey. Beth, Axel en Hannah lagen in bed, maar Rainey niet. Nog niet. Zij waren nog op, alle drie, en zaten aan de eettafel.

Het was al ver na middernacht.

Rainey begreep dat deze ongebruikelijke situatie iets te maken had met de problemen die Axel en hij zich op de hals hadden gehaald. Hij had Beth en Kate in de woonkamer met elkaar horen praten, over Patton's Hard en over inspecteur Sutter, de baas van Nick, en over rechter Theodore Monroe, de man die Rainey aan Kate had toegewezen.

En het klonk hem allemaal niet best in de oren.

Door de manier waarop ze daar met z'n allen zaten, terwijl ze elkaar niet echt aankeken en dingen zeiden zoals volwassenen altijd deden als ze over iets wilden praten waar jij iets mee te maken had, maar dan zonder jou erbij te betrekken, wist Rainey dat er iets groots in aantocht was, en dat dat niet iets leuks was.

Tegen de tijd dat zijn soep zo'n beetje op was, was Rainey erachter gekomen, al hadden ze nog zo hun best gedaan om dat te voorkomen, dat de politie het lichaam van Alice Bayer in de Tulip had gevonden, onder haar auto, dat iedereen dacht dat Axel en hij er iets mee te maken hadden en dat hij de volgende ochtend niet naar school ging, omdat

Kate met hem naar dokter Lakshmi ging, de neuroloog die voor hem had gezorgd toen hij in coma lag.

Uit wat Nick en Kate zeiden, en niet zeiden, maakte Rainey op dat het goed tegenover de politie zou staan als hij naar dokter Lakshmi ging. Rainey wist vrijwel zeker dat dat zoiets betekende wat ze in al die politieseries waar hij naar keek 'een ontoerekeningsvatbaarheidsverklaring' noemden.

Voor zover hij begreep betekende een ontoerekeningsvatbaarheidsverklaring dat Kate en Nick van plan waren om Rainey in een gekkenhuis te plaatsen.

Normaal gesproken zou Rainey, die nog maar een kind was, hierop gereageerd hebben door het uit te schreeuwen, een vreselijke scène te schoppen en te huilen, te brullen en te smeken.

Maar er was veel veranderd voor Rainey Teague.

Rainey was niet meer alleen.

Er leefde nu iets nieuws binnen in hem, een piepend, krassend, zoemend insectenstemmetje dat bij het Kratergat in zijn hoofd was gekomen.

Rainey had geprobeerd om dat nieuwe ding te vragen of hij ook een naam had – het voelde alsof het wel ín hem was, maar geen deel van hem uitmaakte – maar het enige wat hij te horen kreeg was *niets*, en daarna voelde hij een soort snelle, scherpe speldenprik in zijn hoofdhuid, alsof hij door een bij gestoken werd.

Rainey dacht niet dat dat zoemende, stekende ding in zijn hoofd een... een 'aardig' ding was. Nee, het leek hem helemaal geen aardig ding.

Rainey had de indruk dat het meer een soort oorwurm of slang was wat hij in zijn hersens had zitten, en die gedachte beangstigde hem.

Want stel nou dat er grote oorwurmen in zijn hersens zaten en die grote oorwurmen dan oorwurmbaby's kregen en die allemaal van binnenuit zijn hersenen gingen opeten en stel nou dat er op een dag, terwijl hij zat te ontbijten of met Axel aan het spelen was, een van die grote oorwurmbaby's uit zijn oor of uit zijn neus naar buiten gekropen kwam en iedereen het kon zien...

Dat waren angstaanjagende gedachten, en ergens vond hij dat hij het aan Nick en Kate moest vertellen...

Maar...

Maar wat het ook was wat er in zijn hersenen zat, het had ook woorden, en die raakten binnen in het gezoem helemaal door elkaar, en het geklik en die woorden waren op de een of andere manier wel handig als hij wilde nadenken over wat hij in deze… situatie… waar hij in zat… moest doen.

Op dit moment zeiden ze **zeg niets zeg niets deze mensen zijn niet jouw vrienden zeg niets wacht**, en Rainey begreep daaruit dat hij nu even niets moest doen, maar heel stil moest blijven zitten en maar moest afwachten wat er verder ging gebeuren.

Dus at hij zijn bord leeg – zelfs zijn doperwten – en bleef hij met gebogen hoofd zitten, terwijl Nick en Kate verder praatten.

Niet uit wat er gezegd werd, maar uit de toon, maakte Rainey op dat Kate min of meer aan zijn kant stond, maar Nick niet. Om te beginnen was Nick meestal een vrolijke Frans, vooral als Rainey, Axel en Hannah in de buurt waren, maar die avond kéék hij niet eens naar Rainey, behalve de keren dat Rainey niet naar hem keek en hij dan plotseling opkeek en zag dat Nick naar hem keek – hem bestudeerde – met van die lichte agentenogen.

Dus wat hij in zijn hoofd had zitten – het voelde als een zij, niet als een het, en hij moest haar een naam geven – **wij zijn geen ding** – zei tegen hem **gedraag je onopvallend, maar hou wel je hoofd erbij, want vanavond gaat het gebeuren.**

Ik moet dit ding een naam geven, dacht Rainey, en na veel gezoem kwam de naam in hem op – **wij zijn Cain, noem ons Cain.** Zo kreeg het dus een naam, en daarna had Rainey minder het gevoel dat het een oorwurm of een slang was en meer alsof hij gewoon een soort spookvrouw in zijn hoofd had wonen.

Dus dat was al wat beter.

Niet echt fijn, maar beter dan oorwurmen.

Na de lichte maaltijd moest hij van de een naar de ander voor een omhelzing en dikke kussen – net zo nep als de bril van Harry Potter – en werd hij naar boven gestuurd om te douchen en zich klaar te maken om naar bed te gaan, 'want morgen is een belangrijke dag'.

Het was inmiddels bijna twee uur 's nachts en hij stond onder de douche en liet de warmte over zich heen stromen.

Het deel van hem dat nog steeds een kind was, was blij dat alles goed was met Axel en dat hij, hoewel hij flink in de problemen zat wat betreft Alice Bayer, maar gewoon een kind was, en wat konden ze een kind nu helemaal maken, ongeacht wat er met een of ander oud mens gebeurd was?

Dat was het deel van hem dat niet **Cain** was, want het deel dat wel **Cain** was sprak met Rainey over de spiegel.

Cain wilde per se de spiegel zien.
Het idee dat Cain die spiegel weer wilde zien en de overtuiging – die verbazingwekkend sterk was – dat de spiegel **niet ver weg was van de plek waar jij nu bent** – kon hij met geen mogelijkheid meer van zich af zetten.

Hij draaide de kraan van de douche dicht en stapte uit de nevel van de badkamer. De spiegel die daar hing was helemaal beslagen, en hij zag van zichzelf alleen een ranke roze wolk.

Hij pakte een grote zachte handdoek van het rek – het rek was verwarmd, dus de handdoek was warm, heerlijk om na zo'n koude avond om je lichaam heen te slaan. Hij droogde zich af en trok zijn dikke witte badjas aan – die was eigenlijk van Kate, die ongeveer net zo lang was als hij, en hij liep de gang van de bovenverdieping op.

Hij liep op blote voeten naar de trap en luisterde. Hij hoorde dat Kate in de keuken in de weer was en dat er muziek uit de werkkamer beneden kwam, waar Nick kantoor hield.

Nick was daar bezig met zijn recherchewerk en Kate was de keuken aan het opruimen. Rainey wist niet veel over het soort muziek waar Kate van hield, en deze melodie herkende hij hele–

hij staat achter in de linnenkast met–
maal niet, maar er zaten veel strijkers in en het klonk zoals het vroeger thuis klonk toen zijn moeder nog–

een blauwe deken eromheen ga nou maar kijken–
leefde. Ergens schaamde hij zich ervoor dat hij tegen Kate gelogen had, want ze probeerde alleen maar voor hem te zorgen–

nu–
en nu maakte hij haar het leven zuur, loog hij tegen haar en bleef tot heel laat weg–

nu ga nu ga nu–
Cain klonk snerpender en daar zou Rainey vreselijke hoofdpijn van krijgen, alsof er allemaal elektrische naalden in zijn hoofdhuid staken, dus draaide Rainey zich om en liep de gang in, langs de deur van zijn eigen kamer en langs de deur die naar de kamer van Kate en Nick leidde.

Er was een lange zijgang waardoor je bij de logeerkamer en bij de werkkamer van Kate kwam, die ze had ingericht in een soort serre die uitkwam op een brede galerij met een dak gemaakt van kantachtig zwart smeedijzer en met een balustrade die op plantenranken leek.

De linnenkast, die eigenlijk meer een inloopkast voor voorraad en opslag was, lag helemaal aan het eind van die zijgang, met eroverheen een lange, zachte Oosterse loper met groene en witte bloemen, en waarvan de muren warm geel waren geschilderd, als zonlicht, met langs beide wanden olieverfschilderijen van Savannah, Marietta, Sallytown en het oude Niceville.

De gang werd schemerig verlicht door een paar plafondspotjes die een warm licht op het tapijt wierpen. De deur van de linnenkast had een speciale lichte glans en was van zichzelf eigenlijk al een soort schilderij.

Het was geen heel grote kast, en hij zag er heel oud uit, alsof hij zelfgemaakt was. Hij bestond uit dunne latjes cederhout, die door een groot houten frame bij elkaar werden gehouden. De hele deur was in een zachte, warme gele tint geschilderd die mooi paste bij het geel van de muren, en boven op de gele verf zaten allemaal witte stervormige bloemen die aan krullerige groene ranken hingen.

De ranken en de bloemen besloegen de hele deur, helemaal tot aan de randen, en het leek wel alsof ze ooit onderdeel van iets groters waren geweest, misschien wel van een hele kamer die zo beschilderd was.

De verf was wat verschoten en de cederhouten plankjes waren allemaal scheefgetrokken en gebarsten, maar je kon toch nog de witte bloempjes en de groene takken zien.

Kate had hem verteld dat het jasmijn was en dat de deur heel lang geleden geschilderd was door een kunstenaar uit Baton Rouge, Louisiana, voor een familielid van haar, ene Anora Mercer, en dat hij oorspronkelijk deel had uitgemaakt van een hele kamer, die de Jasmijnkamer werd genoemd.

Volgens Kate was de Jasmijnkamer een van de kamers in een groot huis op een plantage geweest, Hy Brasail geheten – een gigantisch vooroorlogs landgoed in Zuid-Louisiana, pal op de oever van de rivier de Mississippi gebouwd, en eigendom van een ver familielid van Rainey, London Teague genaamd.

Rainey merkte dat als Kate het over London Teague had, haar stem een beetje vreemd werd en dat ze heel snel over hem heen praatte. Hij wist niet – kon dat ook niet weten – dat het verhaal over de Jasmijnkamer niet meer was geweest dan een oud sprookje waar Kates moeder haar vroeger altijd over vertelde, en dat Kate er een half jaar eerder een heel indringende droom over had gehad. Na de droom wist Kate dat zich in de Jasmijnkamer ook een moord had afgespeeld, maar ze deed die kastdeur toch niet weg.

Rainey had Kate gevraagd of de plantage nog steeds bestond, maar ze had bedroefd haar hoofd geschud en gezegd dat er geen zegen op had gerust en dat de plantage was gebombardeerd door kanonneerboten van de noordelijke staten, toen die in het laatste jaar van de Burgeroorlog de Mississippi af waren gevaren. De deur was een van de weinige dingen die men uit het puin had weten te redden, en hij was door een bevrijde slaaf naar Niceville gebracht, die daarnaartoe was gekomen om zijn laatste levensjaren met de familie Gwinnett in Savannah door te brengen.

Rainey had gevraagd waarom de plantage Hy Brasail heette – wat hij een rare naam vond – en Kate had gezegd dat dat uit een oud Iers gedicht kwam, en toen had ze haar ogen gesloten en het gedicht opgezegd. Dat had hij een poosje onthouden, maar nu herinnerde hij zich alleen de laatste regel nog, en die luidde:

En hij stierf op het water, ver weg, heel ver weg

Rainey vond het maar vreemd om een plantage naar zoiets droevigs te vernoemen, en terwijl hij al zijn moed bijeengaarde en zijn hand naar de deurknop uitstak, vroeg hij zich af wat er met London Teague gebeurd was dat Kate het zo moeilijk vond om zijn naam hardop uit te spreken en of er voor hem soms ook een waarschuwing in schuilging.

Maar hij maakte de deur toch open.

Alles was opgeruimd en Kate zat met een glas wijn en een hoofd vol ruis aan de keukentafel te luisteren hoe Nick in zijn werkkamer aan het telefoneren was – zo te horen met Lemon – en op dat moment realiseerde ze zich dat Rainey na het douchen niet naar beneden was gekomen.

Ze liep naar de trap en luisterde, maar het ruisende geluid dat de douche in Raineys badkamer altijd maakte was stilgevallen.

Ze dacht dat hij misschien op bed in slaap was gevallen, dus liep ze heel zacht de trap op, met haar blote voeten over het zachte crèmekleurige tapijt, zonder ook maar enig geluid te maken.

Toen ze op de eerste verdieping aankwam, keek ze de gang in. De deur van Raineys kamer stond open en hoewel zijn kleren over de grond verspreid lagen, was het bed onaangeroerd. Zijn badkamer dampte nog na van de douche, maar daar was Rainey ook niet.

Een vage bezorgdheid weerhield haar ervan zijn naam te roepen. Ze liep langs hun eigen slaapkamer en keek even naar binnen of Rainey daar soms was. Maar ze voelde dat de kamer leeg was, en de badkamerdeur stond open, met de lichten uit. Het was stil en leeg in hun kamer en hun grote hemelbed stak donker af tegen het licht van de lantaarn buiten.

De spiegel.

Kate kwam bij de afslag naar de tweede gang en zag Rainey meteen – een over de bodem van de linnenkast gebogen gestalte, met zijn rug naar de gang toe, zijn hoofd omlaag, alsof er iets op zijn schoot lag en hij daarnaar keek.

Kate zag aan weerskanten van hem de glinstering van de goudkleurige lijst, en ze wist meteen wat Rainey gedaan had.

Ze liep zacht de gang in – ze wilde hem niet bang maken – haar borst voelde koud en haar keel zat dicht, waardoor ze amper adem kreeg. Rainey zat roerloos op de bodem van de kast, hoewel hij de fluistering van Kates blote voeten gehoord moest hebben. Als Rainey tenminste nog kón horen.

Ze kwam bij hem, aarzelde, ging op haar knieën achter hem zitten en legde haar hand op zijn schouder. Zijn hoofd kwam omhoog en hij wilde zich omdraaien, daarbij de spiegel meenemend. Toen Kate zijn gezicht zag, deinsde ze achteruit, want de uitdrukking die daarop te lezen stond had ze nog nooit gezien – schrik, angst, woede?

'Ik heb hem gevonden,' zei hij met een hese kraakstem.

'Ja, je hebt hem gevonden,' zei Kate rustig, en ze keek even omlaag naar het glas van de spiegel, maar zag alleen de doffe glinstering van de versierde en vergulde lijst en de vlekkerige zilverachtige weerspiegeling in het antieke glas. De lamp aan het plafond boven hen. De planken van de linnenkast. Een stuk van Raineys lichaam, waarmee hij eroverheen boog. En achter zijn schouder haar eigen bleke, gespannen gezicht, dat haar nu aankeek.

Haar borst ontspande zich enigszins.

Het was maar een spiegel – voorlopig althans.

'Ik heb erin gekeken,' zei Rainey.

Kate nam hem uit zijn handen, draaide hem om en zette hem tegen de muur. Het kaartje zat nog steeds op de antieke houten achterkant:

HOOGACHTEND, GLYNIS R.

'En wat heb je gezien, Rainey?'

Zijn boze blik ging over in iets anders.

Verlies?

Verwarring?

'Niets. Het was zwart.'

Kate keek hem aan.

'Zwart?'

'Ja,' zei hij op een plotseling beschuldigende toon, vol verontwaardiging en wrok. 'Je hebt hem overgeschilderd, hè? Zodat ik er niet nog een keer in kon kijken. Je hebt hem zwart geschilderd, hè?'

'Rainey, liefje, wij zijn niet aan die spiegel geweest.'

'Nee?' zei hij, en hij pakte de spiegel beet, trok hem terug en stak hem haar toe.

'Wat zie jij dan?'

Kate zag haar eigen gezicht, bleek, afgetrokken en met opkomende woede, die twee ronde roze vlekjes op haar jukbeenderen tekende.

'Ik zie mijn gezicht.'

Rainey trok de spiegel terug, draaide hem naar zich toe en keek erin. Kate boog zich naar voren en zag zijn spiegelbeeld, met zijn haar voor zijn ogen, een vuurrood gezicht en een slappe mond.

'Ik zie jou, Rainey. Wat zie jij dan?'

Rainey keek naar haar op, en zijn kleur verschoot van rood naar inwit.

'Zwart. Waarom is het zwart?'

Ze zette de spiegel weer tegen de muur en sprak op zo zacht mogelijke toon, al spookte er maar één gedachte door haar hoofd: *neurologische schade visuele hallucinaties hersenbeschadiging o lieve god alsjeblieft dat niet.*

'Is dat wat je ziet als je in de spiegel kijkt, liefje? Zie je zwart?'

Hij keek er weer naar, en ja, dat was echt wat hij zag, maar nu hij er eens goed naar keek was het geen zwart alsof de spiegel beschilderd was, maar meer zwart als een wolk of een sjaal – een zwarte vastklevende sjaal – die eroverheen getrokken was.

Dit beangstigde hem en maakte hem boos, en hij had zin om tegen haar te schreeuwen, maar toen meldde **Cain** zich weer en zei **deze mensen willen je voor de rest van je leven in een gekkenhuis stoppen je mag niet doen alsof je gek bent je mag ze niet laten merken dat je weet wat ze van plan zijn** en van haar zoemende elektrische stem kalmeerde hij een beetje.

Hij zette de spiegel neer, leunde achterover en deed zijn ogen dicht. Kates hart brak. Hij zag er zo verdrietig en in de war uit.

Ze pakte de spiegel van hem af, heel voorzichtig, wikkelde de blauwe

deken er weer omheen en zette hem terug. Toen hielp ze Rainey overeind en liep met hem de gang door, terug naar zijn kamer.

Hij was zo moe dat hij, tegen de tijd dat ze hem in bed hielp, op zijn
benen stond te wankelen.

'Waarom kon ik er niet in kijken?' vroeg hij toen ze naast hem kwam
zitten en op hem neer keek.

'Nou, als je heel moe bent, zie je soms niet goed meer. Maar als je
lekker geslapen hebt, is alles beter. Je bent gewoon doodmoe, en je hebt
een rottijd achter de rug. Er gebeurt veel te veel. Morgenochtend ziet
alles er een stuk beter uit.'

aardig doen aardig doen

'Moet ik Nick niet even welterusten zeggen?'

'Als je wilt. Ik kan hem ook wel welterusten zeggen, namens jou.'

'Dat is misschien ook wel goed.'

vraag naar de anderen

'Axel... Is alles goed met Axel? Ik heb het hem niet meer kunnen vragen.'

'Ja hoor. Hij krijgt de laatste tijd wel veel voor zijn kiezen.'

'Ja. Ze hebben zijn papa ook doodgeschoten, hè?'

niet goed niet goed niet over praten

Kate verschoot van kleur en haar ogen werden donkerder.

'Ja, zijn papa is ook dood, Rainey, maar liefje, jouw vader is niet doodgeschoten, hoor.'

het zat er wel aan te komen

'Ik heb die advocaat, Warren Smoles, op tv gezien en hij zei dat Nick
en brigadier Coker de vader van Axel zomaar hebben doodgeschoten,
dat ze hem niet eens een kans hebben gegeven.'

hou je mond ga slapen hou je mond

Kate schudde haar hoofd.

'Meneer Warren Smoles is een slechte advocaat die dikke vette leugens vertelt en daar nog geld mee verdient ook. Hij verzint dingen zodat
slechte mensen niet hoeven te boeten voor wat ze gedaan hebben. Dat
doet meneer Smoles. Zo verdient hij zijn geld.'

smolessmoleswarrenwarrensmoleswarren

'Nu is Axel ook een wees, hè?'

hou je mond zorg dat ze weggaat

'Jij bent geen wees, Rainey. Jij hebt ons nu. Wij zijn jouw familie.'

Zorg dat ze weggaat zorg dat ze weggaat anders doen wij het

Hij deed zijn ogen dicht en zei dat hij moe was.

Kate knipte zijn lampje uit, liep op haar tenen de kamer uit en deed de deur dicht.

Cain had nog veel meer te zeggen en was ook nog steeds aan het woord toen Rainey eindelijk in slaap viel.

Maar toen hij vrijdagochtend wakker werd, wist hij wat hij moest doen, en ook precies hoe hij dat moest doen.

Vrijdag

De wortels van het kwaad

De duikers van de Amerikaanse kustwacht- en reddingsbrigadebasis van Sandhaven Shoals kwamen vrijdag vlak na zonsopgang met een MH-60 Jayhawk-helikopter naar Patton's Hard, waardoor in heel Niceville de ramen in hun sponningen rammelden, en toen het toestel op een leeggemaakte plek met harde ondergrond, verlicht door de koplampen van vier patrouilleauto's landde, veranderden de wilgen op de oever van de rivier in een rondtollende wirwar van zwiepende takken.

Tig Sutter, Nick en Lemon Featherlight stonden erop te wachten; ze stonden overigens al een uur te wachten, met hun handen om hun beker koffie geslagen.

Die ochtend hadden Nick, Tig en Lemon het niet over Rainey, Axel of Beau Norlett, want daar waren ze inmiddels wel over uitgepraat: Beau lag op de IC en had nog heel wat operaties voor de boeg, en dat gedoe met Rainey en Axel was een onderwerp waar ze het nu helemaal niet over wilden hebben.

Lemon stelde in het geheel geen vragen, voornamelijk niet omdat hij niet te veel de aandacht op zich wilde vestigen. Hij was hier op uitnodiging van Nick, omdat Lemon en Kate de auto als eersten hadden gevonden. Het was een compliment, en dat waardeerde Lemon, en op dat moment liet hij dat merken door er het zwijgen toe te doen.

Dus stonden ze allemaal stilletjes te kijken hoe het licht veranderde toen de zon achter Tallulah's Wall opkwam en de stad langzaam uit zijn lange schaduw tevoorschijn kwam. Toen de stralen van de opkomende zon de bovenkant van de hoogste eiken en naaldbomen raakten, deden die eerst een randje kantachtige takken oplichten. Toen de kraaien in het ochtendlicht opstegen, zagen ze die als zwarte spikkeltjes tegen de roze lucht rondtollen.

Ze verzamelden zich in zwermen die wel rookwolken leken, en de zon kaatste van hun glanzende vleugelveren, zodat er glinsteringen van goud door de zwermen golfden – net vlammen. Ze waren te ver weg om ze te kunnen horen, en bovendien weerklonk het bonkende gedreun van de naderende helikopter, toen die eenmaal aangedenderd kwam, zo hard dat het verder alles overstemde en je zelfs niet meer helder kon nadenken.

De Jayhawk kwam zwaar op zijn landingsgestel neer en zakte wat weg in de harde ondergrond. De deur ging open en een paar fit uitziende mannen en vrouwen in vliegoveralls van de kustwacht kwamen naar buiten, waarbij ze diep door de knieën gingen om uit de luchtstroom van de propeller te blijven, ook al bevonden de wieken zich ruim een meter boven hun hoofd.

Lemon bleef op een afstandje, en Tig en Nick traden hen tegemoet. Een gespierde jonge vrouw met de blauwe en zilverkleurige militaire strepen van een officier op haar schouders en een bordje op haar borst met de naam FARRIER in zwart op een goudkleurige ondergrond gegraveerd, die duidelijk de leider van het team was, liep naar hen toe.

Ze had een brede glimlach en voorzichtige ogen, en de spieren in haar nek tekenden zich als kabels af.

Tig, die boven haar uit torende, had een lichtbruin pak en een blauw overhemd aan, waarmee hij eruitzag als Ozymandias, stak haar zijn enorme hand toe, en zij legde haar hand er heel moedig in, nog steeds met die brede glimlach op haar gezicht.

'Inspecteur Tyree Sutter?'

'Inderdaad.' Met die lage basstem. 'Zeg maar Tig. Dit is rechercheur Nick Kavanaugh.'

'Ik ben officier Farrier.'

Ze draaide zich om en stelde de mensen voor die zich achter haar hadden opgesteld, zes in totaal, vier mannen en twee vrouwen, allemaal onderofficieren van verschillende rangen. Ze waren allemaal slank en gespierd en, wat Tig betrof, veel te jong om zonder briefje van hun moeder zomaar in een Jayhawk rond te vliegen.

Ze gedroegen zich koeltjes, vriendelijk en beleefd afstandelijk, zoals militairen nu eenmaal altijd doen, en nadat ze allemaal 'goedemorgen, meneer' hadden gezegd, kwam er verder niet veel meer uit.

Officier Farrier gaf met zachte stem een paar bevelen, en het team liep terug naar de helikopter om hun spullen uit te laden. Ze draaide zich weer om naar Tig en Nick.

'Dus we denken dat het een Prius is?'

Nick wilde daar wel op reageren.

'Ja, officier...'

Farrier stak haar hand op.

'Zeg maar Karen, hoor. U bent toch die kapitein van de Special Forces? Vijfde team van Fort Campbell. U bent degene die...'

Nick wimpelde dit met een wrang glimlachje zo vriendelijk mogelijk af.

'Tegenwoordig ben ik gewoon Nick, Karen. Als je daar geen bezwaar tegen hebt...'

Ze leek onmiddellijk te begrijpen dat Nick geen zin in oorlogsverhalen had en ging er verder niet op in, hoewel haar team het vanaf Sandhaven de hele tijd over hem had gehad. Ze nam hem met vriendelijke blik op en knikte.

'Nick? Oké, prima. Hebben we een kraan of een sleepwagen, voor als we een kabel aan die auto vast weten te maken?'

'Ja,' zei Nick. 'Er is een zware wagen van de politie van Niceville onderweg. Die heeft een gestabiliseerde kraan met uitschuifbare stutten en met een groot bereik. Die was in elk geval sterk genoeg om bij de brug van Cap City een Humvee uit de Tulip te trekken.'

'Daar zou het mee moeten lukken,' zei Farrier. 'Kunnen we even op de plek zelf gaan kijken?'

'Dat kan,' zei Tig, en hij gebaarde Lemon mee te lopen. Hij stelde hem voor als de man die de auto als eerste gevonden had. Ze monsterde hem en zei: 'Marinier?'

Lemon glimlachte – dat gebeurde hem de laatste tijd zelden. Nick keek met een geamuseerde flikkering in zijn ogen hoe Farrier op die piratenglimlach reageerde.

'Geweest. Is het zo goed te zien?'

'We worden er veel mee geplaagd dat wij de Kniehoge Marine zouden zijn. Meestal door matrozen. De marine heeft zijn sporen bij je achtergelaten, maar je hebt niet arrogant tegen me gedaan. Dus waarschijnlijk ben je een marinier. Er zitten veel Seminole-indianen in het korps. Dus vandaar.'

'Mayaimi, geen Seminole,' zei Lemon, terwijl hij haar eens goed bekeek. Ze beviel hem wel. 'Maar verder helemaal in de roos.'

Farrier glimlachte terug – iets langer dan strikt noodzakelijk – en was toen weer een en al zakelijkheid.

Ze liepen over het natte gras naar het begin van het smalle pad dat onder de boog van wilgen voerde. In de tunnel van bomen was het een stuk kouder, en de modder maakte zuigende geluiden onder hun schoenen. Het rook er naar schimmel en natte bladeren. De sporen die Lemon en Kate hadden gevolgd waren nog deels zichtbaar, hoewel de grotere wielafdrukken van de Crown Vic-patrouilleauto's eroverheen lagen.

De grond over het spoor was behoorlijk omgewoeld, maar zodra ze bij de overschaduwde ingang kwamen waren de smalle voren die de Prius had gemaakt behoorlijk goed te zien.

Twee geüniformeerde agenten van de politie van Niceville, een man en een vrouw, stonden aan de rand van het wilgenbosje op hen te wachten. Nick kende ze allebei niet, maar Tig blijkbaar wel. Hij sprak kort met ze en stelde officier Farrier, Lemon en Nick aan hen voor.

Ze waren al vanaf middernacht ter plekke en zo te zien waren ze allebei blij dat ze hun dienst konden overdragen.

De vrouwelijke agent, een Midden-Oosters uitziende vrouw met amandelvormige bruine ogen en ronde wangen, hield het gordijn van wilgentakken omhoog, zodat ze eronderdoor konden lopen, en zei daarbij: 'Het is hierbinnen een beetje griezelig, mevrouw. Net een grote groene tent, en de bomen praten voortdurend.'

Farrier bleef staan en keek haar aan.

'Praten de bomen?'

De agente knikte met een heel serieus gezicht. Ze keek even naar haar collega – een slanke knul met rusteloze ogen en een gespannen houding. 'Ja toch, Kenny?'

'Ze fluisteren,' bevestigde hij zonder enige aarzeling of teken van gêne. 'Niet echt met woorden, maar na een poosje, als je hier de hele nacht bent, begin je het te begrijpen. Ik weet wel dat het alleen maar de wind in de takken is en het geluid van de rivier, maar het is...'

'Griezelig,' zei de vrouw. 'Echt griezelig. Onze dienst is nu afgelopen. Mevrouw,' zei ze, zich tot de officier van de kustwacht richtend, 'wees voorzichtig als u die rivier daar in moet. Op een meter of vijftien van de oever bevindt zich een grote draaikolk, doordat de rivier daar een bocht maakt. En de stroming is heel sterk. Als u zich niet meer aan de oever kunt vasthouden bent u verloren, mevrouw, verloren.'

'Ik zal voorzichtig zijn,' zei Farrier met een glimlach naar de agente. Toen liep ze door het gordijn en bevond ze zich in iets wat eruitzag als een groot groen gewelf, bestaande uit wilgentakken en ondersteund, als een circustent, door drie enorme wilgenstammen, waarvan de takken zich een meter of twintig boven haar hoofd in een verstrikt groen web in elkaar vlochten. Farrier keek omhoog en boog haar hoofd ver achterover om het goed te kunnen zien.

'Jeetje,' zei ze, 'dat doet me aan een kerk denken. Hoe oud zijn die bomen, weet iemand dat?'

'Ze waren al oud toen Niceville net gesticht werd,' zei Tig, 'en Niceville is gesticht in 1764. Er zijn gravures van de stad, in het gemeentehuis, van rond 1820, en daarop kun je ze langs de Tulip zien staan. Een boomdeskundige uit Cap City heeft de burgemeester verteld dat dit misschien wel de oudste wilgen van Amerika zouden kunnen zijn.'

'Dat kan ik bijna niet geloven. Ik ben opgegroeid in Maryland en daar hadden we ook wilgen, maar de meeste warden nog geen honderd jaar oud. Deze zien er wel heel oud uit, hè?'

'Ze ruiken in ieder geval oud,' zei Nick, die net als Kate ook niks van Patton's Hard moest hebben. 'Je ziet dat de sporen hier helemaal doorheen lopen.'

Hoewel de zon snel opkwam was het nog steeds schemerig onder de wilgen, en hij gebruikte zijn zaklamp om het dubbele spoor bij te schijnen dat een pad door de modder en de dode bladeren had getrokken. Het spoor liep door het gordijn aan de kant van de rivier. De conclusie lag erg voor de hand, en vanaf dat moment was Farrier een en al zakelijkheid.

Terwijl Tig en zij op de plek des onheils gingen kijken, bleven Lemon en Nick staan om naar de aftandse oude tuinstoelen te kijken – het enige wat er van de spullen van de geheime schuilplaats van Rainey en Axel over was.

Alles was gefotografeerd, van een etiket voorzien, in een zak gestopt en meegenomen naar het forensisch laboratorium van het hoofdbureau van de recherche aan Powder River Road. Voor welke doeleinden, daar wilde geen van beide mannen nog over speculeren.

Vooral Lemon Featherlight niet, die na wat Doris en hij boven op Tallulah's Wall hadden gezien, begon te denken dat er duistere dingen om Rainey heen zwermden, en het feit dat Lemon de enige was die Merle Zane had kunnen zien, betekende dat hij er op de een of andere manier in verstrikt zat, of hij dat nu leuk vond of niet.

Brandy Gule, de half verwilderde jonge vrouw met wie hij had samengewoond, had een keer ruzie met hem gemaakt over wat zij zijn obsessie met 'dat griezelige grafkind' noemde.

Dat was niet goed afgelopen, en nu was ze weg.

Ze hoorden bladeren ritselen. Tig en Farrier kwamen terug onder het bladerdak. Farriers gezicht stond bijna bars.

'Allemachtig, wat een rivier is dat. Daar induiken is net zoiets als op een rijdende goederentrein springen. Voordat ik een van mijn duikers die stroming in stuur moet die kraan staan.'

Dus dat gebeurde.

De operatie nam meer dan zes uur in beslag, vanaf het moment dat de DualShaft-heftruck, een soort mobiele kraan en sleepwagen, erin slaagde om zich tussen de rij wilgen te manoeuvreren – waarvoor ze een enorme strook tussen de bomen moesten vrijmaken, maar daar was niets aan te doen.

De bestuurder had geen fiducie in de draagkracht van de oever van de rivier, dus zette hij de kraan op een vaste ondergrond, minstens tien meter van de oever af, en stak hij de kraan in een hoek van vijfenveertig graden uit, tot de haak zich boven de plek bevond waar de auto was gezonken. Zodra alles in stelling was gebracht kwamen de duikers naar de plek toe – vier van hen in duikerpak en met een volledig afsluitend gezichtsmasker voor waaraan een camera was bevestigd.

Slechts twee van hen droegen een rugzak met één zuurstoftank. De andere twee waren erop gekleed om het water in te gaan als dat moest, maar het was hun taak om de lijnen te laten vieren die aan beide duikers vastzaten en om hun veiligheid te waarborgen zolang ze in het water waren.

De duikers, allebei onderofficier – de een een slanke jongen, Evan Call genaamd, en de ander een gedrongen knul, type brandkraan, Mike Tuamotu genaamd, maakten hun borglijnen vast aan de sterkste boomstammen die ze konden vinden, checkten alles nog voor een laatste keer en lieten zich toen in het donkere water zakken, een meter of vijf stroomopwaarts vanaf het punt waar de auto was gezonken, terwijl ze hun lijnen lieten vieren en zich op de stroming langs de oever lieten meevoeren.

Farrier had de luidspreker van het camerasysteem aangezet, dus Tig en Nick, die op enige afstand van het bedieningspaneel stonden, konden meekijken met wat de duikers zagen en horen wat ze tegen elkaar zeiden.

Lemon stond er wat verder vanaf en ging minder op in de gang van zaken dan in wat er op het spel stond.

Op het scherm was het beeld te zien van de camera van de voorste duiker, in dit geval Mike Tuamotu. De Tulip was een donkere, snelstromende rivier. Rechts van de duiker zagen ze, toen die zich van de rivieroever liet zakken, een reusachtige wand van in elkaar verstrikte boomwortels, een ononderbroken wirwar van verdraaide ranken en takken die in het donkere water onder de zwemvliezen van de duikers verdween.

'Daar wegblijven,' hoorden ze Tuamotu zeggen toen hij langs een stuk wilgenwortels kwam die zich wel naar hem leken uit te strekken.

'Oké,' zei Call. 'Het lijkt wel een mangrovemoeras, vind je niet?'

'Hij heeft gelijk,' zei Farrier. 'Die wortels moeten tot in de bodem van de rivier gaan. Is het langs de hele oever zo, denkt u, inspecteur?'

'Deze wilgen zijn de grootste van Patton's Hard,' zei Tig, 'maar ik denk van wel, ja.'

'Hoe lang is dit park eigenlijk?'

'Anderhalve kilometer. Om en nabij.'

Farrier schudde haar hoofd.

'Jeetje, moet je dat wortelgebeuren zien. Het lijkt wel een sleepnet. Of een zeef. Moet je kijken wat er allemaal in is blijven hangen.'

Ze zagen alle mogelijke rommel die een rivier met zich mee kon voeren in de muur van wortels vastzitten: flarden van oude kleren, een rubberboot, bierblikjes en plastic flessen, stukjes geklitte vacht, van doodgereden dieren leek het wel. Er zaten een heleboel dingen in die eruitzagen als mandjes die van bot waren gemaakt, variërend in kleur van grijs tot bruin, gevangen in de wortelmassa, langs de hele oever. De stroming kolkte en trok aan de duikers, en hun lijnen stonden loeistrak.

'Pas op die draaikolk, jongens,' zei Farrier toen de duikers dicht bij het kolkende stuk ronddraaiend water kwam dat maar een paar meter voor de oever lag.

'Begrepen,' zei Tuamotu. 'Ik voel hem hier al. Een heel sterke draaiing, met de klok mee. Wat zijn die mandjes volgens jou?'

'Er verdrinken veel dieren in de rivier,' zei Nick, en hij dacht aan de hond die Kate ongeveer op deze plek geprobeerd had te redden, bijna twintig jaar geleden alweer. 'Ik denk dat die in de wortels vast komen te zitten en daar ook blijven.'

De duikers konden hem blijkbaar horen.

'Beenderen blijven niet lang goed in water,' hoorden ze Tuamotu door zijn microfoon zeggen. 'In elk geval niet in zulk warm water.'

'En hij kan het weten,' zei Farrier met een glimlach. 'Mike heeft al heel wat botten uit diep water gehaald.'

'Zeg dat wel,' zei Tuamotu. 'Maar niet allemaal zo schoon als deze dingen. Als het beenderen zijn, heeft iets al het vlees eraf geplukt.'

'Er zit snoek in deze rivier,' zei Tig.

'Dat zou kunnen,' zei Tuamotu. 'Oké, daar is de auto, chef.'

Op het scherm zagen ze een kleine lichtblauwe vlek die uit het troebele water begon op te doemen. Naarmate Tuamotu dichterbij kwam kreeg die meer vorm en helderheid. Het was de blauwe Prius van Alice Bayer, bijna verticaal, met de neus naar beneden. Nick, die stond te kijken hoe het beeld scherper werd, realiseerde zich dat hij zijn adem inhield.

Lemon ging nog wat verder weg staan en keek uit over de rivier, in de richting van het Kratergat, waar de kraaien hoog door de strakblauwe lucht cirkelden.

Laat er alsjeblieft niemand in zitten, dacht hij, en hoewel hij wist dat hij bad, wist hij niet goed tot wie.

Of tot wat.

Nick en Tig zagen hoe Tuamotu bij de zijkant van de auto aankwam. Die zat verstrikt in een reusachtige klont boomwortels en was bedekt met rivierslib, zodat er maar heel vaag iets blauws doorheen schemerde.

Tuamotu veegde met een gehandschoende hand over het raampje aan de kant van de bestuurder. Het was donker in de auto. Call kwam naar hem toe en scheen met een lamp door het raam.

Door de speaker hoorden ze zwaar ademen en het geruis van opstijgende belletjes.

'Leeg,' zei Tuamotu.

'En de kofferbak?' vroeg Call.

'Het is een Prius, Evan,' zei Tuamotu. 'Die hebben geen kofferbak. Die hebben een achterzak. Daar krijg je niet eens een set golfclubs in.'

Er voer een rimpeling van opluchting door de aanwezigen op de wal. Lemon voelde dat zijn schouders zich ontspanden.

Farrier zwaaide naar de kraanbestuurder. Hij bediende een hendel, en de haak zakte langzaam aan het uiteinde van een stalen kabel omlaag. Evan Call kwam boven, pakte de haak en geleidde hem het water in.

'Wier,' hoorden ze hem zeggen. 'Alsof je door een dichte doornstruik heen probeert te rennen. Je blijft er overal in steken.'

Door Tuamotu's camera zagen ze hoe Call langs de wortelmuur weer omlaag zakte, in gevecht met het gewicht van de haak, die de neiging had hem naar de dichte begroeiing langs de oever te trekken. Hij ademde heel snel. Dat hoorden ze door de speakers.

'Evan,' zei Farrier, 'rustig aan. Je begint te hyperventileren.'

'Die rotwortels ook,' zei hij, voornamelijk tegen zichzelf.

Een paar seconden later was hij bij de achterkant van de auto. Tuamotu ging naar hem toe om hem vast te houden, terwijl hij zich onder het chassis boog om een stevig punt te vinden waaraan hij de haak kon vastmaken. Ze hoorden hem in zichzelf mompelen, en ze hoorden zijn raspende ademhaling, terwijl hij worstelde met de kabel. Tuamotu hield Call bij zijn riem vast en hield de wortels weg bij zijn zuurstoftank. Na een poosje hoorden ze een flinke gedempte dreun.

'Die zit,' zei Call. 'Mike, haal me eruit.'

Tuamotu trok aan Calls gereedschapsriem, tot de duiker in staat was zich uit de wortels die zich om de achterkant van de auto gewikkeld hadden los te trekken.

'Trek ons drie meter naar achteren,' zei Tuamotu.

De helpers boven water gingen weer naar de borglijnen en begonnen die in te halen.

'Zo is wel genoeg,' zei Tuamotu. 'We zijn eruit. Haal ons maar naar boven.'

Farrier zwaaide naar de kraanbestuurder, die de hefkraan naar voren duwde. De diesel begon te knarsen, de stalen kabel trok met een hoorbare knal strak en toen die het gewicht pakte, vlogen de waterdruppels eraf. De motor leek het zwaar te hebben.

'Het kan zijn dat ik die auto uit elkaar trek,' zei de kraanbestuurder. Farrier maakte een ronddraaiende beweging met haar hand.

Haal maar omhoog.

De bestuurder haalde zijn schouders op en gaf wat meer vermogen.

De kraan dook omlaag en de stabilisatorstangen kreunden krakend. Iedereen liep achteruit, weg bij die huiverende kabel. Nog een kreun, en de dieselmotor knarste en schudde onder het gewicht. Toen lieten de wortels los, spoot het modderige water omhoog en haalde de kraan de kabel weer in.

'Hij komt omhoog,' zei Tuamotu.

Binnen een tel kwam de achterkant van de Prius door het wateroppervlak omhoog en toen hing de auto erboven – een modderige blauwe bal waarbij uit alle kieren water stroomde.

De kraanman tilde de auto een meter of vijftien omhoog en draaide de kraan toen langzaam rond, tot hij de auto op een vrijgemaakt stuk kon laten zakken. Hij pakte het zo aan dat de voorwielen eerst de grond raakten, waarna hij de kraan naar achteren trok, zodat de auto op alle vier zijn wielen terechtkwam.

Zodra de spanning van de kabel was, bukte Nick zich en trok de haak los. Toen liep hij naar de kant van de bestuurder en keek even naar Tig, die knikte, maar niets zei.

Nick deed het portier aan de kant van de bijrijder open, deed een stap achteruit toen er smerig water uit de auto gutste, met daarin de brokstukken van een mensenleven: een tas, doorweekt, open, waarvan de inhoud op de grond viel, iets wat ooit een doos tissues was geweest, een pak papier dat waarschijnlijk een multomap met drie ringen was geweest, een koffiebeker van Starbuck's, een pulpachtige massa die ooit een pakje sigaretten was geweest. Nick wachtte tot de stortvloed tot een dun stroompje was afgenomen, boog zich toen de auto in, keek rond en kwam er weer uit, maar zorgde er wel voor dat hij niets aanraakte.

'Ze ligt er niet in,' zei hij, terwijl hij bedacht dat dit wel een opluchting was, maar dat het niets oploste, want Alice Bayer was nog steeds vermist. Hij keek naar de versnellingspook. Die stond in DRIVE. Toen hij bedacht wat dat betekende, versteende zijn hart.

Farrier liep naar Tig en Nick toe.

'Tuamotu meldde zich net,' zei ze zacht, maar gespannen. Iedereen hoorde de toon en keek haar aan, in afwachting van wat komen ging.

'Ze zat niet in de auto. Ze lag eronder.'

Tuamotu en Call schetsten de situatie en de anderen luisterden. Het was het lichaam van een vrouw, zoveel was wel duidelijk, en het was gedeeltelijk ontkleed. Waarschijnlijk een iets oudere vrouw, om redenen die geen van beide duikers nader wenste te verklaren.

Ze zat vastgebonden, letterlijk, in een cocon van verdraaide wilgenwortels. Aan de houding van het lichaam te zien – ze keken nu allemaal naar het scherm – had het slachtoffer geprobeerd om uit de rivier te klimmen – ze vermoedden dat ze erin gevallen was – en was ze daarbij verstrikt geraakt in de wortels.

Ze was daar verdronken en daar zelfs blijven liggen toen de auto boven op haar terecht was gekomen. Of misschien had ze er wel uit kunnen komen, maar was de auto toen op haar terechtgekomen. Als het zo was gebeurd, hoefde niemand het woord 'moord' in de mond te nemen, al hing dat toch wel in de lucht. Als zij niet achter het stuur had gezeten, dan iemand anders.

De duikers – en de mensen die toekeken, Nick, Tig, Farrier en Lemon – waren het er allemaal over eens dat het gewicht van de auto die in het water was gevallen haar lichaam nog dieper in de wortelmassa had gedrukt.

'Kun je haar eruit krijgen?' wilde Farrier weten. Er volgde een stilte.

Die duurde.

Farrier wilde het nog een keer vragen, maar op dat moment meldde Tuamotu zich weer.

'Chef, die wortels... bewegen.'

Farrier fronste haar voorhoofd.

'Natuurlijk bewegen ze. De stroming bedraagt zeven knopen en achter je ligt een draaikolk.'

Toen sprak Call.

'Het is niet de stroming, chef. Mike heeft gelijk. Ze bewegen. Het is net alsof ze zich om het lichaam van die vrouw krullen. Je kunt zien dat ze zich steeds vaster trekken.'

Farrier keek even naar Tig en Nick, en sprak toen weer in de microfoon.

'Evan, hou je vast. Zet je schijnwerper erop.'

Dat deed Call. De witte lichtkegel brandde zich door de duisternis heen, de wortelmassa in. Nick merkte dat hij in het verwijde gezicht van Alice Bayer keek, wier gezwollen ogen open waren, als twee ondoorzichtige groene knikkers. Haar mond stond opengesperd in iets wat een doodskreet leek en haar gebit was los komen te zitten – een komische obsceniteit. De wortels zaten om haar heen gedraaid en ze hield haar armen omhoog. Haar handen eindigden in vingers waarvan de toppen rauw en kapot waren en de handpalmen lagen open, alsof ze had geprobeerd zich uit een val te vechten. Het was niet moeilijk om je voor te stellen hoe haar laatste ogenblikken waren geweest.

Nick bekeek dat beeld eens goed, liet het op zijn netvlies branden, want dat had hij nodig om goed geconcentreerd te blijven op waar het hier om draaide.

Het lag voor de hand dat iemand haar dit had aangedaan, en Nick zou diegene, wie het ook mocht zijn, vinden en zorgen dat hij in de gevangenis kwam.

Wie het ook mocht zijn.

'Wat is dat achter haar?' vroeg Tig.

Call hield de schijnwerper er wat dichterbij. Een meter dieper in de wortelmassa bevond zich een klein rond voorwerp. Het leek wel een kooi, van twijgen gemaakt. Of van bot. Er zat iets ronds in.

Een ei, dacht Nick. *Een ei in een mandje.*

'Een van die beenderenmandjes.'

Farrier begon haar geduld te verliezen.

'Evan, Mike en jij gaan ernaartoe en jullie halen die arme vrouw eruit, en anders trek ik een duikerpak aan en doe ik het zelf. En dat blijft niet zonder gevolgen. Begrepen?'

Stilte.

'Ja mevrouw.'

'Nou, schiet op dan.'

En dat deden ze.

Het duurde nog een half uur, maar Call en Tuamotu slaagden erin om het lichaam van Alice Bayer uit de wortelwirwar los te krijgen en haar naar boven te brengen, waar ze in de stroming lag, met haar lange grijze haar golvend om zich heen en haar vlees wasachtig en zacht. Ze was zo ernstig opgezwollen dat een zilveren ketting zich in haar vlees had gegraven en het horloge dat ze droeg – een mal geval van het merk Fossil – een groef in haar pols had gesneden. Het was een goedkoop horloge met de datum, dat natuurlijk stil was blijven staan – het was te goedkoop om waterdicht te zijn – maar wel geschikt om het tijdstip van overlijden vast te stellen. Nick maakte er een aantekening van en trok een plastic zak over haar handen.

Tegen die tijd had Tig het busje van het medisch forensisch team gebeld en waren de mortuariummedewerkers erin geslaagd om haar in zijn geheel in een lijkzak te krijgen en waren de twee deuren dicht.

'Zit er aal in deze rivier?' vroeg een van de mannen aan Tig, op een zachte toon die alleen voor hem bestemd was.

'Ja. Hoezo?'

De man haalde zijn schouders op en stak zijn handen omhoog.

'Dan zit er levende aal binnen in haar.'

De andere medewerker, een oudere man met een gelig, wasachtig gezicht en bloedhondenogen, knikte alleen maar en keek er verontschuldigend en gepijnigd bij.

'Dat komt voor. Als een lichaam maar lang genoeg in het water ligt. Ze gaan via de keel naar binnen. Of via de...'

'Dank u wel,' onderbrak Tig de man. 'Mijn dag kan niet meer stuk.'

'Hé. Er gebeuren nu eenmaal vreemde dingen, inspecteur,' zei de jongste van de twee. 'Gisteren heeft iemand twee lijken uit een koelwagen gestolen. Wat moet iemand in vredesnaam met twee bevroren lijken?'

Tig wilde zich net omdraaien.

Maar bleef staan.

Nick ook.

'Een koelwagen?' vroeg hij. 'Waar?'

De man grijnsde naar zijn collega.

'Van het terrein van de staatspolitie, in de buurt van Gracie.'

De bloedhondenman nam het woord.

'Het waren die twee kerels die laatst bij die politieachtervolging om het leven zijn gekomen. Die broers. Shugrue? Shogun? Ze werden gezocht door de FBI. Ze zijn omgekomen bij die crash waarbij al die omstanders gewond zijn geraakt. Bij de Super Gee?'

'Bedoelt u de Shagreen-broers?' vroeg Tig met een blik op Nick.

'Ja, die. Zo'n soort naam, ik wist het wel. Iedereen had het erover bij de lijkschouwer. Niemand weet hoe lang ze al weg zijn, maar weg zijn ze, dat is een ding dat zeker is. Ze denken dat die gasten bij een White Power-groep zaten en dat die groep ze is komen halen. Misschien dat ze een of andere rare ceremonie gaan houden of zo.'

'En ze zijn dus weg?' vroeg Nick. 'Allebei de lichamen?'

'Hartstikke weg. Die lui van de staatspolitie zijn helemaal over hun toeren. Ze zijn ze overal aan het zoeken. Nou ja, ik bedoel maar. Er gebeuren vreemde dingen.'

Tig keek naar Nick.

'Ik ga Marty Coors bellen,' zei hij. 'Vragen waarom hij ons dat niet heeft verteld. Misschien moet jij het maar tegen Reed zeggen. Het zouden bikers kunnen zijn die wraak willen nemen.'

'Ik zal hem bellen. Maar wat denk jij ervan? Denk je echt dat het bikers zijn?'

Tig keek uit over de rivier. De zon glinsterde op het water. Hoe kon het dat er in zoiets moois zo veel lelijks schuilging?

'Neu. Zelfs de Nightriders wilden die gasten uit de club hebben. Ik ben het met die jongens eens,' zei Tig na een poosje. 'Er gebeuren vreemde dingen.'

'Zo denk ik erover,' zei de bloedhondenman. Zijn collega moest lachen, ze haalden hun schouders weer op en wilden net in het busje stappen en wegrijden, maar toen vroeg Nick of ze nog even wilden wachten.

'Tig, heel even. Ik moet even iets doen.'

Tig knikte, en Nick liep terug naar de rivier, waar Mike Tuamotu en Evan Call net aanstalten maakten om uit het water te komen. Lemon zat op zijn knieën op de oever met de duikers te praten toen Nick eraan kwam.

Hij stond op en keek naar Nick.

'Ik weet het. Ik heb het ze al gevraagd,' zei hij.

'Ja. En daar hebben we absoluut geen trek in,' zei Tuamotu enigszins stuurs.

'Maar we gaan het wel doen,' zei Evan Call.

Drie kwartier later stonden er zeven 'beenderenmandjes' op een rij op de oever. Ze hadden het rivierslik er zo goed en zo kwaad als het ging afgespoeld. Hier in het daglicht zagen ze er nog vreemder uit dan beneden in de wortelwirwar.

Nick en Lemon zaten ze op hun hurken te bekijken, maar raakten ze niet aan. Tig stond naast hen en zag eruit als een man die er een lief ding voor overhad om in een ander soort verhaal te mogen figureren. Een verhaal met palmbomen, blote dansende meiden en drankjes met zo'n parapluutje erin.

Farrier en de duikers waren hun spullen aan het opruimen, terwijl ze ondertussen zachtjes met elkaar spraken. De mortuariummedewerkers stonden een sigaretje te roken en elkaar horrorverhalen te vertellen over alle verdronken lichamen die ze hadden meegemaakt en mooi hadden gevonden. De man van de kraan was vertrokken en de auto van Alice Bayer stond op een sleepwagen; er lekte modderig water uit en hij stonk als een dood stinkdier.

'Wat zíjn het in vredesnaam?' vroeg Tig voor de negende keer.

'Waar líjken ze op?' vroeg Lemon voor de achtste keer.

Tig schudde zijn hoofd en keek eens naar het grootste exemplaar helemaal links in de rij. Het geval was ongeveer een meter breed en dertig centimeter diep, en het leek op een langwerpige kooi, gemaakt van verkalkt steen dat door de riviermodder een diepbruine amberkleur had gekregen.

De spijlen van de kooi zagen eruit als stenen ribben, in die zin dat ze naar boven toe taps toeliepen, en daar waar ze de bovenkant raakten, zagen ze eruit als ineengevlochten vingers, waarbij de puntige vingertoppen het dak van een kerk leken te vormen. In de kooi zat een bodem van cilindervormige stenen, onderling met elkaar verbonden, op een rij die over de hele lengte van de bodem liep. Op die schakel van cilinders lag een klein rond voorwerp, ongeveer ter grootte van zo'n kleine bowlingbal die in je hand past, onregelmatig, modderbruin, met tekens op het oppervlak die op de kanalen van Mars leken.

Tig gromde wat, maar zei niets.

'Kom op, inspecteur. Waar lijken ze op?' vroeg Lemon weer.

'Oké, ik zal het zeggen,' zei Tig schor. Het was wel duidelijk dat hij geen zin in dit gesprek had. 'Het ziet eruit als een skelet. Met de schedel in de ribbenkast. Nou goed?'

Lemon stak zijn hand naar de mand uit en duwde zacht tegen de zijkant.

'Misschien zijn die ribben wel hol. Om de rivier af te drijven en in die wortels verstrikt te raken, moeten die dingen zo licht zijn geweest dat ze door de stroming meegevoerd konden worden. Maar het voelt als steen, alsof het geen organisch materiaal is.'

'Wat is dat?' vroeg Nick, en hij wees op iets wat in de onderkant van een van de stijlen – goed, laten we er niet omheen draaien: de ribben – van de kooi gedrukt zat.

Hij voelde met zijn vingertop aan een groenige bobbel. Hij ging met zijn vingertop over de bobbel en plotseling verscheen er een flits donkergroen.

Lemon boog zich wat meer naar voren om beter te kunnen kijken en haalde toen een lang, rank zwart mes tevoorschijn, met een geribbeld metalen handvat, een klein ovaal heft en een lang, taps toelopend dubbelzijdig lemmet dat eindigde in een heel scherpe punt. Het lemmet was zwart, behalve langs beide randen, waar het gewette staal glinsterde in de zon. Tig schrok ervan, maar Nick, die had gezien waar het vandaan kwam, was niet zo verbaasd.

'Is dat een Fairbairn-Sykes?' vroeg hij.

Lemon grijnsde.

'Ja. Gewonnen van een gast van de sas in Irak.'

'Hoe?'

'Hij wist zeker dat ik een Apache was.'

'En dat ben je niet?' vroeg Nick, maar Lemon reageerde niet. Hij boog zich naar voren en wrikte met de punt van het mes het groene voorwerp uit het steen. Het liet met een droog plopje los en viel op Lemons hand. Het had de vorm van een kever, ovaal, en op het oppervlak zaten primitieve tekens gekrast. Lemon wreef erover en de glans werd sterker.

Hij gaf het voorwerp aan Nick, die het in zijn hand woog. Het was zwaarder dan je op het eerste oog zou denken. Hij gaf het aan Tig, die het in het licht liet ronddraaien.

'Het lijkt wel een edelsteen.'

'Dat is het in zekere zin ook,' zei Lemon. 'Het is een betaalmiddel. Gemaakt van malachiet. Daar heb je er honderden van langs deze oever. Voornamelijk in musea. Ze werden gebruikt lang voordat jullie hier kwamen en de boel verkloot hebben. Het waren een soort munten. Alle stammen hanteerden dezelfde waarde, gebaseerd op het gewicht en de kleur. De Mayaimi gebruikten ze. De Cherokee. De Choctaw. De Seminole. Je vindt ze in verzamelingen en musea helemaal tot Santa Fe in het westen en tot in de Dakota's in het noorden.'

'Dus het is een stuk uit iemands verzameling?' zei Tig. Lemon keek neer op de beenderenkooi.

'Hij kan ook veel ouder zijn dan wij denken; misschien had hij hem bij zich in zijn medicijnentas.'

'Hij,' zei Tig, en zijn stem klonk hoger. 'Denk je dat dit ding hier... een stoffelijk overschot is?'

'Ik begin te vermoeden van wel, ja,' zei Lemon.

'Maar je zei het net zelf. Het is gemaakt van steen.'

'Nu wel, ja,' zei Lemon. 'Ik denk alleen niet dat het zo begonnen is. Het is net alsof het een brand heeft doorstaan. Alsof het daardoor... veranderd is.'

Tig snoof, letterlijk.

'Hallo? Lemon Featherlight? Kom terug. De Aarde heeft je nodig.'

Lemon stond op.

'Heb je wel eens een muis gezien nadat die door een uil is opgegeten? Dat balletje van botten en haar dat de uil uitbraakt?'

'Ja. Tuurlijk. Vaak zat. Van die kleine eivormige pakketjes huid en bot. Wat is daarmee?'

Tig zweeg; hij bedacht iets.

'Nee, wacht... denken jullie dat het dat zijn? Lichamen die... zijn opgegeten? Door wat? Nee. Laat maar zitten. Het is steen, Lemon. Geen bot.'

Nick stond op en veegde de aarde van zijn handen.

'Tig, het kan zijn dat we een manier moeten zien te vinden om al die beenderenmandjes als de wiedeweerga uit die wortelkluwen te halen.'

'Waarom?' vroeg Tig. 'Het zijn er misschien wel honderden.'

'Ik zou zeggen duizenden,' zei Lemon. 'Misschien nog wel meer.'

'Oké. Duizenden, wat het ook mogen zijn. Waarom moeten we de hele Tulip stremmen om die te pakken te krijgen?'

'Omdat dit wel eens een plaats delict zou kunnen zijn,' zei Nick. Lemon knikte.

'Of in elk geval een begraafplaats,' zei hij.

Tig viel stil; hij dacht erover na.

'Luister, ik stel het volgende voor. We nemen deze dingen mee naar het laboratorium – samen met die arme mevrouw Bayer daar – en dan kijken we of we erachter kunnen komen waar ze in vredesnaam van zijn gemaakt. En als ze van menselijk materiaal zijn gemaakt – wat ik ten zeerste durf te betwijfelen – zal ik nadenken over hoe we het verder gaan aanpakken. Als het echt oude beenderen zijn, misschien wel van indianen, dan is het een kwestie voor het bureau voor Indiaanse Aangelegenheden. En misschien voor jou, Lemon, aangezien jij een Mayaimi-indiaan bent. Als het nieuwe beenderen zijn – en ik zeg nadrukkelijk áls – dan is er misschien een misdrijf in het spel en dan is het een zaak voor Nick. Wat vinden jullie ervan?'

'Ik vind het prima,' zei Lemon.

'Ik ook,' zei Nick.

Tig zuchtte, pufte en zette zijn handen in zijn zij.

'Oké. Maar wat mij vooralsnog het meest dwarszit, Nick, is dat Alice Bayer volgens mij op z'n minst onder verdachte omstandigheden is gestorven, en misschien zelfs is vermoord. Of nog erger.'

Hij zweeg even, maar allebei de andere mannen wisten wat er komen ging. Het was onvermijdelijk, maar nadat het uitgesproken was, zou tussen Kate en Nick niets meer hetzelfde zijn. En dat wisten ze alle drie.

'Oké, Nick, luister,' zei hij op waarschuwende toon. 'We moeten met Rainey en Axel praten over wat hier gebeurd is. Wordt dat een probleem?'

'Voor mij niet.'

'Voor Kate misschien? Of voor Beth?'

Nick schudde zijn hoofd.

'Nee. Kate werkt bij de rechtbank en Beth loopt al jaren op politiebureaus en rechtbanken rond. Ze weten allebei hoe het werkt.'

'Kate is ook advocaat. Als we met een minderjarige gaan praten, moet daar voor hen allebei een advocaat bij aanwezig zijn. Dat is wettelijk verplicht. Gaat zij voor hen allebei optreden?'

'Dat weet ik niet. Het is riskant, want ze is ook zijn voogd. En Beth heeft ook iets te zeggen.'

'Wie was de rechter die de hoorzitting over de voogdij van Rainey Teague heeft gedaan? Teddy Monroe toch, is het niet?'

'Ja. Hij is nog steeds de supervisor.'

'Misschien moet Kate eens met hem praten en hem om advies vragen. Teddy is een goeie vent. Als hij vindt dat Kate moet terugtreden, weet hij wel iemand die in haar plaats Rainey kan bijstaan en die ervoor zorgt dat hij naar behoren wordt beschermd.'

'Ik zal het er met haar over hebben.'

'En Beth? Over Axel.'

'Weet ik niet.'

'Misschien kan ik het dan beter doen,' zei Tig.

'Dat zou een idee zijn.'

Tig keek naar Lemon.

'We moeten jou ook vragen wat je weet, Lemon. Kun je dat? Kate en jij hebben de auto gevonden. Jullie waren als eersten ter plekke. Vroeg of laat zul je een officiële verklaring moeten afleggen. Als er... een hoorzitting komt, word je opgeroepen. Ik weet dat je heel goed met die jongen was... bent?'

'Ik heb niets gezien wat mij de indruk geeft dat Rainey of Axel iets te maken had met wat hier gebeurd is. Wat er gebeurd zou kunnen zijn.'

'Ik ook niet,' zei Nick.

Tig keek naar hem, en toen weer naar Lemon.

'Ik hoor een "maar". Maar wat?'

Lemon zweeg even en dacht na.

'Maar: ja. Ik ben bereid om... alles te doen wat van me gevraagd wordt.'

Tig knikte, alsof zijn verwachtingen daarmee bevestigd werden.

'Oké. Ik dacht wel dat je er zo over zou denken. Jullie allebei. Ik ga zorgen dat die lui van het mortuarium deze... dingen... inpakken. Ondertussen willen jullie misschien even de tijd nemen om weer op aarde te landen, oké?'

Tig beende naar het busje van het mortuarium, bezorgd en gefrustreerd.

Lemon en Nick keken hem na.

Nick draaide zich om naar Lemon.

'Het is wel een probleem dat Alice hier op zoek was naar spijbelaars,' zei hij op zachte en dringende toon.

'Dat weet ik,' zei Lemon, die precies met dezelfde gedachte speelde – sinds zonsopgang al, trouwens.

'Dus... ik heb een vraag.'

'Ik luister.'

'Rainey. Jij kende hem al voordat dit allemaal gebeurd is. Voor zijn verdwijning, het coma, de hele toestand. Denk je dat hij Alice Bayer in de Tulip geduwd kan hebben en haar auto erachteraan?'

Lemon zei een poosje helemaal niets.

Nick wachtte geduldig.

'Laat me er dit over zeggen. De Rainey Teague die ik kende zou nooit een andere jochie bij spijbelen hebben betrokken. Hij zou nooit zo uitgekookt geweest zijn dat hij de toegangscode van zijn oude huis uit Kates agenda had overgenomen. En hij zou nooit zo kil zijn geweest dat hij een briefje van zijn overleden moeder had vervalst.'

Nick bekeek hem eens aandachtig.

'Dat denk ik dus ook.'

Beide mannen dachten daar in stilte even over na, en toen zei Nick iets waar Lemon vreemd van opkeek.

'En wat betekent dat voor ons?'

'Ons?'

'Ja, voor ons. Ik heb jouw hulp hierbij nodig. Het is op de een of andere manier allemaal met elkaar verbonden. Dat weet jij net zo goed als ik. Je hebt er van meet af aan middenin gezeten. Die enge beenderenmandjes. Wat er afgelopen nacht met Rainey is gebeurd. Hoe hij aan het veranderen is. Dat moet op de een of andere manier allemaal in elkaar passen. Ik heb jou nodig om erachter te komen hoe.'

'Je had beter Beau Norlett kunnen vragen. Dat is een uitstekende agent. Je kunt hem voor alles vragen.'

'Ja, dat is zo en dat had gekund. Maar hij is niet beschikbaar. Zelfs als alles goed gaat, heeft hij nog heel wat operaties en zeker een half jaar revalideren voor de boeg.'

'En Reed? Hij is ook agent. En hij is familie.'

Nick wuifde dat weg.

'Reed is hier veel te nuchter voor. Ik moet iemand hebben die helemaal gestoord is, iemand die dode mensen kan zien rondlopen. Ik heb een rare indiaanse mysticus nodig, en jij bent de enige die daarvoor in aanmerking komt. Bovendien is Reed onderweg naar Sallytown. Hij is vanochtend vertrokken.'

'Wat moet hij in Sallytown?'

'Dat weet je donders goed. Daar hebben Kate en jij het al over gehad. Voor dat vervalste geboortebewijs.'

'Wil hij proberen uit te zoeken wie Rainey is?'

'Ja. Dus dan blijven jij en ik over.'

'En Kate en Beth.'

'Ja. Maar die moeten we uit de vuurlinie zien te houden. We zullen heel veel voor Kate verborgen moeten houden.'

'Dat zal ze niet leuk vinden.'

'Dat weet ik. Maar we gaan het toch proberen.'

Tig kwam met een bars gezicht teruggelopen, met de twee medewerkers van het mortuarium achter hem aan.

Lemon had nog één ding.

'Toen we in de Bar Belle dit allemaal aan Boonie probeerden uit te leggen, zei hij op het laatst dat hij ons geloofde, maar dat hij geen flauw idee had wat hij eraan moest doen. Weet je nog wat jij toen zei?'

'Ja. Fuck it, doorrijden.'

'En toen zei je tegen Boonie dat hij Merle Zane in de grond moest leggen en rechtsomkeert moest maken.'

'Dat weet ik nog, ja.'

'Wat is er dan sindsdien veranderd?'

Nick moest daar even over nadenken.

'Wat er veranderd is, is dat dit gedoe niet ophoudt. Het komt steeds dichter naar mijn familie en mij toe. Het gaat niet zomaar om een paar mensen die ik niet ken. Het is al in mijn huis geweest, en nu met Rainey, en misschien ook wel met Axel, denk ik dat het weer terug is. Dus ik kan niet meer zomaar "fuck it" zeggen. Ik moet proberen er iets aan te doen.'

'Nick... waar wij het over hebben... wat er met Rainey en Axel aan de hand is... die beenderenmandjes... met Niceville, misschien is er wel geen oplossing, voor niets van dat alles. Misschien is het wel iets... waar wij niets aan kunnen doen. Niemand van ons. Jij moet aan Kate denken. En aan Beth, Axel en Hannah. Jij hebt hier een goed leven. Waar wij het over hebben... misschien is dit wel iets wat jij niet kunt oplossen, zoals een moord of een bankoverval. Ik geloof tenminste van niet. Volgens mij is het iets van...'

'Van búíten?'

Lemon glimlachte.

'Ja. Dat heb ik gezegd. In het kantoor van Lacy Steinert, van de paroolcommissie. Vlak voordat Rainey wakker werd.'

'Nou, ik denk dat het buiten al binnen is.'

Nick zette Lemon af bij zijn appartement in Tin Town, reed een stuk verder de straat in en haalde zijn mobiele telefoon tevoorschijn.

'Nick?'

'Kate. Waar ben je?'

'Op de rechtbank. Ik heb een hoorzitting. Hoe ging het in Patton's Hard?'

'We hebben Alice gevonden, lieverd.'

Hij hoorde dat Kates ademhaling stokte en toen weer opnieuw begon. 'Was het... erg?'

Nick vertelde haar bijna het hele verhaal, liet de weerzinwekkende details achterwege, maar vertelde wel wat Tig had gezegd, dat ze met Rainey en Axel moesten praten, dat die juridische bijstand moesten hebben. Kate liet hem uitpraten en zweeg toen een poosje.

'Denkt Tig echt dat Rainey en Axel Alice Bayer in de rivier hebben geduwd en haar auto toen achter haar aan erin hebben gereden, boven op haar? Dat kan hij toch niet menen? Het zijn nog maar kinderen.'

'Ik weet niet wat Tig denkt. Ik denk dat hij het zelf niet eens weet. Maar Rainey en Axel hebben allemaal spullen op die plek achtergelaten, en Alice Bayer ging op het Regiopolis over de presentie. En het was bekend dat ze op zoek ging naar spijbelaars, dus moet Tig daar wel naar kijken. Dat betekent dat Rainey en Axel een advocaat nodig hebben.'

'Ik denk dat ik wel voor Rainey kan optreden. Misschien wel voor hen allebei, als Beth het goedvindt. Ik zal met rechter Monroe praten. En met Beth. Maar ik denk dat het wel kan.'

'Kate, je weet hoe dit overkomt.'

'Ja, dat weet ik.'

'Ik heb een paar dingen gedaan...'

'Ik weet het. Reed heeft me gebeld. Hij zei dat hij onderweg is naar Sallytown. Dat vind ik prima. Misschien krijgt hij wel betere gegevens boven water dan ik. Het moet gebeuren. Zeker nu.'

'Het ziet er... het zal voor iedereen zwaar worden. Ik moest nog even denken over Rainey, over die toeval, boven op de muur. En over alles wat er de afgelopen anderhalf jaar is gebeurd. Heb je er nog over nagedacht om hem te laten testen? Uitgebreider dan alleen een ecg, bedoel ik? Waar we het gisteravond over hadden?'

'Ik heb dokter Lakshmi gebeld. Zij was de neuroloog die aan Raineys zaak heeft meegewerkt. Ik zou teruggebeld worden, maar heb nog niets gehoord.'

'Misschien is het verstandig om haar nu meteen nog een keer te bellen, Kate. Zodat er een begin wordt gemaakt. Vraag of Rainey zo snel mogelijk kan komen. Laat hem een beetje uitrusten en ga dan meteen met hem naar dokter Lakshmi, als dat lukt. En verlies hem tot je daar bent geen moment uit het oog. Hij moet vanmiddag bij een arts geweest zijn. Op z'n laatst. Begrijp je me goed? Tig loopt heus niet zo hard van stapel, maar hij loopt wel.'

Kate begreep dat allemaal zo ook wel, maar dat het nu werd uitgesproken betekende voor hen allebei bijna een schending van hun normen.

Wat geen van beiden er echter bij zei was dat als Rainey of Axel op wat voor manier dan ook verantwoordelijk was geweest voor wat er met Alice Bayer was gebeurd – en ze waren allebei doodsbang dat dat misschien het geval was – dat dan de enige verklaring, en de enige mogelijke verdediging, een neurologische aandoening zou zijn die Raineys schuld zou afzwakken of zelfs teniet zou doen.

En Axels verdediging – als hij die al nodig had – luidde dat hij nog maar een kind was en dat hem geen enkele vorm van kwade opzet in de schoenen geschoven kon worden die door de wet in aanmerking zou kunnen worden genomen. Het was zelfs zeer onwaarschijnlijk dat Axel in staat van beschuldiging zou worden gesteld.

Op een fundamenteel niveau begreep Kate heel goed met wat voor conflict Nick worstelde. Ze kende hem goed genoeg om te weten dat hij haar nog geen tiende had verteld van wat hij in Patton's Hard had gezien, en ze wist dat hij als agent een soort automatische minachting koesterde voor begrippen als 'verminderde vatbaarheid', 'fugue-toestand', 'mens rea' en het hele verdere lexicon van verschonend medisch-juridisch jargon.

Maar ze wist ook dat die argumenten soms waar waren, en terecht.

Er viel verder niet zo veel te zeggen, op één ding na.

'Nick, ik weet hoe je over deze hele toestand denkt.'

'Ik ga die zaak niet doen, Kate. Als Tig even tijd heeft gehad om erover na te denken, zal hij er iemand anders op moeten zetten. Ik zal proberen te regelen dat hij een slim iemand neemt. Stephanie Zeller bijvoorbeeld. Die is alleenstaande moeder, met twee kinderen. Misschien is ze daardoor wat empathischer.'

'Ik weet het, liefje. Maar ik weet ook hoe jij je voelt, en ik vind het geweldig wat je voor die jongens doet. Daar bewonder ik je om. Daarom houd ik van je.'

'Dank je, Kate... maar ik moet eerlijk tegen je zijn. Ik doe het misschien voor Axel, Beth en Hannah. Maar ik doe het niet voor Rainey. Ik heb zo mijn twijfels over die jongen. Er klopt iets niet. Ik doe het voor jou, voor Beth en voor de familie.'

'Nick, Rainey is ook familie.'

Nick zweeg.

Ze liet het maar zo.

'Dag liefje,' zei ze, en ze hing op.

Harvill Endicott overlegt met Lyle Preston Crowder

De arrestatie van Lyle Preston Crowder kwam voor Lyle Preston Crowder als een enorme verrassing. Vrijdag, de laatste dag van een zesdaagse werkweek, maakte hij om een uur of twee een oplegger los die volgeladen was met gipsplaten, bij de losplaats van een Home Depot-winkel, tien straten bij winkelcentrum Galleria vandaan, in het noordwesten van Niceville.

Het lossen duurde ongeveer een half uur, aangezien het een oude oplegger was, de hefbomen verroest waren en het echt een kutklus was om dat ding van zijn Kenworth te krikken.

Maar het was hem gelukt en hij reed net weg en bedacht dat hij naar de dichtstbijzijnde Seven Eleven zou gaan om twaalf Dos Equis-biertjes, een dvd met Tres Equis-porno en een reusachtige pizza pepperoni te kopen, en dat hij daarna terug zou gaan naar zijn semivaste kamer in Motel Six aan North Gwinnett om even uit te rusten, want dat had hij, na zes dagen op de weg, wel verdiend.

Hij hield zijn tijden eerlijk bij voor zijn werkgever, want na dat 'ongeluk' waar hij afgelopen voorjaar bij betrokken was geweest, was hij blij dat hij überhaupt nog werk had.

Dat was de enige echt slechte streek die hij zijn hele leven had uitgehaald – het was verschrikkelijk verkeerd afgelopen, er waren mensen bij om het leven gekomen – en hij was wekenlang ziek geweest van angst, elke keer dat de telefoon ging of er bij hem op de deur werd geklopt.

Maar de weken waren verstreken en niemand was hem komen arresteren, en zelfs het schuldgevoel werd al wat minder. Hij had zijn leven terug, godlof, en daarbij ook nog eens lekker tienduizend dollar, en hij zou het van z'n leven niet nog een keer doen. Dat was een soort innerlijk gebed dat hij elke dag als zijn werk erop zat voor zichzelf opzei, en op het moment dat hij, een jongen met een lichte huid, compact gebouwd, met een vlassig sikje, een spijkerbroek en een T-shirt met een verschoten logo van Margaritaville erop, met de Kenworth de parkeerplaats van Motel Six op reed en met zijn bier, pizza en porno uit de cabine klauterde, zei hij het weer in zichzelf op.

Hij was zevenentwintig, gescheiden van zijn vriendin van de middelbare school, herstellend van een cocaïneverslaving – vandaar die scheiding – en een enthousiast supporter van de Green Bay Packers. Al met al geen kwaaie knul, ondanks wat hij het afgelopen voorjaar had geflikt, maar wraak leek nu eenmaal onlosmakelijk met het weefsel van het universum verbonden te zijn. Zijn beloning lag geduldig op hem te wachten in kamer 229 van Motel Six aan North Gwinnett.

Hij had die kamer gekozen – die hij per maand huurde – omdat die uitzicht bood op het zwembad en de parkeerplaats aan de achterkant van het motel, zodat hij zijn vrachtwagen in de gaten kon houden en naar de meisjes kon kijken die aan het zwembad lagen te zonnebaden.

Hij worstelde met de zak boodschappen, stak zijn sleutel in het slot en liep de schemerige kamer binnen, waar hij onmiddellijk merkte dat het naar sigaretten rook.

Midden in de kamer, op de aftandse skaileren leunstoel, zat een man, met zijn gezicht naar de deur en een groot grijs metalen pistool in zijn hand.

Het pistool, dat was voorzien van een lange metalen koker, waarvan Lyle begreep dat het een demper was, werd vastgehouden door een rustige hand, en aan de andere kant van de arm die aan die hand vastzat, bevond zich een kil gezicht, dat hem aankeek. De man droeg een mooi grijs pak, een wit overhemd en een zwarte das. Lyle dacht dat het misschien wel iemand van de politie was, hoewel de man er meer uitzag als een begrafenisondernemer.

'Godverdomme. Wie bent u en wat is uw probleem?'

'Ik heb geen probleem, meneer Crowder,' zei de man met een koele, zachte stem, met een accent, al kon Lyle dat niet thuisbrengen. 'Komt u toch binnen, zet uw boodschappen neer en gaat u daar bij het bureau zitten.'

Lyle keek naar het wapen. Hij was nog niet bang. Jonge mensen in Amerika hebben dit soort confrontaties al heel vaak gezien, zij het alleen op televisie of in de film, maar de held overkwam nooit iets, en alle jonge mensen waren de held in hun eigen film.

Dus werd Lyle brutaal.

'Als u van de politie bent wil ik uw insigne zien. Zo niet, dan zou ik maar snel opsodemieteren als ik jou was, ouwe...'

De oude man liet zijn insigne niet zien. En hij sodemieterde ook niet op. De oude man schoot Lyle in het vlezige deel van zijn linkerbovenbeen.

De gedempte knal stuiterde de kamer door, maar drong amper door tot de buitenwereld, waar de puffende fluistering van het geloste schot opging in het algehele tumult en de drukte van het verkeer op North Gwinnett, in het gebulder van een vliegtuig dat van Mauldar Field opsteeg, dat vlakbij lag, en in de zware bassen van de muziek die van een groepje pubers kwam, jongens en meisjes, die rond het zwembad hingen.

Ongeveer net zo verging het de schreeuw die Lyle gaf, die hoe dan ook niet langer duurde dan het moment waarop hij het tapijt raakte, en op dat moment knielde meneer Endicott naast hem neer en stak een naald in zijn hals, waarna het gedaan was met het denkende, voelende en schreeuwende deel van Lyle Preston Crowder.

Het geluid van het schot bereikte ook Edgar Luckinbaugh niet, die in de door motten aangevreten Windstar van tante Vi aan de overkant van de straat zat, op de parkeerplaats van een Wendy's-restaurant. Hij had een uur eerder gezien dat meneer Endicott zijn Cadillac op de parkeerplaats van Wendy's neerzette en een leren koffertje uit de auto haalde, de auto met de afstandsbediening op slot deed en North Gwinnett overstak naar Motel Six, waar hij via een buitentrap naar de galerij op de eerste verdieping liep en naar kamer 229 toe ging, waar hij een sleutel gebruikte om zichzelf binnen te laten, althans, het had er alle schijn van dat hij een sleutel gebruikte.

Toen was er een hele tijd niks gebeurd, en Edgar, die blij was met de onderbreking, aangezien het behoorlijk vermoeiend was om in je eentje iemand in de gaten te moeten houden, was naar de Wendy's gegaan om daar van de wc gebruik te maken, een hamburger en patat te kopen en vervolgens was hij weer naar buiten gekomen en naar de Windstar gelopen, net op tijd om te zien dat een enorme rode vrachtwagen van het merk Kenworth de parkeerplaats van Motel Six op reed en keurig op een plek aan de zijkant van het motel parkeerde.

Een jongeman met een T-shirt van Margaritaville aan stapte uit de cabine, met een grote papieren zak in zijn armen. Hij sloot de vrachtwagen af, gaf een klopje op de gril, zoals een cowboy zijn paard een klopje geeft, en liep toen via de buitentrap over de galerij naar kamer 229, waar hij een sleutel gebruikte, althans daar had het alle schijn van, en naar binnen ging.

De deur ging dicht, en daarmee leek de kous af.

Edgar had geen idee wat hij moest doen.

Hij besloot een sms'je naar brigadier Coker te sturen.

VERSLAG

ENDICOTT ONTMOET ONBEKENDE IN MOTEL SIX AAN NORTH GWINNETT.

ADVIES?

Er gingen een paar minuten voorbij, waarin om hem heen niet veel gebeurde, en bij Motel Six al helemaal niet. Toen kreeg hij een sms'je terug.

BESCHRIJF ONBEKENDE

Edgar dacht na.

BLANKE JONGEMAN ONG 25JR 1M75 90KG SIKJE RIJDT IN KENWORTH-TRUCK MET STEIGER FREIGHTWAYS EROP ZONDER TRAILER.

Dit sms'je ging de ether in.

Een paar tellen later kwam het antwoord.

KUN JE ZSM IDENTITEIT ONBEKENDE VASTSTELLEN RAPPORTEER ZSM

Edgar keek naar het bericht, zuchtte theatraal en sms'te terug.

MELD ME OVER 5MIN WEER.

Edgar stapte uit de auto – langzaam, want hij zat er al een hele tijd en hij was stram en stijf. Hij liep de Wendy's weer in, bestelde een dubbele cheeseburger en iets te drinken, pakte de zak en het bonnetje aan en stak roekeloos tussen het verkeer door North Gwinnett over.

Hij liep de receptie van Motel Six in en zette de zak op de balie, voor de neus van een jongeman met rood haar die via zijn oortjes naar iets snerpends op zijn iPhone luisterde.

De man deed een van de twee oortjes uit. Edgar Luckinbaugh zag er blijkbaar uit als iemand voor wie de helft van je aandacht genoeg was.

'Kankuhelpen?'

'Dit heeft iemand hier bij ons besteld. Ik heb wel het kamernummer, maar ik kan de naam niet meer lezen.'

'Wat is het kamernummer?'

Edgar deed alsof hij op het bonnetje keek dat hij in zijn hand hield.

'Twee negenentwintig.'

'Dat is Lyle. Staat er Lyle?'

Edgar tuurde nog eens goed op het bonnetje.

De muziek die uit het ene losse oortje van de jongen kwam klonk alsof een varken achterwaarts door een houtversnipperaar werd geduwd. Edgar vermoedde dat de jongen over een jaar doof zou zijn, maar de stilte uiteindelijk wel zou gaan waarderen.

'De hele naam?'

'Lyle Crowder. Hij rijdt voor Steiger. Die rooie vrachtwagen buiten is van hem. Die noemt hij De Grote Rooie.'

Edgar keek op het bonnetje en schudde zijn hoofd.

'Ik denk dat ik het verkeerde motel heb. Ik ga wel terug om het nog even na te vragen.'

'Wat u wilt,' zei de jongen, en hij stak zijn achterwaartse varkensversnipperaar er weer in.

Edgar liep naar buiten en sms'te Coker.

KAMER 229 OP NAAM VAN ENE LYLE CROWDER RIJDT VOOR STEIGER FREIGHTWAYS

Er volgde een korte stilte.

HEB JE EEN WAPEN BIJ JE?

Dat had Edgar, zijn oude dienstwapen, de Colt .45.

Hij had er al zes jaar niet meer in woede mee geschoten. Hij had er al zes jaar in het geheel niet meer mee geschoten, om helemaal precies te zijn.

JA MAAR LIEVER NIET WAAROM GEEN POLITIE?

Het antwoord liet een paar seconden op zich wachten.

GEEN POLITIE 5000 BONUS ALS JE DAAR NU NAAR BINNEN GAAT WE ZIJN ONDERWEG HOU ZE ONDER SCHOT EN WACHT

Edgar staarde naar het sms'je.

Het was zo duidelijk als wat. Het galmde door zijn hoofd. 5000 BONUS ALS JE DAAR NU NAAR BINNEN GAAT

Vijfduizend dollar om te doen wat hij als agent al zo vaak had gedaan. Behalve dan dat hij geen agent meer was, hij geen versterking kon inroepen en hij een krakkemikkige oude man was die in iets verzeild was geraakt wat hem ver boven de pet ging. Aan de andere kant had hij met Coker te maken, en als hij die teleurstelde zaten daar bepaalde consequenties aan vast.

Hij zat in de penarie, zoveel was duidelijk. Maar wat niet duidelijk was, was wat hij eraan moest doen.

Endicott richtte zich op van het naakte en vastgebonden lichaam dat op het bed lag en legde het bebloede stuk Dremel-gereedschap op een handdoek op het nachtkastje, trok zijn latex handschoenen uit, zette zijn mondkapje voor schilders en zijn veiligheidsbril af – hij was zich ervan bewust dat ongelukken op het werk het land jaarlijks miljarden dollars kostten – en deed het barbecueschort af dat hij voor had gehad.

Dat had hij bij een Steinmart-winkel gekocht. Het was donkerblauw en er stond in witte letters een tekst op.

Iedereen moet ergens
In geloven.
Ik geloof
Dat ik nog maar een biertje neem.

De letters waren niet erg wit meer.

De pezen in de nek van de jongen tekenden zich af als de spaken van een paraplu, en zijn gezicht was vuurrood en nat van het zweet. De prop in zijn mond was doordrenkt van bloed en tranen, en zijn borstkas ging als een blaasbalg op en neer.

Alles zat onder de bloedspetters en aan de onderzijde hadden andere onaangename gebeurtenissen plaatsgevonden, maar Endicott had wat Vicks Vapo-Rub op zijn bovenlip gesmeerd, dus daar had hij op dat moment niet zo veel last van. Hij bekeek het lichaam van de jongeman eens goed, en de jongeman keek naar hem op, met ogen zo groot als schoteltjes. Endicott keek op hem neer en dacht na.

Vijfduizend dollar vooraf en vijfduizend na afloop om een enorm ongeluk te veroorzaken op de Interstate Fifty, bij mijlpaal 107, een ongeluk dat om veertien uur negenenveertig moest plaatsvinden. Een ongeluk dat een zo groot mogelijke versperring van de snelweg moest veroorzaken.

Hoe was het geld bij hem gekomen?

Met Federal Express. Briefjes van vijftig, met een door elkaar lopende nummering.

Heb je het pakje nog?

Nee. Weggegooid. Echt, ik zweer het.

Vanwaar was het gestuurd?

Uit New Orleans. Vanaf het vliegveld, geloof ik.

Verder nog contact gehad?

Ja. Nog een keer vijfduizend per FedEx ontvangen.

Omdat je de klus geklaard had?

Ja.
Heb je dat pakje nog?
Nee. Ik zweer het, echt niet. Dat was belastend materiaal.
Van dezelfde plek verstuurd?
Ja. New Orleans.
Lieg je tegen me?
Nee, ik zweer het, alstublieft, niet nog een keer.

Natuurlijk had Endicott het daar niet bij gelaten – het vereiste toewijding, dat verhaal – maar hij begon te denken dat die jongen de waarheid sprak.

Het was standaardprocedure om de persoon die ondervraagd werd nog wat langer te porren, al was het maar voor de oefening, en natuurlijk omdat het leuk was – maar hij had niet alle tijd van de wereld – hij moest Warren Smoles en Thad Llewellyn ook nog 'ondervragen', en als zij hem teleurstelden, zou hij een manier moeten vinden om bij Andy Chu te komen – het gerucht ging dat hij wakker was en praatte – en als hij niet krap in zijn tijd zou zitten, zoals eerder gezegd, dan zag het ernaar uit dat hij met deze Lyle Crowder zijn tijd verschrikkelijk aan het verdoen was.

De voordeur van het motel sloeg naar achteren open en de deuropening werd gevuld door een lange zwarte gestalte, die zich in silhouet aftekende in het gouden licht van de herfstnamiddag – een zwarte gestalte met een groot blauwmetalen pistool in zijn hand. Endicott zag dat de loop een klein beetje beefde, maar de man was inmiddels al ver genoeg de kamer in gelopen om de deur achter zich dicht te kunnen schoppen. Op dat moment kon Endicott hem goed zien.

'Nee maar, Edgar, jij bent het. Wat een verrassing.'

Edgar hield het pistool op hem gericht, keek even naar de naakte jongen op het bed, keek toen weer naar Endicott en zag het bebloede schort en het mondkapje dat om zijn hals hing.

Zijn vale gezicht kreeg een hoogrode kleur.

'Vuile klootzak,' zei hij met een zachte hese grauw die volkomen overtuigend was. 'Achteruit! Achteruit! Met je vieze vuile homoreet tegen die muur aan!'

Edgar klonk bepaald niet als een piccolo, vond Endicott. Hij klonk als een agent. Een kwade agent. Een gevaarlijk kwade agent die een heel serieus pistool op hem gericht hield. Endicott had er spijt van dat hij niet wat meer aandacht had besteed aan de piccolo die zijn kamer niet had willen verlaten, zelfs nadat hij twee keer een fooi had gekregen. In de toekomst moest hij wat meer oog voor dat soort dingen hebben.

Endicott deed wat hem gezegd was, liep achteruit en bracht zijn handen omhoog. Edgar bleef op afstand, als een echte uitgekookte agent, maar de geluiden die Lyle Preston Crowder maakte leidden hem sterk af en hij keek de hele tijd heen en weer tussen Endicott en wat er nog van Lyle over was.

Endicott hield zijn handen omhoog, maar keek naar Edgars wijsvinger, die om de trekker van het pistool lag. De huid op de knokkel was roze, niet wit, en dat zou die wel moeten zijn als Edgar druk op de trekker uitoefende. Als Edgar een standaardoverheidsmodel Colt .45 in zijn hand had – en daar zag het vanuit deze hoek wel naar uit – bijna een antiek wapen inmiddels – dan zou de hamer waarschijnlijk niet helemaal gespannen zijn. Het was veel te gevaarlijk om er zo mee rond te lopen. De meeste mensen schoven de slede naar achteren om een patroon in de kamer te doen en duwden de veiligheidspal dan omhoog om te voorkomen dat ze per ongeluk een schot zouden lossen. Dat betekende dat Edgar twee afzonderlijke handelingen moest verrichten voordat hij met het wapen op Endicott kon schieten: hij moest de veiligheidspal met zijn duim omlaag doen en dan de trekker overhalen. Bij zo'n oude Colt, zelfs als het een goed onderhouden wapen was, kon die handeling wel een klap van vier kilo geven, want bij het overhalen van de trekker trok je de hamer naar achteren en dan liet je los om het schot te lossen. Edgars Colt zag er daarentegen versleten en vuil uit. Het overhalen van de trekker kon wel eens meer dan vier kilo bedragen.

Misschien gebruikte hij het niet veel.

En misschien had hij het magazijn er wel altijd in zitten, zelfs als het wapen in een la lag, en dan had je kans dat het veermechanisme beschadigd was dat de patroon omhoogduwde, waardoor de slede de volgende patroon uit het magazijn kon opnemen.

Daar had Endicott niet veel aan als er al een patroon in de kamer zat – wat heel waarschijnlijk was – hoewel het ook kon betekenen dat als Edgars eerste kogel hem niet raakte – wat niet waarschijnlijk was – de tweede kogel misschien niet ver genoeg omhoogkwam om door de slede gepakt te worden. En dat betekende dat het wapen zou blokkeren.

Dat waren serieuze vragen, en hij liep ze allemaal in een paar seconden door.

De voornaamste vraag was hoe bereid Edgar was om meneer Endicott neer te schieten. Vanwaar meneer Endicott stond zag Edgar eruit als een man met een zeer grote bereidheid.

Endicott moest toegeven dat hij zich in een riskante situatie bevond, die twee kanten op kon gaan.

Edgar zocht met zijn vrije hand in zijn jasje, maar hield de loop ondertussen rustig midden op Endicotts romp gericht. Hij vond een setje handboeien van zwart staal. Die gooide hij Endicott toe.

Endicott ving ze keurig op.

Hij had nog steeds niet kunnen bepalen of Edgar de hamer nu gespannen had of niet.

Hij hield de handboeien omhoog.

Ze waren oud en loodzwaar. De ketting waarmee ze aan elkaar vastzaten was ruim tien centimeter lang. Het leken wel antieke handboeien, eerder ketenen dan gewone politiehandboeien.

En ze waren loodzwaar.

Het feit dat de handboeien loodzwaar waren was een belangrijk detail dat het verdient om, in het licht van wat er een paar seconden later gebeurde, nog eens herhaald te worden.

Danziger zat achter het stuur en Coker zat naast hem. Ze zaten in de pick-up van Danziger, een Ford F150, en baanden zich moeizaam een weg door het verkeer, van de ranch van Danziger, door Arrow Creek en vandaar naar de Rural Route Forty, die hen helemaal naar het begin van North Gwinnett zou voeren. Ze waren misschien een minuut of tien rijden van Motel Six vandaan en legden die afstand zo snel mogelijk af zonder echter de aandacht van de politie te trekken. Ze zeiden allebei niet veel.

Ze waren allebei gewapend – Danziger met een Colt Anaconda en Coker met zijn dienstwapen, de Beretta.

Coker was niet in uniform.

Hij had Edgars sms-bericht ontvangen terwijl hij naar het bureau van de sheriff aan de noordelijke ringweg reed. Hij had dienst van acht tot acht uur die avond – twaalf uur als chef van die dienst.

Coker was even langs de kant van de weg gaan staan om het sms'je te lezen en nam toen contact op met het bureau om tegen Jimmy Candles, de andere dienstdoende agent, te zeggen dat er iets was tussengekomen en dat hij pas laat terug zou zijn. Jimmy Candles vond het niet erg. Het was toch een rustige avond. Hij zei tegen Coker dat hij wel de hele dienst voor zijn rekening zou nemen en dat Coker dan de volgende dag voor hem kon werken. Coker bedankte hem; hij had trouwens toch nog een heleboel ziektedagen te goed, want Coker was nooit ziek.

Hij sloot af en belde Danziger.

Danziger wachtte hem op op de kruising waar Arrow Creek op de ringweg uitkwam. Danziger maakte zich niet al te veel zorgen, maar had zijn favoriete handwapen meegenomen, en dat zei toch wel iets.

Het feit dat die oetlul van een Endicott Lyle Crowder was gevolgd, zat beide mannen niet lekker. Niet omdat Lyle Crowder hun ook maar iets interesseerde, maar omdat er een kans bestond – klein, maar toch – dat Endicott via Crowder bij Danziger terecht zou komen, die de jongen vijf ruggen had gestuurd, alsmede gedetailleerde instructies, en die nadat de klus was geklaard er nog eens vijf ruggen bovenop had gedaan.

Danziger had het pakje verstuurd vanaf een FedEx-bus op luchthaven Louis Armstrong in New Orleans, maar luchthavens beschikten over beveiligingscamera's, en als Crowder Endicott een tijdstip en een locatie gaf, zou een doortastende onderzoeker vroeg of laat wat beveiligingsbeelden vinden die voor hen beiden een hele wereld aan ellende zouden doen opengaan.

Coker had de mobiele telefoon van Radio Shack in zijn hand – het anonieme exemplaar dat hij alleen gebruikte om met Edgar te communiceren. Er zat ook een politiescanner op, die hij op de frequentie van de politie van Niceville had afgestemd. Er werd wat heen en weer gepraat over de patrouille-eenheden die de plaats delict in Patton's Hard bewaakten en die moesten worden afgelost.

Dat hoorde Coker.

'Patton's Hard. Weet je wie ze daarvoor als verdachte hebben? Rainey Teague.'

'Dat meen je niet. Waarom die jongen?'

'Jimmy Candles zei dat Tig Sutter hem en nog een ander joch verdenkt vanwege dat lichaam dat ze gisterochtend uit de Tulip hebben gevist.'

'Wie was het?'

'Dat wordt er niet bij verteld. Maar er lagen spullen van hem op de plaats delict.'

'Hoe oud is dat kind, een jaar of twaalf?'

'Daar gaat het niet om. De jongste moordenaar die ik ooit heb ingerekend was tien. In Gracie. Ene Joey La Monica. Die had zijn moeders keel doorgesneden, voor haar uitkering. En die van zijn kleine zusje ook, toen ze het hem zag doen. Een week later roken de buren iets vreemds. De hulpverleners die er als eersten bij waren troffen de jongen op de bank aan, waar hij Nintendo zat te spelen. Zijn moeder en zusje lagen boven in bad. Hij vertelde me later dat hij niet sterk genoeg was om het lichaam van zijn moeder in zijn geheel de trap op te dragen en dat hij haar dus in stukken had moeten snijden. Hij wilde eerst zijn Nintendo-spelletje afmaken, voordat ik hem meenam. IJskoude rotzak. Zit in de Angola.'

'Heerlijk hartverwarmend verhaal, Coker. Daar zat ik echt op te wachten.'

Coker had de telefoon weer in zijn hand.

'Graag gedaan. Sommigen van die kinderen worden gewoon zo geboren. Waar is Edgar nou?'

'Val Edgar nou niet lastig, Coker. Die is net in z'n eentje naar binnen gegaan. Die heeft zijn handen vol. Het is een goede agent. Hij weet hoe hij dit soort dingen moet aanpakken. We horen wel...'

Cokers mobiele telefoon bliepte.

ALLEBEI UITGESCHAKELD ADVIES SVP

Coker liet Danziger het schermpje zien, en nam de telefoon toen terug.

'Zou Edgar kunnen zijn. Zou Endicott kunnen zijn,' zei Danziger.

'Ja.'

'Heb je een teken afgesproken?'

'Nee. Ik had nooit gedacht dat Edgar naar binnen zou moeten. Suggesties?'

'Vraag hoe het met zijn vrouw is.'

'Zijn vrouw is dood.'

'Ja, dat weet ik.'

Coker toetste het in.

HOE IS HET MET FRANCIS?

Het bleef even stil.

NOG STEEDS DOOD HERHAAL HEB ZE ALLEBEI ADVIES SVP

'Bevalt het je nog steeds niet?' vroeg Danziger.

'Nee.'

'Je zou hem kunnen bellen.'

'Niet met deze telefoon. Ik wil niet dat mijn stem ook maar ergens in de buurt van deze ellende te traceren is.'

'Misschien ben je een beetje kieskeurig.'

'Kieskeurig? Wat heeft dat in godsnaam...'

Zijn telefoon bliepte weer.

HEB ZE UITGESCHAKELD. BLIJF WEG BIJ HOTEL. ID RISICO. ZIE JULLIE

OVER 5 MIN BIJ WENDY'S OVERKANT GWINNETT. BRUINE WINDSTAR 1985.

Coker zweeg even en sms'te toen terug: OK. RUIM OP ZIE JE OVER VIJF MIN.

Stilte.

Het antwoord kwam met een bliepje.

BEGREPEN OVER 5 MIN.

'Jezus,' zei Danziger, toen het sms-verkeer was beëindigd. 'Wat hebben we hem geboden?'

'Vijf ruggen.'

'Koopje, zonder meer.'

'Dat wou ik maar zeggen.'

'Er zit blijkbaar nog heel wat agent in Edgar.'

Ze waren nu nog ongeveer een minuut rijden van het motel vandaan, en Danziger nam wat gas terug om die vijf minuten te halen. Coker zat nog steeds met Edgar in zijn maag.

'Misschien zit er wel te veel agent in Edgar.'

Danziger keek naar Coker.

'Coker, we gaan Edgar niet doodschieten.'

'Hij moet toch zo zijn bedenkingen hebben, Charlie. Er valt voor hem een boel geld te verdienen, dus hij begint de puzzelstukjes in elkaar te schuiven.'

'Dat gaat niet gebeuren. Edgar is banger voor jou dan hij ooit voor Francis is geweest, en die was me een partij eng.'

'We zijn er. We gaan er via de achterkant naartoe.'

Een straat voorbij de parkeerplaats van Wendy's vond Danziger een afslag naar links. Het was bijna vier uur en het verkeer op North Gwinnett was druk en chaotisch. De parkeerplaats van Wendy's stond bomvol, maar toen ze langs de rechterkant van het gebouw kwamen, zagen ze een viesbruine Windstar in een vak geparkeerd staan, aan de hoofdstraat, met de neus naar voren.

Aan de overkant lag Motel Six, een gedrongen bruin gebouw van B2-blokken met gevelbeplating en niet om aan te zien zo lelijk – een echt Motel Six dus.

De parkeerplaats van het motel was voor de helft leeg, maar ze zagen de grote rode motorkap van Crowders Kenworth in een vak aan de zijkant staan. Danziger nam gas terug en reed met een slakkengangetje naar de Windstar toe.

Er was verder geen plek vrij, dus hield Danziger achter de auto stil.

Meteen drukte iemand in de auto achter hen op de claxon.

Danziger gebaarde dat hij langs hem kon rijden, en de man stak toen hij zich erlangs wurmde zijn middelvinger omhoog. Cokers mobiele telefoon ging, en hij plukte hem van het dashboard.

'Bingo,' zei Endicott, die bij een kier in de motelgordijnen door een Zeiss-verrekijker stond te kijken. Hij zag dat de man op de stoel van de bijrijder van een grote witte Ford F150 zijn mobiele telefoon pakte en op het schermpje keek. Zware jongen, dacht Endicott terwijl hij naar de man keek.

Endicott kon de bestuurder niet zien; hij zag alleen twee bruine handen met dikke aderen op het stuur liggen, grote, sterke handen, cowboyhanden. Een verschoten spijkerbroek. Nog een grote vent, en allebei geen grammetje vet. Een leren gereedschapsriem met een grote cowboygesp. Een wit hemd. Een soort dikke gouden ring aan zijn rechterhand, met zo te zien het wapen van het korps mariniers.

Uit een onzichtbare holster, om het middel van de bestuurder, stak de kolf van een groot metalen pistool. Oké. Hebbes.

Dit waren de mannen voor wie Edgar werkte.

De verweerde cowboy met het zilvergrijze haar keek nog steeds op het schermpje van zijn telefoon. Endicott wist wat daarop te lezen stond, want hij had het berichtje al klaarstaan om te verzenden zodra hij iemand zag die ook maar de geringste belangstelling voor Edgars Windstar toonde.

HAAL HET NIET. KAMERS WORDEN SCHOONGEMAAKT. RUIM OP EN MAAK NIEUWE AFSPRAAK.

De man met het zilvergrijze haar legde de telefoon weg en keek omhoog naar de galerij op de eerste verdieping van Motel Six. In de dubbele lens zag het gezicht van de man eruit als iets wat uit een grafsteen was gehouwen, en zijn ogen waren zo geel als die van een wolf. Het leek wel alsof ze recht in Endicotts Zeiss-lenzen keken en zich zo in zijn hersenen boorden.

De irrationele gedachte 'hij weet dat ik hier ben' kwam in hem op, ongevraagd, maar doordringend. *Hij weet het.* Endicotts kruis kneep samen, en hij deed een stap bij het raam vandaan.

De Ford reed plotseling snel bij de auto van Edgar weg, sloeg de hoek om en was verdwenen. Maar Endicott had het kenteken onthouden. Daar was hij goed in, zelfs als hij doodsbang was.

Endicott keek nog een poosje door de kier naar buiten, want hij verwachtte dat de Ford elk moment de parkeerplaats van Motel Six kon komen op rijden. Maar dat gebeurde niet.

Na een paar lange gespannen minuten trok Endicott de kier dicht. Hij voelde zich intens gemangeld, en dat overkwam hem niet vaak.

Hij vermande zich en ging aan de slag met de kamer, met de gruwelijke bende die het daar was. Als je maar genoeg gaten in iemand boorde, kwamen er alle mogelijke dingen uit gelopen. Terwijl hij aan het werk ging – wat heel onaangenaam was en waarschijnlijk nog erger zou worden naarmate hij het scenario verder afwerkte dat hem voor ogen stond – gingen zijn gedachten voornamelijk uit naar het werk dat hij onder handen had.

Maar een schermpje in zijn achterhoofd vertoonde voortdurend de tekst:

DIE GASTEN KUN JE STRAKS NIET ALLEEN AF

DIE GASTEN KUN JE STRAKS NIET ALLEEN AF

'Je weet wat er net gebeurd is, hè?' zei Coker terwijl ze in noordelijke richting reden.

'Ja. Edgar is dood en wij zijn net betrapt.'

'Hij heeft je kenteken natuurlijk genoteerd.'

'Ja.'

'Ik denk dat die Crowder ook dood is.'

'Ik hoop van wel, ja.'

'Edgar heeft vast gepraat, Charlie.'

'Dat hoeft niet per se. Misschien leefde hij nog toen jij hem vroeg hoe het met zijn vrouw was. Misschien ook niet. Misschien wist Endicott al dat Francis dood was. Ik heb geen idee hoe, maar heeft hij die vent alles verteld? Ik kan het me niet voorstellen.'

'Hoezo niet?'

'Omdat Endicott toch nog de moeite moest nemen om ons naar zich toe te lokken, zodat hij ons kon zien. Als Edgar gepraat had, als hij had verteld voor wie hij werkte, had Endicott dat risico niet genomen. Dan had hij al geweten wie wij waren. Waarom zou hij het risico nemen dat wij hem doodschieten zodra we wisten dat we erbij waren? Edgar moet geweten hebben dat het hoe dan ook met hem gedaan was. Edgar had heel sterk zoiets van "krijg de klere". Hij zou nooit op zijn knieën willen sterven.'

Stilte.

'Daar zit wat in,' zei Coker. 'Dat zou ik ook niet willen.'

'Had Edgar familie?'

'Hij had een tante. Tante Vi. Dol op whisky en makronen. Vind je dat we haar wat van het geld moeten sturen?'

'Ja. Dat regel ik wel.'

Weer een stilte, waarin beide mannen over de situatie nadachten.

'We zullen dat irritante baasje moeten doodschieten,' zei Coker gespannen. 'We hadden meteen naar binnen moeten gaan en hem ter plekke moeten omleggen.'

Danziger schudde zijn hoofd.

'Edgar zei dat Endicott een grote Sig Sauer en heel veel munitie had. Hij heeft zich daar verschanst en er is maar één manier om binnen te komen. Het zou een vuurgevecht geworden zijn. Als de politie van Niceville komt, kunnen wij niet uitleggen waarom we daar zijn. We moeten ons een poosje gedeisd houden en bedenken hoe we het gaan aanpakken.'

'Weten we iets over die man?'

'Alleen wat Edgar ons heeft verteld. Inwoner van Miami. Alleenstaand. Noemt zichzelf verzamelaar. Werkt waarschijnlijk voor die gasten in Leavenworth. Werkte althans.'

'Denk je dat hij is gaan freelancen?'

'Voor twee miljoen koop je heel wat loyaliteit, Coker.'

Ze waren inmiddels de voorsteden uit en reden de noordelijke ringweg op.

'Ga je naar je werk?'

'Nee. Ik heb me afgemeld voordat ik jou belde. Jimmy vond het goed. Met die Endicott op vrije voeten moet ik nu echt niet in een politieauto gaan rondrijden. Hij heeft je kenteken. Hij zal vanavond wel naar je toe komen. Dan zijn we er klaar voor.'

Danziger hield stil naast de auto van Coker, een groene Crown Vic, zette de motor uit en stak zijn hand uit om Coker, die al wilde uitstappen, tegen te houden.

'Hij gaat vanavond helemaal nergens naartoe, Coker. Hij gaat eerst hulp inschakelen.'

Coker dacht er even over na.

'Daar zit wat in.'

Danziger grijnsde even van opzij naar hem.

'Hij heeft het dossier gelezen. Je hebt vier agenten met een Barrett afgeknald. Hij heeft al gezien hoe je eruitziet. Zelfs ik vind dat je er angstaanjagend uitziet. Aan zijn aanpak te oordelen is hij niet op zijn achterhoofd gevallen. Hij zal uit het Marriott uitchecken, zich ergens verschansen waar het veilig is en dan hulp inroepen. Geef hem een dag de tijd om zijn schutters hierheen te halen en zich klaar te maken. Dan komt hij pas.'

Coker grijnsde naar Danziger.

'Dat zou je leuk vinden, hè, Charlie? Dan wordt het net zo'n groot gevecht als aan het eind van *The Wild Bunch*.'

'Alleen gaan in mijn versie zíj dood, en niet wij.'

Beryl is een edelsteen

Het was vrijdagmiddag na drieën toen Reed het grote plein van Sally-town opreed, zijn glanzende zwarte Mustang onder een wilg met brede kruin zette, uitstapte en zijn rug strekte. Hij had nog steeds op allerlei plekken pijn; hij was behoorlijk door elkaar gerammeld bij die crash bij de Super Gee, en zijn veiligheidsgordels hadden striemen over zijn borst en schouders achtergelaten. Het was lekker om gewoon even in de zon te staan en Sallytown te bekijken.

Hij kende de stad vrij goed, want voordat hij bij de achtervolgings-eenheid was gaan werken had hij hier een jaar voor de staatspolitie ge-patrouilleerd. Het was een slaperig stadje met ongeveer drieduizend in-woners, zoals je er in het hele zuiden duizenden had, en aan het grote plein stond, zoals aan de meeste grote pleinen in het zuiden, een rood-bakstenen gemeentehuis met aan de vlaggenstok ervoor de vlag van de Geconfedereerde Staten, met in het midden een bloementuin met het standbeeld van een cavalerist van de rebellen, met overal altijdgroene eiken, allemaal met slierten Spaans mos erin.

Aan de andere kant van het plein lag de episcopaalse kerk van Christus de Verlosser, gebouwd in 1856, en in 1923 na de blikseminslag en de brand herbouwd. Het was een withouten gebouw met een vlijmscherpe zilver geverfde torenspits. Die spits was kilometers ver in de omtrek te zien, want hij stak als de punt van een speer tussen de bomen uit en glinsterde.

Op een historische plaquette naast het gemeentehuis stond te lezen dat het in 1836 was gebouwd en dat er tijdens de oorlog in 1864 gedurende drie maanden het hoofdkwartier van Robert E. Lee en zijn staf was gevestigd. Er lag een zacht najaarslicht over het plein, de gebouwen en de mensen die door de hoofdstraat op en neer liepen en de winkels in en uit gingen.

De auto's die je er zag waren voornamelijk pick-ups en de oudere modellen uit Detroit. Op de pick-ups zaten bumperstickers met teksten als DEZE TRUCK IS VERZEKERD DOOR SMITH AND WESSON of WERKLOOS? HONGER? EET LEKKER JE GEÏMPORTEERDE AUTO OP! Reed, die zelf uit het zuiden kwam, had ook geen bezwaar tegen die vlag van de Geconfedereerde Staten.

Hoewel een stelletje achterlijke blanke boeren in de jaren zestig de vlag hadden bezoedeld – en dat nog steeds deden – stond de vlag van de Geconfedereerde Staten voor hem voor altijd voor Chicamagua, Shilog, Manassas, Vicksburg en de duizenden jongens uit de bush die daar waren gesneuveld.

Niet dat hij dat iemand ten noorden van de rivier de Ohio ooit zou proberen uit te leggen.

Hij rekte zich nog een keer uit, werkte een knoop in zijn nek weg en stak het plein over naar het gemeentehuis, waar het archief en de burgerlijke stand gevestigd waren, op de eerste verdieping, aan de achterkant, die uitkeek op de parkeerplaats. Hij was in burger – spijkerbroek, cowboylaarzen, wit T-shirt en donkerblauw jasje – maar hij had zijn dienst-Beretta wel in een holster om zijn middel zitten en in zijn jaszak zat zijn insigne. Hij was niet officieel aan het werk, maar dat hoefde niemand te weten.

Toen hij de trap naar de oude met houtsnijwerk versierde deuren op liep, moest hij denken aan het telefoontje, eerder die dag, van Nick, waarin hij hem vertelde dat de stoffelijke overschotten van de gebroeders Shagreen van het omheinde terrein van het hoofdbureau van de staatspolitie waren gestolen. Hij had er verder geen gedachte aan gewijd, behalve dan dat hij echt stomverbaasd was dat de Shagreens vrienden hadden die zo veel om hen gaven dat ze hun lichamen waren komen stelen. Nick had geopperd dat die vrienden misschien wel naar Reed Walker op zoek waren.

Reed had daar geen mening over, behalve dan dat hij hoopte dat het waar was, want hij zou het echt heerlijk vinden om die lui dood te schieten.

Het archief was op vrijdag tot vijf uur geopend. Toen hij de schemerige ruimte met de langzaam ronddraaiende ventilator aan het plafond en de hoge schuiframen binnenliep, werd hij begroet door de ranke gestalte van mevrouw Beryl Eaton, die inmiddels al een uur op hem wachtte.

Mevrouw Beryl was minstens in de zeventig, maar nog steeds een mooie vrouw, met een zachte lichte huid en sprankelende blauwe ogen. Haar lange witte haar zat in een spiraalvorm opgestoken, vastgezet met een zilveren speld. Ze was al sinds de jaren vijftig de archivaris van Sallytown. Inmiddels was ze weduwe en zelf een levend monument.

'Reed, wat leuk. Wat zie je er goed uit.'

'Het gaat ook goed met me, dank u wel, mevrouw Beryl. U ziet er trouwens beeldschoon uit, zoals altijd.'

'En jij bent, zoals altijd, een charmante leugenaar.'

Ze vroeg hoe het met de familie ging en ze wilde details horen, niet alleen maar wat vage blijken van piëteit. Ze zei dat ze het heel erg vond dat Dillon was overleden en vroeg of ze al gevorderd waren met het onderzoek naar de omstandigheden van zijn 'verscheiden'.

Reed moest een hele reeks uitvluchten verzinnen, waarvan hij maar hoopte dat mevrouw Beryl het niet zou merken. Ondertussen liep ze met hem mee naar de ruimte waar de archieven waren ondergebracht. Daar stond een lange schraagtafel, glanzend van ouderdom, waar ze een zilveren pot had neergezet die naar sterke zwarte koffie rook, een hoog porseleinen kopje en een paar heel oude groene grootboeken. Die boeken waren stuk voor stuk zo dik als de King James-bijbel. Ze trok een stoel voor hem naar achteren en keek hoe hij zich installeerde.

'Ik ben zo vrij geweest om voor de periode waar jij het over had de parochiearchieven van Christus de Verlosser erbij te pakken. Dat is het wat nieuwer uitziende boek links. De andere zijn eigendomsarchieven, belastinggegevens en natuurlijk de verschillende volkstellingsboeken die we hebben van de periode waarom je hebt gevraagd. Heb je ergens hulp bij nodig?'

Reed had haar verteld dat hij zou komen om onderzoek te doen naar een kwestie inzake een geboorteakte van rond 2000, maar was verder niet in details getreden, en mevrouw Beryl was te tactvol om er verder naar te informeren, want ze voelde blijkbaar wel dat zijn bezoek van officiële aard was en dat een archivaris zich daar dus verre van diende te houden.

'Ik denk dat ik het zo wel red, dank u wel, mevrouw Beryl.'

Ze knikte en liep stilletjes de kamer uit, waarbij ze vaag de geur van mimosa achterliet. Hij trok het grootboek van de parochie naar zich toe, sloeg het open en ging aan het werk. En het werk viel niet mee. De ene bladzijde na de andere vol hanenpoten of verschoten letters, en de geur van schimmel die uit elk opengeslagen boek opsteeg. Geen van de ter zake doende documenten was gescand en in een database gezet waarin je gemakkelijk kon zoeken, hoewel men het er wel over had dat ze dat zouden gaan doen zodra de economie aantrok. Kate had tegen hem gezegd dat Sylvia al haar zoekwerk via de stambomensite had gedaan en dat daar niks uit was gekomen, dus misschien was hij met een database toch niks opgeschoten.

Reed dronk zijn koffie en dook erin. Een uur later, toen mevrouw Beryl weer binnen gedwaald kwam en naast hem op hem neer stond te kijken, was hij nog steeds bezig. Hij zat over een stapel grootboeken en archiefboeken gebogen en zag er verfomfaaid en gefrustreerd uit.

'Jongen toch. Wat zie je eruit!'

Administratief werk had Reed nooit erg had gelegen, en hij keek met een glimlach naar haar op.

'Ik dreig vast te lopen, mevrouw Beryl.'

'Kan ik je misschien helpen?'

Reed keek naar de stapel opengeslagen boeken. Hij schoot voor geen meter op. En de klok tikte door. Mevrouw Beryl ging aan de andere kant van de tafel zitten, vouwde haar handen met de lange vingers in elkaar en glimlachte naar hem.

'Het is geen officieel onderzoek, hè?'

Reed glimlachte wrang.

'Ja. Nee. Maar dat kan het wel worden. Kunt u daar wat mee, als antwoord?'

'Alleszins. Ik zal je helpen. Uit de bladzijden die je daar opengeslagen hebt liggen maak ik op dat je een geboortedatum probeert te achterhalen. Klopt dat?'

'Dat klopt.'

Ze ging achteruit zitten en bekeek hem eens aandachtig.

'Ik heb je altijd graag gemogen, Reed. Veel jonge politieagenten met wie ik contact heb doen wat laatdunkend tegen dat schuifelende oude mensje dat het archief runt. Zo ben jij nooit geweest. Volgens mij ben je bezorgd en ongelukkig. De teneur van je ongelukkig-zijn doet mij concluderen dat het hier om een familieaangelegenheid gaat.'

'In zekere zin.'

'En dan hebben we het over?'

'De familie Teague.'

Mevrouw Beryls gezichtsuitdrukking veranderde een tikje. Ze keek zowel koeler als meer op haar hoede uit haar ogen.

'Ik ken de familie Teague vrij goed. Om welke tak gaat het?'

'Miles Teague. En zijn vrouw Sylvia.'

Mevrouw Beryl zweeg even. Toen ze verder praatte, klonk haar stem gereserveerd en voorzichtig.

'Miles Teague. Die is toch dood, hè?'

'Ja.'

'Zelfmoord.'

'Ja. En Sylvia is ook dood.'

'Ja. Dat weet ik. Mag ik een vermoeden uitspreken?'

'Gaat uw gang.'

'Je doet onderzoek naar een adoptie die door Miles in gang is gezet. Een jongen, Rainey. Rainey bevindt zich nu onder de hoede van jouw zus Kate. Heeft zij vragen?'

'Ja. Verschillende. Vele.'

'Rainey was toch die jongen die de hoofdrol speelde in die tragedie van afgelopen jaar? Zijn ontvoering en zijn vreemde terugkeer, gevonden in een afgesloten graf. Sylvia's verdwijning, de zelfmoord van Miles?'

Reed knikte en wachtte af.

Mevrouw Beryl deed er een hele poos het zwijgen toe. Ze werd duidelijk verscheurd tussen tact en de waarheid.

'Ik ga een groot beroep op je vertrouwen doen, Reed. Ik hoop dat ik er geen spijt van zal krijgen.'

'Alles wat u zegt blijft tussen ons.'

'Misschien kan dat wel niet. Herinner jij je ene Leah Searle, Reed?'

'Die naam zegt me wel wat. Dat was toch de advocate die Miles in de arm had genomen om het papierwerk voor de adoptie van Rainey te regelen?'

'Ja. Ik heb haar gekend. We hebben elkaar in de tijd dat ze net voor Miles werkte ontmoet. Ik was onder de indruk van haar. Een heel kundige jonge vrouw. Aanvankelijk hadden we zuiver professioneel contact. Ik hielp haar met de archieven en met de parochieboeken. Het waren complexe aangelegenheden en het was één grote chaos met die boeken. We hebben volgehouden. En het is ons niet gelukt. In de loop van de tijd werd ons allebei duidelijk dat er in geen enkel beschikbaar archief en in geen enkele database een betrouwbare registratie van de geboorte van Rainey te vinden was.'

Ze maakte een groot gebaar langs alle boeken die op tafel lagen.

'Je kunt je jonge ogen wel aan al die gegevens verpesten, Reed, maar als je hier weggaat ben je niks wijzer dan toen je hier kwam. Je weet dat Leah Searle dood is?'

'Ik heb gehoord dat ze is verdronken.'

Mevrouw Beryl trok een wenkbrauw op en glimlachte.

'In haar bad. Een "ongeluk", is ons verteld.'

Reed keek haar aan.

Ze bleef hem aankijken.

'Dan komen we nu bij de kern van de zaak. Ten tijde van haar dood was ze in Gracie, voor haar onderzoek. Ik geloof dat ze toen al niet meer voor Miles werkte. Ik geloof dat ze met haar eigen onderzoek bezig was.'

'Naar Rainey?'

Mevrouw Beryl haalde haar schouders op.

'Niet alleen naar hem. Het was een veel breder onderzoek geworden. Je weet dat de Teagues nogal een reputatie hadden, hè, zowel hier in Sallytown als elders?'

'Ik heb over London Teague gehoord. Ik weet dat het vermoeden bestaat dat hij zijn derde echtgenote heeft laten vermoorden, in Louisiana, voor de Burgeroorlog, en dat haar peetvader hem daarvoor voor een duel heeft uitgedaagd.'

'Dat was Anora.'

'Ja. Zij was...'

'Een Mercer, net als jij, aan moederskant. Anora's peetvader was John Gwinnett Mercer. Na haar dood hebben Londen Teague en hij bij het huis van John Mullryne in Savannah geduelleerd. Het gevecht bleef onbeslist.'

Reed vroeg zich af waarom mevrouw Beryl zo'n belangstelling voor de geschiedenis van zijn familie had opgevat. Ze wist er meer van dan hijzelf. Maar hij zei niets, en zij vertelde verder.

'Vóór Anora heeft London Teague twee echtgenotes gehad. De eerste, van wie de naam niet bekend is, is in West-Indië aan malaria gestorven, waar London een slavenmarkt runde, ter bevoorrading van de schepen die naar Noord- en Zuid-Carolina voeren. De tweede echtgenote, Cathleen, kreeg twee zonen, Jubal en Tyree. Ze heeft de hand aan zichzelf geslagen toen ze had ontdekt dat London Teague een rokkenjager en een wreedaard was. Tyree is gesneuveld bij Front Royal, tijdens de Opvolgingsoorlog. Jubal, een cavalerist, overleefde de oorlog en kreeg heel laat in zijn leven nog een zoon, Abel Teague genaamd. Anora had twee dochters, Cora en Eleanor. Na haar dood heeft London hen naar Savannah gestuurd, om bij John Gwinnett Mercer te gaan wonen. Cora overleed in de laatste jaren van de oorlog aan de griep. Eleanor heeft de Mercer-tak voortgezet waar jij van afstamt, Reed. Maar Abel is ook geboren, uit Jubal, en via hem zijn de zonden van London Teague naar de wereld der levenden teruggekeerd. Abel Teague was een schurk, een losbol en een lafaard. Veel mannen wensten hem dood, mannen van jouw tak, of mannen die getrouwd waren met een vrouw van jouw tak. In het jaar voor de Eerste Wereldoorlog heeft Abel een jonge vrouw onteerd, Clara Mercer genaamd. En vervolgens weigerde hij met haar te trouwen. Clara had een oudere zus, Glynis genaamd. Zij was getrouwd met een keurige man, John Ruelle. Ze hadden een grote plantage op de oostelijke helling van de Belfair Range. Zij hebben Clara in huis genomen. Ze kreeg een zenuwinzinking. Het kan zelfs zijn dat ze zwanger was. John, en later zijn broer Ethan ook, heeft Abel uitgedaagd voor zijn schandalige gedrag, maar Abel weigerde. Dat wil zeggen, hij weigerde een duel aan te gaan. Hij heeft het vele malen geweigerd. Hij was ongevoelig voor schaamte, en andermans eer interesseerde hem geen zier. Zelfs zijn eigen eer niet. Ik waag het te betwijfelen of hij wel enige eer te verdedigen had.'

Reed haalde een in drieën gevouwen stuk papier uit zijn binnenzak. Hij stak het Beryl toe, die het aanpakte.

'Wat is dit, Reed?'

'Dat is een memo die ik in de printer van mijn vader heb gevonden op de dag dat hij is verdwenen. Het is een van de laatste dingen die hij geschreven heeft. Ik heb het aan Kate en Nick gegeven. Deze memo is de reden dat ik hier ben. Om zelf te controleren of het klopt.'

Mevrouw Beryl vouwde het papier open.

Rainey Teague, vragen geboortedatum:
Memo voor Kate
Ik heb het bevolkingsregister van Cullen County doorzocht op de periode rondom r's geboortedatum bij de Gwinnetts, geen vermelding gevonden. Geen vermelding in omringende parochies, geen vermelding in Belfair, in geen enkel staats- of countyregister is een certificaat van r's geboorte of doop te vinden. Geen vermelding in naburige staten, county's of parochies. Geen teken dat r waar dan ook in de vs, Canada of Mexico geboren of gedoopt is

in geen enkele periode die correspondeert met zijn vastgestelde leeftijd. Pleegouders Zorah en Martin Palgrave: vermelding gevonden in het bevolkingsregister van Cullen County voor de geboorte van Martin Palgrave, geboren op 7 november 1873 in Sallytown, getrouwd met Zorah Palgrave, methodist, Sallytown, 15 maart 1893. De Palgraves hebben een brief ontvangen, ondertekend door G. Ruelle, op 12 april 1913 'voor de verzorging en opsluiting van Clara Mercer en de bevalling van een gezonde baby, een jongen, 2 maart 1913'.

Martin en Zorah Palgrave dreven een drukkerij die de ferrotypiefoto maakte van het Niceville familiejubileum 1910.

Aanwijzingen dat Leah Searle dezelfde ontdekkingen re adoptie Rainey heeft gedaan en gecommuniceerd met Miles Teague op zijn kantoor in Cap City op 9 mei 2002, voorafgaand aan adoptie door zogenoemd 'Palgrave pleeggezin', waarvan geen spoor kan worden gevonden op welke lijst van belastingbetalers of bevolkingsregisters ook, behalve dan de vermelding uit 1914 in Cullen County.

Conclusie: verder onderzoek nodig om geboorteplaats, ware identiteit en afkomst van de persoon nu bekend als Rainey Teague te verifiëren.

Vraag: zelfmoord Miles Teague mogelijk gevolg van besef dat feit dat Rainey Teague in crypte van Ethan Ruelle gevonden is te maken had met R's onzekere afkomst. Anders niet verklaarbaar.

Moet dit alles nu aan Kate voorleggen, want zij zal als zijn wettelijk voogd de aangewezen persoon zijn om hem onderdak te bieden tot hij volwassen is. Deze kwesties moeten zsm opgelost worden.

Toen ze klaar was met lezen, legde ze het papier op tafel. 'Dus Leah en je vader volgden hetzelfde spoor. Dat verbaast me niets. Denk je dat het kind van wie Clara was bevallen van Abel Teague was?'

'Daar ben ik van overtuigd.'

'Ik ook. Wat een verschrikkelijke man was dat. Abel Teague verdiende het om voor zijn zonden vele malen te sterven. Toch is hij heel oud geworden. Abnormaal oud. Weet je hoe oud, Reed?'

'Nee, dat weet ik niet.'

'Abel Teague is overleden toen hij om en nabij de honderdtweeëntwintig was. Hij heeft zijn laatste levensjaren grotendeels hier in Sallytown gewoond.'

'Hier?'

'Ja. Hij woonde in een verpleeghuis, niet ver hier vandaan, The Gates of Gilead geheten. Ken je dat?'

'Ik ben daar wel eens naartoe geroepen toen ik dienst had. Maar nee, ik moet bekennen dat ik het niet goed ken. Abel Teague ben ik er in elk geval nooit tegengekomen, zoveel is zeker.'

'Daar zou je ook niet de kans voor gekregen hebben. Hij had een privékamer in een afgelegen vleugel van het huis, wat hem veel geld kostte – een kamer zonder ramen of spiegels. Daar stond hij op. Het was bijna een afwijking te noemen. Hij had een paar vreemde mannen om zich heen, wezens eigenlijk meer, die voor hem zorgden. Het personeel moest niks van ze weten. De wezens lieten verder niemand toe; niemand mocht in de buurt van zijn kamer komen. Behalve dan Abels privéartsen, van wie hij er heel wat had. Abel Teague is in de jaren 1950 in die kamer getrokken. Hij is er pas weer uitgekomen op de ochtend dat hij is overleden. Wil je weten wannéér hij is overleden?'

'Graag.'

'Afgelopen voorjaar. Ze hebben hem gevonden op zijn rug in een boomrijk parkje dat aan het verpleeghuis grensde. Hij had zijn pyjama en een badjas aan. De oorzaak van zijn dood was een kogel van groot kaliber die in zijn linkerwang was afgevuurd, vlak onder zijn oog. Volgens het nogal summiere verslag dat door de lijkschouwer en door jouw staatspolitie is opgesteld, had hij de wond zelf toegebracht, hoewel het wapen, een pistool van kaliber vijfenveertig, nooit is gevonden. Men ging ervan uit dat iemand Abels stoffelijk overschot toevallig had gevonden en het wapen vervolgens heeft gestolen. Als je wilt kun je zelf bij The Gates of Gilead langsgaan, dan kunnen ze mijn verhaal bevestigen.'

'Dat is nergens voor nodig, mevrouw Beryl.'

Ze zuchtte en leek verdrietig te worden.

'Ik wou dat iemand het zou proberen. Misschien dat er dan een rationele verklaring boven water zou komen.'

Ze zweeg een poosje.

'Ik weet dat je je afvraagt waarom ik zo veel over deze zaak weet. Ik heb je al gezegd dat ik Leah Searle graag mocht. Dat is niet helemaal correct. Ik hield van haar. Ze was jong, slim, wakker en lief. Ik voelde me tot haar aangetrokken, en zij tot mij. Geen gelijke verhouding, ik weet het. Ik ben oud en dat was zij niet, maar het was toch een heel sterke aantrekkingskracht.'

Die mevrouw Beryl, dacht Reed. Diepe wateren.

'Ik heb gezien hoe ze tijdens haar werk voor Miles Teague instortte. Ze ging geheimzinnig doen. Voorheen deden we alles samen, maar ze trok zich terug en sprak steeds minder over Rainey en zijn adoptieouders. Haar aandacht verplaatste zich naar Gracie, waar ze, zo begreep ik, een spoor volgde. Dat gaf ze ook toe, maar meer wilde ze er niet over kwijt. Toen ging ze dood. Verdronken. In haar bad. In een goedkoop hotel in Gracie. Er werd gezegd dat het een ongeluk was. Ze had gedronken, en ze had ook een paar tabletten lorazepam geslikt. De politie van Gracie hield vol dat ze was flauwgevallen en onder water was gegleden. Volgens mij is ze vermoord.'

Dat had Reed al zien aankomen.

'Door Miles Teague.'

'Ja.'

'Om te voorkomen dat ze zou vinden waarnaar ze op zoek was?'

'Ja. Hier in Sallytown, of anders in Gracie.'

'En ze was op zoek naar de plaats waar Rainey vandaan kwam en naar wie zijn ouders in werkelijkheid waren.'

Ze schudde haar hoofd.

'Daar begint het pas. De zoektocht naar de ware afkomst van Rainey heeft haar naar Gracie gebracht. Ik denk dat ze met wat ze daar gevonden had naar Miles Teague is gegaan. En dat hij haar daarom heeft gedood.'

'Miles heeft zelfmoord gepleegd.'

'Met een geweer, tot mijn grote vreugde. Waarom heeft hij dat gedaan? Ik ben ervan overtuigd dat hij ook iets met de dood van Sylvia te maken had. Zij heeft kort voor de verdwijning van Rainey nog contact met me gezocht; ze volgde hetzelfde spoor dat Leah had gevolgd. Ik heb geprobeerd haar te helpen, maar zoals je hebt gezien, zoals je vader ook schrijft, is er eigenlijk helemaal geen spoor, en Leah wilde me niet vertellen wat ze in Gracie gevonden had. Ze had het gevoel dat het zo'n soort waarheid is die je maar beter niet kunt kennen. En daar bleek ze gelijk in te hebben.'

Haar blauwe ogen glansden en waren vochtig. Reed keek om zich heen en vond een doos tissues. Ze pakte er een, depte haar ogen en vouwde de tissue op in haar handen.

'Mevrouw Beryl, Kate heeft papieren die ze van Leah Searle gekregen zou hebben: geboortebewijzen en andere documenten, waarop als geboortedatum voor Rainey het jaar 2000 staat, hier in Sallytown. Die zijn in elk geval door haar ondertekend, en door een notaris.'

De lippen van mevrouw Beryl verstrakten en haar wangen liepen rood aan. Ze reageerde heel vurig.

'Vervalsingen. Absoluut vervalsingen. Miles heeft ze door een vervalser laten maken. Die documenten bestaan niet, en Leah zou nooit geprobeerd hebben ze te vervalsen. Nooit ofte nimmer.'

Ze was behoorlijk overtuigend.

Ze ging verder.

'Ik weet dat Sylvia zelf onderzoek naar deze dingen was gaan doen. En toen verdween ze. Ze is in het Kratergat gesprongen, moeten wij geloven. Ze is het Kratergat misschien wel in gegaan, Reed, maar niet vrijwillig. Ik denk dat Miles haar erin heeft geduwd, om dezelfde reden als waarom hij Leah heeft vermoord.'

'Het ligt niet voor de hand dat een man die zo kil is dat hij dat soort dingen kan, zichzelf met een geweer voor zijn hoofd schiet, mevrouw Beryl.'

'Dan hangt er maar van af waar hij bang voor was. Misschien wist hij dat er iets op hem afkwam wat hij niet onder ogen wilde zien.'

'Gerechtigheid?'

Ze schudde haar hoofd.

'In elk geval niet de onze. Misschien was het iets duisterders. En iets wat verder teruggaat in de tijd. Hoe denk je dat het Abel Teague is gelukt om honderdtweeëntwintig jaar gezond en in leven te blijven?'

'Geld? Geluk? Vezels?'

'Niet zo bijdehand, jongeman. Ik denk dat hij... bondgenoten had. Ik denk dat hij een manier gevonden had om zijn leven te verlengen. Een onnatuurlijke manier. Ik heb geen idee in welke vorm, maar Abel had toegang tot duistere machten.'

'De duivel?'

'Abel Teague was een duivel, ja, maar ik geloof niet dat Satan, zoals wij hem kennen, hier iets mee te maken had. En God ook niet, die, daar ben ik van overtuigd, net zo veel belangstelling voor Zijn schepping had als een onbezorgd kind voor de mierenhoop die hij ooit ergens diep in zijn tuin gevonden had en waar hij al lang niet meer naar heeft omgekeken. Ik heb geprobeerd de vorm van deze kracht te doorgronden, in elk geval wat betreft de effecten die hij lijkt voort te brengen, bij mensen zoals Abel Teague en op plekken zoals het Kratergat. Het is net alsof je een nieuwe planeet probeert te ontdekken door alleen maar naar de veranderingen in de nabije sterren en planeten te kijken. Een soort zwaartekracht weet de werkelijkheid in dit deel van de wereld te verstoren. Daar ben ik van overtuigd. Abel gebruikte zijn kracht om veel langer te leven dan de gemiddelde levensduur van de mens, en ik weet zeker dat die kracht – wat die ook moge zijn – Abel op zijn beurt heeft gebruikt. Ik weet dat Abel Teague een geile beer was, een dégénéré, en dat hij verslaafd was aan opiaten. Ik vraag me af of die kracht mensen zoals Abel Teague gebruikt om de zintuigelijke elementen van de wereld te ervaren, te genieten. Een waanidee, maar ik denk dat er iets in zit.'

Ze glimlachte en schudde haar hoofd.

'Ik ben oud, Reed, en Leah Searle was de laatste liefde die ik ooit zal kennen. Je zult wel gechoqueerd zijn, maar je moet proberen de moed niet te laten zakken. Maar ik heb al die jaren met Walter in een schijnwereld geleefd, en toen hij dood was, heb ik besloten dat ik dat nooit meer wilde. Leah is dood en ik loop op mijn eind. Ik ben blij dat je gekomen bent. Ik denk dat je het antwoord op je vraag niet hier in Sallytown moet zoeken.'

'Waar dan?'

Ze stond op. Hij ook.

Er werd hem te verstaan gegeven dat hij kon gaan, maar wel met stijl.

'In Gracie staat een huis, Candleford House geheten. Heb je daar wel eens van gehoord?'

'Ja. Dat was vroeger toch een gesticht? In de jaren twintig? Het had niet zo'n beste reputatie.'

Mevrouw Beryl schudde haar hoofd.

'Het verdiende die reputatie ook. Candleford House was een barbaarse gevangenis, gerund door sadistische bewakers, gestoorde artsen en allerhande charlatans, en de gevangenen werden mishandeld, verkracht en op het laatst vergiftigd, om het beetje geld dat ze bezaten. Candleford House was het voorportaal van de hel, Reed, en dat was de laatste plek waar Leah voordat ze stierf naartoe is geweest. Ze wilde me niet vertellen wat ze daar gevonden had, maar, zoals we al hebben besproken, heeft Leah bevestigd dat Clara Mercer in 1924 onder dwang bij Glynis Ruelle is weggehaald en in Candleford House is opgesloten. En daar is ze gebleven tot 1931, toen ze vanuit Candleford House naar het Lady Grace-ziekenhuis in Niceville is gebracht. We zijn het erover eens dat ze daar was om een abortus te ondergaan, waarschijnlijk nadat ze verkracht was. Clara wist uit het Lady Grace-ziekenhuis te ontsnappen en is in het Kratergat gesprongen. Leah heeft in Candleford House iets gevonden en Miles Teague heeft haar vermoord om te voorkomen dat dat naar buiten kwam. Ik wilde er zelf naartoe, maar ik ben veel te oud. Gracie is niet zo ver. Ik wil dat jij ernaartoe gaat, Reed. Vandaag. Nu meteen.'

'Maar het is leeg. Het is een ruïne toch?'

Ze liep om de tafel heen en pakte zijn hand. Haar vingers waren knokig, maar haar huid was droog en koel. De geur van mimosa zweefde om haar heen.

'Het is een ruïne. Maar het is niet leeg.'

De rest van de dag

Nick was onderweg naar een plaats delict bij een Motel Six aan North Gwinnett, met zwaailicht en sirene, toen Kate hem mobiel belde.

'Ik heb eindeloos geprobeerd je te bellen, Nick.'

Haar stem klonk verschrikkelijk gespannen. Nick zette de sirene uit, maar liet het zwaailicht wel aan.

'Ik wil het niet weten. Rainey?'

'Wie anders. Neurologie in WellPoint is hem kwijt.'

'Kwijt? Hoezo kwijt?'

'Doker Lakshmi zei dat ze Rainey meteen kon zien, dus ik ben linea recta met hem naar WellPoint gegaan. Hij zei dat hij even naar de wc moest. Ik heb tegen ze gezegd dat hij vluchtgevaarlijk was, ik heb het ze gezégd, dus hebben ze een mannelijke verpleegkundige met hem mee gestuurd. Maar die verpleegkundige wilde niet met hem de wc ingaan – vanwege het risico op beschuldiging van seksueel misbruik – dus is hij de gang in gelopen om met de verpleegsters te praten, en poef!'

'Wanneer is dat gebeurd?'

'Net. Misschien een kwartier geleden.'

'Jij was er niet bij?'

'Nee,' zei ze met een hysterische ondertoon in haar stem, 'ik mocht er niet bij zijn, vanwege Hannah!'

'Ik begrijp niet...'

'Ik had Hannah bij me, daarom! Luister, Beth heeft Axel naar school gebracht, en daarna had ze een afspraak met haar advocaat over de nalatenschap van Byron. Dus ik had Hannah bij me, en toen hebben we

Rainey naar WellPoint gebracht, maar Hannah kreeg in de auto een aanval. Ze zei dat ze hoofdpijn van Rainey kreeg. Ik denk: wat nu weer, maar oké, dus ik vroeg haar hoe dat zo, en ze zei dat Rainey haar gehoorapparaat aan het zoemen maakte...'

'Waar was Rainey toen?'

'Die zat voorin, naast me. Hannah zat achterin. Nick, Rainey práátte niet eens. Hij keek naar buiten, doodstil. Hij had zijn telefoon niet aan, niks. Hij lette niet eens op haar. Maar Hannah begon te krijsen...'

'Wat zei ze precies?'

'Wat ze zei? Het sloeg nergens op. Ze is vijf, Nick. Iets over geroezemoes in haar hoofd. Gillende stemmen, zei ze. Maar ze had duidelijk pijn, echt heel erge pijn. Ik kon haar niet in de auto laten zitten, dus moest ik haar mee naar binnen nemen, samen met Rainey. We gingen zeggen dat Rainey er was, en ze zeiden dat Hannah niet mee de kliniek in mocht – kinderen mogen er niet op bezoek komen – onderhand was ze helemaal hysterisch – dus heb ik Rainey met hen mee laten gaan – Nick, hij keek niet eens om – maar zodra de grote metalen deuren dichtgingen, hield ze haar mond, hield ze op met huilen. Dus ik heb haar heel even bij de inschrijfbalie laten staan en toen ben ik bij de receptie gaan vragen waar Rainey was, en daar zeiden ze dat hij naar een kamer was gebracht waar ze hem klaarmaakten voor röntgenfoto's, een angiografie, iets wat ze een computergestuurde tomografie noemden, en later zouden ze nog een lumbaalpunctie doen. Allemaal in de kliniek zelf. Ze zeiden dat het een paar uur zou duren en dat ik daar niet kon blijven als ik Hannah bij me had. Ik zei tegen het personeel van dokter Lakshmi dat Rainey vluchtgevaarlijk was, dus toen hebben ze die mannelijke verpleegkundige aangewezen om bij hem te blijven. Ik ging terug naar Hannah. Ze had honger. We zijn naar MacDonald's gegaan. Hebben wat rondgereden. Hebben met Beth geluncht. Toen ging ik terug om te kijken hoe het met hem ging, en hij was weg! Ik heb je echt voortdurend gebeld, Nick!'

'Het spijt me, schat, echt. Ik was in bespreking met Tig; we hadden het over Rainey. En daarna ben ik naar Beau gegaan. Ik moest mijn telefoon uitzetten om het ziekenhuis in te mogen. Het spijt me, schatje. Waar ben je nu?'

'In de auto, ik ben hem aan het zoeken. Beth is bij me. Eufaula zorgt voor Axel en Hannah. Ik heb de politie van Niceville gebeld, maar die doet niet veel. Dus doen wij het maar.'

'Waar ben je aan het zoeken?'

'We hebben in Patton's Hard gekeken. Daar was het helemaal afgezet met politielint, en er staan twee agenten die iedereen uit de buurt houden. Nu rijden we naar het huis van Sylvia om te kijken of hij daar soms is.'

'Heb je Lemon al gebeld?'

'Ja. Hij komt daar ook naartoe. Kun jij ook komen?'

'Kate, ik kan niet. Ik ben op weg naar een plaats delict. Twee doden. Ik kan nu niet weg.'

'Maar Rainey dan?'

'Ik heb met Tig gesproken. Zoals ik al zei loopt hij niet al te hard van stapel; ik denk dat hij ons tijd wil geven om ons erop voor te bereiden. Tig heeft vooralsnog niks bekendgemaakt over Alice Bayer. Ze is gewoon een anonieme vrouw die we uit de Tulip hebben opgedregd. Maar als Rainey weer vermist is, zal Tig daar een bericht van de wereld in sturen dat de politie van Niceville heel serieus zal nemen. Dan hebben ze hem binnen een uur te pakken.'

'Maar dan gaan ze hem ondervragen, toch?'

'Niet zonder advocaat erbij. Het is niet toegestaan om een minderjarige vragen te stellen over een zaak, tenzij er een ouder of een advocaat bij aanwezig is. Als ze hem vinden, brengen ze hem naar jou toe, waar jij ook bent. Daar zorgt Tig wel voor. Hem kunnen we vertrouwen. Rainey komt wel weer boven water.'

'Maar we gaan toch naar het huis van Sylvia. Kom jij daar dan ook naartoe?'

'Schat, ik kan niet. Ik kan echt niet.'

'Prima. Dan zullen Lemon, Beth en ik het moeten opknappen. Misschien moet je hem officieel inhuren. Zoals Miles voor Sylvia gedaan heeft. Onze eigen privé-escort. Dat deed Lemon vroeger toch? Eenzame vrouwen bezighouden, wier man het te druk heeft met zijn werk?'

Dat deed pijn, maar hij wist zich te beheersen.

'Je bent boos en van streek, Kate. Dat snap ik best. Maar dit is onder de gordel, en zo gaan wij niet met elkaar om. Als je er zo over denkt moet je Lemon maar niet bellen. En nu je het vraagt: ik heb hem ook officieel ingehuurd.'

Daar stond ze van te kijken.

'Waarom?'

Nick legde het haar uit. Hij had Lemon in de arm genomen om hem te helpen erachter te komen wat er met Rainey aan de hand was, en trouwens ook met Niceville zelf.

'Maar waarom Lemon? Waarom niet iemand van je eigen personeel, van de recherche?'

'Omdat niemand, behalve Lemon, het gelooft. En hij gelooft het omdat hij het met eigen ogen heeft gezien. Maar als jij er problemen mee hebt, is hij weg. Ik bel hem wel zodra wij opgehangen hebben.'

Ze zei niets.

Hij hoorde haar ademhalen, en hij hoorde Beth op de achtergrond zelf ook telefoneren, weer met de politie, en hij hoorde muziek op de achtergrond, het gegons van de banden over de weg. Kate reed nog steeds, terwijl ze aan de telefoon was, en hij leidde haar verschrikkelijk af.

'Liefje, je moet even stoppen...'

'Nee. Het spijt me. Je hebt gelijk. Het is alleen zo... We proberen Rainey te helpen, maar hij maakt het ons wel erg moeilijk. Weet je wat hij nog meer gedaan heeft?'

'Ik wil het niet weten.'

'Ik ben net naar de pinautomaat geweest om wat geld te halen. Mijn pasje zat niet in mijn portemonnee, ik bedoel, gisteravond nog wel, maar nu is het weg. Ik heb de bank gebeld en daar zeiden ze dat iemand met mijn pas duizend dollar heeft opgenomen. Ik denk dat Rainey dat gedaan heeft. Ik bedoel, dit kan toch geen toeval zijn?'

'Hoe is hij aan je pincode gekomen?'

'Waar hij ook de toegangscode van het huis van Sylvia heeft gevonden: in mijn agenda. Ik kan die pincodes nooit onthouden. Dat wist Rainey. Die jongen is helemaal ontspoord, Nick. Maar hij is niet stom. Hij neemt echt zo zijn maatregelen, Nick. Zoals een ervaren crimineel zou doen. Hij maakt plannen en zorgt dat hij aan geld komt. Hij opereert. Het lijkt wel alsof hij door een volwassene wordt geholpen.'

'Rij je nou nog steeds?'

'Ja. We gaan naar het huis van Sylvia.'

'Oké. Hang op. Hou je telefoon aan. Ik bel Tig. Hij krijgt de politie van Niceville wel in beweging. Binnen een uur hebben ze hem. Oké? Het komt allemaal goed. Heus, schatje.'

'Zelfs na wat er nu allemaal weer gebeurt?'

'Jij en ik hebben wel meer losgeslagen kinderen gezien. Hun ouders betalen jouw salaris. Het is met allemaal vroeg of laat toch goed gekomen?'

Er verstreken een paar seconden.

Nick voelde dat ze erover nadacht.

'Dat is zo. Met allemaal. Grotendeels.'

'Zie je nou wel?'

Nog meer zacht geadem.

'Dank je wel. Ik voel me al wat beter.'

'Mooi zo. Daar ben ik voor.'

Ze moest er zelfs om lachen. Zwak en bezorgd, maar het was toch een lach. Dus lachte hij ook.

'Nee, echt, liefje. Je vult me aan.'

'Lieve hemel, wat een onzin. Ga aan het werk, Nick.'

'Wees voorzichtig, liefje. Hou me op de hoogte.'

'Jij moet ook voorzichtig zijn, Nick. Dag.'

Toen hij bij Motel Six aankwam, had de politie van Niceville de omgeving al afgezet. Op de parkeerplaats stonden twee patrouilleauto's, met zwaailicht, zodat er een bizar flakkerend licht over de muren en ramen gleed, als vuurvliegjes uit de hel. De zon ging in roze en gouden pracht onder, alle straatlantaarns brandden en rondom het afgezette gebied dromden allerlei gapers samen.

Een patrouilleagent hield het politielint omhoog, hij reed er met zijn Crown Vic onderdoor en hield stil onder aan de trap die naar de eerste verdieping leidde. Mavis Crossfire stond bovenaan en keek met haar handen in haar zij en een gestoorde glimlach om haar mond op hem neer.

'Jezus, Maria en Jozef, hij is het, hoor, in eigen persoon,' zei ze. 'Heb ik jou laatst niet bij winkelcentrum Galleria gezien? Heb jij geen leven?'

'Nee, dat klopt. Jij ook niet, zie ik.'

'Ik heb promotie gekregen. Ik ben nu supervisor van zes districten. Je ziet er een beetje doorgedraaid uit, Nick.'

Nick vertelde haar dat Rainey weer de benen had genomen.

'Godsamme. Wat een onbetrouwbaar rotjoch. Die jongen kan later nog les gaan geven in ontsnappen en ontvluchten aan de Navy Seals.'

'Ik wil het er eigenlijk niet over hebben, Mavis.'

'Oké, dan hebben we het er niet over. Hoe gaat het met Andy Chu?'

'Buiten levensgevaar. Boonie heeft twee klerenkasten van FBI-agenten in zijn kamer geplant, die hem de hele tijd boos aankijken. Hij ligt aan het infuus en hij zal heel lang met die verbrijzelde schouder in het gips moeten lopen. Boonie is er nog niet uit of hij nou gijzelaar of handlanger was. Hij neigt naar handlanger.'

'Heeft Chu een beroep gedaan op zijn zwijgrecht?'

'Nog niet. Maar hij zit behoorlijk onder de pillen. Boonie heeft nog niet geprobeerd hem te ondervragen. Trouwens, ik ben vanmiddag even bij Beau langs geweest.'

'Dat wilde ik net vragen.'

'Hij is zwaar gedrogeerd, maar ze hebben zijn darm weggesneden en ze hebben gedaan wat ze konden om zijn lever en milt te redden, en er zijn nu geen inwendige bloedingen meer. Zijn wervelkolom is in orde, maar hij zal nog een tijdje glucose en een zoutoplossing moeten hebben. Het enige vaste voedsel wat hij tot zich kan nemen is gelatinepudding. Ze hebben het over een tijdelijke colostomie, en dat zal hij niet leuk vinden.'

'Ik ook niet. Hoe houdt hij zich?'

'Het is een sterke jongen, maar ik durf wel te zeggen dat hij... geschrokken is. Jonge mensen denken altijd dat hun nooit iets ergs zal overkomen. Dat heb ik vaak gezien toen ik in het leger zat. De kogel komt uit het niets aanzetten, en vooropstaat dat die knul het gewoonweg niet kan geloven. Sommigen gingen dood, en dan waren ze voornamelijk verbáásd dat ze doodgingen. Dat speelt nu ook bij Beau. May is bij hem.'

Mavis schudde haar hoofd.

'Hoe gaat het met dat PISTOL-gedoe?'

'Ze hebben ons vrijgesproken. Maar wat moesten ze ook anders, nu er een agent bij geraakt is? Coker moest Maranzano wel neerschieten. Die kleinzoon wijten ze aan Deitz. En daarna hebben Coker en ik Deitz neergeschoten. Uiteindelijk.'

Mavis keek hem eens aan.

'Wat bedoel je daarmee?'

Nick dacht na over wat hij zou zeggen.

'Dit blijft onder ons, oké?'

'Altijd, Nick. Dat weet je.'

'Deitz stond op de trap. Het was donker, maar er was genoeg licht om te kunnen richten. Ik stond onder hem, en Coker stond bovenaan. Deitz kon geen kant op. Het enige wat hij had kunnen doen was het geweer laten vallen en dan maar afwachten hoe de jury zou oordelen.'

'Maar dat heeft hij niet gedaan. Hij probeerde Coker neer te schieten.'

'Ja. Maar pas nadat Coker hem ertoe had aangezet. Coker zei dat hij het gênant vond om Deitz zo aan het werk te zien. Toen werd Deitz kwaad.'

'Deitz is altijd opvliegend geweest. En Coker is een kouwe kikker. Die vindt het fijn om slechteriken dood te schieten.'

'Ja. Maar... het zit me niet lekker. Het steekt me als een graat in mijn strot.'

'Byron Deitz was een racistische, sadistische klootzak, en nog een vrouwenhater ook, Nick. En inhalig. En gemeen tegen zijn vrouw en kinderen. En lelijk, had ik dat al gezegd? En nu is hij dood. De wereld is beter af zonder hem. Misschien had Coker hem niet op stang moeten jagen, maar Coker heeft bij de Saint Innocent Orthodox-kerk wel mijn leven gered. En hij heeft ook de conciërge gered, weet je nog? Het is een steenkoude slang, Nick, maar wel ónze steenkoude slang. Als je aan losse draadjes blijft peuteren, zakt op een dag je broek van je kont.'

Nick grijnsde, ondanks het feit dat hij zich zo ellendig voelde.

'Hoe moet ik me dat precies voorstellen?'

Mavis haalde haar schouders op en grijnsde terug.

'Geen idee.'

'Oké. Wat hebben we hier?'

Mavis' glimlach verdween. Ze keek even in de richting van een wasserijkar, waar een bejaard zwart kamermeisje, met rode ogen van het huilen, op een emmer zat en met een politieagente praatte die Nick niet kende.

'Twee blanke mannen. Dood op de plaats delict. Jij mag uitvogelen hoe dat gegaan is. Die vrouw daar heeft ze gevonden toen ze de kamer kwam doen. We hebben haar vingerafdrukken al genomen en onderzocht hoe ver ze de kamer in was voordat ze de lichamen zag – dertig centimeter ongeveer. Ben je er al klaar voor om even te gaan kijken?'

Dat was een retorische vraag, dus liet hij Mavis gewoon voorgaan. Een patrouilleagent bewaakte de deur, en die knikte Mavis toe toen ze eraan kwamen.

'Tommy, dit is rechercheur Kavanaugh, van Moordzaken. Nick, dit is Tommy Molto. Hij bewaakt de zaak. Hij was als eerste ter plekke.'

Nick bekeek de man eens: een Italiaanse jongen met een krachtige kop en een borstkas als een Wurlitzer-jukebox. Hij had de tijd van zijn leven, zo te merken.

'Is de plaats delict veiliggesteld, brigadier Molto?'

'Ja meneer! Zo schoon als mijn... zo schoon als wat, meneer. Daar sta ik persoonlijk voor in.'

Nick bedankte hem, en Mavis schonk de jongen in het voorbijgaan een dodelijke blik. Ze bleven op de drempel staan, Mavis een stukje achter Nick, zodat hij het met eigen ogen kon zien.

Er lagen twee lichamen in de kamer: een gespierde jonge man met een sikje, naakt, onder het bloed, verminkt, met een wit touw vastgebonden aan de polsen, enkels en nek. Hij had een prop in zijn mond, een groot kogelgat in zijn voorhoofd en een iets kleiner kogelgat in zijn linkerbovenbeen. Hij lag in zijn eigen drek. Zijn blauwe ogen waren open en zijn gezicht stond bevroren in een mengeling van schrik en doodsangst.

Het andere lichaam lag op de grond, midden in de kamer. Het was een oudere man met een grauwe huid, stevig gebouwd, in een zwart pak, wit overhemd en met een smalle zwarte das om. Hij lag op zijn rug, met armen en benen wijd en had een stervormige uitgangswond boven op zijn schedel.

Toen Nick naar hem toe liep om hem te kunnen bekijken, zag hij waar de kogel erin was gegaan, namelijk onder de kin van de man, waar een gapend gat zat, waar het schot de zachte huid onder de kaak had opengereten. Rond de ingangswond zaten allemaal zwarte stipjes. Kruit. Dat betekende dat het wapen zich heel dicht bij de keel van de man had bevonden toen de kogel was afgevuurd, zo niet ertegenaan.

De man had ook een vurige jaap van een centimeter of acht op zijn voorhoofd, aangebracht toen hij nog leefde, want die had verschrikkelijk gebloed, tot de kogel zijn hersens eruit had geknald. Nick keek omhoog naar het plafond en zag de druppelvormige spetters en de stukjes hersenweefsel aan het plafond plakken, met in het midden een groot zwart gat, daar waar de kogel het pleisterwerk in was gegaan.

De man had dus midden in de kamer gestaan toen de kogel hem had geraakt.

Nick keek omlaag en zag de Colt .45 op het oranje tapijt liggen, een meter bij de man vandaan. De rechterhand van de man was in die richting uitgestrekt, alsof de Colt eruit was gevlogen nadat de kogel doel had getroffen.

Nick ging op zijn knieën zitten en rook aan de hand van de man. Mavis bleef op een afstandje staan kijken wat hij deed, zonder iets te zeggen, hoewel ze zelf ook zo haar ideeën had over wat zich hier had afgespeeld.

Na een poosje ging Nick een stukje van de lichamen af staan, liep nogmaals de kamer rond, zonder iets aan te raken, en trok toen latex handschoenen aan.

Zelfs met de deur open en het windje erdoorheen was de smerige geur van bloed en lichaamssappen zo sterk dat hij je de adem benam.

355

Als Nick er niet over klaagde, deed Mavis dat ook niet. Maar ze ademde wel door haar mond en wilde toch dat ze Vicks Vapo-Rub bij zich had.

Nick kwam weer naast haar staan.

'Oké. Ze willen ons het volgende doen geloven. Een of andere perverse sekstoestand. We hebben het slachtoffer op het bed, vastgebonden en gekneveld. Met een schotwond in zijn bovenbeen, zo te zien van een negenmillimeterwapen. Nog een gat, maar veel groter, in zijn voorhoofd. Een typische stervormige ingangswond, met veel kruit eromheen, dus van dichtbij gelost. Iemand heeft hem met een kleine boor bewerkt. Knieën, enkels, ellebogen, heupen en kaak. In het bot, waar ze het maar konden raken. Moet godsgruwelijk pijn gedaan hebben. Dit zou een geval van VMD moeten zijn. Vastbinden. Martelen. Doden. Motief? Sadistische seksuele kick.'

Mavis deed er het zwijgen toe, maar glimlachte wel.

Nick ging verder.

'De oudere man in pak zou dan de dader moeten zijn, en de knappe jongen het slachtoffer. De oude man komt aan zijn... is voldaan. Hij schiet de jongen een kogel in het voorhoofd en zet die grote Colt dan in een plotseling opwelling van wroeging onder zijn kin en schiet hem zo het plafond in. Valt op de grond, het pistool vliegt uit zijn hand, en klaar is kees.'

'Een gevalletje van ernstige wroeging?'

Nick glimlachte van opzij naar haar.

'Precies. Zijn hand ruikt naar kordiet, dus het is mogelijk dat hij het wapen in zijn hand had toen de kogel werd afgevuurd. Hoe doe ik het tot nog toe, Mavis?'

'Meesterlijk,' zei ze, in afwachting van wat komen ging.

'Ja. Behalve dan dat die overleden jongen Lyle Preston Crowder is, die afgelopen voorjaar beroemd is geworden toen hij een vrachtwagen vol gipsplaten op Interstate Fifty heeft laten omslaan, waarbij een stelletje kerkdames om het leven is gekomen en alle patrouille-eenheden uit de verre omtrek moesten uitrukken.'

'En drie kwartier later wordt de First Third Bank in Gracie overvallen,' zei Mavis.

Mavis had van de baliemedewerker van het hotel te horen gekregen wie de jongen was, maar Nick kon zich zijn gezicht gewoon nog herinneren. Ze was onder de indruk.

'Ik weet niet hoe jij erover denkt, maar ik was er indertijd van overtuigd dat die jongen er iets mee te maken had.'

'Ik ook,' zei Mavis. 'Maar Boonie wilde er niet aan, en het was een zaak van de FBI.'

'Nou, in elk geval was íemand het dus met ons eens. Volgens mij wilde hij van Lyle iets over die bankoverval weten en heeft hij zijn vraag kracht bijgezet met een elektrische boor. Het geld is vooralsnog niet teruggevonden, hè, ook niet gedeeltelijk, toch?'

'Ik heb het in elk geval niet, dat weet ik wel, en ik heb in mijn ondergoedla, mijn wasmand, overal gekeken.'

'Dan moet het dus nog ergens zijn,' zei Nick, 'en iemand dacht dat Lyle misschien wel wist waar. En wij weten natuurlijk allebei wie deze andere man is.'

'Edgar Luckinbaugh,' zei Mavis, blij dat ze haar steentje kon bijdragen.

'Ik denk dat wij deze kamer eens heel goed moeten onderzoeken, wat jij?'

'Hoe bedoel je "wij", blanke? Ik ben maar een nederige politieagent.'

'Kun jij de volgorde van gebeurtenissen vastleggen?'

'Zal ik niet gewoon de foto's maken?'

En dat deed ze, te beginnen aan de rand van de kamer, en vandaar uit naar binnen toe werkend, waarbij ze op het laatst een paar gedetailleerde close-ups van de lichamen en de wonden maakte. Toen deed ze een stap naar achteren, boog naar hem en gebaarde hem naar voren te komen.

'Is de lijkschouwer al gebeld?' vroeg Nick, terwijl hij zich bukte om Edgar Luckinbaughs zakken te doorzoeken.

'Ja,' zei Mavis. 'Ze moet nog even iets afmaken – een orbitafractuur, zei ze.'

'Een gebarsten oogkas.'

'Lieve hemel. Dat zijn wel heel grote woorden voor zo'n jonge vent als jij.'

Nick tikte tegen de blauwe plek op zijn voorhoofd.

'Ik heb er zelf een opgelopen toen dat busje omsloeg.'

'Jezus,' zei Mavis, 'dat was ik helemaal vergeten. Dat is inmiddels ruim een week geleden, toch? Kun je je nog herinneren dat er vroeger nooit iets in Niceville gebeurde?'

'Nee,' zei Nick, en hij haalde de portemonnee van de man uit zijn borstzakje, terwijl hij tegelijkertijd probeerde om alle bloedspetters op zijn hemd te omzeilen.

'Ik ook niet,' zei Mavis.

357

Nick kwam overeind en bekeek de inhoud van de portemonnee. Rijbewijs, verzekeringspasje, een bidprentje voor ene Francis Louise Luckinbaugh, meisjesnaam Gillis, overleden in 2006. Een creditcard van Capital One, een prepaidtelefoonkaart, een werknemerspasje met magneetstrip voor het Marriott Hotel, bonnetjes voor Krispy Kreme-donuts – een paar –- een bonnetje voor Wendy's, op de datum van die dag, van de Wendy's aan de overkant van de straat, om precies te zijn.

Nick liep naar het raam en keek uit over North Gwinnett.

'Weet iemand al welke auto van meneer Luckinbaugh was?'

'Nee. Alle auto's op de parkeerplaats zijn nagetrokken. Er staat er geen een op naam van Luckinbaugh.'

'Denk even met me mee, Mavis. In die enorme handboeihouder aan zijn riem zit een sleuteltje, maar ik zie nergens handboeien hier in de kamer. Hij heeft een fikse premortale snee op zijn voorhoofd, vrij vers, die een beetje pijn gedaan moet hebben. In tegenstelling tot bijna iedereen in de westerse wereld heeft hij zo te zien geen mobiele telefoon. Toch zit er een prepaidtelefoonkaart in zijn portemonnee. Hij heeft een wapenriem voor die grote oude Colt om, waarvan ik durf te wedden dat het zijn dienstwapen was toen hij nog bij de politie werkte. Hij heeft zich volgestopt met Krispy Kreme-donuts, die hij, als ik de bonnetjes mag geloven, overal in de stad heeft gekocht, en allemaal in de afgelopen achtenveertig uur. En hij heeft al zijn benzine- en etensbonnen ook bewaard, alsof hij aan iemand anders een overzicht van zijn uitgaven moest overleggen. Denk jij dan niet, net als ik, dat Edgar vanmiddag nog steeds aan het werk was?'

'Bedoel je dat hij als privédetective werkte? Ja, dat denk ik ook. Vanwaar anders die handboeihouder en die Colt?'

'Handboeihouder, maar geen handboeien. Dus waar zijn die gebleven?'

'Uitstekende vraag, Nick. Zou hij ze vergeten zijn?'

'Of was hij bezig iemand de handboeien om te doen toen het helemaal verkeerd is gegaan? Hij is overmeesterd – misschien probeerde hij die man te boeien en heeft die man hem met de handboeien tegen zijn voorhoofd geslagen – vandaar die premortale snijwond – de man komt heel dichtbij, pakt de loop van het wapen en draait die omhoog, want dat doe je als je een wapen probeert af te wenden. Het pistool gaat onder Edgars kin af en Edgars hersenen pleisteren het plafond.'

'Hij is niet door Lyle neergeschoten.'

'Nee. Door een derde partij, gok ik. Een derde partij met een negenmillimeterwapen dat hij ook op Lyles bovenbeen heeft gebruikt. Ik vermoed dat hij Lyle met Edgars .45 heeft doodgeschoten. Vervolgens neemt hij Edgars handboeien mee. En zijn mobiele telefoon. Maar niet het sleuteltje en niet zijn Colt.'

'Weet je wat deze situatie mij echt doet vermoeden, Nick? Dat Edgar de Derde Man naar deze locatie gevolgd is, dat hij door de Onbekende Opdrachtgever betaald werd om de Derde Man te volgen, en dat hij besloten heeft om in z'n eentje naar binnen te gaan en dat met de dood heeft moeten bekopen.'

'Alsof hij dacht dat het misdrijf nog gaande was? En dat de agent in hem besloot er iets aan te doen?'

'Iets in die trant, ja.'

'Heeft dit hotel een beveiligingssysteem waar je ook de trap op kunt zien?'

'Ja, dat is er. Ik heb beneden de harde schijf voor je. Ik heb de beelden bekeken. Je ziet allemaal mensen komen en gaan. De receptionist zei dat het allemaal vaste gasten of medewerkers zijn. Eén man kende de receptionist niet, een lange magere man, die zijn gezicht van de camera afgewend hield. Hij was goed gekleed, elegant zelfs. Een grijs pak en heel mooie schoenen – de receptionist houdt erg van schoenen – hij is om twee uur zesenvijftig, volgens de timer, de trap naar de eerste verdieping op gelopen. Hij had een leren tas bij zich. De camera beslaat maar een beperkte hoek, dus je kon niet zien waar hij naartoe ging, of waar hij vandaan kwam, maar de receptionist weet zeker dat hij geen hotelgast was.'

'Kunnen we daar een still van krijgen?'

'Daar zijn ze nu mee bezig. Vervolgens komen en gaan er nog meer mensen, en om drie uur negenentwintig zien we Lyle de trap op komen met een pizza en een zak met boodschappen.'

'Is dat het bier en de troep die in het bad zijn gegooid?'

'Ja. Daarna een hele tijd waarin er niet veel gebeurt – er komen een paar kamermeisjes langs – en dan om drie uur tweeënvijftig zien we Edgar in volle vaart langs de camera lopen, met zijn gezicht op oorlog. Een half uur later komt de Derde Man met zijn leren tas de trap af. Hij houdt zijn gezicht van de camera afgewend en loopt dan het beeld uit.'

'Daar wil ik ook stills van.'

'Die krijg je.'

Nick keek aandachtig naar de auto's die op de parkeerplaats van Wendy's stonden.

'Heeft Wendy's beveiligingscamera's?'

'Dat heb ik niet gevraagd, maar het zou me verbazen als ze die niet hadden. Tegenwoordig hebben ze overal camera's.'

'Die maken ons het leven in elk geval een stuk gemakkelijker. Dus we hebben vastgesteld wie onze hoofdpersonen zijn, in elk geval in algemene zin. We moeten de identiteit van de Derde Man vaststellen en we moeten erachter zien te komen wie de Onbekende Opdrachtgever was. Nog één ding. We denken dat hij Edgars mobiele telefoon heeft meegenomen. Waarom zou hij dat doen? Als hij ermee wordt betrapt is het bewijsmateriaal dat hem in verband brengt met een moord.'

'Die heeft hij meegenomen omdat hij niet wil dat iemand anders – de politie – erachter komt wie Edgar ermee gebeld heeft, want waarschijnlijk heeft hij met de Onbekende Opdrachtgever gebeld, en de Derde Man wil niet dat wij weten wie dat is.'

'Ja. Heel goed, Mavis. Zeg, wat doen privédetectives normaal gesproken?'

'Die worden ingehuurd door bezorgde echtelieden om mensen naar goedkope motels zoals dit te volgen en foto's te nemen van perverselingen die ondeugende dingen met elkaars uitstekende delen doen, met zwepen, plumeaus, goudvissen en dergelijke.'

'Dus zoals het er op een doorsnee zaterdagavond bij jou thuis aan toe gaat?'

'Dat had je gedroomd, Nick.'

'Zie je die aftandse Windstar daar?'

'Ja.'

'Vind je niet, Mavis, dat die auto zo onwaarschijnlijk saai en lelijk is dat je er eigenlijk niet naar kunt blijven kijken zonder in slaap te vallen?'

'En dus een uitstekende auto om in te posten?'

'En op een uitstekende plek om deze kamer in de gaten te houden. Ik stel voor dat we erheen gaan en hem doorzoeken. Wat denk je ervan?'

'Ik volg op de voet.'

Meneer Teague wil niemand ontvangen

Lemon parkeerde zijn oude pick-up bij een paar huizen voor het land-huis van de familie Teague op Cemetery Hill en zette de motor uit. Van-af die plek zag het huis er afgesloten en leeg uit, maar dat betekende niet dat Rainey er niet was. Hij dacht dat Kate en Beth nog wel tien mi-nuten op zich zouden laten wachten, en hij wilde dat Kate het eerste gezicht was dat Rainey zag, als Rainey er überhaupt was. Maar die jon-gen zat Lemon helemaal niet lekker.

Toen Sylvia en Miles nog leefden, had hij al met al een vrij goede verstandhouding met Rainey gehad. Lemon had zelf nooit een zoon ge-had – zelfs geen broer – en ze waren allebei fan van de Gators – Rainey plaagde hem altijd over The Seminoles – en als ze tijd hadden trapten ze een balletje in de achtertuin van de familie Teague.

Een balletje trappen, daar hield Miles niet zo van. Van het vader-zijn trouwens ook niet. En ook niet van het echtgenoot-zijn. Als Lemon niet min of meer verliefd was geweest op Sylvia, en Rainey niet zo belangrijk voor haar was geweest, was Lemon nooit bij hen over de vloer gekomen. Maar deze nieuwe Rainey?

Diep in zijn hart was Lemon ervan overtuigd dat Rainey op de een of andere manier iets te maken had met de dood van Alice Bayer. En nu hij weer alles uit de weg probeerde te gaan – door weg te lopen, door zich als een verwend rotjoch te gedragen, een schuldig verwend rotjoch zelfs – kon hij die twee jongens met geen mogelijkheid met elkaar in verband brengen.

Het was net alsof er in die jongen iets heel ergs tot leven was gekomen en dat dat zich daar als een spin ophield en aan Raineys touwen en kabels trok. Lemon keek hoe laat het was en keek toen in zijn achteruitkijkspiegel.

Geen Kate.

Lemon dacht er nog eens over na en besloot toen toch maar even de tuin door te lopen om te kijken of hij ergens aan kon zien of Rainey daar was geweest. Als hij daarmee de kans kreeg om even met Rainey alleen te zijn, kon een soort broederlijk openhartig gesprek misschien tot een liefdevolle tik tegen zijn hoofd leiden, maar dat was zo erg nog niet. Nick was zijn voogd, maar moest zich van alle lichamelijk contact onthouden, van welke strafmaatregel ook. Nick was ten aanzien van Rainey veel te licht ontvlambaar.

Dus stapte Lemon uit de Suburban en liep de straat in, in de richting van het huis van de Teagues. Hij kwam bij het begin van de oprit.

En toen bleef hij staan.

Het huis zag er volstrekt normaal uit: een groot stenen landhuis op een glooiend gazon, omgeven door eiken en wilgen, met op de voorgevel een vlekkerig namiddaglicht. De warme gloed van oud geld, die woorden kwamen in Lemon op toen hij er zo naar stond te kijken. Maar hij zag iets op de grote stenen veranda wat hij daar nog nooit eerder had gezien. Het was net een schaduw, of in elk geval een donkerder soort licht, en het lag op het bordes. Toen Lemon ernaar keek, wist hij dat het geen schaduw was.

Het was een 'donkerte'.

En die donkerte merkte hem op.

Lemons maag begon langzaam te golven en de spieren over zijn hele rug en buik begonnen te trekken. De schaduw werd groter, in de lengte en de breedte. Hij deelde zich op in twee afzonderlijke vormen, en daarna in de gestalten van twee grote mannen.

Ze stonden op het bordes en keken op hem neer. Het waren nog niet duidelijk waarneembare figuren, maar niettemin mannen, wazig en bibberig, alsof zijn ogen traanden, maar toch duidelijk genoeg. Hij schudde zijn hoofd, en toen kwamen ze duidelijker in beeld.

Ze hadden allebei een spijkerbroek en zware zwarte laarzen aan. Hun dikke buiken duwden de witte katoen van hun overhemd naar buiten, als een spinnaker, en bloesden over hun gesp omlaag. Hoewel een van de twee een kaalgeschoren hoofd en een zwart sikje had, en de andere keurig geschoren was en rommelig blond haar had, leken ze wel familie van elkaar.

Lemon had hun foto's gezien, een paar politiefoto's, boven de kop in de *Niceville Register*, de ochtend na de crash en het bloedbad bij The Super Gee. Dwayne Bobby Shagreen en Douglas Loyal Shagreen, voormalige Nightriders, gezocht door de FBI, die tot twee dagen geleden dood en bevroren achter in een vleeswagen hadden gelegen, op het afgesloten terrein van het hoofdbureau van de staatspolitie, even buiten Gracie.

Lemon wist dat ze er niet echt waren, net zomin als Merle Zane echt in Gracie bij de lift in de gang had gestaan toen de deur openging en ze oog in oog hadden gestaan en met elkaar hadden gesproken. Wat dit ook voor dingen waren, ze waren nu in elk geval volledig aanwezig en ze zagen er net zo echt uit als de stenen waarop ze stonden, met hun armen slap langs hun lichaam, met een dof gezicht als van een koe, zonder wat voor uitdrukking of gevoel ook, en ze keken naar hem en wachtten tot hij dichterbij zou komen. Hij kreeg zijn hartslag weer onder controle en deinsde niet terug.

'Waarom zijn jullie hier?'

De man met het lange blonde haar keek niet-begrijpend en zei toen, alsof het hem net te binnen schoot: 'We zijn hier voor meneer Teague.'

Er klonk niets van spanning of venijn in zijn stem door. Geen enkele emotie. Zijn stem was laag, vlak en zacht. Met vaag een accent uit Virginia.

'Waarom?'

'Wij zorgen voor hem.'

'Waar komen jullie vandaan?'

De blonde man keek weer niet-begrijpend.

'We zorgen voor meneer Teague. We kunnen niet ergens vandaan komen. Wij kunnen nergens anders zijn. Wij zijn hier voor meneer Teague.'

Zijn lippen waren gevoelloos en zijn mond was droog. Er klonk een hoge zoemtoon in Lemons oren. Een ader in zijn hals klopte zo hard dat hij die daadwerkelijk kon horen.

'Is meneer Teague dan thuis?'

'Ja.'

'Ik wil met hem praten.'

'Nee.'

Achter hem klonk een stem, een vrouwenstem.

'Lemon? Is alles goed met je?'

Hij keek om en zag dat het Kate was. Ze stond aan de overkant van de straat, naast haar Envoy. Beth zat op de plaats van de bijrijder en keek naar hem.

Lemon keek weer naar het bordes. Daar stond natuurlijk niemand. Kate en Beth kwamen naar hem toe. Kate zag eruit alsof ze gehuild had, en Beth keek alleen maar dodelijk geschrokken.

'Gaat het wel, Lemon?'

'Ja. Prima, Kate. Tuurlijk. Hoezo?'

'Je stond tegen iemand op het bordes te praten. Daar leek het in elk geval op. We hebben je twee keer geroepen, maar je hoorde ons niet. Wat was je aan het doen?'

Lemon keek weer omhoog naar het bordes en zag de gebroeders Shagreen daar staan. Kate zag ze blijkbaar niet. Hij keek naar Beth, die hem alleen maar met diezelfde niet-begrijpende blik aankeek. Hij schudde zijn hoofd.

'Ik zal wel in mezelf hebben staan praten.'

'Is Rainey hier?' vroeg Beth.

'In het huis?'

Beth glimlachte naar hem.

'Nee, Lemon. Op het dak.'

Lemon schudde zijn hoofd.

'Nee, hij is er niet.'

'Heb je al gekeken?' vroeg Kate.

'Ja.'

'Heb je bínnen gekeken?'

'Ja. Hij is er niet.'

Geloof me, alsjeblieft, jullie allebei.

'Oké,' zei Beth. 'Wat gaan we nu dan doen?'

Jullie moeten hier allebei weg, dacht hij. Maar hij zei: 'Hebben jullie geen honger?'

Kate keek verbaasd bij die vraag, alsof het geen moment in haar opgekomen was dat ze honger kon hebben. Ze voelde plotseling dat ze rammelde.

'Ik heb ontzettende honger,' zei Beth. 'Maar Rainey dan?'

'De politie van Niceville heeft meer auto's dan wij. Ze vinden hem wel. Ik heb ook honger. Kiezen jullie maar iets. Ik rij achter jullie aan.'

Beth en Kate liepen terug naar de auto. Lemon kon maar aan één ding denken, en dat was hoe hij ze zo snel mogelijk in die Envoy kreeg en zo ver mogelijk uit de buurt van Cemetery Hill.

'Placido's dan maar?' vroeg Beth. 'Dat is vlak om de hoek van Bluebottle Way. Italiaans, is dat goed?'

'Ik ken Placido's. Ik rijd achter jullie aan.'

'Oké,' zei ze, 'dan zien we je over vijf minuten.'

Kate stapte in de Envoy, startte de motor en draaide het raampje omlaag. Ze keek langs hem heen naar het huis van de Teagues.

'Toen je daar stond, dachten we dat je tegen iemand stond te praten. Niet in jezelf.'

'Was er dan verder nog iemand?'

Kate keek hem met een scherpe onderzoekende blik aan.

'Voor zover ik heb kunnen zien niet.'

'En heb jij iemand gezien, Beth?'

Ze keek ongemakkelijk.

'Misschien wel iets. Een soort schaduw.'

'Kom, we gaan. Ik zie jullie bij Placido's.'

Beth aarzelde, keek weer even omhoog naar het huis en glimlachte toen.

'We hebben het er nog wel over bij een bord carpaccio, oké?'

'Klinkt goed.'

Ze reden weg.

Hij wachtte tot ze de hoek om waren, Bluebottle Way in, en liep toen terug naar de stenen trap naar de veranda.

Het donkere licht was er nog steeds – een poel niets waar het zonlicht op de een of andere manier afzwakte. Lemon zette zijn voet op de eerste tree en het donkere licht nam vastere vorm aan.

'Ik zie jullie nog wel,' zei hij, en hij liep terug naar zijn auto.

Candleford House

Gracie lag maar een kilometer of zestig van Sallytown vandaan. Toen de zon achter de Belfair Range onderging, reed Reed Walker het stadje in. Gracie was groter dan Sallytown, maar niet veel. Aangezien het in een soort holte tussen de oostelijke en westelijke bergrug van de Belfair Range lag, trad de schemering hier vroeg in, en langs Division Street, de hoofdstraat van Gracie, brandden alle lantaarns al.

Op de kruising van Division Street en Widows Lament, het middelpunt van de stad, aangezien alle straten van hieruit als spaken uitwaaierden, net zoals in Washington en Parijs, zag Reed de plaatselijke vestiging van de First Third Bank, afgelopen voorjaar het tafereel van die spectaculaire bankoverval.

Het was een oud stenen gebouw dat op een Egyptische tempel moest lijken, waardoor de reusachtige verlichte kunststof borden op de elegante oude gevel er net zo misplaatst uitzagen als een Ray Ban-zonnebril op een marmeren buste van Cicero.

Op deze vrijdagavond was Gracie zo wild als een ouwe meid met de naam Gracie maar kan zijn, en dat wilde zeggen dat restaurant TGIF bomvol zat en dat de rij bij de Ruby Tuesday een dubbele slinger over het trottoir maakte. In The Chantilly Pantages speelde iets met pinguïns in 3D en op Jubilation Park, het dorpsplein van Gracie, was een kermis neergestreken.

Er stond onder andere een ronddraaiende achthoek van neon vol krijsende pubers, en de draaimolen liet een draaiorgelversie van 'The Skater's Waltz' horen. Je moest van het kleinsteedse Amerika houden, dacht

Reed terwijl hij het centrum van Gracie door reed, over Division Street. God zegene de vs.

Reed was al heel vaak langs Candleford House gereden toen hij nog voor de staatspolitie patrouilles reed, maar had er nooit echt veel aandacht aan besteed.

Nu hij de Mustang voor het gebouw liet stilhouden, bekeek hij het eens wat beter. Het zag er precies zo uit als hij het zich herinnerde: een hoog onheilspellend gebouw van grijs steen met aan weerskanten twee uitstekende torenachtige erkers. Het was drie verdiepingen hoog, en de torens werden bekroond door een Normandische torenspits. Kosten noch moeite waren bij de bouw gespaard. Het gebouw had glas-in-loodramen, een middengalerij met een paar versierde pilaren en op een bovenverdieping een kleiner balkon, omlijst met stenen bogen. Aan de straatkant zat een enorme houten deur, in een gewichtige stenen portiek geplaatst.

Candleford House zag vuil van de regen, de wind en de jaren, en oogde zo onverbiddelijk als de dood. Aangezien het een herinnering was die Gracie vroom wenste uit te wissen, hing er nergens een historische plaquette. Het gebouw stond weg te rotten in een groot park vol onkruid, achter een hek van harmonicagaas. De kinderen uit de buurt hadden alle glas-in-loodramen ingegooid, behalve die op de bovenverdiepingen. Daar waren de ramen nog redelijk intact. Het hoogste raam weerspiegelde het laatste licht van de ondergaande zon, en dat glinsterde goudkleurig op als wolvenogen in de nacht.

Pal voor het gebouw stond een bord met verboden te stoppen, dus Reed reed verder over Division Street en vond een parkeerplaats bij een Seven Eleven-supermarkt waar hij zijn Mustang kon laten staan. Hij pakte zijn zaklamp, een middelgrote kniptang en handschoenen uit de achterbak, sloot de Mustang met de afstandsbediening af en wandelde terug naar Candleford House.

Het werd al wat kouder op deze dagen in het najaar en nu de zon onder was, was het gemeen koud. Aan dit stuk stonden geen huizen of winkels, behalve dan die Seven Eleven even verderop. De straat was dicht omzoomd met altijdgroene eiken, die hoog oprezen en de hemel buitensloten. De lantaarns wierpen een ziekelijk gele gloed op de takken. Het was een verlaten, somber en akelig stuk. Waarom de stad het nodig had gevonden om hier een verboden-te-stoppenbord neer te zetten was hem een raadsel. Het hele stuk was verlaten en er was geen auto te bekennen.

Het was wel duidelijk dat de inwoners van Gracie hier het liefst ver uit de buurt bleven.

Op de stoep voor de onheilspellende oude ruïne bleef hij staan. Hij vroeg zich af wat hij in vredesnaam in dit gebouw, dat wel een zombie met doodse ogen leek, zou moeten vinden. Vooral bij dit afnemende licht, ervan uitgaand dat het hem überhaupt zou lukken om binnen te komen.

Reed keek omhoog naar de gevel en had het gevoel dat die als een reusachtige grafsteen boven hem uittorende. Hij merkte dat hij het moeilijk vond om mevrouw Beryl gunstig gezind te zijn.

Maar hij had gezegd dat hij het zou doen en hij was iemand die zijn woord hield. Hij zou zien dat hij binnenkwam, rondkijken, waarschijnlijk nada niks vinden, en 'm dan zo snel mogelijk weer smeren. Dan ging hij terug naar het TGIF-restaurant op het plein, voor een paar biertjes en een rib-eye, waarna hij een motel zou zoeken, Kate en Nick zou bellen en hun vertellen wat hij wist, en dus ook dat mevrouw Beryl ervan overtuigd was dat Miles Teague een koelbloedige moordenaar was.

Reed vermoedde dat ze daar gelijk in had. Hij had Miles nooit graag gemogen, en dat hij toen Rainey levend gevonden was, zelfmoord had gepleegd, had Reed zo onbegrijpelijk gevonden dat hij er geen enkele verklaring voor kon vinden.

De theorie van mevrouw Beryl gaf antwoord op veel vragen, en Nick en Kate zouden die vast graag willen horen.

Daarna zou hij zorgen dat hij een goede nachtrust kreeg en misschien terugrijden naar Sallytown, even bij The Gates of Gilead langsgaan en dan nog even bij mevrouw Beryl langs om haar bij te praten over... wat hij ook ontdekt mocht hebben.

Hij liep langzaam langs het hek om het terrein heen. Het hek was drie meter hoog, met bovenop prikkeldraad dat naar binnen toe gebogen was, alsof het daar zat om datgene wat zich binnen bevond ervan te weerhouden naar buiten te gaan.

Eroverheen klimmen was niet aan de orde.

Hij liep naar de achterkant van het perceel. Daar zat een poort met scharnieren, met een ketting en een hangslot erop. Hij keek of hij ergens een alarm zag. Dat zat er niet. Hij zag ook geen elektriciteits- of telefoonkabels het gebouw in lopen. Het gebouw stond daar maar in het afnemende licht, duister, met doodse ogen en zwijgend.

De avondlucht vertoonde een gloed die later op de avond een maan beloofde. Hij was niet van plan om hier zo lang te blijven dat hij ook maanlicht nodig had.

Hij keek achter zich, keek links en rechts, trok zijn handschoenen aan en knipte de ketting met zijn tang door. De ketting viel kletterend op de grond, en hij trok aan het doorgezakte hek. Hij moest het optillen om er beweging in te krijgen, en het kreunde toen het meegaf, maar meer dan een halve meter had hij niet nodig.

Hij glipte door de opening en liep de grote tuin in, die grotendeels uit onkruid, stenen en glasscherven bestond. Aan de achterkant van het gebouw zat aan het hoofdgebouw een soort bijkeuken vast. Het dak was ingezakt, maar het leek hem wel een zwakke plek.

Een jaloeziedeur hing los aan een scharnier. Hij trok het weg en voor hem gaapte het zwarte gat van wat ooit een buitenkeuken geweest was. Hij knipte zijn zaklamp aan, die een krachtige bundel halogeenlicht gaf. Hij richtte hem naar binnen en zag een stenen vloer, bezaaid met wat er van de balken van het dak over was. Achter in de buitenkeuken zaten een deur – open – en een trap die naar boven leidde, het donker in. Het rook er naar schimmel, lekkage en verrotting.

Fijne manier om je vrijdagavond door te brengen, dacht hij, maar hij ging toch naar binnen. Hij was van plan om te kijken of er nog iets van een kantoor of een archief over was, of van een receptie, en hij meende dat hij daarvoor de grootste kans maakte in de hal op de begane grond. De trap was van marmer, in de loop der jaren uitgesleten, en het verbaasde hem dat niemand de moeite had genomen om dit gebouw van waardevolle materialen te ontdoen.

Hij kwam bij de overloop naar de begane grond. Het was net alsof hij het dek van de Titanic op liep, nadat die honderd jaar op de bodem van de zee had gelegen. Het was een reusachtige centrale hal met een geblokte tegelvloer. Het plafond was bekleed met decoratieve tegels en de ruimte eronder werd in beslag genomen door een grote kroonluchter, verroest en geruïneerd. Reed scheen met zijn licht omhoog het donker in en zag een soort centraal atrium dat helemaal tot aan een dak van gebrandschilderd glas liep.

Rondom het atrium liepen hoge galerijen, ondersteund door van houtsnijwerk voorziene zuilen. De galerijen hadden vier verdiepingen. Ze liepen tot helemaal in het sombere duister ver boven hem.

De overeenkomst met de Titanic – of in elk geval met foto's die hij van de grote balzaal gezien had – was duidelijker dan ooit.

Rechts van hem stond een log bruin gevaarte – de overblijfselen van een grote eikenhouten balie, met daarachter een muur vol gaten, voor sleutels of voor post. Dat was natuurlijk de receptie geweest, alsof Candleford House een oord was waar je voor een weekendje kuren terecht kon. Hij liep ernaartoe, en zijn schoenen knerpten over glasscherven en stof van het pleisterwerk van jaren her.

De balie was leeg; het was gewoon een stapel verrot dood hout. De muur met de gaten was leeg. Er slingerden geen geruïneerde grootboeken rond, er lag helemaal geen papier. Rechts van de receptie was een deur met verschoten goudkleurige letters erop. PRIVÉ. Reed eerbiedigde dat bord door de deur in te trappen.

De zware houten deur sloeg met een knal naar achteren en hij scheen met zijn zaklamp in het vertrek erachter. Daar was niets te zien, alleen een plafondlamp aan een ketting en verrotte vloerdelen die omhoogkwamen. Geen afgewerkte vloer. Alleen de ruwe planken van de ondervloer. In de achterwand zat een rij ramen en door het kapotgeslagen glas zag hij het terrein, het hek van harmonicagaas en verderop in de straat de blauwe gloed van de Seven Eleven.

Als zich ooit al iets in deze ruimte had bevonden, dan was dat er heel lang geleden al uit gehaald. Hetzelfde gold waarschijnlijk voor alle andere kamers in dit huis.

Wat had Leah Searle hier in vredesnaam gezien wat tot haar dood had geleid? Er was niets.

Het huis was een lege huls.

Er zat niks in, behalve de geur van verrotting, stof van het pleisterwerk en schimmel. Hij rook niet eens de stank van ratten of muizen, en hij had geen kakkerlakken gezien. Er lag geen duivenpoep op de vloeren, er fladderden geen vleermuizen op de bovenverdiepingen rond. *No rats no cats no wolverines*, zoals het liedje ging.

En dat was, als hij er goed over nadacht, heel vreemd.

Patrouilleagenten brachten veel tijd door in vervallen gebouwen, waar ze daklozen arresteerden, achter misdadigers aangingen of naar weggelopen huisdieren zochten. Reed was al in honderden van dat soort huizen geweest, en overal had het gewemeld van het ongedierte in alle soorten en maten. Het stonk er meestal naar ammoniak van de uitwerpselen van vleermuizen, en je hoorde altijd het murmelende geritsel van duiven in de dakspanten.

Candleford House was leeg.

En stíl.

Reed hoorde het verkeer buiten en hij hoorde die kermis waar een paar straten terug zo veel slechte muziek gespeeld werd dat in kilometers omtrek de honden er gestoord van werden. Maar hierbinnen? Geen enkel geluid. Alsof het huis zijn adem inhield. Toen hij over de vloer liep klonk zelfs het knerpende geluid van zijn schoenen op het puin gedempt en dof.

Toen bedacht Reed dat Candleford House helemaal niet leeg was. Het was volgestouwd met stilte, met een dikke nevel van oorverdovende stilte.

Voor het eerst sinds hij hier over de drempel was gestapt, voelde Reed dat zijn borstkas en zijn nek strak gingen staan, en de huid op zijn rug voelde op sommige plaatsen warm en op andere weer koud. Dat gevoel kende hij. Dat was angst.

Waarvoor, dacht hij.

Voor *niets*, luidde het antwoord, dat van een heel oude plek ergens diep in zijn limbisch systeem kwam.

Niets is in Candleford House.

Niets is hier bij jou in de hal.

Niets staat achter je.

Reed draaide zich op zijn hakken om, pakte zijn Beretta, liet zijn schijnwerper over de vloer van de begane grond gaan en scheen er toen mee omhoog tot in de donkere schaduwen van de bovengelegen galerijen.

Hij zag... niets.

Hij schudde zichzelf door elkaar en dwong zijn lichaam te ontspannen.

Dit sloeg nergens op. Als Leah Searle zo bang was geworden van niets, dan was deze hele exercitie volslagen onzin.

Hij besloot even snel in het huis rond te kijken, op alle vier de verdiepingen, kamer voor kamer, allemaal even grondig en dan wegwezen.

Hij vond de eerste trap, probeerde of die hem hield en liep toen voorzichtig naar boven, waarbij hij met zijn gewicht op de zijkant van de treden bleef, aangezien hij het midden ervan beslist niet vertrouwde.

Hij kwam bij de eerste galerij die rondom langs alle vier de kanten van het atrium liep. Aan elke kant lagen vier grote slaapkamers, met kapotte ramen, en alle zestien kamers waren leeg. Het duurde een uur voordat hij alle vier de verdiepingen had doorzocht, en zijn verwachtingen kwamen helemaal uit. In elke kamer was niets.

Niets vulde het centrale atrium. Niets in de eetzaal, niets in de lange verlaten vertrekken die misschien ziekenzalen waren geweest. Niets in de piepkleine kamertjes zonder ramen op de bovenste verdiepingen, de kamertjes met de zware deuren met daarin een raampje met ijzeren tralies ervoor. Reed keek in alle kamertjes, stuk voor stuk. Aan het eind van de galerij op de derde verdieping, voorbij een rij met wat je alleen maar cellen zou kunnen noemen, zag hij een open deur.

Hij volgde de lichtbundel van zijn zaklamp door de deur naar binnen en stond in wat ooit een heel mooie kamer geweest moest zijn.

De eikenhouten vloer lag er nog in. De kamer had vier hoge ramen, die nog allemaal intact waren, en liet een lichte gloed binnen die wel van de opkomende maan moest komen.

Reed liep naar het raam, keek naar buiten en zag ver beneden hem Division Street, door het scherm van takken van de altijdgroene eiken. De straat was nog steeds verlaten, het hele stuk, maar de krachtige stilte die alle geluiden in de rest van het huis leek te smoren, was hier minder sterk.

Over de boomtoppen van het bos waarin Gracie gelegen was heen hoorde hij vaag het geschreeuw van lachende kinderen en de schelle muziek van de draaimolen. Zelfs de lucht was hier frisser, en het rook lekkerder.

Hij draaide zich om en bekeek de kamer. Hij was niet groot, maar de flarden van een oosters tapijt midden in de kamer vertoonden een mooi patroon van witte bloemen en groene ranken dat hem aan de beschilderde deurlijst aan het eind van de gang boven in het huis van zijn vader – nee, van Kate – deed denken.

Er stonden afdrukken in het tapijt, diepe afdrukken, vermoedelijk van meubels. Die bevonden zich op een zodanige afstand van elkaar dat je eerder zou denken dat ze van een bed waren dan van een bank. Een grote lamp, van groen blik, in de vorm van een kegel – zo'n soort lamp als je wel in oude fabrieken en gloednieuwe loftappartementen zag – hing aan een ketting, zodanig dat hij het midden van het bed verlicht zou hebben. De kamer had een gewelfd plafond en de muren waren bovenaan voorzien van een versierde kroonlijst.

Afgezien van die lelijke lamp had de kamer zelfs nu nog iets aantrekkelijks, en stond daarmee in sterk contrast met de victoriaanse gevangenis waar de rest van Candleford House aan deed denken.

De positie van de lamp zat Reed helemaal niet lekker. Hij hing recht boven het midden van het tapijt, en als hij gelijk had dat die afdrukken van een bed afkomstig waren, had hij met zijn harde fabriekslicht pal op het bed geschenen, en wel zodanig dat iemand die erbij had willen lezen er niks aan had gehad. De lamp had het midden van het bed eerder als een soort schijnwerper verlicht.

Of de persoon die midden op het bed lag.

Dat vond Reed niet alleen vreemd, maar ook doodeng, alsof het de bedoeling van de kamer was dat iemand aan het voeteneind van het bed kon staan en in het felle licht van de hanglamp naar iemand kon kijken die op het bed lag.

Hij keek op van het tapijt en liet de zaklamp langs de muren gaan. Die waren bekleed met gebloemd behang, verschoten en hier en daar loslatend, maar wel mooi, op een kneuterig ouderwetse manier. Hij zag een plek die wat lichter was, een vierkant, waar een schilderij gehangen moest hebben, maar vrij laag voor een schilderij, halverwege de muur ongeveer.

Reed wilde niet op het tapijt gaan staan, al had hij geen idee waarom, en liep dus langs de randen naar de lichtere plek in het behang.

Er zat geen spijker of haakje in het vierkant. Nu hij er zo dichtbij stond, zag hij dat het behang in het vierkant niet aansloot op het dessin buiten de randen. Het was wel hetzelfde behang, maar het stuk in het vierkant was uit een ander deel van het behang gesneden en erin geplakt.

Waarom?

Reed tikte op het midden van het vierkant.

Het gaf een hol geluid en het vierkant rammelde een beetje. Reed bekeek de randen en zag kieren. Dit stuk board was op maat gesneden en in het vierkant geplaatst om iets te bedekken, maar wat?

Een raam?

Hij klopte langs de randen van het board.

Het rammelde en de linkerbenedenhoek kwam een beetje naar voren.

Reed wurmde de punt van de tang in de hoek. Het hele vierkant wipte eruit, en hij keek in een donkere ruimte.

Hij scheen in het vierkant en zag een kleine kastachtige ruimte, zonder ramen, van ongeveer anderhalf bij één meter. In het midden van die ruimte stond een grote gepolsterde stoel, bekleed met door motten aangevreten velours, dat ooit paars was geweest. Naast de stoel stond een tafel, met een asbak erop en iets wat een tabaksdoos geweest zou kunnen zijn. De stoel was zo neergezet dat iemand die in de stoel zat recht door de opening kon kijken. Hier viel niet onderuit te komen. De betekenis was zonneklaar.

Een verkrachtingskamer, daar was dit mooie zitkamertje voor ingericht.

Een verkrachtingskamer met een kast en een raampje, waarachter iemand anders de verkrachting kon gadeslaan.

Hij keek weer in de kastruimte en zag de vage contour van een houten paneeldeur die in de achterwand was uitgespaard. De persoon die naar de verkrachting, de marteling of wat er ook gaande was, keek, kon dus ongezien komen en gaan.

Reed deed een stap naar achteren en schopte toen tegen de wand onder het open vierkant. Die barstte en verboog.

Hij schopte er nog een keer tegen, en nog een keer.

De wand barstte wijd open. Hij schopte de opening aan flarden en splinters, liep de kast in, duwde de stoel opzij en schopte met de hak van zijn schoen tegen de deur in het wandpaneel.

De deur was niet meer dan een stuk geschuurd sparrenhout. Hij vloog aan verroeste scharnieren naar achteren open, en hij zag een grote kamer met een hoog plafond en langs één kant glas-in-loodramen.

De kamer baadde in maanlicht. In het midden stond een reusachtig hemelbed, kaal hout inmiddels, want de matras en de spiraal waren er al lang niet meer. Het bed zat onder het stof, maar was nog wel intact. Het stond midden op een Perzisch tapijt, dat wit zag van het stof en langzaam wegrotte door het vocht.

Er stond verder niets in de kamer, behalve een hoge ladekast, tegen de muur tegenover de ramen, met alle laden open, alsof die door een dief met haast waren geplunderd.

Reed liep ernaartoe en scheen met de lamp in de bovenste la. Die was bekleed met krantenpapier, dat inmiddels vergeeld en gescheurd was en hier en daar losliet. Hij trok aan het papier en het gaf mee.

Het was een pagina met advertenties voor landbouwwerktuigen, scheermesjes, krulijzers, sokophouders, haarolie, kunstgebitten, allemaal in verschoten sepia. In de linkerbovenhoek stond een datum.

23 september 1930

Hij trok de la uit en keerde hem om. Niets. De volgende. Niets. En weer niets.

Maar in de onderkant van de onderste la zat het merkteken van de fabrikant in het hout gedrukt:

J.X. HUNTERVASSER & ZONEN

OGILVY SQUARE SAVANNAH

KWALITEITSMEUBELS VOOR DE GEGOEDE BURGERIJ

Tegen de onderste la zat een vergeeld vierkant stukje papier gelijmd, vlak onder het merk van de fabrikant. Het was getypt, de letters waren verkleurd, maar nog wel leesbaar:

KINGSFIELD STAANDE LADEKAST
LUXEMODEL B-2915
OP MAAT GEMAAKT VOOR
DE HEER ABEL TEAGUE
GESCHENK VAN ZIJN VADER KOLONEL JUBAL TEAGUE
BEZORGD MET KERSTMIS

Reed hield de zaklamp een poosje op de la gericht en zette de la toen op de grond.

Had Leah Searle dit ook gevonden? Als dat zo was, bestond er blijkbaar een eenvoudigere manier om in deze kamer te komen dan twee muren te slopen. Maar het was wel het bewijs dat Abel Teague... ja, wát?

Dat hij in Candlford House had gewoond, of in elk geval in deze kamer had gelogeerd wanneer hij in Gracie was, minstens tot 1930? Clara Mercer was op 14 juni 1924 onder dwang in Candleford House geplaatst.

Vanwege de brand in het archief van Niceville, in 1935, wist niemand wie die opdracht had ondertekend. De documenten waren vernietigd. Was Leah Searle een kopie op het spoor geweest? En zo ja, wat zou dat dan bewijzen?

In elk geval zou dat kunnen bewijzen dat Abel Teague geregeld had dat Clara Mercer weg moest bij de familie Ruelle en dat ze als een gevangen speeltje voor zijn vertier hier in Candleford House was ondergebracht. Na alles wat hij haar al had aangedaan was dat een dermate verfijnde vorm van sadistische wreedheid dat het je verstand te boven ging. Het betekende dat Clara Mercer zeven jaar lang in Candleford House opgesloten had gezeten, waar ze gruwelijk was misbruikt door dezelfde man die jaren daarvoor haar jeugd had verpest. De bekleding van papier betekende misschien dat Teague hier nog steeds woonde, of in elk geval regelmatig kwam, toen Clara zwanger werd. Clara viel in 1931 in het Kratergat.

Zou het kunnen dat Abel Teague hier kort daarna was vertrokken, en wel in zo grote haast dat hij vergeten was hun familie-erfstuk mee te nemen, het kerstcadeau van zijn vader, zodat dat hier in deze kamer was weggerot?

Het zou in elk geval wel verklaren waarom Glynis Ruelle een haat jegens Abel Teague had gekoesterd die haar ziel de rest van haar levensjaren zwart had geblakerd. Maar Glynis Ruelle was in 1939 overleden. Dat lag nu allemaal ver in het verleden.

Waarom zou Miles dit allemaal zo belangrijk vinden dat hij er Leah Searle en zijn eigen vrouw om had vermoord? En hij zich vervolgens met een antieke Purdy door het hoofd had geschoten? Het feit dat Miles Teague een kwaadaardig familielid had was bij iedereen in Niceville bekend. De bittere herinnering aan de misdaden van London Teague was de reden dat de Golf en Country Club van Niceville naar Anora Mercer was vernoemd.

Wiens handtekening had er op die opdracht tot opname gestaan? En belangrijker nog, waarom had Abel Teague de mooiste kamer van heel Candleford House? Werd Candleford House soms ter persoonlijk vermaak van Abel gerund?

Een heel ziekenhuis vol slachtoffers, en een uitgebreide voorziening op de bovenste verdieping om te kunnen voldoen aan zijn perverse verlangens. Waarom zouden de mensen die Candleford House runden zich dat risico op de hals halen?

Tenzij Candleford House natuurlijk van meet af aan tot stand was gekomen met het geld van Abel Teague. En daarmee draaiende werd gehouden. Betaalde hij het personeel, de bewaking en de kwakzalvers? Was het aan het geld van Teague te danken dat het archief in de as was gelegd? En als met het geld van de familie Teague het beruchtste particuliere gruweloord van het hele Zuiden was gesteund, zou Miles Teague dan Leah Searle en zijn eigen vrouw vermoorden om uitgerekend dát geheim te houden?

Reken maar.

Reed draaide zich om om weg te gaan.

Midden in de kamer stond een jonge vrouw; ze gloeide helemaal in het maanlicht dat door de ramen viel. Ze was blootsvoets en droeg een jurk van heel dunne stof. Die zag er grijs uit in het licht van de maan, maar het kon ook best groen zijn. Ze was bleek, maar wel mooi, met grote ogen en lang kastanjebruin haar. Onder de jurk was ze naakt; haar mooie lichaam tekende zich in contour af in het maanlicht. Ze wierp geen schaduw op de vloer voor haar. Ze hield haar handen gevouwen, rustend op haar bolle buik. Ze keek hem aan met een vreemde uitdrukking op haar gezicht, waarvan Reed zich realiseerde dat het nieuwsgierigheid was.

Mijn eerste spook, luidde de gedachte die in Reed opkwam. Hij voelde geen angst, maar wilde zich alleen maar heel stil houden en niets doen waardoor deze verschijning zou gaan flakkeren en verdwijnen. De vrouw keek de kamer rond en keek toen weer naar hem.

'Wie bent u?' vroeg ze.

Ze sprak met een zuiver Savannahs accent, en haar stem klonk zacht en helder.

'Ik ben Reed Walker.'

Daar leek ze even over te moeten nadenken.

'Uw moeder heet Lenore, toch?'

'Ja.'

'Zij is nu bij Glynis. Ze is gelukkig.'

'Is mijn vader daar ook?'

'Nee. Het spijt me. Niets heeft hem meegenomen. Niets houdt hem bij zich. Niets houdt alles wat hij meeneemt. Niets is hier nu ook. Voelt u het? U moet gaan.'

'Bent u Clara Mercer?'

'Ja. Ik heb hier vroeger gewoond. Nu woon ik bij Glynis. Waarom bent u hierheen gekomen?'

'Om erachter te komen wat hier is gebeurd.'

Ze keek de kamer rond.

'Er zijn hier verschrikkelijke dingen gebeurd. Dit was het huis van Abel. Ik heb hier heel lang samen met hem gewoond. En met niets. Ze leefden van mij. Ze waren één en tegelijkertijd ook niet. Dat zijn ze nog steeds.'

'Waarom bent u hierheen gekomen?'

Ze keek de kamer rond.

'Ik kom hier om me te realiseren dat ik hier nu niet meer ben. Ik merk dat ik dat soms niet goed weet. Glynis zei dat het beter tot me door zou dringen als ik hierheen ging. Maar ik blijf niet. U kunt ook beter gaan.'

'U zei dat Abel Teague nog leeft?'

Ze schudde haar hoofd.

'Nee. Niet zoals u dat bedoelt. Niet zoals u en ik leven. Glynis laat hem haar akkers omploegen. Hij heeft het zwaar. En hij doet niemand kwaad. Ik ga wel eens naar de akkers toe om naar hem te kijken. Maar niets probeert hem terug te halen. Via de jongen. U moet ervoor zorgen dat dat niet gebeurt.'

'Hoe moet ik daarvoor zorgen?'

'Niets gebruikt de jongen om Abel terug te halen. Hij is al aan het veranderen. Dat moet u een halt toeroepen.'

'Maar hoe?'

'Hij heeft nog steeds de kracht om zich van dat pad af te wenden. Als hij dat niet doet, moet u hem doden.'

Ze draaide haar hoofd om en bleef doodstil staan.

'Niets is hier. Ik moet gaan. U ook.'

'Waarom?'

'Omdat niets over u nadenkt.'

En weg was ze.

Maar de kamer was niet leeg. Het was net alsof een compressor lucht in de kamer pompte. Reed voelde dat de druk zich opbouwde op zijn huid, in zijn longen, in zijn keel. Zijn oren deden pijn, alsof hij in diep water wegzakte. De druk kwam vanaf de vloer omhoog en sloot hem vanaf de muren in.

Reed liep achteruit naar het raam en keek de kamer in. Er klonk geen enkel geluid. De stilte was verpletterend. Reed hoorde zijn eigen hart niet kloppen, maar voelde het wel in zijn borstkas hameren. Hij had het gevoel dat de stilte en de druk onderdeel van één en hetzelfde ding waren. En het was nu heel dichtbij, het raakte zijn huid bijna. Het zweefde op een paar centimeter voor zijn gezicht. En het beschikte over een geest. Koud, buitenaards en totaal anders dan Reed Walker en wie ook van zijn soort.

Hij voelde dat hij aandachtig *bekeken* werd.

Gepeild.

Op waarde geschat.

Hij wist dat als hij zijn mond opendeed dat stille ding in hem zou stromen en daar voor altijd zou blijven, zich met hem zou voeden. Hij haalde de kniptang weer tevoorschijn, sloeg de ruit in en liet zich achterwaarts uit het raam vallen. Hij viel een hele tijd, en kwam op een gegeven moment in de takken van een altijdgroene eik terecht, toen viel hij weer verder, raakte nog een tak, greep die vast, slaagde erin zijn val te stoppen, voelde vervolgens dat de tak bezweek, viel weer verder, terwijl de takken hem geselden, en toen waren de takken weg – een moment waarop hij in stilte viel – en kwam hij hard op het gras terecht, stuiterde één keer en raakte buiten bewustzijn.

Endicott doet een beroep
op de zwarte weduwe

De kersverse weduwe van Frankie Maranzano was nu de enige bewoner – afgezien van Frankie Il Secondo, de winderige chihuahua – van het duizend vierkante meter tellende penthouse van twee verdiepingen in een obelisk van groen glas, vierenzestig verdiepingen hoog, The Memphis geheten. Hoewel er werknemers van Frankie – ingehuurde spierkracht en schutters – in het gebouw woonden, was Delores er nog niet aan toe om al met hen alleen te blijven, totdat ze had uitgezocht naar welke kant hun loyaliteit vermoedelijk zou uitgaan. Dus liet ze hen de begrafenis voor Frankie en de kleine Ritchie regelen, terwijl ze zelf in het penthouse de ontroostbare weduwe uithing.

Niet dat ze geen verdriet had om Frankie en Ritchie. Frankie en Delores waren jarenlang heel gelukkig geweest. Maar toen hadden ze elkaar ontmoet.

Delores meende dat het Coco Chanel was geweest die had gezegd dat als je om het geld trouwde, je op elke stuiver recht had. En Frankie was aardig op streek om Ritchie in een miniversie van zichzelf om te toveren, en de wereld zat niet op twee Frankie Maranzano's te wachten.

Nu ze dood waren, voelde haar wereld, en met name dit appartement, veel meer als thuis.

The Memphis was onderdeel van een groep torenhoge appartementencomplexen die rond Fountain Square was verrezen, midden in het zaken- en winkelcentrum van Cap City. Het lag recht tegenover het Bucky Cullen Memorial Office Complex, waar Boonie Hackendorff,

379

van de FBI van Cap City, op de hoek zijn werkkamer had, met uitzicht op Fountain Square, waarvan het aanzien uiteraard volledig bepaald werd door The Memphis. Frankie Maranzano had op zijn beurt zicht op het kale achterhoofd van Boonie Hackendorff, als die in die werkkamer op de hoek achter zijn bureau zat.

Frankie Maranzano, die geen bewonderaar van de FBI of van ordehandhaving in het algemeen was, had vaak ter vermaak van zijn gasten een van zijn hoogwaardige Remington-geweren op Boonies achterhoofd gericht – de afstand over Fountain Square bedroeg ongeveer een kilometer, en hoewel het om een naar beneden gericht schot ging, geplaagd door de grillige zijwaartse winden die om de torens joegen, was het best te doen.

Maar niet door Frankie.

Alleen wist hij dat niet. Alle gasten van Frankie Maranzano lachten zich natuurlijk een breuk als Frankie 'paupau' zei en net deed alsof het geweer tegen zijn schouder terugsloeg. En hoe vaak hij het ook deed, ze lachten elke keer weer.

En reken maar dat hij het vaak deed.

Frankie Maranzano's gevoel voor humor was niet complex, maar zijn zaken hadden een mate van complexiteit bereikt die aan het Byzantijnse grensde, en Delores, zijn voormalige cumare – in werkelijkheid was ze sinds ze getrouwd waren zijn cumare niet meer – was uitermate gevoelig voor de onzekerheid van haar positie.

Ze zat achter Frankies bureau – één plaat zwart graniet, omhooggehouden door twee stenen leeuwen, afkomstig van een piazza in Venetië. De avond was gevallen en aan de andere kant van de glaswand achter haar stoel lichtte Cap City op als een melkwegstelsel van diamanten, smaragden en robijnen, maar de glinsterende appartementencomplexen, kantoortorens en hotels die de skyline achter haar vulden, schitterden vergeefs tegen haar rug, aangezien Delores diep verzonken was in de problemen die zich door het voortijdige verscheiden van haar niet zo heel innig geliefde Frankie hadden aangediend.

Het voornaamste probleem dat zijn plotselinge doodervaring – zo had ze het beschreven in een e-mail aan haar moeder, die in Guayaquil woonde – met zich meebracht, was dat diverse zakenrelaties van Frankie in Denver, Vancouver en Singapore maar niet konden accepteren dat een ordinaire, op geld beluste Zuid-Amerikaanse hoer, louter en alleen omdat ze nou toevallig Frankies derde echtgenote was, zomaar op de stoel van Frankie Maranzano ging zitten en zich bezighield met zaken die geen enkele doodgewone *putana* kon begrijpen, laat staan regelen. Een van Frankies zakenpartners, die belde om zijn medeleven te betuigen en naar de begrafenis te informeren, had zijn telefoontje beëindigd met het advies om eens goed na te denken wie van Frankies zakenpartners ze zou bellen om de vestiging in Cap City over te nemen. Toen Delores liet doorschemeren dat ze dat misschien zelf wel ging doen, had Tony gelachen en gezegd: 'Jezus, Delores, je bent een ontzettend lekker wijf en ik heb je altijd graag gemogen, en je hebt Frankie op de rails gehouden, god mag weten hoe, maar je bent geen klassewijf. Dat is het hele probleem. Niemand gaat met een Zuid-Amerikaanse hoer samenwerken. Dat is gewoon niet chic. Niet beledigend bedoeld, hoor.'

Dus Delores voelde zich behoorlijk onder druk staan. En toen iemand die zichzelf de heer Harvill Endicott, privéverzamelaar en adviseur, noemde, haar een persoonlijk briefje stuurde, afgeleverd door een privékoerier, op duur briefpapier, vergezeld van een kaartje waarop stond dat de heer Endicott zo vrij was geweest om een noveen voor wijlen haar echtgenoot in de Holy Name-kathedraal te betalen, te beginnen op aanstaande zondag, was ze toch geïntrigeerd. Het briefje was eenvoudig en direct:

neemt u mij niet kwalijk dat ik u in deze moeilijke tijd stoor. Ik beschik over informatie met betrekking tot de dood van uw man, die voor u van belang kan zijn. Als u referenties van mij wilt, neemt u dan contact op met Warren Smoles van advocatenkantoor Smoles Cotton Heimroth & Haggard, op onderstaand telefoonnummer.

Ik bied u mijn diensten aan en zal geen enkele vorm van betaling voor mijn advies accepteren. Nu niet en op enig later tijdstip niet.

Ons gesprek zal uiteraard volstrekt vertrouwelijk zijn. Ik vraag u slechts om een uur van uw tijd, zodra u mij maar kunt ontvangen. Ik vraag u in overweging te nemen dat de tijd dringt.

Met medeleven en respect,

Dhr. Harvill Endicott
privéverzamelaar en adviseur

Bij het briefje zat een antwoordenvelop en een blanco antwoordkaart. Meneer Endicott had geen hotelkamer, zakenadres of mobiel telefoonnummer genoemd. Zelfs geen e-mailadres.

Delores had het briefje een paar keer gelezen, overwogen om Frankies persoonlijke juridisch adviseur te bellen, maar zich toen gerealiseerd dat Julian Porter geen vriend van haar was – nooit geweest ook – en dat hij ook nooit enige interesse in haar had getoond, afgezien van de zevenenveertig keer dat hij geprobeerd had haar in bed te krijgen.

Dus belde ze Warren Smoles, die bij het fiasco in winkelcentrum Galleria in het middelpunt van de aandacht had gestaan. Smoles maakte een afwezige indruk – hij was in een openbare gelegenheid en er werd tegen hem geschreeuwd – maar vond niettemin de tijd om met zijn diepe bariton zijn grenzeloze achting voor meneer Endicott en al diens goede werken uit te spreken.

Delores legde de telefoon neer en googelde de naam Harvill Endicott. De zoekopdracht leverde niets op.

Ze belde Warren Smoles weer en vertelde hem dat, waarop hij antwoorde dat er uiteraard geen sporen van meneer Endicott te vinden waren, aangezien zijn diensten altijd een vertrouwelijk karakter hadden en zijn afwezigheid in het Google-universum juist het bewijs van zijn discretie en exclusiviteit was.

Dat was ook de reden dat meneer Endicott zijn verblijfplaats of persoonlijke informatie alleen maar hoogstpersoonlijk prijs wilde geven, en nadat er wederzijds vertrouwen tot stand was gebracht.

Delores dacht een martini of drie over de kwestie na en besloot de sprong toen maar te wagen en die Harvill Endicott persoonlijk te ontmoeten.

Het verhaal van de dood van haar echtgenoot, en die van Ritchie, was, terwijl zij in zo'n kwetsbare positie verkeerde, door de politie verzonnen om Frankie in een kwaad daglicht te stellen, als het slachtoffer van zijn eigen opvliegende karakter.

Delores vond deze beschrijving echter volstrekt geloofwaardig – Frankies woede-uitbarstingen waren in zakelijke kringen legendarisch. Maar als er ergens informatie rondzweefde die deze interpretatie kon ondermijnen en misschien wel de basis kon vormen voor een gigantische rechtszaak, waar zij al over nadacht, dan wilde ze die maar al te graag horen.

Ze nodigde Endicott per kerende koerier uit om vrijdagavond om zeven uur naar haar appartement op de Pinnacle-verdieping van The Memphis te komen.

In het briefje liet ze hem weten dat hij, ten gevolge van de aard van de zakelijke beslommeringen van wijlen haar echtgenoot, zeer streng zou worden gefouilleerd door de beveiliging in de lobby, waarvoor ze bij voorbaat haar excuses aanbood. Ze had het briefje twee uur geleden verstuurd en ontving binnen een uur antwoord, waarin meneer Endicott liet weten dat het hem zeer verheugde dat ze op zijn aanbod was ingegaan en dat hij zich op het afgesproken tijdstip zou melden.

En dat was nu dus over een minuut.

De telefoon op Frankies bureau begon te rinkelen. De beveiliging in de lobby had zojuist ene meneer Harvill Endicott tot de verdieping met de liften toegelaten, en wilde mevrouw Maranzano dat ze deze meneer naar boven stuurden?

'Hebben jullie hem gefouilleerd?'

'Zeer grondig, mevrouw. Wilt u dat iemand van ons mee naar boven komt en tijdens het bezoek bij u blijft?'

De bewakers beneden waren neutraal – zij werkten voor iedereen die een appartement betaalde – maar ze deden alles voor de roddels die ze aan de lokale media konden doorverkopen, en Maranzano-roddels waren de beste.

'Nee, dank je wel, Michael. Stuur hem maar naar boven.'

Ze zette op Frankies iMac de videobeelden uit de lobby aan. Daarop was een lange, goedgeklede oudere man te zien, in een donkerblauw krijtstreeppak en een wit overhemd. Hij keek in de camera alsof hij zich ervan bewust was dat er naar hem gekeken werd en wilde laten zien dat hij geen kwaad in de zin had. Hij had een lang bleek gezicht, diepliggende ogen en de algehele uitstraling van een geleerde. Hij liep de lift in en kwam een minuut later al aan op haar privéverdieping, waar Delores zag hoe hij over de ingewikkelde tegelvloer van haar hal liep en aanbelde.

Frankie lag op de enorme witleren bank die in de woonkamer stond. Toen de bel ging, begon Frankie hysterisch te keffen, wat Delores eraan deed denken dat hij de volgende ochtend naar de dierenarts moest om zijn stembanden te laten doorknippen.

Ze stak het reusachtige witte tapijt over dat de galm in dit minimalistische appartement wat moest dempen, gaf Frankie een ferme schop tegen zijn ribben en deed de deur open. Meneer Endicott stond in het warme licht van de lamp boven de deur en glimlachte op zijn beurt ook naar haar – op zijn gezicht stond beminnelijke belangstelling te lezen.

'Mevrouw Maranzano, het is mij een genoegen,' zei hij met een lichte buiging, terwijl hij haar zijn hand toestak. 'Ik ben Harvill Endicott. Hartelijk dank dat u mij wilde ontvangen.'

'Niets te danken,' zie ze, en ze deed een stap opzij en zag dat hij het appartement in zich opnam.

'Schitterend,' was het enige wat hij zei, maar terwijl hij wachtte tot zij hem voorging, dacht hij *typische spaghettichic.*

'Laten we in Frankies werkkamer gaan zitten, goed?'

Endicott liep oprecht genietend achter haar verrukkelijke kont en wiegende heupen aan. Ze had een strakke zwartleren rok aan en een roodleren jasje, en de zolen van haar zwarte naaldhakken waren ook vuurrood.

Ze liet hem plaatsnemen op een van Frankies Eames-stoelen en ging zelf achter het bureau zitten. Ze drukte op een knop, en een zilveren dienblad met ijs, karaffen met verschillende soorten sterkedrank en cocktails, kwam uit een laag dressoir achter haar omhoog.

'Wilt u iets drinken, meneer Endicott?'

Endicott, die met zijn benen over elkaar zat en die zijn handen met de lange vingers op zijn schoot liet rusten, schudde zijn hoofd.

'Spijtig genoeg verdraag ik met mijn gezondheid geen alcohol. Mijn stofwisseling kan dat niet aan.'

'Wat Pellegrino dan maar?'

'Heerlijk.'

Frankie Il Secondo ging aan de voeten van meneer Endicott staan en keek boos naar hem op. Hij trilde, gromde, liet zijn vlijmscherpe tandjes zien, liet expres een wind en ging toen zitten, waarbij hij met zijn uitpuilende ogen vijandelijkheid uitstraalde. Meneer Endicott keek belangstellend naar de hond en keek toen weer naar Delores, die hem kaarsrecht op haar stoel over de rand van een kristallen glas gin-tonic aankeek.

'Goed,' zei hij, 'ter zake.'

'Ja. Ik zal beginnen. Was de dood van mijn echtgenoot te wijten aan incompetent optreden van de politie?'

'U overweegt het voor de rechter te brengen, neem ik aan?'

'Ik ben er nog niet uit.'

'Dan zou ik u dat afraden. Ik heb naar het gesprek over de radio tussen de agenten ter plekke geluisterd en als ik heel eerlijk ben schoot uw man op een rechercheur van de politie toen hij werd neergeschoten. Hij is twee keer gewaarschuwd dat hij zijn wapen moest neerleggen, maar hij ging gewoon door en is vervolgens door een scherpschutter van de politie doodgeschoten. Dat is een nadelig element dat mij in dit geval on-omstotelijk lijkt. Over dit soort zaken zijn al heel vaak civielrechtelijke processen gevoerd. Het resultaat is meestal een ongelooflijke verspilling van tijd en geld aan de kant van de klager, die er helemaal niets mee be-reikt, behalve dan dat hij een heel bataljon aan advocaten nog rijker maakt dan het al is. Ik ben hier niet om u te adviseren tot een dergelijke aanpak over te gaan. Gezien uw huidige kwetsbare omstandigheden zou ik u die zelfs sterk willen afraden.'

'Waarom bent u hier dan?'

'De zaken van uw echtgenoot bevinden zich in een overgangsfase, mag ik aannemen?'

'Wat weet u over de zaken van mijn echtgenoot?'

'Heel veel, aangezien ik veelal door mensen in dezelfde bedrijfstak in de arm word genomen. En ik heb uiteraard zo mijn eigen onderzoek gedaan.'

'O ja? En zelfs als ik wist waar u het over had, wat maakt dat uit?'

'Ik weet dat uw positie onzeker is. Echtgenotes krijgen in dit soort overgangssituaties vaak met onzekerheid te maken. U maakt zich daar op dit moment ongetwijfeld ook zorgen over. Dat is niet nodig. Ik denk zelfs dat u op de drempel staat van een grote kans. Maar er moet wel slagvaardig worden opgetreden.'

'En wat zou dat dan moeten zijn?'

'Ik heb me zoals gezegd in de zaken van uw echtgenoot verdiept en daaruit wordt duidelijk dat zijn verschillende partners, overal in het land, zo hun twijfels hebben of u wel in staat bent om het aandeel van de heer Maranzano in het conglomeraat met dezelfde daadkracht en besluitvaardigheid te runnen als hij.'

'Als u probeert te zeggen dat ze mij maar een inhalige latino vinden die op straat geschopt moet worden, of nog erger, dan slaat u de spijker op zijn kop.'

'Precies. En u hebt zich al afgevraagd wat u daaraan moet doen?'

'Uiteraard. Het zou wel heel stom zijn als ik me dat niet had afge-vraagd. Maar ik ben nog steeds benieuwd of u me iets heeft te vertellen waar ik iets aan heb.'

Endicott nam een slokje van zijn Pellegrino, keek omlaag naar Fran-kie Il Secondo, die, hoewel hij snel moe werd, zijn scherpe boze blik probeerde vast te houden, en ondertussen een gestage stroom dodelijke uitstoot de vrije loop liet. Endicott overwoog heel even om het zware kristallen glas op Frankies knokige schedel te laten vallen. Hij keek op en glimlachte naar Delores, die zijn gedachten misschien wel had gelezen.

'Ik zal zeggen wat ik u adviseer, mevrouw: wreek hem.'

'Frankie wreken? Bedoelt u dat ik achter de mannen aan moet gaan die hem gedood hebben? Dat waren agenten, hoor.'

'Dat is precies wat ik bedoel.'

'Oké. U bent dus echt niet goed snik.'

'Jawel, ik ben heel goed snik. De agent die uw man heeft doodgeschoten is een solitair opererende agent, die verantwoordelijk is voor de dood van vier politieagenten, een paar maanden geleden. Herinnert u zich de First Third Bank in Gracie nog? Waar twee miljoen dollar is buitgemaakt?'

'Frankie zei dat hij wilde dat hij dat zelf gedaan had.'

'De man die die bankroof op touw heeft gezet en vier politieagenten heeft doodgeschoten die achter hem aanzaten, is dezelfde man die uw echtgenoot heeft doodgeschoten.'

'De scherpschutter?'

'Ja. Brigadier Coker, werkzaam bij de sheriff van Belfair County. Hij is een zeer goede scherpschutter en is onderscheiden voor zijn heldhaftige daden bij de politie. Hij is naar mijn mening echter ook een gevaarlijke psychopaat.'

Niet dat daar iets mis mee is, dacht Endicott. *Niemand zo betrouwbaar als een echte psychopaat.* Endicott had zich al lang geleden gerealiseerd dat hij er zelf ook een was.

'En dat wéét u allemaal?'

'Ik ben er honderd procent van overtuigd.'

'Kunt u het bewijzen?'

Endicott glimlachte, nam een slokje Pellegrino en gebruikte zijn voet om Frankie Il Secondo een paar centimeter van zich af te duwen. Hoewel het dier leek te slapen, ging de uitstoot gestaag door, en dat leidde ertoe dat Endicott besloot zijn standpunten inzake de handel in emissierechten nog maar eens in overweging te nemen.

'Ik heb geen zin om het voor de rechtbank te bewijzen. Ik wil de confrontatie met brigadier Coker en zijn handlanger aangaan en hun die twee miljoen afhandig maken – en het is niet mijn bedoeling dat ze die transactie overleven. In ruil voor uw steun op het gebied van mankracht en materieel ben ik bereid de opbrengst van dit project met u te delen.'

'Aha. En wat moet ik hiervoor doen?'

'Voor één avondje werken ontvangt u honderdduizend dollar – een schijntje, dat weet ik. Belangrijker is dat u de dood van uw echtgenoot en zijn kleinzoon in ijltempo kunt wreken. Daarmee zullen alle werknemers van uw echtgenoot ook meteen begrijpen dat u net zo meedogenloos bent als hij was. De implicaties zullen tot Frankies zakenpartners doordringen, en ik denk dat zij vervolgens zullen accepteren dat de macht van Frankie op zijn weduwe is overgegaan en dat dat in hun eigen belang is, tenzij ze willen dat er oorlog komt, wat in niemands belang is. U krijgt zeggenschap over een bedrijf dat volgens mijn onderzoek de dertig miljoen per jaar ruim overstijgt. En dat alles voor één avondje werk, uitgevoerd door mensen die toch al bij u in dienst zijn. Dat is wat de Fransen een "coup de main" noemen. Gewaagd en dapper.'

'De vrienden van mijn man denken misschien wel dat ik net zo gestoord ben als u.'

'Dat zou kunnen. Maar ze zullen ook bang voor u zijn, en angst is het belangrijkste bestanddeel van respect.'

Het argument beviel haar wel, dat zag hij zo.

Maar ze twijfelde toch nog.

'En als ik u de deur uit bonjour?'

'Dan vertrek ik meteen. Dan neem ik mijn toevlucht tot andere middelen om mijn doel te bereiken. Maar dan bevindt u zich hier nog steeds in een hachelijke situatie – een situatie die wel eens dodelijk zou kunnen blijken te zijn. Zoals ik al zei: het is zaak om slagvaardig op te treden.'

'U bent echt volkomen gestoord, hè?'

'In het geheel niet. En ik ben bloedserieus.'

'Hoe weet ik dat u niet een of andere klootzak van de FBI bent?'

'Een terechte opmerking. Als we tot een vergelijk komen, kan ik overtuigende geloofsbrieven overleggen. Ik verzeker u dat ik slechts een persoonlijk adviseur ben.'

Ze moest lachen.

'Ja, en u adviseert uzelf een komma negen miljoen dollar rijker. Als u mensen van de maffia kent, waarom vraagt u die dan niet om hulp? Waarom komt u bij mij?'

'De heren die mij hiernaartoe hebben gestuurd zijn niet van plan die twee miljoen met mij te delen. Zij zijn van mening dat het gestolen geld hun toebehoort. Ik ben maar een werknemer. Een bediende.'

'Die zullen niet blij zijn als ze denken dat u ze genaaid hebt.'

Endicott vond het leuk om het ware meisje uit de goot tevoorschijn te zien komen. Hij vond het leuk dat Delores Maranzano net zo'n schurk was als wijlen haar echtgenoot. Hij wist hoe hij met schurken moest omgaan.

'Die zitten in Leavenworth en daar blijven ze vermoedelijk nog wel een poosje. Laat hen maar aan mij over.'

Delores zei een poosje niets.

'Wanneer wilde u dit doen?'

'Morgenmiddag. Ik heb het terrein in kwestie verkend. Ik heb sterke mensen nodig om dit tot een goed einde te brengen. Uw echtgenoot heeft toch wel mensen die in staat zijn om hardhandig op te treden?'

'Vier van hen hebben via Blackwater voor het leger gewerkt. Twee anderen zijn familie van Frankie. Ze zijn allemaal heel kundig.'

'Kunt u ze aansturen?'

'Nooit geprobeerd. Het zijn werknemers van Frankie.'

'Zitten ze een beetje in de buurt?'

'Ze wonen allemaal in dit gebouw.'

'Hoeveel zijn er op dit moment beschikbaar?'

'Meestal een stuk of zes. Op dit moment vijf. Manolo is met vakantie naar Ibiza. Die komt vanavond terug.'

'Hoeveel is er nodig om te zorgen dat hun loyaliteit van Frankie nu bij u komt te liggen?'

Ze haalde haar schouders op.

'Die legerjongens werken freelance. Ze zouden moeten geloven dat ik Frankies zaken kan behartigen. Dat ze nog steeds hun geld krijgen. Manolo en Jimmy zijn familie. Ik weet niet welke kant die opgaan. Het komt er vooral op neer dat ze allemaal willen zien dat ik de ballen heb om het bedrijf op de been te houden.'

'Dan zullen we ze daar van moeten zien te overtuigen.'

'Hoe gaan we dat dan doen?'

'We gaan ze uitnodigen voor een drankje.'

'Nu? Nu meteen?'

'Ja.'

'Wat had u in gedachten?'

'Een demonstratie.'

Goed nieuws komt nooit met een lichtblauwe map met een goudkleurig zegel eromheen

Vrijdagavond hield Nick het om een uur of negen voor gezien. Mavis en haar team bleven in Motel Six voor het forensische werk. Hij reed weg in de Crown Vic en belde Kate om te horen of er al iets bekend was over Rainey. Ze nam bij de eerste keer overgaan al op.

'Waar ben je?'

'Op Gwinnett Road, in zuidelijke richting...'

'Ben je onderweg hierheen?'

'Ja. Al iets over Rainey?'

Kate lachte, maar geen grappige lach. Meer een soort snauw.

'Reken maar.'

'Is hij thuis?'

'Nee.'

'Waar is hij dan?'

'Dat interesseert me eerlijk gezegd geen bal.'

Daar schrok hij van.

'Wat is er?'

'O nee. Dat ga ik je niet over de telefoon vertellen. Ik wil je gezicht zien als ik het je vertel.'

Nick kwam binnen. Beth, Kate en Lemon Featherlight zaten rond de eettafel te kijken naar een stapel in drieën gevouwen papieren met een lichtblauwe map erom met een goudkleurig zegel erop. Er stond ook een open fles champagne op tafel. Die was leeg, maar in een ijsemmer op het buffet stond een tweede fles te koelen. Aan hun glazen te zien waren ze al aardig op weg naar de gelukzalige vergetelheid. Aan hun gezichten te zien deden ze daar verstandig aan.

Nick ging aan het hoofd van de tafel zitten en keek hen alle drie aan, en zij keken op hun beurt hem aan.

'Oké. Wat zit er in die blauwe map?'

Beth schudde haar hoofd.

'Nee. Eerst iets drinken. Lemon, schenk die man een flink glas in.'

Lemon pakte een vierde flûte van het buffet, liet de kurk van de tweede fles Veuve Cliquot knallen en schonk Nicks glas vol.

'Ik ook nog,' zei Kate, en aan de manier waarop ze dat zei hoorde Nick dat ze een beetje aangeschoten was.

'En ik,' zei Beth. 'En vergeet jezelf niet.'

Lemon schudde zijn hoofd.

'Ik niet meer. Ik moet naar bed. Ik heb morgenochtend vroeg een bespreking in het Lady Grace.'

'Waarmee?' vroeg Nick.

'Met wie,' verbeterde Kate hem.

'Over die beenderenmandjes,' zei Lemon. 'Er komt een deskundige van de universiteit van Virginia.'

'Wat zijn beenderenmandjes in vredesnaam?' vroeg Beth, terwijl ze net als Kate heel zorgvuldig probeerde te articuleren.

'Dat is een lang verhaal, Beth,' zei Lemon. 'Misschien moeten we Nick hier maar even over bijpraten,' zei hij, terwijl hij op het blauwe pakket tikte. Nick pakte het op.

'Een dagvaarding, zo te zien.'

'Min of meer,' zei Kate. 'Hier ga jij van smullen. We hebben het allemaal met veel belangstelling gelezen. Vooruit. Maak open. Geniet ervan.'

Nick vouwde het open en streek het glad.

AANKONDIGING HOORZITTING

VERZOEK INZAKE DRINGENDE OMSTANDIGHEDEN

INZAKE RAINEY TEAGUE ET AL

Op maandag wordt om 10.00 uur een informele hoorzitting gehouden, voorgezeten door rechter T. Monroe, om de argumenten en tegenwerpingen te vernemen inzake de voortzetting van de voogdij door onderstaande gedaagden:

Katherine Rosemary Kavanaugh

Nicholas Michael Kavanaugh

Betreffende een dagvaarding Dringende Omstandigheden Gevaar voor Kind inzake de voogdij van Rainey Teague, met beschuldiging van lichamelijk en geestelijke mishandeling en misbruik van fiscale middelen door de hierboven genoemden gedaagden en betrokken partijen (zie appendix) waaronder de politie van Niceville, de Recherche van Belfair en Cullen County en het advocatenkantoor van Kavanaugh et al:

U wordt hierbij verzocht:
Om aanwezig te zijn op de rechtbank van Belfair en Cullen County – onder voorzitterschap van rechter T. Monroe – op aanstaande maandag om 10.00 uur om de beschuldigingen van kindermishandeling en het in gevaar brengen van het kind aan te horen en erop te reageren, inzake de gebeurtenissen en omstandigheden genoemd in dagvaarding 65271, ingediend door W. Smoles van Smoles Cotton Heimroth & Haggard, opgenomen in een aanklacht, verklaard en ondertekend door aanklager/verzoeker genoemde Rainey Teague en naar behoren notarieel bekrachtigd in aanwezigheid van getuigen

Alsmede:

Deze dagvaarding is uitgevaardigd onder de wet Veilig Heenkomen van deze jurisdictie, en derhalve is er geen contact voorafgaand aan de hoorzitting toegestaan tussen de aanklager/verzoeker en enige van alle bovengenoemde gedaagden en partijen op straffe van rechtsvervolging. Hoewel dit een informele hoorzitting betreft, uitsluitend ten behoeve van voorbereidend onderzoek, adviseren we u ten zeerste een advocaat in de arm te nemen.

Heden uitgevaardigd,
Theodore Monroe, rechter
Gerechtshoven van Belfair en Cullen County

Clifton Fowler,
Griffier van de rechtbank

Nick legde het papier neer en keek er een poosje naar alsof hij verwachtte dat het spontaan vlam zou vatten.

'Is Rainey naar Warren Smóles gegaan?'

Kate zei niets.

Beth wel.

'Ik heb Cliff Fowler hierover gesproken. Voor zover wij weten heeft Rainey, zodra hij WellPoint had verlaten, Smoles gebeld...'

'Hoe komt hij daar in godsgodesnaam bij?'

'Misschien van mij,' zei Kate. 'Ik heb hem gisteravond naar bed gebracht. Hij vroeg iets over Warren Smoles, omdat hij Smoles op het nieuws had gezien, bij die schietpartij in het winkelcentrum. De dag erna was er een soort samenvattende reportage over. Rainey was er boos over dat Smoles had gezegd dat jij en Coker Axels vader "zomaar hadden doodgeschoten". Ik zei dat Warren Smoles zo'n soort advocaat was die geld verdient door leugens te vertellen en te zorgen dat slechte mensen nooit hoefden te boeten voor wat ze gedaan hadden. Ik denk dat hij zo op dat idee gekomen is.'

Nick ging achteruit zitten en nam een slok van zijn champagne.

'De klootzak. Ik gelóóf dit gewoonweg niet.'

'Nou, geloof het maar wel,' zei Kate, en ze keek hem recht aan. 'Je hebt al die tijd al gelijk gehad, Nick, over die jongen. Er is iets heel erg mis met hem.'

'Hoe dan ook,' zei Beth, 'Cliff zegt dat Smoles een auto heeft gestuurd en Rainey naar wat Cliff "een niet nader te noemen locatie van een derde partij" heeft gebracht, met een gediplomeerd verpleegkundige die voor hem zorgt. Smoles heeft Rainey gedurende een paar uur ondervraagd. Cliff weet niet wat die jongen Smoles precies verteld heeft, maar blijkbaar was het ernstig genoeg om deze dagvaarding te doen uitgaan. Cliff zegt dat Smoles een beëdigde verklaring van Rainey heeft, ondertekend en notarieel bekrachtigd, waarin hij Smoles tot zijn advocaat benoemt en zegt dat hij voor zijn leven vreest. Niet alleen door ons, maar ook door de politie...'

'Ik weet het,' zei Nick. 'Dat is de wet Veilig Heenkomen. In gevallen waarin de aanklager beweert dat de plaatselijke politie corrupt of bevooroordeeld is, kan zijn advocaat onderdak en bescherming bieden, tot de zaak voor de rechter is geweest.'

Kate leunde achterover en deed haar ogen dicht.

'Wat ben je van plan te gaan doen, liefje?'

Ze deed haar ogen weer open.

'Ik ben niet zo dom dat ik dat ten overstaan van een politieagent en twee getuigen ga zeggen. Beth, hoe is het met de kinderen?'

'Die zitten voor de zoveelste keer naar *The Kid* te kijken.'

'Dan ga ik dat ook doen.'

Ze stond op, gaf Beth een kus op haar wang, liep om Lemon heen en klopt hem op de schouder, en boog zich voorover om Nick een kus te geven. Toen schonk ze haar glas nog een keer vol en liep lichtelijk zwalkend en onvast de eetkamer uit. Beth stond op, zwaaide een beetje op haar benen en deed vervolgens ongeveer hetzelfde, behalve dan dat zowel Lemon als Nick een kus kreeg.

Lemon en Nick bleven zwijgend aan tafel zitten en keken allebei naar de dagvaarding.

'Waar haalt een kind in vredesnaam het idee vandaan om naar Warren Smoles te gaan?'

'Dat is mij ook een raadsel.'

Lemon stond op en gaf Nick een klopje op de schouder.

'Ik moet naar bed.'

'Laat je me weten of die botten nog wat opleveren?'

'Red jij je verder wel?'

'Ja. Ik wacht op een telefoontje van Mavis.'

'Dat gedoe in Motel Six?'

'Ja. Ze bekijkt bewakingsbeelden. Ze zei dat ze me zou bellen als ze vanavond nog wat vond.'

Dat deed ze niet.

Dus na een poosje ging hij bekaf naar bed.

Pas veel later kwam Kate er ook in.

'Slaap je?' vroeg ze.

'Nee.'

'Gelukkig.'

De ochtend diende zich als een donderslag aan – althans, zo klonk het in Kates hoofd. Het was geen donderslag. Het was Nicks mobiele telefoon.

Die griste ze van het nachtkastje, keek op het schermpje, liet hem op Nicks borst vallen en stapte uit bed om naar de badkamer te gaan. Nick keek naar haar toen ze door de kamer liep, dacht *lieve hemel, doe mij zo'n vrouw* en nam toen de telefoon op. Het was Mavis.

Zaterdag

Zeg dat het niet waar is

Mavis Crossfire stond op de parkeerplaats van Wendy's tegenover Motel Six op Nick te wachten. Ze was in haar eigen auto, een zwarte Lincoln Navigator. Ze was in burger – cowboylaarzen, spijkerbroek en een geruit rodeohemd met parelmoeren knoopjes – maar ze had wel haar wapen bij zich en haar insigne zat aan haar riem.

Toen Nick met zijn Crown Vic de parkeerplaats op reed, toeterde ze naar hem. Er was een plekje vrij naast haar, en daar zette hij zijn auto neer. Mavis draaide haar getinte raam naar beneden. Haar anders zo vrolijke glimlach was in geen velden of wegen te bekennen.

'Nick, hallo. Stap even bij mij in.'

Hij stapte in en maakte het zich gemakkelijk. In een Lincoln Navigator kon je niet echt niet-gemakkelijk zitten, maar Nick was behoorlijk chagrijnig, en dat had Mavis meteen door. De motor draaide en de airconditioning stond aan. Mavis draaide het raampje omhoog en zette de radio op iets hips en jazzachtigs. Daaruit maakte Nick op dat ze iets te vertellen had wat verder niemand mocht horen.

'Bedankt dat je gekomen bent. Al iets over Rainey bekend?'

Nick schudde zijn hoofd.

'Nou en of.'

'Is hij naar huis gekomen?'

'Niet als hij het er levend van af wil brengen.'

'Pardon?'

Nick vertelde haar over de dagvaarding.

'Dat meen je niet.'

397

'Was het maar waar.'

'Arme jongen. Ik bedoel, hij moet wel bagger schij...'

Nick wierp haar een kille blik toe.

'Mavis, met alle respect, maar die arme jongen kan de klere krijgen. Wat dacht je van Alice Bayer?'

'Ik weet het. Ik weet het. Maar ik bedoel, hij moet toch een of andere afwijking hebben?'

'Mag ik dat even in mijn Grote Blauwe Boek met de titel *Kan mij het bommen?* opschrijven?'

Mavis keek hem even van opzij aan.

'Dit is helemaal niks voor jou. Jíj was erbij toen we die jongen uit dat graf haalden. Ik weet hoe erg je het vond toen hij in coma raakte.'

'Er is iets niet in de haak met hem, Mavis.'

'Trek je je handen van hem af?'

'Ik denk van wel. Ja. Ja, ik trek mijn handen van hem af.'

'Maar Kate niet.'

'Ik zou er geen vergif op innemen. Dat gedoe met Smoles heeft haar diep gegriefd.'

'Denk je echt dat Rainey Alice heeft vermoord?'

'Om preciezer te zijn denk ik dat *Rainey* denkt dat Rainey Alice vermoord heeft. Dat rotjoch daagt ons voor de rechter.'

'En Kate?'

'In haar hart wel, ja.'

'Het is nog maar een kind, Nick.'

'Coker heeft een keer een kind, Joey La Monica geheten, doodgeschoten. Tien jaar. In Gracie...'

'Dat verhaal ken ik. Zo is Rainey niet.'

'Mavis, zullen we gewoon afspreken dat we het niet met elkaar eens zijn? Je wilde me spreken, over die beelden?'

Mavis zag wel in dat dit deel van hun gesprek ten einde was.

'Oké. Ik heb ze op mijn laptop. Wacht even.'

Ze pakte een felrode Mac van de achterbank.

'Jezus,' zei Nick, toen hij het ding zag. 'Hoe heet die kleur rood?'

'Mensenas,' zei Mavis, terwijl ze het apparaat op haar schoot legde en opendeed. Ze tikte een paar toetsen in en opende een MPEG-bestand.

'Oké. Wat ik je nu laat zien heb ik pas gevonden nadat ik een heleboel zinloze bagger had doorgespit. Het is maar een korte MPEG. Genomen met een camera in Wendy's; beelden van de voordeur en de ruimte voor de klanten. Hier, kijk maar.'

Ze drukte op een knop en er begon een kleurenfilmpje te lopen. De kwaliteit was verbazingwekkend goed. Het gedeelte van het restaurant voor de klanten verscheen in beeld: mensen aan tafeltjes, mensen die rondliepen, naar binnen en naar buiten gingen. Je zag ook een deel van het grote raam aan de voorkant, waarvoor een rij auto's en busjes geparkeerd stond. De zon stond er fel op, waardoor het binnen in Wendy's schemerig was.

Mavis drukte op een knop en de beelden kwamen tot stilstand.

'Dat is de Windstar van Edgar. Aan de klok zie je dat we midden in de fase zitten waarin het allemaal gebeurd is. Ik laat het je even beeldje voor beeldje zien, oké?'

'Ga je gang.'

Ze drukte op weer een andere knop en het filmpje ging over in een beeld-voor-beeldvolgorde, met mensen die heel schokkerig liepen, net als Charlie Chaplin. Mensen die in en uit auto's stapten. Auto's die de parkeerplaats op reden en eraf. Halverwege het filmpje verscheen een grote witte Ford F150 in beeld, die van rechts naar links reed. Achter Edgars Windstar remde hij af en hield stil. De auto bleef daar vijf of zes beeldjes lang staan. Toen schoot hij uit beeld.

'Oké,' zei Nick. 'Wat is mij ontgaan?'

'Ik zag het aanvankelijk ook niet. Ik moest er nog veel langer naar kijken voor ik het zag. Ik spoel het even terug.'

Dat deed ze, en iedereen deed precies hetzelfde als voorheen, alleen achterstevoren. De witte Ford verscheen in beeld, bleef staan. De camera stond er recht op, een paar graden hoger. Je zag een hand uit het raampje van de bestuurder hangen, een stuk van zijn overhemd, zijn andere hand op het stuur. De bestuurder droeg een wit overhemd en een riem met een grote cowboygesp. Het was een grote man, maar wel slank, geen spoor van een buikje. Hij wekte de indruk dat hij gewelddadig was. Er zat iemand naast hem, maar die was in schaduw gehuld. Alleen een contour.

'Kun je dit uitvergroten?'

Ze ging met een vingertop over de toets. Het beeld vulde het hele scherm.

'Ik heb dit beeld apart scherp gesteld. Dit is het beste beeld dat we hebben. Kijk eens naar zijn rechterhand op het stuur. Wat zie je?'

'Een grote gouden ring met een insigne erop.'

Nick tuurde ernaar en kneep zijn ogen tot spleetjes.

'Het is een wapen. Het korps mariniers.'

'Ja. En kijk nu eens wat die man in zijn riem heeft zitten.'

Het beeld werd wat korrelig, maar was nog wel zo duidelijk dat de kolf van een grote revolver en een deel van het middenstuk te zien was.

'Een wapen. Zo te zien een Colt Anaconda.'

Mavis ging achteruit zitten en keek Nick aan.

'Ja. Dus dan denk je?'

Nick zei even niets.

Op de radio speelde een lenige trompetsolo het thema van *Chinatown*.

'Godver,' zei hij op een gegeven moment.

'Dat wou ik ook zeggen,' zei Mavis.

'Heel veel mensen in Niceville rijden in een grote witte Ford F150 met alles erop en eraan. En heel veel mensen uit Niceville dragen een wapen. En heel veel mensen uit Niceville gaan naar Wendy's. En heel veel mensen dragen een ring van het korps mariniers.'

'Ja. Maar combineer dat nou eens met het feit dat een vent die volgens ons iets te maken had met de bankoverval in Gracie aan de overkant van de straat wordt doodgeschoten, wat zegt ons dat dan?'

'Iets wat ik niet wil weten.'

'Laten we er nou geen doekjes om winden, Nick. Vooruit met de geit: Charlie Danziger.'

'Ja, daar komt het wel op neer, ja.'

'Danziger heeft altijd een Colt Anaconda bij zich. Hij draagt een ring van het korps mariniers en rijdt in een grote witte pick-up van Ford. Zijn gepantserde auto heeft het geld voor de salarissen afgeleverd. Hij is de manager van Wells Fargo. Hij rijdt achter langs de Windstar van Edgar en blijft daar staan. Er zit iemand naast hem; aan de schaduw te zien ook zo'n mager cowboytype. Het zou volgens mij Coker wel eens kunnen zijn. Coker is een scherpschutter. De bijrijder buigt zich naar voren en kijkt naar de overkant van Gwinnett Road, de kant van Motel Six op. Dan scheurt de Ford de parkeerplaats af. Wat denk je dat daar gebeurd is?'

Nick probeerde het allemaal te verwerken, maar hij wist al waar dit naartoe ging.

'Edgar Luckinbaugh werkte voor hen. Edgar heeft gebeld om te zeggen dat de man die hij volgde net contact had gelegd met Lyle Crowder, en als zij wisten dat hij iets te maken had met de bankoverval in Gracie, en dat moeten we maar aannemen, dan zijn ze daar helemaal van door het lint gegaan. Ze hebben Edgar erheen gestuurd om de situatie onder controle te houden tot zij er waren. Voor ze hier arriveerden is de boel binnen uit de hand gelopen. Misschien hebben ze geprobeerd om Edgar op zijn mobiele telefoon te bellen, en toen hij niet opnam zijn ze 'm als de wiedeweerga gesmeerd.'

Mavis knikte, en toen deden ze er allebei het zwijgen toe.

De muziek van Chinatown was afgelopen, en daarna kwam Harry James met 'Cherry Pink and Apple Blossom White'. Ze waren allebei misselijk, leeg en kwaad, maar ze konden er helemaal niets aan doen.

'Soms is dit werk echt verschrikkelijk,' zei Mavis.

'Zeg dat wel.'

'Vier dooie agenten. Waarvoor? Voor geld dat ze niet eens kunnen uitgeven? Voor geld dat ze niet eens nodig hadden? Danziger heeft geld zat, en Coker ook. Ik begrijp er gewoon niks van.'

'We zullen het wel nooit begrijpen ook.'

Er viel weer een stilte, waarin ze naar de overkant keken, naar Motel Six. Voor de deur van kamer 229 was een geel politielint gespannen. Op de parkeerplaats stond een patrouilleauto van de politie van Niceville.

'Voor we ook maar iets doen, moeten we erachter zien te komen wie de Derde Man is, Mavis. Weten we überhaupt iets over hem?'

'In de Windstar van Edgar hebben we helemaal niets gevonden, behalve een kan met pis en een stapel lege Krispy Kreme-doosjes. En een ontvanger van een bewegingsdetector van Radio Shack, maar niet de bewegingsdetector zelf.'

'Edgar deed de surveillance in zijn eentje. Dag en nacht. Als zijn man 's nachts ging slapen, wilde Edgar zelf natuurlijk ook gaan slapen, maar hij wilde die man niet kwijtraken. Daarvoor had hij achterin een bedje staan. Hij koopt een goedkope bewegingsdetector en plaatst de transponder in de auto van de man. De auto beweegt, Edgar hoort de zoemer en wordt wakker.'

'Daar hebben wij nog steeds niets aan, tenzij je met Edgars ontvanger helemaal naar Niceville wilt rijden, in de hoop dat je daar ergens een signaal opvangt.'

'Het moet iets zijn,' zei Nick. 'Het kan niet anders.'

Zo zaten ze een poosje te zwijgen.

'De Derde Man,' zei Mavis. 'Die gaat behoorlijk professioneel te werk, toch? Ik bedoel, bij de meeste moorden waar wij hier in de regio mee te maken hebben ligt het lichaam in de badkamer op de grond, en de man die het gedaan heeft zit in de voorkamer met een biertje in zijn hand, zijn hemd onder het bloed, en huilt dat dat kutwijf erom gevraagd heeft. Deze man is een professional.'

'Dat betekent dat hij van buiten de stad komt. Hij is hier met het vliegtuig naartoe gekomen om deze klus te doen, wat die ook moge inhouden.'

'De klus hield waarschijnlijk in dat hij de overvallers van de bank in Gracie moest zien te vinden en dat hij ze het geld afhandig moest maken.'

'Ja. Misschien werkt hij voor zichzelf, maar het kan ook zijn dat hij in opdracht werkt. Misschien vindt iemand van buiten de stad dat hij recht op het geld heeft. Maar hoe je het ook wendt of keert, onze professional is van buiten de stad. En waar werkte Edgar ook alweer?'

'In het Marriott,' zei Mavis, en haar glimlach keerde weer voorzichtig terug. 'Denk je dat Edgar iets vreemds aan die vent was opgevallen?'

'En dat hij Coker over hem verteld heeft? Zou kunnen. Dat klinkt logisch. Als Coker bang was dat er mensen zouden komen om hem het geld afhandig te maken, wie kan hij dan beter in de arm nemen dan de voormalig politieagent die in het beste hotel in de buurt van het vliegveld werkt? Kunnen we een lijst krijgen van iedereen die, laten we zeggen, de afgelopen drie dagen in het Marriott is ingecheckt?'

'Tuurlijk. Maar waarom alleen de afgelopen drie dagen?'

'Op grond van de bonnetjes weten we dat Edgar op donderdagmiddag met zijn surveillancewerk is begonnen. Ik vermoed dat hij Charlie heeft gewaarschuwd en dat Charlie Edgar meteen op die man heeft gezet. Weet je wat, Mavis? Laat die drie dagen maar zitten. Kun jij erachter komen wie er op donderdag in het Marriott is ingecheckt?'

'Ja hoor. Honger?'

'Ja, nou je het zegt.'

'Ga jij even hamburgers en koffie voor ons halen. Dan bel ik Mark Hopewell en vraag hem om die lijst.'

'Kaas of gewoon?'

'Ik ben op dieet.'

'Gewoon dan maar. En geen patat?'

'Ik zei dat ik op dieet was; ik hoef me niet uit te hongeren.'

Nick bleef tien minuten weg. Terwijl hij in de rij stond, belde hij Kate. Ze zei dat alles goed was, dat ze zich alleen een beetje licht in het hoofd voelde. Ze lag nog in bed.

Hij zei dat hij van haar hield.

'Ik kan het je niet kwalijk nemen,' zei ze. 'Ik ben onwissaanbaar. Truste.'

Hij hing op.

Meteen ging zijn telefoon.

Reed Walker.

'Hé, Reed. Waar zit je?'

'Ik ben onderweg, vanuit Gracie. Waar zit jij?'

Nick liep de rij uit en vond een rustig hoekje in de gang voor de wc's.

'Je klinkt beroerd, Reed. Alles goed?'

'Nee. Ik ben net uit een gebouw gesprongen.'

'Hè?'

'Ja. Uit Candleford House. Van de derde verdieping. Ik ben door een stel takken gevallen, zo op de grond. Ik was bewusteloos. Heb daar een paar uur gelegen, tot twee jongens van de staatspolitie me vonden. Ze hebben me daar naar de kliniek gebracht. Ik kom er net uit.'

'Ben je gespróngen?'

'Dat zeg ik toch net? Dat zou jij ook gedaan hebben.'

'En je hebt het overleefd?'

'Hier is het bewijs.'

'Ik bedoel: ben je gewond?'

'Ik geloof dat met mijn linkerduim niks aan de hand is. Verder doet alles godvergeten pijn. Ik moet je spreken. Ik ben over ongeveer een uur in de stad. Waar zit je?'

'Ik ben aan het werk.'

'Kan me niet schelen wat het is, maar ik moet je nu meteen spreken. Ik ben in Sallytown een heleboel bizarre dingen aan de weet gekomen. En in Gracie heb ik echt heel bizarre dingen gezíen. Mocht je ooit om wat spanning verlegen zitten, Nick, dan moet je 's nachts bij maanlicht eens een ommetje door Candleford House maken. Ik moet je spreken.'

'Waarover?'

Reed gaf hem de verkorte versie, kort en ter zake, eindigend met de waarschuwing van Clara Mercer over wat er met Rainey aan de hand was en wat eraan gedaan moest worden.

'Dood hem,' zei Nick, en hij zag dat er allemaal mensen omkeken. 'Een geest heeft tegen jou gezegd dat je hem moet doden?'

'Ik weet het. Bizar. Maar we moeten uitzoeken hoe dit zit. Er gebeuren heel vreemde dingen. Waar ben je?'

'Ik ben in Wendy's aan North Gwinnett. Mavis en ik zijn met een dubbele moord bezig.'

'Waar ben je over drie kwartier?'

'Weet ik niet.'

'Bel me als je het wel weet. Bel me zodra je weet waar je straks zit. Oké?'

'Doe ik.'

Reed hing op.

Toen hij met de hamburgers terugkwam bij de grote Lincoln, was Mavis nog aan het bellen. Hij stapte in en zette de zak tussen hen in. Mavis keek hem aan en stak een vinger op – één momentje. Prima. Zijn hoofd was al vol genoeg. Rainey doodmaken? En bij die opmerking zou het voorlopig blijven ook.

'Oké. Oké... dank je wel, Mark. Heel erg bedankt. Je hebt geweldig werk gedaan. Ja, ik weet het. Arme Edgar. We zijn ermee bezig. Je hoort nog van me.'

Ze beëindigde het gesprek.

'Ene Harvill Endicott heeft donderdagmiddag in het Marriott ingecheckt. Hij wilde een kamer waarin gerookt mocht worden. Edgar had dienst. Mark dacht dat het een begrafenisondernemer of iets dergelijks was. Deze Endicott zei dat hij "adviseur en verzamelaar" was. Hij liet twee auto's komen, een zwarte Cadillac en een beige Corolla. Twee auto's voor één man...'

'De Corolla voor surveillance en de Cadillac om in te rijden.'

'Wil je horen hoe hij eruitzag?'

'Nou en of.'

'Lang. Mager. Lichte huid. Maakte een gezonde indruk. Goed gekleed. Grijs pak. Twee koffers. Mark zei dat hij ook al vond dat Edgar zo'n belangstelling voor de man had.'

'Zo te horen zou hij wel eens de Derde Man op de beelden van het motel kunnen zijn. Is hij er nog?'

'Nee. Hij heeft gisteravond uitgecheckt. Hij heeft de Cadillac en de Corolla op de parkeerplaats voor het hotel laten staan. Is met een taxi naar Mauldar Field gegaan. Ik heb Mark gevraagd om naar buiten te lopen en even bij de auto's te gaan kijken. En wat denk je dat hij onder de achterbumper van de Cadillac vond?'

'Edgars bewegingssensor.'

'Precies. Wil je ernaartoe? Mark maakt een kopie van de beelden die hij vanachter zijn bureau gemaakt heeft toen de man uitcheckte. Frontaal gefilmd, met gezicht en alles. Hij zegt dat hij de beelden voor ons heeft klaarliggen.'

Nick dacht er even over na.

'Nee. Endicott is gevlogen. Stuur er maar een auto naartoe om die band bij Mark op te halen, en laat die dan naar Cap City gaan. Met zwaailicht en sirene. We laten Boonie die vent helemaal natrekken, en dan sturen we een foto en een beschrijving de wereld in. We zetten de staats- én de districtspolitie er ook op.'

'Wat wil je nu dan gaan doen?'

'Dat weet je best.'

Mavis knikte.

'Naar Charlie.'

Wat in steen geschreven staat

Zaterdag, halverwege de ochtend: Lemon en de Noord-Europese godin stonden in het mortuarium van het Lady Grace aan een roestvrijstalen brancard. Midden op de brancard stond een van de beenderenmandjes die de duikers van de kustwacht uit de wilgenwortels onder de oever langs Patton's Hard hadden getrokken. Het beenderenmandje werd verlicht door een felle halogeenlamp aan het plafond. Het zag er buitenaards en vreemd uit, maar op de een of andere manier toch menselijk. Dit betreffende mandje had een staalgrijze kleur.

Net als alle andere leek het wel of het mensenribben had, die van een wervelkolom in het midden taps toeliepen, waarbij de punten van de ribben elkaar licht raakten. Binnen in de beenderenkooi, boven op een rij smalle cilindrische voorwerpen, die wel een streng ruggenmerg leken te vormen, lag een grote grijze vorm, min of meer bolvormig, met plooien in het oppervlak die eruitzagen als de waterstromen die ooit op Mars zouden hebben gelopen.

Lemon Featherlight stond aan één kant van de brancard en tegenover hem stond een beeldschone Noord-Europese vrouw, bijna net zo lang als hijzelf, een rondborstige Walkure met lang haar, zo blond dat het licht gaf. Haar ogen waren korenbloemblauw, groot en stonden ver uit elkaar, haar neus was lang, smal en havikachtig. Ze heette Helga Sigrid en ze kwam van oorsprong uit Reykjavik, maar werkte nu als forensisch antropoloog voor de universiteit van Virginia, in Charlottesville.

Ze vertelde hem, nu even in lekentaal, want haar vorige uitleg was zo technisch geweest dat zijn brein als brandende staalwol aanvoelde, wat ze voor zich zagen.

'Fossielen,' zei ze met een stem zo helder als een klok en met een duidelijk IJslands accent, althans, dat nam Lemon aan, want hij had nog nooit eerder een IJslands accent gehoord. 'Fossielen ontstaan als organisch materiaal langzaam door mineraal materiaal wordt vervangen. Elke molecuul van het minerale materiaal vervangt en kopieert de molecuul van het organische materiaal dat hij heeft opgegeten. In zekere zin gebruikt het mineraal de vorm van het organische voorwerp als een mal, en daardoor krijgen we aan het eind van dit procedé iets wat eruitziet als het lichaam van iets wat ooit geleefd heeft, maar wat op de een of andere magische manier in steen is veranderd. Want dat is in zekere zin wat er gebeurd is. Dat is wat we hier zien.'

'Dus dit ding heeft ooit geleefd?'

Ze schudde haar hoofd.

'Nee. Om precies te zijn, zijn alle organische elementen van iets wat ooit levende materie was vervangen door mineralen, zodat we wel naar iets kijken wat "eruitziet" als het lichaam van een levend wezen, maar er in feite een exacte "kopie" van is, gemaakt van steen.'

'Wat voor soort?'

Ze fronste haar voorhoofd.

'Nou... dat is waarom ik u wilde spreken. Bent u de eigenaar van dit... fossiel?'

Daar moest Lemon even over nadenken.

'Nou, niet de eigenaar...'

'Bent u in de positie om de universiteit toestemming te verlenen om deze voorwerpen voor nader onderzoek mee naar Charlottesville te nemen?'

Als hij niet in die positie was, wie dan wel?

'Ja, dat denk ik wel.'

Ze keek hem glimlachend aan.

'Dat is fantastisch. Dit soort voorwerpen hebben we nog nooit eerder gezien. Niemand trouwens. Ze zijn volstrekt en vèrgaand uniek. Dit is een werkelijk ongekende vondst, meneer Featherlight. Wetenschappers zullen jarenlang hun handen vol hebben aan deze voorwerpen. Er zullen artikelen over worden geschreven. Het is gewoonweg... geweldig!'

'Maar wat zijn het? Oorspronkelijk?'

Ze fronste haar voorhoofd weer.

'Dat is de vraag, hè? Ik heb de binnenkant van een van deze ribben bekeken en het staat als een paal boven water dat de moleculaire structuur die de mineralen hebben vervangen die van een menselijk bot was.

In dat geval hebben wij hier voor ons de fossiele resten van een man van het Kaukasische ras, in uitstekende gezondheid, die rond zijn veertigste is overleden. Vijfenveertig misschien. Dit ronde voorwerp in de ribbenkast heeft de uitwendige kenmerken van een mensenschedel, maar is misvormd geraakt door geologische krachten waar ik geen verstand van heb. We zullen de nodige MRI's en CAT-scans moeten maken om enig idee te krijgen van wat zich binnenin bevindt. Verder heeft het procedé van verstenen duizenden jaren in beslag genomen, maar toch lijken dit de fossiele resten van een heel moderne mens te zijn. Dat wil zeggen, van een mens die precies lijkt op het soort mens dat driehonderdduizend jaar geleden uit de Olduvai-kloof tevoorschijn is gekomen en zich over de aardbol heeft verspreid. Een moderne mens. Homo sapiens. Een man zoals u. Het is een raadsel. Er heeft een kracht op ingewerkt waar wij nog geen inzicht in hebben. Zoals ik al zei, het is echt enorm spannend.'

'Het lijkt wel alsof het... verteerd is.'

'Ja,' zei ze, terwijl ze op het voorwerp neerkeek. 'Die indruk wekt het wel. Alsof het een proces heeft doorlopen waardoor het deze vorm heeft aangenomen. Meestal krijgen we geen lichamen te zien die zo gaaf zijn. Alsof de botten door een soort warmtebron of energie aan elkaar gesmeed zijn. Beenderen raken door toedoen van dieren verspreid. De wind en het tij doen hun werk. Erosie. Zand. Toch zien we hier heel veel fossiele menselijke overblijfselen, en allemaal intact. U zei dat er nog meer van zijn? Veel meer?'

'Ja. De duikers hebben gezien dat de hele rivieroever er vol mee zit. Honderden, zo met het blote oog te zien. Dieper in de wortelwirwar liggen er nog veel meer begraven.'

Ze keek erbij alsof ze van pure extase van haar stokje zou gaan. Lemon was maar al te graag bereid om haar daar desgevraagd een handje bij te helpen.

'Zo veel? Maar dat is geweldig! Die moeten opgegraven worden. Er moet een officiële opgraving worden georganiseerd. Meneer Featherlight, met deze vondst komt uw stad in de frontlinie van het antropologisch onderzoek te staan. Ik kan ervoor zorgen dat deze overblijfselen naar u vernoemd worden.'

'Maar het zijn wel ménselijke overblijfselen, toch, hè?'

'Jazeker. Dat staat als een paal boven water. Als u fossiele menselijke overblijfselen bedoelt, tenminste. Er is hier geen sprake van organisch materiaal. Anders zouden we met de complicatie te maken krijgen dat we moeten uitzoeken tot wat voor cultuur deze persoon behoorde, en dan zouden we daar de specifieke begrafenispraktijken van moeten bepalen, en als we dan met dat onderzoek klaar waren, zouden we deze relikwie weer in de aarde moeten terugleggen, en wel zodanig dat het in overeenstemming was met die spirituele overtuigingen en rituelen. In dit geval speelt die complicatie niet. Dit zijn replica's van iets wat ooit een mens geweest is, en dus niet die droevige figuren die in de ruïnes van Pompeï gevonden zijn. Op grond van wat ik er nu van gezien heb vermoed ik dat deze voorwerpen zich misschien wel al honderden, misschien wel duizenden jaren op de oevers van jullie prachtige rivier hebben verzameld. Door welk proces ze verteerd zijn – je zou ook dramatisch kunnen doen en "verslonden" zeggen – wordt een heel fascinerend onderzoek.'

Ze besloot haar ademloze voordracht en keek erbij alsof ze overwoog hem te omhelzen.

'Ja, meneer Featherlight, het is een extreem spannende vondst. De belangrijkste en spannendste vondst uit mijn hele carrière. Bent u dan niet blij?'

Lemon was blij, eventjes, en toen drong tot hem door wat deze Walkure hem vertelde.

Er was iets wat mensen opat en hun resten in de rivier de Tulip uitspuugde. En datgene, wat het ook mocht zijn, deed dat al heel erg lang. Honderden, zo niet duizenden jaren, volgens de Walkure. De Cherokee hadden er een naam voor. *Tal'ulu*, de zieleneter.

En ze leefde in het Kratergat.

Hij zat in zijn auto en dacht na over wat dit allemaal betekende. Op dat moment ging zijn telefoon.

DORIS GODWIN

Doris Godwin. Hij wist meteen wie dat was. Doris Godwin was de trambestuurder die hem geholpen had om Rainey van Tallulah's Wall weg te krijgen.

Hij nam op.

'Doris...'

'Meneer Featherlight – Lemon – ik ben een beetje de weg kwijt. Misschien kun jij me helpen. Trouwens, hoe is het met die jongen?'

Lemon koos zijn woorden zorgvuldig.

'Het is een soort stuip geweest. Ze gaan neurologische onderzoeken bij hem doen...'

'O ja? Bij mij ook. Ik heb een heel slechte dag gehad. Mag ik je wat JPEG's sturen?'

'Ja hoor, tuurlijk. Nu meteen?'

'Ja. Ik heb ze allemaal al geüpload.'

'Stuur maar.'

'Oké. Ze zijn onderweg. Ik wil dat je er even heel goed naar kijkt en dat je me dan vanavond terugbelt. Ik blijf niet aan de lijn, want ik ben aan het werk. Ik sta bij die rotonde boven aan Upper Chase Run, maar ik ga zo weer rijden en ik mag geen privégesprekken opnemen. Ik ben om vijf uur klaar.'

Ondertussen kwamen de JPEG's al binnen. Lemon herinnerde zich dat zij, terwijl hij boven bij het Kratergat met Rainey bezig was, was opgestaan en 360 graden in het rond foto's van alle bossen had genomen. Op dat moment had hij zijn handen vol gehad aan Rainey. Nu bekeek hij haar foto's.

'Jezus,' zei hij.

'Ja, dat zei ik ook. Bel me!'

'Doe ik.'

Zie, een licht paard

Terwijl Mavis met de Navigator Arrow Creek in reed, belde Nick Reed. Ze waren op ongeveer een kwartier rijden van de ranch van Charlie Danziger. Reed nam al bij de tweede keer overgaan op.

'Nick. Fijn dat je terugbelt.'

Nick zette de telefoon op de speaker.

'Wil je nog steeds afspreken?'

'Ja. Zeg maar waar.'

'Je weet waar Charlie Danziger woont, hè? Op de zuidelijke helling, tussen de weilanden?'

'Ja. Wat heb je daar te zoeken?'

Nick keek even naar Mavis, en die knikte.

'Heb jij je insigne en je wapen nog?'

Reed zei even niets.

'Is dit een politieaangelegenheid?'

'Zo serieus als maar kan. We denken dat Charlie misschien iets met die toestand in Gracie te maken had.'

Stilte.

'Vergeet het maar. Godverdegodver. Dat kan echt niet.'

'Reed, je staat op de speaker. Mavis rijdt.'

'Godver. Sorry, Mavis!'

'Maakt niet uit, Reed. Doe je mee?'

'Ja, ik doe mee. Weet Charlie dat jullie eraan komen?'

'Nee. Maar we hebben een districtsauto langs laten rijden en zijn truck staat voor de ranch geparkeerd. Heb jij iets kogelwerends bij je?'

'Ja, dat heb ik allemaal in mijn kofferbak liggen. Zullen we bij het begin afspreken en dan samen het terrein opgaan?'

Mavis keek naar Nick.

'Nee,' zei Nick. 'Hou je telefoon aan en blijf op afstand. Ken je die oude houthakkersweg die vroeger helemaal naar Belfair Mills liep?'

'Ik geloof van wel. Ik zoek hem wel even op mijn gps.'

'Die is door de zuidhelling van Charlies huis afgeschermd. Je kunt het huis te voet tot op honderd meter naderen. Kun je daar met de auto komen?'

'Al moet ik hem dragen.'

'Oké. Wanneer kun je op je post zijn?'

Stilte.

'Geef me een kwartiertje.'

'Wij gaan het terrein op. Als het ernaar uitziet dat het in zuidelijke richting gaat, geef ik je een seintje.'

'Oké. Jezus. Charlie. Ik geloof het gewoonweg niet.'

'Wij ook niet. Misschien vergissen we ons.'

'Ik hoop het.'

'En die afspraak? Had je me iets te vertellen?'

'Daar hebben we het wel over, als we het er levend van afbrengen.'

Danziger zat op de veranda voor zijn huis, op een stoel met rugspijlen waarmee hij tegen het beschot van zijn huis leunde. Hij lag met zijn laarzen op de balustrade, en had een kop koffie in de hand. Hij rookte een Camel.

Hij tuurde met half dichtgeknepen ogen tegen de zon in en zag de grote zwarte Lincoln over de lange kiezeloprit naar zijn voordeur rijden. De Winchester stond naast hem tegen de muur, en aan zijn riem zat een kleine walkietalkie vastgemaakt.

Hij kon wel zo'n beetje raden van wie die grote zwarte Navigator was, en toen die zo dichtbij gekomen was dat hij kon zien wie erin zaten, zuchtte hij, drukte zijn Camel uit, pakte de Winchester en kwam overeind. De Navigator kwam een meter of vijftien voor het huis tot stilstand en Mavis zette de motor uit.

De portieren gingen open. Nick en Mavis stapten uit, maar hielden de portieren tussen Charlie en hen open. Mavis had haar portieren met kevlar laten bekleden. Op advies van Charlie zelf, herinnerde hij zich.

Dus ze kwamen niet voor de gezelligheid.

'Nick. Mavis. Wat leuk.'

'Hé, Charlie,' zei Mavis. 'Hoe gaat-ie?'

Nick verliet zijn dekking.

Hij had een broek van blauwe krijtstreep en een wit overhemd aan. Zijn goudkleurige insigne zat aan zijn riem geklemd en zijn Colt Python zat in zijn holster.

Hij glimlachte naar Danziger.

'Charlie, zou je die Winchester neer willen leggen?'

'Ik ben altijd blij om je te zien, Nick. Jou ook, Mavis. Maar nu komt het even niet uit.'

'Hoe dat zo?'

'Omdat ik mensen verwacht, en ik denk niet dat die erg welwillend zullen zijn.'

Daar moesten Nick en Mavis even over nadenken.

'Waar is Coker?'

'Hier ergens.'

Nick wist wat dat betekende.

Die had hen nu recht in het vizier.

'Zijn wíj die mensen soms?'

Danziger schudde zijn hoofd.

'Nee. Coker en ik hebben een meningsverschil met een paar mensen van buiten de stad. We zitten min of meer te wachten hoe de zaak zich ontwikkelt, zeg maar. Ik denk dat jullie dit beter even kunnen uitstellen, of jullie moeten hierheen komen en dan gaan we zitten en hebben we het er even over. Maar dat jullie daar zo open en bloot staan, daar word ik zenuwachtig van. Schiet op, in vredesnaam. Jullie gezicht staat op onweer.'

Nick keek even naar Mavis, die haar schouders ophaalde.

'Je weet best waarom we hier zijn, Charlie.'

'Ik denk van wel, ja.'

'Dit is niet meer terug te draaien, Charlie. Tenzij je Mavis en mij ervan kunt overtuigen dat het echt niet waar is.'

Danziger schoof zijn hoed naar achteren en wreef over zijn voorhoofd. 'Dat kan ik waarschijnlijk niet.'

Mavis leek zich in zichzelf terug te trekken. Nick schudde zijn hoofd en vocht tegen zijn woede.

'Heeft Coker er ook aan meegewerkt?'

Danziger schudde zijn hoofd.

'Nee. Alleen ik.'

'En die scherpschutter dan?'

'Ik. In m'n eentje.'

Mavis moest glimlachen.

'Charlie, jij raakt de kont van een stier nog niet eens, al zat je er zelf in amazonezit op.'

Danziger keek omhoog naar de heuvels.

'Daar hebben we het later wel over. De tijd loopt. Als jullie blijven, blijf dan. Als jullie hier onderuit willen komen, moeten jullie nu weggaan. Het zou kunnen dat ik, als jullie terugkomen, dood ben, en dan is de hele zaak meteen opgelost.'

'We gaan niet weg,' zei Mavis.

'Dan zou ik maar naar boven komen als ik jullie was.'

Ze stonden elkaar een poosje aan te kijken. De wind floot door het hoge gras. Ergens in een weiland stond een van Danzigers paarden te stampen en te snuiven. Nick haalde diep adem en blies uit.

'Oké,' zei Nick, 'we komen naar boven. Mavis, stop je wapen weg.'

Mavis stopte haar Beretta weer in de holster en kwam achter haar portier vandaan.

Danziger glimlachte en legde de Winchester neer.

Nick en Mavis liepen naar hem toe, tot boven aan de trap. Danziger keek glimlachend op hen neer.

'Nou, dan kunnen we net zo goed gaan zitten en even iets drinken. Ik ga echt niet proberen om hier schietend en al onderuit te komen, hoor, zeker niet met vrienden. Wat zal het zijn?'

'Een biertje, als je hebt,' zei Mavis na een stilte. Ze ging op een schommelstoel naast de deur zitten, die kreunde onder haar gewicht. Nick ging tegen de balustrade aan staan, terwijl hij Danzigers handen in de gaten hield en het vizier van Cokers wapen op zijn achterhoofd voelde inzoomen.

Het was een onprettige gewaarwording.

'Bier heb ik niet,' zei Danziger met een scheve grijns. 'Ik heb alleen witte wijn.'

'Dat dacht ik al,' zei ze. 'En hooguit nog een veertig jaar oude fles lime cordial. Prima. Geef maar een glas.'

'Nick.'

'Lekker, Charlie. Bedankt.'

Danziger rommelde even rond in een koelkastje en kwam terug met een grote fles Santa Margherita en twee extra tumblerglazen. Die zette hij op de tafel naast zijn stoel, en hij schonk twee glazen tot de rand toe vol. Het ene gaf hij aan Mavis en het andere aan Nick, en daarna schonk hij zichzelf nog eens bij. Hij liep terug naar zijn stoel, legde zijn laars op de balustrade en leunde achterover tegen de muur.

Hij hief zijn glas.

'Op de verdoemenis.'

'Verdoemenis,' zeiden ze.

Het viel even stil.

Iedereen was zich bewust van Coker; zijn aanwezigheid was overal om hen heen te voelen.

'Wat gaat Coker doen?' vroeg Mavis.

'Hij blijft zitten waar hij zit, tot onze visite er is. Dan kijken we wel wat er gebeurt.'

'Wie komt er?' vroeg Nick.

'Wel eens van Harvill Endicott gehoord?'

'Ja.'

'Dat dacht ik al. Toen ik hoorde dat jullie met die dubbele moord in Motel Six bezig waren, dacht ik al: einde verhaal. We kunnen maar beter vrede sluiten.'

Mavis en Nick deden er het zwijgen toe.

'Arme Edgar. Als we geweten hadden dat Endicott zo gevaarlijk was hadden wij hem nooit naar binnen gestuurd. Hoe dan ook, Endicott heeft ons op de parkeerplaats van Wendy's gespot. Coker en ik denken dat hij wel langs zal komen, met een paar mensen.'

'Misschien ook niet,' zei Nick. 'Endicott is gisteravond uit het Marriott uitgecheckt. Hij is met een taxi naar het vliegveld gegaan.'

'Is er vastgesteld dat hij ook is vertrokken?'

'Dat hebben we niet gecheckt. Dat is aan Boonie.'

Bij het horen van Boonies naam kreunde Danziger.

'Weet Boonie hier dan van?'

'Nu wel.'

Danziger kreunde weer en schudde zijn hoofd.

'Verdomme. Heeft hij nog iets gezegd?'

'Nee,' zei Nick, liegend dat hij zwart zag.

'Hoe dan ook, zelfs als Endicott vertrokken is, zullen we vroeg of laat wel mensen van hem langs krijgen.'

De walkietalkie die Danziger in zijn hand hield piepte twee keer. Danziger drukte op VERZENDEN.

'Hallo.'

Cokers stem klonk, een en al ruis, maar toch goed te verstaan.

'Zo te zien heb je visite. Doe de groeten aan Nick en Mavis.'

'Dat hebben ze gehoord.'

'Ik zie een zwarte Mustang over de houthakkersweg langs Belfair Mill aankomen.'

Nick keek naar Mavis.

'Zeg tegen hem dat dat Reed is.'

'Nick zegt dat dat Reed Walker is.'

'Hij stapt uit. Hij heeft een wapen in zijn hand. Hij loopt in de richting van de bergkam links van jou.'

Nick onderbrak hem.

'Zeg tegen Coker dat hij niet moet schieten. Ik haal hem wel hierheen.'

'Nick vraagt of je Reed niet wilt neerschieten. Hij zegt dat hij hem hierheen haalt.'

Stilte. Dezelfde wind door het hoge gras, eeuwig en onverschillig. Het geluid van dat grote oude paard, dat in de verte stond te hinniken.

'Oké. Dus zo staat het ervoor? Zeg maar tegen Nick dat het goed is.'

Nick ging bellen.

'Reed?'

'Ik ben er. Ik ben nog niet op mijn post...'

'Coker heeft je in het vizier, Reed. Blijf staan.'

Weer stilte.

'Godver. Waar is hij?'

'Reed, het is Coker, hoor. Je kunt niets doen, en dat weet je best. Kom gewoon hierheen, oké, Reed? Geen gekke dingen doen. Gewoon de helling af lopen en een glas wijn drinken.'

Cokers stem kraakte bits door de walkietalkie, met iets scherps in zijn toon.

'Zeg tegen Reed dat hij vijf seconden de tijd heeft.'

'Reed, je moet naar beneden komen. Stop je wapen weg en kom langzaam deze kant op. Coker heeft je vol in het vizier.'

Stilte.

'Oké. Godverdomme. Oké. Ik kom eraan.'

Reed liep met zijn handen in de lucht de met gras begroeide helling af. Zijn gezicht zat onder de bloedvegen en hij liep vreselijk mank. Zijn gezicht stond strak en wit. Hij kwam aan bij de trap, liet zijn handen zakken en keek naar Charlie Danziger.

'Heb jij die overval bij Gracie op je geweten?'

'Helemaal in m'n eentje,' zei Danziger. 'Goed, als je dan nu dat pistool uit je holster wilt halen en op de trap wilt leggen, dan zal ik kijken of ik Coker zo ver krijg dat hij je niet doodschiet.'

Reed legde het wapen neer en kwam overeind, en terwijl hij dat deed vertrok zijn gezicht van de pijn.

'Wat is er met jou gebeurd?' vroeg Mavis.

'Hij is van het dak van Candleford House gesprongen,' zei Nick.

'Van de derde verdieping, om precies te zijn.'

'Waarom in vredesnaam?' vroeg Danziger.

'Dat was beter dan daar binnen blijven.'

'Nou, kom boven en ga zitten.'

Reed bekeek iedereen eens goed.

'Waar is het wachten op?'

'Visite,' zei Mavis. 'Foute visite.'

Cokers walkietalkie gaf krakend signaal.

'Oké. Er komt wat aan.'

Danziger stond op en keek naar Nick, Reed en Mavis.

'Willen jullie dit allemaal uitzitten?'

Nick stond op.

'Nee. Ik doe maar mee, denk ik.'

'Ik ook,' zei Mavis.

Reed keek naar zijn handen; zijn hele lichaam stond strak en hij was in de war en woedend. Hij knikte alleen maar.

'Dat vat ik dan maar op als "ja",' zei Danziger.

'Wat gebeurt er daarna?' vroeg Nick.

Danziger keek hem grijnzend aan.

'Als ik net zo veel mazzel heb als de laatste tijd, komt er geen daarna.'

'Maar stel dat je het overleeft? Wat dan?'

Danziger keek hen om de beurt aan.

'Nou, ik ga jullie in elk geval niet doodschieten. Nee, als ik het overleef, accepteer ik de consequenties.'

'En Coker?' vroeg Mavis.

'Tja, Coker is een ander verhaal. Ik denk niet dat hij zich vreedzaam overgeeft. Jullie zullen hem er met geweld uit moeten halen, vermoed ik. Veel succes ermee.'

'Waarom heb je het gedaan?' vroeg Reed met een hese grauw. Danzigers glimlach bestierf op zijn gezicht.

'Ik was kwaad, indertijd. Nu zou ik het je niet kunnen zeggen. Ik heb nog geen stuiver van het geld uitgegeven.'

Reed keek hem boos aan.

'Kwaad? Over hoe je behandeld bent? Door de staatspolitie?'

'Dat heeft pijn gedaan, dat moet ik toegeven. Ik had beter verdiend.'

'De agenten die op dat asfalt zijn gestorven ook.'

'Daar kan ik niks tegen inbrengen.'

'En Coker? Waarom heeft híj het gedaan?'

'Coker? Die was er helemaal niet bij.'

'Dus jij hebt vier agenten doodgeschoten? Omdat je je verveelde?'

Danziger pantserde zich een beetje.

'Ja. En als dit allemaal achter de rug is wil ik met alle plezier met je duelleren, waar en wanneer je maar wilt.'

Reed was weer gaan staan.

'Nu, wat mij betreft.'

'Reed,' zei Nick. 'Niet nu. Hou op.'

'Nick, dit...'

Coker meldde zich weer over de walkietalkie.

'Hou op met dat gekakel en neem jullie positie in, mensen. Ik zie één man de helling achter het huis afkomen. Ik begrijp niet hoe hij zo dichtbij heeft kunnen komen. Hij beweegt zich behoorlijk goed. Als een marinier van de verkenning of een commando. Waarschijnlijk liggen er nog wel een paar aan weerskanten in het hoge gras. En er zal wel iemand in de bomenrij zitten, die hun rugdekking geeft. Vergeet niet dat ze jullie dicht zullen moeten naderen. Ze willen Charlie levend in handen krijgen.'

Reed keek naar Nick, pakte zijn pistool en liep het huis in, op weg naar de achterdeur. Charlie gaf Mavis zijn Winchester en haalde zelf zijn Colt tevoorschijn. Hij gooide Nick de walkietalkie toe.

Mavis ging naar binnen en vatte post bij Danzigers eettafel. Van daaraf kon je aan drie kanten van het huis naar buiten kijken. Ze nam aan dat Reed de vierde kant voor zijn rekening nam.

Reed was nooit eerder in een vuurgevecht verwikkeld geweest. Ze hoopte maar dat hij het zou redden. In een vuurgevecht ging het er niet zozeer om dat je snel en moedig was, maar vooral dat je precies was.

Nick liet zich op de grond zakken en ging het hoge gras in, waar hij zich geluidloos door liet glijden. Hij stopte even om het volume van de speaker van de walkietalkie zo laag mogelijk te zetten. Terwijl hij dat deed, piepte het ding twee keer.

'Nick, achter je op zes uur, op een meter of vijftien, zit iemand. Hij beweegt.'

Nick hield stil, drukte zich plat in het gras en luisterde. Hij hoorde de wind, het *tik tak* van de grasprieten die tegen elkaar aan kwamen. Een reusachtige bruine pad keek vanaf een graspol naar hem op. Hij had goudkleurige ogen en een ronde witte buik. Hij knipoogde naar Nick, deed zijn bek open en dicht, sloeg zijn voorpoten over elkaar, vlocht zijn vingers ineen en bleef staren. Nick hoorde iets door het gras glijden. Onregelmatig.

Het geluid hield op, dertig seconden lang, en begon toen weer. Nick stak zijn Colt in zijn holster en wachtte. Daar was het geluid weer; het bewoog een beetje bij hem vandaan. Hij bewoog mee.

In het gras zag hij een lichtgekleurde bult, crèmekleurig en bruin. Een meter of drie bij hem vandaan. Het was een man in camouflagepak. Hij droeg op zijn rug een M4-geweer, lichtbruin van kleur.

Hij had zich net voortbewogen, maar hield zich nu doodstil. Nick vermoedde dat hij iets gevoeld had en dat hij luisterde, zo aandachtig als een soldaat kan luisteren.

Nick hield zich net zo stil als die andere man en wachtte af.

Er klonk een schot – de korte, scherpe knal van Reeds Beretta – en daarna het gedempte geratel van een M4, ingesteld op een salvo van drie kogels, en daarna nog twee schoten van Reeds Beretta.

Bij het eerste schot kwam de man in het camouflagepak in beweging. Nick greep hem, met een knie tegen zijn onderrug, zijn linkerhand tegen de kin van de man en zijn rechterhand boven op zijn hoofd. Hij trok het hoofd van de man naar achteren en gaf een ruk naar opzij. Hij voelde de wervelkolom breken – een doffe, vlezige *krak*, gesmoord door de spierbundels van 's mans dikke nek.

Nick glipte langs hem heen en ging links naar de bomenrij toe. Een harde knal rechts van hem, en een kogel die langs zijn ogen zoefde. Hij kon bijna de waas zien toen de kogel langsvloog, en de lucht die die verplaatste voelde als een windstoot tegen zijn rechteroog. Hij hoorde een vlezige dreun, in de verte een knal, en een paar meter bij hem vandaan sloeg een kogel in.

Hij hoorde een man kreunen.

Een tweede kogel kwam op dezelfde plaats terecht, gevolgd door een vaag bulderend geluid van een heel eind weg – het sluipschuttersgeweer van Coker.

Dit keer was er geen tijd om te kreunen.

Nog meer kogels, nu uit het huis afkomstig, gemengd vuur, het zware geblaf van Danzigers Winchester, het geluid van brekend glas, Mavis die iets riep wat Nick niet verstond.

Hij kwam overeind en rende naar het huis toe. Toen hij onder aan de trap was, kwam er een man door de voordeur naar buiten gewankeld. Het was een jonge man met bruine ogen, een lichtbruine broek en een bruin T-shirt. Hij had een groot gat in zijn borst, waar hij zijn handen kruislings tegenaan hield. Op zijn gezicht stonden verbazing en verwarring te lezen.

Hij zag Nick en zei: '*Ma che cosa?*'

Cokers kogel trof de jongen vol in zijn gezicht, dat in een rode gruwel uiteenspatte, waarna hij achteruit het donker in liep. Dat was de laatste kogel die werd afgevuurd.

De stilte daalde neer.

Nick liep de trap op en bleef bij de deur staan.

'Mavis?'

'Hierzo, Nick.'

'Waar is Reed?'

'Achter het huis. Ik kan hier wel wat hulp gebruiken.'

Nick liep de kamer in.

Mavis stond over iemand heen gebogen die op de grond lag. Het was Charlie Danziger. Hij keek omhoog naar het plafond; zijn lippen bewogen. Aanvankelijk was er geen bloed te zien. Toen hoestte hij een zwarte golf op en zat alles onder het bloed. Charlie bloedde leeg.

'Waar is hij geraakt?'

Mavis rolde hem op zijn rug. Er zaten twee gaten in zijn borst, klein en zwart en er verspreidde zich snel bloed rond de gaten. Nick legde zijn hand tegen Danzigers hals. Zijn hartslag was zwak en fladderend. Mavis hield Danzigers hoofd omhoog en probeerde het bloed uit zijn luchtwegen te krijgen.

Ze keek hem over Danzigers lichaam heen aan en schudde haar hoofd. Danziger begon te stuiptrekken. Mavis hield hem zo goed mogelijk vast. Het bloed stroomde uit zijn mond en zijn neus. Hij probeerde iets te zeggen, maar er kwam alleen maar een gesmoorde hoest uit. Hij draaide zijn hoofd om en keek Nick aan. Zijn linkeroogkas zat vol bloed, maar zijn rechteroog was blauw en schoon.

'Een knul in burger heeft langs Reed kunnen komen, vermoed ik,' zei Mavis, terwijl ze Charlies hoofd in haar handen hield. 'Ik keek naar buiten, dus ik zag hem niet binnenkomen. Hij heeft me totaal verrast. Charlie ging in de vuurlinie staan, maar voor hij zijn wapen omhoog kon brengen, was hij al geraakt. Hij stortte neer, maar ik heb die knul met de Winchester kunnen neerschieten. Charlie heeft mijn leven gered.'

Danzigers lippen bewogen, maar er kwam alleen maar bloed uit. Een slagader aan de zijkant van zijn hals was opgezet en de pezen in zijn hals stonden strakgespannen. Zijn ene blauwe oog stond vol pijn en spijt. Nick legde een hand op Danzigers borst en keek hem recht in de ogen.

'Het is goed zo, Charlie,' zei Nick. 'Je hebt je straf gehad. God houdt van je. Je mag gaan.'

Charlie ging met zijn hand naar zijn borstzakje. Daar klopte hij op, hoestte nog meer bloed op en stierf toen.

Mavis ging achteruit op haar hurken zitten en wreef met beide handen over haar gezicht.

'Jezus. Wat een klotedag.'

'Waar is Reed?'

'Buiten. Aan het kotsen, denk ik. Hij heeft nog nooit eerder een vuurgevecht meegemaakt. Laat hem maar even. Hebben we iedereen?'

'Ik heb er één neergeschoten. Coker die andere vent in het gras.'

'Hij heeft ook nog een derde man neergeschoten, ginds tussen de bomen. Die heeft Reed zien vallen. Toen kwam er een andere vent uit het gras, heel dichtbij. Hij schoot vlak naast Reeds hoofd een kogel af en Reed heeft hem in zijn keel geschoten. Niet fraai. Reed werd afgeleid door het gegorgel en gespartel van die vent, en daardoor heeft hij de vijfde man laten passeren. Dat was die jongen met die broek. Is hij weggekomen?'

'Nee. Hij stond op de veranda voor het huis naar het gat te kijken dat jij in zijn borst hebt geknald. Hij zei iets tegen me. In het Italiaans, geloof ik. Coker heeft hem recht in zijn gezicht geschoten.'

Zijn walkietalkie kraakte.

Het was Coker.

'Nick, ik heb verder geen doelwitten. Ik zie nergens beweging. Hoe staat het er daar bij jullie voor?'

'Alle slechteriken zijn dood.'

'Ook nog iemand van ons?'

'Ja. Charlie is neergeschoten.'

Stilte.

'Hoe erg is het?'

'Hij is dood, Coker. Hij is geraakt door twee kogels die voor Mavis bedoeld waren. Hij heeft haar leven gered.'

Een lange stilte, misschien wel een volle minuut.

'Echt?' zei Coker, en zijn stem klonk dik en gespannen. 'Goed van hem. Ik heb Mavis altijd graag gemogen. Weet je zeker dat hij dood is? Morsdood?'

'Dat weet ik zeker, ja. Misschien is het maar het beste zo, Coker.'

'Ja. Ik begrijp wat je bedoelt. Verdomme. Ik zal hem missen. Hij was een leuke vent. Heeft hij nog iets gezegd?'

'Nee. Hij keek me aan. Je zag wat er door zijn hoofd ging. Ik heb gezegd dat hij mocht gaan. Dat hij wel genoeg gestraft was. En jij, Coker? Kom je naar beneden om je straf ook te ondergaan?'

Cokers walkietalkie kraakte en plofte.

Daar was zijn stem weer.

'Nee, ik denk van niet. Ik moet van alles doen. Kijk even in de zak van zijn overhemd. Daar zit een blauw kaartje in. Een Mondex-card. Daar staat de helft van het geld van Gracie op. Charlie heeft de pincode op een papiertje geschreven dat op de koelkast hangt. Kon nooit cijfers onthouden. Wees voorzichtig, Nick. Ik heb je altijd graag gemogen. Zul je Charlie alle eer bewijzen? Zorg dat iedereen te weten komt wat hij voor Mavis gedaan heeft. Zorg je dat hij een mooi afscheid krijgt?'

'Dat zal ik doen. Je kunt net zo goed binnenkomen, Coker. Je kunt toch nergens naartoe.'

'Nou, daar zat ik over te denken, Nick. Als je mij niet hebt, kun je alle schuld op mij schuiven en Charlies aandeel erbuiten laten. Hou het er maar op dat hij als een held is gestorven en niet als een agentenmoordenaar zoals ik. Hij was die dag niet de schutter. Dat weet je best. Hij dacht dat ik alleen maar de auto's zou uitschakelen.'

'Coker, we hebben jou wel. Mavis heeft al gebeld. De auto's zijn onderweg. Waar wilde je naartoe? Waar wilde je onderduiken?'

'Je klinkt net als zo'n godvergeten gospel, Nick. Ik heb een bloedhekel aan gospels.'

Stilte. De wind siste door het hoge gras.

'Pas goed op jezelf, Nick. Sorry van deze toestand. Geef die mooie vrouw van je een kus van me.'

'Coker, het heeft geen zin. Ze schieten je ter plekke neer.'

Stilte.

'Coker, hoor je me? Zeg eens wat!'

Stilte.

'Coker, ben je daar nog?'

Stilte.

Maandag

Res ipsa loquitur

Het gerechtshof van Belfair en Cullen County was van oorsprong een katholieke kerk, en er zaten aan weerskanten nog steeds tien glas-in-loodramen in met houten kozijnen, en aan het gewelfde cederhouten plafond hing een rij houten ventilatoren.

Waar ooit het altaar had gestaan, stond nu de met houtsnijwerk versierde bank van de rechter, op een verhoging, zodat je vanaf dat punt over de hele zaal uitkeek. Op de voorkant van de bank zat een houten paneel met een olieverfschilderij van een cavaleriegevecht tijdens de Burgeroorlog – de tweede dag van Brandy Station. Aan een cavalerielans achter de stoel van de rechter hing een verschoten Amerikaanse vlag, afgebiesd met goudkleurig koord.

Op deze maandagochtend zat meester Theodore Monroe op de stoel van de rechter, een knoestige oude gier met een neus als van een havik en zwarte oogjes. Hij had zijn zwarte toga aan, en terwijl hij door zijn metalen halve brilletje Warren Smoles aankeek, stond zijn gezicht zo strak en boosaardig dat zelfs iemand die gelukzalig vrij was van de geringste twijfel aan zichzelf, onwillekeurig toch een rilling van bezorgdheid voelde.

Het lange naar ceder- en sandelhout geurende vertrek was praktisch leeg, want rechter Monroe had bepaald dat deze hoorzitting inzake de voogdij achter gesloten deuren zou plaatsvinden.

Publiek en pers mochten het gebouw niet binnenkomen. Kate en Nick, en hun advocaat, Claudio Duarte, een slanke jongeman met een olijkleurige huid en een hoekig gezicht dat nog opvallender werd door zijn grote bruine ogen, zaten achter de tafel die normaal gesproken voor de eisende partij gereserveerd was.

Warren Smoles, die zoals gewoonlijk in z'n eentje opereerde, had de tafel van de verdachte toegewezen gekregen. Rainey zat op de kamer van rechter Monroe te wachten, voor het onwaarschijnlijke geval dat ze hem ook nog iets zouden willen vragen. Een van Smoles' 'verpleegsters' was bij hem. Wat er in Raineys hoofd omging, daar konden de aanwezigen alleen maar naar gissen. Hij zag er in elk geval zenuwachtig, opstandig en stuurs uit.

Lemon, die familie noch advocaat was, mocht er niet bij zijn, en dat vond hij prima zo, aangezien hij waarschijnlijk toch geen weerstand had kunnen bieden aan de verleiding om Warren Smoles twee blauwe ogen te slaan.

Links van hen zat een enkele griffier in een trechtervormig mondstuk te praten dat de onderste helft van haar gezicht bedekte.

Een van de eerste gesprekken die ze noteerde was een openingsschermutseling tussen Smoles en rechter Monroe. Smoles had bezwaar gemaakt tegen het feit dat hij aan de tafel van de verdachte was geplaatst, want dat zou 'nadelig voor zijn zaak' zijn – een bezwaar dat rechter Monroe met een kort, bits antwoord had afgehandeld.

'Genoteerd. Larie. En nu zitten.'

Dat had Smoles, met een rood gezicht, dan maar gedaan.

Rechter Monroe had ervoor gekozen om de zaak in de rechtszaal te behandelen, en dus niet in de raadskamer, vooral omdat hij werkelijk walgde van de inhoud van het verzoek van Warren Smoles, en bovendien wilde hij boven hem uittorenen en kwaad op de kale plek op Smoles' achterhoofd kunnen neerkijken zodra Smoles zijn hoofd boog om iets van papier voor te lezen.

Rechter Monroe keek de zaal rond, naar alle aanwezigen, die verlicht werden door het gekleurde licht dat door het gebrandschilderde glas van de ramen in de oostmuur van de rechtbank viel. Zijn blik bleef even op Kates gezicht rusten en hij zag dat daar angst en verdriet op te lezen stonden.

Hij mocht Kate graag en bewonderde haar, en hij kende haar en haar familie al jaren, en dat was dan ook de reden dat hij haar überhaupt had gevraagd of ze Raineys wettige voogd wilde worden.

Dat zijn ogenschijnlijk onschuldige verzoek haar in deze schandalige en ontoelaatbare situatie had gebracht had hem een langzaam brandend maagzuur opgeleverd dat hij bestreed met slokjes uit een groot glas met ijs en een heldere vloeistof die geen kraanwater was.

Hij keek op de klok achter in de rechtszaal, wachtte tot de kleine wijzer op de tien stond en gaf toen een klap met zijn hamer.

'Goed. Laten we maar met deze klucht van start gaan. Ik ben niet van plan om met een heleboel juridisch jargon te gaan smijten, dat jullie het even weten. Ik wil van meneer Smoles een duidelijke verklaring inzake de kwestie-Rainey Teague, alle bewijzen die hij eventueel ter ondersteuning van zijn zaak wil overleggen en indien nodig zal ik de jongen er zelf bij vragen om zijn zegje te doen. Zodra meneer Smoles gezegd heeft wat hij te zeggen heeft is het de beurt aan meneer Duarte hier – goedemorgen, meneer Duarte.'

Duarte sprong overeind.

'Goedemorgen, edelachtbare.'

'Dat durf ik te betwijfelen. Meneer Duarte mag dan op de argumenten van meneer Smoles reageren, tegenbewijzen overleggen als hij daarover beschikt, en als Rainey erbij wordt geroepen – waar alleen ik toe kan besluiten, knoopt u dat goed in uw oren – ik wil niet dat die jongen in een ordinaire ruzie wordt betrokken – zal ik Rainey zelf ondervragen en...'

Smoles – hij kon er niks aan doen – stond op om bezwaar te maken en werd ogenblikkelijk met een tik van de hamer tot de orde geroepen.

'Meneer Smoles, mag ik u eraan helpen herinneren dat dit een informele hoorzitting is en dat ik geen een van uw bekende rechtbankstreken zal dulden? Ik zit hier een rechtbank voor, geen circus, godbetert. Is dat duidelijk?'

Dat was het blijkbaar, want Smoles leek onder de withete blik van rechter Monroe te verschrompelen.

'Mooi zo. Dan zitten we allemaal op één lijn. Ruth, ben je er klaar voor? Kunnen we?'

'Ja, edelachtbare,' zei de griffier.

'Mooi. Goed, meneer Smoles. Zwengelt u uw kermisorgel dan maar aan. We zijn benieuwd.'

Smoles stond op en zei even niets, maar keek omlaag naar de papieren die voor hem op tafel lagen. Het hof wachtte in stilte af. De kleine wijzer achter in de zaal tikte tien seconden weg.

'Edelachtbare, en mijn zeer gewaardeerde collega's hier aanwezig...'

'Meneer Smoles, laat die kernachtige quatsch achterwege.'

Smoles verstijfde en maakte vervolgens met veel vertoon een aantekening op zijn gele notitieblok.

'Dank u wel, edelachtbare. Luister, dit is voor mij net zo moeilijk als het voor mevrouw Walker...'

'Mevrouw Kavanaugh,' zei de rechter.

'Voor mevrouw Kavanaugh en haar man is. En ik wil genoteerd hebben dat ik heb voorgesteld dat zij, aangezien ze hier in zekere zin toch beoordeeld worden, niet persoonlijk aan deze pijnlijke situatie blootgesteld worden.'

'Mijn cliënten blijven erbij,' zei Duarte. 'Ze zijn geen getuigen. Ze zijn gedaagden.'

'Dat hebben we al besproken, meneer Smoles.'

Smoles streek zijn haar naar achteren en klopte op de revers van zijn antracietgrijze Brioni.

'Goed dan. Het komt hierop neer. Vrijdagmiddag ben ik gebeld door Rainey. Hij zat in een McDonald's aan Kingsbane, en hij was zeer geagiteerd. Hij wilde mij in de arm nemen – mij inhuren – om hem te helpen bij zijn zeer ongelukkige thuissituatie. We hebben even met elkaar gesproken en toen heb ik besloten hem persoonlijk te ontmoeten. Ik heb mijn chauffeur naar hem toe gestuurd, die hem diezelfde middag om half drie heeft opgehaald. Toen de jongen bij mij op kantoor aankwam, waren meteen een paar dingen duidelijk. Hij was overstuur en huilde aan één stuk door. Ik heb toen besloten ons gesprek op video op te nemen.'

'Gaat u verder, raadsman. Vat u het even samen.'

'Ja. Uiteraard, edelachtbare. Om de gebeurtenissen zoals Rainey die geschetst heeft samen te vatten: het ziet ernaar uit dat Rainey van school gespijbeld heeft en daar was Kate, als zijn voogd, natuurlijk boos over. Toen hij afgelopen donderdagavond thuiskwam, heeft zich een soort confrontatie tussen hen voorgedaan, waarbij Rainey heel bang werd van de woede die van haar uitging. Hij probeerde uit te leggen dat hij alleen maar wat tijd nodig had om na te denken, dat hij op school gepest werd en dat hij heel erg verdrietig was over de dood van zijn ouders. Volgens Rainey heeft Kate toen heel kil gereageerd. Ze heeft gezegd dat ze zich zorgen maakte over zijn geestelijke toestand en dat Nick en zij hadden besloten om hem te laten onderzoeken, om te kijken of hem niet iets mankeerde. Geestelijk. Rainey sprak de angst uit – tegenover mij, bedoel ik – dat zijn voogden van plan waren om hem in een, zoals Rainey dat noemt, "gekkenhuis" te laten opnemen.'

Hij zweeg even en deed alsof hij zijn aantekeningen moest raadplegen.

'Op de beelden zult u zien dat ik hem daar een halt heb toegeroepen, omdat ik het gevoel had dat we daarmee op... strafbaar... terrein kwamen, en ik wilde eventueel nader onderzoek niet beïnvloeden...'

'Ging u ervan uit dat er een strafzaak zou komen?'

'Nou, edelachtbare, ik probeerde juist om...'

'Ja, vast wel. Gaat u verder, meneer Smoles.'

'Uiteraard. Ik vroeg waarom hij dacht dat zijn voogd hem naar een psychiatrische inrichting zou willen sturen. Hij had moeite hierop een antwoord te formuleren, dus gaf ik hem de tijd. Ik heb hem op geen enkele manier gestuurd. Dat garandeer ik de rechtbank. Uiteindelijk vertelde hij me dat zijn familie heel veel geld bezat en dat mevrouw Kavanaugh, aangezien zijn ouders dood waren, dat geld misschien voor zichzelf wilde hebben.'

Duarte stond op.

'Edelachtbare, zelfs bij een informele hoorzitting komt dit neer op laster, op smaad, als het op schrift staat...'

'Meneer Duarte, ik vrees dat we het ergste nog niet eens gehoord hebben. En ik help u eraan herinneren dat een mededeling geen feit is, en beschuldigingen of verdachtmakingen tijdens een informele hoorzitting zijn geen openbare mededelingen, gesproken of geschreven, en dus vallen die niet onder de smaad- en lasterwetgeving. Ik begrijp uw positie, maar u moet erop vertrouwen dat ik de hoorzitting naar behoren voorzit, raadsman. Meneer Smoles, ik denk dat we dat gedetailleerde verslag wel kunnen laten voor wat het is. Komt u ter zake. Waar draait het uiteindelijk om?'

Duarte ging zitten en legde zijn hand op tafel, zodat die Kates hand net raakte. Ze zat er roerloos bij. Haar gezicht was lijkbleek. Nick zat met een versteend masker op naast haar.

Smoles boog zijn hoofd en bestudeerde de papieren die voor hem op tafel lagen.

'Edelachtbare, wat ik nu ga zeggen is heel... vluchtig... en heeft misschien gevolgen die veel verder strekken dan Raineys voogdij en het beheer van zijn familievermogen, dat meer dan tien miljoen dollar bedraagt.'

'Zeg wat u te zeggen hebt, meneer Smoles. Ik handel de gevolgen wel af.'

'Ja, edelachtbare. Nadat ik een poosje met Rainey had gesproken en me vervolgens met de nodige aandacht heb verdiept in gebeurtenissen uit het verleden, ben ik tot de conclusie gekomen dat we serieus rekening moeten houden met de kans dat er sprake is van een samenzwering tussen een bekende crimineel, Lemon Featherlight genaamd, en mevrouw Kavanaugh hier, om Rainey in een psychiatrische inrichting te laten opnemen, op grond van de beschuldiging dat hij een medewerker van de Regiopolis-school, ene Alice Bayer, vermoord zou hebben, om op die manier zeggenschap te krijgen over het vermogen van de Teagues.'

Nick kwam overeind en wilde op hem afvliegen.

Duarte was eerder bij hem dan hij bij Smoles. Smoles, die watervlug was als daar maar reden genoeg voor was, was al bijna de rechtszaal uit.

De muren galmden, zo hard sloeg rechter Monroe er met zijn hamer op los. Hij riep iedereen keihard tot de orde, en toen het weer rustig was, ging hij met zachte, maar trillende stem verder.

'Gaat u vooral verder, meneer Smoles.'

Smoles keek onzeker uit zijn ogen, alsof het hem verbaasde dat hij überhaupt verder mocht praten. Hij vroeg zich af of hij soms iets van cruciaal belang over het hoofd had gezien.

'Nu ja, dit is natuurlijk maar één interpretatie van de voorliggende feiten. Maar het schijnt dat ene inspecteur Tyree Sutter van de recherche al contact heeft opgenomen met rechercheur Kavanaugh om te regelen dat Rainey een verklaring kan afleggen inzake het lichaam van Alice Bayer dat in de rivier de Tulip is gevonden. Vlak bij de plaats delict zijn spullen van Rainey en zijn jongere vriend Axel Deitz aangetroffen. Het feit dat Rainey van school spijbelde en dat Alice Bayer over de presentie op school ging, was aanleiding voor inspecteur Sutter om argwaan te koesteren. Ik heb Rainey hierover ondervraagd en hij houdt vol dat hij geen idee heeft hoe zijn boeken en papieren in Patton's Hard terecht zijn gekomen. Hij weet niets van wat er met Alice Bayer is gebeurd. Hij denkt dat mevrouw Kavanaugh en iemand anders – vermoedelijk Lemon Featherlight – zijn spullen daarnaartoe hebben gebracht en de boel in scène hebben gezet. Misschien dat mevrouw Bayer naar Patton's Hard toe is gelokt met de informatie dat Rainey daar zou zijn. Mevrouw Bayer stond erom bekend dat ze bereid was op pad te gaan en de jongens die niet op school waren te gaan zoeken. Het zou kunnen dat de samenzweerders haar gebeld hebben, haar bij aankomst hebben overmeesterd, haar de rivier in hebben geduwd en vervolgens belastend bewijs hebben neergelegd waaruit zou kunnen worden opgemaakt dat Rainey er zelf verantwoordelijk voor was.'

Duarte was weer gaan staan, deels omdat hij bang was dat Nick, die

die ochtend gewapend was, als hij Smoles' betoog niet zou onderbreken, hem zou neerschieten.

'Edelachtbare, dit is wel de grofste...'

'De heer Smoles heeft recht op de grofste verdraaiing. Het hof dient daarnaar te luisteren. De volgorde van verdraaiende leugens en de misleidende, selectieve keus aan weerleggende feiten behoren tot het wezen van ons rechtssysteem. Gaat u verder, meneer Smoles. Alstublieft. Ik hang aan uw lippen.'

'Dank u wel, edelachtbare. Dat ik een collega voor wie ik de grootste waardering heb dit soort dingen in de schoenen moet schuiven, is voor mij net zo pijnlijk als het voor mevrouw Kavanaugh moet zijn om het aan te horen.'

'Dat zal vast wel. Maar u moet niettemin proberen verder te gaan.'

'Goed, het mag dan nog zo'n onwaarschijnlijk scenario lijken, er zijn ondersteunende feiten die het geloofwaardig maken. De mensen die als eersten bij de politie gemeld hebben dat ze de Prius van Alice Bayer gezien hadden, waren mevrouw Kavanaugh en meneer Featherlight. Je zou je kunnen afvragen waarom een gerespecteerd medewerker van de rechtbank, en een getrouwde vrouw, in gezelschap verkeert van iemand van zo'n twijfelachtig allooi als meneer Featherlight, die oneervol uit het korps mariniers is ontslagen nadat hij twee agenten van de militaire politie zo ernstig had mishandeld dat die in het ziekenhuis moesten worden opgenomen, en die vervolgens zijn brood verdiende door als "escort" voor diverse rijke getrouwde vrouwen te werken, vaste klanten van de cafés langs The Pavilion.'

Als Lemon dit hoort, dacht Nick, *is hij er geweest. Nee, wacht. Hij is er sowieso geweest.*

'Verder baart het mij zorgen dat meneer Featherlight, volgens Rainey, vaak bij de familie Teague thuis kwam toen zijn vader en moeder nog leefden. Rainey zegt dat hij er vaak tot heel laat was, en vaak als Miles, haar echtgenoot, niet thuis was. Ik ga niet zover dat ik hier een verband tussen Featherlight en de dood van Sylvia Teague wil leggen, niet zonder nader onderzoek, maar feit blijft dat Sylvia Teague kort voordat Rainey na zijn ontvoering terugkwam is verdwenen, dat Miles Teague een paar dagen later dood met een schotwond is gevonden – naar verluidt zelfmoord – en dat terwijl Rainey in coma in het Lady Grace-ziekenhuis lag, Lemon Featherlight heel vaak bij hem op bezoek ging. Ik stel dat Lemon Featherlight de verbindende factor tussen al deze verschillende gebeurtenissen is.'

Toen zweeg hij even, voornamelijk voor het effect, maar ook om een slok uit een fles Perrier te nemen. Hij keek even naar de tafel aan de andere kant en maakte per ongeluk oogcontact met Nick Kavanaugh, keek meteen weer weg en rommelde wat in een stapel papieren, alvorens diep adem te halen en de draad weer op te pakken.

'Goed, voor alle duidelijkheid: ik stel dat er gerede grond is om te denken dat Lemon Featherlight zich slinks in huize Teague binnen heeft weten te dringen en dat hij, toen dat eenmaal gelukt was, een plan heeft bedacht om Raineys vader en moeder uit de weg te ruimen en vervolgens een onnatuurlijke relatie met Rainey tot stand te brengen, teneinde toegang te krijgen tot diens vermogen. Rainey, die nog maar een kind is, was zelf al tot deze conclusie gekomen, zoals hij me in het weekend heeft uitgelegd.'

Hij zweeg even om alles goed te laten doordringen. Kate was zich vaag bewust van het geluid van zijn stem. Ze vertoefde in een heel eigen hel, en Nick was bij haar, maar wel in een ander vertrek.

Nick bedacht dat die jongen, hoe dit ook mocht uitpakken, nooit meer een voet in zijn huis zou zetten, en dat hij de rest van zijn leven niet binnen een straal van twintig meter rond Kate mocht komen.

'Tot slot heb ik informatie ingewonnen waaruit blijkt dat mevrouw Kavanaugh en Lemon Featherlight afgelopen donderdagavond nog samen hebben gegeten in een gezellige bistro aan Bluebottle Way, Placido's genaamd. Ik wil helemaal niet suggereren dat hier iets onbetamelijks speelt, maar ik meld het alleen ter ondersteuning van het argument dat er een hechte band tussen hen bestaat. Misschien was mevrouw Kavanaugh aanvankelijk helemaal niet van plan om met Featherlight samen te spannen teneinde zeggenschap over Raineys vermogen te krijgen. Je zou kunnen zeggen dat ze verleid is door een ervaren vrouwenmanipulator. Het doet mij dan ook groot verdriet dat ik het hof deze verontrustende feiten moet voorleggen...'

'Implicaties en verdachtmakingen zijn nog geen feiten,' zei Duarte met een gezicht dat wit was van schrik en woede. 'Edelachtbare, ik verzoek u deze beledigende vertoning een halt toe te roepen. De beschuldigingen van de heer Smoles...'

'Slaan helemaal nergens op,' zei de rechter. 'En staat u mij toe te zeggen dat ik het daar volkomen mee eens ben...'

'Edelachtbare...'

'Ga zitten, meneer Smoles. Ik denk dat we voorlopig wel genoeg van u gehoord hebben. Mevrouw Kavanaugh, ik wil u graag complimenteren met uw kalmte en beheersing gedurende deze hele schofterige vertoning van meneer Smoles. Meneer Smoles, ik groet u. U bent erin geslaagd om nog dieper in mijn achting te zakken dan ooit tevoren, en neemt u van mij aan dat er op de bodem van vijvers wezens op hun rug liggen die ik stukken hoger aansla dan u.'

Smoles was weer gaan staan, maar rechter Monroe beet hem toe te gaan zitten.

'Ik heb u helemaal laten uitpraten, meneer Smoles, omdat ik uw verbale verklaring opgetekend wilde hebben, zodat ik het transcript naar de Orde van Advocaten kan sturen. Ik bied de heer en mevrouw Kavanaugh mijn excuses aan dat ze dit hebben moeten doorstaan. Het was, dat wil ik wel toegeven, nog kwaadaardiger en weerzinwekkender dan ik verwacht had, zelfs van u. Dat ik vandaag naar u heb moeten luisteren was, zelfs voor mij, een lesje in hoe diep iemand zoals u kan zinken. Als u mij wilt vergeven dat ik me zo bloemrijk uitdruk, doop ik u bij dezen tot de Sultan van het Slijk. U bent een varken dat verlekkerd in zijn eigen vuil rolt...'

'Edelachtbare, ik kan bewijzen...'

'Het is niet mijn ervaring dat leugens en opzettelijke verdraaiingen van bestaand bewijsmateriaal in de regel zo gemakkelijk te bewijzen zijn. Gaat u zitten, alstublieft, en hou verder uw mond. Ik wil even een paar dingen zeggen en dan ga ik luisteren naar wat de heer Duarte te zeggen heeft. Daarna zal ik mijn oordeel in deze kwestie vellen. Ruth, wil jij even pauze nemen?'

'Nee, dank u, edelachtbare.'

'Verder iemand? Nee? Nou, dan begin ik maar. Als lid van het gerechtshof in Niceville komt mij vaak informatie ter ore die normaal gesproken niet op mijn bureau terecht zou komen. Ik heb via via gehoord dat inspecteur Sutter overweegt een onderzoek in te stellen naar de dood onder verdachte omstandigheden van Alice Bayer. Mij is ook ter ore gekomen waarom de naam Rainey Teague is opgedoken. Ik had al zo'n vermoeden welke kant meneer Smoles op zou gaan als hij ook over dergelijke informatie beschikte, dus heb ik zelf her en der wat geïnformeerd, voornamelijk door persoonlijk bij inspecteur Sutter langs te gaan, op zijn bureau aan Powder River Parkway – iets wat u ook gemakkelijk had kunnen doen, meneer Smoles. U bent – of u was – behalve een medewerker van dit hof ook de instigerende partij in deze zaak. Inspecteur Sutter had u de informatie moeten verschaffen die u nodig had voor uw verzoek. U hebt dat nagelaten. Ik niet. We hebben elkaar zaterdagmiddag gesproken, en ik heb hem gevraagd met mij door te nemen wat er tot nog toe over de dood van mevrouw Bayer bekend is, voor zover hij een en ander heeft kunnen reconstrueren.'

'Dat is schennis van...'

'Geen woord meer, meneer Smoles. Geen woord. Dit is een informele hoorzitting. Al wil ik een lynx in brand steken en in uw broek proppen, dan kan ik dat nog doen als ik daar zin in heb. Ik stel voor dat u gewoon gaat zitten en dit als een man draagt. Ik zal het kort houden. Het tijdstip van overlijden van de arme mevrouw Bayer wordt geschat op basis van het elektrisch horloge dat ze droeg – van het merk Fossil, tevens voorzien van de datum. Het horloge is er om zeventien minuten na twee uur op dinsdagmiddag, meer dan twee weken geleden, mee opgehouden. Inspecteur Sutter heeft natuurlijk onderzocht waar iedereen die iets met de zaak te maken heeft zich op dat tijdstip bevond, te beginnen, zoals te doen gebruikelijk, met de mensen die het lichaam ontdekt hebben, aangezien die vaak de moordenaars blijken te zijn. Hij heeft vastgesteld dat mevrouw Kavanaugh op dat tijdstip en op die dag voor rechter Horn stond, in afdeling vier kamer drie van ditzelfde gebouw, inzake een verzoek om strafvermindering voor een minderjarige cliënt van haar. Dat is geboekstaafd in de rechtbankverslagen, meneer Smoles.'

'Edelachtbare, ik was me er niet van bewust...'

'Dat had u wel kunnen zijn als u zich niet halsoverkop in deze zaak had gestort zonder ook maar enig behoorlijk achtergrondonderzoek te doen. Ik heb er zegge en schrijve één gesprek voor nodig gehad om uw basispremisse, nog voor ik die gehoord had, van tafel te kunnen vegen. En u hebt mij niet teleurgesteld. U hebt met beide handen de kans aangegrepen om u te verbinden aan een vermogende jonge jongen die duidelijk emotionele problemen heeft, teneinde, zo vermoed ik, zijn vermogen leeg te zuigen. U oogst wat u zaait, meneer Smoles, en dat doet mij deugd. Ik ben van plan uw gedrag in deze kwestie voor te leggen aan de Orde van Advocaten en aan de Raad voor gedragsvoorschriften voor de rechterlijke macht, alsmede alle ondersteunende documenten, inclusief het transcript van onze hoorzitting van vanochtend. Ik ben ervan overtuigd dat u op de vingers getikt zult worden, maar uw beroepsgroep is al zo diep gezonken dat ik niet de hoop koester dat u geroyeerd zult worden.'

Hij zweeg even, nam een slok van die heldere koude vloeistof, proefde die met smaak en ging verder.

'Nadat ik mezelf overtuigd had van Kates alibi, heb ik Tig – inspecteur Sutter – gevraagd of hij erin geslaagd was net zo'n afdoend bewijs inzake meneer Featherlight te vinden, die overigens geen veroordeeld crimineel is, want hij was verdachte in een aan de narcoticabrigade gerelateerde undercoveroperatie, een zaak die later geseponeerd is, dus meneer Featherlight heeft in feite in het geheel geen strafblad. En zijn ontslag uit het korps mariniers was van algemene aard, en dus niet oneervol. Met betrekking tot zijn relaties met de vrouwen die bij The Pavilion komen heb ik geen mening, behalve dan dat die een vaag gevoel van jaloezie bij me oproepen. Tig kon inderdaad vaststellen dat de heer Featherlight op genoemd tijdstip en genoemde datum aanwezig was op het vlieginstructiecentrum van de Nationale Garde in de buurt van Gracie, en dat hij op dat tijdstip daadwerkelijk in een vluchtsimulator voor een helikopter zat, waar hij er naar het schijnt niet in slaagde een virtuele Eurocopter 350 veilig aan de grond te zetten. Meneer Featherlight schijnt vier dagen per week, twaalf uur per keer, bezig te zijn om zijn vliegbrevet voor helikopters bij de Nationale Luchtbrigade te halen, en daar neem ik mijn petje voor af.'

Vervolgens zweeg hij even, nam nog een flinke slok, zuchtte en zette zijn glas neer. De *kloink* van het glas op het bureau was het enige geluid in de zaal, op het tikken van de Westinghouse-klok helemaal aan de andere kant na.

'Goed, wat zegt dat verder over deze situatie, meneer Smoles? Wat betreft de dood van Alice Bayer: daar heb ik geen mening over. Dat moet inspecteur Sutter maar verder uitzoeken. Inzake de voogdij van Rainey Teague denk ik dat u allen wel vermoedt hoe mijn oordeel luidt, en zo niet, dan ben ik bereid uw tegenargumenten te horen, meneer Duarte.'

'Edelachtbare, ik wil graag uw besluit horen, maar mag ik voor de volledigheid mijn recht om te reageren benadrukken?'

'Dat mag u en dat hebt u zojuist gedaan. Inzake Rainey Teague bekrachtig ik de voogdij opnieuw en stel ik opnieuw mevrouw Kate Kavanaugh aan als de wettige voogd en geef ik haar de volledige zeggenschap over de jongen en al zijn zaken, maar onder één voorbehoud. Kate, ik begrijp dat Nick en jij Rainey vanwege zijn vreemde gedrag wilden laten onderzoeken. Dat lijkt mij een uitstekend idee. Die jongen is aan het ontsporen, zoveel is duidelijk. En dat kunnen we hem niet kwalijk nemen. Hij moet onderzocht worden, en wel zo snel mogelijk. Hij is nu in mijn raadskamer. Willen jullie naar hem toe?'

Kate staarde de rechter aan.

Nick zei helemaal niets.

Ze keek naar hem.

Ik moet wel, Nick, luidde haar onuitgesproken gedachte.

Dat weet ik, was zijn onuitgesproken antwoord.

Ga je mee?

Nee.

De wanden van de raadskamer van rechter Monroe waren, zoals dat in een raadskamer hoort, helemaal bedekt met in leer gebonden delen vol wettelijke besluiten, zowel op het niveau van de staat als op dat van het hooggerechtshof, die teruggingen tot 1856. Aan het plafond draaide een reusachtige ventilator met lange rieten bladen langzaam in de vochtige lucht rond. Het ochtendlicht viel door een hoog raam naar binnen en verlichtte een heel groot rozenhouten bureau met ingelegd blad, waarop de laatste stelling van het 20ᵉ infanterieregiment van Maine te zien was, onder leiding van Joshua Chamberlain, bij Little Round Top, op de tweede dag van de Slag om Gettysburg. Dit onwaarschijnlijke tafereel was alleen maar te zien omdat het bureau was meegenomen uit de tent van een yankee-officier nadat zijn stelling onder de voet was gelopen door het leger van de geconfedereerden, onder leiding van de over-overgrootvader van Teddy Monroe. Voor dit bureau stonden twee grote groenleren oorfauteuils, die eerlijk in een antiekwinkel in Richmond waren gekocht.

Op een van die stoelen zat een tengere jonge vrouw met scherpe gelaatstrekken, met een blauwe rok en een frisse witte blouse aan, in een nummer van *Vanity Fair* te lezen. Tegenover haar zat Rainey naar het schermpje van zijn mobiele telefoon te turen. Hij had de broek van zijn schooluniform aan en een gekreukt wit T-shirt. Toen de deur van de raadskamer openging, keken ze allebei op en dachten rechter Monroe te zullen zien. Toen het echter Kate Kavanaugh bleek te zijn, stond Rainey op en liep naar de deur die toegang gaf tot een privégang, en vandaar via een trap naar beneden, naar de parkeerplaats achter het gebouw.

'Rainey,' zei Kate, 'niet weglopen. Ik ben niet boos. Ik wil alleen even met je praten. Alsjeblieft, niet weglopen.'

De verpleegster kwam overeind en wilde Kate tegenhouden. Kate stak haar hand op, met de handpalm naar de vrouw toe gedraaid, maar keek haar niet aan.

'Bemoeit u zich er niet mee. Wij hebben gewonnen. Als u daar meer over wilt weten, gaat u maar naar Warren Smoles.'

'Hij zou me sms'en.'

'Ik heb hem net in die witte Mercedes Burke Street uit zien scheuren. Als een haas. Als u hem nog te pakken wilt krijgen, wens ik u veel succes.'

De verpleegster keek weer even naar Rainey, haalde haar schouders op en verliet op een drafje de kamer. Kate stond bij de deur en keek naar Rainey, die nu bij de andere deur stond, met zijn hand op de klink. Hij keek haar boos aan.

Kate probeerde zo lief te kijken als ze maar kon, maar het viel haar zwaar haar gevoelens niet te laten doorschemeren.

'Rainey. Alsjeblieft. Als je niet meer bij me wilt wonen...'

'Dat wil ik inderdaad niet.'

'Dan verzinnen we er wel iets op.'

Raineys gezicht verstrakte.

liegen, liegen, dat kan ze

'O ja. Er iets op verzinnen, daar ben je goed in, hè? Dus je hebt gewonnen. En nu? Nu word ik opgesloten in een gekkenhuis en krijg jij al mijn geld.'

Kate bleef bij de deur staan en slikte haar woede weg.

'Rainey, over je geld: zelfs al zou ik het willen, wat niet het geval is, want ik heb meer geld dan ik ooit nodig zal hebben, dan wordt jouw geld nog steeds beschermd door ik weet niet hoeveel wettelijke regels. De enige invloed die ik erop heb is dat ik ervoor moet zorgen dat er elk jaar de belasting wordt betaald, en dat alle zakelijke aangiften die ingediend moeten worden ook op tijd ingediend worden, en dat je ouderlijk huis op Cemetery Hill onderhouden wordt en dat alle gemeentelijke belastingen worden betaald. Verder wordt alles afgehandeld door advocaten en bankiers die in dienst van jouw vermogen staan. Ik houd in de gaten wat ze in rekening brengen en ik help ze met het nemen van beslissingen over hoe het geld voor jou zo gunstig mogelijk kan worden belegd. Zodra je eenentwintig bent krijg jij zeggenschap over alle jaarlijkse rentes en dividenden die je vermogen oplevert, en dat is een bedrag van ongeveer zeshonderdduizend dollar per jaar. Op je dertigste verjaardag krijg je volledige zeggenschap over het vermogen. Ik kan je de papieren laten zien. Jouw vermogen kán je gewoonweg niet afgepakt worden.'

ze kunnen doen waar ze zin in hebben

'Ja? En als ik nou dood ben? Of in de gevangenis zit?'

437

'Je gaat niet naar de gevangenis, Rainey. En als je doodgaat zonder dat je een testament hebt gemaakt, wordt het geld van je familie hoogstwaarschijnlijk onder al je familieleden verdeeld.'

'Precies. Jij dus.'

'Ik ben een heel ver familielid, Rainey. Een rechter bepaalt dan hoeveel...'

'Zoals die ouwe rechter binnen? Die vent die aan jullie kant staat? Die vent door wie ik met jou opgescheept zit?'

Hij zei het zo venijnig dat ze geen word kon uitbrengen. Ze deinsde letterlijk achteruit toen zijn woede over haar heen spoelde. Ze bedacht opeens dat Rainey haar haatte. Of dat iets in Rainey haar haatte. Achter Kate werd hard op de deur geklopt. Kate noch Rainey reageerde erop. Ze zaten in deze afschuwelijke toestand opgesloten en Kate had geen idee wat ze eraan moest doen.

Er werd weer geklopt.

'Wie is daar?' vroeg ze.

'Nick. Mag ik binnenkomen?'

die gaat ons vermoorden blijf bij hem uit de buurt

Rainey deed een stap achteruit, liep naar de andere kant van de kamer en trok de deur achterin open.

'Als hij binnenkomt, ben ik weg.'

'Rainey, alsjeblieft...'

Nick deed de deur open.

Rainey draaide zich om om het op een lopen te zetten en botste tegen Tig Sutter op, die in de gang achter hem had staan wachten. Rainey stuiterde terug en probeerde zich langs hem te wurmen. Het was alsof hij probeerde een bankkluis van zijn plaats te krijgen.

Tig Sutter gaf gewoon niet erg mee.

Kate keek naar Nick.

'Wat is er? Wat gebeurt hier allemaal?'

'Tig moet even met Rainey praten,' zei Nick. 'Dat kan nu wel even, dacht ik.'

'Nee, dat kan niet. Om te beginnen wil ik jou hier nu niet bij hebben. Je zou Rainey kunnen intimideren.'

Nick wist niet wat hij hoorde.

'Ik Rainey intimideren?'

'Dat zou kunnen. Rainey, vind je het vervelend dat Nick hier is? Is dat de reden dat je niets wilt zeggen?'

goed niks zeggen deze mensen willen je om de tuin leiden

Rainey reageerde niet.

Kate herhaalde haar vraag.

'Misschien.'

'Want als je dat prettiger vindt, kan Nick wel weggaan. Toch, Nick? Tig kan dit alleen wel af, toch?'

In gedachten schreeuwde Nick *kijk nou eens goed naar dat enge rotjoch* tegen haar, maar hij zei: 'Als je denkt dat dat beter is, ga ik wel.'

'Nou, Nick,' zei Tig met een zuur glimlachje, 'misschien moest jij je inderdaad maar terugtrekken. In een later stadium zou een advocaat kunnen beweren dat je op de een of andere manier bevooroordeeld was.'

'Kate is zijn advocaat, Tig.'

'Voorlopig,' zei Kate. 'Als er nog meer komt, schakelen we waarschijnlijk Claudio Duarte in. Nick, heus. Misschien kun je maar beter gaan. Oké?'

Nick staarde haar een hele tijd aan, en Kate realiseerde zich dat ze voor het allereerst in hun huwelijk in zwaar weer zaten. Maar daar viel op dat moment niets aan te doen. Toen draaide hij zich om en liep zonder nog een woord te zeggen de kamer uit.

'Rainey,' zei ze zodra de deur dicht was, 'ik ben hier om jouw belangen zo goed mogelijk te vertegenwoordigen. En neem van mij aan dat het niet in jouw belang is om tegen ons tekeer te gaan. Als je je kunt beheersen kom je er misschien achter dat het helemaal niet zo erg is wat Tig je wil vragen. En je hoeft van mij geen vragen te beantwoorden waarvan ik vind dat je ze niet hoeft te beantwoorden. Maar als je weigert om wat dan ook te zeggen, denkt hij echt niet "laat dan maar zitten" en loopt hij echt niet weg. Dat kan hij namelijk niet. Toch, Tig?'

'Nee, ik ben bang van niet.'

'Dus, Rainey... kijk me even aan, alsjeblieft.'

lekker die geur haar mogen we wel

Hij verroerde zich niet en het was alsof hij in steen probeerde te veranderen. *Waar haalt hij het lef vandaan? Hij is nog maar... Tja, ze had eigenlijk geen idee hoe oud hij was, toch?*

'Goed, hij zegt geen nee, Tig. Probeer maar.'

'Oké, Rainey. Je weet wie Alice Bayer was, toch?'

Rainey mompelde iets.

'Sorry, Rainey, dat verstond ik niet.'

langzaam aan voorzichtig zijn

Rainey keek naar hem op.

'Ze was de spijbelmedewerker op school.'

'Oké. Dat klopt. En kon je het een beetje met haar vinden?'

'Tig,' zei Kate op waarschuwende toon.

'Oké, laat maar zitten. Patton's Hard, ken je dat?'

'Ja.'

'Ben je daar ooit geweest?'

'Ja.'

'Vaak?'

'Nee.'

'Alleen zo nu en dan?'

'Ja.'

'Ben je er wel eens geweest als je eigenlijk op school hoorde te zitten?'

'Soms.'

'Was je twee weken geleden op dinsdag in Patton's Hard?'

'Dat weet ik niet meer.'

'Was je die dag op school?'

'Dat weet ik niet meer.'

'Rainey, is Alice Bayer wel eens naar Patton's Hard toe gekomen terwijl jij daar was?'

Rainey zweeg.

je moet nu stoppen

Tig herhaalde de vraag.

Rainey bleef zwijgen.

'Rainey, alsjeblieft...'

je moet nu weg nu meteen nu meteen nu

Kate zag dat Raineys ogen van kleur veranderden en naar boven draaiden. Toen viel hij flauw. De ambulance werd gebeld. Toen die arriveerde, was Rainey inmiddels wakker. Hij lag op zijn rug op de vloer en keek knipperend omhoog naar het plafond, terwijl Kate op haar knieën naast hem zat.

Het ambulancepersoneel – een bij elkaar passend stel kwieke blonde medewerkers, een man en iemand van onduidelijk geslacht – onderzocht hem, liet hem rechtop zitten, checkte zijn functies, overlegde op fluistertoon met veel medisch jargon met elkaar en verklaarde vervolgens dat hij niets mankeerde.

Rainey ging zitten en Kate stond op om met Tig te overleggen.

'Dit kan zo niet verder. Vandaag in elk geval niet.'

Tig keek ongemakkelijk, maar hij wist dat ze gelijk had.

'Oké. Maar wanneer dan wel?'

'Rechter Teddy wil dat ik hem laat onderzoeken. Daar waren we vrijdag mee begonnen, voordat dit allemaal gebeurde. Vandaar dat hij in WellPoint was. Ik wil hem daar weer mee naartoe nemen, en wat uitslagen opvragen. Daarna moeten we maar even kijken wanneer je met hem verder kunt praten.'

Tig dacht er even over na.

'Oké. Neem hem maar mee naar WellPoint. Bel me morgen even.'

Kate en Rainey hadden elkaar niets te zeggen, tot ze bij Kates Envoy aankwamen. Ze stapten in en Kate startte de motor.

Rainey keek recht voor zich uit en ademde heel snel, met open mond.

'Rainey, gaat het wel?'

Hij knikte.

'Ik breng je terug naar WellPoint.'

En dit keer blijf ik bij je.

'Oké,' op zachte verslagen fluistertoon.

wij kunnen daar niet naartoe ze vinden ons met machines

'Moet ik daar vannacht dan blijven?'

'Misschien. Maar ik blijf bij je.'

'Waarom doe jij zo je best om mij te helpen? Na wat ik je heb aangedaan?'

Kate keek de jongen een poosje onderzoekend aan.

Ze had vreemd genoeg de idnruk dat de oude Rainey nu weer bij haar in de auto zat, in plaats van die andere Rainey.

'Omdat ik beloofd heb dat ik voor je zou zorgen. Wat er ook gebeurt. En dat ga ik dus doen ook. Goed, voor we daarnaartoe gaan, heb je nog iets nodig? Kleren? Een videospelletje? Je boeken?'

Rainey moest er zo te zien even over nadenken.

'Denk je dat ik daar mijn dvd-speler mee naartoe mag nemen?'

'Ik zou niet weten waarom niet. Laten we even een paar dvd's kiezen om mee te nemen.'

Rainey keek haar nu aan, maar in zijn hoofd luisterde hij naar **Cain**. Toen die niet meer in zijn brein gonsde en kraakte, zei hij: 'Ik zou heel graag die kerstvideo willen zien, van mijn vader, mijn moeder en mij.'

'Oké. Waar is die?'

Rainey keek naar zijn handen.

'Bij mij thuis,' zei hij.

'In je oude huis, bedoel je?'

'Ja. In het huis van papa en mama. Ik geloof dat hij nog in de dvd-speler zit.'

'Wil je naar Cemetery Hill gaan om hem op te halen?'

Rainey hield zijn hoofd weer gebogen.

'Kan dat, denk je?' vroeg hij.

Kate dacht er even over na.

Ze hadden nog wel tijd.

'Tuurlijk. Riem om. We rijden er meteen even heen.'

Rainey glimlachte, haalde heel diep adem en hield die een poosje in.

ruikt zo lekker zo veel lekkere geuren zo veel

Netjes te werk gaan

Warren Smoles reed de Mercedes, met de satellietradio aan, de oprit naar de garagedeur van zijn in de stijl van een château gebouwde huis in The Glades op. Het was het grootste huis aan een lange kronkelende straat met palmbomen erlangs en hier en daar een struik hulst en bougainville. De overige huizen waren bungalows in de originele Frank Lloyd Wright-stijl van de jaren vijftig en bungalows in de art-decostijl van het oude Hollywood, dus het huis van Warren Smoles viel nogal op, net zoals Warren Smoles zelf. Het liedje waar hij naar luisterde was 'So You Had A Bad Day', en dat had hij opstaan omdat het goed bij zijn stemming aansloot.

Hij was er helemaal niet aan gewend om zo behandeld te worden als Teddy Monroe hem die ochtend had behandeld, en hij was van plan zichzelf de rest van de middag in zijn minilandhuis op te sluiten, zich te verdoven met een emmer Tanqueray-gin en een paar uur naar de dvd's met 'Best Of The Bowl Games' te kijken. Als hij weer een beetje tot zichzelf was gekomen zou hij misschien wel een manier bedenken om het die klootzak betaald te zetten, maar vooralsnog kon hij zich beter eerst terugtrekken en hergroeperen.

Smoles woonde om diverse redenen alleen in dit reusachtige huis, en de voornaamste was dat er verder niemand bij hem wilde komen wonen. Hij had al moeite genoeg om het personeel aan te houden, en zijn honden liepen ook voortdurend weg. Hij had al goudvissen geprobeerd, maar die liepen ook allemaal weg – hij was er nooit achter gekomen hoe dat kon, maar op een dag was hij thuisgekomen en toen waren de kommen leeg en de vissen pleite.

Dus had hij maar katten genomen, die niet minder kieskeurig waren dan honden, maar zich wel veel gemakkelijker lieten omkopen met een zacht bed en regelmatige maaltijden.

Smoles had er vijftien, her en der verspreid door het huis, voornamelijk tabby's, een paar grijze katten met zes tenen, zoals Hemingway die ook had, en drie Maine Coons, zo groot als een rottweiler. Geen van de katten had hij een naam gegeven – dat vond hij net zoiets als een meeuw een naam geven – en om te zorgen dat zijn huis fris bleef ruiken moest er om de twee dagen een hele cohort schoonmaaksters aanrukken. Aan de andere kant had hij geen last van knaagdieren en er waren ook niet van die ellendige zangvogels rond het huis te bekennen.

Hij zette de Mercedes in de garage en liep via de tussengang naar de zijdeur van zijn huis, waar hij een lang en ingewikkeld password intikte.

Hij had een tas met blikjes kattenvoer, een enorme fles Tanqueray en drie citroenen vast, dus toen de deur openklikte, duwde hij die gewoon met zijn tenen open, liep de open keuken en ontspanningsruimte in en zette de tas op het aanrecht.

Er waren geen katten.

Dat was vreemd.

Meestal kwamen ze binnengeglipt of stonden ze al bij de deur op hem te wachten als hij thuiskwam. Niet dat ze van hem hielden of hem zelfs maar aardig vonden, maar geen van hen kon met de elektrische blikopener omgaan of de kattenbak eigenhandig verschonen.

Maar nu waren er dus geen katten?

Hij liep om het aanrecht heen, de Grote Kamer in: een grote ruimte met stenen muren, met in het midden een gigantische flatscreentelevisie en een satellietverbinding waarmee hij bereik had tot aan de sterren en live talkshows uit de ruimte kon ontvangen, als ze in de ruimte talkshows zouden hebben, wat vooralsnog niet het geval was, tenzij je Maury Povich of Bill O'Reilly meetelde.

De muren waren behangen met foto's van Warren Smoles die alle mogelijke soorten beroemdheden, topsporters en politici de hand schudde en met glazige ogen toe grijnsde, terwijl geen van die mensen net zo opgetogen leek te zijn over het feit dat ze op de foto gingen als Warren Smoles zelf.

Hier ook geen katten.

Hij keek de gang in die naar de voordeur leidde.

Ook geen katten.

Vreemd. Heel vreemd.

Nou, dan niet, dacht hij, en hij draaide zich om om aan zijn emmer Tanqueray te beginnen. Achter zijn aanrecht stond een lange, goedgeklede, maar vaag begrafenisondernemerachtige man naar hem te glimlachen.

'Ik weet wat u gaat zeggen,' zei hij.

'Wie bént u in godsnaam?'

'Dat bedoel ik. Vraag nu dan maar hoe ik binnengekomen ben.'

'Het kan me niet schelen hoe u binnengekomen bent. Wat bent u in godsnaam? Een verzekeringsagent?'

'Nee. Ik ben privéverzamelaar. Harvill Endicott is de naam.'

'Godsammekrake!' riep Smoles uit, met opluchting in zijn stem. Hij had Endicott nog nooit persoonlijk ontmoet. Ze hadden altijd alleen per telefoon of via internet gecommuniceerd. Endicott had hem zelfs via Paypal betaald.

'Het was niet mijn bedoeling je aan het schrikken te maken,' zei Endicott op sussende toon.

'Sodemieter op. Ik wil weten waarom mijn alarmsysteem me niet heeft gealarmeerd, ja? En waar zijn mijn katten?'

'Je alarmsysteem is niet erg effectief. Ik zou een betere aanschaffen, als ik jou was. Je katten stonden allemaal bij de zijdeur toen ik binnenkwam. Toen ze zagen dat ik het was, en niet jij, hebben ze eieren voor hun geld gekozen en zijn ze ervandoor gegaan. Ik neem aan dat ze wel terugkomen als de rust is weergekeerd.'

'Bedankt. Afgezien van deze inbraak, wat wil je van me?'

'Ik bied je mijn oprechte excuses aan. Ik hou er niet van om buiten te wachten. Vandaar dat ik binnen ben gekomen. Ik wilde je persoonlijk bedanken dat je mij geholpen hebt met mevrouw Maranzano in contact te komen. We hebben tot een afspraak kunnen komen. En daar ben ik je dankbaar voor.'

Smoles liep naar de koelkast, pakte ijsblokjes, haalde een zilveren koelemmer uit de kast en begon een drankje voor zichzelf te bereiden.

'Fijn dat ik je van dienst heb kunnen zijn, Harvill. Hoe luidde die afspraak?'

'Dat is vertrouwelijk, als je dat niet erg vindt.'

'Ik heb mijn geld gekregen. Het zijn mijn zaken niet. Iets drinken?'

'Pellegrino, als je hebt?'

'Prima.'

Smoles, die nog steeds een beetje van slag was, maar wel al wat kalmeerde, schonk de man een glas Perrier in. Geroutineerd mengde hij zijn gin-tonic, en toen liep hij de leistenen vloer over naar zijn grote bordeauxrode leunstoel bij de haard. Hij ging zitten, legde zijn voeten op een hocker ter grootte van een waterbuffel, legde zijn hagedissenleren cowboylaarzen over elkaar en nam een slok.

'Nou, het bevalt me niks dat je hier zo binnenkomt, Harvill. Ik zal het door de vingers zien, maar flik het me niet nog een keer, want dan ben ik een stuk minder vriendelijk.'

Endicott liep naar hem toe en ging voor hem staan, met zijn glas Perrier in zijn linkerhand. Zijn andere hand had hij in de zak van zijn grijze broek.

Smoles bekeek hem eens van top tot teen.

Die vent ziet eruit als een kruising tussen een boekhouder en een begrafenisondernemer. Wel goed gekleed. Broek wat aan de wijde kant. Ik zou zelf nooit een bandplooi nemen. Maar goed, zoals de Fransozen zeggen: sjakun son goe.

'Mooie broek, Harv. Is dat wol?'

'Ja.'

'Welk merk?'

'Zegna.'

'O ja? Ik hou zelf meer van Brioni. Dit is een pak van Brioni.'

'Dat zie ik, ja. Nou, op je gezondheid.'

'Ja. Proost! Ben je hierna klaar? Alles afgehandeld? Ik neem aan dat het naar tevredenheid was?'

'Nog meer dan ik verwacht had.'

'O ja? Mooi zo. Ik heb een reputatie, hè, en die houd ik graag hoog. Rot van Deitz, hè? Die vent was niet in bedwang te houden. Dat gedoe in dat winkelcentrum, dat was wel heel extreem. Ik hoorde over die Coker. De Fluisterende Dood, toch? Hij heeft al een hele zwik criminelen omgelegd.'

'Dat heb ik gehoord, ja.'

'Ga zitten. Ik houd er niet van als mensen staan, terwijl ik zit. Daar word ik chagrijnig van.'

Endicott deed een paar stappen achteruit.

'Sorry. Ik hoor wel vaker dat ik dreigend kan overkomen. Maar ik had een vraag. Over Byron Deitz.'

'Oké. De meter loopt. *Tsjing-ka-tsjing-tsjing.* Goed, waarmee kan ik je van dienst zijn, Harv?'

'Deitz heeft een aanzienlijk geldbedrag overgemaakt naar een onbe-

446

kende ontvanger. Ik heb tot mijn eigen tevredenheid weten vast te stellen wie die ontvanger was...'

'Dat meen je niet? Wie dan?'

'Sta mij toe dat voor me te houden. Mijn onderzoek loopt nog...'

'Heeft het iets te maken met die schietpartij bij de ranch van Charlie Danziger, van zaterdagmiddag?'

'Nogmaals, dat houd ik voor me. Ik moet alleen nog weten op welke manier deze overmaking tot stand is gekomen.'

Smoles kneep zijn ogen tot spleetjes.

'Zeg, je bent toch nog wel aan het werk, hè? Je zit toch nog wel achter dat godvergeten bankgeld aan, hè? Stiekeme klootzak. Ik zou maar oppassen als ik jou was. Degene die die bank overvallen heeft is een gestoorde...'

'Ik vroeg naar de overboekingsmethode.'

'Nou, iets met een offshorebank.'

'Heeft Deitz je nooit de details verteld?'

Smoles nam een grote slok gin-tonic, dronk het glas leeg en liet het ijsblokje in zijn mond vallen, om er vervolgens met open mond op te kauwen, terwijl hij ondertussen met een sluwe grijns op zijn leeuwachtige gezicht naar Endicott opkeek.

'Zou kunnen, Harv. Zou heel goed kunnen. Hij heeft wel hints gegeven. Hoe graag wil je het weten?'

'Hoe graag wil je het me vertellen?'

Daar moest Smoles hartelijk om lachen.

'Helemaal niet graag, Harv, tenzij ik iets in je hand zie. Laat me maar iets zien waardoor het voor mij de moeite waard wordt, en dan kunnen we zaken doen.'

Endicott keek glimlachend op Smoles' breed grijnzende gezicht neer, haalde zijn Sig uit de zak van zijn broek en schoot Smoles in het vlezige deel van zijn linkerbovenbeen. Harvill Endicott was een gewoontemens.

Smoles gilde het uit, spoog allemaal brokjes ijs uit en greep naar zijn been.

'Wel godverdomme!'

'Ik vraag het nog een keer, Warren. Hoe graag wil je het me vertellen?'

Meneer Teague kan nu ontvangen

Lemon belde Nick terwijl die naar het hoofdbureau van de recherche reed om wat papierwerk af te handelen – echt iets voor een maandagmiddag. De schietpartij bij het huis van Danziger had nog meer PISTOL-onderzoek met zich meegebracht, en het onderzoek naar de betrokkenheid van Danziger en Coker bij de bankoverval in Gracie, alsmede de daaropvolgende verdwijning van Coker, had media uit het hele land getrokken. Die streken allemaal in een zwerm neer bij het hoofdbureau van de recherche aan Powder Ridge Road. Dus ging Nick daar ook naartoe, terwijl hij dacht aan Coker en Charlie, Kate en Rainey, en aan Reeds waarschuwing dat hij Rainey moest doden als het op een crisis uitliep. Verder had hij ook nog een liedje van Billy Ray Cyrus in zijn hoofd, dat ging van 'Where'm I gonna live when I get home...'

Kortom, hij had genoeg op zijn bordje, en wat erop lag was niet bepaald appetijtelijk. LEMON FEATHERLIGHT BELT verscheen er op het schermpje van zijn telefoon, dus pakte hij die op en drukte op OPNEMEN.

'Nick, hoe is het gegaan?'

'Hangt ervan af hoe je ertegenaan kijkt. We hebben de voogdij over Rainey nog. Kate is blij. Ik niet.'

Lemon dacht er even over na.

'Die jongen is wel ver gegaan, hè?'

'Te ver, als je het mij vraagt, Lemon. Ik heb losgeslagen kinderen meegemaakt. Maar dit is een klasse apart. Heb je even?'

'Ja. Ik belde alleen maar om te horen hoe het gegaan was.'

'Ik zet even de auto neer... Hoe is het met dat beenderenmandje afgelopen?'

'Ik wacht wel even tot je geparkeerd hebt.'

Stilte.

'Oké. Ik sta in de berm.'

'Ik eerst?'

'Ja. Ben benieuwd.'

Lemon praatte hem bij, alleen even de essentiële dingen, maar die waren al bizar genoeg. Lemon sloot zijn verhaal af met het verband met de oude Cherokee-legende over de zielenetende demon die in het Kratergat zou wonen.

'Geloof jij dat?' vroeg Nick.

'Die dingen zijn echt, dat geloof ik, ja. Hoe ze hier gekomen zijn en wat er gebeurd is voordat ze hier beland zijn, daar heb ik geen idee van.'

'Misschien zoekt die deskundige van de UV dat nog uit.'

'Ze was dolblij. Ze denkt dat er wel een Nobelprijs in zit. Ze gaan die dingen naar mij vernoemen, zegt ze. Zo'n Latijnse naam, weet je wel.'

'Leuk voor je.'

'Zeg, nog eens iets...'

'Ja.'

'Weet je nog die mevrouw van de tram, die me geholpen heeft om Rainey die trap af te helpen?'

'Doris Goodwin. Een lekker ding, zei je nog.'

'Ja, ook dat. Toen we boven waren, heeft ze driehonderdzestig graden in het rond allemaal foto's gemaakt...'

'Waarom?'

'Waarom. Omdat ze bagger scheet. Ze dacht dat er iets in het bos was. Ze heeft me de volgende dag de JPEG's gestuurd. Die zijn behoorlijk eng, Nick. Ik denk dat je die wel wilt zien.'

'Wat was er dan op te zien?'

'Mensen. Het hele bos wemelde van de mensen, en die stonden ons allemaal aan te staren. Het waren er misschien wel honderden. Tot heel diep in het bos. Misschien nog wel meer. Misschien wel duizenden. Ze stonden daar gewoon, en die oude bomen hingen over ze heen.

'Hoe zagen ze er dan uit? Als geesten? Zombies?'

'Nee. Helemaal niet. Gewone mensen, meer niet. Mensen uit Niceville. Mensen die je gewoon op straat ziet. Maar ik heb hier die foto's nu en ik zie dat ze allemaal verschillend gekleed zijn. Qua stijl, bedoel ik. Sommigen heel ouderwets, anderen een beetje. Voornamelijk mannen, maar ook een paar oudere vrouwen. Er zitten zelfs wat cowboytypes bij. Zelfs soldaten, van de noordelijke én de zuidelijke staten. Ik kijk ernaar en ik zie dat er zelfs een paar mannen bij zijn die wel indiaans lijken. Cherokee of Creek, aan hun kleren te zien, en aan hoe ze beschilderd zijn.'

'Nep?'

'Nee. Doris vond het doodeng. Ik ook. Het lijken wel geesten uit een stapel foto's van vroeger. Maar dat zijn het niet, hè?'

Nick zei een poosje niets.

'Jezus. Het past er wel bij.'

'Het past waarbij?'

'Bij de algehele vreemdheid van Niceville.'

Nick vertelde Lemon wat Reed in Candleford House was overkomen en wat hij van Beryl Eaton in het gemeentearchief in Sallytown te horen had gekregen.

'Heeft Reed Clara Mercer daadwerkelijk gezien?'

'Hij is er behoorlijk van overtuigd, ja.'

'Jezus. Hoe is hij eronder?'

'Zoals ik al zei: hij is van drie hoog naar beneden gesprongen. Hij mag van geluk spreken dat hij het heeft overleefd.'

'Waar is hij nu?'

'Geloof het of niet, maar hij zit weer in een Interceptor. Marty heeft hem na de schietpartij bij Charlie weer aan het werk gezet.'

'Ik kan het nog steeds niet geloven. Coker, oké, maar Charlie?'

'Nou, hou dat over Charlie maar voor je. Charlie is geraakt door een kogel die voor Mavis Crossfire bedoeld was. Dat moet toch iets waard zijn. Ik heb het er met Mavis over gehad en zij denkt dat we het misschien zo kunnen draaien dat de schuld volledig bij Coker komt te liggen.'

'Wiens idee was het?'

'Van Coker.'

Stilte.

'Jezus, wat een stad.'

'Niceville?'

'Ja. Een verschrikking.'

'Ik zal je niet tegenspreken. Lemon, ik moet...'

'Ja. Nog één ding. Waar is Rainey nu? In een kliniek zeker?'

'Onderweg naar WellPoint. Kate brengt hem...'

'Is Kate alléén met hem?'

'Ik geloof van wel. Na het proces hebben we in de raadskamer ruzie over hem gekregen. Mij is toen te verstaan gegeven dat ik moest weggaan. Dus ben ik weggegaan. Tig Sutter was erbij...'

'Ging ze linea recta naar WellPoint?'

'Dat was wel het plan. Moet je horen, Lemon, ik moet echt gaan. Over een paar uur wemelt het van de media bij het hoofdbureau. Red jij je wel?'

Waarschijnlijk niets om je zorgen over te maken ze gaat toch niet naar Sylvia's huis ze gaat met hem naar WellPoint en dan komt alles goed.

'Ja, ik red me. Maar ik ben wel van slag door die hele toestand.'

'Begrijpelijk. Stuur me die JPEG's. We spreken elkaar later.'

Lemon verbrak de verbinding, keek naar het schermpje en koos met de snelkeuzetoets het nummer van Kate.

Hij ging zes keer over en schakelde toen over op de voicemail.

'Kate, met Lemon. Als je dit hoort...'

Laat ook maar zitten!

Geen tijd!

Waar Kate ook mocht zijn, er was één plek waar ze niet naartoe moest gaan. Niet alleen, en al helemaal niet met Rainey. Hij trapte het gaspedaal in en voegde zich tussen het verkeer. Het was een kwartier rijden, dacht hij.

Tien minuten, als hij alle regels aan zijn laars lapte.

Hij besloot alle regels aan zijn laars te lappen.

Lemon zette zijn auto aan de overkant van de straat, tegenover Cemetery Hill 47. Het grote stenen pand zag er nog precies zo uit als afgelopen vrijdag. Vlekkerig zonlicht op het leien dak, de wind die in de altijdgroene eiken zuchtte. Verderop blafte een hond. Het geluid van verkeer op Bluebottle Road. Ergens in een achtertuin schreeuwende kinderen. Kates Envoy stond er niet.

Hij probeerde haar weer te bellen. Drie keer ging hij over, toen de voicemail. Was ze soms al binnen?

Hij moest gaan kijken.

Lemon stapte uit en stak de straat over, naar het begin van de oprijlaan. Het donkere licht was er nog steeds. Hij liep er dichter naartoe en toen nam het vaste vorm aan in twee afzonderlijke gestaltes die langzaam maar zeker de vorm van de Shagreen-broers kregen. Daar stonden ze, levenloos, maar levend.

'Is Rainey Teague hier?'

'Ga hier weg,' zei de blonde.

Lemon haalde een groot zwart pistool tevoorschijn en richtte dat op de blonde man. Er kwam geen reactie, van geen van beiden. Hij zette een voet op de trap. De blonde man kwam dichterbij; hij had nu een heel vaste vorm. Hetzelfde vlekkerige licht dat op het dak scheen bewoog nu ook over zijn gezicht en schouders.

'Ga nu weg.'

Lemon richtte het pistool op het hoofd van het ding. Hij hoorde een motor achter zich, en een vrouwenstem.

'Lemon?'

Hij draaide zich om en zag Kate achter het stuur van de Envoy zitten. Rainey zat naast haar en boog zich naar voren, zodat hij Lemon kon zien.

Lemon liep achteruit de oprit af, maar hield de Smith wel in zijn hand. Hij liep naar de auto en legde zijn handen op de sponning van het raam.

'Kate. Gelukkig. Ik was bang dat ik je was misgelopen.'

'Lemon, wat zie je eruit. Je ziet lijkbleek. Wat is er? Vanwaar dat wapen?'

Lemon keek naar Rainey, die weer achteruit was gaan zitten en nu recht voor zich uit keek. Lemon bleef dreigend naar Rainey kijken en vroeg: 'Kate, ik heb je aldoor gebeld. Je telefoon staat uit.'

'Nee hoor. Ik heb 'm hier.'

Ze haalde haar telefoon uit een vak aan de zijkant van haar tas en drukte op het schermpje.

'Hij staat wel uit. Maar ik heb hem helemaal niet...'

'Is Rainey er alleen mee geweest?'

Kate draaide zich om om Rainey aan te kijken, die nog steeds recht voor zich uit keek, met open mond ademhaalde en er bleek en hongerig uitzag.

Cain hamerde door zijn hoofd.

deze is erger dan de anderen hij kan zien

'We zijn even gaan lunchen. Ik heb hem in de... Rainey, heb jij mijn telefoon uitgezet?'

'Nee, ik ben er niet aan geweest.'

Hij keek nog steeds recht voor zich uit.

'Waarom ben je hier, Kate?' vroeg Lemon. 'Je moest toch naar Well-Point?'

'Hij zal daar waarschijnlijk een nachtje moeten blijven, dus hij wilde een paar dingen hebben. Er is een dvd van zijn ouders. Hij denkt dat die nog in de dvd-speler in het huis van Sylvia zit. Daarna gaan we naar de kliniek.'

Lemon keek naar Rainey.

'Kate, ik moet jullie iets laten zien. Misschien kun jij het niet zien, maar Rainey wel, denk ik. Mag ik?'

'Tuurlijk. Wat dan?'

'Dat zul je wel zien. Parkeer je auto even. Kom mee.'

Lemon pakte Rainey bij zijn elleboog, stevig om het bot, en loodste hem naar de oprijlaan toe. Kate liep vlak achter hen aan. Toen Lemon en Rainey onder aan de trap waren aangekomen, namen de dingen die op de Shagreen-broers leken weer vaste vorm aan. Lemon voelde Raineys lichaam onder zijn hand trillen.

deze kan zien dood hem dood hem hij kan zien

'Kate, zie jij iets op dat bordes?'

'Op het bordes?'

'Ja. Zie je daar iets?'

Kate liep er wat dichter naartoe.

Een van de Shagreen-gestalten kwam een tree naar beneden.

Lemon richtte de Smith erop en zei: 'Nee.'

Rainey keek volkomen gebiologeerd toe.

ja pak ze nu pak ze allebei

'Ik zie wel... dat je ergens tegen praat,' zei Kate. 'Is dat een soort schaduw?'

'Meer zie jij niet?'

'Het zijn er misschien twee. Het is net of de zon... afbuigt.'

'Rainey. Vertel Kate eens wat jij ziet.'

doe het nu

Rainey zei geen woord.

Lemon drukte de loop van de Smith tegen de zijkant van Raineys hoofd. Kate wilde zijn hand pakken om het wapen weg te duwen.

'Lemon, wat bezielt je?'

'Vertel Kate wat je ziet, Rainey, of ik schiet je hier ter plekke dood.'

Er sloeg een zure geur van Rainey af. Zijn ademhaling veranderde. Hij keek Lemon met andere ogen aan en glimlachte. Toen hij begon te praten, was dat niet met zijn eigen stem. Het was de stem van een vrouw.

'ze zijn van ons.'

'Wat zijn ze?'

'ze zijn wachters ze zijn een geschenk.'

'Een geschenk van wie?'

'van niets.'

'Van *niets*?'

'ja we hebben ze van niets bij het kratergat gekregen.'

Lemon haalde het pistool van Raineys slaap.

'Wat zou er gebeurd zijn als Kate de trap op was gelopen?'

te veel gezegd zeg niets meer

Kate kwam naar hen toe en keek Rainey recht aan. Zijn gezicht had niets menselijks meer. Hij deed zijn mond wijd open, zoog een hap lucht naar binnen en hield die in.

'Lieve hemel.'

Lemon keek naar de dingen op de veranda. Ze keken ook naar hem, doodstil als twee grafzerken, met uitdrukkingsloze gezichten. Van hen sloeg dezelfde stank af. Zelfs Kate kon die nu ruiken.

Ze keek omhoog naar het bordes. Het licht verboog, haperde en toen werd het donkerder. Op dat moment zag ze de gestalten heel duidelijk. De Shagreen-broers, althans hun stoffelijk omhulsel. Ze draaide zich weer om naar Rainey, die met een glimlach naar haar opkeek, en toen naar Lemon.

'Lemon, we moeten dit regelen.'

Lemons gezicht stond afstandelijk en kil.

'Hoe had je gedacht dit te regelen, Kate. Hier valt niks aan te regelen.'

Kate keek wat er in Raineys ogen te lezen stond. Niets. Ze keek naar niets en het doodse niets keek op zijn beurt naar haar. Dat zat in hem en zou eruit verdreven moeten worden. Ze wist niet eens of dat wel kon.

Maar ze moest het proberen.

'Hij moet terug.'

'Naar WellPoint?'

'Nee. Naar Glynis Ruelle.'

de oogst daar kunnen we niet naartoe

De stem in Raineys hoofd stopte abrupt, ging slapen en verstopte zich. Raineys ogen draaiden naar boven en hij viel als een zoutzak neer.

Lemon ving hem op.

'Kate, we moeten Nick bellen.'

Ze schudde haar hoofd.

'Nee.' Dat was het enige wat ze zei.

De weg is afgesloten

Het grote victoriaanse huis van Delia Cotton aan Upper Chase Run was vergrendeld en de luiken waren dicht, en dat was al zo sinds zij het voorjaar daarvoor was verdwenen. Het huis was één groot geheel met zadeldaken, veranda's, galerijen en serres, onder de blauwe schaduwen van de oeroude altijdgroene eiken en hoge wilgen. Op het glooiende gazon dat naar het huis toe liep glinsterden kringen zonlicht. Voor alle ramen zaten de luiken stevig dicht, afgesloten met een hangslot. Het zwarte ijzeren hek onder aan de lange gebogen oprijlaan was met een ketting afgesloten.

Kate stopte voor het hek. Lemon stapte uit, liep naar de ketting en keek ernaar. Toen liep hij terug naar de Envoy en pakte de kruissleutel uit de opbergruimte onder in de achterbak. Hij liep terug naar het hek, stak de kruissleutel tussen het hek en de ketting en gaf een ruk naar beneden. De ketting knapte en viel op de grond.

Lemon duwde het hek open en Kate reed met de Envoy de oprijlaan op, op de voet gevolgd door Lemon. Ze parkeerde de auto onder het kantachtige peperkoekenhuisjesdak van de zuilengang en zette de motor uit.

Rainey was al een poosje weer bijgekomen en zat met een uitdrukkingsloos gezicht naar het huis omhoog te kijken. Het was alsof datgene wat in hem had gezeten weg was gegaan en dat er alleen nog maar een jongen in trance over was. Net op het moment dat Kate uit de Envoy stapte, stond Lemon bij de auto.

'Is hij wakker?' vroeg hij.

'Hij heeft zijn ogen open. Ik weet niet zeker of hij erin zit. Kun jij zorgen dat we naar binnen kunnen?'

'Ja hoor. De truc is om het zo te doen dat de beveiliging niet deze kant op komt.'

Lemon liep de trap op en Kate bleef naast de auto staan en keek naar Rainey.

'Rainey, kun je me horen?'

Rainey keek haar aan.

'Je wilt ons naar de oogst sturen.'

Een vlakke mededeling, zonder wat voor gevoel ook.

En een loepzuivere beschuldiging.

Rainey voelde **Cain** nog steeds in zijn hoofd, maar het ding was wel heel diep weggezakt. Rainey voelde dat het onder aan zijn schedel in elkaar gekruld lag en in het donker met de ogen lag te knipperen, wachtend, zonder iets te zeggen.

Toen bedacht hij dat **Cain** misschien bang was.

Kate haalde haar hand door zijn haar en schudde haar hoofd om het leeg te maken.

'Rainey, zijn die wachters met jou meegekomen?'

'Ik weet het niet,' zei hij. 'Ik ruik ze niet. Ik denk dat ze niet naar dit huis toe kunnen komen.'

'Waarom niet?'

'Dat weet je best.'

Weer die vlakke toon.

Een vlakke emotieloze mededeling, die zo totaal gespeend van hoop of angst was dat Kate haar blik moest afwenden.

Daar was Lemon weer.

'Oké. Moet je dit horen: de voordeur zit niet op slot. Wel dicht, maar niet op slot. Ik heb binnen gekeken. Het huis is helemaal afgesloten, dus het is er pikkedonker. Maar het licht doet het wel. Wat wil je doen?'

'Waar we voor gekomen zijn.'

Daar was Lemon niet blij mee, maar toch deed hij het portier aan Raineys kant open en hielp hij de jongen uit de auto, waarbij hij zijn linkerarm stevig vast hield. Rainey was slap en stil. Hij bood geen weerstand, en die geur was weg.

Ze liepen de trap op naar de voordeur en gingen de gang in. Het was alsof je een sieradenkistje binnenliep. De muren en vloeren waren van geboend eikenhout. Aan weerskanten van de hal hingen koperen wandlampjes en naar de brede trap liep een smalle Perzische loper. In het schemerlicht zagen ze de eerste verdieping, met rondom een galerij. In de centrale hal hing een reusachtige kristallen kroonluchter.

Halverwege de hal bevonden zich twee glazen deuren, waardoor je aan de ene kant in een studeerkamer met houten lambrisering kwam en aan de andere kant in een lichte, luchtige achthoekige muziekkamer met in alle muren glas-in-loodramen. De luiken voor de ramen waren dicht en het was donker en schaduwrijk in de muziekkamer.

Ze gingen onder aan de centrale trap staan en luisterden naar het oude huis, dat kraakte en kreunde nu de hitte van de dag er langzaam uit wegtrok.

'Waar gaan we nu naartoe?' vroeg Lemon, die nog nooit eerder in het beroemde landhuis van Delia Cotton was geweest. Het enige wat hij van haar wist was dat ze een telg van de beroemde familie Cotton was, dat haar echtgenoot een vermogen had verdiend in de zwavelmijnbouw en dat ze toen ze jong was beeldschoon was geweest.

Voordat Delia Cotton was verdwenen had ze alleen op Temple Hill gewoond, in het soort victoriaanse pracht en praal waar oud geld het alleenrecht op leek te hebben, en dat ze op een zonnige middag zomaar van de aardbodem was verdwenen en dat er nooit meer iets van haar vernomen was.

'Ik geloof dat we deze kant op moeten,' zei Kate, en ze ging hun voor een zijgang in, waarna ze in een grote eetkamer met houten lambrisering kwamen. Aan het eind van de eetkamer kwam je via openslaande deuren weer in de muziekkamer. Achter de eetkamer lag een heel grote keuken en daar weer achter een serre vol varens, palmen en orchideeën.

'Iemand geeft die water,' zei Lemon. De geur van de volle vochtige aarde en het aroma van jasmijn en lavendel dreven vanuit de serre naar binnen.

'Het huis wordt met het geld van de familie Cotton in precies dezelfde toestand gehouden als op de dag dat Delia verdwenen is. Dat heeft ze in haar testament zo bepaald. Ze heeft een apart fonds in het leven geroepen waaruit het onderhoud wordt betaald. Vandaar dat er gewoon elektriciteit is. Daar is de deur van de kelder.'

Ze liepen over de geblokte tegelvloer van de keuken en bleven staan voor een grote houten deur die in dezelfde botergele kleur was geschilderd als de keuken.

Rainey bleef een paar meter voor de deur staan.

Kate keek naar hem om.

'Rainey. We moeten naar beneden.'

'Ik ga niet.'

'We moeten.'

'Ik weet wat daar beneden is.'

'Hoe weet je dat dan?'

'Dat heeft Nick gefilmd, toen hij op zoek was naar de vrouw die hier gewoond heeft. Die film heb ik gevonden. Er is daar beneden een muur, en het was net alsof zich daar een film op afspeelde. Je zag een boerderij en mensen die op het land aan het werk waren. Daar ben ik naartoe gegaan toen ik in de spiegel zat. Daar woonde Glynis. Jullie willen dat ik daar weer naartoe ga en dat ik niet meer in deze wereld ben. Ik ga niet naar beneden.'

Kate deed de deur open en ging ernaast staan. Onder aan de trap was het donker, maar in een hoek, helemaal aan de andere kant, gloeide vaag iets.

'Rainey, ik kan niets anders voor je doen. Dit is het enige wat ik kan bedenken.'

Lemon, die bereid was om de jongen te dwingen, pakte hem bij zijn arm. Rainey trilde helemaal en zijn gezicht was wit, maar hij liep zonder verzet te bieden de trap af. In zijn hoofd voelde hij **Cain** trillen.

Hoewel het donker was zagen ze toch dat de kelder een heel grote open ruimte met een stenen vloer was, gestut met grove balken die van de ene kant naar de andere liepen, halverwege ondersteund met staande draagbalken die jaren na de oorspronkelijke constructie moesten zijn toegevoegd. In de schaduw stond een gigantische met olie gestookte verwarmingsketel, met allemaal buizen die alle kanten op liepen.

Maar er was licht in de kelder.

In de dikke muren, vlak onder de balken, zaten heel smalle, langwerpige ramen. Die waren dichtgetimmerd en afgeplakt met tape.

Op één raam na.

Daarin zat een rond gat, ongeveer ter grootte van een stuiver. Door het gat viel een straal zonlicht die eruitzag alsof hij zo dicht was als een laserstraal. De straal speelde over de stenen muur tegenover het raam. Daar was een beeltenis te zien, wazig en onduidelijk, maar wel in beweging. Langs de bovenkant van de muur liep een donkergroene strook, daarna kreeg je een rij zwarte punten en onder aan de muur bevond zich een helderblauw vlak.

'Het werkt net als een camera obscura,' zei Kate, terwijl ze naar de afbeelding keek. 'Het beeld staat op z'n kop.'

'Waar kijken we naar?' vroeg Lemon.

'Je moet je best doen om het goed te interpreteren. De groene strook bovenaan is het gras voor het huis. De zwarte punten zijn het hek dat om het terrein staat. En het blauw is de lucht. Zie je het?'

Even later zag Lemon het ook.

De onduidelijke vormen, lichtgevend maar vaag, doemden langzaam maar zeker op als een op zijn kop staand beeld van wat zich aan de andere kant van het raam bevond. Grasvelden, bomen en hekken en achter het hek de Upper Chase Run. De altijdgroene eiken bewogen in de wind en in de lichtblauwe lucht schoven wolken voorbij.

Rainey was helemaal in een hoek gaan staan, zo ver mogelijk bij het beeld vandaan. Lemon keek naar hem, en toen weer naar Kate.

'Wat gebeurt er nu verder?'

'Weet ik niet. Nick zei dat het beeld overging in een boerderij, mensen die op het land werken, dennenbomen.'

'Ik zie alleen maar de straat voor het huis.'

'En meer zullen jullie ook niet te zien krijgen.'

Ze draaiden zich allemaal om. Op de keldertrap stond een vrouw. Ze was lang en slank, en heel oud. Haar lange zilvergrijze haar viel over haar schouders. Ze had een Chinees gewaad van hemelsblauwe zijde aan, geborduurd met gouddraad. Ze keek Rainey met een kille blik en strak gesloten mond aan.

'Glynis Ruelle zal nooit toestaan dat dat ding haar wereld binnenkomt.'

'U bent Delia Cotton,' zei Kate.

'Ja. Jij bent Kate Walker. Ik heb je moeder heel goed gekend. Is dat kind daar Rainey Teague?'

Rainey maakte een geschrokken beweging toen ze zijn naam uitsprak.

'Ja,' zei Kate. 'Mevrouw Cotton, ik dacht dat u... dat niemand wist waar u was?'

'Zou kunnen. Maar ik wist wel waar ik was, en dat is het enige wat telt. Ik heb ervoor gekozen om zo te leven. Ik heb het geld om dat mogelijk te maken. Ik heb schoon genoeg van Niceville en alle problemen die het met zich meebrengt. Zoals het probleem dat dit wezen hier vertegenwoordigt.'

'Waar hebt u gezeten?'

'Gewoon hier,' zei ze met een gebaar dat het hele huis besloeg. 'Op Temple Hill.'

'Maar het hele huis is dichtgetimmerd?'

'Ik vertrouw ramen niet meer. En kelders ook niet. Ik kom zelden hier beneden.'

459

'Waarom niet?'

'Die speling van het licht waar jullie net naar keken. Dat gebeurt altijd rond dit tijdstip van de middag, in elk geval als de zon schijnt. Ik hoorde net wat de jongen erover zei, en hij heeft gelijk. Deze ruimte heeft het effect van een camera obscura. Ik zou dat gaatje natuurlijk dicht moeten maken, maar dat heb ik nog niet gedaan. Geen idee waarom niet. Maar als jullie wachten tot Glynis Ruelle de weg vrijmaakt, kunnen jullie beter iets anders gaan doen.'

'Ze heeft Rainey anders wel al een keer toegelaten.'

'Toen was de jongen nog niet naar het Kratergat geweest. Nu wel. Niets zit nu in hem. Ik ruik het.'

'Weet u wat er met hem is gebeurd?'

Ze keek even naar Rainey.

'Ja. Niets is met hem gebeurd. Niets gebeurt met de meeste Teagues. Je weet niet echt wie dit kind is, hè? Ik bedoel, zijn afkomst is niet helemaal duidelijk, toch?'

'Ja. We kunnen geen geboorteakte vinden.'

'Deze jongen is verwekt in april 1919, in de ziekenhuiskamer van Abel Teague in het verpleeghuis The Gates of Gilead, in Sallytown. Het is niet met wederzijdse instemming gebeurd. Deze jongen is het resultaat van een aanhoudende en wrede verkrachting. Ik weet niet hoe zijn moeder heet. Zijn vader was Abel Teague. Zij heeft negen maanden lang in die kamer opgesloten gezeten. Toen ze van deze jongen was bevallen, is ze door de Wachters van Abel Teague vermoord. Abel is een verschrikkelijke man. Glynis Ruelle is erin geslaagd hem naar De Oogst te brengen, waar hij het zwaar heeft. Hij wil ontsnappen. Hij probeert weer een levend mens te worden. Nu deze jongen bijna volwassen is, en de erfgenaam van een groot vermogen, wil Abel Teague weer terugkomen en een nieuw leven in het lichaam van deze jongen leiden. De aanwezigheid binnen in deze jongen helpt hem daarbij.'

'Maar dan moeten wij zorgen dat dat niet gebeurt!'

'Ja. Inderdaad. Dat kan heel eenvoudig.'

'Hoe dan?'

'Door hem te doden.'

'Wat?!'

'Je vriend heeft een wapen. Dood dit wezen, dan is het allemaal afgelopen. Het deel van de aanwezigheid die zich binnen in hem bevindt zal oplossen en verdwijnen. De Wachters die de aanwezigheid in het leven heeft geroepen zullen afzwakken. Abel Teague zal blijven waar hij is, als een onderdeel van De Oogst.'

'We kunnen hem toch niet zomaar doden!'

'Jullie hebben geen keus.'

Delia keek naar Lemon.

'Jongeman, je moet sterk zijn. Voor de vrouw en de jongen. Doe het. Dood hem nu!'

Lemon aarzelde, maar liep toen naar Rainey toe en zette het pistool tegen zijn hoofd. Diep in zijn hoofd hoorde Rainey dat **Cain** begon te sissen, als een slang die in de val zit. Rainey deed zijn ogen dicht en wachtte.

Alles beter dan dit.

'Stop!' schreeuwde Kate tegen Lemon.

Hij luisterde niet.

Lemon spande de haan en drukte de loop stevig tegen Raineys hoofd. Kate stormde op Lemon af.

'Lemon, hoe weet je dat deze vrouw echt is?'

Lemon keek naar Delia.

Delia Cotton knikte naar Lemon.

'Misschien heeft ze wel gelijk. Ik heb al een poosje het vermoeden dat ik dood ben. Het is net alsof de tijd om me heen gaat en niet altijd daar waar ik hem voor het laatst gezien heb. Dat doet er ook niet toe. Dat ding in het kind moet uitgedreven worden. Er zit niets anders op.'

Hannahs gehoorapparaat.

'Lemon, luister. Misschien kan het ook op een andere manier.'

'Er is geen andere manier,' zei Delia zacht.

Kate bleef hem strak aankijken.

Hij veranderde van gedachten.

Misschien had ze gelijk.

Misschien was er wel een andere manier.

Lemon trok de loop van Raineys slaap af. Rainey was al die tijd doodstil blijven staan en had geen krimp gegeven.

Delia wachtte tot Kate haar aankeek.

'Ik heb medelijden met je, Kate. Je begaat een ernstige fout en daar zullen je familie en jij heel erge spijt van krijgen. Maar gebeurd is gebeurd. Ga nu alsjeblieft met dit wezen weg uit mijn huis.'

Ze keek naar Rainey, en hij keek ook haar aan.

'Dit zeg ik tegen datgene wat in zijn lichaam huist: luister naar mij, de weg is gesloten. Afgesloten en vergrendeld, en ik bewaak die weg. Kom hier nooit meer, wezen, of ik maak een eind aan je.'

Nee, echt, Harvill,
dat had je niet moeten doen!

Het was een mooie heldere maandagavond en boven Fountain Square waren uitzonderlijk veel sterren te zien. Delores Maranzano stond bij het van vloer tot plafond reikende raam in de woonkamer van haar appartement op de Pinnacle-verdieping van The Memphis en keek naar de lichtjes van de stad die in de koele najaarslucht glinsterden en fonkelden. Ze had zo'n zwart jurkje van Coco Chanel aan, want ze kwam net van de herdenkingsdienst voor die arme Frankie, in de Holy Name-kerk, die in laat-gotische pracht had plaatsgevonden tegen de middeleeuwse achtergrond van een schitterende rooms-katholieke kathedraal en een volledig bezet koor.

Nu dronk ze even een verkwikkende gin-tonic en genoot ze van het uitzicht. Maar in haar hoofd was het onrustig. Het was niet goed gegaan bij die ranch aan de voet van de heuvels. Het was zelfs heel slecht gegaan.

Ze was niet alleen vier aardige jonge werknemers kwijtgeraakt, maar ook haar neef Manolo, die er op de een of andere manier in was geslaagd om zich tijdens dat fiasco in zijn gezicht te laten schieten, en die nu in het mortuarium van het Lady Grace op een metalen uitschuiflade lag, met vier andere lichamen in de buurt om hem gezelschap te houden.

Special agent Boonie Hackendorff van de FBI – naar wiens kantoor ze op dat moment keek, aan de overkant van Fountain Square – had tegen haar gezegd dat zijn toestand 'een gesloten kist' vereiste. 'Een gesloten kist, mevrouw.'

Blijkbaar zou zijn onderzoek naar deze hele zaak haar toekomst een flinke tijd bederven, en hij gaf er alle blijk van vasthoudend te zijn. Nou ja, dat was van later zorg. Er was immers een zonnige kant aan deze medaille.

Ze had van Tony Tee gehoord dat Frankies partners onder de indruk waren van de energie die Delores aan de dag had gelegd bij de mislukte poging om de onrechtvaardige dood van haar man te wreken. Het mocht dan allemaal verkeerd afgelopen zijn, maar door de slagkracht waarvan zij blijk had gegeven was ze bij de organisatie zeer in aanzien gestegen. Op dat moment werden haar overpeinzingen onderbroken door de bel.

Frankie Il Secondo was bij de dierenarts, waar hij herstelde van de ingreep waarbij zijn stembanden waren doorgesneden, zodat ze, toen ze over het tapijt liep om de deur open te doen, niet gestoord werd door oorverdovend aanzwellend falsetgekef.

Meneer Endicott stond, zoals verwacht, in het licht van de plafond-lamp, met een bos witte rozen in zijn hand en een bedroefde, meele-vende glimlach op zijn gezicht.

'Fijn dat u me even kon ontvangen,' zei hij.

'Geen punt. Kom binnen.'

Ze deed een stap opzij en gaf hem met een knikje te kennen dat hij binnen kon komen.

Hij merkte meteen dat de sfeer erop vooruitgegaan was en keek om zich heen of hij Frankie Il Secondo zag, maar die was nergens te be-kennen. Hij liep naar het midden van de kamer, nog steeds met de bloe-men in zijn hand, terwijl hij wachtte, vermoedde zij, tot zij er iets slims mee deed.

Ze glimlachte, liep ermee naar de keuken, liet de gootsteen vol water lopen, zette de bloemen er met de stelen in en kwam terug met een fles Pellegrino en twee glazen. Die zette ze op de salontafel, waarna ze een glas voor meneer Endicott inschonk, die zo te merken niet erg op zijn gemak was.

'Heel fijn dat ik even kon komen, mevrouw Maranzano...'

'Alsjeblieft zeg, na wat wij allemaal hebben meegemaakt? Zeg maar Delores, hoor.'

Endicott boog licht het hoofd.

'Goed dan, Delores. Ik ben me er zeer pijnlijk van bewust dat de ge-beurtenissen van het afgelopen weekend je een aantal problemen heb-ben bezorgd. Dat spijt me heel erg. Jammer genoeg waren er toevallig een paar politieagenten op de ranch toen jouw mensen er aankwamen. Ik heb begrepen dat je door agent Hackendorff van de FBI bent gebeld?'

'Jazeker. Vanochtend. Heel vroeg.'

Endicott nam een slokje van zijn mineraalwater.

'Was hij... onvriendelijk?'

'Niet echt. Hij had de indruk dat mijn neef Manolo de zaak zelf in de hand had genomen. Ik heb gezegd dat ik geen flauw idee had wat Manolo allemaal van plan was geweest en dat ik, als ik dat wel had gehad, alles zou hebben gedaan wat binnen mijn vermogen lag om hem daarvan te weerhouden.'

'Uitstekend. Mag ik vragen...?'

'Of jóúw naam nog gevallen is?'

Hij boog zijn hoofd.

'Helemaal niet. Waarom zouden we de zaak nog ingewikkelder maken?'

'Uitstekend. Hartelijk dank voor je discretie. Ik hoopte al dat je dat zou zeggen.'

'Daar kan ik inkomen,' zei ze met sluwe van-laag-naar-hoog opslaande ogen, wat zonder meer flirterig te noemen was.

Lieve hemel.

Probeert die vrouw me nou te versieren?

Hij was van plan geweest haar met een van de keukenmessen te lijf te gaan – de beveiliging beneden was zo grondig dat het gevaarlijk was om een wapen mee te nemen – maar lieve hemel, ze had wel een prachtig figuur, en een man kon zich toch niet altijd maar alles ontzeggen.

Netjes te werk gaan, luidde zijn motto, en nadat hij het probleem met Delores netjes uit de wereld had geholpen, zou hij teruggaan naar het huis van Warren Smoles en hem ook netjes de wereld uit helpen.

Hij had heel discreet in het prachtige huis van Warren domicilie gekozen, want hotels en motels waren hem een beetje te riskant. Hij had Warren zelfs nog wat langer laten leven. Hij lag op dit moment thuis op zijn kingsize bed, naakt, vastgebonden en gekneveld.

Hij had Warren voornamelijk in leven gelaten omdat Endicott, nu Warren zo spraakzaam was geworden, heel veel te weten kwam over wat er zoal in Cap City speelde. Niceville en Cap City hadden een getalenteerde en ondernemende psychopaat van alles te bieden. Wat Delores betrof, haar kon hij altijd nog aan stukken snijden nadát ze de liefde hadden bedreven. Hij wist bijna zeker dat er hier in het appartement wel ergens een jacuzzi was. Die waren uitstekend geschikt voor dit soort werk. Terwijl ze verderging met hem te verleiden, bekeek hij haar eens met hernieuwde belangstelling.

Ze had een zwarte jurk aan. Ze sloeg haar benen zeer effectief over elkaar en boog zich naar voren om nog wat Pellegrino in te schenken, waardoor hij een glimp van haar prachtige borsten opving. Vanaf waar hij zat gezien moest hij concluderen dat ze geen beha droeg. Ze reikte hem zijn glas aan, nog steeds naar voren gebogen en met haar benen iets uit elkaar.

Endicott voelde dat zijn huid begon te gloeien.

Ze ging achteruit zitten in haar stoel en sloeg haar benen weer over elkaar, dit keer langzamer, met nog meer effect.

'Delores, mag ik zeggen dat je er vanavond fantastisch uitziet. Van rouw gaat een vrouw vaak...'

Delores kwam overeind.

'Ik ga even iets gemakkelijks aantrekken, Harvill. Vijf minuten.'

Hij gaf haar er drie. Hij had zijn boxershort en sokken aan, maar voor de rest was hij naakt toen hij de deur van haar slaapkamer met zijn linkervoet openduwde. Hij had in allebei zijn handen een glas witte wijn, zodat hij niet veel kon doen toen Desi Munoz hem met de loop van de Dan Wesson Forty Four van Frankie Maranzano tegen zijn achterhoofd sloeg.

De glazen vlogen door de lucht en meneer Endicott ging languit. Hij rolde op zijn rug en keek met knipperende ogen omhoog naar Desi's boven hem uittorenende gestalte. Zelfs een blije Desi Munoz was geen vertederende aanblik, en Desi Munoz was op dat moment bepaald niet blij te noemen.

'Desi. Jij hoort in Leavenworth te zitten.'

'Ja, maar daar zit ik niet, hè? Ik zit híér.'

Delores stond half ontbloot achter hem.

In tegenstelling tot Desi keek zij wel heel blij.

'Je zei dat ze in Leavenworth zaten. Ik heb even rondgevraagd en kwam erachter dat Desi er al uit was. Ik vond dat ik hem even moest bellen, Harvill. Ik bedoel, we zijn allemaal lid van dezelfde familie, toch, Desi?'

'Ik weet niet beter.'

'Desi heeft beloofd dat hij me komt helpen om mijn bedrijf te runnen. Hij heeft verstand van zaken. Meneer La Motta en meneer Spahn komen later ook. Geweldig toch? En dat allemaal dankzij jou, Harvill. Desi, wou je hem hier ter plekke doodschieten? Ik bedoel, met dat tapijt en zo?'

Desi fronsde zijn voorhoofd.

'Oké. Waar wil je hem hebben?'

'Wat denk je van het bad in de badkamer voor de logés? Daar is een jacuzzi. Je weet wel, voor het bloed en de vieze stukjes en zo?'

'Oké. De badkamer. Opstaan, Harvill.'

Onderweg naar de badkamer pijnigde meneer Endicott als een gek zijn hersenen. Hij wist dat hij iets moest bedenken. En dat deed hij dan ook, en het was regelrecht geniaal, maar voor hij er ook maar mee van start kon gaan, schoot Desi hem in zijn achterhoofd. En als je van dichtbij met een pistool van een kaliber 44 in je achterhoofd wordt geschoten wordt de hele notie dat je een hoofd hebt met terugwerkende kracht zinloos.

Desi Munoz was een heer, in elk geval waar het half ontblote voormalig cumares ter waarde van dertig miljoen dollar betrof, dus gooide hij wat er van Harvill Endicott over was in de jacuzzi om daar leeg te bloeden.

Toen gingen Delores en hij de woonkamer weer in, alwaar ze elkaar wat beter leerden kennen.

(Als voetnoot bij de vroegtijdige onthoofding van Harvill Endicott mogen we wel even vermelden dat het feit dat Warren Smoles niet meer in de sociale maalstroom van Niceville aanwezig was, pas drie weken later werd opgemerkt. Zijn partners van Smoles Heimroth Cotton & Haggard waren zich bewust van het pak slaag dat hij van Tergende Teddy had gekregen – er was nog dagen in de juridische gemeenschap over gesproken – de door rechter Monroe gebezigde uitdrukking 'de Sultan van het Slijk' had iedereen op de lippen gelegen, dus verbaasde het hun niet dat hij zich even gedeisd hield.

Smoles had geen persoonlijke vrienden en toen de schoonmaaksters woensdag arriveerden en het huis afgesloten en de toegangscode gewijzigd bleken, vatten ze dat maar gewoon op als 'contract beëindigd'. Verder interesseerde niemand zich ook maar een bal voor hem.

Behalve de katten natuurlijk.

Toen de nieuwe jongen niet terugkwam, het droogvoer opraakte, ze al hun pogingen ten spijt nog steeds de elektrische blikopener niet konden bedienen en ze alleen maar het water konden drinken van de druppelende badkraan op de tweede verdieping, begonnen de katten toch een wat actievere belangstelling voor Warren Smoles aan de dag te leggen.

Smoles lag op het kingsize bed in zijn slaapkamer met aangrenzende badkamer, precies zoals Endicott hem had achtergelaten. Hij was opgebonden als een kerstham en hij had een kogelgat in zijn bovenbeen. Maar hij leefde nog wel.

Elke keer dat de katten de kamer binnengewandeld kwamen, schokte hij rond op het bed en maakte hij vreemde geluiden naar ze. Als de elektrische blikopener nog steeds geen haalbare kaart was voor wezens zonder opponeerbare duimen, viel er voor katten spijtig genoeg ook niet veel te doen aan de knopen, knevels en handboeien van plastic snoer waarmee Warren Smoles op zijn plaats gehouden werd.

Hij was echter wel leuk om naar te kijken.

Maar aangezien het katten waren, raakten ze hun belangstelling kwijt voor wat hij allemaal uitspookte en drentelden ze weer naar buiten om nog maar eens wat beter naar een lekker hapje eten te gaan zoeken. Uiteindelijk werd het hun allemaal duidelijk dat er echt helemaal niets te eten was, in dat hele stomme huis niet.

Op de ochtend van de vijfde dag verzamelden ze zich weer rond Smoles. Hij schokte en draaide inmiddels niet meer en maakte ook geen vreemde geluiden. Hij was ernstig uitgedroogd en zakte telkens weg. De katten, vijftien in totaal, gingen rondom hem op het bed zitten en bekeken hem eens met halfgeloken ogen.

Na enige besluiteloosheid besloot een van hen, een tabby uiteraard, een experimenteel hapje te nemen. Daar leek Smoles behoorlijk wat energie uit te putten, en er volgden nog veel meer gekronkel en gedraai, en hij ging ook weer van die hoge geluiden maken. Maar het werd al snel duidelijk dat Smoles, afgezien van zijn gebruikelijke gegil en gesnerp, in feite geen kwaad kon.

De Maine Coon-katten gingen als eersten over tot het betere werk. Al snel deden de anderen mee. Ze waren het er allemaal over eens dat hij naar ham smaakte.)

Woensdag

Ik zing het lichaam elektrisch...

Dokter Lakshmi had heel grote amandelvormige ogen en volle lippen die ze donker rozerood stiftte. Normaal gesproken straalde ze een kalm, kundig en zelfs liefdevol karakter uit. Die dag was dat niet het geval, en ze zat Kate met grote weerstand, iets van woede zelfs, aan te kijken.

'Je doet geen elektroshocks bij een kind als je daar geen heel goede reden voor hebt, Kate. We doen hier in WellPoint niet aan derdewereldkwakzalverij. Het spijt me heel erg, maar...'

Kate keek naar Nick, die aan de andere kant van de kamer zat en zich er niet mee bemoeide. Ze waren weer bij elkaar, als ze al ooit uit elkaar waren geweest, maar hij zag heel weinig in Kates plan, wat er ook met Hannahs gehoorapparaat gebeurd mocht zijn.

'Het was elektrische storing, dokter. De audioloog heeft het zelf bevestigd. Hij heeft het effect nagedaan met behulp van een oscilloscoop. Hij heeft er zelfs de frequentie bij gegeven die...'

Dat wuifde ze weg.

'Een audioloog is geen neuroloog. Ik heb me aan professionele normen te houden. Wat jij voorstelt kan niet eens zonder dat er een hele batterij aan diagnostische onderzoeken is gedaan.'

'Die jullie allemaal al hebben gedaan: CAT-scan, een ecg, een PET-scan, zelfs een lumbaalpunctie. Ik heb jullie website gelezen en daarop zeggen jullie duidelijk dat in gevallen waarin er geen sprake van andere afwijkingen is, elektroshocks vaak succesvol zijn voor de behandeling van geestelijke aandoeningen zoals ernstige manie, schizofrenie, katatonie...'

'Rainey is niet katatoon. Hij ligt op zaal te rusten. Die innerlijke stem waar Rainey het over had, heeft zich niet meer voorgedaan.'

Kate ging naar achteren zitten.

'Luister, dokter, ik zal er geen doekjes om winden. Dit is Raineys laatste kans...'

'Kate, ik geloof geen moment dat Rainey een demon in zich heeft. WellPoint doet niet aan exorcisme...'

'Ik vraag je alleen maar om zijn gekte te behandelen – zijn overtuiging dat er wel degelijk een soort demon in hem zit. Je hebt zelf gezegd dat elektroshocks vaak werken bij dat soort wanen, vooral als verder niks is aangeslagen.'

Dokter Lakshmi deed er een poosje het zwijgen toe.

'Er zijn risico's aan verbonden...'

'Ik teken elke verklaring van afstand die je maar wilt.'

'Er kan verlies van het kortetermijngeheugen optreden. Hij zal last krijgen van misselijkheid, hoofdpijn, pijn in zijn kaken. Tijdens de shocks gaan de hartslag en bloeddruk enorm omhoog. Zijn hart is sterk, maar er blijft een risico bestaan. Klein, maar toch. We brengen een soort epileptische aanval teweeg. Die wordt onder volledige narcose uitgevoerd, en ook dat brengt zo zijn risico's met zich mee...'

Haar stem stierf weg.

Kate hield haar adem in.

'Ik zal een ethicus moeten raadplegen...'

'Maar wil je er serieus over nadenken?'

'Je bent echt vastbesloten?'

'Ik ga ervoor.'

Dokter Lakshmi keek haar een poosje onderzoekend aan, en toen keek ze naar Nick.

'En jij, Nick? Jij bent ook Raineys voogd. Sta jij achter deze behandeling?'

'Dokter, als hij die niet krijgt, hebben Kate en ik een probleem, want ik wil Rainey pas weer bij ons in huis hebben als hij hersteld is.'

Hij keek even naar Kate en glimlachte zuur naar haar.

'Dat komt er in de praktijk op neer dat ik in een hotel woon, dat Kate in ons huis woont, samen met Beth, Hannah en Axel en dat Rainey op uw afdeling opgesloten zit...'

'Dat komt doordat hij vluchtgevaarlijk is en de hoofdpersoon in een onderzoek naar de verdrinking van een medewerker van school. Is er al een aanklacht geformuleerd?'

'Nee. Vanwege Raineys geestelijke... problemen... acht de openbare aanklager Rainey niet toerekeningsvatbaar, maar feit blijft dat hij er best iets mee te maken zou kunnen hebben. Als hij door deze behandeling een normaal leven zou kunnen leiden...'

'Dus je staat er helemaal achter?'

'Ja,' zei Nick, 'ik sta erachter.'

'Nou, goed dan.'

Ze lag diep heel diep weggestopt dicht opgekruld in een web van smakelijke herinneringen waar ze van genoot die ze proefde die ze inademde die ze opat. Ze had liggen denken aan de leuke dingen die er zouden gebeuren als de oude bekende hier weer kwam wonen – de dingen die ze samen gedaan hadden – samen geproefd hadden – die ze allebei niet alleen konden doen. In het begin was er niemand geweest die niets niet in blinde woede gewoonweg opvrat maar in dit hiernamaals nu de kloof tussen de wereld afkoelde en veranderde en zij mee veranderde waren de oude gewoonten ook veranderd en een deel van het leven dat zich bij haar aandiende vrat ze niet op of vrat ze in elk geval niet meteen op en een paar van die levens gleden in haar en bleven daar zodat ze minder eenzaam was en het nieuwe hiernamaals was heel rijk en smakelijk geweest – deze entiteit die zij had aangenomen had geen vorm – was niet klaar – niet in staat dingen te laten gebeuren – maar hij was wel de matrix voor de oude bekende en aanstonds zou hij terugkomen...

... ze was zich ervan bewust dat de entiteit haar probeerde te zien – zich tegen haar probeerde te verzetten – haar aantrok – ze gonsde en klakte tegen zichzelf en ze trok in dat deel van de geest van de entiteit waar het visioen leefde...

Rainey lag met zijn ogen stijf dicht op de brancard vastgebonden. In de koude witte kamer liepen de verpleegsters om hem heen, maar hij zág het ding tegen de binnenkant van zijn dichte ogen gebrand staan – zijn hart bonkte, maar hij kon zich niet bewegen – *niets* keek hem aan...

... haar ogen waren gele vonken in een veld van zwarte ruiten – ze draaide als een rad van vuur en rook in het rond maar de ogen bleven hem aankijken – hij voelde haar hitte aan de oppervlakte van zijn geest – het elektrische geknetter van haar glinsterende huid – in haar ogen was het één grote woestenij – een brandend gele vlakte onder een smaragd-groene lucht met blauwe vlammen erdoor – haar ogen werden groter – ze wíst dat Rainey keek – dat hij in haar keek – dat hij haar zag – ze voelde zijn rauwe angst – die was zijdezacht en zilverachtig en levend –

ze deed haar mond open om die emotie te proeven – om ervan te genieten en zich ermee te voeden...

... er laaide een sissende knetterende vuurzee op – blauwe en witte en paarse vlammen glibberden langs de draden en de wanden – ze deinsde achteruit – pijn – angst – de vuurzee was zo heet zo gloeiend heet – zo'n doodsnood had ze nog nooit meegemaakt – ze schoot weg in spelonken en sprong over gloeiende kloven en glibberde steeds verder weg een tunnel van pulserend vlees in terwijl de paarse vlammen haar achtervolgden... ze dook dieper en dieper en dieper weg...

Drie weken later

Een zongevlekte dag

Het weer was aan het omslaan, maar het was nog wel zo warm dat de kinderen in de achtertuin konden spelen. Kate en Beth hadden de tuinstoelen neergezet en keken naar Rainey, Axel en Hannah, die een of ander spel speelden waarvoor ze aan het eind van het gazon een deken hadden neergelegd, daar waar het beekje tussen de dennenbomen en wilgen door stroomde. Het zonlicht viel door de bomen en zaaide allemaal gouden munten over het gras, de bloemen en de hoofden en schouders van de kinderen.

Al met al waren ze bijna gelukkig zo, en hoewel ze met een verlies te kampen hadden – hun vader was immers dood – was het leven weer enigszins tot rust gekomen en waren Raineys stemmen weggebleven. Axel en hij spijbelden niet meer van school en haalden betere cijfers. De zaak-Alice Bayer was onder de noemer 'ongelukken' gerubriceerd en ze had een keurige begrafenis gekregen, op de begraafplaats van de methodisten in Sallytown.

Diep in haar hart wist Kate dat Rainey erbij was geweest toen Alice het water in was gegaan, maar ze kon gewoonweg niet geloven dat Rainey daar op wat voor manier ook de hand in had gehad. Rainey was immers nog maar een kind.

Het was Kate gelukt om Nick over te halen weer naar huis te komen, ook al woonde Rainey nog steeds bij hen. Hij gedroeg zich afstandelijk en beleefd tegen Rainey. De kwestie-Alice Bayer drukte zwaar op hem.

Maar Kate wist dat Nick een goed hart had en dat hij redelijk was, dus dat hij de jongen na verloop van tijd wel zou vergeven voor wat hij met Warren Smoles had uitgespookt en dat hij uiteindelijk wel zou accepteren dat Rainey datgene wat er met Alice was gebeurd niet actief had láten gebeuren.

Wat Smoles betrof, die van de aardbodem verdwenen leek te zijn, deed Kate zelf ook haar best om het Rainey te vergeven, en met elke rustige dag werd dat al iets gemakkelijker.

Hannah had een gloednieuw gehoorapparaat, deels omdat ze pertinent weigerde om het oude zelfs maar aan te raken. Met dit nieuwe apparaat had de 'storing', zoals die vóór Raineys elektroshocks was opgetreden, zich niet meer voorgedaan.

Kate begon al voorzichtig te hopen dat wat er met Rainey was gebeurd nu verleden tijd was en dat ze misschien allemaal tot rust konden komen en een zo normaal mogelijk leven konden leiden in het vreemde Niceville.

Voor de volwassenen veranderde er ook van alles.

Lemon Featherlight had een relatie met ene Doris Godwin. Het was menens, zo te zien. Ze zaten samen vaak over de foto's gebogen die Doris boven op Tallulah's Wall had genomen. En dat gedoe met die 'beenderenmandjes' was een heel project geworden waarvoor Lemon en Reed wekelijks naar de universiteit van Virginia moesten voor een gesprek met doctor Sigrid, de antropoloog. Kate begon al te vermoeden dat Reed een oogje op doctor Sigrid had, die immers de volmaakte Walkure was.

Kate en Beth hadden al een paar weken bijna niemand gezien, hoewel Lemon wel een paar keer met Nick had afgesproken om het over de beenderenmandjes en de foto's te hebben. Nick zei er verder niet veel over. Kate dacht dat hij haar wel op de hoogte zou brengen als hij daar zelf aan toe was.

Ondertussen wilde ze het allemaal liever niet weten.

De begrafenis van Charlie Danziger was geweest; hij was met alle eerbetoon begraven en Mavis Crossfire had een mooie speech gehouden.

Beau Norlett was er ook bij geweest – in een rolstoel, maar wel aan de beterende hand. Hij zou over een maand weer bij de recherche beginnen – aanvankelijk alleen bureaudienst.

Charlie Danziger bleek niks met de bankoverval in Gracie te maken te hebben gehad – het was allemaal het werk van Coker geweest, die nog steeds vermist was, samen met zijn vriendin Twyla Littlebasket.

Ze stonden nu allebei op de lijst met meest gezochte personen van de FBI, en dat zou Coker waarschijnlijk wel leuk gevonden hebben.

Kate vroeg zich af of ze wel het hele verhaal te horen had gekregen – je kon je bijna niet voorstellen dat Coker iets deed waar Charlie Danziger niet van op de hoogte was – maar Nick en Tig Sutter wilden er niets van weten, dus nu was dat 'de officiële versie' geworden.

Kate was wel zo slim om het daarbij te laten. Niceville kende heel wat geheimen die vele malen vreemder waren dan dit. Misschien was iedereen gewoon blij dat ze even verlost waren van... Niceville. Dat kwam Kate en Beth prima uit.

Beth zuchtte, trok haar trui wat dichter om haar schouders en keek naar Kate.

'Een glaasje whisky, daar worden we misschien wat warmer van. Wil jij een beetje?'

Kate bloosde licht, keek omlaag naar haar handen en glimlachte toen naar Beth.

'Ik zou wel willen, maar ik doe het toch maar niet.'

Beth bekeek Kate eens een poosje.

'Kate. Je bent zwanger.'

Ze glimlachte terug.

'Ik geloof van wel, ja.'

Beth sprong op en omhelsde haar zus. 'Wat heerlijk!' zei ze met tranen in haar ogen. 'Weet Nick het al?'

Kate zakte even in, maar herstelde zich weer. Ze had in het verleden twee miskramen gehad, allebei vroeg in de zwangerschap, en had daarom nu gewacht met het vertellen.

'Ik ga het hem vanavond vertellen.'

'Ik ga wel even uit eten met de kinderen. Dan zijn jullie met z'n tweetjes.'

'O, dat zou fijn zijn, Beth.'

Ze zaten een tijdje gezellig te zwijgen. Het rook al naar de herfst. Ergens in de buurt werden bladeren verbrand, en de scherpe geur woei met de wind hun kant op. Er steeg geschater op van de kinderen achter in de tuin, en Axel ging zitten en zwaaide met iets in zijn handen – een soort toverstokje. Hij had blijkbaar iets gewonnen, een potje, een ronde of een prijs. Hannah ging achteruit zitten – mollig, blond en blij – en keek met grote blauwe ogen op naar de jongens.

'Wat zijn ze aan het spelen?' vroeg Kate.

'Dat nieuwe spel dat Rainey en Axel bedacht hebben. Ze leren het Hannah nu.'

'Wat zijn de spelregels?'

'Geen idee. Er komt een hoop gefluister bij kijken. Ik denk dat ze ook een geheimtaal hebben. Het is in elk geval alleen voor kinderen. Geen volwassenen. Zodra ik in de buurt kom, houden ze op en kijken ze me met grote ogen aan.'

De zon verdween achter de wolken en de goudgevlekte munten verdwenen. Het werd kouder. De kinderen zaten te fluisteren. Kate rilde. Beth ook.

'Het wordt kouder,' zei ze. 'We moeten zo naar binnen. Zal ik een deken voor je pakken?'

'Nee, laat maar. We gaan naar binnen.'

Ze keken nog een poosje naar de kinderen.

'Kinderen zijn dol op geheimpjes,' zei Beth.

'Ja. Het kan waarschijnlijk geen kwaad.'

'Waarschijnlijk niet nee,' zei Beth, die daarmee een duister gevoel onderdrukte. Kate deed hetzelfde. Ze luisterden naar de kinderen die achter in de tuin zaten te smiespelen.

Achter de kinderen borrelde en flitste de rivier in de donkere schaduw onder de dennenbomen. De zon bleef achter de wolken. Het werd kouder. Kate keek omhoog naar de lucht en dacht: *de winter komt eraan.*

Dankwoord

Allereerst wil ik mijn oprechte dankbaarheid betuigen aan mijn vrouw, Linda Mair, voor haar humor, scherpzinnige zakeninstinct en gevoel voor het schrijfproces, en bovenal voor haar verbazingwekkende vermogen het met me uit te houden.

Naast Linda wil ik ook Barney Karpfinger, mijn vastberaden agent, en Cathy Jaque, die de rechtenafdeling bestiert, bedanken voor hun loyaliteit, geduld en bezieling. Ik wil ook Carlo Baron bedanken, mijn redacteur bij Knopf, de veeleisende pro die me leerde dat 'beter' niet genoeg is als je in staat bent tot het 'beste'; de onmisbare Ruthie Reisner; Victoria Pearson, die het allemaal voor elkaar kreeg; Jason Booher, die het Amerikaanse omslag ontwierp; Cassandra Pappas, die de pagina's elegant opmaakte; Emily Stroud voor haar absoluut briljante grafische ontwerpen en killer website; en ook de bureauredacteuren over de hele wereld die me al honderden keren voor mezelf behoed hebben.

En natuurlijk ook dank aan Sonny Mehta, die een grote gok nam met dit boek en het allemaal mogelijk maakte.